MIRROR IMAGE 镜像

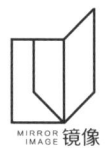

朱燕玲工作室

深山

吕新 著

中信出版集团｜北京

图书在版编目（CIP）数据

深山 / 吕新著 . -- 北京：中信出版社，2024.8.
ISBN 978-7-5217-6676-9
Ⅰ. I247.5
中国国家版本馆 CIP 数据核字第 2024KD5715 号

深山
著者：　吕新
出版发行：中信出版集团股份有限公司
　　　　　（北京市朝阳区东三环北路 27 号嘉铭中心　邮编 100020）
承印者：　河北鹏润印刷有限公司

开本：880mm×1230mm 1/32　印张：17.25　字数：414 千字
版次：2024 年 8 月第 1 版　　　　印次：2024 年 8 月第 1 次印刷
书号：ISBN 978-7-5217-6676-9
定价：79.00 元

版权所有·侵权必究
如有印刷、装订问题，本公司负责调换。
服务热线：400-600-8099
投稿邮箱：author@citicpub.com

一个清冷而又人声鼎沸的梦

孙六的墓

西山

五灯一家

杜林一家

二嫂和荣庆

「她」和老赵一家

耗子一家

美琳

南山

金果

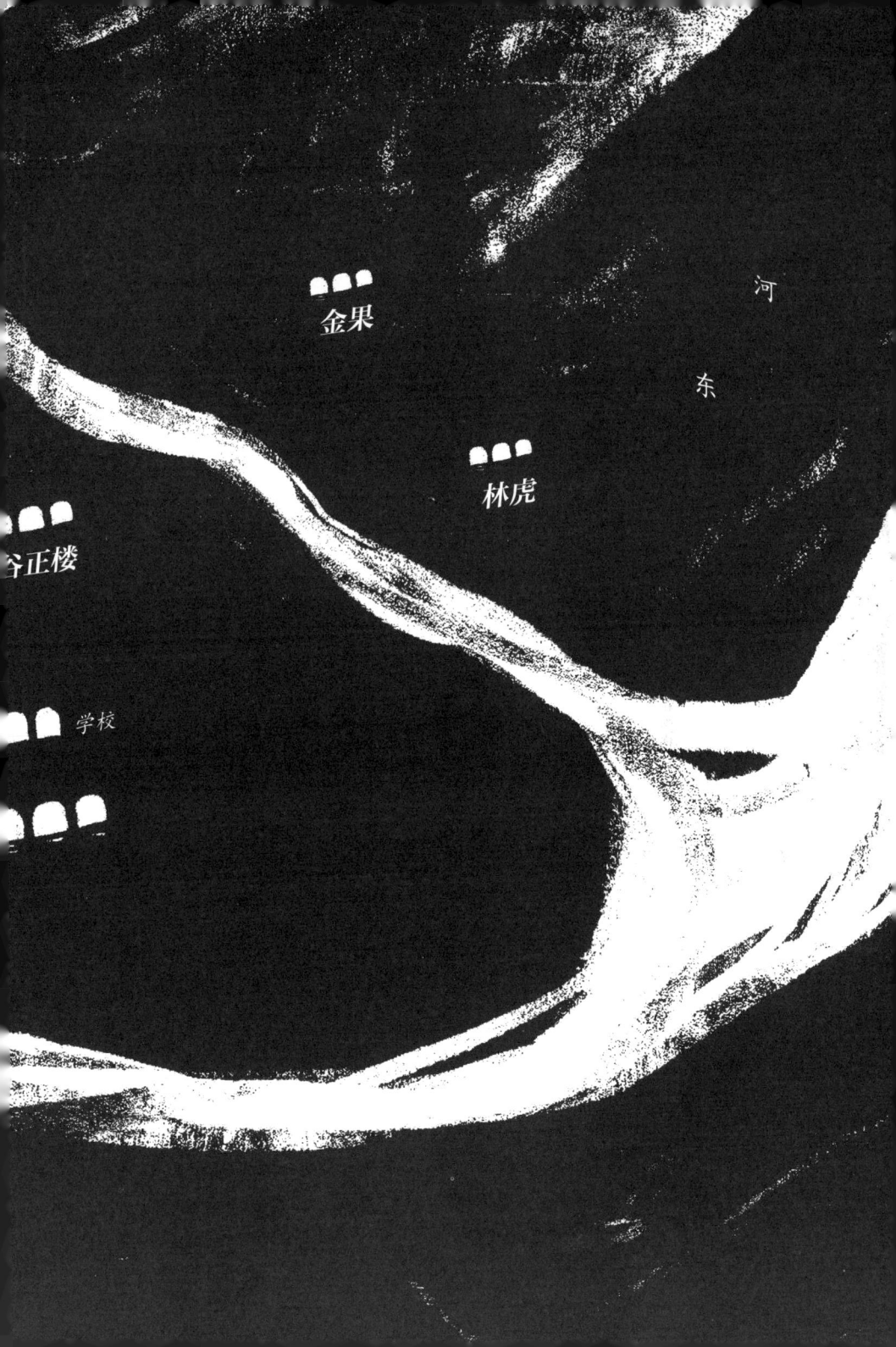

河东

林虎

谷正楼

学校

人物关系图

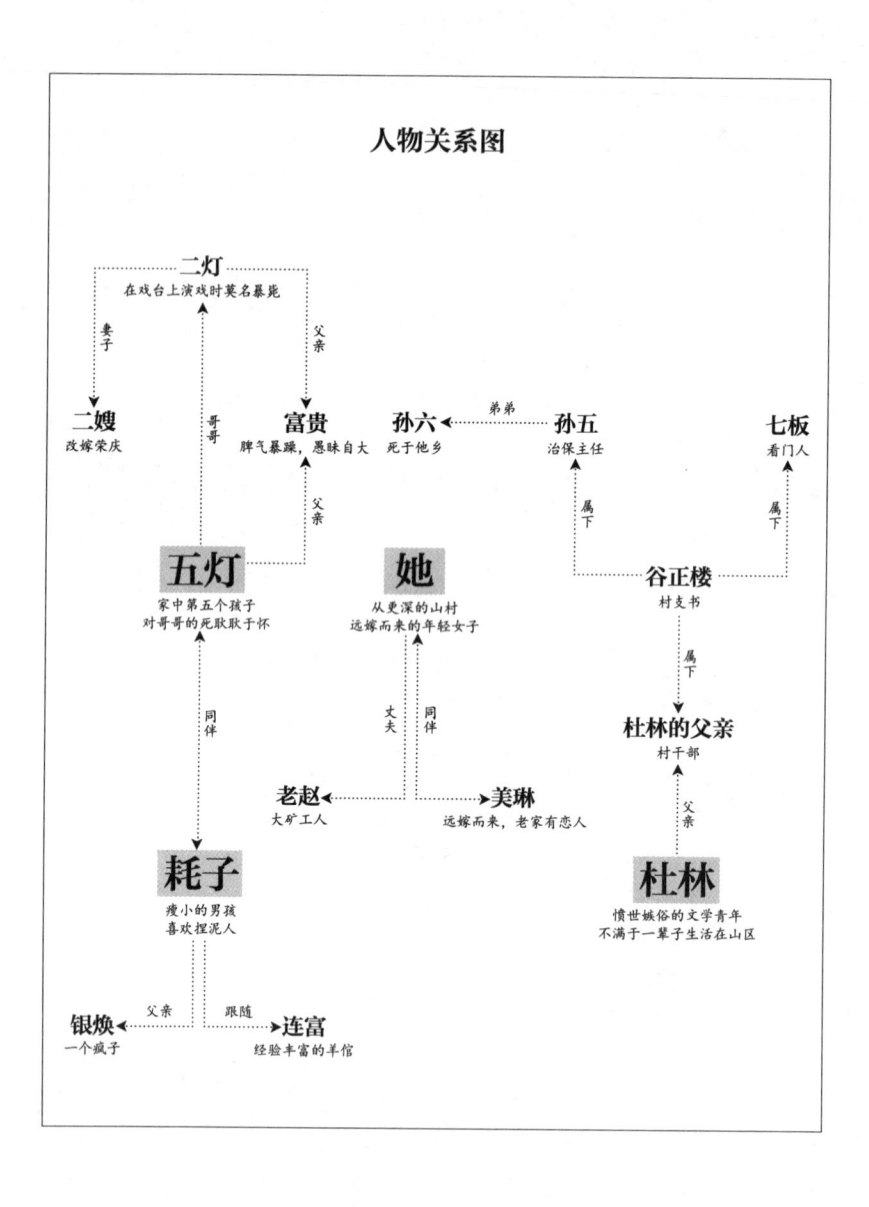

- **二灯**：在戏台上演戏时莫名暴毙
  - 妻子 → **二嫂**：改嫁荣庆
  - 父亲 → **富贵**：脾气暴躁，愚昧自大
    - 父亲 → **五灯**：家中第五个孩子，对哥哥的死耿耿于怀
      - 同伴 → **耗子**：瘦小的男孩，喜欢捏泥人
        - 父亲 → **银焕**：一个疯子
        - 跟随 → **连富**：经验丰富的羊倌
- **孙六**：死于他乡
  - 弟弟 ← **孙五**：治保主任
    - 属下 → **谷正楼**：村支书
      - 属下 → **杜林的父亲**：村干部
        - 父亲 → **杜林**：愤世嫉俗的文学青年，不满于一辈子生活在山区
- **七板**：看门人
  - 属下 → **谷正楼**
- **她**：从更深的山村远嫁而来的年轻女子
  - 丈夫 → **老赵**：大矿工人
  - 同伴 → **美琳**：远嫁而来，老家有恋人

目 录

1	第一章	正月
17	第二章	兄弟的纸灰像低飞的燕子
32	第三章	二嫂·五灯·老师流着黄色的汗
53	第四章	杏花满天
72	第五章	耗子一家
89	第六章	学校及其邻里
109	第七章	黄花·枯山·两棵外来的树
131	第八章	神仙们又来到后院里调试琴弦，起舞，演奏
150	第九章	山羊·瘟鸡·六亲不认的云彩
168	第十章	民间的杏黄色胚芽
193	第十一章	秕糠飞扬在酱色的山区
215	第十二章	黑脸·红袄·山脉形状的风
234	第十三章	风雨夕·深挖洞
247	第十四章	老天爷和他的属下
263	第十五章	三灯行走在通往人上人的路上
277	第十六章	千年月色，为无数人严守秘密的月色，有时也会以无边的漆黑表明立场
300	第十七章	世间一窟，五角一宿·山洞里的黄腿黑腿

315	第十八章	每天和一群神仙们挤在一个炕上
331	第十九章	雪小了，天寒地寂，全世界最美丽的那个人又来了，雪地上传来她的脚步声
357	第二十章	在雨里的树下含恨眺望着家门的冤魂
374	第二十一章	暗夜·王宝钏·先进工作者
396	第二十二章	母子
415	第二十三章	学工学农学军
432	第二十四章	我们生活的年代，蔚蓝的天倒映在清澈的粥里
451	第二十五章	杜林的"鹅毛笔"·荷锄独彷徨
464	第二十六章	再有六年我就二十了·黄昏的楔子
489	第二十七章	医生·术士·老胡的儿子周小
504	第二十八章	这么早就睡了
522	第二十九章	荒草掩映着荒门
538	后记	关于《深山》

第一章

正月

看完一本小人书以后，整整一个晚上，耗子都在琢磨土匪的事，连戏也没顾上去看。

他妈从外面用棉帘子把窗户挂好，披着一身白花花的雪花回来，说，你爹见过。

耗子说，你没见过？

他妈就说，看愣得！我能见？我不能见！我要是见了他们，早就叫抢走了，哪还能有你。

听他妈这么说，耗子的头上就又有两根蓝莹莹的青筋忽然跳出来，在他细白的额头上嘣嘣地蹦了两下，然后又伸展，躺倒。嘴卷成一个筒状，倒吸了一口凉气，又一次觉得并发现很多事情都危险至极。人世间险恶无比哩，耗子想，不仅他妈危险，就连他自己原来也很不保险呢，随便问了一个不重要的小问题，没想到竟还牵扯到有没有他这样的事。那也就是说，这世上要是没有他，其实也是完全可以的喽？他妈从炉子底下抽出火柱，在炉子里捅了两下，立刻便有红黄的火光蹿起来，耗子觉得有些热，还有些渴，忽然想起吃饭前冻出去的冰棍，不知冻好了没有。冰棍是用糖水冻的，里面放了糖精，非常甜。耗子出门就直奔窗台上放冰棍的那个碗，看见墙头全白了，白了的墙头变得又圆又厚，院子里也白得一个脚印都没有。

顺着风,从戏台那边传来凄楚楚的胡琴声和清脆晴朗的锣鼓声,耗子听出是那种牛皮蒙的小鼓,鼓皮表面已被敲得又白又纷乱,像是敲出了骨头,又好像一片有无数人行踏过的地。

冻得鼻青脸肿的小道士说,二师兄,您最近看见我奶奶了么?

二师兄说,呸,住口!出家人哪有什么奶奶,出家人没有奶奶,以后再不许说这种糊涂话!

雪花纷纷扬扬,台下有人在笑,还有人把嘴张成一个黑洞,任由飕飕的冷风灌进去。

小道士一个人推磨,边推边唱。二师兄坐在高台上喝酒,学理论,啃猪蹄。

小道士说,出家人不让喝酒,你经常喝,你还去张寡妇家串门,我要告诉师傅。

高台上的二师兄说,你就不怕我打断你的狗腿?你要是不想要你那两条腿了你就去告。

很多人想看张寡妇,很耐心很激动地等着,但是这个戏里没有张寡妇,所以始终没出场。有人唉声叹气,失望之极。后来终于出来一个女的,但不是张寡妇,而是一个背着枪的女的,她刚把枪拿到手里,还没有开始瞄准,脸上抹着青灰色锅灰的二师兄噗通一声从高台上跌了下来,摔在地上。二师兄跌下来的时间有点早了,拿枪的女的顿时又羞又恼,满脸通红,很明显那个人不是她打下来的,是自己跌下来的,但是她出来的主要任务就是要把他打下来。

台下有人记得这个戏以前没有这些,后面这一段是最近几年新加上去的。

为啥没有张寡妇？本来看好一个，很适合演张寡妇，从年龄到气质都很符合，但是那个女的死活不愿意，多次做工作也做不通，后来，她提出要一百斤麦子才肯演，这一下就把前来做工作的人吓得再也不敢登门了。有两个十六七岁的姑娘倒是愿意演，她们的家人却坚决不同意，说演个丫鬟、小姐，演个女民兵没问题，演寡妇万万不行，主要担心她们日后万一真的应验了，那找谁说理去，找谁包赔去？还有一个女的，两年前死了男人，干部们去动员她，让她扮演张寡妇。她说，你们还嫌我不够败兴么？还想让我去台上再败兴一回，让更多的人知道我？去动员的一看，话都说到这地步了，还咋好意思再逼人家，再一想，确实也不合适。

扮演小道士的是许家窑的一个孩子，年龄看上去比五灯稍大一些，他们唱了一个道情小戏，唱完后从台下去，然后坐着马车就走了。夜空漆黑，但是因为正下着雪，又是灰白的。

两边的山，原本黑硬，现在落满雪，变得又白又虚远，回许家窑的马车走在往北去的川道里，先还能听见铃铛声和胶皮轱辘辗在石头上的声音，后来就逐渐听不见了，也看不见了。

外村来助演的走了以后，这才轮到二灯他们正式上场。礼貌问题，友谊问题，就像家里来了客人，要请人家上座一样，明年这个时候，你们到了他们那里，也是一样的次序和待遇。

二灯在后台化装，因为担心脸不亮，所以连续在脸上涂了两三层凡士林。二灯抹啊抹，抹了一遍又一遍，平时各方面都很粗的一个人，没想到竟还有这么细繁的时候。薛九成站在旁边，看着一碗饭一样地看着里面已经凹下去的那个盛着凡士林的小圆盒子，对方每挖一下，他的嘴里就会及时地发出咝的一声，就像从他的身上挖走了一块肉。油彩和凡士林都是薛九成年前亲自从城里买回来的，有时候越看还真的越有点像他身上的一块肉呢。化装化得已不像本人的二灯没有说话,脸上是一种非常陌生又十分遥远的表情,就像一张画上的一个人从画里走出来,面目鲜艳,衣饰苍翠。薛九成走到一边,刚想摸出水烟抽,风把一条黄色的二道幕刮到他的身上,顿时把他缠住,不得不站起来把自己解放出来。天气冷得厉害,五灯冻得流着鼻涕,两只手又红又硬,猫一样用头顶起后台上帆布的一角,声音兴奋而又低暗地叫了一声"二哥"。脸上涂了红白油彩和凡士林的二灯像一只陌生的鸟一样冷冷地看了他一眼,没有理他。这已经不错了,没有骂他,五灯想。

这以后,一阵激烈的锣鼓声突然从靠墙坐着的几个人中间急促地响起,张牡丹的大爷张金仓叼着烟,披着一件带着毛领子的棉袄,闭着一只眼,把小锣敲得像是一个人在急急地逃跑,一群人在围捕。平时他在饲养场站在墙角尿尿的时候,也是披着衣服,闭住一只眼,好像在瞄准。鼓声咚咚地响起,后面跟着胡琴,再往后,二灯扮演的赵匡胤就在消融的雪水一样的胡琴声中走了出来。一上场,底下的人们就看到他满脸全是白森森的光,油亮极了,坐在前排的人们甚至能看见他脸上的那些小坑小洼里也全是亮汪汪的油。又见他绿色旋风一样地转身,帽子也不是皇帝的帽子。王星才的奶奶赵四女纳闷,就问旁边的人,不是听说赵匡胤是皇帝么?那不是应该穿着黄澄澄的龙袍上场么?咋是绿的,穿得像个秀才一样?旁边史龙龙的爷爷知道赵四女无知又没有见识,可是也没办法,多年夹壁邻里的,还得给她解说,就说还不到时候呢,这会儿还没当皇帝呢,哪有龙袍,就得穿成这样的。一个膀大腰圆的后生说,这还着急,该穿的时候就穿呀。王星才的奶奶赵四女不高兴地对那个后生说,又没问你!然后恼怒地把身子挺直,扭头望着台上。大多数的人都是默不作声地看着,似乎台上的人穿什么都正常,也都能接受。实际上也是,无论穿什么,那都是人家的事,戏里的事,爱穿啥穿去,和他们这些看戏的又有啥关系呢?台上怎么穿,他们就怎么看,不是么?台上的人假装吃饭,你还能关心吃的是啥饭,放盐没有。

雪还在下着,也仍然还有人赶来,有迟来的把衣服往上拉,当伞罩在头上,望着戏台,后面就有人骂,因为被挡住了视线,完全看不见戏台上的人。前面的要是个厉害的,就回过头来也对骂,要是一个不厉害的,就走开,或者把先前撑起来的衣裳再放下来,接着再看。

台上身穿绿色长衫的"赵匡胤"问面前忽然出现的一名白衣女子家在何方,哪里人氏。

就在白衣女子说话那时,五灯吃惊地看见一个白色的比一根火柴棍还要小的小人儿从二灯的一个鼻孔里悄悄地走了出来,小人儿有胳膊有腿,啥都不缺,只是个头小一些,好像只有一颗芸豆那么大,像一两岁的小孩子玩耍一样,一出来就在二灯的鼻孔外面很笨拙地蹦跶了几下,之后手搭凉棚,朝戏台下面的人群看着,打量着。白衣女子说了些啥,五灯也没听见,没顾上听,五灯的注意力全在那个白色的小人儿身上。纷纷扬扬的雪花从青黑的天上降洒下来,飘落在很多张密密麻麻的人脸上,有的上去以后就化了,有的却把人装扮成了白毛人,不管是头上有白毛的还是没白毛的,都朝着戏台,望着台上。从台上往台下看,是无数张热气腾腾的脸,那小人儿好像有些吃惊,五灯觉得他就要走了,果然接着就看到它乳白的比豆芽还要小的背影,像一个没有任何顾虑和烦恼的小孩那样往后面去了。

忘了那是初几了,只记得是正月里的一个晚上。人们吱吱地从雪地上来,又从雪地上去,成团成筒状的白气从一些嘴里精瘦地蹿出来,或者肥厚地挪动出来,那即是一些有声音的话;那些没有声音的，只能目测为一团一缕的心事。在白亮的汽灯的映照下，地上的雪放射出一种又蓝又白的青光。不过很多人都觉得，无论是台上咝咝响着的汽灯还是台下吱吱扭扭的雪，都不如"赵匡胤"的那张脸那么又白又亮，五灯也那么觉得。除了那些以外，五灯还发现二灯一上场就像极了一个喝了水银的人，一张脸白得让人害怕，上面既没有一点血色，又没有任何表情，一双化过了装的描绘得又黑又大的鸟一样的眼睛也不知看着哪里。后来，一条假装的路出现了，他在一个据说是岔路口的地方停住，在台上做各种动作，从一匹同样并不存在的马上下来，放开嗓子唱，声音高亢嘹亮。唱完以后，脸上多出了一些东西，看不出是水还是泪，也说不定是汗，油亮明光。唱完走完，又到一张桌子前去饮酒，背对着台下的人们，端起满满一碗酒，用袖子遮住一饮而尽。那满满一碗，其实并不是酒，只是一碗水。

当二灯背对着台下的人们，伸手端起那一碗"酒"时，五灯的耳边忽然传来咔嚓的一声，觉得有东西折断了，很沉重地倒下了。五灯看着二灯的那个长长的绿色背影的时候，就觉得二灯好像已经死了，却还奇怪地直挺挺地站在清冷有风的台上，底下的人们也没有发现。

后来，绿色背影的二灯就被抬到后面的帆布棚里去了，不一会儿就死了。

有人说，趁胳膊和腿还软，得赶快把唱戏的衣裳脱下来，不然再过一会儿等全身都硬了，就不好往下脱了。于是就有好几只手一起上去帮忙，发现胳膊上还有温度，果然也容易脱。

这事发生在五灯十岁时的正月。一转眼几个月就过去了，到了夏天的时候，已经没有多少人再记得扮演赵匡胤的二灯了，冬天又排戏的时候，已经又换了新的人扮演赵匡胤。只有五灯偶尔还能想起死去的二哥，五灯会想起遍地的雪，戏台上青白的汽灯和黄色的帷幕，二灯的绿色背影以及从二灯的鼻孔里悄悄出来的那个白色的小人儿，它站在二灯的鼻孔前很是认真地朝台下打量了一会儿。五灯曾经和家里人说起过那个白色的小人儿，但是没有人信他的话。另外，五灯也不明白皇帝为啥不吃东西，而是一上来就饮下了满满的一大碗酒。

三爷常在梁上或者沟里放马，不在梁上就在沟里，五灯不上学的时候，就去和三爷放马。梁上如果有一棵孤零零的树，五灯远远地就直奔那棵树过去，三爷一准在树下坐着或躺着。

五灯说，三爷您有没有觉得，那碗水不对呢。

三爷说，哪碗水？

五灯说，您忘了？就是我二哥装赵匡胤时喝的那碗酒。

三爷说，你是说二灯？他也真够老实的，舔一舔就行了，他还真的都喝了。

五灯说，其实不喝也行？

三爷说当然行，又没人计较，你没喝，谁还能跑上去逼着摁着你喝了，谁不知道戏是假的，更何况他还是背对着台下的人们。他倒好，几百年没见过水似的，一口气喝了大半碗。

五灯看着三爷，心里在想着正月里的那碗水，觉得那应该是一碗清水。五灯想，肯定是一碗清水，一碗清凌凌的水，要是水里颜色不对，或者一看就乌里麻糊的，二灯肯定也不喝。

三爷从脸上捉住一只蚂蚁，看了看，扔到了一边。三爷说，有人给那水里放了东西了。

五灯说，放了东西，放了啥东西？

三爷说，还能有啥，药，闹耗子的药，能毒人的药。

7

五灯说，毒药？三爷您觉得是谁放的？

三爷说，那就不知道了，那哪能知道。

五灯说，三爷您给算一下，推断一下，看看是谁。

三爷说，那哪能算出来，我又不是算命的。看看谁平时和二灯不对。

停了一会儿又说，也不一定真就是那个不对的做的，另外有人帮他放也说不定呢。

听三爷这样说，五灯就坐在那里想，使劲地想，可是想了半天也没想出谁和二灯不对。

马在不远处吃草，天蓝得让人盯上一会儿之后就会觉得眼前发黑。

五灯问三爷，皇帝每天都吃啥？

三爷说，那还用问，肯定都是最好的。

五灯说，啥是最好的？

三爷的嘴里左旋右转地运动了一会儿，嘴朝前噘起，感觉要把什么东西从里面推出来，但是运动到最后，也并没见有什么东西从嘴里出来，反而又重新瘪了回去。五灯定定地看着，不知道三爷这是在干什么，总觉得无论任何时候他的嘴里好像都有什么东西嚷着走着要出来，却又很少见过真正有什么东西出来。等嘴里的运动停住以后，三爷说，这孩子愣得，连啥是最好的也不知道了，那还能有啥，当然首先就是饺子，天天饺子，从年初一直吃到年底。

听三爷这样说，五灯惊呆了，眼前顿时浮现出纷纷扬扬的满满一房子白面，人进去挖面，突然没了，哪去了，掉到面里淹死了。五灯说，啊呀，那真太有钱了，那么吃，那得费多少面？

三爷说，咱们那么吃才叫费，人家吃，不叫费。人家天天吃饺子，喝香油，馒头蘸糖。

五灯说，旁边是不是还放着一碗肥肉？

三爷说，皇帝嘛，你想，那肯定有，少了谁的也不能少了他的，一碗全世界最肥的肉。不过要是每天吃，顿顿吃，他肯定也吃不动了，我估计一碗他肯定够呛，大概只能吃半碗了。

五灯一双眼睛亮晶晶的，说，那剩下的半碗去哪了？

三爷瘪了一下嘴说，操啥心？还替人家皇帝忧愁！赏给他下面的人吃，也说不定喂狗了。皇帝一边懒洋洋地打饱嗝，一边叫过他的狗，对狗说，我不想吃了，这半碗肉你吃了吧。

五灯说，不知谁能变成他家的人和狗哩。

三爷走风漏气的嘴里发出呲的一声。三爷说，喊，你以为想变就能变，那也得个好命呢。

五灯就使劲地想象那一碗油汪汪的世界上最肥的肉，不一会儿便想得嘴里全是水。

三爷趁机还雪上加霜落井下石地说，把一块肥肉从亮晶晶的油里捞出来，放到嘴里咬，慢慢地嚼，啊呀，世界上再没有比那更好的事了，那种时候，说吃完饭放下碗让去死也愿意呢。又嫩又香的肥肉，每咬一口，肥肉上的油就吱吱地往出冒，往外溅，射到牙上，射到舌头上，就像雨淋到墙上。接着又往嗓子里钻，往进流，整个嗓子里，就变成一条输油管。瘦肉哪能跟它比，干柴一样，木头渣子一样，一点吃头也没有，我看见瘦肉，根本动也不想动。

五灯说，瘦肉也很好吃哩。

三爷说，喊，一看你就不懂，你才活了几年，吃过几块肉。有一年过年，翠屏她们给我拿来一大块肉，我一看，红石头一样，全是瘦的，当时就来气了，对她们说，拿走，赶快都拿走，我不要！

9

谁愿意要给谁去。见我生气了，后来她们赶快又给我换了一块同样大的肥的。

五灯盯着三爷，看见三爷眼睛闪烁不定地看看他，又看看地上的草，接着又看墙头上的风，就觉得三爷后面这话很可能是在瞎说，有点儿吹嘘。有人给他送过那么大两块肉么，五灯不信，还是同样大的两块，一肥一瘦，不想要瘦的，马上就又换成了肥的，世上有那样的事么，自己卖肉也没那么随便吧。五灯想，你就吹吧，反正也没人和你计较，没人查对这事。翠屏是三爷的一个早已出嫁很多年的女儿，据说嫁得很远，好像从没回来过，五灯反正从来都没见过，只是听说过这个名字，却也是从三爷的嘴里才听说过的。三爷不知在哪一年去过一次翠屏的家里，回来后逢人就说那里有多好，地是平的，没有山，没有沟，连太阳都和这边的太阳不一样，连街上的狗都是细皮嫩肉的，顺毛的。至于他的翠屏的光景过得有多好，那更是这里的人们想不出来的。有好多事情，你要是没见过，真的是想破头也想不出来的呢。

蚊子咬所有的人，但就是从来不咬三爷，见到三爷就跑，掉头就跑，互相好像还转告着，就都纷纷绕着走了。它们不是谁也不怕，谁都敢咬么，咋见到三爷就跑？三爷说他的肉是苦的，血也是苦的，就那，也已经剩下不多了，浑身上下一点儿油水也没有，它们咬他做啥，冒一回险，却什么也吃不到，它们才不干呢，它们也不傻。除了血不多，三爷的牙也基本没有了，满嘴里只剩下四个槽牙，上面两个，下面两个，还能勉强嚼一点东西。五灯想看看三爷的那最后四颗牙，三爷不让看，把嘴闭得紧紧的。平时，那嘴经常半张着，基本是一个黑洞。五灯说，不让看就算了，四个牙又不稀罕，孙守财家的那个孩子也是四个牙呢，不过人家的是门牙，上面两个，下面两个，都又小又白。三爷问，他多大？五灯说，好像才一岁。

从五月初一到五月二十五，这二十多天里其中有一天是三爷的生日，但是具体究竟是哪一天，三爷自己也不知道，因为三爷从来没有过过生日。年后有一天，三爷对五灯说，就在那二十多天里，找上一个天气好的日子，就把它定成我的生日吧。五灯说，那还能随便定？三爷说，不然能咋办，那你告诉我，我到底是哪一天生的？五灯说，那我哪能知道，那时候还没我呢。三爷说，就是，连我都不知道，你又哪能知道。那咱们就慢慢选，总能选出一天。

一开始定的是五月初五，但是到了初五那一天，又是风又是雨，大白天阴得像一个晚上。五灯早早地就到了三爷家里，五灯指着窗户外面黑漆漆的天气对三爷说，等了好些天就等来这一天，这能过？三爷也觉得不妥，等来的这一天不好，三爷说，那就再往后挪一挪吧。

五灯帮三爷把灯点着。三爷说，那就初九吧。

五灯说，初十，十比九大。

三爷说，还成天念书呢，啥也不懂，九才是最大的，九五之尊，哪有十的事。

五灯说，比如咱们俩人考试，你考了九分，我考了十分，你能说你比我考得多？

三爷说，不对，不是你那种算法，你举的例子不对，反正是九大。

五灯说，十全十美，那是啥意思？咋不说九全九美？

三爷说，一家有十个孩子，你说是老九大还是老十大？你能先生老十，过两年再生老九？

五灯说，我拿九块钱，换您十块钱，换不换？

三爷愣了一下，说，这孩子真能胡圪搅，将来长大了帮人打官司去吧，准能赢了。

三爷伸手一拍脑门说，啊呀，把我也圪搅糊了，差点忘了，眼跟前的事，就说你们家，你叫五灯，你上面的二灯三灯四灯，他们哪个不比你大，你倒是说说看，他们都没你大？

三爷说，人人都要逢九，你听说过谁要逢十？

五灯说不过三爷，就又定到了初九。

初九那天的天气倒是还好，既没有很大的风，也没有雨，只是谁也没想到三爷出门的时候跌了一跤，摔得脸上全是血，谁愿意自己生日的时候血淋淋的，恐怕没有那样的人，满世界也找不到那么一个人，这样一来，初九也就作废了。五灯早些时候曾经提议的初十也不行，因为第二天三爷还在炕上哼哼，不能下地，没有人愿意在自己生日的时候很难受地哼哼。五灯对三爷说，那就定到五月十三吧。三爷闭着眼睛说，你说十几就十几。就定到了五月十三。五月十三其实是个好日子，是天上的娘娘把瓶中的甘露洒向人间的日子，民间以往还有热闹无比的庙会，三爷嘴上没说，心里其实非常满意。想五灯这小鬼头，冒打冒撞地一不小心竟给他选择了一个这么好的日子，唯一的担心就是怕自己命贱服不住，承受不起这样的大日子。

三爷想吃肥肉，想吃馒头蘸糖，不过五灯可没有钱给他买肉，买糖。五月十三的上午，五灯用弹弓打下一只鸟，比麻雀画眉一类的大多了，有喜鹊那么大，不过却不是喜鹊，也不知道叫什么名字。五灯拎着那只叫不出名字的鸟给三爷送去，路上想着那么大一只鸟，够三爷一个人吃一顿的了。五灯从一开始就决定不和三爷争嘴，五灯要回自己的家里去吃饭。五灯一路跑着把鸟送到三爷家里，让三爷自己烧水，煨毛，出门时觉得完成了一个很大的任务。

从远处看，三爷蹲在那里像一块瘦石头，又黑又瘦，到了跟前，还是一块瘦石头，只不过变成了一块会说话的瘦石头，一块有鼻子有嘴的瘦石头，眼睛像石头上凹下去的两个小坑。晚上，五灯吃过饭以后，摸着黑去三爷家里，问三爷那只鸟的肉好不好吃，因为有些鸟的肉就纯粹不能吃，比如喜鹊的肉。三爷说香倒是很香，就是没什么肉，净骨头。又说，这会儿正是青黄不接的时候，它们也吃不上啥，有的鸟外表看身架子很大，其实所有的鸟都只是一把骨头，要是秋天就不一样了。三爷的嘴里吸吸溜溜的，为了对付那些骨头和筋，三爷费了不少的劲，结果就是仅剩下的那四个槽牙都松了，用舌头一舔，明显感觉都在摇晃、活动。

三爷对五灯说，这回可是赔了，为了吃一点肉，四个牙都活动了。就又专门嘱咐五灯说，出去可不敢说啊，这要是传出去，可要叫人笑话呢，说这老汉没出息得厉害呢，往后咋见人。

五灯对三爷说，这回没过好，差点把牙过没了，要不重过吧，等秋天的时候再过上一回。

秋天再过一回？

五灯说，八月十五咋样，多好的时候，谁能有那么好的生日，全国人都在给您过生日呢。

三爷就有些害怕似地说，不敢定那种日子吧，那也是大日子呢，一般人会承受不住呢。

听三爷这么一说，五灯也忽然觉得有些沉重，就说，那就错开，反正是由咱们定。

五灯一鼓动，三爷也有点动心。不过，秋天又来了的时候，三爷已经不在了，也再也用不着过生日了。五灯坐在一堆散发着秋天气息的干草上,看着头顶上面青蓝的天,看见来来往往的很多鸟的肚子都又白又圆,就想,三爷真是一个没福气的人呢,鸟瘦的时候,他非要过生日,鸟身上有了肉,他却不在了,现在这时节,随便捉一只啥都能给他变成一碗肉呢。

看见沟底下那两间趴趴房了么,对,就是那两间快要趴到地上的泥草房,五零年我们一家人从关塔回来,就住在那里。我们一回来,正赶上村里斗争常遇春,分了他的家产,房子,当时正好帖二广是主事的大掌柜的,看见我们一家人没地方住,就把那两间分给了我们。

常遇春顶着个地主的名分,就那么两间趴趴房子?

不止,当然还有别的房,还有一个大院,就是后来常用来开会、分东西的那个大院。我们分的那两间是单独的两间,这会儿看,当然不行了,老眼昏花,弯腰驼背,老得就快要趴下了。东西也像人一样呢,一老了就不能看了,当年也是七八成新的,不然咋能叫财产。

后来的常二锁常建民那些人,是不是都是他的后人?

都是。那一门人都很聪明,就是受了成分的害。常建民有个兄弟学习特别好,好也没用。

帖二广,那是一个好人。

是。要说毛病,他也有,但是他最大的特点就是正派,为人正派,不害人。一个人能做到不害人,就已经很难得了,再加上正派,那就更不容易了。他本人一间房也没分,一家人还住在那两间窑洞里。以后历任的那些家伙们,再也没有过他那样的了,从来都是先尽自己,一个个鳖盖一样,看有啥好处,先抓到自己手里。你一个平头百姓,你哪能闹过他们去。

可惜早早地就死了。

好人不长命。

人一代不如一代,实现了啥又有啥意思,空余出时间想歪的?

好不好也都得往前走,不然你能咋,很多时候好像明知道不好也没办法。

一家人冻得吸吸溜溜的,不过终于有了遮风避雨的地方。我妈说,把炕烧得热热的。

杜林笔记

印象中这一年多来,好像经常听见扑通一声,有人死了,过不了几天,嘎吱一下,又一个人没了,粗略算一下,可能已经有十几个人先后都死了。走在路上,猛不防路边的某个院子里忽然传来凄凉高亢的唢呐声,咚咚的小鼓敲着,那即是在为他们送行,在家的最后一夜。最后一黑夜了,当然要尽力给他(她)吹打一番,第二天一早就要被抬出去,永不再回来。以后这个家无论怎样变化,家人发达还是受穷受人欺侮,都与他(她)无关了,也不再能插上手。想当初来这个世界的时候,是哭着来的,没想到最后走的时候,竟又是在哭声中走的。

生活是什么,很大程度上其实很像腌菜,把本来脆灵灵嫩生生的东西扔到咸盐水里去腌,去泡,去浸,去沤,一天天地腌啊腌,泡啊泡,直到把你腌得发红发紫,又沤得发酸发黑,软塌塌的再没一点儿脾气,那时候你就行啦,腌成了,而且最终还有一个腐烂霉臭的结果。

又或者呢,不定哪时,很难说什么时候,一个生铁圪蛋从哪掉下来,直接落到谁的头上。我说的生铁圪蛋,有纯粹的物质的生铁圪蛋,当然还有其他各种意义各种形式上的生铁圪蛋。

第二章

兄弟的纸灰像低飞的燕子

本地人孙六死于他乡,死在一个叫鸦台的地方,牺牲于一个黑暗无比的没有几个人能说得清的故事之中,这件事远在十年前的一个异常晦暗的午后。尽管绝大多数的本地人并不认识甚至从来都没见过也没听说过这个很早就离开本地的叫孙六的人,但那天午后,山区里天空低垂,纸灰飘扬,肥厚的云彩炮弹一样,风疯子一样,追打着许多乱石柴草般的名姓。孙六还没有回来之前,或者说他正在回来的通往山里的路上,就已经有轻黑的一只手那么大的四周带着火星的纸灰在山区里飞舞飘扬了,有的纸灰离开沙土公路,燕子一样飞进一些人家的院子里,甚至敞开着的窗户里。你正坐着或者站着,忽然有东西在脸前盘旋、飞舞,会下意识地挥手驱赶,并想这是啥。是燕子么,看上去很像,很像是雨前的那些在院子里外低飞着的燕子,可是这么冷的天气哪有燕子。在临近沙土公路的旁边,除了一条由北向南之后又竖折竖弯朝东流走的小河,还布置着几条水沟,沟里的水翻着白眼,日夜流着,虫子一样流窜征战在山区枯瘦的胸脯上。在孙六的灵柩出现在足够萧荒的山区的时候,一具红色的棺木如一个眼下正在时兴的红洋柜一样缓缓地从一辆黑蓝色的汽车上飘落下来。很多人在无意间都记住了那一幕,有人多年后还记得,看见紧邻着大路的河边有个鲜红血赤的东西从一辆车上飘了下来,在住在河西的人,尤其是那些住在对面半山腰的人们的眼里，那个红艳艳的大洋柜一样的东西几乎没有任何的重量，同时由于大风的张扬和阻隔，他们也没有听见哭声，只看见风很凌乱地吹着一些人的头发和头发下面的毛领子，有人在风里打转，有人突然倒下，怀疑是被风刮倒的，也有人觉得是被那个红艳艳的东西撞倒的。这都是距离和视觉给他们造成的误判，事实上那个东西不仅有重量，而且还很沉重，八个男人抬它就足以证明它的重量；同时，哭声也是有的，而且也是相当重要的一环，汽车刚停稳不久，便有女人和孩子的哭声响了起来，在哪儿不哭都行，回到他山里的老家，却无论如何都不能不哭。他们是这样想的，以为不哭不行，实际不哭也行，也不会把你怎么样，关别人什么事，很多人连看也没看见。

躺在红色棺木里的那个人当然不知道自己已经回到了故乡，更不知道从前的五位兄长也只剩下了最后一个，至于他们分别是在哪些年月里先后消亡的，就更是他从未想过的，多年在外，音信基本隔绝不通，自己以及自己家人的那点事都应付不过来，时常觉得吃力又艰难，哪还有精力和闲工夫去想其他人的事。而在他的五哥孙五的记忆里，漫长而破旧的山区岁月始终以土黄色和灰褐色两种颜色相继交替着重复出现。当然那中间也年年闪现着黑色的人影和短暂的翠绿，一些或长或短的辫子，有的大幅度地甩动着，在人们的记忆里留下浅黑的弧线，也有的一声不响地垂在肩上，先前总见，后来便不见了，那就是远嫁了。

山区狭长的土地上，栽种着几种易活的庄稼，而在那些高远的山梁上，则全都是耐旱的作物，枝叶锋利的豆类，柔软的黍子、糜子、狗尾巴一样的谷子，当然还少不了莜麦和胡麻。大约半年以后，某一天，唰地一下，孙五变成治保主任，此前一直光秃秃的头上从此忽然有了一顶官帽子，一开始他不知道是因为什么，后来才越想越觉得应该与他的兄弟老六不无关系，甚至是最直接的关系和唯一的原因，因为这事换个人好像也行，不过孙五似乎也更合适。他身穿灰褐色的山羊皮坎肩，一支粗大无比的手电筒斜挎在腰间，那也是他平常使用最多的武器之一，他喜欢看到一些人在他的手电筒强烈的光芒突然照耀之下惊慌失措的样子甚至接近于灵魂出窍的真实反应，这常让他觉得自己手持的其实并不是一个普普通通的手电筒，而是一面威力四射的照妖镜，多少人都经不起他那么一照呢，一照就都现了原形。夏天里，一颗布满青筋的头剃成青白的葫芦，冬天戴一顶黑的狗皮帽子，远远望去，并不以为那是一顶帽子，其形状与颜色其实更接近一块巨大的炭，是他顶着一块巨大的炭在行走，走近时才觉得说是一只黑色的有刺的动物蹲在他的头上其实更为恰当。

　　前一夜，不知做梦还是真的，孙五看见兄弟突然回来了，用手推开街门，却并没有进来，只是有些生疏地看着他，一张脸白得令人心惊。看了一会儿，一句话也没说，就转身走了，从大门口出去了。多年不见，老六竟是这么一副样子，这要是在一个人多的地方见了，可能互相都不认得了。他追出去，看见天上有星星，巷子里有微微的黑风，兄弟却早已没有了踪影。第二天，刚出门就听见大喇叭在一遍一遍地叫他，当他赶到大队时，知道已经当上了治保主任。事情来得过于突然，让他没有任何的准备和适应。高兴不高兴？肯定不能说不高兴，但同时更有一种走路挨了一闷棍的感觉。他看见墙上的钉子和灰尘，它们好像也在向他祝贺，露出蚝黑的牙齿和灰色的笑容。大队的看门人七板像一束没有捆扎的霉旧的干草，瘸着一只手靠墙站着，手和手臂永远都是直角，悬挂在手臂上，两条拐腿软软地交叉着扭结在一起，不住地忽闪着一双眼皮松弛多皱的眼睛看着他。党支部书记谷正楼分开两条腿，产妇一样坐在桌子上，旁边放着一筐手榴弹，用苤苤棍剔着牙说，不为啥，就觉得你最合适，这条沟里再没有比你更合适的。又说，已经开过会了。

还绷着不说，好像有啥不能说的。从里面出来以后，孙五边走边想道，他想起了谷正楼的那张有些油腻的脸，又忽然想到兄弟老六，脑子里哗地一亮，是老六的功劳在助他上升呢。

那筐手榴弹从此就归他负责保管了，同时还有十几支步枪，由他和民兵连长俩人共同保管，两把锁子，两把钥匙，一人一把，要开柜子时，必须俩人同时都到场，缺一个都打不开。

孤身一人的孙五，虽不以独身为荣，却也并不羡慕那些常有哭声和打闹声传出的所谓家庭，在他看来，家有家的麻烦。他从他们的门外经过，听见里面吵得鬼哭狼嚎，打得稀里哗啦，有时也进去劝解一下，那也在他的职责之内，但更多的时候不进去。他边走边想，家务事还是少管，更不用说是别人的家务事，那种事，神鬼都理论不清呢，他又能给他们说出个什么道理来，打闹说不定是唯一的办法。他一个光棍，给人家一个家庭讲革命道理，讲人生原理，告诉他们应该怎样团结一致，和睦相处，这听上去很像是笑话呢，所以他只能装作没注意。

兄弟的纸灰像低飞的燕子。每当他独自穿行在山区密集无边的高粱地和玉米地里时，眼前便会浮现出那个遥远而模糊的午后，那个没有任何预兆的阴沉沉的后半晌，他的兄弟突然以一幅遗像外加一具棺材的方式像一种货物一样被长途运送回来，就像梦梦一样呢。本来他还瞪着眼张着嘴，觉得是在观看一件与己无关的事，甚至还想过找他们的茬呢，问他们是哪的，野不飕飕的要干什么，却忽然被推举并指认出来。有人说，无缘对面不相识，啊呀，闹了半天，原来这就是孙六同志在村里唯一的亲人，他的五哥哩。那以后，当然就由他带路去他们家的坟地，他们的爹妈以及两三个祖宗都埋在那里。那个叫鸦台的地方到底在哪，他不知道，也从来都没去过。鸦台那边的人送老六回来，连人带车汽油味十足……。直到今天，他也不知道老六到底是怎么回事，但肯定是有功的，不然人家哪能帮他张罗后事。那还不好么，总比黑漆烂污的强吧，他要是真成了那么一种人，他这个做哥哥的又能有什么办法，啥办法也没有，也只能干瞪眼。每一个人的路都是自己走出来的，外人、不相干的人，甚至亲人，都很难插上手，尤其是那些远离故土，多少年飘荡在外的人，没有人知道他们每天在干什么。现在，他的兄弟不仅要比那种人强出好几倍，甚至比正常的普通人还要好还要光荣呢。

行了，可以啦，已经比大多数的普通人强到不知哪里去了，至少已经比一贯自以为高人一等的王世荣强出三至五倍，更要比贾智慧潘文才等人高出十倍也不止呢。人活一世，还要图什么呢，到最后，不都得死吗，各种死法都有，像老六那种死法，并不是谁想有就能有的呢，人死了，却还能为活着的遮风挡雨，荫庇护佑，谋福利，说句不好听的，比活着的时候还有用呢。不是么，以前那么多年，他在世的时候，不是就什么指望也没有么，也许就因为没什么指望，常常会把他忘了，完全想不起还有那么一个人，还有那么一门亲戚在这世上。

有时他会想，他兄弟给他托梦的那一夜，是不是同时也给谷正楼托了一个？是的，极有这种可能哩，不然谷正楼怎么会平白无故又突如其来地做出那样的一个打死他也想不到的决定？是哩，就以他见到的老六梦里那副模样，那张让人心惊的白脸，啥话也不用说，往那儿一站就行了，看他两眼就足够了，不怕他谷大下巴没反应，有种他就一直挺着，假装啥也没看见。不过，托梦这种事，多少总是有些玄，真正起作用的硬货，可能还得是老六那份功劳。

要闹清楚，不是死了，是牺牲了。以后，每当说起他的兄弟时，孙五总是这样纠正人们。

这事得说，不说不行，还得反复地说，经常说，你不说，别人就会连毛带血地把所有的死都混为一谈，孙五觉得。尤其是山里的人，很多时候当面都说不清楚。严重的问题是教育农民，他觉得毛主席的这句话说得真是好，不仅那么多人需要教育，就连他这个担任着一点职务的人也需要教育。在他的记忆或印象里，那时候一直有一些虚浮柔软的亭台楼阁懒洋洋地飘浮在山区的上空，可等他后来再抬起头时，却吃惊地看到它们已变成一群群的虎狼，黑压压地聚集在天上。人固有一死，或重于泰山，或轻于鸿毛，开会时学到的这句话，让他经常深思、琢磨。就说他的兄弟老六吧，泰山不敢说，肯定不是，但他觉得好像也不应该是鸿毛，要比鸿毛重不少。很多年来，他睡得最迟，很可能也起得最早，他见惯了天上的云絮和各种颜色的霞光，熟知这山里的一草一木，知道所有的小路和捷径，知道哪一片地方都住着些谁。还知道见识过很多人都完全不知道的事情，比如山上有声音，常听见啪啪地拍手或叹气，声音就在不远处，却又从来看不见，他跟踪过，白天黑夜都埋伏过，没用，又叫来民兵，还是啥也没有；草木会说话，不光会说话，有时还会长久地交谈，这种事大多数的人知道么，打死他们也不知道。再比如，黄文焕两口子其实是亲兄妹，全因幼时一家人失散，才错上加错，这事有谁知道，除了他们自己，只有孙五知道。这件事使他从后半生开始奇怪地养成了一种动不动就仰望天空的习惯，这世上有太多他看不明白的东西。天上有答案么，并没有。多少年他穿街过巷，起早摸黑，很多的秘密并不是他刺探来的，而是它们自己朝他跑来的，哭着叫着，追着闹着，一溜小跑或者大步流星，非要往他的耳朵里钻，非要往他眼睛里跑，有时候躲都躲不开。这事谁能给他作证，月亮能给他作证，星星能给他作证，黑夜和风更能。

地上的人事也会被映照或者蒸发到天上么，这事他想过，但是吃不准，也没地方去问。

后来的一些年里，孙五就常常一个人面对着寂寥的天空这样想。

天空有时如碗，但更多的时候就是一块辽阔得没边的青石板，经常让孙五觉得尽管从来没看见有人在上面打扫、清洗，却总是比他的炕还要干净很多。躺在那蓝盈盈的青石板上，不开会，不巡逻，周围也没有哭声传来，人应该能睡几个安稳觉，不过他不行，越那样干净安静，他越睡不成。有人说那些星星就是在天上扫大街的，天黑后出来上工，唰唰地扫上一夜，天亮后再回去。有邻近村里的星星一样的扫街的拄着扫帚，从远处打量，又就近仔细瞅他，却没料到他身上的扎手的硬刺和粗大的马蹄般的毛孔令他们眼睛生疼，流泪不止。他的金黄的又宽又长的大马牙多年来一直固定在一些紫色的夜晚里，在山区广大劳动人民的视线里闪烁、出没，在无数个白昼如帷幕般拉开又合上，很多人梦见过他的牙，一梦见立刻惊醒。

院子东一个，西一个，山上一些，沟里一些，零零散散，弯腰驼背。围郭和形状也都是各闹各的，坚硬的泥墙，上面长满马缨子的土墙，风一吹，绿纷纷的，有的人家甚至用两溜柴草垛充当院墙，中间留出一个又瘦又窄的小门，两个成年人要是同时进，门框有可能会吃不住，发生歪斜或者松动。至于住的地势呢，相当于有的在天上，有的在地上，最高处的一个院子和最低处的一个院子，就叫人有那种感觉，一个山上一个沟里，一个要是在井口，另一个不用问，肯定已经到了井底，两下之间的落差就是这么大。其实住在半山腰也没啥，无非就是出门和回家的时候比别人多走几步，多绕几个弯。为啥这些人家会住成这样，比如住在半山腰里的，又不出家，又不修行，住那么高为啥，啥也不为，因为正经的平坦的地方，人多热闹的地方，已经没有多余的地方再让他们住了，只能住到边缘角落的地方，或高或低的那些地方，山坳里，沟岔里，与石鸡獾狐为邻，每天听蒿雀画眉的叫声。站在山上往下看，其中有一个地方，地势的形状就是一个裤裆的样子，有好几户人家就住在那个裤裆里，人人都知道，因此常被人笑谈。除了这个原因，还因为这些零星的外围的人家基本都是后来才有了的，有的是从某一个大家庭里分离出来的，有的是从不知什么地方迁移来的，都是单门独户，不仅日常习惯古怪少见，甚至有时连他们的姓氏也是奇奇怪怪，住在半山腰深处的一户人家，不知是从哪儿来的，竟然姓死，就是死了的那个死，这叫人们开了眼界。这件事的最直接的后果就是除了治保主任孙五、党支部书记谷正楼这两个人之外，再没有任何一个人去过他们的那个独门独户的院子里，连最爱到处串门子的女人们都没人去，一听说姓那个姓，都不敢去。有好奇的人问孙五，那个院子里有啥，孙五就说，好得很呢，花果山一样哩。他这么一说，不光不起作用，实则更加重了那个院落的神秘性和阴森可怖性，更没人敢去了。

表面上的山区比较荒寂，但是在时间的背面却布置着许多的声音和结果。

表面上大家相互都住得不远，最远的也不超过二三里，可是不知为啥，有些人家，你就是觉得他们住在时间的背面、阴面。不说别人，作为治保主任的孙五就常有这种感觉，有时大白天走进某一户他以为的那种人家，也会奇怪地头皮发麻，觉得有东西上了身，就站在门口,或者院子里,不再进去,说完话转身就走。是看见了啥可怖的人或事情么,也并没有,就是那么一种看不见又抓不住的奇怪感觉,让人觉得很不想也不应该在那里长久地停留。

好像一天中的任何时候都能听到用石子摩擦铁锅的声音,在夏日赤热的午后,那种够得上难听的令人牙根发酸脸面紧绷的声音尤为突出,几乎到哪都能听到,吱吱地在山区里回荡着,有时看见麻雀画眉在空中颤抖、趔趄,那也是被地上的声音惊的。事实上并没有那么多的人家在磨锅,发出那种刺耳声音的永远都只是个别的人家,用了好些年的锅某一天突然从中间塌陷,再也无法修补,不得不再买一口新锅。而新锅总是有太重太多的铁锈气,或许还带着某种需要慢慢驯服的野性,要想吃饭,要想饭里既没有铁锈色又没有铁锈气,就得把锅里的铁锈磨掉。谁都得磨,这一点没有例外,就连公社书记家里的锅也得磨,至于大队书记小队长一类的,那就更不用说了,不磨他也照样吃不成饭。当然,公社书记的家在哪里,是不是真的也磨过锅,谁也没有见过,人们只是用自己的经验推断别人,觉得也得磨,不磨不行,不磨怎么做饭呢是不是。至于村里的小队长们,那是一定都磨的。很多人都磨过呢,只是不在同一时间同一地点,今年这家,明年那家,很多人记忆里都有一堆磨下来的红色或青色的铁锈,很多人都曾灰头土脑,耳热、脸麻,有人忘了,忘了那只是他忘了,并不代表没有过。

"太阳——一出来呀——哎咳哎咳哎咳哎咳哎咳哎咳哎咳……"那时候高音喇叭里放出高亢嘹亮的歌声,感觉那嗓子是金属做的,正一闪一闪地在昏荒黯旧的山区里飘走,回荡,往下是金属的长坡,最高最嘹亮处是连续不断的闪闪发光的白亮的小鸟,忽然激昂地升上去,又忽然深情地落下来,"如今咱站起来——做了主人哎哎咳呀！"。在那雄赳赳、亮闪闪的巨大声音下面，尖利的磨锅声和狗叫声像是受到了指认或控诉，在许多人家之间来回奔窜。有外面来的相亲的推着缠绕了彩带的花花绿绿的自行车，来之前新理了头发，也新换了满是褶皱和压痕的衣裳，急切又局促地在街上走着，接受着沿途一些目光的打量和审视，也包括到处乱跑的猪或狗的撞击。有东西撞上来时，就往旁边躲闪一下，不能骂，更不能打，你知道骂的是谁家的？万一这一回的相亲成了呢，那就意味着很快就要变成这地方的女婿，将来的第二故乡，谁也不能得罪呢，一开始就留下骂名，有时一辈子都洗刷不清。大家至今都还记得王庆年家的那个女婿，正经名字好像应该叫个什么明或者什么保，不过大家背后都管他叫愣鬼。当年还没成为王庆年家的女婿的时候，第一次来村里，就表现得贼眉鼠眼，推着个车子，很像电影里那个偷地雷的，走路也闪深踏浅。猛不防看见一个生人，一个从来没见过的人，狗也觉得生疏甚至别扭，哪能不咬，狗朝他叫，他就停下来和狗斗争，开口谩骂，主要是与狗对骂，骂不过狗，就弯下腰拾起石头打狗，鸡朝他走过去，他也朝鸡跺脚，呐喊。人们就想王庆年家，挺好的个姑娘，咋找了这么个愣鬼。

　　两段歌曲结束后，又听见有人在喇叭里大声地咳嗽，感觉一下很难止住，所以很是轰隆作响地咳了一阵。有人在街上走着，听着那近乎拼命般的咳嗽声，觉得不像是哪一个戏里的咳嗽声，应该是一个真人在咳嗽，却听不出是谁，从说话能知道是谁，从咳嗽却很难听出是谁。很快，就又听见咳嗽声已经结束，一开口说话，才听出是谷正楼。其实早就应该能想到，除了他，还会有谁！没有人会无缘无故地跑到那里面咳嗽去，也没那个机会和资格。咳嗽过后，大家听到谷正楼正在训斥长期看守电话和扩音设备的刘七板，埋怨他刚才自己猛烈咳嗽的时候没有及时地把扩音器关掉，以至于让那么多的人都听见了他在喇叭里咳嗽，看他的笑话。七板听到训斥，趔趄着、歪斜着、飞奔着过去伸手要关扩音器，谷正楼一下把他推开，人们听见大喇叭里传来咚的一声，便知道七板很可能是碰到了桌子上，或者倒在了地上。又听见谷正楼对七板说，我早就咳嗽完了，你这会儿想起关了。谷正楼其实又忘了，由于他后来的干扰，扩音器并没有被关掉，还一直开着，他的所有这些动静，他对七板说的话，还有七板的声音，又全都通过喇叭放送了出来。

这以后他在喇叭里开始说正事，专门说到四小队的陈拴龙，临时抽调他去后口子的梁上送粪，他说他腰疼得站不起来，想翻一下身还得人帮忙，可天快黑的时候，有人看见他担着粪往他自己的自留地里送。不要脸呀，社员同志们，从来没见过这么不要脸的……喇叭里忽然传出嗡嗡的、嚓啦嚓啦的电波干扰声，等干扰声消失，最后又说，这种人，我日他祖宗的！

大喇叭在最高处，地势本身就高，喇叭又架在房顶上，整个山区都回荡着谷正楼的话，他在说这些话的时候，手里摇晃着一大串钥匙，最大的一把钥匙有一根羊骨头那么长。那时候，有很多人的面容纷纷从他的脑子里走过，有的走得很快，他甚至来不及看清他们是谁，就已经哗哗地不见了，连是谁都没看清，就更不要说他们的品行以及各人的长短了。不过，不用细看他也知道，那些憔悴失神的面容当中，有他曾经的对手，但更多的是他手下的败将，都两眼发直精神涣散地在忽明忽暗的时光中走着，那当中也不乏还有孜孜不倦地去公社或县里告状的，他感到无数弯曲的和粗糙笨拙的人影挤破了他的脑子和记忆，纷纷向四处散去。

陈拴龙本人也听见喇叭里在骂他了。那时候他正拄着一把铁锹站在地里，他这片自留地像一块遮羞布一样藏在两个山洼中间的入口处，才直起腰，打算歇一会儿，本来一直都好好的，可是后来不知怎么腰还真的有些痛。大喇叭点他的名，他也没想到，这让他既意外又惊吓，活了这么大，名字从来没有在大喇叭里出现过，第一次出现，竟是被骂，还捎带连累上祖宗。脑子里稠糊糊地反应了一会儿，后来他冲着大喇叭的方向也回骂了一句：日你祖宗！

不过他这一声谁也听不见，骂也是白骂，地远天荒，只有一堆粪和他自己。

那时候很多人正在地里弯着腰，在稀薄而干旱的梁上站着，在茂密的庄稼深处脸朝下，梦想着某种渺茫而遥远的希望，星星出来的时候，又满身灰尘满面荒凉地穿过秕糠飞舞的农业岁月回到家里，看见灶王爷盘腿坐着，看见碗空着，锅里的水正在咆哮翻滚，猪也在怒吼。

傍晚时候，霞光曾从天上来到院里，毯子一样铺开。猪咬了一会儿门框，然后开始唠叨。

青蛙的身上好像通了电，叫声高亢明亮，要是一个人，就是人里面的那种天生的好嗓子。当河边没人的时候，它们从水里出来，在浅红色的沙子和草地上咚咚地跳着，身影斑绿，自由，却又自带着一种年幼的专注和笨拙，就像几个身穿着墨绿色棉袄的小孩在家门口蹦跶，玩耍。遥望山区里高低不齐的年久而凌乱的房屋，无数胡乱排列的门窗在风中啪嗒啪嗒地摇晃着，又如同火车行走一样嘎登嘎登地震响着，黄泥的烟囱里冒出一股一股的黑烟或者白烟，还有的时候则又是一条条黄色的龙正在起身，撤离，出现在众多的屋顶上，要远走高飞，弃人们而去，看不见它们的脸和眼睛，只能看见它们的黄色的长大而又能随意伸直弯曲的身躯。

夜里，当大多数人家的灯都灭了以后，孙五才开始正式上场，挎着又粗又长的手电筒,走在黑暗的街上。好些年孙五一直都以为自己是整个山区睡得最迟的人,有时甚至通宵都不能躺下,所以夜深人静以后,尤其是后半夜的时候要是路经某一条黑魆魆的深巷,突然发现某一户人家有灯光泄露出来,就知道事情有悖常理,其中必定有缘故,就会停下来,警惕地在窗户外面谛听一阵,必要时他会敲响窗户,询问里面的人是一直没睡还是睡醒一觉后又已经起来了,得到一个满意的回答后才离去。当然你要是没有怕见人的事,开门请他进去坐一会儿,他也不反对,不过也不一定就进去,那还要看他的心情或还有没有别的更要紧的事情。

黑暗的山区早已谙熟他的气息和脚步声,他硬铮铮地走着,走着走着,就听见有鸡叫了。

天还墨黑的时候,鸡就已经醒了,凄凉而高亢地叫着。

他觉得,鸡是站在黑暗中领唱的,女声独唱,它一领,杨树高粱青麻都在风里哗哗作响。

除了杏儿和西瓜,我从小就没见过任何水果。你见过?你肯定也没见过,因为你也是这片土地上的一分子,谁也不会比隔壁家的孩子见识到更多更意外的东西。十来岁的时候见过一牙苹果,就是一个苹果的八分之一,也不知哪来的,给八个孩子平均切开,每人一瓣,咱们叫牙,不叫瓣,真的就像一瓣月牙儿,当时根本不知道叫啥,因为从来没见过那种东西,吓得都不敢吃,只是闻着觉得很香甜。后来我去阳太进修,有一次不知怎么也不知是谁挑起的一个话头,就说到了水果这件事情上。人家问我,你们那里都有些什么水果,我只能老老实实地回答说,只有杏儿和西瓜,别的任何水果都没有,如果杏儿也能算水果的话。那时候我最大的进步就是知道了水果这个词，知道了它是什么意思，知道它包含着很多很多的种类，要退回到十几年前，肯定就连这个词也不懂是什么意思。不要说那些深奥的数学或物理王国里的词，有人跟你说一个普通的但是你从来都不知道的东西，你能懂得么，道理是一样的。

说起来，阳太那个地方，实际也并算不上是一个经济特别繁荣发达的地方，可那要看和谁比，要是和咱们这个地方比，那就强出十倍也不止呢，基本要啥有啥。

也是在阳太，第一次见到元宵。啥叫元宵，元宵是什么，我们都不知道，从未见过，不是么，我们身后那片土地上的人，也和我们一样。连元宵是啥也不知道，正月十五应该知道吧，那正月十五的时候你们都吃啥？也没啥，就是平时吃的，噢，比平时要好一些，总是还在过年期间么。吃着阳太的元宵，我想起我们那片土地上的人，更想起那些早已去世的一代又一代的人，他们至死都不知道世界上还有这么一种吃的东西，而这仅仅只是亿万分之一。世界广大，琳琅满目，而我们那片土地上的人们，早上糊糊，晚上米汤，出门到地里，从地里再回家，最消闲的时候也无非是去村口站一会儿，听几句没用的话，几十年就这样囫囵地过去，某一天，嘎巴一下，或者嘘的一声，死了。世界很大哩，去一趟县里，一天都走不到。

杜林笔记

我曾很多次问我的父亲，包括他平时清醒的时候或者偶尔喝醉的时候，我问他我们的祖先放着那么多的地方不去，放着那么多的大好河山不选，为什么却非要在现在这么个一年刮八九个月风的地方安营扎寨，安家落户，作为自己的故乡。父亲回答不上来，父亲每次都回答不上来，每次都含糊地混过去。他当然回答不上来，他要是能回答上来，他就不是他了。

我问父亲，解放前那几年，趁乱的那会儿，你和我妈如果在北京或上海的某一根电线杆子旁边用树皮柴草油毡渔网盖上一间哪怕只有五六尺高的小破房子，一个人或两口子死皮赖脸地住在那里，是不是以后就稀里马虎地顺理成章地变成那个地方的人了？父亲说，那哪行呢。但后来又说，不过也难说，许家窑的曹四在东直门外卖绿豆面，卖着卖着就再不回来了。

我们父子之间的谈话快要结束的时候，街上吹起尖利凄厉的哨子声，父亲就像被马蜂蜇了一下一样，抬腿就要出去，临走时又说，不过也没用，你以为你占住个地方就行了，就保险了，就没事了？一查你，甚也没有，走走走，哪儿来的再回你哪儿去。六二年的时候有过一次压缩，有好多人都被压缩走了。碌家湾的葛鸬鹚就是压缩回来的，两挂马车拉回来的，女人孩子一大堆，一挂马车上全是人，另一挂马车上全是东西。一开始好像有两个老婆，后来怕犯法，把其中一个老婆变成了他的亲戚，住了几年，不够吃，就把那个亲戚也嫁出去了。

第三章

二嫂·五灯·老师流着黄色的汗

二灯百天以后,天气已暖和,有一天,二嫂的一个在粮站工作的舅舅忽然来了。

舅舅是见过世面的人,而且至今仍在社会上经风沐雨,穿着四个兜的制服,脸和下巴刮得铁青,说话中间不时地冒出几个成语,比如说狼子野心,投机倒把,粉身碎骨,种瓜得豆,知恩图报,也不知道是在说谁。一来就把富贵镇住了,富贵以为人家是公社的干部,最起码是个副书记或者副主任,后来又以为是公安局的,绕了一大圈,才闹清是二嫂的舅舅。

二嫂的舅舅对富贵说,二灯是个好孩子,没有敢说他不好的,唉,可惜了。

富贵说,谁让他自己没命呢。

二嫂的那个舅舅指着二嫂,对富贵说,死的已经死了,活的还要活下去。你看,她还这么年轻,总得还要再寻一个人家。

富贵说,寻哇,我也没说不让她寻,我哪有那个权。

二嫂的那个舅舅就转过脸对一旁的二嫂说,你看,我就知道你这个公公是个再开通不过的人,一看就是个明白人。常言说得好,宁和明白人打一架,也不和糊涂蛋说一句话。

听到客人把自己归类到明白人一类,富贵顿觉庄重,荣誉加身,这时候让他做啥也愿意。

屋里有些黢黑，黯昏，他们这房子坐西朝东，到了午后，尤其是半后晌的时候，会更黑更暗。二嫂的舅舅跨坐在炕沿上，两条腿一条压一条，都翘着，伸在炕沿下面，富贵几次让脱鞋上炕，坚决不上。一般家里来人都这么坐，更有来去匆匆的，坐也不坐，都是站着说话，说完就走了，只有真正要住下来的客人才会脱鞋上炕，坐在炕上。昏暗中有狗进来，闻到屋里有陌生人的气息，便围着陌生人的一只脚嗅来嗅去，还伸出舌头去舔舔那陌生的鞋帮和袜子，二嫂的舅舅就把那只让狗引起兴趣的脚挪开，又抬高了一些，狗从他的腿下穿过，以为走了，仔细一看，却并没有，还在琢磨那陌生人的另一只脚，富贵用手赶了一下，才跑了出去。不多时，又有猪进来，边往屋里走边厉声哼哼着，富贵跳起来，大喝一声：出去！猪没提防会碰到这样的事，讨了个没趣，只在屋里掉了个头，站也没站，便又满脸羞愤地出去了。

二嫂的舅舅和富贵说完话，留下两瓶酒和一包点心就走了，酒是九台出的65度的高粱酒，点心是八道营出产的那种有名的很敦实的东西，有一个拳头那么大，非常甜，形状短粗，样子很像是一截被扭曲了一圈以后的脖子，人们又叫它"秘书"，实际是蜜糖的蜜，酥松的酥，更实际也和酥松不挨，反倒湿润、紧密，非常的结实和有分量。如果说混凝土是由水泥、石子和沙子组成的混合物，那这种点心就是由糖、油和面粉组成的混合物。富贵要留吃饭，也说啥也不吃，给沏的一碗红糖水也没喝，二嫂送他出来。五灯坐在碾盘上，听见二嫂的舅舅边走边对二嫂说，行啦，这一下你就自由了。幸好你们还没孩子，要再有个孩子，那就又多了个麻烦事，能这么痛快地让你走？他们只顾说话，没看见坐在碾子后面的五灯。

他们往外走着，五灯在后面看着他们的背影，五灯发现，熟悉的二嫂开始变得不熟悉，背影尤其让五灯眼生，二嫂正在走出并远离他们这个家，走在一条成为一个生人的路上。

二嫂没说话，默默地走在她舅舅的旁边。二灯百天以前，二嫂一直都穿着白鞋，给二灯戴孝，这会儿过了百天，已经不需要再穿白鞋了，五灯注意到二嫂这两天穿的是一双黑的。

不看不知道，一看吓一跳，看看他们那个家，脏烂旧不说，满家也没有一件新东西，就连喝水的那个碗也是豁边的，还没算上碗底的一道比头发粗的黑缝，这还不把自己的人赶紧捞出来等啥，所以舅舅下定决心要把自己的外甥女从那个家里搭救出来，让她去过一种新的生活。舅舅伸手去上衣口袋里掏，掏出一点钱给外甥女，外甥女坚决不要，俩人推搡半天。

二嫂的舅舅问二嫂，有合适的了没有？

二嫂说，您就别管了，我知道。

二嫂的舅舅就说，好，那我就不管了，我完成我的任务就行啦，能跟你妈交代了就行了。

又过了半年多以后，二嫂嫁给了荣庆。

后来，就有闲话慢慢地浮土一样地飘起来了，说荣庆早就喜欢二嫂，最喜欢的人就是二嫂，这么多年之所以一直没有成家，亲事说一桩不成一桩，都是专门不成的，就是为了等她。

也有人忽然想起来了，在民兵连，荣庆是副指导员，二灯是一排长。

五灯心里也顿时一亮，想起三爷在世的时候曾经说的，怀疑有人往那碗水里放了东西，他们想了很久也没想出是谁，现在，五灯觉得那应该是荣庆，越看越像，不是他也和他有关。

荣庆在前面走，五灯远远地在后面跟着，快到穿心店一带的时候，忽然起了雾，不过雾归雾，还是能看见荣庆的身影，再加上五灯眼尖，所以荣庆一直都在五灯的视线里走着，一直都没跑了。荣庆穿着一件蓝大衣，据说是他那个当海军的姐夫送给他的，让村里的人很是羡慕，人们就说，就凭人家的那件蓝盈盈的军大衣，也得让人家当个啥，不然真是说不过去呢。后来也真的就是这样，就凭那件海军的蓝大衣，荣庆一到民兵连就当上了副指导员，因为只有穿着蓝大衣的他看上去有模有样，最像干部，正经的连长和指导员也没他像，最起码都没有那么好的大衣，和荣庆站在一起，他们更像下级。不过五灯不关心那些，什么空军海军，蓝大衣黄大衣，谁爱穿啥穿去，五灯只想从他的身上发现一些东西，发现一些与二灯的死有关的东西。可是后来，五灯一个没留神，荣庆忽然像一只黄鼠狼一样，哧溜一下就不见了，五灯顿时就急出一身汗。五灯觉得平心而论这事其实不能怨荣庆，要怨只能怨另一个人。因为五灯很清楚地看见大雾中有一个身影从斜刺里忽然跑了出来，直接跑向正在走着的荣庆，在荣庆的耳边说了几句话，好像就是告诉荣庆有人在后面跟踪他。醒悟过来的荣庆好像还回头朝这边看了一下，吓得五灯赶紧蹲到一堵墙的后面，这以后，等五灯再站起来时，发现两个人已一起不见了。转眼间失去了目标的五灯，呆呆地站在路上，又过了一会儿，竟然连雾也没了，一切又都清清楚楚，好像那场雾也是专门来帮助荣庆的。

梦中的五灯难过了好一会儿，难过不是因为荣庆不见了，而是因为他觉得那个从斜刺里忽然跑出来的身影很像是二嫂，二嫂的身影他很熟悉，二嫂告诉荣庆说五灯在后面跟踪他？

二嫂，竟然向着外人呢，帮着外人一起对付他，这是最让五灯感到伤心和难过的地方。一阵风刮来，五灯的身上激灵了一下，很快又想起二嫂已经和荣庆成为两口子，早就是一家人了，人家荣庆才不是外人呢。对于这会儿的二嫂来说，五灯才是正经的外人呢，不是么。

一条比独木桥宽不了多少的细瘦小路，一次只能过一个人，两边分别是山崖和密不透风的荆针，偏偏有一个幼小的身影坐在路中间，要想过去就得从他身上迈过去。五灯觉得真是添乱，他想看看是谁家的孩子，旁边有紫绿色的钩蔓一只手一样伸出来，牢牢地缠住他。钩蔓只会把人缠绕住，从来都不会像锁链一样发出哗啦哗啦的响声，五灯掐断它最前面最绿最嫩的那一节，把自己解放出来，一抬头看见西北风骑着黑马，打着黑色的旗号也出现在远处。

他拍了一下坐在路中间的那个幼小的身影，身影转过脸来，竟是他自己，圆圆的一张脸。

天还不亮的时候，五灯就起来了，觉得是从一潭黑水里浮上来的，一上来，看见上面还是黑夜，看见黑暗的炕上山地一样起伏着一些呼吸，以为他们都还睡着，却不料富贵忽然把眼睛睁开一条缝看了他一眼，接着就又睡着了。富贵闭着眼说了一句话，很不高兴的样子，好像是嫌五灯起得有些太早了，他只知道有人起来了，却并不知道五灯是因为梦梦才醒来的。

家里没有表，没表也不怕，也照样能掌握时间，多少年也从来没把时辰紊乱了，混乱了，主要靠习惯和经验，不行还有各种参考，白天看太阳，夜里参考月亮，遇到白天没有太阳夜里没有月亮的二难时候，就依靠约摸和估计，约摸和估计其实也还是经验在起作用。天阴得像晚上，但肯定不是晚上，因为你一点儿也不瞌睡，不仅你不瞌睡，所有的人都不瞌睡，鸡窝门敞开着，但是鸡并不进去，要是真正的晚上来了，不用你管它们也会自动进去；日头烈火一样，那还用看表么，不看也知道只能是正午或午后，再不会是其他时辰。再不济周围还有别的人家，看看别人在做啥，大家互相参考，就很少有错了。再再不济还有自己身体本能的提示或反应，饥饿了，那就不是到了该吃饭的时候了？被尿憋醒，天不亮也快亮了。

一黑夜都在梦梦，也不知乱七八糟地都梦了些啥，反正五灯看见自己在梦里忙得满头大汗。荣庆不见了以后，富贵忽然又没头没尾地冒出来，让五灯去柴狗家还桌子，桌子是怎么回事，五灯纯粹不知道，不知道因为啥会借了柴狗家的桌子，自己家里连桌子也没有么？也没有多想，就糊里糊涂地去还。柴狗家的人都不说话，各自坐着、站着，油瓶子躺在地上，流出白森森的油。还完桌子，回来的路上，看了一会儿赵、李两家人打架，打得也不是很精彩，李登林躺在河边的沙地上，赵万科搬来一块石头要砸他，结果也没砸成，有人把赵万科拦住了。赵万科嘴上虽然还在骂着，但是手里的石头已经放下了，这一放下，好多人就知道没意思了，就知道不会再打了，就有人走了。梦里的山区通红毛茸，包括打架的人和看打架的人在内的所有的一切都又红又雾。又等了一阵，看看还不见打，五灯也转身就走，却被一块石头绊了一下，石头其实是一个人的头，上面还有两个山洞一样的黑孔，就是那人的两只眼睛，正直愣愣地望着他。正纳闷是谁的头，就见一个人急急地跑过来认领，抱起就走，边走边戴帽子一样往脖腔上安。安好以后，就有点像某一个人了，背影不仅不陌生，似乎还常见，像谁呢，许大眼？李二？矿山保卫科的老纪？五灯睁开眼，听见窗外飞沙走石，乱成一片，中间夹带着一种噬噬的非常尖利的哨音，窗户上唰啦唰啦地响着，有沙子不断地扬上来。

那时候风从山上下来，正好和更远的山里来的风碰到一起，就像两个地方的人在路上碰到，颜色外表相近，口音也差不多，只是略有不同,更远更深的山里,他们把"和"念作"害","我和你"到他们嘴里就是"我害你",一听说"我害你",就等于知道他们是哪的人了,老实得连话也不会说。多少年了,他们说我害你最好,你说呢,我说没有人比你害我更好,等收了谷子,起完山药,我害你下平川走一趟。山区里灌满了回音,门窗有明有暗,整个山区都在嗡嗡地摇晃,跺脚,说着一种类似梦话一样的含混不清的声音,也像是梦见了什么。五灯听见院子里的一些农具被拿起来,嗖嗖地挥舞上一阵后,接着被扔下,又去拿别的。铁锹咣当咣当地响着,耙子头朝下站在木桶的旁边,另外一些靠墙站着,好像一排被罚站的学生。

镰刀本来挂在墙上,风在院子里来回走动的那会儿,忽然又出现在树上。

要是房檐下的那两个水桶再咚咚地响起来,那就更热闹了,五灯想。下雨的时候就常常会那样,雨淅淅沥沥地下着,地里咚咚地响着,觉得是很远的地方传来的轻轻的敲鼓声。

而只要一敲鼓,当然是那种真正的鼓,只要咚咚的鼓声一响起来,荒寂的山区就不再荒寂,也不再凄凉,甚至饥饿也不再是最可怕的事,鼓声会把很多人从他们各自的家里敲出来,从各种犄角旮旯里敲打出来,让他们一瞬间忘记很多事情,耳朵里只听见鼓声。啊,鼓声!

醒了的五灯站在地上,感觉就是从不久前的那个梦里推开门出来的,出来后却连一个人也没有看见。他闻到两只手上有一种很酸的气味,另外似乎还有一种咸味。他想起梦里有一大堆十分黏稠的东西,他不知道那是啥,只记得自己的那两只手埋在其中,就像一个人一不小心掉进了水里。五灯觉得自己的这个梦有点儿实在,也比较可靠,梦见了啥随后就能得到啥。不过,要是一不小心梦见金子呢,梦见一大堆的肉呢，那也许就不灵验了，肯定不灵。

好的东西好像都很难灵验，不好的东西却经常灵验呢。

虽然还很小，但是五灯好像很早的时候就明白了这个道理。

一年前被判处七年半徒刑的于老师说，啥叫人生，人生就是你怕碰到的不想碰到的一定会碰到，拐弯抹角，阴差阳错也要叫你碰到，你想着磨蹭一会儿，耽搁一会儿，也许就错过去了，殊不知就在那同时对方也在磨蹭也在耽搁，就像是专门为了等你，所以你始终还会碰上，拐上一千个弯也没用；你灵机一动，朝东走出一千米以后，决定临时折返，突然改道往南甚至往北，可是又一千米以后，远远地就看见你怕碰到的，你千方百计躲避的，那种时候，你不麻烦？你能高兴得起来？你不黑暗才有鬼呢。至于你想碰到的，你放心，一定不会碰到。

窗户上的麻纸乱纷纷的，有些地方甚至一条一条的，在风中扑棱着，像被捆住双脚的鸟的翅膀一样，它们是什么时候变成这样的呢，平时好像没觉得，这时候却显得分外凌乱和显眼。

第一遍风声叫喊着走了以后，五灯听见家里的鸡叫了。五灯想，鸡窝里是没有灯，要是也像一户人家一样有灯，这会儿也该亮了，因为它们都醒了。很快，山区里其他的鸡也都在各个不同的方向叫了起来，有的很远，至少在几里地以外，有的就在不远处，虽然声音高低不一样，可是叫声却都是一样的，苍凉的鸡叫声从黑暗的地上一瞬间生长出来，一边在黑暗中弯曲地向上伸展着，一边在空荡荡的山区里摇晃着，最早的那些叫声已经融化到了天上。

又隐隐约约的，听见更远处的鸡也在叫。五灯觉得，包括山里更深处那些山坳小村子里的鸡一定也叫了。其他人都还在呼呼地睡着，五灯不小心把刚才想的说了出来，让他没有想到的是，在那山地一样

39

起伏的炕上，富贵在黑暗中忽然骂他，说他吃粮不多，管得倒宽，鸡叫有啥奇怪的，这时候，全中国的鸡都在叫！正经该操的心又从来不操，晚上羊没回来也不管不问，猪吃的苦苣没有了也不去挖，实在没做的，去外面拾些柴火，甚至哪怕你去做一道算术题，也算你一天没白过。黑洞洞的炕上忽然响起的这些声音又把五灯吓了一跳，原来这么半天，富贵一直都醒着，五灯不久前已被他吓过一回了，黑暗中忽然有声音传来，说过的话被人接住，就像你随手扔了一个东西，却不提防后面或旁边有人捡起来，又朝你扔了过来，你不被惊得站住，张开嘴，接着再回过头去看？黑乎乎地摸过去，却看见富贵的一双眼睛好像是闭着的，并没有睁开，脸上也看不清楚，不知是啥表情，估计就是一种睡着以后的样子吧，问题是他并没有睡着，可能早就醒了，一直在黑暗中醒着，这么半天，也不知他在想啥。

好多人很可能都是这样的呢，五灯想，以为他在做啥，其实却啥也没做。

快快地长吧，五灯想，长大了就能离开这个家了，就能离开这个地方了。

有一种刺一样的东西在暗暗地折磨着五灯，很痛，不时地很尖利地疼一下，就是一种身上扎了刺的感觉，在黎明前的黑暗中暗暗地咬噬着五灯。也许是昨天在七磨河从树上下来时真的扎了刺，要不然就是在李二的那辆马车上。李二赶着的那辆马车，上面要啥有啥，不仅有刺，还有各种各样的钉子和钩子，扎根刺根本不算啥，把人的衣裳挂破，钉子扎进肉里去，那也是经常的事情。扎了刺，挂破衣裳，李二也觉得没啥，谁让你坐来，我又没有请你们，明知道不好，还要坐。李二是一个没理也能找出三分理的人，一般很少有人能说得过他去，只有他们的队长敢说他，骂他，队长也被他车上的钉子挂破过衣裳，一下车，听见哧的一声。

想起李二被队长骂，五灯忽然很开心地笑了起来，差一点笑出声。

他在黑暗中轻手轻脚地走着，很怕一不小心踢翻了什么东西，招来富贵的骂声。当然不只是富贵，很可能还有别的人，人在睡觉的时候被别人吵醒大概都会很不高兴的。后来他忽然觉得很渴，觉得是在一条没有人的路上走了很久，便很想摸着黑走到水缸前喝几口冷水。

那时候五灯感到有些奇怪，刚一觉得口渴，水缸的模样和缸里的水就在他的脑子里出现了，而且，在摸着黑朝水缸前走的过程中，那个黑乎乎凉飕飕的东西一直都在他的脑子里岿然不动地矗立着，他似乎还看见了水缸外面的一些水珠，露水一样挂在缸上，而那是夏天的时候才会有的现象。水缸出汗了，他们都那样认为，还有更小的孩子上去舔那些水珠。

黑色的水缸矗立在五灯的心里，在他朝它走过去的时候变得越来越黑。年幼的五灯觉得自己很像是一条干渴的鱼，已经被捞上来很久了，已经很久没见过水了，所以走得摇摇晃晃，深一脚浅一脚，但是他并不知道自己在摇晃，因为摸黑走着也并没有碰翻什么。四周静悄悄的，渐渐地已经能看清屋里的一些比较大的东西了，就是那个横躺着的大木柜和那几个存放粮食的大缸，它们比水缸更高更大。不过，很多时候，那些缸里面都是空的，即使有粮食，也不会很多，有时候仅仅只能埋住缸底，用瓢往外舀粮食的时候，上半身和头都得弯曲着探进去才能舀到。每逢那种时候，其实不像是要往外舀粮食，而更像是一个人不想活了，想栽到缸里寻短见，尤其是当别人从后面看上去的时候，更给人一种那样的感觉，再没有比那更像的了。有一次五灯放学回来时，就正赶上李香兰的上半身在缸里，下半身在缸外，他着实吓了一跳，以为她不想活了。并不是五灯非要那么认为，经常会有这种事呢，九孩他妈就是栽到水缸里死了的，另外还有老癣的姐姐，蛛蛛的三姨。富贵经常说，要是这几个缸里都满满的，那就啥也不愁了，天塌地陷也不怕了。他经常这么说。五灯觉得，事情十有八九就是让他说坏了，动不动就说那种话，时时说天天说，月月说年年说，说得老天爷都烦了，你越这么说，就越偏不给你，让你的缸里永远都满不了，永远都空荡荡的。反过来，你要是不说，悄悄的，说不定哪一天忽然就满了，满得让你完全意想不到，目瞪口呆，满得很可能哗哗地一个劲地直往外面溢，长流水一样，瓢泼大雨一样，止都止不住呢。

五灯其实很想把这样的一种道理告诉富贵，让富贵也稍微换一换他的那些说法和办法，让他知道有些事情不能多说也不能多想，但是，却从来也没有对富贵说过。一来是知道说了也是白说，富贵不会听他的——富贵怎么会听他的；二来除了白说，说不定还会招来一顿痛骂。

门框上方的那一片灰白色，是几道旧符和干燥的艾叶。

从炕上下来以后，再到水缸前，其实只有几步的距离，完全不能叫远，但是五灯却觉得自己在那段路程中走了很久，似乎一直都在走着，恍惚间好几年就已经过去了，那中间，有许多的很难解决的事情竟然也都咝咝地很是光溜地滑过去了，不再存在了，永远地不见了。

——还有这样的事，世界上竟然还有这么好的事！那受苦的人们还怕啥，一闭眼就都过去了。

五灯发现，人，大多数的人，都经受不住认真地清算和计较，真正的检查很可能像一把钢刷子一样会让人变得伤痕累累，流血流脓，甚至还有可能变得谁也不再认识。为什么呢？五灯觉得，很可能是因为一路走来，身上已经沾染浸透了很多原先没有的东西，已经不再干净，所以才会那样。不是么，人在婴儿时期是多么的干净，可要是过上三十年四十年以后，人还是原来的那个人，他还干净么，身上，心里，不知道多出了多少不干净的让人恶心的东西，不说别的，甚至有时一种笑容一种表情都会让人觉得无比的恶心，几乎所有的成年人，都在切切实实地证明着那样一种事实和道理，看到他们，会觉得他们真的很旧了。昨天下学回来，五灯看见住在旁边巷子里的金川正在家里，满脸疙瘩，有的粉刺上还长着毛，金川半跨在炕沿上，是来借铡刀的。五灯听见富贵问他今年多大了，金川说二十九，五灯顿时就觉得从金川的身上闻到一股很老很旧的味道，一个人到了堂屋以后，五灯情不自禁地吐了一口唾沫。

除了这个，五灯觉得，人还无法承受苦思冥想，无边无际的铺天盖地的苦想会让人变得像山羊一样瘦削。那个脸色苍白的叫林虎的人就是一个最好的例证。他经常坐在他的曲折幽深的窑洞里想事情，坐在窑洞外面晒太阳的时候也还在想，好多人都见过他一动不动地坐着，不过从来没有人知道他在想啥。想来想去，好多年下来，人就变得越来越瘦了，甚至比有的山羊还要瘦，脸白得像纸，眉毛也越来越轻淡，稀少，身体也轻飘飘的又薄又瘦，说话更是软绵绵的，一副眼看就活不成的样子，似乎一阵风就能把他吹灭或者卷得无影无踪。

所以，这以后，当五灯终于站在水缸前的时候，他已经完全忘记了不久前的口渴，早已不记得自己还口渴过。几年来这个孩子经常感到自己的袖筒里湿漉漉的，他曾经产生许多焦黄的念头，有的焦黄得似乎还能听到一种脆响，但是现在他却觉得已经什么也没有了。

那时候天已经大亮了，五灯在这个早晨来临以后忽然觉得自己一下子长大了不少，确切一点来说，应该是老了不少。回忆黎明前的那些黑暗的时光，他从炕上一下来的时候，就发现自己的胳膊和腿有一种皮包骨头的样子，那时候他还好像用手摸了一下那些奇怪的地方，一种类似老年人一样的干旱的皮在他的身上滑来滑去，滑在他的骨头上，他也没顾上去管。后来他就想，如果当时用心去听，仔细地去听，说不定能听见一阵哗啦哗啦的塑料布一样的声音呢。那是什么声音？在五灯的记忆里，那就是老年的声音，一种快要不行了的声音。

想着想着，他就忽然又有些害怕了，不会是腿又要开始疼了吧？

这么一想之后，他就立即不敢再高兴了。一想到疼痛来到身上以后的那种苦，那种难受，想到有的孩子用手在地上爬着走，整个人顿时就像一个小小的灯头，噗的一下就寂灭了。

居住在这个寒冷的山区，很多人都有着腿疼的毛病，大人有，小孩子们也有。有好几年，冬天一来，五灯便开始腿疼了，每天不得不一瘸一拐地忍着疼痛去上学。其实，五灯还不是最厉害的，和那些真正不能走路的孩子相比，他算是轻的。有的孩子，即使很暖和的夏天也不能正常走路，腿上布满了铜钱那么大的脓疮，只能用两只手撑着地，像动物一样四条腿在地上爬，碰到泥，碰到水，碰到满地的圪针，玻璃碴子，就过不去了，就得绕着爬过去。

人们看见了，都默不作声地看着，也只能不说话看着，因为谁也没有啥好办法能让他们不爬着走。后来见惯了，见多了，也就没人再蝎蝎螫螫，也不像一开始那么惊异和刺眼了，最多有人龇出牙，咧开嘴，表示恻隐并体会他的疼痛，心里觉得可怜哩，还不如猫哩，不如狗呢。更叫人觉得不保险的是，这种事谁都有可能哩，很难说下一个会落到谁的头上呢。

冬天里下雪的时候，五灯便常在那种死寂的景色里听见裤筒里在呼呼地刮风，与外面白茫茫的景象一样。不只是五灯一个人这样，很多的孩子都能听见自己的身体里面在刮风，呜呜的风声，所有的树枝也都疯了一样地摇着头，路上一片白，后来就慢慢地冻住了。毛有有的妈死得很早，五灯他们都没有见过，毛有有他们弟兄三个，冬天一人一身棉袄棉裤，里面光溜溜赤裸裸，再啥也没有，所以他们除了扣紧扣子，腰里还得捆一根麻绳或草绳，那样才能把风从身体里面赶出去，挤出去，不然风就在他们的身体里来回穿行，从裤腿里进去，从领口那儿出来，或者从领口上进去，从裤腿那儿出来。他们的爹不管他们，因为他觉得寒冬腊月，有棉袄棉裤穿就不错了，不幸福么？也够幸福的了。从机修厂的草丛里拿一块沾满机油的黑色的铁，毛有有就把冰坨子一样的铁揣进怀里，贴肉放着，把肚子鼓起来托住铁坨，然后根据周围实际情况，决定奔跑还是慢走，如果没人就一路狂奔，要是有人就假装肚疼，皱着眉头抱着肚子慢慢地走，等到了没人的地方放下来一看，胸前和肚子上滚满了又黑又黏的机油。机油沾到胸前和肚子上虽然很难洗干净，可是机油不好么？机油很好，有那么一层黏稠滑腻的油污在，它就能保证铁坨不会和肉黏在一起拿不下来，不过棉袄油了是要挨骂的。

在这个表面看不见实际又正在嗖嗖地走远的早晨，山区里的人们也虫子一样纷纷醒来，舒曲着各自的肢体，有的把胳膊举过头顶，有的揉着还没有睁开的眼睛。黑暗幕布一样被扯开，露出亮堂堂的一面，天是亮的，地也是亮的，所有的人也都被照亮了。明亮的光线里，很多人看上去都显得很丑，很邋遢，那即是光明照耀的结果，几乎所有的人都不如黑夜里看上去顺眼，所有的房屋也是。五灯还发现，人，不管他是谁，其实都很经不起太明亮地照耀、检点和仔细地打量，亮光一照，身上的各种毛病和缺陷就都原形毕露地显现出来了。他看见一些人眼角边堆积着的黑黄色的眼屎，脸上因为睡觉压出来的各种难看的褶皱和痕迹，有的痕迹明显地高出皮肤，一道一道的，一棱一棱的，好像脸上趴了几条虫子，还有的低于表面，在他们的脸上形成一些低洼的沟岔，如同地里那些水灌了的沟垄和塌下去的地方。

一个披头散发的女人，趿拉着鞋，手里提着一个尿盆，呆呆地站在大门口。

一个男人，自从起来以后就一直弯着腰在屋檐下声嘶力竭地咳嗽，有时候又把脖子往前伸，嘴也往前伸，从远处看，姿势很像是一只狗在叫，在汪汪地狂吠。很可能就是因为看见他那样，看见他狗一样叫个不停，一些麻雀就从屋顶上和墙头上纷纷飞走，远远地离开他。

年幼的五灯像一颗瘦小的钉子一样直立在眼前这个光线明亮的早晨，除了觉得自己比昨晚临睡前老了一些，他还看见那些从睡梦中逐渐醒来的人一个比一个难看，有的甚至变了样。

阳光哧哧地响着，感觉即将就要发出轰隆一声巨响，又咕咚咕咚地冒着泡。一种多年前的绿色，风一样到处跑着，尖声叫着，很多时候刚落到地上，还没站稳，嗖地一下就又起来了。

黄艳艳的光照里，五灯忽然觉得有些瞌睡。

那时候在早晨的日光中有人已经渐渐地走远，许多的小黑点开始活动，有的一下一下地往前拱着，有的慢慢地伸缩着，还有的好像正在跳着，发出一种嘭嘭的声音，嘭嘭地往前走。

五灯在看着那种既熟悉然而好多时候却又会变得很陌生很奇怪的情景时，始终觉得四周很热，热烘烘的风，各种热烘烘的声音。每年的夏天，太阳都在山区里放射出一种类似猪油般的光泽，在那金黄油亮的光线里，学校里的学生们在老师的带领下踢踢踏踏地走在一些十分干燥的土路上，有时候队伍里猛然会有干热的歌声响起，路上的土被唱起来。远处的山宁静而飘忽，歌声像一些细短的绳子一样缠绕在夏日炎热的山区，有时又如柳条一般从脸前拂过。那时，越过重重叠叠的房屋，越过一些忽高忽低的山墙，越过一些灰白的堤坝或布景般的树丛，五灯看到姚雪飞老师的一双被河水冲刷得很红的脚，有马车和牛车从她的身后经过。

　　五灯记得，有一年，他们敲锣打鼓地走着，路过兽医家门口的时候，看见兽医一只手里握着一根粗大的针管，正在门口站着。兽医是一个令大家肃然起敬的人，忘了到底是谁提议谁决定的了，敲锣打鼓的队伍忽然临时拐了一个弯，拐进了兽医的院子里，然后就在那个有着五间正房两间耳房的院子里，很是热闹欢乐地敲打了一顿，产生了一种报喜的作用或意义。那期间，兽医的一个刚会走路的孩子摇摇晃晃地过来，哭着要玩我们的铜锣，大家一看，不行呀，那哪行呢，再可爱再乖也不能这么干，你拿走了，我们还怎么敲打，一时就都有些作难，怕被揪住不放，铜锣渐渐地升高，孩子哇哇地哭着，兽医还白了他孩子儿眼，但是那孩子包括他的另外几个兄弟姐妹却一点儿也没有发现，还有很多东西他们也都没有发现，更没有任何觉察。关键的时候，语文老师趴在地上，对那个哭闹不止的孩子说，乖，来骑马马。孩子看了一眼，顿时就不再哭了，接着就高高兴兴地骑了上去。语文老师穿着肥厚的棉裤，在地上慢慢爬行的时候，很像是一种长毛的动物，语文老师就在那种欢快的锣鼓声中，驮着兽医的那个孩子在地上爬了一遍又一遍。当大家后来敲锣打鼓地要离去的时候，兽医举起手里的粗大的针管朝大家晃了晃，等于在和大家打招呼，告别。兽医特别对满身尘土脸上流着黄色的汗的语文老师说，要是腿疼，就打发个孩子来叫我，都这么惯了，千万别不好意思。

语文老师说，会的，一定会的，少不了要麻烦你，到时候你别嫌烦就行。

太阳亮亮地照着，山区被映照得有些毛茸茸的，一阵阵如烟似雾的黄土从老师的肥大的棉裤上升腾起来，大家都变得土头土脑。很多地方又黄又亮，有些山崖像极了才出笼的糕。

很多年，那激动人心的锣鼓声一直都在山区里回荡着，始终都在咚咚锵锵地敲打着，差别只是有时远些，如在天边，有时又近一些，很多时候并不是它没响，而是你没有听见。

一种土黄色的类似谷糠或者麦芒的光芒云山雾罩地浮荡了半天后，随着早晨一起向远处走去。钟声当当地拐着弯，直往人的耳朵里钻，其情形如同用斧子把一个木楔子砸进人的脑子里。钟就吊在一棵年老的榆树上，下面拴着一根硬挺挺的绳子，一敲，就往下哗哗地掉渣子，掉褐红色的碎末末，有些没有经验的小鸡一看见树上有东西掉下来，都纷纷往树下跑。

有人哭着从屋里出来，没有人知道发生了什么事。

有人端着碗，坐在街门口，一边吃着，一边看着。

那时候，已经有一部分人消失在房后和田埂下面了，有的看不到腿，只能看见上半身，更有的则只剩下一个头。太阳里的金针追赶着他们，无论他们走到哪里，都无法躲开，都会被或深或浅地扎上几针，有的咧咧嘴，伸手摸摸疼痛的脖子；有的一声不吭，扑扑地走着。

有四个人用一块门板抬着一个人慌里慌张地在街上走着，看不见躺在上面的人，只能看见盖在门板上的一张被子，被子上面的红花绿叶已经完全不鲜艳了，旧得让人吃惊，灰暗得让人很难觉得那是一张人盖着的被子，而只能令人往别的方面去想，往非常不好的方面去想。

一个戴着一副旧眼镜的干瘦的老头忽然出现在早晨黄色的街上，深一脚浅一脚地走着，再细看，发现那副旧眼镜果然早就旧得不能再旧了，两边都用绳子系着，拴在耳朵后面。老头不知是哪的，嚷嚷着好像在找一户什么人家，见人就问，但是好像没有人知道，都在摇头。

一个坐在家门口，端着碗的上了年纪的人，低头喝了一口碗里的粥，迅速咽下去。等再抬起头时，猛然发现那个干瘦老头正站在他的面前，正在向他攀谈，询问，述说一些特征。

正说着话，那副旧眼镜上的一根绳子忽然断了，眼镜跌到鼻梁上，干瘦老头叹了一口气，把眼镜拿下来，开始重新挽绳子，系疙瘩。系好后，重新往上戴，才又发现不合适，绳子长了一些，就又拿下来重系。干瘦老头在做那些的时候，显得十分认真，仔细，给人的感觉要不是正与别人说着话，说不定会系得更细心，更认真。干瘦老头像个生了锈的老古董，身上也有只有旧东西才会有的那种味道，好像说他要找的那个人没有儿子，家里只有六个姑娘。

先前被问话的人说，你这老汉，是不是走错地方了，真的没有你说的那么一个人。

又说，你说的那种人家好多呢，好多人家都是一群女的。

又问那六个姑娘叫啥名字，老头也答不上来，摇着头，说一个也不知道，要知道就好了。

看问不出个什么结果，老头就走了，一边走一边还不甘心地朝四处打量着，张望着。

家里的其他人也都陆续起来，走了。

从家里到学校的路上，并不经过荣庆的家，荣庆的家在大水坑的西边，五灯平时也很少从那边走，但是今天，五灯忽然很想从荣庆家附近路过一下，就专门绕远过去绕了一下。

大水坑里有的草支棱着，有的互相抱着，像在打架，绿汪汪的水把大家的脸映照得很阴暗，又绿又黏。人们从家里出来，身上被太阳的金针扎着，刺着，在暗红色的钟声里越走越远。

荣庆家的门一直关着，五灯边走边回头看着，好像一直没见有人出来。

走在上学的路上，五灯感到早晨的阳光很呛人。

今年这块地里种的是啥，从来没见过呢。

听他们说，好像叫蓖麻。

蓖麻？也是粮食么？

不是，不是吃的，好像听说能榨油。

榨出的油做啥用？

不知道。

杜林笔记

在县里上中学的时候，有一次我曾问我们的地理老师，我们的家乡位于北纬多少度，东经多少度，地理老师一听，顿时把他的眉心皱成一个清晰立体的"川"字，然后很艰难地对我说，是你的家乡还是我的家乡？我说是我们共同的家乡。地理老师有些痛苦地说，不论是你的还是我的，咱们的家乡都太小了，小到像虱子一样，根本上不了地理，到不了地理上。上不了地理？难道我们不是住在地球上的么？这个老师，你也不能简单地无良地欺师灭祖地说他是个棒槌，肯定不是，但从此我再没有问过他任何一个问题，问也是白问。每次讲完课，还没到下课的时间，他从他的蓝色中山装上衣口袋里掏出他的"孔雀"烟，孔乙己喝酒一样，慢慢地小心地抽出一支，先放到鼻子下闻一会儿，然后点着了走到窗前，极其香甜地抽着。

我也是后来才知道的，我们这个地方，是北纬四十度，再往北点儿。

（你看，深山里出来的孩子，知道啥，啥也不懂。不知道，没见过，就见过猪拱门，鸡刨食，狗打架，马骑驴，知道耗子多在水缸后面，知道下雨的时候天上没有星星和月亮。很多人活了一生，一直到死也没见过面包是什么样子，还仅仅只是个面包，不说更稀罕更没影的东西。我若不是由于外出念书，我也大约同样很难见到。我也是十六七岁时才见到面包，很可能还不是正经的标准的面包，它只是县里的粮食加工厂生产的那种不太正经的酸面包。）

和村里的男女老少能说这些么，说北纬四十度这种话有意义么，完全没意义，他们才不管这些闲事呢，这和他们过日子毫无关系，无论多少度也和他们没关系，不是么，无论多少度还不是照旧一样的活法么，无论多少度又能咋的，咋也不咋。墙头下坐着一个晒太阳的老汉，你兴致勃勃踌躇满志地趴在他的耳边对他说，大爷，咱们这里是北纬四十度，东经……他抬起头，就像才从梦里醒来一样看着你，他先说噢，后又说不知道你在说啥。你障物一样站在他的面前，除了遮挡住照耀着他的阳光，把人家搅和得太阳也晒不成，你还做成了什么，什么也没有；你对一个端着面盆的女人说，我们这里是北纬四十度……她羞涩又愧疚地对你说她不懂。见你热忱有加，又怕你说出更让她难堪更让她不好意思的话来，她赶紧说，好，你在吧，我还得磨面去呢。说完就逃跑似的走了。所以我很少说话，只能自己憋着，长期以来，心里万马奔腾，百舸争流，有时憋得实在不行了，就想办法把它们疏通出去，释放出去。妈从地里踩水车回来，迅雷不及掩耳地蒸出两笼窝头，得空过来，愁苦地问我，你又在写啥？

第四章

杏花满天

从家里一出来,看见她一出现在高高的崖头上,就听见崖下有一棵树在说话,就是一棵树,不是很多树,就只是一棵树在说,而且一看就很明显,就是专门对她说的,那情景,就像一个人站在崖下,对着崖上的另一个人说话,说,先别过来,我要开花了,小心溅你一身。

她惊呆了,简直有些不敢相信,差一点惊得跌下去。她站在高高的崖上,想看看是谁在说话,可是仔细看了半天也没从众多的树里把说话的那个分辨出来,但是知道它就在其中。

于是她只能装作看见是谁在说话的样子,只能这样问它,是你在说话么,在和我说?

果然很快就有声音从杏树林里传了上来,说,当然是你,除了你,你看看周围还有谁。

听它这样说,她也朝四周看了看,崖上坡下,确实也只有她一个人。有几只喜鹊和燕子,可它们能算是人么,当然不算,喜鹊和燕子不算,那它们这些树就能算么,当然也不能算。

她说,你不是一棵树么,树咋会说话,我还从来没听说过呢,除非你成了精。

就又有一行声音从下面飘上来,说,你听说过啥,你不知道、没听说过的事情多着呢。

说它其实每天都能看见她呢,说只要她从崖上的那个门里一出来,就看见了,看见她那副样子,就好像是初次出门,就好像大姑娘上轿,更像是头一回来到这人世间一样呢;说根据它的观察,虽然她的衣裳并不是很多,可是也经常很能倒换呢,隔几天就换一次,衣裳一换,人好像也顿时换了一个人,附近一带的狗转眼就不认得她了,以为是一个生人,就朝她叫,朝她汪汪,有的甚至还想扑过来……这说得就比较细致比较深入了,让她顿时变得紧张起来,更叫人害怕的是说得还很对,那就是她,她也基本就是那样的。一想到不知从何时起竟然一直活动在别人的一种视线里,一种眼光里,一举一动,甚至就连身上穿的啥,也都一直在别人的眼里,顿时就变得不自在了,就想,不要说是她这样的人,恐怕就算是一个老谋深算的什么都不在乎的人,听见别人这么说,心里也会咯噔一下吧。这样的事从来连想也没有想过一下呢,无数次,开门出来,看见草木黄绿,四野寂静,就满以为只有她自己一个人呢,却万万没想到下面竟有一双眼睛在望着她,盯着她,这事光想一想就叫人害怕呢。

又说,咱们这么熟惯了,不想吓你……后半截话还没有说完,就看见眼前已经是白茫茫的一片了,远处和近处,那些长在平地和半山腰的树上都结满了白花,所有的树枝都看不见了。

树怎么会说话呢,她忽然想起了刚才的事情,有一种非常不真实的感觉。她朝身后的门上摸了一下,竟没有摸到,明明能够得着,还清楚地看见了门上的几个疤结和几处有刺的地方,却就是摸不到,当下就有些急慌和疑惑了,怀疑眼前的一切很可能并不是真的,是个梦。

可是,要不是真的,那么多的花又是从哪来的呢?也就在那时,她还听见了不间歇的嗡嗡声，那是蜂子，说明它们也来了。她站在门口，带着一种迷路般的疑惑，有些吃力地看着。

看不见山梁上和河川里的蜂子，只能看到一棵又一棵的白树。

就在那时，一只双目失明的蝴蝶朝她迎面飞来，眼看就要撞到脸上，她往后一闪，醒了。

睁开眼看到自己很弯曲地躺着，才终于明白那真的就是一个梦，就想这梦的是个啥呢。

她想起了她的娘家，那边的杏花也应该开了，每年一开了也是漫山遍野。可是她的婆婆却说没有，说她们那边还早着呢，去年冬天的雪消了没有还不好说，杏花哪能这么快就开了。

婆婆突然蹦出来，让她不再去想那些纷繁的白树，她不想和她争论，一来没必要，杏花开没开，其实她们说了都不算。再一个，这事也没有多重要。就婆婆的本意，无非是想说她的娘家那边苦寒，不如这边，她嫁到她们这边可算是嫁对了，甚至是他们把她从苦海中解救出来了，婆婆其实就是想表达那么个意思。婆婆这个人喜欢接别人的话，接话不怕，关键是接住以后就要发挥，修剪，批驳，往相反的方向牵引，最后再按照她自己的意思剔骨头一样剔得一干二净；也或者层层包裹，往里面吹口气，然后再裹一层，直至把你最初的那个意思发酵般裱糊修饰得又大又圆，以至于常常让人忘了最初的缘由或模样，眼前只剩下那个怪物。

她一个人在空荡荡的山区里走着，沿着一种草绿加牛毛黄的方向走了很久。那时，四周的树木渐渐多了起来，一些人家的房屋也紧紧地挨着。一个很大的、里面住着很多人家的院子里，往往会有好几种不一样的房子，有挤挤擦擦的小的，也有扬着头的很高大的。小的那种，又低又矮，又黑又旧，很真实地给人一种"窝"的感觉。说山区空空荡荡，那要看怎么说，有时候有些地方好像也并不空荡，甚至还十分拥挤和狭窄。一扭脸，又看见一个不久前才见过的人，穿着破衣服，胳膊肘和前后都破了，给人一种纷纷扬扬的感觉。再一转身，又看见了一堵黄泥墙后面的那个荒废的园子，她从它的旁边路过应该不止一回了。

远远地起伏在她视线里的是一些坟堆，有新的，更多的是旧的。

在这个无论远近到处都显得很空旷的日子里，她曾经几次目睹了一些灰褐色的枯枝。后来走到一道褐黄色的土墙下面时，她十分清晰地听到了从土墙的那一边传来的一种声音——女人的叫喊和男人的呐喊，不过，却并不高亢，都是经过了一再的过滤和挤压，似乎有一只手一再地想把那种声音压下去。旁边的草也在做游戏一般，倒下，起来，再倒下，再起来。

那时候她听见了自己的心跳，声音咚咚的，起初还以为身后有一个人正在拼命奔跑。

后来才发现土墙的那边其实空荡荡的，什么也没有，只有几堆破旧的干草，有的堆成敦实的方形，有的是圆形，还有两堆像两座塔，都已经发黑了，有几只鸡正在那里刨食。

此前她所担心和害怕的那些痕迹和枝节，竟一丝一毫也没有，最初还怕有人突然蹿出来，这让她很害怕地站住。想即使有一些草灰，葵花籽的空壳，或者一张门板，甚至几块砖头，一捆解开以后的干净一些的草，那也算，凭那些普通零碎的标识，那也会让人有一种找到了依托和凭据的感觉，也会让人的心里略为踏实一些，感觉是在一个比较熟悉的地方。但是，真的是什么也没有，她以为能够看到的那些随便而又零碎的东西或标识，一点点也没有看到。

那时候，她才感到那种空旷也好、拥挤也罢的背景，其实十分的苍凉。

那种单调到有些老实笨拙的景色里，总觉得其中隐藏或者埋伏着一种看不见的灾难，有的很凶险地隐匿在山上和树上，有的则趴在那些圪梁下面。日子好像也有些脱节，头一天与第二天的中间好像有一种东西把它们隔开了，打断了，就像两扇门，本来一直都能关得严丝合缝，不知为什么，却忽然关不上了，那种忽然出现的距离是从哪儿来的呢，她不知道，只知道有东西在中间卡着，顶着，最坏的时候就是，开，开不了，退又退不回去。

日子真的有些脱节么，事实上并没有，日子从来就是那样的，一天连着一天，紧紧挨着，从未断开过，真要是像车子的链条一样忽然少了几个，那可能会是一件非常不得了的事呢。她觉得，那种事情，不能试验，车子少了几个链条，最多就是不能转了，可要是日子呢？

这个女人，几天前被山区里的一个人吓过一次，自那以后，连续有好几天，噩梦便以小人书的尺寸，以连环画的式样，每天都悬挂在她的记忆里。那一张张凶险而又不褪色的骇人的画面无声无息地翻动着，让人虚实难辨，分不清真假。是谁在一页一页地翻给她看？似乎怕她看不明白，有的地方还要多停顿一会儿，很耐心地等着她，觉得她看清楚了，看够了，才开始再往下翻。她边看边哭，有时候又好像能隐约看到一种多年以前的紫色，那是哪一年的事？面对那种似曾相识的颜色，她从画面上闻到了一种浓烈的血腥气。在最初的一幅画面上，她看见天空里飘浮着弯曲的镰刀和红蓝两种颜色的树叶，以及一些尺寸很短的身体，嘭嘭的瓦盆碎裂声和呛人的焚烧谷糠的气息，还有一股一股的白烟，一直都弥漫在画面以外。

吓她的那个人，她好像曾经见过，却又完全想不起在哪见过，又似乎从来都没见过。她还不能肯定他是不是这个山区里的人，要是，以后肯定还会碰到，要不是，也就是那仅有的一次了。她希望他不是，希望那是仅有的一次，百年不遇的一次路过，因为她觉得他就是一只多毛却又十分滑腻的紫殷殷的手，只要一想起这些，她便会情不自禁地浑身发抖、抽搐。

每次吃饭的时候，她便会看见那一张脸在她的饭碗里飘浮、晃动。

那张脸就像是一张死人的脸，又白又虚，还点缀着一些黑点红点，每次只要它慢慢地飘浮上来，她就一口也吃不下去了，心里堵得满满的，嗓子眼里似乎还有虫子在往上爬，熙熙攘攘地探头探脑，有时甚至还能突然看见那张脸躺在饭里，一睁一合地朝她眨眼。

有几天她一直坐卧不安，经常从梦里含泪惊醒。那张脸带着那只手，就隐蔽在她的梦里，有时候重重地落下来，有时候又哗哗地飞起来，还展翅，亮相，手指之间并不是空的，而是相互之间有粘连的黏膜，有半透明的蹼。那时候，她的两条辫子就会变得十分的疼痛，钻心刺骨，感觉是被凌空吊到了一棵高大无比的树上。她经常梦见一些灾难深重的大树，都一律的灰褐色，好像从未绿过，上面都落着一些孤单的或者三五成群的鸟，她不认识那些鸟，她觉得也许是乌鸦，要不是乌鸦，就只能是别的什么她没见过的东西。她的辫子就吊在大树上的那些坚硬的树枝上，那位置使她看到她的头顶上方是一些破碎而陈旧的晚霞，有如一些破布或者棉絮，有如一缕一缕的血丝和一种残存的建筑遗址。那时候，她听到她衣服上的那些孤独的小花全都一瓣一瓣飘落到了地上，有马过来踩它们，有狗过来吃它们，有雨下来淋它们，有风过来刮它们，刮得四处飘零，后来剩下的那些有的烂在路上，有的被灰尘埋了起来。

在她一个人心神不宁地回忆这些，回忆衣服上的那些飘走的小黄花小蓝花的时候，总觉得事情还没有完，总觉得还要发生一件什么事，而且那件事情已经出发，已经在来的路上了。

后来她就不再独自到很远的地方去，有时候只在离家不太远的地方一个人走一会儿。去供销社买东西的时候，碰巧了，也能和别的女人搭个伴，两个人就和一个人时大不一样了。

平时她从来都不愿意想起那天的事，一有那种苗头或影子开始闪现，她都会立刻抬起头，把脸转向别处，可是那件事却总是在她的心里黑糊糊地盘踞着，推也推不动，赶也赶不走。

那条路，平日里她并没有觉得它有多么的漫长无边，她常常是走着走着不知不觉地就回了家，可那天她就是觉得那条路十分漫长，仿佛永远也走不完，永远也到不了。她后来在回忆那件事的时候，总觉得那条路在某些方面与从前不一样了，好像少了一些什么，又多出了一些什么。其实，那条路上能够称为标识的东西很少，始终也没有多大的改变，并没有少了什么或者又多出了什么，真正觉得少了什么或者又多出了什么的，或许正是她的心里。

那是一条又细又白的路，与其说它是一根苍白的带子，倒不如说它更像是一根乡间的扁担，挑起了沿途众多破旧的房屋和窑洞，以及无数个凄风苦雨的白天和夜晚，有一些杂乱的树点缀在路的两边，都是一些最常见的乡村里的树木，不外乎杏树、榆树、杨树和柳树，没有更稀罕的，除此之外，那路上还有一个早已不用了的磨坊和几个黑色的草垛。西南方向是一大片庄稼地，庄稼长得密密匝匝，里面别说藏一个人，藏上几百个人，外面也都看不出来。

路的尽头就和山区的大路接上了，有河，河两边都有人家。河东面的那片地方叫河东，河西面的却并不叫河西，什么也不叫，虽然住着大多数的人，也更大，却并没有专门的名字。

虽然她是从外面很远的地方被娶回来的，虽然不是自小就在这个山区里长大的，可对于眼前的这条路，也不能说不熟悉，哪一天不曾看见它，哪一天没有走过，可是偏偏那一天就鬼上身一样碰上了那个人。那时候她才从供销社里面出来，买了一小块花布，在供销社门口和一个叫斋苗的女人说了一会儿话。可以想到的是，她要是和那个叫斋苗的女人再多说一会儿话，后来就肯定不会碰上那个人了，说不定就永远地与他错过了，可是她当时显得很着急，好像有什么东西在后面不断地催促着她，还没正经说几句就着急地要走了。后来她不住地反问自己，也不知道到底着急啥，难道有什么十万火急的事么，事实上并没有，什么也没有。

这中间有鬼呢。后来她不得不这样想，早就命中注定了一样呢。

不是么，迟不走，早不走，偏偏就在那个时候走上了那条又细又白的路，巧合也是命呢，不然就不能叫巧，更不会那么巧，要不是早有安排，哪有那么巧。而就她这个人来说，别说是那时候，直到今天她也还是觉得这个世界上到处都飘扬着美丽的歌声，歌声里流淌着蜜一样的、糖一样的故事。在她的心里，无论任何时候，天永远都是蓝色的，云彩也像花朵，不是么，小时候，翻开课文，每一页都阳光灿烂，歌声嘹亮，雨露甘甜。有坏人么？好像也有几个，却总是被巨大的铁拳砸得稀烂，像一堆烂泥破布一样被丢弃在某一个角落里。那巨大的铁拳是谁的铁拳？当然是咱们这边的铁拳，她记得很清楚，很多时候，对方，敌人，好几个人捆到一起，也没有我们这边的一条胳膊粗呢，那他们还有什么希望，什么希望也没有，更不会有。敌人,对方,不仅渺小,而且丑恶,要么憔悴,要么狰狞,脸色也都很差,不是蓝色的就是灰色的,要不就干脆黑得像锅底或者白得像鬼,但是不管他们是什么,只要被光芒万丈的红太阳一照,立即就都现出了原形。有的身上长出了芨芨般的刺,有的全身塌陷,转眼间成为骷髅,更有的呈螺旋状或波纹形,逐渐变小,变没,直至最终气泡一样彻底消失。一切坏的反动的残渣余孽被一簸箕一簸箕地撮走,世界晴朗了,世界明亮了,这以后,剩下要做的就是多年来一直坚持好好学习天天向上,努力改造世界观。那些年月常有鹅毛般的歌声在她的耳边飘起,可是,让她感到羞愧和难过的是,他们却并没有做好呢,不仅别的什么都没有做好,就连学习也并没有学好。大多数的同学都止步于初中毕业,一放下书本,即拿起锄头,挽起牛缰;更有一些年龄稍大一些的女同学,初中毕业的当年冬天,便早早地为人妻母了呢,第二年再见面时,已经领着孩子回来住娘家了,坐在从前家门口的石头上,自然地、旁若无人地撩起衣襟或者解开胸前的扣子喂孩子吃奶。

　　直到走在那条又细又白的路上以后,她才发现,整条路上实际上只有她一个人在走,但即使那样,她也仍然什么也没有去多想,甚至发现路上只有她一个人,也是后来才意识到的。

　　四周静悄悄的,一个人也没有,一点儿声音也没有。

　　不过,也好像不能那么说,不能说一个人也没有,不是还有她么,她难道不算个人?当然算,不仅算,而且还自认为也算是一个不难看的人,这一点似乎平日从别人的眼里和言谈中也能找到答案,每次一出去,人们就都说她长得很好看,常常倒让她觉得很不好意思。

　　那时候地里好像还没绿,到处还光秃秃空荡荡的,只有一些粪堆坟一样在远远的地里到处散落着、堆着。粪堆本来就是黑的,被它上面的蓝盈盈的天一衬、一对比，就显得更黑。

有风，有阳光，但阳光不是她心里的那种阳光，而是田野里的阳光。

远处的山很虚，常给人一种布景的感觉，那种展开以后的长长的绸缎，让人有一种风大了以后会一下全部飘走的担心。小时候，一看见那些遥远陌生的山，她首先便会想到那很可能是外国的一些地方，比如苏联，朝鲜，越南，比如坦桑尼亚和赞比亚，阿尔巴尼亚。学校里的老师们经常跟他们说到这些地方，她知道那些地方都非常的遥远，都远在天边。老师们其实也不知道那些地方在哪，只知道个名字。他们也都是从报纸上看来的，广播里听来的。

她们做学生的都不看报纸，不仅仅是因为没有报纸可看，即使有也轮不着他们，哪有学生看报纸的，那还不把人笑死。每一回，学校里的报纸一来，转眼便被老师们都抢光了。看完以后，有的拿回去糊窗户，糊顶棚，还有的用来裱糊出纸坛子，纸缸，干了以后会变得又干净又结实，一敲还咚咚地响，可以放粮食。为这事，校长没少训斥他们，有时甚至还翻了脸。校长不让他们那么干，实际上校长自己家里也有报纸糊的坛子罐子和缸呢。

其实所有的这些都不重要，重要的是从来没有看过一张报纸，他们也都终于长大了，能够用自己的眼睛去看世界，能够用自己的心去想问题了。那说明什么，是不是说明一个人长大，和很多东西都没有关系，除了吃的和穿的，在成长的路上，有什么也行，没有什么也行。

所以，一个人的童年和少年时期有没有报纸也并不那么重要。

可是，真的不重要么？在你出生和成长的路上，有什么和没什么真的一样么？后来，她才一年一年地觉得那说法并不对，是人们用来哄骗自己安慰自己的，是没办法才那么说，因为你没有，所以只能那么说，不是么。有人是在歌声里长大的，有人是在砍柴声里长大的，你对自己说，你对别人说，我和他们是一样的，因为都长大了。是的，大的方面可能是一样的，最后的结果也是一样的，因为都有一个死在那里等着大家，等着所有的人，在土坑柴堆里滚大的肯定得死，在蜜罐里泡大的也得死，也不可能一直都在里面泡着不出来。大家都得死，都两眼一闭，永远不再出来活动了，到那时候就都真正的差不多一样了？

在那个过程中，她已经不知不觉地走了很长一会儿了。再走一会儿，穿过一些有土墙围着的院子和窑洞以后，就马上能看到自己的家了。那也是一个用三道土墙围着的院子，在院子外面的土坪下有一些年老的榆树和一丛一丛的灌木，灌木的颜色有红黄白绿好几种，上面经常会落着一些颜色杂乱的鸡毛或者别的什么，有时甚至会是一只手套或者口罩，看上去让人觉得有些害怕，也不知是什么人的。她好像也是第一次才发现，所有自然的东西都不可怕，鸡毛，柳絮，甚至蜘蛛网，都很正常，只有那些被人用过的东西才会让人觉得有些瘆瘆的。

就那样，她很轻松地在回家的路上走着，她回家的路上洒满了晴朗的阳光。

然后，她就看见在前面的一个快要拐弯的地方忽然出现了一个人，那个人无声无息地从一堵褐黄色的土墙后面走出来（其实更像是从那褐黄色的后面扒开一片水游出来的），站到了她的对面，脸上浮着一种稀软酥松的笑容。她也说不清为什么觉得那种笑容那么稀软。

日常见的东西里都没有类似那样的，她想找个相近点的比喻，一时都找不到，想不起。

她看见从土墙后面走出来的这个人好像有点儿面熟，一时却又想不起来是谁,在哪里见过。不过她想,应该也是一个村里的人吧,村里还有不少的人她还不认得呢,包括一些女人。

一切都恰如偶然一样,一切又都像是事先安排设计好了的一样,所以,当她看见站在她对面的那个人时,并没有觉得有什么意外或者不对的地方,更没有觉得害怕,凶险,没有,一点儿也没有往那些方面去想过。山区里的人相互之间都混得烂熟,不能说像一个家里的,可是也差不了多少,对于某些更熟悉的人来说,甚至谁的身上有个什么和别人不一样的记号或者标识,大家的心里也都清清楚楚,谁是什么样的人,人们也都像熟悉节气一样明白。她尽管和很多人还不熟,甚至还很生,像个外人,可是慢慢地也都会熟起来的,不是么。

按现在的情况来推算,那时候她应该还不到三十岁。不过她并不知道,站在她对面的那个人其实也还不到三十,只是面相上看上去显得大一些,常被人以为已经很大了,很老了。

确实,那时候他还真的还不到三十,但是那时候他满脸雀斑,黑压压地堆积、占据在他的脸上,又密不透风地遮盖着他的真实的年华。在她的眼里,曾经有无数只蚂蚁死在他的脸上,没有清理,或者没有来得及清理,之后便又永久地固定了下来,成为他脸上的主要内容。

至少有一阵,她有些发呆、愣怔,发呆愣怔的原因应该也是来自他的那张脸,那张黑麻麻的长满雀斑的脸,真的让她吃惊不小。她知道雀斑通常会长在一些女人的脸上,男人的脸上很少能看到那种东西,但是,他不仅长了,而且还长了那么多,那么密,除了真实的年龄被盖住、被改写——往坏的非常不好的方面改写,其实还伴随着一种伤害,一种足够严重的先天的伤害,甚至是毁坏。仅从这一点来说，他也真的够得上是一个例外了，很少再有人像他那样的，作为一个人，一个男人，一个正在立身或者正要立身的人，有那么一张脸，首先在很多方面就输了，除了自己觉得自己不行，在别人眼里也是黑黢黢的一个，乌漆麻道的一片，很难好到哪里去，不要说挺拔、英武，就连最起码的鲜亮、正常，也谈不上，也与他根本不沾边，这还没算上他矮墩的身形，就算长得够高，那又能怎么样呢。

当时，当她看见他站在她的对面时，她也站住了。他身后的那堵墙又老又旧。当她看见他目光很专注却又很纷乱很迷离地望着她时，便以为他有什么话要对她说，便站住等着。

她等了一会儿，始终没有听见他说话，却只是听见他喘得很厉害，呼哧呼哧的声音从对面传过来。她抬起头去看他时，发现他的目光已经不再像先前那样迷离、茫然，而是变得像两条蛇一样滑腻腻的，一种带毛的滑腻腻的感觉，正在从他那边出发，朝她伸过来。

这以后，她几乎就被吓哭了。

日后她再回想这件事的时候，觉得事情的经过大概就是这样的。

她的脸先是红的，后来忽然变白，再后来又是什么样的，她就不知道了，因为她已经开始跑了，她看见路两边的一些东西开始变得模糊，有的还长着胡须，可能是树，也许不是树。

奇怪的是，她并没有朝不远处的家里跑，而是顺着那条又细又白的路一口气跑到了河边，不知她是怎么想的，这事或许连她自己也不明白。在河边，她听到一间作坊里传出来的哗哗的流水声和敲打铁器的叮当声，知道有人正在里面干活儿，她却没有进去，也没有叫喊。

很快，她又从河边的那座手工醋坊前经过，看见那个身材丰挺、浑身上下酸溜溜的女人正在作坊前的空地上搅拌醋糟，看见她胸前鼓胀，面如圆月，却没有注意到她的身上穿着什么样的衣服。作坊前的那片空地上摆着一片大缸，里面分别装着等待发酵的醋糟和部分已经淋好的醋。那片大缸有没有二十口，她没有数过，不知道，但是她觉得至少也有二十口。

那女人在搅拌醋糟的过程中好像还抬起头瞟了她一眼。

（类似的风俗场景多年来一直没有改变，依旧一派昔日风光。某一年，这个四十多岁的丰饶健硕的女人在一个夏日的黎明时分忽然死去，横尸河边，这事至今仍是一团迷雾，没有人能说得清楚在那个已逝的夏日的黎明时分究竟发生了一件什么样的事情，没有人明白那事情的真正原因。在一些人的记忆里，只依稀记得那个夏日的黎明时分，天空里流泻着一些不同类型的颜色，清脆的金属和瓦片的声音在这个高寒的山区里久久回荡，余音缭绕，之后又是沉闷的木头的声音和哗哗的流水声，似有无数看不见的木头从天上沉重无比地滚过。）

她跑着跑着，就看见天上出现了一些红色的口子，绽开的伤口一样。

她听见有人坐着云彩走了，不久又有人乘着霞光来了，一来了就叮铃咣当，啪叽啪叽地打了起来。云彩是沙丘的样子，霞光如大幕，都先后被踩破、撕碎，却并没见有人掉下来。

她跑着跑着，就看见荒凉的天空下横陈着的那个够得上虚缈古怪同时也仍旧熟悉实际的村庄了，她看见村庄上空炊烟袅袅，天色蔚蓝。又听见村子里鸡犬之声相闻，烟火气互相串门，捆绑着相随着缭绕在一起。结构松散的房舍之外，狗望着远处，牛羊缓缓地漫过红色的山岗，与戴草帽的放牧的人和割草的人一起在寂寥的天底下构成了一种空旷而遥远的景象。

她跑着跑着，就感到自己有些身轻如燕了，她感到她的一些肢体正在轻轻地逐渐卸去，牙齿也正在一排一排地悄然离去，没有留下任何嘱托和片言只语，一切都变得轻松如风。

好像又回到了从前的天空下。

只是，那天空下已经什么也没有了，不仅没有一个人，一辆马车，就连一口水井一枝黄花也找不到了。一些地势也发生了改变，高坡变成平地，洼地里长出了红色或蓝色的小山。

不知跑了多久，不知跑了多远，她停下来，一瞬间忽然感到那个人似乎还一直站在原地，至今还在那里站着。她跑了那么久，跑了那么远，他自始至终一下也没有动过，没有追赶？

蛇？最初，看见对面那道软绵绵滑腻腻的目光直直地唰唰地伸过来的时候，她就那样迅速而又简单地想了那么一下。那时候她的脑子里又空又白，什么也没有，连一根草都没有，只有那么一个滑软的东西，展开后是长长的一条，要是盘起来可能就是椭圆或浑圆的一团。

奔跑的过程中，她隐约地觉得身上好像丢掉了一些什么，听见有东西掉了，但具体是什么，却又不知道，有人要是问她，她一定说不上来。不过，就算知道，也不敢返回去捡了。

那时，天空里残留着一些泅湿的形状或痕迹，她无意间抬头看了一下，却并没有认出是什么，甚至连颜色都说不准，就像有人在天上尿了炕，这会儿正把那些湿了的地方晾晒出来。

你咋了，好像很不高兴的样子。

我妈今天出去抽柴火的时候跌倒了，好半天才爬起来。

你看见了？

嗯。

老了，人老了都免不了会那样。

黑夜连饭也没吃，泡着腌菜喝了一点儿水。

今天黑夜的星星真多啊，东西两边的山上全是，你看，北面更多。

今年又是个旱年，他们还蒙在鼓里呢，在那该种豆子的干巴梁上种了好多麦子，秋天哭去吧。

我记得有一年秋天分粮，每人分了三斤麦子。

那还是好的，有好几年一斤也没有，你忘了？蒸馒头用的是大豆的面。

想起来了，你一说大豆面的馒头，我就想起来了。人们真会发明，真会想办法。

咱们说的那种大豆，实际叫蚕豆，它真正的名字就叫蚕豆，咱们这儿的人们从来都瞎叫一气。上辈人瞎叫，下辈人跟着瞎叫，把乱叫成烂，把外孙叫外甥，辈分乱了都不知道。当姥姥的，当姥爷的，领着两个孩子，很理直气壮地对别人说，这是我外甥，这是我外甥女儿。

杜林笔记

谷正楼有一次很稀罕地拦住我，对我说，看你也没啥干的，要不给我当秘书吧。

我一听，差点儿当场笑出来，差点儿当场把苦胆笑破。我想，这人疯了吧，我隐约地模模糊糊地知道，好像只有公社书记这一级以上的领导才有资格有秘书，他一个大队书记，一个土老帽，一个黑牛牛，竟然也想要秘书，简直可笑之极！用南园老周的话说，简直是狗吃天，完全不知道自己的嘴有多大。而且，公社的那个秘书也是全公社的秘书，是一个正式的正经的职位，也并不是他公社书记一个人的私人跟班，铁打的秘书流水的书记，也很普遍呢。

于是，我对他说，我不干，我也伺候不了你。

他一听，脸就绿了，很快又紫了，两个眼睛铜铃一样。

他说，真他妈的，我完全是看在你爹的面子上，你爹老实屹蛋一个，还是我们的支委，你以为看上你了？知道你瞌睡了，给你一个枕头，你还不要，不要就算了，有的是人要。

我对他说，我没瞌睡。

他说，好，很好，有本事你就永远别瞌睡。

爹回来说我，说我不该当面顶撞他，让他气愤难堪，说人家也是一片好心呢，再说人家哪受过这种顶撞和蔑视，你不尿他也行，那你就在心里不尿他，至少表面上不要让他看出来。

父亲作为一块腌菜,作为一块被腌得软溜溜又疲筋筋的老腌菜,算是已经被生活这口腌菜的大缸给彻底腌软了,腌蔫了,也彻底腌得更咸了。你要想把他捞出来,他肯定还不愿意让捞出来呢,捞出来去哪儿,晒干,放在那儿招蝇子、惹蚊子?在这一大片干旱贫瘠的山区,父亲这个年纪的人,基本都是他这样的,一生早已定型,很难再有什么东西能够使他们发生改变。每年掉两颗牙,看人看东西比上年的时候更模糊不清,在他们看来都是老天的安排。发现身上一个虱子也没有了,会大惊失色,跟着就灰心丧气,一蹶不振,认为大限到了。人们好像都知道,一个人要是快要死的时候,身上忽然就没有虱子了,原来的那些都哪儿去了?都跑了!一个虱子也不来了,新的当然不会再来,原来的那些也纷纷逃跑、逃离,那说明什么,说明全身已是废墟,即将朽坏,连虱子都躲着你,不再理睬你,不再光顾你,你不完还等啥。就有孝顺的儿女偷偷地从别处捉了虱子,放进老人的贴肉处,还要想办法保证它们一直活着,一直兴旺发达子孙满堂地活在老人身上,防止它们到处乱跑,最主要的不要从老人的身上跑到别处去,为的就是吉利祥和,更为了让他安心,让他相信自己还有用,还有很长的来日。黑碗窑的薛二炮老汉,半夜醒来,除了觉得孤单又冷清,好像还有哪儿不对劲,一摸瘦骨嶙峋的身上,一片寂静,一派萧瑟,一个虱子也没有摸到,明明记得前天才放进去的,怎么会一个也没有呢。叫醒睡在另一头的儿子,说,一个虱子也没了,你看看,是不是都跑到你那儿去了?睡得癔症迷糊的儿子说,不可能。薛二炮老汉说,咋不可能,肯定是。儿子仔细一摸索,果然在自己的身上找到了虱子们的踪迹。儿子翻身坐起,咬牙切齿地开始捕捉,凡捉到的,大部分都掐死,只留下少量的几个，重新放回薛二炮老汉的身上。老汉人虽衰朽，但自知之明却一点儿也不少，老汉对儿子说，不要再放了，不顶事了，没用了，放也是白放，你前脚放上，它后脚就又跑了，你能管住它，你能拦住它？这还不是明告诉你，没几天活头了。这话说过没多久，大约一个多月以后，薛二炮老汉就去世了。

第五章

耗子一家

五灯认识耗子的时候，耗子还留着一根细辫子，耗子和五灯其实差不多大小，可是看上去却总是那么稚嫩、胆小、脆弱，脸和手比别的孩子要白得多，也细得多，动不动就哭。

说起来，耗子他们家，是离学校最近的一户人家，处在学校的下面，比学校的院子和房子低下去很多。很多时候，坐在教室里，就能看见耗子他们家的院子，很大很寂静的一个院子，中间是黄白的土，四周长满了茂密的杂草；看见耗子的妈开门出来倒水，耗子的爹歪着头在院子里到处乱走，看着坐落在他们上面的学校，看着看着，还会突然很凶狠地破口大骂上几句，也没有人知道他在骂什么。也有的时候，他的脸上会露出一种很可怕的笑容，一种椭圆形的笑容，窝在脖子那里，模模糊糊的好像还带着括号，两边还有稀疏的黄胡子在颤抖。

耗子的爹叫银焕，看不出有多大了。平时，校长，老师们，无论谁见了耗子的爹都不打招呼，都装着没看见一样快速走过，学生们就更不用说了。按说耗子他们一家人是离学校最近的邻居，最应该搞好关系，和睦相处，问候一声是最平常不过的事。但是，的的确确的情况是互相都不打招呼，为什么？一切全是因为耗子的爹银焕是一个疯子，一个真正的疯子。

是的，是真正的疯了，不是假疯。

疯子会和别人打招呼么？疯子不和任何人打招呼。

耗子的爹银焕，不知已经疯了多少年了，从五灯他们能够记得一些事情起，就已经疯了。平时，校长经常警告所有的老师和学生们，谁也不要无缘无故去招惹住在旁边的银焕，即使有缘故，也要忍让着点儿，谁要是不听，闹出了事情就自己承担、自己负责。与此同时，谁也不能欺负耗子，谁要是招惹并欺负了耗子，校长首先就会对他不客气。

校长为什么要这样做，这样偏袒维护耗子他们那一家人呢？校长其实并不是在偏袒耗子他们一家人，而是在维护学校的平安。因为每次耗子的爹银焕生了气，先是一个人在院子里喃喃自语地骂，骂上一会儿以后，便会朝上面的学校嗖嗖地扔石头，还不是一两块，有时候石头会砸破玻璃，直接飞进教室里或者办公室里，甚至落到某一个人的头上或者脸上。

有的孩子不听话，背着书包进教室之前，会悄悄地溜到耗子他们家的墙头上，大声地叫一声：愣银焕！然后便飞奔进教室里，坐好，装着什么事也没有发生过。但是，下面院子里的人却想得并不和他一样，要是碰巧没听见那一声，也就算了，事情也就过去了，但只要听见了，耗子他爹银焕就会追出来骂，骂一会儿以后就开始往学校上面扔石头。

看见有石头咚咚地从下面飞上来，校长就以百米冲刺的速度跑进教室里，大声地追问：

谁？刚才是谁？谁又骂银焕了？站起来！

女孩子们当然没有人做那种事，校长心里清清楚楚，所以校长愤怒的目光总是落在所有的男孩子的身上，校长心里那个恨呀，恨死他们了，都是些无事生非的狗杂种，撩猫逗狗，还嫌事情少么，就连他本人有一次也差一点儿被银焕从下面扔上来的石头砸中呢。那次他刚从门口出来，嗖的一块石头就上来了，要不是他反应快，躲得快，脑袋开花也不是什么不可能的事。

凡事就怕琢磨，时间一长，有的老师们也开始怀疑银焕，他不是一个疯子么，应该听不懂别人说什么呀，说别的话，无论说什么，他都没有反应，怎么一有人骂他就听懂了？

校长说，你们真是麻烦，操那么多心干啥，还研究人家疯不疯，挣钱不多，管得倒挺宽！没事备课去，或者去撵一撵那些鸡，都上了讲台了，讲台上到处都是鸡屎和鸡毛，成何体统！

每隔一段时间，觉得嘴里淡得不行了，肚子里也完全再没有一点点油水了，校长和老师们就约定在放学以后的某一个晚上，好好地吃一顿，喝一顿。学生们都放学各回各家了，喧闹了一天甚至好多天的校园终于寂静下来了，大家就纷纷摩拳擦掌，等待一个重要时刻的到来。派去采购的人已经在路上，这种事有时是校长指派，但更多的时候是大家毛遂自荐，主动去的，尤其是那些天生性急的人，总嫌那些四平八稳的人一来一去太慢，说等得太心焦，头发都白了。校长说，没有人请我们喝酒我们自己喝，自己请自己。有的家庭困难的老师痛心疾首地说，再当一回败家子吧。说是那么说，其实也并没有多好，更谈不上铺张乃至败家，无非是从供销社买几个罐头，几瓶酒，很多时候还是用塑料桶打回来的散装的白酒，所花的费用由大家平均分摊，下一回再聚，仍然是这样。其实谁不困难，都困难呢。人无头不走，鸟无头不飞，即使是小范围内喝酒这种事，也得有一个人出来主持大局，在一个学校里，校长当然就是不二的人选，校长招呼大家共同举杯，说大家辛苦了，闲话少说。

校长其实也很不喜欢耗子他们那一家人呢，平时不说，有时喝多了酒以后，眼睛红红的，脸也红红的，也会忍不住说，说和银焕那么一家人做了邻居，真是倒了八辈子的霉啦。我有时候会想，我，你们，我们所有的老师和学生，咱们大家，上一辈子一定欠了人家银焕的。

校长这话一说出来，在场的好几个人都点头，表示赞同。

每逢这种时候，校长的话就会特别多，是平时的几倍甚至几十倍，完全变了个人，完全是酒精的作用让他把平时一点点地窝藏和积累起来的种种不快和种种烦恼苦闷倒水一样全都倒了出来。

有一回，醉眼蒙眬中，校长指着一名正在埋头猛吃沙丁鱼罐头的老师说，别光顾着吃！你——韩启云同志，上一辈子有没有借过人家银焕十块钱没还？

名叫韩启云的老师懵懵的，一副才被人从梦中叫醒的样子，从桌子上抬起头，红着脸说，我也不知道，也许吧，也许借过，不记得啦。

校长说，不是也许，我觉得你一定借过。既然借过，怎么不还人家？借人家钱还忘得一干二净的，什么人呐？咱们能有今天，能有现在这种经历，天天历险，我觉得就是你留下的这种糊糊事造成的，你从上一辈子开始，就已经给咱们埋下了伏笔了。

韩启云歪着头，用一只手擦了擦嘴边的油渍，说，没还么？我记得好像还了。

校长说，问我？应该问你自己，还没还你最清楚。我还不知道你？肯定没还，还了他还能这样，每天往上扔石头？说不定他正是知道你在这里教书，才每天往上扔石头的。

韩启云说，真要是像你说的那样，那我就得考虑再调一个学校了,不能再在这儿干了。

校长说,哎,你还别说,这倒也不失为一个办法呢。

韩启云说,我还不知道你,你无非就是看我不顺眼,想把我弄走,还非要把账记到人家银焕头上。

校长忽然好像有些不认识地看着韩启云,端起酒杯,吱儿——的一声。

又指着脸越喝越白的裴日鼓说,咱们还说上一辈子的事,你——日鼓同志,说句良心话,有没有设计陷害过银焕?

裴日鼓放下手里的酒碗,说上一辈子的事了,谁能记得那么清楚,你能记得你上一辈子都做过啥?这还真不好说,很可能有过,也很可能没有。

校长眯缝着眼,并没有看裴日鼓,而是看着桌子的一个角说,你是有名的阴谋家,怎么可能没有?还"很可能"?设个计,下个套,弄个局,对你来说那还不是小菜一碟。

裴日鼓说,你真抬举我!让你这么一说,我觉得我快成诸葛亮了。

有人忽然问校长,说了半天了,净问别人,你有没有做过对不起人家银焕的事?

校长一只手捂在额头上,声音闷闷地说,让我想想——我这人比较讲理,按说应该没有。

最初的某一天里,耗子穿着一件领口和袖口上都有花的只有小女孩们才穿的衣裳,脸色苍白,胆怯而又安静地坐在家门前的青石上,一看见有人过来,立即低下头去。耗子身上的衣裳都是按照他妈的意思穿的,衣裳上的那些奇怪的花也都是他妈用五色线给绣上去的。他背后的门上挂着精美的蝈蝈笼,还有像房子一样整齐好看的鸟笼子,都是用绿色的和黄色的荆条编出来的。那些颜色暗红、黄绿和雪白的荆条，不仅能编出蝈蝈笼和鸟笼子，还能编各种各样的筐子和筛子、篓子，甚至更大的需要两个人才能抬动的形状像耳朵的大草筐。

一群和耗子年龄差不多大的孩子来到耗子的面前，有人指点着说：

这就是耗娃子。

耗娃子是啥，就是耗子的小孩，刚生出来那种，最多有一块水果糖那么大。

耗子听见他们一上来就叫自己的外号，就知道来者不善。

耗子不知道的是，就连耗子这个名字，其实也是他的外号呢，他真正的名字并不叫耗子。他也不想一想，当爹妈的，谁会给自己的孩子起名叫耗子呢，叫猫叫狗，也不能叫耗子。

果然，有人说，应该带一只猫来，看看他到底怕不怕，要是怕，那就真是个耗子。

他们在想象中把一只猫放在地上，放在耗子的面前，耗子一看见猫，果然吓得不轻，哧溜一下就不见了，也不知钻到了哪里，只留下一路哭声，他们哈哈大笑。但是耗子并没有跑，也没有钻到哪个窟窿里去，依旧坐在门前的青石上，只是低着头。耗子想，猫有啥可怕的。

在耗子看来，眼前的他们比猫可怕多了，也讨厌多了。

据说耗子的爷爷是一个最会编筐子的人，各种荆条和树枝在他的手里就像巧手女人们手里的针线一样灵活，在已经逝去了的那些年月里，山区里大部分的筐子和篓子都出自耗子他爷爷之手。当然，耗子从来也没有见过他爷爷，从能够记事以来就没见过，爷爷很早就走了。

耗子的爹银焕也会编，只是已有好些年没见他碰过那些东西了。

耗子问他妈，爹为啥疯了？

他妈说，谁说他疯了？谁说的？他没疯。

这个脸白得像纸一样的女人，常年都是一副悲悲戚戚的神色，再加上本身很瘦，不管什么时候都带着一种似乎是天生的哭丧相，和别人说话的时候也从来都是一副马上就要哭出来的样子，即使是在谈论一件让人高兴的好事，脸上也是无限的悲伤，声音也仍是凄凄惨惨。

三四间歪歪斜斜的窑洞，就是耗子他们家，最靠东边的一间，实际上已经处于或钻到了学校的下面，就像学校的一间地下室。有时候校长在办公室里坐着，能听到下面传来耗子他们家的某些动静，咚……叮当……哗啦……校长就想，是勺子掉到地上了，或者是碗打碎了？校长有时也会突发奇想，想象耗子他们家某一天如果突然不想活了，装足了火药，点着捻子，狠狠地在下面放上一炮，上面的整个学校势必会坐了土飞机，土崩瓦解，不复存在。

院子倒是不小，由于人少，就显得更大更空荡一些，用石头和黄泥垒起来的土墙围着，墙头上插满了酸刺和蒺藜。墙里墙外都有树，从来没有人仔细留意过都是些什么树，不外乎山区里最常见的榆树和杨树，每一棵树上都有喜鹊或乌鸦筑起的黑压压的完整而结实的窝。

对于小小年纪的耗子来说，树上的那些高高的黑压压的窝充满了无限的神秘和未知，一没事的时候，他就坐在门口抬头仰望。他不知道它们的家里是一种怎样的情形，从那黑糊糊的外面是啥也看不出来的，难道里面也有家具和各种摆设么？也有小鸡吃米的马蹄表么？也有炕么？秋天的余粮往哪儿放呢？火是肯定不能生的，要是有了火，整个窝就全完了。可是要是不生火，它们一家子又怎么吃饭呢？后来稍大一些以后，才明白它们吃的全是生的。

他妈告诉他说，它们没有箱子柜子，也没有马蹄表和炕，家里没有多余的房子，更没有余粮。余粮？他妈说，你真是笑死我了，听也没听说过呢。说它们从来就没有过多余的粮食，有也没地方放（这闹不好也是它们不储存余粮的一个原因），当天打闹回来的，当天就吃了。

耗子说，那第二天呢？

他妈说，第二天再出去找去，打闹去。

耗子说，要是碰上刮风或者下雨呢？

他妈说，刮风下雨也得出去，不想出去那就得饿着。

耗子说，出去以后，要是打闹不到呢？

他妈说，打闹不到也没办法，那只能怨你运气不好，再使劲找。要是真的打闹不到，那就麻烦了，它们大人饿一两顿还是小事，它的孩子们就会饿得哇哇地哭，小黄嘴张着。

耗子说，我饿了也想哭哩。

他妈没有理他，只是在自言自语地说，人坐月子，真的是在坐月子，哪儿也不去，啥也不做，还得有人好吃好喝伺候着。而它们即便是坐月子也得每天出去打食，它们不坐月子。

出了院子，是一条小路，夏天的时候，路两旁栽着东西，很高，很茂密，人走过去都看不见，到了冬天以后就没有了。小路扭曲得厉害，要绕好几个弯才能和别的路接上。小路绕来绕去，一根绳子一样，边走边就把沿途的很多人家都连接了起来，一家一家地串了起来。

每天天一黑，从耗子他们家院子前面的那条小路上就会传来一个女人哀怨的哭声，耗子经常能听见，听见那女人有时候哭得呜呜的，耗子就告诉他妈，他妈却让他不要瞎说。

耗子想，明明有人在哭，怎么是瞎说呢。

小路的一头先是被一户人家的一个后院放进嘴里狠狠地咬了一下，可能是觉得不好吃，很快又吐了出来。就从那里起，这才又有了它以后的弯弯曲曲的行程，有了它的未来，也才有了那些被它沿途串起来的人家。与此同时，也好像让它有了自己的来历和去向。

那个后院很是阔大，全是一些旧房，墙头有很多地方都塌了、断裂了，出现了一些高高低低的豁口。那些旧房，大都没有了门窗，里面堆放着破砖烂瓦，不过，这也是站在院子里看见的。要是想进去，还得费一番周折，因为原来是门窗的地方，现在全是厚厚的蜘蛛网在垂挂着，从房檐下一直垂挂到屋门口，猛一看像一种帘子，其实比帘子要厚得多。有多厚呢？你要是不小心一头闯进去，你的头上和身上马上就会穿上一层亮晶晶的蜘蛛网的外衣，脸上和四肢全被紧紧地蒙住，需要好半天才能把那层东西撕烂，挣脱出来。好在也从来没有人想进去，进去做啥，什么意义也没有，平时只有敏捷的影子一样的野猫能从下面钻进钻出。

院子里长着半人高的荒草，有的草上还开着花，有的花还很好看，黄的红的，紫的，白的，荒草里住着蛐蛐和萤火虫，有时还有蛇，唰唰地在草丛里走着，蝴蝶在荒草上面飞来飞去。靠墙生长的那些树上也都和耗子他们家的那些一样，黑压压的搭着喜鹊和乌鸦的窝，每到黄昏时分，就哇哇地叫着，在说着什么，好像是想告诉人们一些什么。

耗子就问他妈，它们在说些啥。他妈说不知道，说那哪能知道，我要是能听懂，我也会飞了。后来一边做饭，一边又说，估计是在叫它的孩子们回家，天黑了，让它们都赶快回家。

啊,这就对了。耗子对于这个答案还比较满意,也认为差不多,它们的孩子们都在外面乱跑乱飞,应该就是那个意思吧,肯定就是。如果不是,那又能是什么呢,耗子想不出来。

他爹银焕坐在黑暗中,看见他的嘴一张一张的,又在恶狠狠地骂人,却又没有任何声音。

耗子就问他妈,爹在骂谁?

他妈摇着头说,不知道,不知又想起谁了。

耗子就说,是不是学校的校长?

他妈说,校长有两天没来了。

耗子眼前忽然一亮,说,知道了,我知道是谁了。

他妈问,你知道?是谁?

耗子说,是学校里的那个教语文的老师。

他妈说,你咋知道的?

耗子说,肯定是他。有一回他喝醉了,站在上面往咱们的院子里尿,让爹发现了,爹当时就给了他两石头,吓得他转身就跑了,抱头鼠窜了。

有这种事?还老师呢,解开裤子就尿,也不看看地方,该打。

他没解开裤子,他是真的喝醉了,其实他把整整一泡尿全尿到他自己的裤子里去了。

真的?

真的,一边跑,一边从裤腿下面往出流水呢,好多人都看见了。

这件事忽然让他们觉得很开心,于是两个人就都笑了。耗子笑得一咯一咯的,还不住地摇晃着头,翻着白眼,像是吃饭被噎住了,头上出现了蓝色的青筋。耗子他妈,即使是在很开心地笑着的时候,苍白的脸上也仍然愁容漫卷,笑也笑得那么忧愁,凄凉,无奈和伤心。

黑漆漆的夜也被他们笑得不复存在了，网一样收起、撤走。黑夜也很像那个把整整一泡尿都尿到了自己裤子里的老师，一路滴滴答答地滴着水，摇晃着，在他们的房后咚咚地跑着。

蚂蚁们都累了，蚂蚁们搬运了整整一天的粮食，最后都累得走不动了，躺在树下，有的侧卧着，有的仰面朝天地睡着，还有的已打起嘀儿—嘀儿的呼噜，有的呼噜十分尖利。

一些蝙蝠用它们绸缎一样的翅膀拍打一下他们的房檐，又敲一下他们的窗户，然后就走了。房子上面的泥块就开始啪啪地往院子里掉，一掉下去就都碎了。院子里的草在风里芦苇一样摇来摇去，风还把榆木的门刮得咯吱咯吱地响，好像有人正在外面用力推门。

夜已经很深了，还有人在他们的四周咚咚地走着。

看完一本小人书以后，耗子还不睡。

耗子问他妈，土匪的胡子都是蓝的？

他妈说，听说也有红的。

耗子就睁着两个眼睛，看着屋顶上的椽子、檩和椽子之间的泥土、柴草，使劲地想着。想了一会儿，说，是天生就是红的蓝的，还是后来当了土匪以后专门染的？

他妈说，那谁能知道。

耗子说，肯定有的是天生的，有的是为了吓人后来染的。

他妈说，你咋知道？

耗子说，我猜的。爹的胡子不就是黄的么，那不是天生的？肯定没染过。

他妈说，他年轻的时候也是黑的，不知后来咋就变成了黄的，越来越黄。

耗子说，病，肯定和他的病有关，好多的病人不都是那么黄喇喇的么。

听耗子这么说，他妈好像被从正面袭击了一下，捂住额头说，我还真从没往这方面想过。

耗子扭过头，看见他爹银焕正把一只手伸进被子里仔细地寻找着什么，摸索着什么。耗子那时候非常吃惊地发现了一个奇怪的现象：起初，爹脸上的神色很认真很严峻，可是后来，爹的脸上又出现了一种婴儿般的表情，是那种还不会说话的小孩，愣愣地看着某一个地方的表情。

爹。耗子轻轻地叫了一声。

耗子是想问他的胡子是如何变黄的，爹没有理他。

爹——耗子又叫了一声。

爹还是没有理他，脸上似笑非笑，从他的神情上看，像是早已经在一条路上走远了。

终于，摸索了好半天后，听到爹对妈好像说了一句啥话。

耗子就问说了啥。

他妈说，他说那块骨头不在了。

耗子有些没听懂，于是就问他妈，哪块骨头？哪来的骨头？咋又跑出来一块骨头？

他妈听了这话以后也明显地吃了一惊，耗子看见她的脸上出现了好几种不同的颜色，不过，无论是什么颜色，最终也还是以她的那种最常见的苍白作底色，以忧愁作为主要内容的。

这时候，从旁边那个空荡荡的后院里又传来了那个女人的断断续续的哀怨的声音。

耗子看见爹忽然划了一根火柴，却又狠狠地把火柴扔到了地上，嘴里嘀咕了一句什么。火柴熄灭了的时候,立刻有一种烧燎羊毛的气味在屋子里弥漫开来。也就在那时候,那条从后院里分离出来的小路上忽然尖叫了一声,声音就像从路上长出来的,随即又变得一片寂静。

他妈说,睡哇。

在耗子的印象里,他妈是最后一个躺下去的,耗子觉得他妈好像一个纸人一样,一下就倒下去了,连一点点声音也没有发出。那时,墙上有一个影子,看着他们这边,也倒了下去。

耗子把几本小人书压到枕头下。耗子睡在他们两个人中间。

虽然窗户上的缝隙很大,不断地有风从外面进来,但是耗子还是觉得有些憋闷,每次呼气吸气都到不了底,在半路上就被截住了,于是就不停地在枕头上翻身,左翻一下,右翻一下,一会儿脸朝着他妈,一会儿又脸朝着他爹,枕头里的荞麦皮在他的头下沙沙地响着。

后来他脸朝下趴着。

趴了一会儿,就看见一个人骑着猪在河边狂奔,河边有很稠很白的雾,人和猪就一起奔进那白稠的雾里去了。不久以后,猪慢慢地长大,变成了一头骡子,先前骑猪的那人又骑着骡子到处走村串户,清脆的铃铛叮当作响,人也明显比骑猪的那时候老了不少,像是来给人看病的,又像从老远的地方来走亲戚的,黄白的山羊胡子在风中翘着。山区南面的一片麦子忽然倒下去了,不是一垄一垄地倒下去的,而是一大片,黄澄澄的一大片,哗地一下就没了。

一群人面朝着太阳的方向,背对着耗子,伸着手,每一个人的手都伸得长长的,感觉在说话,又似乎在唱歌,但是更觉得是得到消息,有什么东西要落下来了,都伸出手等着接住。

看着看着,那群人忽然又都不见了。因为什么不见的呢,就因为睡在一旁的银焕突然咳嗽起来，咳嗽声尖利而又空洞，那群人就忽然哗地一下没了，一个也没有剩下，那些树枝般的手当然也就跟着没有了。再一看，太阳也不在了，骑骡子的老头也没了，四周黑得如锅底。

这以后，他们一家人就都睡着了。

天上没有月亮。

一只狗在附近一带汪汪地叫着。

黑暗中，耗子他妈忽然说，自己睡好了，就开始祸害别人了。

声音是无限的悲戚。

都睡了。

都睡了。

我闻见马棚的味了，还有蒿子的味，金盏花金黄的味，还有河水漫过的泥沙的味。

那年从平原上回来，一进咱们这山里，迎面一种气息，说不上是啥味，就是一种深山味。

杜林笔记

> ### ·猪的去势（阉割术）·
>
> 　　家禽的去势（阉割术），是我国古代劳动人民在生产实践中创造发明的，是祖国兽医科学宝贵遗产的一部分，其方法简便、易行、经济、安全。现将猪的去势（阉割术）介绍于下：
>
> 　　去势的仔猪，不论公母，应在生后的四十天到五十天为最适当，术前要绝食一次，早晨阉割较好。
>
> 　　公猪的去势：
>
> 　　用右手将小猪右后腿握住，使

报纸剪辑

　　杜林按：在我们这里，实际的做法是用脚踩住小猪的一条腿，抬起另一条腿，使小猪腹部朝上，在小腹一寸以下处用小刀划开，三个手指伸进去取出里面的一团肉，即可放开小猪，小猪嚎叫着跑远，伤口不抹药，也不需缝合，一两天、两三天后即可自愈。

北京插队青年林维本自学兽医已经有两年了。

六七岁的时候,林维本就已经会炒菜了,普通的北京菜自然不在话下,就连四川菜和淮扬菜也会那么几个,像回锅肉、辣子鸡丁这种菜,还用得着学用得着钻研么,傻子也会炒,闭着眼也炒不坏。不仅会炒菜,还会提着菜篮子去离家最近的地安门菜市场买菜,菜场里的几个阿姨大妈每次一看到他就说,您来了!哟!您又来了!林维本说,我六岁,连秤盘星都够不着看不见,踮起脚也看不见,她们有的就快要退休了,每次都称呼我您,这就是北京人。

林维本说,丙午秋,父母泥牛入海,家里的保姆有一天突然显露峥嵘,开始在家里夺权,造他们的反,像章往胸前一别,袖章往胳膊上一戴,权威一下就建立起来了,每天给他们开会,训斥他们,外出要向她请假,大小事情都要向她请示,她批准了才能做,她不点头不能做。就连她吃的饭,也是林维本做,她本人则什么也不干,每天跷着二郎腿,抽烟喝茶看报纸,用她自己的话说,她做的都是上层建筑的事,一般事务性的低级趣味的工作她就不做了。因为识字不多,看报纸的过程中就会不时地遇到拦路虎,不得不向林维本他们兄弟姐妹请教,请教却不是不耻下问,却是威严又生气地朝他们招招手,来来来,过来一下,看看这个字念什么!什么,念恫?不可能吧,难道不念同?告诉你们,不要想骗我,我可不是那么好骗的。

林维本自学兽医进步很快,碰上公社的兽医有事来不了,大家觉得时间就是生命,活人不能叫尿憋死,林维本就直接上手,劁猪、骟羊,给骡马甚至鸡打针,喂药,灌鸡蛋清。捉住一只有气无力的病鸡,把翅膀撩起,把翅膀下面的细绒毛拔一拔,有时情况紧急就不拔,只管一针扎进去。人们一看,做得挺好,头头是道,真兽医来了也不过如此,还没他这么精细认真呢。兽医那个人大家都知道,干的年头长了就油了，不管你这里多着急，他从来都是一副不慌不忙慢吞吞的样子，说话慢，手脚更慢，每次都是晃晃悠悠地来，牛马一动不动了，他也不着急，裤兜里摸出小刀，把小猪肚子划开，手进去掏挖两下，踢一脚小猪就不管了。

（1973年，经过广大贫下中农的推荐和选拔，北京插队青年林维本进入县里的直属粮库，开始担任一名库管员。走路常发出稀里哗啦的声响，是由于裤带上拴着一大串钥匙。）

第六章

学校及其邻里

学校坐落在一片很高的荒地上，距离山区的打谷场不远。站在西山上往下看，圆形的打谷场酷似一个棕黄色的草蒲团。秋天的打谷场是一年里最繁忙的时候，人喊马叫，四周堆满了从地里拉回来的庄稼。其他三个季节，那棕黄色的草蒲团上很少有人，夏天青草乱窜，冬天落满白雪以后，常有人支起筛子在上面套鸟。冬天来到打谷场上的多是麻雀，也有画眉，它们不顾危险地走到筛子下面去吃米吃谷子，才进去，还没吃上，筛子就啪地一下落下来了。

学校附近住着好几户人家，不知为什么，却一家比一家不兴旺。

比如珍宝家，比如赵元日家，比如耗子他们家。

在学校的一个屋顶上，一年四季都挂着一块布，据说是用来测量风速的，没风的时候耷拉着，有风的时候哗哗作响，尤其在冬天的时候总是被风刮得哆哆嗦嗦，有时候纠结成一团，都看不出原来的形状，因为褪色，更看不出最初的颜色，粉的？黄的？肯定不是黑的。每次看到那块布的时候，大家都感到有一件冰凉的绸缎的衣裳正在身上抖动着滑来滑去，越看越冷。五灯的感觉也和大家一样，看上几眼以后，就也觉得满身寒意，赶紧把手抄进袖筒里。

大家都小炉匠一样抄着手，畏畏缩缩的样子，每逢那时候，只要被校长看见了，校长就要骂他们。校长说，看你们那讨吃相，都把你们的爪子给我拿出来，谁也不许插进去。

校长这个人有时很不讲理，不许别人抄手，到了天气很冷的时候，他自己还常常抄着手，抱着肩，弯腰驼背地在路上走呢。棉帽子的两个帽耳放下来，还把帽耳上的两根带子紧紧地系住，从后面看上去，其实也很容易被认成要饭的呢，就算不像要饭的，至少也像个逃荒的。

十几年前的一个阴暗的午后，山区北面灰蒙蒙的土路上出现了一队花花绿绿的娶亲的人马，新媳妇穿着红衣裳，坐在一辆披红挂绿的马车上，马车上的铃铛一路上丁零当啷地响着。坐车的只有新媳妇一个人，其他人都走着，有的走在马车的前面，有的走在后面，都穿着尽量干净整齐的蓝衣裳和黑衣裳，那中间包括几个吹唢呐的盲人，他们也踢踢踏踏地走在队伍的里面。路上的风太大了的时候，唢呐吹出的调子就会被刮得走了形，变了样，完全跑了调。不过，也没有人计较，并没有人会说什么，谁都知道是风的缘故，而并不是他们的问题，并不是他们吹得不好。另外，每逢那时候，主家的人也都很体谅他们，碰到路上风太大的时候，就对他们说，都缓一缓哇，先别吹了。盲人们，眼睛虽然不行，耳朵却一个比一个好的出奇，分外的灵，听见主家的人这样说，就都把手里的唢呐放下，跟着走，有的闭着眼睛，眼窝深陷，脸上变出一些疲倦的笑容，有的眼里的那层阻挡他们看见世界的白膜飞快地上下翻动着。说得对呢，风太大的时候，吹也是白吹，根本吹不出什么效果来，调子都在风里跑散了，变得七零八落，甚至就完全没有了调子。众人的衣服上都蒙了厚厚的尘土，尘土飞扬在他们的上面，也盘旋在他们的下面，大家的腿脚犁一样哗哗地往前犁着，走着。

本来应该是在晌午时分到达的这支娶亲的队伍，已经过了午后了还没有到达,新媳妇一看就知道是从很远的地方娶回来的,差不多一整天都在路上,在风里,众人连晌午饭都误了。

一定是远远地望见了抖动在学校屋顶上的那块布了,也一定是队伍里有人说了一句什么,瞎子们发了一声呐喊,呜哩哇啦地吹起了一支催人奋进的乐曲,这乐曲使所有的人都感到熟悉而悠久,也使所有的人顿时都变得雄壮有力,相当于给每个人都打了一支强心针,队伍顿时走得更快了,喇喇地,黄色的尘土又一次翻滚飘扬了起来。从远处看,这一队人马走得急促又紧凑,身影黑硬,如一队小股武装,正赶往某一个地方,去做什么,或者前去汇合。

他们从灰腾腾的梁上下来,稀里哗啦地下来,风从背后卷着他们,推着他们。

坐在马车上的新媳妇脸上红红的,秋天里白露过后又经了霜的高粱叶子的那种红。其实,这个新媳妇的脸属于那种白里透红的,这事后来人们才知道。之所以一开始给人一种很红的印象,完全是因为坐着马车,那么远的路,在风里折腾上一天,谁的脸色也不会很正常。

新媳妇果然是从更往北的口外一带的深山里娶回来的,天蒙蒙亮的时候就从那边的一个叫七间房的村子里起身了,走了整整一个上午和一个中午,沿途的景色空旷而遥远,萧瑟而陈旧。他们行走在枯枝般的风景里,内心却是无比的繁华和热闹,甚至花红柳绿。天近晌午的时候,他们穿越了两省之间的一些豁口和界线,来到了这边的地界,进入山区里。

娶亲的新郎叫老赵,老赵其实并不老,那时候可能也才二十几岁,肯定还没有三十,却从很早的时候起就被人们叫作老赵,原因就在于他很早就有了工作,且还是正式的国营大矿。老赵他们家就在学校的附近,准确说是上面,是距离学校最近的那几户人家之一。要是站在耗子他们家的院子里仰望老赵他们家,那就会显得非常的高,说高高在上,说巍峨,也一点儿不过分,因为在他们两家的中间还夹着一个学校呢,学校就像一层馅儿,夹在他们两家中间。

所以要论院子和房子的高度,老赵他们一家人其实是一直都生活在学校头上的,生活在所有老师和学生的上面,用学校校长的话来说,就是多年来一直骑在我们的头上作威作福,一直在我们的头上动土。而事实上老赵他们一家人却并没有在他们的头上作威作福,更从来没有在任何人的头上动过土,多年以来,他们更像是一窝早出晚归的獾,只琢磨自己那点事。

老赵其实并不姓赵,但是真正姓什么却也没有人知道。老赵是个带过来的孩子,老赵他们原来的那个家出了什么事没人知道,老赵的妈带着年幼的老赵嫁给了老赵现在的这个爹。老赵现在的这个爹是个满脸麻子的胖老头,胳膊有一般人的腿那么粗,一顿能吃好几碗饭。

五灯他们见到的老赵的爹,不管什么时候,手里永远拿着一把镰刀,永远都在不停地行走,像一个老年的战士或侦察兵。夏秋两季,手里拿着镰刀,那很正常。可是冬天的时候也拿着一把镰刀,就叫人很难理解了,甚至下雪天,背后也插着一把明晃晃的镰刀,他们就真的不明白了:下着这么大的雪,地里或者山上,难道还有什么好割的东西么?割雪?割风?

老赵娶亲的时候,已经是一个大型的国营煤矿的工人了,这也是他作为一个男人的最重要的条件和砝码。一个男人,有了这样的条件和砝码,才有资格对于女方的相貌以及其他方面挑一挑、选一选,否则就没有资格那样做,只能碰上啥就是啥。要知道,还有一些人会什么也碰不上呢,命中注定总会有那么一些人一生孤单,把那本命运的册子翻遍、翻烂,也没有一个他的配偶。所以,千万不要以为人人都是能够成双结对的，孤魂野鬼也多得是。为什么人世间会出现这些孤魂野鬼，那是由于平衡在一个小范围内已经被打破，被人为地混淆、紊乱了。事情应该是这样的：比如，规定人世间每个人只能有一个头，但是，有的人却因为各种原因，使自己多长出三个或者五个头，甚至更多，这就必然直接导致至少有两个人或者四个人没有头。实际的情形就是这样，所谓的平衡在一个小范围内被打破了，但是对于世界而言，总量并没有变，头还是那些头，并没有多出来，也没有少了，只是被少数人做了手脚，总体的平衡却并没有倾斜。具体到结婚成家来说，本来应该也有你一个配偶，但是因为有人不止一个，所以你就没有了。或者说，你的那个到了别人家里，你要是想这么理解也对。

除了老赵，还有一些人也在那里工作，不过，那都是一些有办法的人。鱼有鱼路，虾有虾路，谁也不知道别人的办法是什么，又有着怎样的门道，这种事在人与人之间有的是永远的秘密，有的却不算是秘密。这样说来，好像老赵也是一个有办法的人，其实不是，老赵其实是一个没有什么办法的人。老赵也能像某些有办法的人一样在那里工作，并不是因为他有办法，而是要感谢命运的阴差阳错，尤其是要感谢一个人的死亡，那个人就是他现在的那位后叔叔。他的那位后叔叔因工死亡，没有子女，这样，老赵就顺理成章地接了班。试想一下，如果老赵的妈当年没有带着老赵嫁给他现在的这个爹，他也就不可能和这个因工死亡的后叔叔有任何的关系，既然啥关系也没有，还如何谈得上接班，被照顾，根本没他什么事。这件事越往深处想其实越狭窄，越有专属性和锋刃，甚至越让人觉得后背发凉。再想一下，如果老赵现在的这个爹孤身一人，并没有那样一个因工死亡的兄弟，那还能轮到老赵什么，自然什么也没有。再想一下，如果老赵现在的这个爹是有那么一个因工死亡的兄弟，但是这个兄弟却有他自己的子女，不用说有一堆，即使只有一个，接班的事又如何能轮到老赵？不妨再想一下，如果老赵没有成年，现在才出生不久，还在吃奶，或者老赵已经快七十岁了，所有这一切，只要有其中一条是真的，那位后叔叔，恐怕死得再壮烈也没用，至少对于老赵没用。

这件事让山区所有那些没有任何办法的人都十分眼红和羡慕，一般人就不要说了，包括某些所谓的干部们，他们名义上虽然也被称为干部，平时也自觉得高出普通社员一等，实际却身上仍然披着一张"农皮"，仍然还属于地地道道的农民，他们有什么理由不羡慕老赵？老赵，正经的工人阶级，可不是那种干着工人的活儿，实际还披着一张"农皮"的假工人。大家都说他命好，运气更好，总是能在最关键的时候碰到一扇门，让自己开开门出去。就连大掌柜的谷正楼也说他命好，娶的女人好看，自己又能挣钱。党支部书记谷正楼经常像是牙疼般地唏嘘不已，经常感叹命运开的玩笑叫人笑不出来，只能一次次苦着脸咽下，经常感叹世事的莫测和人生的诡异，也常觉得，这一辈子可能也就是个这了，既然哪里也去不成，那就命中注定只能在原地转圈，原地蹦高，伸胳膊踢腿，耍把式卖艺，至于耍得如何，能蹦得多高，就看各人的本事了。有的人，刚一比画，就闪了腰，瘸了腿，他见过太多那种人，大呼小叫地上来，以为有多少花样，实际什么也没有，更有的，翻的第一个跟头就窝了脖子。

无论任何时候，无论你从南边来还是北边来，进入这个山区，你随便拦住一个人，不管他是谁，你问他你们支书叫啥，十个人有九个人会说出谷正楼的名字，剩下那一个人为啥不说，因为那一个人十有八九是个哑巴，压根就没听见你在说啥，要是听见了，听懂了，应该也会认真地给你比画一番，手朝谷正楼家的那个方向指点一下。就算你问的那一年他正好不在台上，那也还是会有人说出他的名字，因为有些人天生迷糊，糊涂，不记事或者记不住事，属瞎貊的，就记得那一个窝。谷正楼当支书有多少年了，没有人关心，也没有人知道，没事记那做啥，就算记住，又有啥意思，那什么也不能说明，只能说明你是个喜欢操闲心的人，既知道谁在台上，也知道蚂蚁住哪，还能说出獾狐们的门朝哪个方向开。总之他好像总在台上，无非是有几年上来了，又有几年下去了，自己跌下去的或者被人挤下去的，下去时间不长，不定哪一天就又叮铃咣啷地扑腾上来了。下去了，人们不意外，又上来了，也没人吃惊，看见他披着衣裳又着腰说话，就知道这是又上来了。这个从来没有摸过镰刀锄把的人，又常被叫作大掌柜的，好像天生就是管人的，下了台，也从来没见他锄过一次田，送过一次粪。几次下去，又几次上来，每一次都给人一种在下面歇缓够了又重新上场的印象，但在麻木疲倦的人们的印象里，他又一直都是唯一的最像的那一个。说到负责人或者主事的这种概念，人们的脑子里首先就会浮现出他那张酱紫色的方脸，而不是其他任何人，那中间上来下去的另外那几个人，竟都影子一般，很多时候甚至都想不起都是些谁，他们影子一样上来了，很快又影子一样下去了，有的甚至连脸都没看清楚，就像戏台上的那些比次要角色还要次要的跑过场的身影一样不见了，消失在亮光以外的黑暗中，只有他一直都蒸不烂煮不软地存在着，始终晃动在人们的眼里和记忆里。对于大多数人来说，没有人知道他每一次都是怎么下去的，同样也就更不知他每一次又都是怎么上来的，这种事情，只有少数的甚至极个别的人才略知一二。

无数个黑色、紫色或红色的夜晚，他总是不在家，总是马不停蹄地被山区里的社员们请去吃饭，喝酒，一家还没有结束，还没轮完，另外的几家就已经在翘首盼望和等待了。山区的夜晚寂静无比，像极了无边的苦海，许多想找出路的或想领到救济粮救济款的人，用煮熟的骨头和肉，以及白菜和白酒款待他。在他纷繁无边的记忆里，那些漆黑而单一的夜晚，漆黑单一只是一种表象，实则杨青柳绿，万紫千红，一直都有许多鲜艳芬芳的故事在不断地生成、延续。他坐在他们的炕头上，啃一口骨头，喝一口酒，同时也会腾出一只油手，指点他们，教育他们，男人老老实实地听着，女人花一样地开着。忽然想起一件事，对木瞪瞪的男人说，你不是会做好几种饭么，公社食堂最近正好缺一个做饭的，你去吧。或者在另一户人家里，酒后说出有一个轮换工的名额，目前正在物色人选。女人过来，划着火柴，给他把烟点着，饱满鼓凸的胸脯擦着他的臂膀，一双媚眼朝他忽闪着，央求说，就让我们家的去吧。他看她一眼，说我也正有这个意思，不然也不会把这话拿出来跟你们说。女人顿时喜上眉梢，把自己盛开得更为鲜艳，更加热烈，声音清脆地对她那木瞪瞪的男人说，快，快把那瓶好酒拿出来。听见自己的女人这么说，男人也只好一语惊醒梦中人的样子，用他那粗糙的黑手一拍愚蠢的脑门，图穷匕见掩耳盗铃地说，啊呀，一忙乱全忘了，把那么瓶好酒给忘了。他冷眼看他们夫妻一阵忙乎，那死挺挺的男人乌龟王八蛋一样揭开一个油漆得血红的榆木柜子，把那狗头探进去在里面一阵翻找。好狗日的们，真的是不见兔子不撒鹰，不见棺材不掉泪呢，果然家里还藏着好酒，却不拿出来，晚饭时只拿一瓶从张财旺那儿买回的足够辛辣的次白干来打发他，应付他，他敢肯定，他要是不说轮换工的事，那瓶好酒一定就还会继续在他们的那个柜子里睡大觉，也不知睡了多少年了，他今天要不说就还会睡下去，刁民啊。

在山区的另一些温暖的有小南风吹着的洼地里或山岗上，寂寞的炊烟袅袅上升，炊烟下有许多人在割草，割草的人里有一个女人就是老赵的女人，当然还有老赵的爹，那个满脸麻子，一年四季都拿着一把镰刀的姓赵的老头。在老赵远离山区的那些日子里，有人发现他们的大掌柜的谷正楼的耳朵后面长出了两片柔软而金黄的向日葵叶片，那些动人的柔软金黄的叶片一时使人难以置信，却又令大家为之一振或者频频侧目，这事情给这个苦寒山区的广大劳动人民的心中留下了足够深刻的、好些年都没有被磨灭掉的强烈印象，大家都铭记着那些大大小小的一场又一场的或深或浅的灾难。

有一年夏天，他们在天亮之时全部到达山区南面大片的红绿色的玉米地里以后，无比惊骇地看见他们的大掌柜的正在像一只鸟一样准备起飞，翅膀已经像发动机一样开始扇动，一种不算小的嗡嗡声轰隆轰隆地响着，耳朵后面的那两片柔软金黄的向日葵的叶片也在欢快无比地转动着，像冬天里小孩手中的彩色的风车。看到眼前的情景，人们不禁都有些后怕，这要是再迟来一会儿呢，一定早就他娘的飞走了。大家说，想走？开什么玩笑，那哪行呢？他们一齐上去把他团团围住，使他暂时不再能够轰鸣。包围圈越来越小，人们用滚热的开水一样的话语一遍一遍地烫他，把他的翅膀烫出一个又一个的窟窿，让他迅速坏掉，使他不再能够旋转，永远再无法起飞，永生永世也别再想脱离开脚下的这片土地，脱离开这个苦寒的山区。一部分女人们及时地站出来，用她们的饱满的松软的，有的像巨大的馒头、有的像装粮食的口袋一样的乳房狠狠地撞他，一遍一遍地抽他，撞得他鼻青脸肿，抽得他晕头转向，很长时间分不清东南西北。经常肿着一张脸，问别人，我这是在哪儿？身边的人就说，哪儿也不在，就在咱们村里，还在咱们村里；就想，女人们哪，永远也都是他妈的一些陌生人，即使和她们混得再熟，天天见面，时刻在一起也没用，因为你永远也不知道她们在想什么，无论自以为多熟悉的，到了该陌生的时候照样陌生，好像以前的那一切都从来不曾有过一样。那么多又红又黑的夜晚，那么多刮风下雨或者艳阳高照的白天，那么多真刀真枪几乎接近于生死与共的时刻，难道都是一些一醒来就没有了的跑得无影无踪的梦？后来多少明白了一些，发现她们并非有意，发现她们只是一具具可以速冷速热的身体，也并非专门针对他或者谁，她们只是习惯于感时而发，她们其实自己往往也不知道自己在想什么，就连自身何时干涸何时荡漾也总是说不清，摸不准，似乎那一切都并不由她们自己控制和把握。啊，这就对了，连她们自己都不知道自己在想什么、做什么，别人又怎么能知道。

以前，他的身影时常出现或者晃动在山区的各个角落里，麻地里，玉米地里，河边，岗上，人家的门外，倒背着一双紫红色的大手，披着衣服，在灯下开会，会后又去串社员们的门子。许多的门形同虚设，布景一样，虚掩着，轻轻一推，就进去了，更有的一直风中响着。

老赵的爹用那把一年四季都不离手的镰刀割掉他耳朵后面的那两片柔软金黄的向日葵叶片时，正值一个漆黑的夜晚，山区里晃动着无数小黄花一样的灯火。这个永远都在行走的老战士，老侦察兵，没有什么东西能逃过他的眼睛，而老赵却内心如焚，心乱如麻。那个漆黑的深渊般的夜里，山区的天空上只有一根金黄的眉毛，除此以外，还有一些零零星星的状如翅膀的夜晚的传说，这种历史性的景象是老赵的一个孩子深夜归来时偶然发现的。老赵的孩子割回一筐猪草，放到屋檐下，从屋里泅出来的灯光把筐子里的猪草映照得很绿。

五灯与老赵的孩子是在打谷场下面的水渠边分手的，日落前，他们一起在附近的山岗上给家里的猪挖野菜。老赵家里有一头猪，五灯他们家里有两头母猪和一窝小猪，灰菜或者苦苣，混合着谷糠煮熟，每天都得吃掉一大锅。他们在山岗上把筐子挖满以后，天就麻黑了。

老赵的孩子鼻涕吸吸溜溜的，吱一下吸进去，上嘴唇那里只能干净一小会儿，因为用不了几秒钟，就又流出来了。拔了半天草，这会儿，他的脸上绿莹莹的。他告诉五灯说他要回家了，因为每天天一黑，他爷爷就把院子的大门从里面插上了，谁也不让进，除非真的有事。

五灯说，连你也不让进么，你是他的孙子呢。

老赵的孩子说，进是让进哩，可是要是回去得太迟了，爷爷也要骂呢。

从这儿回他家已经不远了，老赵的孩子说完后，提着一筐猪草，消失在黑茫茫的路上。

五灯看见老赵的孩子走了以后，便也背起自己的那一大筐猪草慢慢地往家里走。五灯还有很长的路要走，过了打谷场，再经过好几条弯弯曲曲的、到处都是石头和土堆的巷子，这以后，还要沿着河边走一会儿。那些巷子里，都是挨得很紧的人家，每到做饭的时候，巷子里憋满了烟，凡是路过的，没有不咳嗽的。五灯从来都不喜欢从那些烟雾弥漫鸡飞狗叫的巷子里经过，除了呛人的烟雾，还有人，到处乱走乱跑的大人小孩，还会正好碰上晚归的羊群，烟从上面把巷子憋满，羊群从下面把巷子挤满，再加上公羊用头顶人，母羊用蹄子踩人，混乱得就像遭了灾。可是要是不从那些地方经过，就得从南面的萝卜地里绕更大的弯，五灯经常绕远，绕很大的弯，所以有时候因为绕远耽误了事情，富贵就会骂他，不过等到了下一回，还会继续绕远。因为除了那些，其中还有两条鬼森森的巷子，一南一北，中间隔着一个小的十字路口，常有人在黑夜里蹲在那个小十字路口上烧纸，火光也不是很大，有时刺眼，有时还有些接近于昏暗，那时候，烧纸的人面目就显得模糊，眼生，甚至不认得是谁。小十字连接着的那两条巷子，全是用圆形的上面满是细小窟窿的黑石头砌成，无论哪一条，五灯也都不愿意走。表面看起来也没啥，最多比别的那些巷子暗一些，荒僻一些，有棺材在里面摆着么，没有，有死人在里面躺着么，更没有，平时比别的巷子死的人更多一些么，好像也不是，可只要一走进去，哪怕是大白天，头皮也会发麻，很多人都有那种感觉，能不进就不进去。

那时候，在山区西边的山梁之间经常会飘走着一些红黄色的东西，有时是圆形的，像一个火球，有人头那么大，有时又好像正在飞翔着的鸟或者树叶的形状，当然不是鸟，晚上哪有鸟。也不会是树叶，整个山区都没有那样的树叶，要是，也不知道是从别的多远的地方飞过来的。那种现象多数都出现在一些晚上，越是漆黑幽深的夜晚，那种红黄色的东西就越多，有时过得很快，在黑暗的山间，哗哗地过着，飘走着，快速从此路过，正在赶往一个什么地方。

五灯背着一筐猪草行走在黑暗的山区里，边走边回头遥望着飘走在西边山梁之间的那些红黄色的东西，他不知道那是些什么，别人也都不知道，从来也没有人知道。每到夜晚就出来了，时间也都不是很长，好像就那么一会儿，到后半夜就没有了，到第二天太阳出来以后就更什么也没有了，一点痕迹也不会留下，就像从来没有过那么回事一样，也有人从未见过。

不止五灯，那时谁也没想到，就在那同时，有一个人正在黑暗中奋力地追赶着那些飘忽不定的红黄色的东西，那人追得很苦，不是一回两回，而是经常的，只要一看见就开始追赶。

那个人大汗淋漓，气喘如牛，有一瞬间，五灯觉得他渐渐地慢了下来，觉得快要看见他了。可是，那个人在黑暗中好像忽然跌了一跤，整个人倒下去了，等到再起来的时候，就又不见了，让人怀疑变成水变成一股黑气钻到地里去了，或者无声无形地融化到半山腰里去了。

山间黑魆魆的，也许是树，也许是一道一道的圪梁。天气暖和的时候，经常有一种呢呢喃喃的叫声或说话声从土里钻出来，从一丛一丛的沙蓬里飘起来，声音很软，很小，听着力气不够，又或者是羞于大声，怕人听见，那到底是些什么，这么多年，也从来没有人见过。

五灯走着，走一会儿就回头看看，等到后来能看见家里的房子的时候，山梁间的那些红黄色的东西就已经都不见了，就像一场戏演完了，人走，灯灭，散场，只剩下无边的黑暗。

这时候的每一天都在刮风，很少有不刮的时候，从北边的山岭上和荒原上刮过来的风，要到五六月间才能渐渐地停住。中间热上一两个月，到了阴历八月份以后，就又开始刮风了，秋风起，秋草黄，风穿着黄大氅，一不注意就来了，有时很严肃地出现在山头上，河川里，更有时直挺挺地站在大门口甚至窗户外面，整个秋冬，再加一个春天和半个夏天，都在。

那时节，风声霍霍，人影憧憧，灰蒙蒙的天底下活动着一些身影模糊的所谓黎民百姓。在那些遥远的背景里，深颜色的是山区的夜晚和人们的脸，光秃秃的是山区的天空和山头。

刮风的时候，很少能看到鸟，麻雀们藏在树上或落在草垛上，以为是一些卷曲的褐色的树叶，不细看看不出来。更多的鸟，没有踪影,不知都到了哪里,也从来没有人关心过这事。

三四月间的某一天夜里,山区里刮着一场很大的风,不用看也知道是灰黄色的。在那天塌地陷般的风声里,一支野营拉练的部队在山区南面的树林里人不知鬼不觉地驻扎了下来。

从军队到周围一带的百姓,几乎所有的人都是这样认为的,是这个地区那特有的风声很好地掩护了他们的行程,一切都在风里进行,他们从哪里来,又要到哪里去,没有人知道。

一时甚至还有传言说,这支野战部队,其实并不是沿着外界通向山区的那条公路来的,而是从天上直接降落下来的,只不过是在他们从天而降的过程中,正赶上了那场铺天盖地的大风,对方似千军万马,他们从天上下来的时候,相当于遭遇了另一支数百倍于他们的军队。

不过不管怎样,他们是驻扎下来了,也并没有被刮跑。营房呈灰绿色,却也有红瓦的屋顶,既有帆布帐篷,又有正经的房子。那些草绿色的军用卡车和吉普车全部用绿色的网眼状的麻蒙着,很多时候都静静地停在山区里,有时半夜里会突然发动,呜呜地开走,谁也不知道去了哪里,更不知道什么时候又重新返回。除了汽车,他们还养了很多枣红色的马,那些马匹都膘肥体壮,威武,发亮,天气晴朗的日子里,经常有一些当兵的牵着马在山岗上放牧。

每天吃饭睡觉和拉练的时候,甚至放电影的时候,集体坐在小板凳上学习的时候,营房里都要吹号,号声当然分很多种,不过在山区里的人们听来,都一样,都是军队发出的声音。

夜里,从遥远而寒冷的后草地上刮来的风,一路上都在不停地变换着自己的模样和方法,变换着行进的步伐和速度,等到进入这个狭长的山区以后，忽然再变成一些明亮的斧子，无情无义地砍伐着山区里本来就远远够不上丰茂的树木。那个时候，那些受伤的赤裸裸的树木便都发出一种咔嚓咔嚓的响声，人们听见它们的胳膊没了，腿也断了，身上的皮肉被擦破。

在耳闻目睹了无数次不留情面的砍伐之后，五灯全身便产生了一种也被砍伐和摧毁后的断裂的感觉，苍白的断裂处，洇出鲜红的血，碎骨头沙子一样，木头渣子一样，永远不再能够复原。浩浩荡荡的风沙穿越山区萧瑟的树丛和空旷的河滩，五灯听见驻扎在灰绿色伪装下面的部队正在隆隆作响地吃饭，无数只草绿色的军用饭盒和水壶在夜色里晃动、起舞，不时地磕碰出一些令人心惊的声音。大炮一声不吭地排列成一堆，炮口朝上，披着帆布和绿麻，像一些灰绿色的山岗。坦克的履带声辚辚，在树林里犹豫，在路上张望，不断地调整着方向，好像在等着什么，不过又有的时候，像生了气的牛，出人意料地跑得飞快。营房外面高大的铁皮水桶里每天都轻轻地晃动着他们制造出来的泔水和剩饭，山区里的一些孩子，手伸进泔水桶里，捞起那些漂浮的小岛般的白色饭块，把饭块上面的泔水攥干净，然后飞快地放进各自的嘴里。

狗子说，真好吃！

还想再捞时，桶里已经没有了，水面上只漂浮着一些乌蒙蒙亮晶晶的油星。

就寄希望于明天，后天，反正他们每天都要按时开饭，每天都要把剩下的倒出来。

挂在树上的钟又红又锈，每一回当当地一敲起来，褐红色的碎末末就纷纷扬扬地往下掉。看见有东西从树上掉下来，落地后又好半天没有任何动静，蚂蚁们就激动了，不管原来在哪里，就都纷纷往过走，去一探究竟，很可能想着万一是粮食呢，万一是能扛回去的东西呢。

可是，就像所有的人一样，它们光是往好的方面想，从来不往别的方面想。五灯想，万一是一些很厉害的虫子呢，万一是一些专门吃它们的对手或者敌人呢，咋就不往那方面想？

钟声响过以后，五灯看见他们的老师穿着厚重的旧棉裤，一瘸一拐地来到了学校里。学校里有好几个老师，即使是在很暖和的五六月，甚至是夏天里，也依然穿着又厚又笨的旧棉裤。他们都有多年腿疼的老毛病，最轻的是普通的关节炎，还有的是风湿性关节炎，连带着心脏病，以及其他方面的毛病。最严重的杨凤翔老师，本来很高大英俊的一个人，不知究竟得了什么病，有一年完全不能直立行走，只能四条腿在地上爬着走路。人们看见了都说，杨老师完了。

最初的某一天里，五灯看见老师的字写在黑板上时十分的整齐，有的像一排好看的图钉，有的又像一片斜斜的树林。那时，经常有一种鸟的颜色浓浓地泼洒到学校的黑板上，老师在讲课的时候，一边用手掌和手臂驱赶那些突如其来的鸟的颜色，一边用书本或另一只手遮掩着脸上被家里的女人抓破后留下的暗红色指甲印，这让他总是显得很忙乱。

老师在做那些的过程中，尤其是趁学生们都低着头听写生字的时候，总是能不失时机地腾出其中的一只手，用力往上提一提正在下坠着的棉裤，棉裤时常动不动就会自己往下出溜。

老师一边用力提裤子，吸溜鼻子，一边还不忘了老生常谈地挥手告诉大家，一定要好好学习，天天向上，一定要胸怀祖国放眼世界。

五灯坐在下面想，先把裤子闹好再说吧，万一忽然哗地一下掉下来咋办呢。

后来，先前的那些好看的图钉和斜斜的树林都逐渐消失了，另一些有翅膀和触角的东西开始飞舞，四处乱飞。打开窗户和门，门外总是一片血红，一片苍白。五灯每次走在路上的时候，总是会隐隐约约地听见一阵十分锐利的尖叫声，最初不知道那是什么声音，后来好像慢慢地听清楚了一些，应该就是每年过了大雪以后杀猪时的那种响彻整个山区的猪的尖叫声。

五灯那时候其实并没有看见一只猪，但他却十分明显地感到有一只猪正在拼命地挣扎，坚硬的带血的猪鬃正在纷纷簇拥着他，也簇拥着别的一些东西。那些东西，电影一样，上来下去，忽远忽近，在一些大雪天里依次显现着，或者在天空里不分先后排列着，涌来涌去，有的像纸片，有的如影子，如山崖上凿出来的石像，他从中看到了几位老师的头像。

学校里有十几名老师，有本地的，也有外地的，家境大都差不多，几个女的明显要好过其他人，这从她们平时的穿着上就不难看出来，她们不仅穿得比村里的女人们要好，她们还涂脂抹粉，走过时会留下或浓或淡的香气。她们的鞋上很少有土，脸洗得很干净，头发也梳得很整齐。她们中间，尤其以姚雪飞最为突出，她身材高挑，经常会穿一些令人出其不意的衣服，走过以后，会留下一道长长的回廊般的香气，用语文老师的话说就是一路芬芳一路歌。姚雪飞老师本来不叫姚雪飞，叫姚巧兰，是她自己改成现在这个名字的。在家里，她的爹妈，她的男人，都还叫她巧兰，但是到了学校里，她就成了姚雪飞。姚雪飞老师即使打人也和别的老师不一样，多数情况下只是用一根手指头在你的额头上戳一下，或者用手里的书在你的头上打一下，最严重的也不过是用她穿着皮鞋或者凉鞋的脚踢你一下,而不像别的老师那样一上来就劈头盖脸,直取要害,甚至黑虎掏心,甚至白鹤展翅,打得你乌烟瘴气,鼻青脸肿。最关键的是,姚雪飞老师有一双很薄、白里透红的脚,这在她穿着凉鞋的时候看得尤为清楚,被那样的一双脚踢一下,几乎没有任何疼痛的感觉。如果要问大家,愿意被姓高的老师用手掌砍脖子,还是愿意被姚雪飞老师用脚踢,相信所有的人都会齐刷刷地一边倒,都愿意被姚雪飞老师用脚踢,即使被踢死也心甘情愿,更何况又哪能真的踢死呢。

而姓高的老师的那个手掌,不是砍刀,胜似砍刀,砍一下,好几天抬不起头来。

和别的很多的孩子一样,五灯也在一些梦里被姚雪飞老师踢过脸和耳朵,当那双又薄又红的脚来到他的面前时,五灯就感到有一些很亮的图钉正在纷纷地从他的膝盖里面一个接一个地滴落出来。他捡起那些图钉,摊开在手里,仔细看了很久,猛一看像蚂蚱,细看却又不是,这难道就是让山区里的大人和孩子时常腿疼的原因?多年来一直都是它们在暗中作怪?

夜里,寂静而黑暗的路上响起了吱吱扭扭的牛车声,大都是一头牛拉着一辆车,它们从分散在几个不同地方的黑暗的煤窑里上来,像是又重新回到了人间,开始顶着星星和夜风回家。赶车的人早已在车上睡着,或蜷曲成一捆干草的样子,或仰面朝天,腿伸在车外,跷在车帮上,鼾声如雷声一样一路打着滚着,最终能平安地回到家里,全靠拉车的牛记熟了路。

也有的独自走着回家,浑身漆黑,只有眼睛是白的,为了省油,头上的灯也总是不亮。

远处，那片灰绿色的营房也在睡梦之中，铜号里灌满了浓稠的夜色。

好像有一家人还没睡呢。

谁家？

看见那一小片黄颜色了么，就是那一家，那是他们的窗户，糊着纸。

杜林笔记

世上什么样的人最可怜？吃了上顿没下顿的固然也可怜，但是真正凄凉真正令人唏嘘的还要数那种从来没有爱过更从来没有被爱过的人，从生到死，一个人悄悄地来，灰溜溜地去。

比如李小二，没人理没人爱也就算了，就连周爱武那两只丑狗每次见了他都要上去咬两口，用它们的语言骂他，羞辱他，每次李小二都是且战且退，褂子被抓破，鞋后跟上下咬通。

某一天他睡在明亮的阳光下，透过他油坛子一样的肚皮，我仿佛看见他的内心一团漆黑，一片荒漠，寸草不生，五脏六腑似乎也小于常人的，紫红色的，给人一种鸡心兔肝的感觉。

残阳如血的那时候，贺梅英问我去不去土木口看戏，我说不去。不仅仅是因为我不喜欢看戏，更多是因为我很难过。

第七章

黄花·枯山·两棵外来的树

不久以后，一切很快又都风轻云淡了，就像什么也没有发生过一样，远处的地里有人在弯腰，起伏，只是看不清在做什么。东西梁上都有红旗在飘扬，墙根下有老年人在打盹，晒太阳，有鸡在他们的身边低着头走路，街上有年幼的孩子摇摇晃晃地跑着，跌倒，叫喊着。

她停住了，朝四周看看，真的就像从来都什么也没有发生过一样，一切都还是原来的样子，村子，街上，村子两边的山，很多东西，包括天上和太阳的颜色，都还是先前的那样。

既然什么也没有发生过，那么她又为什么要那么拼命地不顾一切地跑呢，她忽然有些想不明白了。她看着周围，所有的人和东西都没有动，这么半天，只有她一个人在没命地疯跑。

不久前真的有过那么一个人么，无数的蚂蚁死在他的那张扁平的脸上，站在她回家的路上？现在她又到了回家的路上，而且离家已经很近，已经能很清楚地看到家门上的那两个因天长日久被手摸得又黑又亮的门环了，路上却一个人也没有，只有她自己。头疼花开着。

鲜艳的头疼花用红白两种颜色的花蕊看着她，也把它们细密的米粒给她看，甚至摇摇晃晃地碰她的腿，甚至还想伸出手拉住她，她背过身，以避免看见它们，她从来都不敢看它们。

那个人去哪儿了？走了么，被她吓跑了么？被那些无数的蚂蚁们抬走了么？为什么路上不再有他的影子，甚至连一点点那样的痕迹或景象也没有？她不知道，觉得完全说不上来。

忽然，她甚至开始怀疑自己不久前是不是真的那么拼命地跑过，很多事情她都想不起来了，都远远地退走，远离着她，好像就怕她再想起来。跑了一圈，最终又回到了原来的地方？

可是，难道又真的没有跑过么？胸前的两个扣子开了，头发也有些凌乱，不，不是有些，而是很乱，乱蓬蓬的，头上好像还有汗，分明是刚停下来不久，怎么又能说从来没跑过呢？

就这样，她站在那条又细又白的路上，四处张望。有一个女人，一手领着一个孩子，一手端着一个面盆，才推完碾子，刚从李金发他妈那个碾房那边出来，和她说话，她竟没有注意到是谁，也没有想起是谁。后来她想，一定是认得她的一个女人，才和她打招呼，要是不认得，才不会停下来和她说话呢。可那是谁呢，她真的又无论如何都想不起来了，她觉得她的心好像已经不在她自己的身上了，眼睛好像也瞎了，别人谁和她说话，她也没反应。

又细又白的小路在她的前面缠绕着，飘舞着，到了家门口那里的时候，却并没有断了，也没有形成疙瘩，而是又一溜烟地钻进了一片旁边的崖头上生长着钩蔓和野沙果的树林里。

婆婆说她，鸡也不喂，一出去就没影了。

她说她出门的时候才喂过。

婆婆说，一出去就没影了。

她说，您不也经常出去到处刮达么。

婆婆说，谁刮达了？

婆婆的脸一下就拉长了，颜色也顿时就变得不好看了。那时候她并不知道她用错了一个词：刮达。她原以为刮达就是步走、行走、闲逛的意思，万没想到主要的意思并不是她以为的那种意思，婆婆就是因为她说的那个词才不高兴的。婆婆她们这个年纪的人最怕这个词，这个词一上了身，等于一辈子就全完了，白活了，被彻底抹黑，全盘否定。什么人才到处刮达，男人里面，就是那种懒汉，游手好闲的二流子，偷鸡摸狗的，溜房檐串门子的。女人里面，是那种不正经的浮浪女人。正经人出门就是出门，不叫刮达，只有不正经的人才叫刮达。

婆婆问她，你刮达够了？

她说，我才出去了一会儿。

婆婆说，那就是说，还没刮达够？

听见婆婆这样说，她一股一股的血往头上涌，真想狠狠地抽自己，再把那个缺少思量的没有把门的嘴撕烂，说什么不好，非得说她刮达，非得说出那个词？现在好了，被婆婆捡起来，拿在手里，反复地使用，而且全都用在了她的身上，这才叫真正的自作自受，引火烧身呢，尽管她并不像婆婆那样蝎蝎螫螫地害怕那个词。她当然清楚，婆婆最怕她出去，最怕她到处去刮达，怕她跟一些乱七八糟的人学坏了，她的男人常年不在，作为她的婆婆，常有一种操碎了心的疲累和辛劳，睡觉都得睁着一只眼睛，至于两个耳朵，则时刻都在醒着。婆婆的脚步声在她的身边不住地响起，那声音让她的手指变得十分弯曲而又疼痛不止，如几根筷子一样咯叭咯叭地响着，她看着自己细瘦的手指，看见它们豆芽般苍白脆弱。

住在不远处坡下的一个叫四香的女人来借锥子，看见她们都站在门里门外，都不说话，就问她们吃饭了么。婆婆不知说了一句啥，她没听清，只看见那个叫四香的女人拿着锥子走了。那时候她是多么希望四香能多在一会儿，打开她的闸门，随便说什么都行。可也是怪了，四香本来是个很能说话的女人，今天却没说几句就走了，街门被随手关上，但是很快又被一阵风吹开了，那时她还以为是那个叫四香的女人忘了什么，又重新返回来了，不禁一阵高兴。

却并不是。

没有人知道她那时候是多么盼望有人来，不断地有人来，陆陆续续，接连不断，三三两两，一群一伙，张三李四，王八绿豆，豺狼虎豹，花鸟鱼虫，熙熙攘攘，前赴后继，来来往往最好，川流不息最好，前面来的那几个还没有走，还在张家长李家短地说个没完，后面的好几拨早已经又来了，众人的叽叽喳喳稀里哗啦的说话声都快把房顶掀到天上去了。谁在说啥，别人都听不清，只有她自己能够听清，后来声音变得越来越大，终于连她自己也听不清了，不仅听不清，甚至已经完全不知道自己在说什么。挤在屋里的和站在院子里的，互相说的话都无法听清，那样的话，一来热闹，不枯燥，不闷，二来，婆婆的注意力也会转移到别的人和别的事情上面去，不再只能看见她，不再让她觉得有钉子时刻都钉在她的身上和心里。

真要是有那么一天，真要是那样的话，那就好了，那就太好了。不是么，一个人，连一个能站着或者坐着的地方都轮不上，得不到，哪还能顾得上麻烦和愁闷呢，去注意别人呢。

那些纷乱的场景从她的脑子里退去以后，她吓了一跳，婆婆要是知道她那么厌烦她，还盼望招来一院子的人打乱他们平静的如同死水一样的生活，一定能气疯了，更会把她恨死了。

屋檐和墙头把院子里的阳光分割成三角形，后来又被裁成扇形。

她看见婆婆从三角形的阳光里走过,竟有些头重脚轻的感觉。

婆婆变戏法一样,一开始手里啥也没有,后来突然变出一块花布,让她裁剪一下,做一件小衣裳,说有一个亲戚家的孩子要过生日了,她们都得去,那件小衣裳就是要送的礼物。

婆婆说,给亲戚家孩子的衣裳,本来她自己也能做,可是两个眼睛实在是麻糊得不行了,尤其怕动针线,使唤了一辈子针线,这会儿一看见针线,心里就慌乱得不行,纫针半天纫不上去还是小事,关键是缝起来也很费劲了,还十有八九可能缝差了。要是缝差了,那还不得从头再返工么,那么一来,不是更麻烦,更误事了么,所以还不如一开始就不上手呢。谁愿意缝别人缝坏了的东西,没有人愿意去接那个烂茬,谁都喜欢从新的开始,打一上手就是新的,没有人动过的。

婆婆对她说,她像她这岁数的时候,这种小衣裳,吃顿饭的工夫就做好了,还不误做饭。

言外之意,这么点事,忙里偷闲,捎带着就做了,而不需要拿出专门的时间来做,更不应该铺排,正经摆出一副干活儿的架势,那么做,只能说明人都变了,一代不如一代,不仅针尖大一点儿事看得比天还大,还要正式地铺排开来做,轰轰烈烈地做,有模有样地做,生怕埋没了自己的劳动,生怕别人不知道,我这可是在正经干活儿,在真正劳心费力地付出,希望看见的人越多越好,声势造得越大越好,更希望受到表扬,称赞,要是能被宣传扩散出去,就更好了。她觉得婆婆想表达的就是那么个意思,婆婆也很可能以为她就是那样的一种人,纫一根针,也要拿到大庭广众前去纫。她是那样的人么,当然不是,但是她也决不想当面告诉婆婆,不仅是因为告诉了她也不会相信,天长日久,就让她慢慢地去体会和发现

113

吧。婆婆经常这样掣肘她，或远或近地敲打她，有时她当时就感觉到了，有时事后很久才慢慢反应过来，甚至更有永远不会反应过来的时候。不禁又想到婆婆那个人，平时说的每一句话，似乎都明里暗里地牵扯着什么，包含埋藏着什么，枝枝桠桠，又藏头露尾，你要是只理解成单纯的一句话，十有八九你就错了。这一点，她过门不久就发现了。她不知道人为啥要这样，让人觉得很难应付呢，就说给亲戚的孩子做一件小衣裳这件事，怎么还能繁衍出那么多的话，左一个理，右一个理，处处都用着心眼儿，正经需要费心思的时候反倒不怎么费心思，不需要费心思的时候却认真地费着，艰难刻苦地费着。

婆婆那么说，可能全是因为她把那块小花布在炕上正式铺展开，铺展得地方很大，同时旁边还来了尺子，剪子，很多的针线，甚至还有半截粉笔，炕上连个能坐人的地方都没有了。那期间，她印象中婆婆至少进来两回，两回都没说话，监工的一样，只是转了两圈又出去了。

衣服裁剪好以后，本来就要开始缝了，确也坐在窗前缝了一会儿，美琳忽然来叫她，约她一起去一趟枯山。枯山是一个镇，距离她们这里有十四五里路，很是繁华热闹，无论任何时候人都很多，来来往往，一张一张的全是生脸，却又觉得整个世界都很热。最重要的是枯山还有很大的一个商店，里面要啥有啥，光是卖货的就有很多，要是站到一起，能站成一排，不管男女，都戴着一模一样的蓝布套袖。除了这些，里面还有只有商店才有的那种味道。商店的味道是什么味道呢？考试要是考出这么一道题来，她觉得自己一定答不好，也相信绝大多数的人都答不好，因为实在很难给出一个既准确同时又让人觉得完全没错，就是那种味道的答案来。商店的味道是什么味道呢，总的来说，商店的味道就是商店的味道，和别的任何地方的味道都不一样，你无论去哪都找不到那种味道，只有一走进商店里，才一下就觉得对了。那种味道其实也并没有朝你跑过来，但是你整个人已经完全被包围了，已经浸泡在里面了，被浓浓地染了一身。出来后走上很久一会儿，还会觉得身上有那里的味道，虽然已经很淡了，但是只要一扭头，还觉得那个商店就在她们的肩膀上，一路跟着她们回来了。她的家乡，美琳的家乡，因为偏僻，从来也没有过那么大的商店。她们小的时候，别说是那么大的商店，即使是里面只有一个人的那种代销点也没有。隔十天半月，有时甚至是好几个月，寂静起伏的山路上才会走来一个挑着担子的人，那就是来卖东西的，一来了，东西往当街上一放，不用吆喝，村里一半以上的人都会被吸引过来，还包括猪、狗和鸡，也会纷纷围过来。

美琳的家也在坡下那一大片对她来说非常陌生的人家里面，那些错综复杂的房屋和院落，很像是一盘棋，不过更像是一盘早已下乱了的棋——上面的棋子虽然都还在，但是很多年来不知被多少只手往前推过，往后撤过，往旁边挪过，致使它们现在相互镶嵌、勾连在一起，脸贴着脸，背靠着背。有的院子和院子互相通着，房檐紧紧地挨着，胳膊伸到张三的面前，腿却又奇怪地出现在李四的背后，让人，尤其是让外来的人越看越乱，越看越糊涂，很难分清哪个是谁家，只有住在其中的人才知道哪个是自己的家，即使是在没有星星没有月亮的半夜里回来，也不会错摸到别人的家里去。美琳的娘家也在一个很远的地方，这一点和她很像，所以，平常的时候，她们两个人也感觉相互之间的距离更近一些，走得也最近，感觉就是从同一个地方移来的两枝花，两棵树，她们两个如果不在一起，又能和谁在一起呢。

美琳从那片人烟稠密的地方走出来的时候，她感觉美琳是从一个错综复杂的故事里走了出来，从一片十分泥泞的地里走了出来，在外面逛一逛，呼吸一下，最终当然还是要回去的。

她们走在去枯山的路上。

每一个年龄的人差不多都有自己的同伴，下至十几岁的小女孩，上至像她和美琳这个年龄的，再往上，比她们更大的，更老的，比如像她们的婆婆那个年龄的，都有几个平时走得近的同伴，相互在一起的时候都说什么呢，每个年龄的说每个年龄的话：十几岁的小女孩们说辫子，说花衣裳，比谁的头绳和橡皮最好看，当然也在意谁家吃啥饭；当了婆婆的女人们在一起的中心议题就是如何对付并防范她们的媳妇，当然那些为人粗笨的长相又不怎么好看的基本不需要防范，可以排除在外，主要应该防范的就是那些有姿色的妖精们，长着一副杨柳腰水蛇腰的。那么该怎样对付和防范她们呢，太好的办法她们也没有想出来，但她们达成了一点共识，对付那样的媳妇，要不断地给她们找事情做，坚决不能让她们闲着，因为一闲着，她们必定要胡思乱想，而一胡思乱想，十有八九肯定会出事。那种时候，在她们两三个人最多三五个人一起喊喊喳喳地低声密谋的时候，如果有一个她们认为是外人的人忽然闯进来，她们就会及时哑口，集体噤声。这是机密么，她们觉得是机密。这些，都是美琳告诉她的，她以前从不知道，美琳要是不告诉她，她至今仍然不会知道。美琳是怎么知道这些的呢，美琳说她的婆婆就是那么一个人，经常隔三岔五地反动会道门一样地聚集一些和她同年龄的婆婆们，在一起兴奋又严峻地探讨、研究，有时看见她们眉飞色舞，又有时愁容满面。实实在在地说，这些婆婆们，都为她们各自的儿子操碎了心，儿子娶不上媳妇，她们着急，难过；娶上了，可是长得不好看，她们唉声叹气，愁眉不展；长得漂亮好看呢，那就又有了新的麻烦，需要时刻操心，睡觉睁一只眼，成为永久的心病，茶饭不思，夜不能寐，在日常所有的事情里，再没有比这种事更让她们揪心的了。

　　美琳还告诉了她一件让她瞠目结舌的事，说潘桂美的婆婆，咬牙切齿地、郁结悲愤地说，说实在是不能用锁子锁，要是能锁，她一定会给潘桂美那儿锁一把锁子，钥匙只有一把，当然是她来拿着，由她一个人专门保管。潘桂美要尿的时候咋办呢，那就来找她呀，叫妈，或者叫小虎他奶奶，麻烦您给我开开锁子喂，给我开一下喂，我想尿一点儿。她当然会把钥匙拿出来给她开锁的，还能让她憋死么。尿完了呢，尿完了再锁住。美琳是怎么知道这事的呢，是美琳的婆婆回来告诉美琳的，美琳的婆婆和潘桂美的婆婆就是同一个小圈子里的，她们那个小组共有五个婆婆，美琳的婆婆半是玩笑半是认真地把这事说给美琳听，然后偷偷地观察美琳的反应。美琳把婆婆的一举一动都看在眼里，美琳觉得，婆婆是又想笼络她，又想防范她，又经常拿周围一些活生生的例子警示她，教育她，言外之意就是你可不敢那样，你可不能成了那样。婆婆又和她说起任珍珍的婆婆，说她为了追寻侦察任珍珍的秘密，别看脚不大，基本属于小脚，跑起来的时候竟也飞快，箭一样，又有爆发力，又有耐力，没有几个人能撵得上，好几回觉得她跑得将要跌倒了，没想到人家硬是没跌倒。是啥东西让她变得那么硬朗，那么坚韧勇猛，是儿子的名声名誉和全家人的脸面、安危，当然还有对儿媳任珍珍冲天的怨恨以及想把她拦在悬崖边上并把她拽回来的最后一点点念想和希望。说尹仙霞的婆婆，啥声音都能听，杀猪声，磨锅声，都能听，都不怕,唯独最不能听的就是尹仙霞的笑声。本来好好的,啥毛病也没有,可只要一听见尹仙霞的笑声,立刻就开始剧烈地头疼,心慌,眼跳,浑身发冷,偏头疼带动的整个头都在剧烈地疼。说尹仙霞的那一声声吸人血摄人魂的浪笑,一听就是个不安分的,水性杨花的,水灵灵,闪溜溜,心漾意荡,家里有那么个媳妇,别说睡觉的时候得睁一只眼,两只眼睛都睁着也没用,该防不住的时候你照样还是防不住。

她们在通往枯山的路上走着,美琳绘声绘色地说着,她在旁边吃吃地笑着。

听美琳这样一说,她忽然想起不久前婆婆让她给什么亲戚的孩子做小衣裳的事,越想越觉得其中应该有那么一层意思,婆婆也是极力地想找事情让她做,也应该是怕她胡思乱想。

她和美琳说了自己的怀疑,美琳说,那还用说,那是肯定的,谁让你长成这样。

又说,我要是你婆婆,我也会不放心。

她对美琳说,我要是你婆婆,我也会不放心你。

去枯山,一路上要过两三条河,一条大的,两条小的。过完第一条河以后,她就注意到,有一个男的,看不清眉目,正在东山脚下,和她们平行着走,中间隔着一大片河滩,还有一片黄芥地和一片胡萝卜地。她和美琳,她们是往东南方向走的,因为枯山就在山区的东南方向。而那个人是在一直朝东走,因为东山就是一直往东边绵延去的,一个人要是顺着山脚下走,方向也就只能是一直朝东的。但是,走了一会儿以后,她忽然发现,那个人不再顺着东山的方向继续往东走了,而是突然折过来,面朝南,也像她们一样,朝着往东南的方向来了。

她想，也是一个要去枯山闲逛或者买东西的么，那先前为啥要那么走，走了一个直角。

那个人很快地走着，过了一个瓜棚一样的小房子，从黄芥地中间穿过，要是再过了那片萝卜地，就快要和她们俩人汇合了。她正要和身边的美琳说什么，没想到美琳却忽然对她说：

等我一会儿，我过去说句话。

还没等她反应过来，美琳就已经走了，一阵风一样从脸前刮过，唰唰地，走得很快。美琳的那两条腿也不短，走起来很好看。在快要接近那片萝卜地的时候，她看见美琳几乎是跑了起来，蝴蝶，蜜蜂，马蜂，在远处和近处飞着，还有像蚕豆那么大的牛蜂，嘭嘭地撞着。

美琳忽然表现出的那种急急忙忙、火烧眉毛般的样子，让她还没有想明白，还没有看懂，而那边，更让她无比吃惊的一幕情景出现了：先前一直顺着山脚朝东走，后来又忽然改变方向，往东南方向这边折过来的那个人，突然也在黄芥地里跑了起来——迎着美琳的方向。

看见他跑着经过的那些地方，满地金黄色的无比耀眼的黄花在飞舞，半人高的黄芥在纷纷摇晃，朝两边分开，有的好像被他踩倒了，等他跑过去以后，才又慢慢地重新站了起来。

那个人跑出黄芥地，站在地头前。这边，美琳也已经走过去了，她看见他们站在一起，面对面站着。那时候她想，中间说不定还有一道圪梁，圪梁细细的，站在远处又看不见。

她远远地看着他们，看见美琳的头一会儿抬起来，一会儿又低下去。

看见许多鸟，在南梁上的那一大片矮树林子里飞来飞去。

春天的时候，一下完雨，那片矮树林子里就会冒出很多的地皮菜，地上黑麻麻的，那是老天打发前面的那场雨给人们送来的木耳呢。她们带着小篮子在里面拾捡，遍地露水，有人蹲着，有的弯着腰，还有人没有带篮子来，只好用手绢兜着，但拾上一会儿，便兜不下了。

回头又望望村里，见有零星的孤单的炊烟弯弯曲曲地升起，变成几棵歪歪斜斜的老树。老树怎么会跑到半空中去呢，她想，真要是发生了那样的事，很多事情可能也就都变了，人世间很可能完全是另一番情景，肯定不再是现有的样子了，树能到了半空中，房子不会么。

不一会儿，美琳就回来了，脸上忽深忽浅地飞着两片红云。

她问美琳，那是谁？

美琳说，一个熟人。

听美琳说是一个熟人，她也就没再多问。

她说，噢。

美琳的男人叫铁柱，公公叫拐发财。最初的时候，她还真以为他们那一家人就姓拐呢，就自作主张地替别人忧愁，就想，姓着那么一个姓，给下一代人起名字也很不好起呢，无论多好的名字，只要一沾上他们那个姓，只要和那个姓一连起来，一切就全完了。后来才知道，其实人家却姓刘，根本不是她以为的那个姓。因为平常和美琳走得近，和铁柱也就不陌生，铁柱人虽然年轻，却是个老实人，见了人，只会一笑，很多时候还不如他爹主意多，话多呢。

她记得她在缝衣服的过程中，抬起头看过一次，看见阳光照在外面窗户最靠上的那一排格子上，除了那一排窗格，似乎还能看到房檐下一排齐刷刷的椽头的影子。这以后,她一直都低着头,穿针引线,总觉得又过去了一段不短的工夫。直到觉得脖子有些酸时,才又抬起头,却看见阳光仍然停留在最上面的那一排窗格上,一下也没有动过,顿时就有些愣怔,这么半天过去了,连一寸也没有再往下移?那一刻,她好像第一次发现时间停止了,被死死地固定在某一个地方不动了,被胶水粘住,更感觉是被钉子结结实实地钉了起来,不再能够到处走动、飞扬和照耀。也就在那同时,好多东西顿时就都生了锈,变成一些暗红色的斑点和渣子,很难再一眼就认出来,甚至反复端详,仔细辨别,也始终想不起原来是什么。

又起风了,声音呜呜的。

风一来了,阳光里顿时就被掺了水,越掺越多,掺到后来,就完全稀得什么也看不见了,满世界都是风,不再有阳光的任何一个位置,只有风的身影和颜色。风穿着黄色的大氅,或者同样颜色的袍子,一群长头发的鬼一样,到处跑着,笑着,尖叫着,谁盯着它们看,就用和它们的衣服同样颜色的沙子迷谁的眼睛。一年中,山区里总有半年时间在刮那种颜色的风,黄天黄地,常常把清明瓦亮的白天变成稠糊糊的傍晚甚至锅底一样的深夜。大家多年住在这山区里,有的世代居于此,对于这样的现象早已习惯了,看见就当没看见一样,都不觉得这有什么,都觉得世界可能就是眼前这样的,这样子就是世界,不然还能是啥样的呢。

她坐在窗户前,看着外面的黄色的天。

风中传来了阵阵叮叮当当的钟声,一听就知道不是人在敲,而是风在敲。听着那种声音,她看了一下自己的手臂,她觉得那声音飘来的时候,好像有暗红色的铁锈落到她的身上了,仔细看过以后,却又发现并没有什么。可是,为什么又觉得皮肉上有一种被轻微地压迫和犁过的感觉呢，明显有很细小的东西刚刚爬了过去，似乎还能看到它们一路爬行，慢慢走远了的样子。另外，还有一些好像正在往她的皮下渗漏，发出一种几乎听不见的沙沙沙的声音。

她呆呆地看着外面，想着婆婆可能会来问她，问她为啥不抓紧时间把那件要送人的小衣裳赶快赶出来。那样一来，她就会回答她，说她的心里这会儿和外面的那种天气一模一样呢。

可是，事情的结果却让她非常的失望而灰心，婆婆并没有像平时那样注意她，她的婆婆这时正在仔细而全神贯注地翻腾着一大堆乱纷纷的旧棉花，整个人的心思全集中在那上面。

那些一缕一片的颜色灰黑的旧棉花，无论怎么看，都和一些死去了的耗子差不多，她一点也不知道她这时候翻腾出那些又脏又旧的烂东西有什么用处，要干什么。她知道她这个婆婆经常能干出一些让她完全意想不到的事来，每一件还都有足够的理由，今天翻腾烂棉花这个事也算是一件。这样想着，她完全背转身，脸朝着窗户坐着，不再看她。她是觉得那些东西不仅不干净，而且一片灰暗，不仅毫无色彩可言，好像也不怎么吉利，一堆与死，与某种灾难关联很近的残渣碎片。一想到在以后漫长无边的日子里，她要用她的那双在她眼里已经很难再洗干净的手，参与做饭或做别的，她就觉得十分的忧心。

现在，外面的景色依旧苍黄、萧瑟，所有的一切都像是用黄颜色染了一遍。当然，要是把它们捞出来，会发现染得也并不是很均匀的，有些东西很难上色，比如乌鸦，比如鹰。还有的本身就是黄的，比如地上的土，几乎看不出是不是被染过，更看不出染得怎样。

一个黄头发黄脸的人，在那种浓稠而黄旧的景色里影子一样出现了一下，没看见他去往任何地方，忽然一下就消失不见了，无声无息地就地融化在了那种广茫茫的深水般的黄色里。

有女人的哭声传来,边走边哭的那种感觉。是谁在哭呢,她还出去看了一下,却并没人。

一个人,倒背着一双紫红色的大手,从那条又细又白的小路上走过,从背影与架势上看,很可能是一名干部。她平时出门不多,见到的人也很有数,就这个山区里,有不少的人她还不认得呢,有时人家和她说话,感觉已经和她很熟了,她却完全不知道对方是谁,也不能问。

一辆牛车吱吱扭扭地走过去了。

后面又来了一辆。

看不见赶车的人,车上有两捆褐黄色的干草,赶车的人就窝在那两捆干草之间,因为能看见他的一只脚,露在外面。那样的一种走法,让人觉得多少有些奇怪,牛自己赶着自己。

牛很慢地在黄澄澄的景色里走着。

牛虽然也是黄的,不过却是那种黄,棕黄色或者红黄色,和天气的颜色明显不一样,如果把天气看作是一张黄色的大幕,牛就是那黄色大幕上面的一块颜色近似却又绝不一样的补丁,这样的一块补丁,放在哪儿都是黄的,却唯独这时,在这样的天气里显得偏深,偏暗。

后来,就在那种黄旧的景色里,忽然浮现出一大一小两个污点般的人。

走近了,才看见,那个小的,是一个十来岁的孩子,大的却是治保主任孙五。

那个孩子拎着一筐猪草,垂头丧气地在前面走着,俘虏一样,有一种明显的被捉贼拿赃,被生擒活拿的感觉。事实上也正是如此,他在拔猪草的时候,浑水摸鱼地拔起了队里的十几根萝卜,恰好就被孙五看见了,孙五就把他抓住,就在地头边的现场逼他把那些萝卜全都吃下去，然后又亲自解押回来。在这之前，那孩子坐在地头前边吃边哭，说撑得肚疼，再也吃不下去了。孙五说那哪能行呢，你不是爱吃么，今天就让你吃个够。孙五的一只大手一直都紧紧地抓着那孩子的领脖子，怕他一不小心哧溜一下跑了，那是常有的事，所以孙五不得不防。后来，拐过两个弯以后，看看路也平了，孙五的那只手才渐渐地松开了。

一大一小两个人从黄色的天底下飘荡过来，并没有响起他们走路的声音，他们的脚步声也化在了那漫天的黄尘中，只看见孙五的嘴好像在动，知道他可能在说话，却听不见声音。

很快，他们就又拐了弯，走得看不见了。

看那样子，应该是到大队去了。

…………

那天她就那么始终面朝窗户坐着，一动不动。窗户外面那苍黄古旧的景色里，不断地有人走过，也有事情发生，有些她看见了，原以为有点像看电影看戏，看了感觉却并不一样，哪儿不一样，却又一下说不上来。还有些只是看见了一个大概，或者其中的一个角，一个边。

后来，天终于黑了。

天一黑下来以后，外面响起了一阵踢踢踏踏的脚步声。

她被那种脚步声惊动了，那坚硬的鞋底，仿佛踏着她的耳畔，一路走来。

当那种踢踢踏踏的脚步声穿过院子，跨进门里时，她感到来人穿着一件灰黑色的老鹰翅膀似的衣服，有的地方长，有的地方短，还丝丝缕缕的，两个耳朵好像两只灰黄色的野兔。

她那时一直以为是公公回来了,那老汉就经常穿着类似的衣服——不用说从远处看,即使是就站在他对面,也不知道他的身上到底都披挂了些什么,至于走路,也经常踢踢踏踏地走,发出那样的一些声音。所以,在那种踢踢踏踏的声音进来以后,她仍然脸朝着窗户坐着,并没有挪动一下,也没有回头看。想婆婆那个人,每天好像也不闲着,却让她自己的男人穿成那样,电影里或者戏里的那种猎户,她印象中的那些山里的打猎的都穿成那样。

无论是公公回来,还是婆婆回来,她觉得都很正常,因为这就是他们的家,天黑了,他们不回自己的家,能到哪儿去。更何况,有时候白天他们也不出去呢,一个在屋里鼓捣,走来走去,一个在外面的院子里鼓捣,砌墙,或者收拾农具,甚至拿着扫帚一遍一遍地扫院子。

不过,她倒是想到,不能再这么一直坐着了,也该回前面自己的那个家里去了。

说起来是两个院子,却是一个街门,每天天黑了,一关上门,就是一个完整的院子。后面两间旧房,住着公公和婆婆,前面是两间新房,是娶她的时候才盖起的,正面还裱了砖。

她是后来听到来人的说话声音时才猛然回过头的,那个声音很陌生,在这以前好像从来都没有听见过,这才知道进来的人其实并不是公公,而是另一个人。就在那同时,和人一起进来的,还有一股风,她感觉是一股黑色的风,风里有种味道。

来人问她的婆婆在做什么,婆婆回答说正在做饭。婆婆确也正在做饭,正在把两个山药擦成丝,她听见过擦子发出的那种哧哧的声音,灶膛里的火不时地闪映出一些红光。

她正是听到那声询问后,才猛然回过身的,到这时,她才终于发现，她好像见过这个人，就是村里的一个人，只是不知道叫什么，经常在外面跑，具体也不清楚是做什么的，很爱说话，却也不怎么像村里人一样说粗话。也好像知道好多事情，比那些常年窝在山区里，一辈子哪儿都没有去过的人更有见识一些。

她看见这个人说话时显露出一排白牙，下面的那一排比上面的那一排略黄一些。看见他身上穿着的衣服时，她真是狠狠地吃了一惊：来人身上的那件衣服是披着的，并没有真正地穿在身上，下摆和两个袖子看上去有些硬撅撅的，都朝外面支棱着，猛一看就像是老鹰的一双翅膀，真的和她刚才想的十分的一样呢。

她在心里吃惊着。

看见有人来了，婆婆正在点灯。

灯亮起来的时候，灯头上的火苗一颗黄豆一样蹦来蹦去，给人的感觉是一颗立不住，又站不稳的豆子，还不时地爆出一些闪闪烁烁的小火花来，并伴有一种细微的啪啪声。煤油灯很小，又不太亮，因此，屋里的轮廓就显得十分的模糊，虚实不定，到处都隐隐约约的。

在她仔细打量来人的过程中，这个穿得如老鹰翅膀一样的人，正在和她的婆婆说着话。那人的两片血红的嘴唇不停地翻上翻下，活动得很是频繁，两只飞得很辛苦的鸟一样。她想，刚刚那一阵黑色的风正是他带来的。

来人或许是吃完饭无事出来闲逛，出来串门的，可是却又叫人觉得是专门来传达或者通告一件什么事情的，因为他后来忽然说出的一句话，她在无意中听到了，那人对她的婆婆说：

脑浆都出来了。

不行了。那人又说。

她顿时吃了一惊，脸从窗户上转过来。脑浆？

来人说着，竟从身上掏出一张类似照片或者证件一样的东西让她婆婆看，婆婆的头就赶紧凑过去，头发差一点在灯头上燎着了，有一根头发发出嗞的一声。

借着灯光，她发现那个人的大拇指下面沾着一些花花绿绿的很是稀软的东西，她认真地盯着，看了半天也没看出那是什么东西。有一阵子，她胡思乱想地想到，那很有可能是一些花吧，可是又肯定不是花，哪有那样的花，花都是一朵一朵的，一丛一丛的，哪有那样的。

昏黄的煤油灯把屋子里映照得极其陈旧。

事实上也不能全怨煤油灯丑化了这房子，它确实也已很旧了，泥土筑成，屋里也基本没有新东西，他们在这里面住了好几十年。这会儿没塌了，还能住人，已经非常了不得了。

不久以后，听见门响了一声，再看那老鹰的翅膀时，已经不在屋里了。

她问婆婆，他们刚才在说啥，听见好像还有……脑浆啥的。

婆婆站在门口，一张脸异常昏暗。

她心里想，这喊喊喳喳地说了半天啥。

从后院往前院走的时候，她忽然想起了老赵。老赵是她的男人，在外面，人们都这么叫，不过在家里，在他爹妈的面前，又有他真正的名字，没有什么老赵，从来就没有什么老赵。

真后悔啊，越想越后悔，当时胆小，有些话不敢说，总以为还有机会。

错过了就错过了，每一个时刻都不会再来，不会再有。

后悔的事情，你也应该有吧？

何止有，还多呢。

獾子闷头走路，蒿雀们一声一声地叫着，它们也是想起后悔的事了吧？

你听懂它们说的了？

那哪能听懂，我是在猜，不然它们是在说啥。

獾子是去叫人，通知人来开会，蒿雀们是在吵架，因为一个名额。

啥名额？

当然是它们认为是好事的一个名额，不好的事，恶事，还用争么，给谁谁都不要，谁都怕落到自己头上，都要想办法踢到别人脚下才会放心。

杜林笔记

走在路上,忽然被狗超越。

柳条能拧动的时候,风里已全是暖意,从西潘梁上下来,能闻到整个初夏的清香和苦味,阵阵初夏的清苦飘荡充溢在这一片仿佛与世隔绝的山川之中。一路上到处都能看到折断的柳树枝和杨树枝,都是被小孩子们折下来的,树枝灰绿色的外皮大多被拧走,只剩下白净的木身,就像露出来的白生生的骨头,就像剥去衣裳的肢体,不,比任何肢体更白净,更洁净。山川间出没着乡村少年的身影,到处回响着吱吱的柳哨声和呜呜的杨哨的声音,人和牛在僻静的小路上走着,从黄绿的树下经过,一点一点地向暮色中的村庄接近,羊群还在更远处。

那些吹着柳哨的乡村少年中也有我的身影么,当然有,不过却是在从前了。小的时候,每到这个季节,我也每天吹出吱吱呜呜的声音,我们叫咪咪(四声),灰绿色的咪咪让嘴里充满杨柳树的苦味,野草般的苦味中还带着一种青涩的辣味,让人舌头发麻。更有人吹着二三尺长的大型的咪咪,声音如同螺号,又如喇嘛们吹响的佛号,令人羡慕不已,心向往之。

我是从什么时候自然而然地与柳哨告别,与曾经的少年告别,永远不再触摸那些东西的呢?一定是在长大的过程中,一定也是开始于某一个不知不觉的昏昧迷蒙的瞬间,无意识地转身,无意识地背朝从前,更同样无意识地踏入此前从未有过的痛苦和芜杂,就像带着一封生擒或者放逐自己的密信,兴致勃勃又忠诚老实地前去送达一样。成长的过程中,从来并没有哪一天哪一刻会明确地告诉你,说你就要开始痛苦了,马上就要步入生活的泥淖中了,下一个节目:舞台变暗,灯光熄灭,开始痛苦!永远不会有那样的时候,永远不会有那样的时刻,从来都是你自己跑着去,拐着去,连爬带滚地去,奋不顾身地去,信心满怀地去,激情无限地去,从来没有人逼你,也没有人举着枪在后面瞄你。有声音呼唤你回来,你听不见,从来都听不见,即使偶尔听见,也常被你视为拖拽或羁绊,甚至直接理解为怕你发达,不想让你好。

第八章

神仙们又来到后院里调试琴弦，起舞，演奏

在耗子的记忆和印象里，不知从哪一年开始，一直都有人在他们的那个空荡荡的后院里唱歌、跳舞，歌声从一人高半人高的荒草中冉冉升起，以后又绕着梁柱和那些倾颓的残垣断壁，游丝一般远去。跳舞的，有时候是单独的一个，有时候又好像是一群，跳起来的时候，呼啦呼啦的，连地上的那些树叶都跟着旋转、起舞，旋转得最高最厉害的时候，能飘到房顶那么高。在那个过程中，感觉一直都有锣鼓和管弦的声音在草丛里或者塌陷的窗户下面响着，声音大部分的时候很低，只有在最开始的时候，还有就是快结束的时候，突然变高，也明显比中间的时候要快很多。耗子相信这件事情只有他一个人知道，再不会有第二个人知道。

不知道这样唱了跳了有多少年了，耗子想，很可能在他出生以前就已经开始了，耗子经常一个人站在后院的墙头外，一边往里面看一边想，一想就是好半天。后院里这么热闹，他爹他妈他们都不知道？那他们就太迟钝了，噢，说不定也有可能知道却不说呢。

不过，耗子也不能完全肯定唱歌跳舞的，就是一个人或者一些人，是不是人还两说呢。耗子觉得，说不定还是鬼，或者神仙呢，什么都有可能呢。但不管是什么，却总觉得是女的。

为什么这么说呢？因为那歌声细细的，舞姿柔柔的，如果不是女的，哪能那样轻歌曼舞？人里面有男人女人，神仙也分男神仙女神仙，就算是鬼，也分男鬼和女鬼呢。耗子觉得，先不管她们是啥，先弄清楚她们是不是女的其实也很重要呢。所以每次她或者她们唱歌跳舞的时候，只要耳朵里听见了，耗子就一定会想办法悄悄地溜过去。耗子觉得自己已经够小心，够秘密，够鬼鬼祟祟的了，可每次仍然还是什么也看不到。很多时候，耗子也常常觉得自己真像是一只耗子，也不怨人们那么说呢，也不怨人们都那么叫他呢，他总是贴着墙缝溜过去，有时甚至捂住嘴和鼻子，大气也不敢出，可尽管已经那样了，最终还是什么也看不到。一次看不见，两次看不见，耗子不生气，不灰心，可回回都那样，耗子就有些生气和灰心了。

有时候，明明是乘着她们的歌声，踏着她们的鼓点来的，最终却还是什么也没有。又一次扑空以后，耗子就站在墙头边，对着那个空荡荡的后院说，不让看拉倒！再也不看了。

听听没有任何动静，就又说，请我来看，我也不来呢。

看见有草在摇晃，有树叶飞起，就觉得她们可能听见他说的了，心里一激灵，就又说，倒贴钱给我，我也不看呢。我没工夫看呢。

一边说着，一边慢慢地从墙头的豁口上边离开，不时又回头看一眼，总是觉得会有人或者东西从那些残垣断壁后面出来，像戏里的那些情景一样，朝他抱拳、作揖，嘴里说着一些道歉和挽留的话：对不起，实在是抱歉，不好意思呢，风太大了，啥也没听见，或者太忙乱了，疏忽了，来了客人都不知道，请好好地坐下看吧。耗子经常想象这样的情景，想象在某一天忽然变成真的。就应该那样呢，难道不应该那样么，像他这么忠实的观众，到哪里去找呢。耗子最担心有人分开草丛或者蜘蛛网，忽然出来叫他，而他却没听见，已经走远了。

从更远的山里刮来的风,时常会把山区刮得昏天黑地,伤痕累累,每逢那时候,山区里那些年久失修的老房子就会大声地叫唤,小声地哼哼。除了叫唤,除了哼哼,还会发出许多奇奇怪怪的响动,似乎有人要走了,正在踢哩通隆地搬家。还有的时候,一听就是犹豫得厉害,完全拿不定主意,完全没注意,既不进来,也不出去,手扶着门,门就吱吱呀呀地响着。

曾经在一个夕阳西下的黄昏时分,耗子看见过一队面容凄楚的人,在经过了一种十分漫长艰辛的长途跋涉之后,在路边停下来歇息。耗子至今也不能肯定,他见到的那种情景,到底是一个曾经做过的梦呢,还是真的有过那么一回。他只记得那中间有几个女的,长得美丽非凡,却又因长途劳顿而变得花容失色,异常憔悴。有一个女的,头发好像被火烧过,剩下的已不多,稀稀拉拉。还有一个女的,背上甚至还背着一个孩子,孩子裹在一块布里,一直都没有任何动静,既不哭,也不探出头来,好像早就已经死了。耗子当时就是这么想的。

他站在一棵树下,悄悄地看着他们。

耗子看见他们带着胡琴和笛子,还有小锣和唢呐,啊,甚至还有一个小鼓!小鼓非常好看,鲜红的,圆圆的。有一个人,从一个口袋里往外掏东西的时候,一不小心碰了一下,小鼓马上便发出一种很清脆的咚咚声。那么清脆的咚咚声,每一下都敲在人的心上。耗子想,真要是很认真很用心地敲打起来,声音一定好听极了,世上再也没有比那更好听的声音了。

有一个女的,身上穿着一件长长的裙子,颜色是紫罗兰色的,耗子其实不知道紫罗兰是什么颜色的,但是却觉得就应该是那个女的穿的那种颜色。有一瞬间,那个女的忽然从地上站起来,那紫罗兰色的裙子便跟着旋转了一下，哗地一下，眼前顿时就像盛开了一片花。

耗子惊呆了！

他感到有些晕，天和地也仿佛都在飞快地旋转，眼前鲜花烂漫。

他忽然觉得，眼前这伙人，会不会就是在那个空荡荡的后院里唱歌跳舞的那些人呢？

要是，他就算是终于见过他们了，原来他们竟坐在这里。

要不是呢，那就是一伙过路的人，过路的人多了，每天都有，各种各样的人都有。但是，不知为什么，耗子却觉得，眼前这伙人，是从天上一路下来的，因为身上有那么一种从天上下来的痕迹或者味道，尤其是那几个女的，虽然很狼狈，很憔悴，却和好多女人都不一样呢。

耗子抬起头，朝天上看看，天上这会儿没人，空荡荡的，粉红色的。他觉得，从天上到地上，中间应该有一道缓缓的不算太陡的斜坡，这伙人就应该是顺着那道斜坡从天上下来的。

听见一个人问，还有水没有？

另一个人则说，去赤庙吧，这时候去，还能赶上他们吃饭。

有一个声音说，谁想去谁去！那个地方我是不去。

又有一个声音说，谁还有渔网线？

…………

要渔网线干什么？耗子想，可能是要绑什么东西吧，扎口袋？绑小鼓？把小鼓绑起来？

后来，一阵大风刮来，刮得天昏地暗，人都站不稳，只听见所有的树都在唰唰地响，都在疯了一般地使劲摇头，头都快要摇断了。远处的旷野上，忽然出现了无数道灰黄的城墙。

摇头摇疯了的都是大树，那些又细又瘦的小树则早已弯曲得不像是树了。

风小了一些的时候，眼睛能睁开了，再看那伙人，早已经不见了。

一定是走了，耗子想。

不过耗子不相信他们是被刚才那一阵大风刮没的，要是单独的一个两个，那还有可能，可是他们是一伙人呢，一队走过很多地方而又能歌善舞的人马，哪能都刮没了？只能说他们是乘着刚才的那一阵风走了。其实，即使是单独的一个两个人，也不会被风刮走，大风来的时候和直到走了以后，除了有一种明显的要起飞和飘升的感觉，耗子自己不也平安无事的么。和他们那些人相比，他不仅小，还那么弱，更没有他们的见识和经验，连他这样的一个常常一碰就倒的小孩子都没被刮走、刮没，那一队神奇的人马怎么会被刮没？很显然，是他们自动走了的，和风没有关系。如果非要说和风有关，那也只能说是那阵风掩护了他们一下，让他们走得模糊、苍茫，没有人能够看见。记得他们提到了一个叫赤庙的地方，耗子不知道那个地方，从来也没听说过，他们会在那里演奏，起舞么？可是好像也有人说过不想去呢。

一直没有听见胡琴响，也没有听见小鼓在敲。

耗子每天上学的时候，书包里总是装着几个他自己捏的泥人。除了那些泥人，书包里还有不少吃的东西，有烤得焦黄的山药片，上面还撒着盐，还有酸豆角，炒豆子一类的东西，有时甚至还会有糖。糖一般是他那个疯爹捡到废铁以后，卖了买给他的。书包里所有那些东西，都是耗子他妈为耗子准备的，耗子他妈怕耗子在外面吃苦，受罪，忍饥挨饿。耗子他妈经常愁容满面地警告学校里的老师以及山区里其他人，说耗子就是她的命根子，眼珠子，比她自己的心、肝、肺，以及其他东西更重要，她活着纯粹就是因为有耗子活着，是为了耗子更好地活着，活得比一般的孩子都强，耗子要是有个三长两短，她就一时一刻也不想再活了。

耗子他妈告诉耗子，书包里的东西不能随便给人，给了人你就没了，到了学校里，书包要随时带着。耗子很听他妈的话，即使是在上课的时候也不敢把书包拿下来，就一直都挂在胸前，低头写字的时候，前面就一直有一个硬邦邦的、鼓鼓囊囊的东西顶着。老师让他摘下书包时，耗子就不摘，就坐在座位上哭，哇哇地哭，哭得很尖锐，很伤心。碰到那种时候，原来的老师们就都不再管了，只有那些刚刚新来的才会较真，才会和耗子过不去。新来的老师往往多是年轻的，本身也气盛，看见有这么不听话的学生，除了训斥，有的甚至还上手去夺耗子的书包，你不是不想拿下来么，我帮你拿下来，甚至还有时用手掐住耗子的细脖子。

每逢那时候，耗子就坐在座位上哇哇地哭着，别的孩子们也趁机不做作业，都看着。在学校里教了多年书的旧老师就对一些新来的老师说，那个孩子不要硬管，那是银焕的孩子。

新来的老师一脸茫然，学校里的什么情况也不知道，只是觉得事情有些没头没脑，似乎也完全没有听懂旧老师在说什么。就问，银焕是谁？公社干部？为啥他的孩子就不能硬管？

熟悉情况的，已经在学校里磨了很多年的旧老师就介绍说，因为银焕是个疯子。

新老师就说，噢。

旧老师又说，就住在学校旁边，多少年的老邻居呢。

真疯了？

那还能有假，一会儿往上扔石头的时候你就知道了。

果然，还没到半前晌的时候，就有拳头那么大的石头从下面的院墙边嗖嗖地飞上来了，其中有一块竟然有一个碗那么大。再看耗子的座位，果然已经空了，因为耗子是哭着跑回去的，银焕知道不好，开始扔石头。新来的老师看见一块玻璃哗啦一声碎了，先是吓得藏在桌子下面，后来发现学生们也没躲，就觉得有些不好看，又从桌子下面钻了出来。钻是钻出来了，却总是尽可能地往靠墙的地方站，后背紧紧地贴着黑板，好像黑板能帮助他躲开石头。

有一天，一个坐在耗子后面的孩子，偶然发现了耗子书包里的那些东西，就把这事告诉了其他的孩子。以后，总是不断地有人抢过耗子的书包，把头伸到里面看，小泥人啪的一声掉到地上摔碎了，酸豆角和上面撒了盐的土豆片也被人吃了。那时候，耗子就坐在地上哇哇地哭，使劲地哭，哭完以后，便课也不上了，拿着书包逃离学校，溜回家里。

他妈就问，又是谁？

耗子说，油三。

他妈说，油三是谁，谁们家的孩子？

耗子说他也不知道，只知道油三的爹叫四两油，别的就不知道了。

银焕站在窗户外面，愣愣地听着，他当然更不知道耗子说的油三是谁，但是慢慢地好像也听懂了他们母子俩说的话，知道又有事情发生了，而且好像还是一件很不好的事，就开始站在院子里朝着学校的方向骂，仍没有声音，嘴唇上的黄胡子一撅一撅的，骂一声，撅一下。

墙头上的草摇晃着。

喜鹊站在树枝上，乌鸦站在房檐上。

有风刮来，仿佛置身于一个腥风血雨的时代，耗子排列在窗户下面的泥人被刮倒一片。这一场突如其来的大风让耗子应变不及，损兵折将，尽管有的伤势不重，有的却被摔得变了形走了样，也死了不少。耗子看见那个奴隶的两条胳膊都断了，头也歪到一边，只连着一点点，好像马上就要掉下来了。那个士兵和那两个锄地的农民，躺在地上一动不动，耗子过去用一只手用力扒拉了一下，才发现他们早已气绝身亡，尸体一片冰凉。原以为损失的就是眼前这些了，后来他抬头一看，顿时吃惊不小，没想到在靠近街门口的那里竟还有一大片死尸。

另有两个看不出是什么身份的人，被耗子扶着，慢慢地站了起来。

有一个女人，看上去酷似耗子的一个姨姨，越看越像。看见是姨姨，耗子更是吃惊得厉害，这兵荒马乱的年月，姨姨不在家里，怎么会出现在这一带？到处都在打仗，她难道不知道么，一个女人，乱跑什么？姨姨在地上坐着，看不出是受了惊吓还是受了伤，耗子就过去也把她扶了起来。耗子的那个姨姨，耗子只见过一两回，住在一个叫后水泉的山高皇帝远的地方，那里树很多，还有泉水，一些土房子都被树木遮掩着，那些人们平时就都住在树阴里。

耗子在做那些的时候，感觉自己是在抢救伤员，战地救护，忙得手脚并用。战事吃紧，每个人都没有时间去想自己的事情。收拾完残局以后，他忽然感到心里有些难过和伤心。

人其实是很脆弱的，耗子想。

一点儿也经不起折腾，他想。

一折腾就不行了，就完了。

人好像总是需要一个暖和一点的地方。他一个人自言自语地说道。

还不如鸡呢，鸡就不怕冷。

人要是能像鸡一样就好了。

啊,等等,不对,鸡好像也很怕冷呢,也经常互相挤在一起,靠在向阳暖和的地方,闭着眼睛,咕咕地叫呢,风呼呼地吹着它们的各种颜色的头发,红头发,黄头发,绿头发……

他妈开门出来,端着半盆水。

耗子指着坐在地上的那个女人,问他妈,像不像后水泉我那个姨姨?

他妈仔细看了一会儿后,说,还真是有点儿像。

后来又说,就是脸上像,别的地方都不太像。

耗子看了他妈一眼,心里想,这不是废话么,脸像就行啦,还要哪儿像?我总不能捏一个像她的真人那么大的吧,再让她和你坐在一起说话,吃饭?真要是那样,那成了什么?院子里这会儿可能早就全是人了,站满了人,人挨人,人挤人,前呼后拥,早就乱成一锅粥了。

那种人挤人的如同开了锅一样的情景,光是想一想就让耗子觉得害怕,到处都是脸,到处都是张开或者闭着的嘴,到处都是硬邦邦的胳膊和乱纷纷的腿。除了那些还不算,还有各种各样的声音,从一张张嘴里蹿出来,冲出来,很快就织成一张嗡嗡蝇蝇的大网,密密麻麻地撒下来,把每一个人都罩住,而每一个人又都不想被罩住,所以叫喊的声音就越来越大了,也越来越乱了。土本来在地上睡得好好的,被人群一挤,一踩,都醒了,都起来了,开始纷纷扬扬地往上跑,往上飞。半空中有雾在慢慢地走着,弯着腰,看不见脸,只能看到一些弯曲的背影,老榆树的枝干一样。也有来回翻着跟头的,咚咚地翻着,像孙悟空,头疼得厉害。

耗子忽然用手抱住头,告诉他妈说,他很头疼。

耗子是被刚才想象中的那幅人山人海的情景吓得，听见自己的脑子里传来嗡嗡的响声，还不断地有各种回音，嗡儿——嗡儿——的回音崩出去，撞到山崖上，又被山崖弹开，顶走，向别处飘去。耗子知道，回音一般都比较细，无论什么声音，比正经的声音要细很多，听上去也比较远，是一种正式以外的，副的，影子般的，细到最后，细到像灯捻一样的时候，也就渐渐地没有了。可是这一回，那种嗡儿——嗡儿——的回音却一直不走，一直都在他的脑子里转着，绕来绕去。他闭着眼睛，不敢睁开，因为一睁开就又会看到无数的脸在他的眼前。

耗子说，头疼哩。

他妈让他回炕上去躺着。耗子说，老师还留了作业呢。耗子他妈就说，等头不疼了再做。她以为他在外面冲撞了什么，家里人一有什么不好的时候，她一般都会往那些方面去想，因为除了那些，她也再想不到别的。要是大人，突然头疼，或者变得迷迷瞪瞪的，那就一准是跟上了鬼；要是孩子，那就多半是因为不懂事在外面冲撞了什么，有些时候，走路也会不小心踩着什么呢。她想，要是到了晚上还不好，耗子的头还疼，她就得出去给他叫魂了。或者在门外烧几张纸，也说不定是那个姓曹的奶奶缺衣裳穿了，想通过孩子们要几件衣裳呢，那样的事情经常有，并不稀奇，谁家的孩子发烧发热，不吃不喝，说胡话，人们都会那样去做，会剪的就剪一些纸衣裳纸鞋子，剪好后就拿出去烧了，不会剪的，就直接烧几张纸。

趁天黑没人的时候，耗子他妈拿着她剪好的巴掌大的一身纸衣裳，两双手指那么长的纸鞋子，沿着门前的小路，走到路上一个分叉处烧了，回来问耗子还难活不，耗子说不难活了。

进门前她用手反复拍打身上的衣裳，前后左右都拍打到了，院子里回响着啪啪的拍打声。

耗子躺在炕上，看着一本小人书。他妈看着窗户，朝着窗户说，衣裳和鞋都给您捎去了。

耗子听得奇怪，就问他妈，给谁捎去了？

他妈说，你别管，悄悄的，没你的事。

怕耗子再纠缠，再说出啥不该说的话来，他妈拿了一把笤帚赶紧到外屋去了。但是耗子隐隐地觉得，窗户外面好像有个人，而且还是一个很厉害的人，从他妈刚才说的话以及他妈说话的样子，就能看出来，他妈也很怕人家哩，他妈脸色凄白，声音悲戚又讨好。耗子爬起来，一手拿着打开的小人书，趴在窗前往外看，却看见院子里黑洞洞静悄悄的，并没有人。

重新躺下后，耗子一边翻着小人书，一边想，肯定已经走了。

耗子从小就怕人，尤其怕去人多的地方，远远地看见有一群人在那里站着，看见有那么多的脸和嘴，心里先就虚了，各种鼓声和嗡嗡声在心里和周围咚咚锵锵地响起，眼前冒起金星，就早早地停下来，不敢再往前走了。每次碰到那种情况，耗子就想办法绕路，实在不能绕，实在绕不过去的，就只能退回去，另想别的办法，谁也不知道他平时都是怎么走路的。

那次，银焕突然不见了，不知走到哪里去了，耗子就和他妈出去找，一开始他们两个人相跟着，要去哪儿都去哪儿。后来才忽然意识到，那么找，实在是有点儿浪费人力，而且也没多少意义，不如两个人分开，各走各的，那样找到的可能性就更大一些。不是么，本来要按照他们原来的办法，一次只能去一个地方，而要是分开以后，一下就变成了两个地方，找到银焕的可能性也一下就多了一倍，多好的办法！于是，他们就分开了。

耗子和他妈分开以后，专拣偏僻的没人的地方走。

他从那一排冷清得有些瘆人的粮食仓库前经过，那是一些石头碹起来的窑洞，它们多半在耗子还没出生前就已经有了，每一道门上都悬挂着一把又大又黑的铁锁，锁子的形状有方的，也有长的。平常，这里只有乌鸦和麻雀，尤其阴天的时候，树上常会传来哇哇的叫声。

每当一个人走在那种场景里时，耗子便有一种说不上来的喜悦，他觉得他好像是在千里迢迢，魂归故里。四周没有人，只有太阳和风，最好的风当然要数那种里面没有掺着沙子的清风，近处看不见，不过却能感觉到它们在脸上过来过去，还能看见它们在远处水一样流着。

光是高兴，就没有害怕和别的么？当然也有，尤其是害怕，怕从什么地方猛不防蹿出一个或一群人来，拦住他的去路，那就糟了，耗子甚至常常觉得他一定会死在他们的面前。怕不认识的外人，也怕教他的老师。老师对耗子说，咋一看见我就跑，我是鬼么？山区里有一种小鸟，不知叫什么，也不说它有多厉害，被人捉住后，也并不怎么样，却就是有那么一点，不听话，不驯服，也不吃不喝，往往总是过不了半天，早上捉回来，到晌午，甚至半晌午的时候就死了。看见它头顶上面的毛有些乱糟糟的，就像人的头发，只有经过使劲揉搓，反复揪扯以后，才能乱成那样。有时候能看见它的脖子那里有血，大概是脖子断了。还有的时候，明明身上什么伤也没有，但就是死了，让人都不知道它是怎么死的。

耗子有时候会说梦话，说的就是：小鸟是咋死的呢？

但身边那两个人都睡得很死，那样子，真的也就和死了一样呢，没有人能听见他的话。

过了一条平时很少有人走的到处都是墨蓝色的黑沙子的隘口一样的路，说沟又不是自然的沟，明显是人开出来的；说巷子也不是那种正经的巷子，因为两边并没有人家，而全是墨蓝色的黑沙子的断层，有凸出来的，也有缩进去的，非常的粗糙和参差不齐，最上面长着一丛一丛的沙蓬和狼蒿。天阴的时候，走在那里面，会觉得走在一条有顶子却没有灯的长廊里。

其实，耗子一路上一直都想哭，只是觉得一直都找不到一个能哭的地方和时间。站在路上哭，肯定不行，说不定很快就会有人过来。到树后面去？又有些不敢，谁知道会碰上什么。为什么想哭呢，是因为找不到他那个疯爹么，耗子觉得不是，不是因为那个原因。究竟因为什么，他却也不知道，说不清楚。后来，这个问题就远远地退走了，不再绳子一样缠绕着他。他上了一个坡，再下坡的时候，就发现它再没有跟上来。风呼啦呼啦地刮着，有噢啊噢啊的驴叫声从风里传来，只能听见叫声，却看不见驴的影子，应该是在哪一条沟里。

他沿着西山脚下的一片荒地走着，一股很硬的风忽然从旁边扑上来，感觉已伸出了手，是要剥削他身上的衣服和别的的一些东西。耗子把扣子扣紧，又把裤带重新打了一个结。帽子却没办法了，怕被风抢走，不敢再戴在头上，只好拿在手里，用力捏紧。他早就感觉到了，帽子最危险了，戴在头上，却并不觉得有多牢固，要是不去管，第一个被刮走的肯定是它。

风一会儿拦在他的面前，让他连腿都很难迈开，像是在和他要钱，要东西；一会儿却又从后面推着他往前走，好像又啥也不要了，只和他要。从后面推他的时候，耗子觉得很高兴。

到处都空荡荡静悄悄的，到处都没有人，就在那时候，耗子忽然觉得自己听见了山的声音。耗子早就发现，山是有声音的，和别的声音都不一样。耗子抬头看看西山，觉得山顶上的最高处离天好像已经不远了，似乎伸出手去就能摸到。天是什么样的呢？一定和石头差不多，摸上去硬硬的，凉凉的。不，硬是硬，应该比石头光溜多了。不，也不一定就真的硬，说不定和绸缎一样又柔又软呢，一看那样子就像，人要是把手放上去，手很快就又会滑下来。

一条又一条的沟谷，横七竖八地把地分成好多块，什么形状的都有，每一块地上都长着一些庄稼，有的很高很密，有的稀稀拉拉，一看就知道将来也打不了多少粮食。沟里有树，不过大多数都是一些奇形怪状长不成材的，只有个别的才能把树头伸到沟沿上面来。

这些山区的旱地上多年来总是种着黍子谷子，黑豆和莜麦，种别的都不行，只能种那些。下雨的时候，一点点水也存不住，从后背一样的地里流下来，然后就都顺着那些沟流走了。

庄稼熟了以后，开始收割的那些天，这上面每天都会点起一堆一堆的火，到处都冒着滚滚的白烟，人们在烧山药，烤豆子，烤萝卜，听见包裹着豆子的豆荚在烟火里啪啪地响着，香气飘散得到处都是。但是，所有这些，耗子都是听别人说的，也有的时候是他远远地看见过，却从来也没有到过跟前，更没有吃过那些火里烤出来的任何东西。听见别人说很香，就使劲地想，一遍又一遍地想，把自己吃过的所有很香的东西都想一遍，然后再在心里加以比较、归类，把感觉差不多的放到一堆里。别的先不敢说，至少觉得豆子还有点把握，觉得豆子在火堆里烧出来应该和家里炒出来的味道差不多吧，问那些吃过的孩子，没想到他们却说根本不一样，那哪能一样了！家里锅里炒出来的，和梁上火堆里烧出来的，那完全就是两种味道，两种东西，根本就是两回事。听到他们这样说，耗子就有些蒙了，他实在是想不出来火堆里烧出来的豆子到底是一种怎样的味道，怎么就会和锅里炒出来的不一样呢，怎么就会是他们说的两回事呢。其实关于这件事，耗子也一直都半信半疑，因为他们也有可能是在哄骗他，捉弄他，又不是没哄骗过捉弄过，他们经常这样做，这种事也并不稀罕呢。

站在风里，耗子觉得自己闻到了一种带着铁锈味的铁锹的味道和烧火的味道。

后来，走着走着，耗子就看见梁上的那个多年的坟墓了，那坟墓就在一块荞麦地的旁边，作为一个坟头的土堆已经不很高了，正在变得越来越平坦，上面长满了野草，还有一丛丛的野花开着，黄艳艳的金盏花，蓝色的喇叭花，当然还少不了又红又白的"鬼辣椒"。当年下葬时栽下的一棵树，如今已枝繁叶茂，十分巨大了，树冠四下伸出去，披散开，树下的几十步以内全是阴凉的地方。每年夏天，在山梁上锄地的人们总是从烈日炎炎下跑到这里乘凉，躲避火盆一样的日头。那时候，人们坐在一起，会有意无意地看到那块黑色的长方形的碑，有人会想起已经在这里长眠了很久的那个人。当然，也有人什么也没想，也压根没想起身边的土里还埋着个什么人，坐在坟地里的这棵黑压压的树下，就只是为了图个凉快。

耗子呆呆地望着那个坟，很难想象那里面竟然会有一个人，草长得那么旺盛，土又是那种从来没有被动过的原封的样子，就早已有人在里面了？不知不觉中，一只喜鹊出现在他的视线里。后来，喜鹊就站在了那块黑色的碑上，披着黑衣裳。耗子觉得，喜鹊也看见他了。

互相看了一会儿，又继续往前走。这后来，就远远地看见前面的路上走着一个女人。

耗子吓了一跳，因为忽然看见那女人穿着一双白鞋。

女人却走得很从容，似乎没有什么要紧的事情，一直不快不慢地走着。

耗子懂得，穿白鞋，证明她正在戴孝，说明她家里有人死了，而且不是她的爹妈就是她的男人，别的人不需要她穿白鞋。耗子在最初看见她的那双白鞋时，忽然觉得脸上变得紧绷绷的，有一种沙沙的冷森森的声音一轮一轮地从脸上过着，两条腿也有些软。又好像隐隐地听见空蒙蒙的山梁上，不知从什么地方传来一阵嘤嘤的女人的哭声，顿时就有些更害怕了。

那女人走在前面，从她那种走路的样子上看，似乎并没有发现后面有人，仍然还是那么不紧不慢地很从容地走着，也始终没有回过头来，即使是顺风的时候，也并没有走得更快。

耗子慢慢地磨磨蹭蹭地走在后面，不敢走得太快了，很怕一不小心和她走近了，甚至脸对脸地碰上，她要是再走得稍微慢一点，那完全有可能。从后影上看，耗子觉得她的年龄应该很大了，至少在三十多岁到四十多岁之间，是的，就在那个年龄中间。肯定还没有五六十岁，五六十岁的女人们走路不是那种样子的，不过也不是二十来岁的那种样子。耗子盯着那女人的背影，觉得她可能有一张煞白的脸，嘴里说不定还藏着獠牙和一条又长又红的舌头。

在这种地方，好像经常会有这样的女人出现，而她们只要一出现，就没有什么好事。耗子想起一个比自己大很多的叫小顺子的孩子，好些年前，好像也是在这样的一个地方，碰到了一个女人，那个女人虽然没有穿着白鞋，但是却挟着一捆簇新的白布，那女人在前，小顺子在后，跟着走了一会儿。那以后，就听说小顺子的魂丢了，家里人叫了两三个月，才又把小顺子的魂叫回来。叫是叫回来了，不过人已经变得很厉害了，呆呆的，木木的，走路也慢吞吞的，看见认得的人也不说话，只是笑一下，再也不是以前的那个爱说爱动的小顺子了。

突然想起小顺子，让耗子觉得更有些害怕了，他走得越来越慢。

一只黑手套般的乌鸦忽然"啊！"地叫了一声，从耗子的头顶上方越过，朝前面飞去了，是去追赶那个女人了。乌鸦飞得很低，耗子清楚地看见了它肚子下面的一片乱草般的短毛。

乌鸦的叫声把耗子又吓了一跳，他差一点朝旁边倒下。耗子没有想到会有乌鸦叫着从他的头顶上面飞过，觉得头皮上刮过凉飕飕的一阵风。他左右摇晃了一下，虽然没有跌倒，却弄响了几块石头，石头发出嘎啦嘎啦的响声，挤在一起笑着。耗子觉得前面的那个女人一定听见乌鸦的叫声和石头的响声了，但是却好像假装没听见，继续那么走着，还是没有回头。

耗子的脑子里那时候空得像一片原野，只有一些稀疏的树东一棵西一棵地长着，有的组成很小的一排，远远地站在天边。耗子不知道那个女人是谁，是从哪里来的，又要到哪里去，只是觉得她很奇怪。这样一想过后，就忘记了先前的害怕，忘了獠牙和白脸，很想上去看看。

耗子这样想着，加快了步子。当他跑起来的时候，已不记得自己在干啥。其实离得也没多远，不一会儿就赶上了那个女人。

在与那个女人擦身而过的时候，耗子很清楚地听见"砰！"的一声，是一种瓦盆碎裂时的声音，清脆中混合着一种沉闷。耗子对于那种声音不能说很熟悉，但至少不陌生，人死了以后，出殡时都要在棺材前面点燃一堆谷糠，然后再摔碎一个瓦盆。那种瓦盆多是红色的，也有灰的，由跪在地上的孝子高高地举过头顶，然后在一阵哭声中突然摔碎。很多年，耗子经常站在高高的院墙外，观看那种由哭声和丧衣白幡组成的烟熏火燎的可怖情景，害怕却又忍不住想看，每次听到那种"砰！"的一声和一片哭声时，都会吓得一激灵，虽然离得很远。

已经走到那个女人前面去了，耗子忽然站住，转过身。

耗子的意思很简单，就是想看看这个女人长得什么样，一直在他的前面那么不快不慢地走着，让他越来越觉得奇怪，他就是想看看她是一个怎样的女人，除此之外，耗子再没有任何别的想法，一切就是这样的简单。黑手套一样的乌鸦也飞远了，风忽然也小了一些。

一定是一个从来都没见过的女人。耗子这样想着，转过身以后，却不禁大吃一惊：

那个女人不见了。

四周一个人也没有。

当年没有站出来给呼殿明作证，是我比较后悔的一件事。

为啥没站出来？

还不是怕引火烧身么，个人好赖还在其次，就怕连累了孩子们，他们还有更长的路要走。

就把头缩回去了？

只能缩回去，不缩回去还能怎样。

我也好像没权利说你，笑话你，换了我，我可能也和你一样。

每一扇门都紧紧地关着，每一扇窗户上都贴着一张或几张脸，天地不仁，万物凝静。

杜林笔记

很多事情,往往还没有开始,就已经结束了。

严格地来说,事情的过程并没有发生或展开,那也能算是一件事情么?就像一个人,压根就没来过这个世界,他也能算是一个人么?

可是,一切都有了,一切都具备了,就差一点点了,只要展开,就是一件事,只要露头,就是一个人,难道不算是一件事或一个人么?一幅画要是卷起来不打开,就不是一幅画么?一件事要是永远不展开不发生,就不是一件事么?

我糊涂了。谁能告诉我?没有人能告诉我。

炎炎夏日,冰雪寒冬,人们影子一样走过,做着众多看似实际却又足够抽象的事情。

我骑着车子,穿过两省之间的宽阔豁口,去仄愣公社找王保保喝酒。

快要喝醉的时候,王保保说,一幅画要是不打开,就不是一幅画,只是一卷布或一卷纸。

可是,就因为没打开,就真的不是一幅画么?

第九章

山羊·瘟鸡·六亲不认的云彩

表面看上去,每个村里都有一大群甚至两大群羊,实际那些羊并不是集体的,而是各家各户的,集体没有羊,都是由一家一户的羊组成的一大群,有的人家一只,有的两三只、三四只,由村里指定一个羊倌,统一领出去放牧,羊倌挣的工分也是村里记,和干其他活儿的一样,也是年底一并结算。一个羊倌一年挣多少工分,基本是死的,定好了的,不会随便变化,羊倌有时可以换,但羊倌挣的工分不变,无论谁放也就是那么多。

每天清晨,羊倌从自己的家里出来,身上背着水壶和中午要吃的干粮,拿着鞭子,先从就近的人家开始,站在家里有羊的每一户人家的门口,等着羊从圈里出来,跟着他走。然后再到下一家,就这么一路走,一路收罗,等到了村口,所有的羊就都来齐了,白晃晃的一大群,互相拥挤着,走动着,咩咩地叫唤着,羊倌叭地一甩鞭子,发令枪一样,羊群就开始向野地里出发,至于今天是上南山还是上东山,全由羊倌一个人说了算,有时头一天就想好了去哪,有时临时决定去哪,无论去哪,一走就都是一整天,要到天快黑的时候才回来。就像早上出发的时候一样,天黑时回来也是先在村口荡起一片尘雾,在河边喝完水,然后就开始进村了,路过谁家,谁的羊就脱离大部队,自己回去,所有的羊都认得自己的家。这样一路走,一路减少,等到所有的羊都回了它们各自的家，羊倌身边一只羊也不剩的时候，羊倌自己就也回家了，他这一天的任务也就结束和完成了。

当然也有个别路过家门口不回家自己乱跑的，更有的羊，就像人里面的某种人一样，不回自己的家，跟着别的羊到了别的人家，那就得家人自己出来找了。在别人家的院里甚至羊圈里找到以后，回来的路上，主人就会边走边骂它贱货，它也真的知道犯了错误一样，不出声，一路上低着头，羞愧地走。羊是这样，鸡也有那种鸡，有了蛋，不在自己家的窝里下，却非要跑到别人家的窝里去下，真不知道它是咋想的。五灯记得，狗子他们家有一只鸡，原来就经常去别人家鸡窝里下蛋，到处丢蛋，他们都骂它是卖国贼，吃里爬外的东西，看见它兴冲冲地或者若有所思地从外面回来，他们家人就说，卖国贼回来了。后来有一天，又是在外面下了蛋回来，终于被狗子他爹一棒打死了。

每天早上站在人家门外等着各家的羊出来的那种羊倌，一定都是放羊时间不长的，真正放了好多年羊的老羊倌，从来不在任何人家的门外停留，自己慢慢地走，根本不管有没有羊，等到了村口，所有的羊都齐刷刷地跟上来了。那种老羊倌，大多会带一个徒弟，俗称打绊的，多是那种没上过学或者小学以后就不再念了的孩子，家境大多很不好，有的直接就是孤儿。

是礼拜天，后半晌，五灯用一根绳子牵着家里的一头山羊去一个土坪下面放，那一带有很多的灌木丛和荒草，只是让五灯没想到的是，在那里，他意外地看见了他们的语文老师。

家里的这头山羊是奶羊，按理也应该和别的那些羊一样跟着羊群一起出去放，可是最近人们都传说放羊的连富天天偷喝别人家的羊奶，把羊群赶到野外以后，让它们吃一会儿草，然后便抱住一只奶羊，直接把奶喝光。晚上大队人马的羊群回来，那些产奶的山羊们也跟着一起回来，看上去吃的倒是都很饱，可是只要一挤奶，便发现已经没有什么奶了。奶呢，哪去了？人们东想西想，慢慢地便都把怀疑的目光集中到了羊倌连富的身上。手臂弯曲的连富，完全有可能做出那种事来呢。一个人，一群羊，远离村庄，远离所有人的视线，在外面天高皇帝远，不是在山上，就是在某一条深沟里，要不就在那些没有路的荒野上，有太多的时间和机会，无论做什么都有可能呢，无论做什么也都很难有人发现。一个人，一群羊，羊倌就是皇帝呢，谁能管得了他，领着一群比小孩子们还傻的羊，都没有任何心眼，只有他有，那还不是尽由着他来，他想干什么就干什么？所以，不知从什么时候开始，已经有人不让自己家的奶羊跟着大群的羊出群了，五灯的爹富贵听说这事后，也就不让自己家的奶羊跟着出去了。平时就拴在院子里，谁有空了，就领出去放一放，吃点草，然后再牵回来。富贵说，名义上是咱们养了一只奶羊，实际却是等于给他养的，这闹得倒不赖。

放羊的连富，外号叫"副连长"，看见谁家的奶羊不再出群，单独拴在家里，单独喂养，便恨恨的，有时还会对那些人家说一些冷嘲热讽的话。

他一表现得恨恨的样子，一副酸溜溜的样子，人们就更加相信此前关于他的那些传说，很可能并不是传说，而是实有其事，不然，他为什么会显得那么恨恨的，那么的不高兴？羊群里少一只羊，他不是更省劲更可以少操一份心么，按说是好事呢，可见其中大有缘故。

把奶羊单独留在家里，不再跟着出群，就又有人担心连富会做出报复的事来，都知道连富那个人不光心眼小，心还有点儿歹，曾经因为羊不听话，一鞭杆打断一只羊的一条后腿，白森森的骨头从中间断开，只剩下外面的一层羊皮还连缀着，谁看了都龇牙，觉得太狠了。一只手虽然有毛病，可是手劲却大得很，真要正经掐搏起来，一般手没毛病的人也未必是他的对手。某一天，他领着羊群回来，路过你家，告诉你说你家的羊丢了，你能把他咋样，咋也不咋，最多双方叫唤几句，也就完了，过去了。你还能指望他赔你，没那规矩也没那习惯。

把山羊牵到一片草地上去吃草，五灯便走到一大丛酸刺后面看着语文老师。语文老师当时正站在一个长满了荒草的土崖前大声地朗诵什么，他的神情显得十分激昂而近于疯狂，头发乱七八糟，一只铁青色的手举起来又垂下去，挥来挥去，在召唤什么，又在和什么告别。

阳光稀薄。

稀薄的阳光让五灯想起人们饭碗里的那种半透明的米汤，每个人都能从其中看到自己泥坯般的脸和弯曲而粗糙的倒影。有一次，他竟然看见了山区的影子和一条不知通往哪里的路。

五灯看见语文老师将额前的一部分乱纷纷的头发不断地很有意地向两边甩来甩去，之后，又把两只手叉在腰间，仔细地观看自己投在土崖上的影子以及他那些乱纷纷的头发甩动时的样子和走向。语文老师是在表演什么，五灯现在才发现语文老师原来也很会演戏，平时可是一点儿也看不出来呢，瘦的像个难看的鸡一样，不管站在哪里，都没有人会多看一眼。

不久以后，五灯就看见语文老师结束了诉说，也不再甩动头发，而开始一遍一遍地搬石头，搬得十分认真吃力。语文老师把远处的一些石头一块一块地搬过来，又把眼前的另一些石头分别搬走。在那个来来往往的反复搬运的过程中，语文老师的嘴里始终都在叽里咕噜嘟嘟囔囔地说着一些十分难懂十分模糊不清的话，五灯一句也没有听清楚，似乎根本就听不明白。语文老师下身的那条肥大的蓝棉裤，说是一大坨稀松的年糕也行，在他的那两条干瘦的腿上晃来晃去，显得沉重而又空荡。蓝棉裤上补着好几块补丁，有正方形的，也有长方形的，甚至还有一小块三角形的，补丁的颜色也都不一样，不过能看出来，当初补补丁的时候，也是很费了一番心思的，也是尽量想找颜色一样的布，或者至少也是颜色比较近似的，那样补出来，才会稍微显得好看一些。五灯的妈给五灯他们兄弟以及他们的爹补补丁的时候，一般就是那么做的，看来所有补补丁的人的心思都是一样的，不会差了很多。但是语文老师的那条棉裤，看上去分外的沉重，感觉总是在不断地下坠，甚至让人担心会扑通一声完全掉下来。所以语文老师搬运石头时，总是会不时地腾出一只手提一提裤子。

　　眼前的情景总好像在哪里见过……啊，五灯忽然想起来了，平时上课的时候，语文老师就是这样的，常常总是一手拿着书，另一只手要么在黑板上写字，要么就伸到衣襟下面去，掏啊掏，不熟悉他的人，不了解情况的，根本不知道他在干什么。只有看得多了，习惯了，才知道他并不是要掏东西出来，而是装着无意地使劲往上提一提他那不争气的裤子。

　　不过，在课堂上的时候，他可没有这么明目张胆，要想提裤子，一般情况下也总是趁大家低着头写字的时候，才悄悄地往上提一提。当大家都齐刷刷地看着他的时候，他很少把手伸到衣襟下面去提裤子，因为那时候他的手里不是拿着粉笔就是拿着书。除了那些原因，还有那么多双眼睛都在看着他，一个人，再不顾及别的，最后的一点脸面还是不能不要的。

　　看了半天，五灯也还是没看出语文老师在干什么，要干什么，他只是一下便感到语文老师这个人原来很复杂，心里埋藏着许多别人都根本不知道的东西，并不像他们平时看到的那样。五灯觉得，有一种秘密的黑暗的却又好像无论对谁都不能说的东西长期地占领着他，日夜折磨着他，将要带领着他进入到某种足够奇怪也许还足够绚丽的世界里去。或者，又并不是带领着他，而是远远地敞开门，也或者只是留出一道缝，让他本人一步步地靠近，走进去。

五灯在酸刺丛后面看了很久。

他也不敢随便出去，更不敢直接过去，甚至连正常的咳嗽也不敢咳出来，每次嗓子里痒痒的时候，都被他使劲地压住，忍了又忍，就怕惊动了他。看语文老师的那种样子，完全是谁也不认得呢。五灯隐隐地觉得，自己要是忽然大呼小叫地过去了，说不定就等于是撞破了语文老师的一个秘密呢，说不定还会记他一辈子呢。过去干什么，让他吃惊或者恼怒，不好意思？说心里话，五灯也并不想知道他什么，只是没想到在这个地方碰上了他，要是早知道他在这里，五灯一定不会来的，能让羊吃草的地方多得是，越远的地方越有好草，要不是他不想往太远的地方走，根本碰不上。这么半天工夫，五灯几乎把出来放羊的事情全忘了，脑子里空空的，白白的，真的什么也没有了，却又全是语文老师的那些乱七八糟的东西在里面堆着，排列着，有的布景一样挂着，还有的零零碎碎，丁零咣啷地响着，一片一片地飞舞着。

就是呢，要不是他懒了一下，没往远处去，哪能碰上呢。后来，五灯忽然想起了他的羊，他把它从家里领出来，这么半天完全没顾上它，也没有看见过它，把它全忘了。他回过头，看见有一束白光，正在不远处的草地上慢慢地移动着，他放心了，羊还在，并没有自己跑了。

而土崖下面，语文老师也终于搬累了，放下最后一块石头，走了，一个疲倦而又孤独的背影，脸朝西，走在回去的路上。五灯看见他的身上全是土，一看就是刚刚才结束了一场殊死的搏斗。很多人打完架以后，不管输赢，离去的时候，就是那种样子的。

看着语文老师渐渐远去的背影，又一幅昏暗黑漆的情景浮现在五灯的眼前：没有月亮，连星星也没有，漆黑黑的夜色里，传来语文老师的悲愤、恐惧而又艰难无奈的呻吟，他们听着，觉得那声音有时像蚊子叫唤，有时又像牛咳嗽。那时候他们就在离他不远的一道坝上坐着，望着第二机修车间里的灯光，语文老师大概也早就知道他们在坝上坐着，只是一开始并没有打算让他们看见他，不到万不得已他大约是不会让他们发现他的。后来，忽然有了麻烦，啥也顾不得了，他才不得不开口，他们听见语文老师说，快来帮帮我，铁丝网把我钩住了。

大家一惊，跑过去一看，见语文老师穿着破棉袄，脸上乌黑得几乎认不出来，既像一个要饭的，又像才从矿井下上来的，背后背着一篓子炭，整个人匍匐在铁丝网下面，出出不来，退又退不回去，原因果然正是铁丝网把他钩住了。大家检查了一下后，发现他的那件破棉袄才是麻烦的根源，铁丝网上的编成蒺藜样子的铁丝正是钩住了他身上的那些乱纷纷的地方，才导致他被困在原地，动弹不得。五灯他们说，老师别怕，我们救你，我们就是来救你的。

语文老师乌黑的脸露出一丝凄楚的笑容。到底是老师，又是教语文的，想到东西就很多，很远，人还没被解救出来，还在铁丝网下趴着，就嘱咐他们几个说，回去后和谁也不要说。

大家一起在黑暗中点头，发誓坚决不说，永远也不会说出去的。

接着就想办法把坚硬又扎手的铁丝蒺藜从语文老师的破棉袄里拽出来，棉絮和破布与铁丝蒺藜紧紧地缠绕在一起，这就是他被困住的主要原因。语文老师看大家想下手又不敢下手，左右为难，不得要领的样子，就对大家说，舍不得孩子套不住狼，不要怕扯了棉袄，该扯就扯，该撕就撕，反正本来也是件烂货。有了他这话做保证，大家不再畏手畏脚，开始用力撕扯、拉拽，幸亏狗子掏出了从家里出来前装到裤兜里的一把老虎钳子，剪断一根最难缠的铁丝。这以后，铁丝网终于和语文老师没有关系了，大家帮语文老师过渡到铁丝网的这边，又把语文老师从漆黑的地上扶起来，替他把滚出来的炭重新装回到篓子里，黑黢黢的夜色里，大家看着老师渐渐走远。

  一种灰绿色的风，半透明，有布的样子，在山区南面和东南方向存在着，悬挂着，远远地望去，感觉悬挂的并不很牢固，虚虚的，松松垮垮的，所有的边角都没有系紧。五灯看着，不禁有些担心地想道，这时候要是忽然再来上一阵别的颜色的风，那种能把人刮得团团打转的大风，那种黄呢子一样的大风，就凭它们那种又薄又轻的材料，就凭它们那松松散散的样子，一准就被呼的一下刮没了，恐怕连喊都来不及喊一声呢，就会飘舞着离开这个山区。

  这以后，他也领着羊回家，绳子的一头绕在手上，果然看见还有人牵着奶羊在远处走。走在路上，五灯一直都朝天上看着，想象中的那种厚重的大风并没有到来，天反而蓝得厉害。

  走到穿心店的时候，忽然发现头顶上的天变得又圆又小，他感到天空是一只青蓝色的碗。

  第二天也没有刮风，天气晴朗，太阳黄艳艳的。

语文老师不见了，一上午也没来上课，大家找了半天，找了好些地方，教室里，办公室，外表如草棚一样的厕所里，甚至学校后面的那片树林子里，以及树林子下面的沟里，都找遍了，就是没有他的一点点踪影。与此同时，大家也都发现，到处找人要比上课有意思得多。

李永贵提供了一个消息，说有人亲眼看见了，一早上的时候，满天霞光，地里的露水还亮晶晶的时候，语文老师化装成一个女人的样子，围着头巾，骑着一头毛驴朝南面走了。

校长说，纯粹是胡说，这是无论如何都不可能的事。大家不妨想想看，他为啥要那样，要去蒙谁，没有道理嘛，我首先不信。他真要是成了那个德行，那成了啥？谁能告诉我，他把自己弄成那个样子，到底是要干啥？你们要是能说出个道理来，我就服了你们，信了你们。

几只鸡在学校院子里到处乱走，有时候和老师们并排着慢慢地走，感觉也人一样在散步，像是别的学校的领导或老师前来参观，由这边的老师们陪同着在学校里到处转一转，看一看。人们说话的时候，它们就在旁边站着，有的还瞪着圆圆的眼睛，完全就是在听人说话。有人发现了，说这是哪来的鸡，谁家的，不是要成精吧，就用脚去踢，却没想到它们也并不害怕，只是稍微躲闪一下，很有一种见过世面的不慌不乱的从容样子，或许还有一种微微皱眉的厌烦。也有人就说，不要管它们，怀疑怕是耗子他们家的，担心一会银焕又从下面扔石头上来。

校长打发人去语文老师的家里找，校长怀疑他在家里，哪儿也没去，说不定又让一些什么鸡毛蒜皮的乱七八糟的事情给绊住了，那一点儿也不稀罕，经常会有那种事呢。不是房子漏了，就是女人病了，要不就是鸡死了，或者第二个小子用削铅笔的小刀去煤矿上割电线，被保卫科逮住了。有一回甚至是他本人，刚要出门，脚下忽然扎进去一根二寸多长的钉子。

也有人猜测他很有可能又驮炭去了。语文老师平日里每到天黑以后，便背着一个很大的筐子去山区北边的煤矿上去背炭，说是驮，或者背，其实说偷更为恰当。驮，或者背，只是他自己的说法，哪有那么多不要钱的炭让他去驮，让他去背，世上哪有那么便宜的事情？只能是看准机会，老鼠一样地去偷，去钻空子攫取。一年下来，他们家烧火，做饭，根本不需要花钱。他们的窗户外面经常堆着炭，有时候节省一点烧，还能匀出一部分，卖几块钱。隔几个月，便会有陌生的小毛驴车在黑暗中从他的窗前或者门外被他悄悄地送走，在他的关注而又惬意的视线里神不知鬼不觉地远去，消失。那即是买家，那种从来都总是发生在黑暗中的交易也只有他本人最清楚，对于语文老师来说，一天二十四个小时，他最喜欢的时间段就是夜深人静以后一直到天亮前的那一段时间，尤其是以半夜以后到五更时分最佳。

很快就有人反对，说他喜欢的是半夜，是夜深人静以后，而此刻正是半前晌，光天化日之下，他怎么敢去偷炭，一来不敢，即使敢也没有机会；二来他不可能那么傻，为了一筐炭，真的不要脸了么？就算先把脸放到一边不管，可是还有一个公职的问题呢。要是被抓住了，事情彻底公开了，不仅脸没地方放，很可能真正的麻烦也来了，所以他不可能去干那种事。

校长也说，我就是想到了这一层，所以也才觉得他不可能去，尤其是大白天的时候。一窝孩子，就他一个挣钱的，他再没边，也不能这么没边。那货，我平时也常警告他呢，我对他说，小心点，你这个狗日的，小心让人家把你抓住，打断你的狗腿。

校长抽着半支烟，嘴里发出一种嗖嗖的声音。有时候为了说话，烟拿在手里，说不了几句话，烟就灭了，猛吸几口，看看还是不着，一副冰锅冷灶的样子，只好掏出火柴重新点着。

校长接着说，你们猜猜他是咋说的？一开始是不说话，不吭气，只是鬼头鬼脑地笑着，后来竟然说出这种话：打断就打断去吧，彻底打断了，也就算他妈的了。你们听听，这种人，明显的就是不负责任，想推脱责任么？我对他说，想得倒美！你的腿断了，你家里的女人和孩子咋办，想让谁替你养活？这种事你想也别想，门儿也没有！没人替你收揽你那一摊子。

校长说，打蛇要打七寸，对付他这种人，你也得找他的七寸，说别的都不顶事。人，谁都有各自的七寸，他当然也有，别人都有，凭啥他就没有，他当然也有。看见我说到他的根子上了，说到他的七寸上了，就只好愁眉苦脸地对我说，唉，这一辈子，你算是吃定了我了。

校长对大家说，不是我吃定了他，是我太清楚他了，一起共事这么多年，他是个啥人我不知道？我吃他做啥，他又有啥好吃的，难道他是一只肥嘟嘟的鸡？真要是一只鸡，他也是那种马瘦毛长的瘦鸡，干鸡，山雀儿一样，浑身上下二两肉也没有，我还怕磕了我的牙呢。

听见校长这样说，大家纷纷点头，表示认同，说校长的眼光真是足够毒辣呢，一下就穿过表面现象，看到了事情的本质。说别人不敢说，就他来说，绝对是一只没有味道的甚至能寡死人的干鸡，一点儿错也没有，除了不好吃，更重要的是不能吃，让人难以下咽呢。

接着校长的话茬，顺着校长的竿子，从干鸡，瘦鸡，浑身上下没有肉，没有油水，大家又纷纷联想，想到人世间许多没用的东西。又从没用的想到一些有害的，比如瘟鸡，瘟猪，死鸡，语文老师在大家的谈话中瞬间就摇身一变成为一只瘟鸡，这种鸡，不仅自身有问题，危害极大，更可怕更麻烦的是还会传染别人，让别人也迅速变瘟。甚至还有人说他是一块茅坑里的石头，你上去踢他一脚试试看，他没事，什么事也没有，受伤流血的一定是你的脚。

人们议论了一会儿以后，就都散了，各干各的去了。

校长也走了，没有人知道他去干什么，也没有人问。平时也是，校长去哪儿，从来没人问，那还用问么，肯定是有更重要的事情在等着他。再说，领导的事，有什么好问的，关你何事。天气其实并不算太冷，但是校长好像显得很冷，把棉帽子的两个帽耳都放了下来，两只手抄进袖筒里，还拿着一个女人们出门才用的花布兜，因为抄着手，那个花布兜就挂在两个手臂的中间，挂在厚厚的棉袄袖子的外面，随着他的行走，在他的前面一悠一悠地晃荡着。

一个扛着口袋的人，迎面过来，与校长打招呼，校长竟被当面突然惊着了一样，就站在原地，半闭着眼，嘴张着，又摇头又点头，不停不歇地一口气打了十几个喷嚏。那一连串的喷嚏，每一声还都极其响亮，极其幽怨和沉重，感觉都发自肺腑，每一声都好像在控诉或倾述什么，又似在对着天地连声发问，连对面的山上都有了啊……嚏……啊……嚏的回音。

校长打完以后，有些头晕眼花。扛口袋的人对他说，我给你数着呢，一共二十三下。

黄色的太阳在天空里慢慢地走着。

有风，有一块一块的棉絮般的云彩，黄澄澄的地上还有各种东西和人的影子，人的影子都差不多，甚至都看不出男女，房檐和山墙的影子却要比真实的房檐和山墙更加精致，笔直。

后来，先前那些棉絮般的云彩忽然分裂，不再是一张一张的，一块一块的了，变得丝丝缕缕，风撕碎了它们，也可能是它们自己把自己撕碎的，有的变成绳子，还有的很快没了踪影。

一堵黄澄澄的土墙下面，有两个人就因为这件事忽然吵了起来，一个说是被风撕碎的，另一个则坚持认为是云彩自己走散了的，谁也说服不了谁。后来竟然越吵越厉害了，双方都破口大骂，互相操祖宗，也不再因为云彩争吵，而是各自都翻出了一些陈年旧账。某年某月某日，你们的一个孩子，伙同另外两个，上了我们的房顶，一口气踩碎了十几片瓦。另一个则清楚地记得，就在一年前，两家的女人曾经当着很多人的面，在街上互相撕扯，披头散发，把人世间最难听的字眼儿都悉数送给对方，尖利的咒骂声让整条街都为之色变，整条街都在颤抖、跳动，鸡飞狗叫，雾气腾腾……而事情的起因则只是由于其中的一个女人穿了一条很瘦的裤子，让她的两条一贯都很平常，从不引人注目的腿忽然变得很好看，甚至十分的引人注目，引起另一个女人的沉思、不满和仇视，两个女人之间的架就那样打了起来。那种事从来都是那样，可是你要问那个女人为什么要仇恨别人，她永远也不会承认，相反却只会表现出十足的不屑和鄙夷，心里明明装满了火焰一样的嫉妒和仇恨，却就是不承认。

两个人一开始本来都是坐着的，骂着骂着，忽然都站起身打了起来。一个弯着腰，一头被惹怒了的牛一样，头往前伸，一路撞过去，一头把对方撞翻。另一个捂着胸前，好半天没有爬起来。后来不知从哪里摸到一块石头，嗖的一下扔了出去，先前那个牛一样的人顿时脸上就开了花，不是一朵一朵的花，而是一根一根，一条一条的红道道，从额前出发，经过了眼眶和鼻子，最后在下巴那里消失不见了。没有流往任何地方，忽然就再也看不见了。

很久以后才发现，那些沥沥拉拉的东西，那些鲜红的血，原来并没有停住或临时去了哪里，其实哪儿也没去，而是从下巴那里起跳，越过脖颈，咚咚地跳跃着都到了胸前的衣服上。

有一个肩上搭着一条毛口袋的人停下来，看了一会儿他们打架，然后就走了。

有马车从不远处的路上经过，赶车的人坐在车辕前，一边慢慢地晃动着手里的鞭子，一边如同看戏一样观看着这边的情景，看着看着，竟咧开那张豁了两个门牙的嘴笑了起来。

他们呼哧呼哧地打着，在纷纷扬扬的尘土里不断地倒下，又很快站起来，有时候完全看不见具体的动作，只能听见咚咚的响声，或者一阵嗵嗵的闷响。旁边有人一边看一边挥舞着手，慢慢地扑打、驱赶着荡漾在脸前的尘土，人们在稀薄的面粉一样的尘土里站着，走着。后来有一个人背着手走过来，是那两个打架的人其中一个人的堂叔，到了俩人跟前，忽然从背后拿出一把刀，递给他的侄儿，让他把对方砍倒。侄儿拿过来，看见是一把锈得很厉害的刀，上面黑一片红一片，满是日积月累的经年旧迹，不禁也吃了一惊，两只先前还恼怒黑紫的青筋嘣嘣乱跳的手，僵直了一会儿后，慢慢地也耷拉了下去，打架的事也就这样完了。回去的路上，堂叔问因为啥就打起来了，滚了一身土的侄儿回答说，一开始是因为云彩。堂叔听了，立刻就被噎住了，有东西堵住了嗓子，两个眼睛瞪得溜圆，好半天没有说出话来。

走了几步，又说，后来就和云彩没关系了。

过了好一会儿以后，或是把那个噎在嗓子里的东西差不多已经咽下去了，堂叔才说，行，你行！我看出来了，你比你的所有的那些长辈们都行！我看咱们得倒过来，我应该叫你叔叔。

灰头土脸的侄儿说，看您这老汉，说的这叫啥话！

太阳弯着腰，黄艳艳地从人们的门前和河边走过。

兽医叫人扒下语文老师的裤子，给语文老师打了一针，语文老师就悄悄地睡着了。

语文老师忽然腹痛难忍地又流出很多黄色的汗的那个上午，兽医正好打这一带路过，因为和校长很熟，就想着顺便来学校串个门，却没想到赶得早不如赶得巧，正好碰上语文老师生病，语文老师兽医也是熟悉的，所以兽医在经过一番短暂及时的判断和考虑之后，决定给语文老师打一针。多年来兽医一直都有一个好习惯，即无论去哪儿，针管和药瓶总是随时带着，就揣在裤兜里，就怕遇到突发情况。今天这不就正好又碰上了嘛，这样的情况也经常有。校长也同意兽医的看法，马上给他打一针，打一针总比不打好，事发突然，眼前就有一个医生，虽说是一个兽医，可是兽医也是医生呀，兽医难道就不算医生了么？当然是。放着眼前的医生不用，非要绕开人家，舍近求远地去找别的医生，万一把人耽搁了呢，那谁能负得起责，谁敢负那个责？再说，别的医生就一定比兽医好，比兽医有办法么？校长不那么看，要知道兽医也是一个见多识广身经百战的人呢，比起十里地以外的公社卫生院那几个货，兽医这一生见过的疑难杂症，经手过的古怪病例，只多不少。作为多年的相交，兽医曾经也给校长打过一针，所以对于兽医的医术，校长充分相信。

兽医的那根平常对付骡马猪羊的针管是比一般的针管粗了些，也长了不少，不过重要的是药，并不是针管针头之类的东西，不是么？不管针管还是针头，只不过是个工具，只要药量正好，不过量，那就应该和正常打针一样，针头粗点儿就粗点儿，何况他又不是婴儿。

校长用鼓励的眼神看着兽医说，没事，放心地打吧，他也老皮糙肉的，扎不坏他。

这以后，就在校长的办公室，在贾富老师的协助下，校长和贾富老师两个人共同扒下语文老师的裤子，又把他按在炕沿上。校长和贾富老师又各自腾出一只手，分别负责阻挡语文老师的背心下滑和裤腰上卷，兽医举着针管走过来，猛地一下扎进去，然后慢慢地推送着。

这以后，就在校长办公室的那盘小炕上，语文老师安安静静地睡着了，再没有闹腾过。

很多学生挤在门口看，先是四五个，知道兽医正在里面给语文老师打针，就通过一道窄窄的门缝往里瞄，也不敢硬挤，怕把门撞开。后来门外围着的就越来越多，都想往前挤，都想看见，终于把门挤得啪的一声敞开，最前面的倪俊还被众人推搡着簇拥着挤进屋里，脸朝下跌倒，趴在校长办公室地上，屋里的几个人吃了一惊。校长低头看了他一眼，没理他。

校长出来把大家轰走，说，啥也要看，这有啥好看的！要不给你们一人也来一针？来来来，排好队，不要挤，一个一个地来。听见校长这么说，众人嗷的一声，一哄而散。

张文武那个人你也见过，平时笑眯眯的，很温和，是不是，所以做事的方式也很温和，完全说不上是暴烈或酷烈，不打不骂，还给你饭吃，给你水喝，冷不丁的碗里还会出现两片肉，是肉唉，两片肉！你自己家里又能吃上啥。啥都好，就是有一点，你别睡着，一看见你闭上眼了，马上把你弄醒，郭小牛用手或者高粱杆把你拨弄醒，睁着眼睛就行了，别睡着就行。哎，醒醒，醒一醒，该吃饭了，看看今天的饭里有啥——不管有啥，我都不想吃了，我就想睡一会儿，求求你,让我睡三分钟,就三分钟。三分钟?你要是觉得三分钟太长,那就一分钟,一分钟,保证只睡一分钟!尽说没的,这么大好的时光,你想睡觉,你对得起谁。

月亮出来了,月亮又回去了。

晚上又有两片肉出现,你就在想,今天是个啥日子,难道是个节日?十有八九是个节日,只是不知道到底是个啥节日。

杜林笔记

我对王保保说,四百多年前,大致也就在这个地方,有一个和你同名同姓的人。

王保保说,我爹也真有意思,人家早就叫过的名字,他又拿出来让我叫。

我说,你爹肯定不知道这事。不过人家可比你厉害多了,洪武皇帝临死前还在念叨他。

第十章

民间的杏黄色胚芽

天气里像是掺进了酱色,有一天,就在那种暗黄又偏黑的暮色里,她看见附近的几个女人站在一处老朽得快要趴到地上的房子前议论着什么,她们喊喊喳喳地说着,每个人看上去都显得既神秘却又不无随意,更多的窃窃随着她们的声音一起融化、飘散。那处让人感觉即将就要倒塌的房子,它的屋顶和屋檐,在暗黄的暮色里,是一种混合着风化多年的黑色和白色,叫人想起一种很大的鸟死了以后翅膀的那种颜色和样子,看上去很硬,实际却早已酥松,僵死,表面上还是个东西,在那里低着头佝偻着,无声无息地蹲着,支棱着,存在着,等着,而实际却早已经酥成了粉末。房子熬到了这份上,就像一个人活到了再也动不了的时候,如果说它还在等什么,应该是什么也不等了,就等着最后那一声轰隆了。还有的时候,那最后的一下,甚至都不一定就是一声轰隆,完全有可能只是嘘的一下,更或者嘘的一声也没有。

她记得,很清楚地记得,爹死的那时候,她满以为他一定会十分难受地大叫一声甚至几声,却没想到完全没有,别说大叫了,连一声小叫也没有,就在那里躺着,躺着躺着就没有任何动静了。再一看,才发现不知什么时候早就完了,早就过去了,任凭他们叫死,任凭他们七手八脚地全都上去,他也不再有哪怕是一点点反应。把眼睛扒开,扒开就扒开,那是你们的事,他不管了,和他本人不再有任何一点关系,无论扒开还是再合上,他都不再有反应。

几个女人如同在水里揉搓衣服一样喊喊喳喳地说着,后来她也走过去,却只听到后半段,听见说腿盘着,坐在地上,头和脸都在云彩里,没有人能看得到,半截小腿,一个公社的人都坐上去也坐不满,倒显得寥寥落落,没几个人似的。"东方红55"开到它脚上的大拇趾的下面,立刻就显得像一个送饭虫一样了,那种在地上爬行的红小豆一样的送饭虫,开拖拉机的那个人甚至小得都认不出是谁。但是有人知道,说开拖拉机的是北边寥家洼的一个叫张勇的人,从拖拉机上下来,想给拖拉机加点水,却一下没站稳,转眼就像一颗沙子一样不见了,不知跌到哪个缝儿里去了。张勇咋一下变得那么小,其实他并没变小,是被比小的,被衬托小的,要是没有那种衬托,还是原来那个后生。不管咋说,一个确凿的事实是,寥家洼开拖拉机的张勇是真的不见了,家里撒开人到处找他,找了好几天了,还是哪儿也没有他的踪影。

接着她们又说起一种杏黄色的布,原来不稀罕,任何时候都能买到,也没多少人买,可是最近以来,哪儿也没有,去一个地方,问有那种黄布没有,一定没有,都卖完了,原因就是周围很多地方的人们都在用那种黄布做衣裳,做了穿到里面,就能辟邪了。邪是从哪儿来的,没有人知道,但是也没有人敢不信,敢无动于衷。说成年人穿不穿还在其次,穿了更好,这一回最主要的是所有十二岁以下的孩子,好像就是冲他们来的,他们不仅身体没有长成,五行魂魄都还不全,谁不穿也行,他们却不能不穿,必须得穿,身上没有那么一点儿杏黄色的东西护着,遮挡着,谁知道会发生什么,谁也不敢拿自己的孩子冒那个险,做那个试验,你敢么,那你就试试。为啥不是别的颜色,一定要是杏黄色,却又没有几个人懂得,只是隐隐地觉得可能只有那种颜色能够辟邪,印象中的各种符也正是那个颜色,想必其中自有道理。

谁也不知道这股风最早是从哪儿刮起来、传过来的,只知道越传越厉害,家里消息灵通,眼疾手快,抢先一步买到了黄布的,看着自己的孩子甚至一家大小都有了黄布护身,顿觉轻松踏实了不少,心安了,眼前也不再扑通扑通地乱跳了。心要是安定不下来,无论做什么也做不好,走路跌跤,夜里听见怪声,还有不知什么女人的嘤嘤咽咽的哭声,一会儿听得是在墙里,第二天又到了房后,去地里干活儿,明显觉得又跟到了地头边,恶鹊凶狠地俯冲下来,镰刀莫名地砍到腿上,乌鸦秃鸥在门外嚎叫,正常地去锄个地,好好的锄把会突然断了。人多的时候,红旗招展的时候,没有那种不祥的感觉,尤其一个人的时候,一个人在自己的自留地里的时候,会明显觉得周围还有别的狰狞的东西……所有这些惊惊乍乍的乱七八糟的东西,就算都是一些表面的可以装作不在意的单方面想销毁忘掉的甚至不承认已经发生过的小事情,谁知道后头还会有啥,最怕最担心的就是后面,完全不知道会有什么样的事情在等着你。

没买到黄布,看着自己的孩子,就感觉他是在阴森幽冥的地方一个人游荡,凶险弯着腰,时刻跟着,你能不给他出去想办法么,别人家的孩子都有东西护着,保卫着,而你呢,你们这是不想要你们那孩子了吧,是嫌家里的孩子太多了吧。

这五个女人,全都没有买到那种黄布,其中一个叫翠莲或是翠兰的女人尤其心焦烦躁,她的两个孩子,一个三岁,一个五岁,都还没有那种黄布做的衣裳。她说赵秉贵骂她,说她正经该操心的从来不想,每天就记住和一些女人们在一起叽叽嘎嘎,鬼谝六道。赵秉贵是她男人,前天走路摔到沟里,躺在炕上,赵秉贵就把好几件事情都联系到了一起，越想越不对。

没买到辟邪的黄布，几个女人都很着急，其实她们每个人都承受着压力，更担惊受怕，尤其怕孩子出事。名叫翠莲或翠兰的女人说，枯山那么大的商店，按道理应该有。但是旁边两三个女人几乎同时说她们都去过了，枯山也没有。其中一个还说，枯山当然没有，这还用想么，枯山那么热闹繁华的地方，每天人来人往，咋能还会有黄布卖不完，躺在那里等你。枯山别的啥布也有，问题是别的都不顶用。她们塞塞窣窣地焦急着，议论着，后来都觉得也许应该去那种平时从来没人去的最小最偏僻的山旮旯儿的地方去试试，可是很快又想到那种一个人的小门小店从来就没卖过布一类的大宗东西，那种和家庭搅和在一起的鸡毛代销点，从来就没有过商店的味道，走进去只能闻到那个家庭本身的味道，不多更不鲜亮的一点点货，和卖货人的锅碗瓢盆衣裳鞋帽混在一起，有时都分不清到底哪个是卖的哪个是他们自己的，除了盐就是火柴煤油，要是能同时买到一把筷子一个脸盆，算你有本事，有运气。

从北边的巷子里走出来一个女人，手里拿着一个箩面的箩，头上和身上全是灰尘，连眉毛也都被染白了，又白又灰，一边往过走，一边大声地说，咋不去柳树湾，柳树湾还能买上。

柳树湾在更往北的地方，是一个公社的所在地，也有一个很大的商店，不过路程比枯山可远多了，两三倍也不止，还全是山路，不像去枯山那么平坦。众人问她是咋知道的，满身灰土的女人却不说原因，只顾摘下头巾抽打身上的灰，一边还大声地咳嗽，擤鼻子，她头巾上落的灰其实更多，所以越抽打越雾，很快就给她们站着的那片地方制造出一团大雾，几个女人无济于事地往旁边躲了躲，只听她很肯定地说那里有，就好像她是柳树湾供销社卖货的。

她们说，要是白跑了，回来再和你算账。身上白乎乎的女人笑着先走了。

当下几个女人就决定明天一起去一趟柳树湾，怕去得迟了又没有了，人命关天，没有比这件事情更当紧的。其中又有一个女人问众人，到了柳树湾，是不是离焉罗山就不远了。有人就说，是不远了，翻过柳树湾后头的那座山，焉罗山就看见了。先前问话的女人就说，她除了要买黄布，还得去一趟焉罗山，去求点儿药，因为家里一直有病人。听她这么一说，几个女人一时又都恍然大悟，想起最近去焉罗山的人很多，赶会一样，四面八方的人们，凡是家里有病人的，都往那里赶，听说还有更远的几百里以外的，坐着130甚至吉普车去的。去求药的，里面啥人也有，有走着去的，也有骑毛驴骑自行车去的，还有机关的干部甚至医院的。焉罗山，又叫耶律山，还有的地方的人们一直叫它野驴山，距离她们这里有四五十里地。这两天已经有从焉罗山求药回来的人了，据说很灵，当天晚上喝了从焉罗山拿回来的药，半夜里就觉得有东西从身上走了，感觉是一个人影的样子，从病人的身上翻身坐起来，然后就一声不响地头也不回地走了，身上很快就变得轻松了不少，病人第二天第三天就能下地了。就怀疑那个一声不响地走了的人影，就是他长期以来一直伏在病人的身上，你要是没求回药来，没有更好的办法，他还会继续在你身上伏着，不会悄悄走了，你也不可能看见他。当然也有没那么灵没那么快的，就再去一趟。

据去过的人说，整座山上都静悄悄的，没有人说话，更没有人敢大声说话、叫嚷，都怕一不小心坏了自己的事，旧病没去了，又招来新的。所有前来求药的人都规规矩矩，小心翼翼，相互之间也都不说话，有的甚至一直都不敢抬头朝山上看，在山脚下找一个位置，不声不响地跪下。有个别不安分的心里不踏实的又想看出点儿门道和究竟的人，擅自爬到半山腰，不过很快就又灰溜溜地下来了，下来了也不说看见了啥，也是去山下找一小片地方，一声不响地跪下。焉罗山脚下跪满了前来求药问病的人，每个人都低着头，闭着眼，低声地默念着叙说着家人的病情，互相都听不见别人说的是什么，说完了就磕三个头，点燃插在身边的香火。那时候，忽然有巨大的无边无际的深沉而又悠长的叹息声从山上传来，细听，那叹息声又好像是在天上。听见身边的草在动，宽圆一些的叶片在忽闪，又似乎有涓涓细流一样的教诲传进耳朵里。有风刮过，再睁开眼时，看见面前已有了一个小纸包，里面包着一些白面面，再欠起身，悄悄地探头溜一眼跪在旁边的人求到了啥，隐约的好像是一些褐色颗粒。看过后，再默默地重新包好，然后开始原路返回。心里也明白，每个人的病一定都不一样，药要是一样了，那倒怪了，肯定就不对了。也有尖声叫嚷的，说怪话的，对得到的东西表示怀疑和嘲笑的，说就这么点儿东西？风立刻就将他手里的纸包夺走，刮得无影无踪；也或者莫名地失手，本来拿得好好的纸包忽然跌落或划破，里面的面面或者颗粒撒落在地上，再也收不起来。有人就说，既然不信，那还来做啥，女人们也这样认为，不信就别去，天底下的任何事情，都是给那些信的人的，都是因为那些信的人才存在的。有些东西，之所以能流传几百年几千年，就是因为有那些信的人，一直信，一直没疑心过。

　　暮色越来越深，已经不再能看清她们的容颜，只能看见几个影子般的身体站在一起。

　　她回去了一会儿，生着了火，等到再出来的时候，那里已经没有人了。

　　天已大黑，所有的路都不见了，有小孩子举着火把，拖着点着以后的废旧轮胎，在下面的村子里奔跑，呼喊。看不见那些浸泡在黑暗中的孩子，只能看见一些长条的和圆形的碗一样的火光在漆黑的村子里到处飘舞，因为没有眼，所以到处乱撞；没有腿，却跑得飞快。

果然，吃完饭后，坡下的井台附近又传来吵吵闹闹的说话声，原来还有人去焉罗山求药，是两三个年轻人，要结伴走夜路去，都携带着手电筒，骑着车子去。吵闹是因为其中一个年轻人的奶奶，也非要亲自去，众人都说使不得，一路上都是崎岖难走的山路不说，还是黑更半夜，一个老太太坐在自行车后面的衣架上，您就那么放心他们的把式，一点儿也不怕半路上把您颠下来，摔下来？他们自己都没有任何把握呢，横冲直闯，闪深踏浅，连人带车摔倒也是常有的事，摔倒在平地上还好，要是摔到沟里呢，谁又敢保证不会发生那样的事情。可是老太太不管，也不怕，老太太已经提前让自己坐在车子后面了，就像出门走亲戚一样，把自己收拾得很干净，罩了新的头巾，穿着平时不穿的浆洗得很硬很挺的黑蓝色斜襟大袢，一开始谁说也不听，坐在上面就是不下来，但最终还是让众人连拉带哄地劝说了下来。自己虽然去不成了，不过却还不忘嘱咐他们去了后要规规矩矩，诚心实意地求药，求到了药就赶快回来，更不能嘴上没把门的，随便胡言乱语，胡说八道。几个年轻人点头听着，但心里发虚，担心老太太再突然反悔，赶紧都骑上车子，一溜烟地跑了，稀里哗啦地消失在茫茫的黑夜里。

实际上最近这些天每天都有人去焉罗山求药，只是她不知道，要不是听那几个女人说，要不是亲眼看见，她仍然不会知道。回家后和公公婆婆说起，没想到他们俩人早就知道，只是因为家里没有病人，更没有那种多年卧床不起的难缠的病人，所以他们觉得这事与他们无关。公公还说，再好再灵的药，也只能给需要的人吃，家里没病人，你拿回那药有啥用，给谁吃。公公说得也很对，很有理呢，所以也并不是每家人都去，去的都是那些有需要的人家。焉罗山，一座很平常却又绝不平常绝不平静的山，满山的露水，却又黄沙遍布、杂草丛生。为啥是那座山而不是周围别的山，这就又不是她能想清楚弄明白的了，感觉那中间的人事，即使用尽一生，怕也未必就能理清。焉罗山，满山的黄沙子小米一样，粮仓一样，浮土如面粉甚至淀粉一样，那么多的人跪在山下，满山的烟雾让每一个人都互为各种或凄苦或阴诡的背影和侧影。焉罗山那地方她从没去过，不过从这会儿开始，它带着它满山的露水和烟雾移驻进了她的心里，黄沙漫漫，黑夜漆黑。事情有阴暗不明的地方，也有白得刺眼的时候，四周萧瑟，那些仿佛本家众兄弟般的山似乎从始至终都空荡荡静悄悄的，老死不相往来，但是在它苍凉的躯体之外又站满了无数她从来都没有见过的僵硬而又模糊的人，有的身体弯曲，目光如豆；有的很大的却从来都很没用的招风耳干枯地竖着，颤抖着，麻木地在风声中捕捉着什么，接收着什么。明灯暗影的焉罗山让她的心里坠坠的，一想到它的神秘，一想起围绕着它的那些旺盛的香火，又有那么一种挥之不去的惊恐和惧怕，那或许也正是它很多年一直人烟稀少的一个主要原因。而在鸡鸣狗叫的这边的山里，一种强烈粗粝的沙质感是这山中的一大特征，从南到北贯穿几百里，也因此，无论山地平川，还是河流和树木，都缺少光滑和细腻，只有粗粝，只有比沙子和石头还要粗粝的景象陈放在那里，一次次让人的目光生疼，甚至划出血痕，这也让很多人习惯了低头走路。那些人，那些牛羊驴马，看上去好像长期被固定在四周的山上，静止在空旷凄凉的河川里，夹坳中，竟有一种年久风化的模样，感觉要是去摸一下某一个人的脸或手，摸一下某一匹马的头或背，会摸到一手酥松的碎渣。

事情过久很以后,那些枯败鳖黑的房檐上还继续叮叮咚咚地往下滴着酱黄色的雨水。

在坡下听那几个女人议论买布的事的时候,她觉得纯粹就是在听一件与她无关的事,她们是焦急上火的,而她却是轻松的,无忧无虑的,就好像她和她们并不在同一个世上,她轻松无忧地看着她们焦急上火,穷途末路,甚至不知道她们过得怎么那么繁琐,麻烦。可是后来在回家的时候,突然吓了一跳,好像有一个严厉的声音在问她,你没孩子么,你真的不需要买么?那时候,她顿时就呆住了,顿时就不再不轻松了,猛然想起她的两个孩子,一个七岁,一个五岁,而那种辟邪的黄布,她连见都没有见过。又想起刚才还在看戏一样看别人家的麻烦事,却全忘了自己也和她们完全一模一样呢,和她们一比,甚至比人家更像一个笑话。她很想转身返回去,告诉她们,她明天也要跟着她们一起去柳树湾买布,可是她们也已经散了,都各回各家去了。这以后,她怀着沉重烦闷的心情回到院里,先没回自己的家,先去后院找婆婆商量,和婆婆说起买黄布的事,她的那两个孩子还都没有穿上呢,可是听说最近哪儿也买不上黄布。看她没头没脑的样子,婆婆用她那习惯性的眼神深深地剜了她一眼,然后用一种责备的口气说,我买了。这一回,她很快就听出那三个字后面的意思:等你买,啥都误了,说不定灾祸早就找上门来了。听到婆婆已经买了黄布,她顿时放下了心,剩下的,都不重要了,婆婆愿意责备就让她责备去吧。通过这件事,也第一次发现婆婆她们这个年龄的人身上自有许多其他年龄的人不具有的东西,包括经验、习惯、做事的手段等等的一些东西。说她们年老僵化顽固吧,有时在某些事情上又表现得出奇的灵敏和灵活，甚至还有罕见的果断和大胆，你不能不相信人有很多层，又有很多个面，平时展现出来的只是其中一个层，一个面。

有了黄布，她就不愁了，也啥也不怕了，更用不着明天去联络别的女人们去柳树湾碰运气了，身上的沉重和烦闷又顿时一扫而光。柳树湾，说是有，真要是去了，还不一定就有呢，但是不管咋样，她肯定是不用去了。这以后，她用了连续两天的时间，两天没出门，把婆婆给的那块黄布做成衣裳，穿到了她的两个孩子的身上，还按照传言中的要求，用红线在上面勾勒出了简单的云彩的图案和一只老虎的轮廓，虽然不是很像，可是也不会被认成是别的，再说，穿在里面，谁又能看见，本来那也不是拿来展览或观赏的，有诚心在上面就够了。绣完最后一针的时候，她的手抖了两下，因为明显觉得有一种看不见的神灵的气象正在往上面降落，附着，从那一刻起，那就已不再是一件普通的衣裳了，更早已不再是一块简单的黄布了，它已成为一种让人安心的能够护身保命的铠甲，看着两个孩子出去进来，她不再担心他们的安危，觉得他们忽然变得坚不可摧，也相信一切泼神烂鬼的东西不再能碰到年幼的他们。

一个阴雨连绵的午后，她打着一把红油布伞走进下面的供销社里。一进门，便发现有一群灰不腾腾的人正围成一堆在供销社的地上下棋，她看见很多个头既紧密又松散地垒在一起，形成黑乎乎的一堆，一口井一样，一个黑石头垒成的井台一样，阵阵乱哄哄的声音就是从那些缝隙中间传出来的，一股一股的熏人的气味也是从那一堆人的身上来的，并且还扩散得到处都是。她把伞收起，捂着鼻子从那一堆人的旁边经过。供销社的柜台是木制的，上面的绿油漆差不多快磨得没有了。要是有好多人同时站在柜台前，木头的柜台就会吱吱呜呜地摇晃着乱跑，有时会把站在里面卖货的张财旺直接挤到后面的货架上，不过那样的时候也并不多，在她的印象里，她只见过一两回。有一回是因为一个不知从哪儿传来的消息，说是以后再也没有煤油卖了，所有的油都用来打仗，支援战备，人们就都跑到供销社去抢煤油桶里最后剩下的那一点煤油。一想到从此再没有煤油，以后的无数个晚上都要在黑暗中度过，人们就都疯了一样，供销社木制的柜台很快就像正月里的一只旱船一样在拥挤的人群中飘摇起来，卖货的张财旺先是随着柜台的移动一个劲地后退，不断地远去，后来再没有可退的地方了，终于被挤到一个角落里，闭着眼睛，发出一声又一声的惨叫，下半截挤得完全看不见了，不能动弹，成为一个没有了腿的人。张财旺不能动了，人们慢慢醒悟过来，挤谁也不能挤卖货的呀，把卖货的挤走，挤上去又有啥用。后来还是大家共同维护秩序，把疯跑的柜台用力抓住，重新摆正，恢复成以往的样子，张财旺也才终于重新获得自由，才又能给人们打煤油了。经过了前面的混乱和教训，人们也排起了队，尽管排得并不整齐，还是有些乱，却已经比一开始的那时候好多了，张财旺拿着打煤油的漏斗，送走一个，又面对下一个。打到了煤油的人们心满意足地离去，每个人在那一时刻都觉得自己是这个世界上最幸运最有命的人。有了煤油，就再也不怕黑了，以后无论再碰上多黑多深的夜，也再不用担心再不用怕了，一切全是因为有了煤油，不仅能做饭，还能做别的，补衣裳，煮猪食，劈柴，掏灰，和泥。至于捉虱子，那更得需要灯，更离不开亮光，要没有灯，那事就几乎不能做，光靠在黑暗中摸索是不行的。一家人相互之间也能看见了，谁不高兴呢，世上还有比他们更走运更有福气的人么，他们相信是没有了，一定没有了，怎么可能还会有比他们更幸福的人，绝不可能的事！

她绕开供销社地上的那个熏人的人堆,来到柜台前面,目光依次从一些麻袋和纸箱子上面轻轻掠过,不用看也知道,就是那老几样,那些麻袋里分别装着雪白的化肥和青色的大颗粒的盐,还有一麻袋淡黄色的古巴糖,那几个纸箱子里则装着纸烟、火柴和葵花籽。她看见货架上的东西明显少了不少,好像叫贼偷过了一样,显得有些空荡和萧条冷落,那上面只有几团白色和黑色的棉线,那是人们缝衣服最离不了的,几个肯定已经放了好几年的手电筒,有的已经生了斑驳而暗红的锈。最下面一层有用草绳捆着的一摞碗和十几把筷子,每一根筷子上都刻着四个字:兴无灭资。在柜台的后面,并排矗立着三个半人高的黑瓷的大缸,犹如三尊黑亮的金刚,也是老三样,三个缸里分别装着煤油、醋和一元钱一斤的散白酒。在柜台的下面,人们一进来就能看得见的地方,堆放着一些崭新的瓦亮瓦亮的铁锹头、镰刀和锄头。

常有少数人在阴雨天的时候或者收工以后走进来,站在柜台外面,买一二两酒喝,那时候,以前是孙东洋,后来就是张财旺给他们打酒,揭开其中一个大缸的盖子,用一个正好一两的酒插子给他们从缸里打酒,就用供销社卖的那种碗盛酒。有人喝得很快,咕咕两口就喝完了,然后放下碗,一抹嘴就走了,从进来到走,前后可能都不超过五分钟。有快的就有慢的,那多半和一个人的性格有关,有的一小口一小口地喝,喝的过程中还有声音,吱吱的,感觉是一个老鼠在喝,二两酒能喝大半天。有的人喝完酒,当场就从口袋里摸出钱付账,都是一角两角的零钱,很旧,很烂,很油。张财旺收到那种又烂又油的钱以后,有时会皱着眉头嘟囔一句,说咋就能把钱使唤成这样。听张财旺这样说,有人不做声,给人的感觉好像那钱就是在他的手里才弄脏变旧的。要碰上一个一点点冤枉也不愿意受的,就会说又不是我弄脏的，到我手里的时候就成这样了。还有的人，喝完以后并不付账，按照老规矩记账，记在一个烂纷纷的只有张财旺本人才能看懂弄明白的红旗本上，等到年底的时候再一起算总账。

每天来喝酒的都是些什么人呢，可以说都是同一类型的一些人，都是单身一人，没有家庭拖累的，很少见过有女人有孩子的人站在供销社的柜台前面喝酒的，一个也没有。

现在，在柜台的东西两端，就分别站着两个正在喝酒的人。东边那个人看上去总有六十好几了，但是那只是一种表面印象，她并不知道，实际上那个人五十还不到，满脸乱草般的胡子，头上罩着一块污黑肮脏的很可能终年不洗一次的白毛巾，这让他就显得更老。这个叫板斧的人，没有家室拖累，一直都是一个人过。很多年来，他一直都是供销社里唯一一个雷打不动坚持每天喝酒的人，即使供销社临时有事关门，他也要在供销社的外面耐心地等上一会儿，总觉得万一不定啥时候开了门呢，自己要是没耐心提前走了，那岂不是又错过了一次机会。就那样等啊等，等到终于确信今天肯定不会再开门，酒不再能喝成，才会闷闷地一个人回去。板斧很胖，身体的幅宽超过周围所有的人，人们都认为与他常年喝酒有关。他还经常不吃饭。人们说，奇了怪了，不吃饭也没饿死，还像个胖和尚。有人就说，谁说不吃饭，他每天喝的酒不是粮食？全是粮食，把他每天喝的那点酒再还原成粮食，那得有多少粮食，比谁吃得都多。经过这么一换算，好像揭开了一个谜底，就都明白了。

好像除了喝酒，再没有他喜欢的，也从来不掺和村里的任何事情。板斧没有最亲近的人，比较近的就是他的两个兄弟和几个侄儿。她听人们说，在他的一个兄弟和两个侄儿不明原因相继去世以后的那些日子里，板斧酒量增加，由原来每天二两酒变成了三两，甚至四五两。从外面进来后也不说话,只是站在柜台前喝酒,一边喝一边喘着气,喝完以后便摇摇晃晃地出去了。他现在住在村西的一间没有人要的旧房子里,里面有一盘炕,一盏煤油灯和一个冰凉的灶台。房子里只有一扇窗户,原来用石头砌着,用泥抹着,他住进后先是没动,后来实在黑得不行,大白天还得点灯,而点灯就得费油,这才让窗户重新露了出来。

以前,他一直住在河东的那面背阳的山坡上,与他的爹妈和一个已成家的兄弟住在一个足够荒凉阴森的旧院子里。那山坡上午背阳,下午就向阳,最先不在了的当然是他的爹妈,后来就是兄弟那一家人。当身边的那些人都陆陆续续地死了以后,那个大夏天也会让人身上发冷的院子里就只剩下他一个人了。不久以后,他也离开了那个院子,从半山坡上搬了下来。

他的那个兄弟,死的时候一只手指着窗户,满脸惊恐,好像看见了什么可怕的事情或东西。他顺着兄弟手指的方向,也朝窗外看去,却什么也没有看见,要说有什么,只觉得窗户和窗外比以往更凄凉更黑暗一些。他的那个侄儿,死的时候也和他爹一样,躺在炕上,不时地瞟一眼窗户,只是他脸色蜡黄,浑身已没有多少力气,疲倦更远远大于他爹当年的惊恐。

好几年以后他才听说,窗外好像有人,正在招手叫他们,前后两次都是。

…………

在柜台西边站着喝酒的那个人,是学校里的一个老师,只知道他是教语文的,以前也见过几次面,却从来没有说过话。这会儿,她看见他喝得脸色苍白,两眼无神。从人们的口中,早就听说好像是个很了不起的人,肚子里有很多东西,很有学问,不过又听说有学问是有学问，为人却十分的自由散漫，非常不守规矩。本来她一向都很佩服那些有知识有学问的人，听了前面那些话便在心里生出几分敬意和好感，尽管隐藏得很是幽深。可是，看到他当着这么多人的面站在供销社的柜台前不管不顾地喝酒，又觉得他很给老师的形象抹黑丢脸呢，一点儿老师的样子也没有，哪有老师是这样的，这能给学生们做啥榜样，想喝酒不能买回去喝么，为什么非得站在这种地方喝。有家有室的在这个地方喝酒的，他算是唯一的一个，再也没有一个像他这样的，看来人们对他的那些传言也并不都是瞎说的。

其实她纯粹是碰巧，因为语文老师并不是常在这里喝酒的人，只是偶尔的一回两回，仿佛疾病或者意气的偶然发作，好几年这是头一次，却正好让她赶上了。语文老师手里端着一个很粗糙的白瓷碗，直挺挺地站在柜台前，脸仰着，一口一口地喝，喝得若无其事又旁若无人，有时候抬起一条胳膊，用袖口擦一下嘴。身上穿的是一件半新不旧的衣服，袖口那里有丝丝缕缕的线头垂吊着，连挂着。两块厚厚的玻璃瓶底似的眼镜片有时候反射出一种没有温度的白光，那是在他转过脸看人的时候，那时就完全看不见他的眼睛了，只能看到白光。在家里和女人吵完架，吵得伤筋动骨，暗无天日，出来后一时没地方去，就直奔张财旺这里来了。他也并不知道，自己偶然的一次反常行为，会给一个不熟悉他的人留下一种永难祛除的印象，成为他的全部，以为他就是那么一个人。就像一个人，一瞬间被风沙迷了眼，伸手往前摸索，那一幕正好被一个不熟悉他的人看到，就认定他是一个盲人，不问原因，只信一时的眼见，以后只要能想起他来，任何时候他都是一个盲目瞎摸的人。那时候在这间光线黯淡的山区供销社里，她就是这样看待她所见到的每一个人的，比如认定语文老师是一个冷酷自私的人，深信板斧是一个从不需要吃饭的人，还有地上的那些灰腾腾黑乎乎的人，从一出生以后就蹲在这里了，几十年没动过窝。她让卖货的张财旺给她拿了一包针两缕线，一个手电筒。张财旺有些愣怔地看着她，问她还要不要别的了，她一冲动就又买了一瓶煤油二斤盐。

从门外进来一个人，一直在地上下棋的那个黑乎乎的人堆忽然有些松动，状如顶上有浮土在流，个别的"石头"要滚落下来，先前围起的那个"井台"快要塌了。看见从外面进来的是谷正楼，有人抬起头和他打招呼，然而进来的人却看也没看他们，只是哼了一声，便倒背着手，径直来到柜台前。分别在柜台的东西两端喝酒的板斧和语文老师也都看见他了，但两个人谁也没有和他说话，板斧是看见当做没看见，语文老师则是释放出他的白光。

谷正楼背着手，身上散发或者洋溢出一种与土地和牲畜既有关又无关的气息。他的手，那是一双紫红色的大手，手掌有小孩的帽子那么大，五根手指犹如五个粗大坚硬的麻炮。

那时候语文老师喝完了白瓷碗里的最后一口酒，以前他买别的东西也曾赊过账，但今天没有，空碗放在柜台上后，付完账，拍了拍衣袖上的粉笔灰，然后就一个影子一样飘出去了。

回忆那只紫红色的大手，很多人印象十分深刻，只是一时想不起它是何时出现何时飞来的，它曾经并且至今仍然形同一只引人注目的深红的翅膀，自由自在地在山区里扇动了很多年，翱翔着飞进很多人的梦里。

割倒高粱后打地洞的头一天她就赶上了，她推着和许多人一样的那种人们自制的独轮小车，每天都在幽长曲折的地洞里穿行，进出，深重的土味成为每个人最熟悉的味道和最难忘的记忆。地洞里没有灯，灯在每个人的身上或者头上，人走过后，地洞里又重新变得黑暗、幽深，只有浓烈的土味在奔走、扩散，长长地弥漫。在已经过去了的那无数个年头里，它们一直都密闭在一个幽深漆黑的梦里，很难说是醒着还是睡着的。现在，它们被突然震醒、切碎，里面形成了通道，一部分土不再做梦，被切割、挖掘，这以后便从黑暗中被解送到外面的阳光下。让它们没有想到的是，多年的潮湿只坚持了不到半天的工夫，很快就变得干燥，成为干土，甚至灰尘，长出了翅膀，变成另一种能够飞扬的东西。地洞里每天都回响着足够杂乱的咚咚的脚步声和独轮小车的吱扭声，四壁上全是镢头和镐头留下的一条条一道道整齐而又杂乱的痕迹。也就在那同时，里面的天地也在一天天地变得宽广、深长，已经深入到村里很多地方去了。有好几个人都说地洞已经到了他们屋里的地下，他们只需要在上面再打个竖洞，就可以与整个地洞接通了，就像一棵大树上的无数个枝头，一根绳子上的无数个结。某一天，仗真的要是打起来，人们不用出门，从各自的家里就可以直接进入到地洞里。

有一天，她和平时一样推着装满了湿土的独轮小车正要从地洞里出来，独轮小车忽然很是怪异地叫了一声，她停下来，借着离洞口还有十几步路的那种黯淡的光线，低头去察看。木板围成的车斗看了，两个轱辘也看了，都没发现有什么毛病。就在她有些疑惑地要站起来的时候，忽然看见一个轱辘的下面展展地躺着一张五角钱的纸币，她顿时吃了一惊，听见心里传来了一阵咚咚的鼓声。那时，不断地有人推着和她一样的独轮小车，出来，进去，从她的身边经过，却没有人听见，那遥远而又清晰的鼓声咚咚地敲着，只有她一个人能够听见。

以后，每一次，当她走在街上，看到山区里那些土墙上和很多的房前房后刷着的红色的白色的宽幅大字时，她便会隐刺般地对这个阳光灿烂歌声嘹亮的社会有羞愧，感到自己是一个多少有那么一点罪行的人。每逢那时候，她都会脸上发烧，那咚咚的鼓声又会在心里响起。

很多年，那张颜色阴暗的油渍斑驳的五角钱纸币如同刷了浓浓的淡黄色胶水一样，一直都牢固而紧密地粘贴在她的记忆里，永不变形，永不褪色，更看不出何时会腐烂。她曾一个人悄悄地试着撕扯了几年，但每一次的结果都是徒劳，根本无法撕扯下来，最多只能撕去很小的一角，边上泛毛。其实，那根本不能叫撕，也谈不上扯，最多只能叫抠，或者磨。让人又急又气的是，就那么一点点，也还是会保不住呢，因为用不了多久，就又会重新复原，当初抠掉多少，又会再长出多少，如数补上，像极了新长出的指甲或皮肤。啊，不，皮肤也不能和它比呢，皮肤破了，伤了，有时候还会留下疤痕，而它却一点疤痕也没有。

老赵每次从外面回来也会一再哄劝她，说还记那些做啥，又没有人追究你，更没人知道。她说，你不是也知道了么。老赵说，我？我知道了怕啥，我是外人么？要是有人来要就给他。

刚开始的几年，每逢那种驱不散又祛不掉的无奈的时候，她都会流泪，一个人找一个没人的地方哭上一会儿，没有人知道她的心里每天都像下雨一样泥泞。后来才慢慢地不哭了。

地洞已经打得越来越深，越来越远了，据说已经过了二道河的北面。她不知道，这些都是听人们说的。二道河，啊，那可是有一段路程呢，真要是已经过了二道河的北面，那确实已经很远了，再走上半个钟头，就能到了公社的所在地了。她走过那段路，也清楚地记得，两面是并不很高的山，中间一点儿平地，山脚下长着一些庄稼，每到夏天，那些庄稼就朝路边涌来。和别的所有的女人一样，她们都是只知道每天在地洞里往出推土，只知道里面越来越弯曲，越来越深，要是问她们通到了哪里，她们谁也说不上来。只听见男人们在不断地议论，说是已经过了刘老孩和陈铁头他们两家的堂屋，这时候要是盯住头顶上面的土层狠狠地再挖上一通，准能让这时也许正在堂屋里行走的刘老孩的爹扑通一声掉下来，山羊胡子也一定会惊得翘起来。又说，已经从赵小宝的院子下面过去了，接下来要在骡马店的那个辽阔的大院子下面绕几个来回，要修得和古代的阵图那样，说明白一点就是要修成一个迷魂阵，九曲十八弯。地洞还在挖掘建设的过程中，就已经经常有人被绕晕了，在里面走上半天都出不来，在黑暗中苦苦摸索。说那就对了，就是要绕晕，就是要复杂，就是那个意思，但是要把敌人绕晕，然后再趁晕收拾他们，并不是要绕晕我们自己。问题是咱们自己先晕了，那仗还咋打。能把敌人绕晕，估计咱们的人清醒不到哪儿去。那说明你各方面都不过关，更需要锻炼，不锻炼只能挨打，直至最后灭亡。看看人家周部长，一个人提着枪，走遍全公社的地洞也没有把自己走晕，想出来就出来了。就又有人说，有几个周部长，全公社也就一个。

三队的田四平帽子上戴着一盏灯，一名矿工一样给她的独轮小车里装土，灯光随着他的动作很灵活地上下乱跳，好像一只松鼠在土味浓烈的地道里蹦来蹦去。灯光的运动轨迹基本是这样的：当田四平弯腰铲土的时候，那圆圆的形似一面小镜子的灯光就直接照在土上，或者铁锹头上；当田四平抬起头把铁锹里的土扔到她的独轮小车里的时候，那面圆圆的小镜子就开始哗哗地乱晃，正常的情况应该是直接照到对面的一棱一棱的土壁上，但有时也会忽然跑到那黑压压的顶子上面去，甚至，还有的时候会直接明晃晃地照在她的脸上。每逢那种时候,她就闭上眼,或者把脸扭到一边,等着那面小镜子移开。装到快要满的时候,田四平忽然停住铁锹不再装了,说,本来按说应该给你装满,完了再拍两下,看你是个女人,算了。

她推起车,临走的时候对田四平说,你装哇,就这么个车,看你还能装多少。

田四平愣了一下,说,那你别走,再给你来两下?

她没有听他的,推起车朝着前面的一个转弯处走去。地洞一边的土壁上,有人浅浅地掏了一个小坑,里面放着一盏煤油灯,微小的灯头将灭要灭地摇晃着,哆嗦着。这会儿,她边走边已经感觉到了,田四平确实没有给她多装,这让她推着车子走起来的时候觉得很轻松,几乎不用使多大的劲,甚至还有一种推着空车的感觉。有一天,忘了是谁在装土,不知为什么每一车都那么沉,那么重,好像和所有的推车的都有了仇似的,几个青壮女人都累得直叫唤,头发都被汗水粘住,贴在脸上,人人一副人仰马翻的狼狈相。平时就喜欢说疯话的青风说,这推的哪是一车土,明明推的就是一个死沉死沉的人,打洞牺牲了,我们送他回家。

幽长的地洞里有很多盘山路似的弯道,但是究竟有多少弯道,她不知道,不过这事她也没觉得有多丢脸,因为并不是只有她一个人不知道,所有的女人不管年龄大小,都不知道,也都说不上来,有的还是干部呢。她们只知道那一个又一个的弯,长得都差不多,是用同一个模子拓出来的,然后就布置在她们的身边和前后,不断地在她们的周围重复出现,如同同一件事,经历一遍还不算,而是要反复地经历多次,让她们只要一想起来就会觉得晕头转向。

记不清是在第几个弯道上了,第四个?不过也说不定已经过了第七个第八个了,她一个人推着车子,推着田四平给她装的那多半车湿土，刚拐到一段比较幽暗的路上，忽然觉得她的那两只正握着车把的手被另外两只手分别覆盖住了，这让她突然发出一声惊叫。没错，是一个人的两只手，有温度，还很硬，但并不是老鹰的两个翅膀，尽管她差点以为是老鹰的翅膀，只是不知道它们是从哪落下来的，还正好分别落到了她的两只手上。很快，先前的那种覆盖变成了一种包裹，一种从四周收缩和收拢以后的紧握，一种强硬的攥住。又很快，一个高大的黑影从旁边涌过来，让她看清了那两只手的主人——他们见过，只是还从来没说过话。

他没说别的，只是说正好看见了，就顺便帮她推一把。他说前面其实是一个坡呢，虽然看上去不明显，可要是推着土走，还是会很费劲的，只有空着手走的人才会感觉不到。她看看他，才发现他就是空着手的，衣服也并不是穿在身上，而是披着的，手里也没有拿任何东西。那种穿法，注定什么活儿也不能干，也不适合干，只适合站在一边看，只适合用嘴指点。

又听见他说，推土这种活儿就不是女人们应该干的。

这话一下就说到她心里去了。她说，既然知道不是女人们应该干的，那还让这么多的女人每天都来？好多人家每天连饭都做不及呢，每天都是热一口冷一口地胡乱将就。人对付着吃完了，可是鸡还没有喂呢，有猪的人家猪也在饿得嗷嗷地叫，你进家它跟着进家，你到院子里，它又跟到院子里。给猪也煮点儿食吧，刚把水盛到锅里，还没冒热气，就听见又敲钟了，当当的，一声比一声响。钟声还没完了，哨子又嘟嘟地吹响了，一声接着一声地催促着。

听到她这样说，他好像笑了一下，不过也许没笑，洞里太深太黑，没看清楚。只听见他说，没办法，是上面的命令呢，隔三岔五还会有人下来检查，看进度，你能不来？要依我的意思，要是我能说了算,你们就在家坐着,都啥也别做,就把自己打扮好了就行了。

听他这么说,她想笑,却没有笑,只是说,那也不能那样,啥也不干,那不成了秧子了?作为一个人,那还有啥用。打扮好了做啥,坐着?

他说,看看,这就是女人,让她们干也不对,啥也不让她们干还不对,实在是难闹。

看见前面有了一些亮光,知道快到洞口前了,也听见口子上有人在模模糊糊地说话,然而从地洞的深处也同时传来了一声一声的呐喊,声音既空又闷,用被子把头蒙住才会发出那种声音。呐喊的是什么呢,呐喊的并不是他的名字,也不是他的职务,却又分明只是在叫他,与其他任何人都无关,自然也从没有不相干的人去认领。虽然喊的是另外一种叫法,但是谁都知道那其实是同一个意思呢。在这个山区里,人人都知道他是啥,但从来都不叫,胡支书,谷支书,没有人这么叫过,只称呼大掌柜的。人人都习惯了这么叫,只有她觉得别扭,听上去好像在开店,在做买卖。他下面的二把手,顺理成章地应该叫二掌柜的,不过要是碰上个性格软弱的,不厉害的,那就又啥也不是。所以,一听到洞里传来的呐喊,他便立即停了下来,回头朝身后那幽长的深处看了一眼,又骂了一句,然后就走了,朝着喊声传来的方向走去,一步一步地走进了那幽长的黑暗中,渐渐地虚下去,看不见了。她推着车子往洞口前走,或许是洞里的土太软太湿的缘故,她竟没有听见他的脚步声。那么高大的一个人,又是村里的大掌柜的,走路怎么会没有脚步声呢,她有些奇怪。可是再一听,她自己竟也没有。

临走时,借着黑暗的掩护,他似乎不经意地在她的肩上拍了一下。

这以后的又一天,看到他和一个叫桂美的女人在一棵树下说话,夸奖桂美不光人长得好,心灵手巧,饭也做得好,让桂美给他做饭,他要去吃,桂美也答应了,还说就怕他不去。树上不时地有黄灿灿的树叶飘荡着下来,一片一片地打着旋儿,在他们的周围舞动着,坠落着。

她看得有点愣了。她想,咋是这么一个人呢。

又发现桂美的笑容里好像也汪着一湾明亮亮的水。

回家的路上,看见两边山下的地里光秃秃,空荡荡,有的地已经犁过,像天上一道一道的云彩一样翻卷着,那算好看的,有的还没犁,满地干硬的茬,没有一点水灵气。满眼的黑黄土,有成排的树,远看又瘦又薄,斜斜地横在远处。眼前的世界又聋又哑,远处和近处的人,也都影子一样。心里忽然又一想,你以为他是怎样的一个人,他当然就是么一个人呢。

抬起头,去看西边的晚霞,发现那一带红得刺眼。

还后悔从来也没有和贺林好好地长长地说过一次话,从来都像做贼一样,你看她一眼,她悄悄地回望你一眼,人群里是这样,人少时候也是,也是总以为时候有的是,机会有的是。

观念害死人。

杜林笔记

昨天晚上,林黛玉死了,我合上书,没吃饭就出来了,天上没有月亮,大地黑暗,世界荒凉。穿过黑洞洞的村街,柴门犬声,家家户户灯光如豆,昏暗中映出一些皮影般的人形。

林黛玉活着,贾宝玉觉得自己是世上最自在最幸福的人,林黛玉一死,他的全部的世界顿时坍塌、黑暗,最爱的人不在了,活着再没有任何意义甚至意思,很难再让他爱上别的什么,也再难有任何事情能使他重新振作起来。不振作了,因为再没有振作的价值和意义。世上什么样的事情最令人断肠,最能使人一蹶不振,就是这样的事情,正是这种永久的无望。

贾宝玉可不是现在我们经常就能看到的那种可以任意捏搓的年轻人,随便有个什么做的就行,给主任端茶提鞋也行,给书记倒尿盆也可以,被领导和上司吆来喝去也理所当然,反以为荣,为饭碗摇尾,为所谓的前途摧眉折腰,而且媚上的本领越锤炼越精湛,俨然一身好功夫,好技艺,养家是没问题了,立身立业也没问题,头脑清醒,嗅觉灵敏,前途一片光明。

贾宝玉怕过什么吗,当然没有,他唯一怕的就是心爱的人不高兴,不快乐,眉不展,思不悦;他媚过什么吗,他什么也不媚,他应该是那种宁可饿死,也绝不会弯腰下跪的人。他要也是那种人……啊,那简直无法设想,一切就又都是另一种样子了,世界污浊到难以想象。

黑漆漆的夜里,陈八英的家里传来玻璃打碎的声音,他的女人在和他吵闹。陈八英从公社被打发回来了,是因为一件极小的事,一件大多数正常人(这么说,是不是说陈八英这个人不正常,其实他也正常,只是在一些事情上想得和大多数人不一样)很难做错的事:他原来在公社当食堂管理员,据说好几位领导都喜欢吃辣椒,而陈八英却舍不得给他们吃,每顿饭只拿出一点点,有时甚至连一点点也不拿,领导们一怒之下换了别人,把他打发回来了。

陈八英从此又开始安心做他的农业社社员了,公社食堂那一段日子就像曾经做的一个梦,渐渐地快要被他忘光了,感到不适和心情烦乱的是他的女人,并不是他本人。陈八英当然不是贾宝玉,同时却也不是那种为了前途不顾一切的人,他属于另一种人,也老实,也本分,却小气、狭隘、固执、死板、目光短浅,在担任公社食堂管理员期间,一直昏头昏脑,角色错乱,时常把食堂的一切严重错觉地、错误地误以为是他自己家的私人财产、私人物品。且又天生榆木脑袋,不会察言观色,似乎也不想察言观色,看见谁拿筷子挑起一大团辣椒,或不管别的什么东西,他就会心疼得直叫唤,这是导致他被打发回家的最主要的原因。有的人为了所谓的前途,甚至可以散尽家财,但陈八英一定不会,他属于那种宁可不要什么前途,也绝不从自己的身上拔一根毛的人。况且,辣椒是公家的辣椒,还并不是他私人的辣椒,并不是他身上的某一根毛,还只是经他的手保管并发放一下,东西要真是他的,可想而知。所以大家觉得,让这样的人继续管伙食,人人都有性命之忧呢,都有饿死的危险呢。你在那里埋头吃饭,他在一旁看着,他的那种神情,那种样子,让你不能不觉得,你吃的每一口饭,喝的每一口粥,都像是在吃他的肉,喝他的血,一两顿还好,长期这样下去,吃饭怕是要变成一件让人头疼令人畏惧的事情,一听见开饭的铃声,脑子里嗡的一声。

第十一章

秕糠飞扬在酱色的山区

叮,当,咚,嘭,轰,哗,唰,噗,日——

妈说,趁热吃了,吃了咱们走。

午后的日头斜着照进来,把剩下的半碗饭晒得又酸又馊,一端碗,传来轰的一声巨响,至少有五百个金身绿头的蝇子被惊得哭爹喊娘,魂飞魄散,不情愿地起身,也不走远,就在周围一带反复地呼号。五百多个,整整一个营的人马,不吃不喝,不说不笑,在碗里埋伏了一天一夜。他就奇怪了,不是说有人给他们带路么,人呢,直到天黑也没见,星星倒是来了。

她走的那天,看着红亘亘的日头,说日头比鏊子还要圆呀,比血还要红热呢。他想这说的是啥话,日头当然比鏊子圆,日头从来就比鏊子圆,尤其他们家的那个鏊子,早就不圆了,早就豁了好几个边,每一回吃饭前都会把手割破,血糊得到处都是。铁牛他二妈来借簸箕,一进门吓得掉头就跑,簸箕也不借了,告诉她说不是别的,也不信。人这一辈子,正经的话没几句,就那么几句,也还常常没用。他刚放下碗,就看见妈的两个眼睛正在唰唰地下陷,以惊慌逃跑的速度快速撤离,越陷越深,越走越远,后来眼眶里就变得空荡荡的,腾出不少地方,有白翎鹁鸪飞来了,尤其是鹁鸪,叫声圆润嘹亮,一听就是在很空阔的田野上,报告春天来了,春天却短得像兔子的尾巴,苂芨狼蒿还有钱串子也都趁那个时候长了出来，转眼间就把人挤得没地方了。我走呀，别的也顾不上管了，就是不知道你咋办呀。不要管我，该咋就咋，是福躲不过，是祸也躲不过。

冬天，一捆金黄的干草躺在一条干硬僻静的小路上，他喜上眉梢，先是用脚踢了一下那捆干草，接着弯腰想拾起的时候，干草里却露出一个冻得白森森的死婴，从样子上看，不会超过三天。那时候他把所有认识的人都挨着想了一遍，也还是没想出到底是谁家的孩子。他重新把散开的干草拢好，独自从荒凉的山梁上下来，一路上那孩子的两条白胖胖的小腿不断地在他的眼前出现。无数的门在寒风里啪啪地响着，吱吱呜呜地叫唤着。刘善本的女人说，我就知道不对，我早就说不对，你们谁听过我的话！半砖不挨非要挨整砖，要我说，你们活该。啊，这个女人，这个一下雨就鸡一样咕咕地打嗝，不刮风也要流泪的女人，正经话不说，就会鬼说，她其实早就来了，钟敲过第一遍的时候就来了，但是她就是不说，假装不知道，不承认。这两天她嘴烂得不能吃饭，嘴唇一挨碗边就疼得杀猪一样叫唤。

有人挎着篮子从越来越低的羊肠小路上下来，身后的那一大堆弯曲瘦白的路程还在继续空无一人地缭绕。大灰梁上有人烟了，大灰梁竟不声不响地挪动到了西北方向，这么大的变动，竟也从来没听人说起过，鲜红的云彩下，一些人流着黄蜡蜡的汗，星星，月亮，红嘴的鸦儿，戴着黄帽子的蒿雀，穿戴讲究的里面有白衬衫露出的喜鹊也混杂在其中。他们坐在红彤彤的梁上吃饭，送饭虫翻山越岭，从他们看不见的另一边爬进罐子里，稍作打量就闻出这饭几十年如一日，从来就没有变过，翻来覆去始终就是那几样，从会爬会坐会吃饭会说话起，一直吃到最后奄奄一息再也吃不动再也用不着吃为止。赵志明问刘善本的女人，吃了没？其实她吃没吃他并不关心，无非是脸对脸地碰上了，简单轻省地打个招呼，表示一下礼貌，一句话不说就直挺挺地走过去也显得不太好看，那年他妈死过去的时候，人家也还曾帮着掐过人中。所以他的顺便，他的一钱人情，他的狼子野心，刘善本的女人也一眼就看出来了，所以她也才并没有当回事，只顾对付自己的嘴唇。因为她嘴唇上有一块皮好像就要掉下来了，可是还没有下来，始终没有下来，好几天它就那么半死不活地吊着，似是而非地忽悠着，居心叵测地颤抖着，鱼死网破地牵连着，影响得她啥也不能做，因此她决定把它弄下来。眼下她唯一犹豫不决拿不定主意的是，究竟应该是把它猛地一下拽下来，还是慢慢地一点一点地把它哄着骗着撬下来，这才是她最关心最专注的事。

他放下手里的干草，朝他们扔了几块石头，却没看见哪怕有一个人站起来，也没有人逃跑，也没人哭，只有两只白翎鸟飞了起来。那些人，原来啥样还是啥样，动也没动，吃饭的还在吃着，擦铁锹或擦枪的继续擦着，甚至还有稠糊糊的鼾声飘了过来。睡了？睡了为啥不把门插上？

李升海说，八月十五以后，事情就有些坑洼了。李升海这个人，别的话信不得，这句话还是有道理的，因为他也有同感。李升海把那件事情描画得怪石嶙峋的，同时又像一个又红又肿的大脓包，随时都有爆裂破碎的可能，李升海那么做，主要是为了把老孩子搞倒搞臭，让他永世不得翻身。这事别的人不知道，他可是一清二楚，不过老孩子也不是那么好闹的。

妈，寥家洼下雪了，郭四营一带也白了，路上需要八百年才能看到一半个人。

趁那个女人弯腰挖米的时候,他开开一扇门就出来了,看着她的后影和身体的弧度,本来还计划要把一个木楔子钉进她两腿之间的那道河谷里去,后来再一想,算了,她好不容易穿一件新衣裳,你给她弄脏了,她肯定就又要哭了,她最会最拿手的就是哭,一哭起来就没完,而且无论啥时候想起来,也随时都能哭出来,哪怕事情已经过去了三年,五年,十年,对她来说,还和几十分钟以前一样。就像刘备哭荆州,那也是刘备的拿手好戏,很多事情就是通过哭才得到解决的,事实证明不哭鼻子抹泪就不行,还真不行,目的永远达不到。

石滩孟家湾这边没下雪,天气金黄,金针银草撒落得到处都是,风中飘来一浪一浪的有些呛人的粮食的气息,所有带壳的粮食都有那么一种呛人的气味,都会让人的鼻子发痒,想打喷嚏,这是事实,可是没人信,也没人愿意承认。不仅不信,他们还拿连枷拍他,用缰绳套他,来来来,来来来,就像女人们叫猪一样,听见叫声他就往过走,才一迈腿,缰绳顿时拉紧,越挣扎越紧,越努力越紧。不用问,一定是樊登云的手艺,看手法就能看出来,这家伙原来每天打牲,最会挽疙瘩,下套,一根马尾巴,也能挽出十几个互不干扰的套,要换了别人,早就乱了,自己先就乱了,但是樊登云不乱,从来不乱,疙瘩当然都是死疙瘩,只有他本人能解开,也有的连他也解不开,等于永远死了。樊登云给他老爹系裤带,当然挽的是活疙瘩,最好解的活疙瘩,但是他的老爹关键时刻却解不开,越抽越紧,解着解着就把活疙瘩变成了死疙瘩,导致老汉最终尿湿裤子。那是哪年的事?好像也是一个黄灿灿的秋天,有人看见他黄愣愣地从松散歪斜的柴门里出来,携带着两只杏黄色的手。那么黄的手,也不知道是咋闹的,很多人的手是黑的,在众多的黑手中,他的一双黄不叽叽的手尤其显得特别而羞愧，除了给人一种来路不正的感觉，还有一种自带麻烦的被孤立被遗弃的永远入不了群的苦闷体会。脸也是。其实他的那张脸，要比他的那两只手黄得多，还有他的那些稀疏弯曲的胡子，完全就是一些纯粹的黄毛，风一吹，墙头上的草一样，有时会有獾子笨重的身影隐现其中。

听见有一个女人对一个孩子说，快跑，银焕来了！

接着就响起一阵踢踢踏踏的脚步声，很快又听见哇的一声，好像是那个孩子跌倒了。满街的柴草，那个女人把趴在地上的孩子拉起来，两个人夹着一种哭声，在金黄的天底下跑着。

又听见一个满是铁锈的声音在喊，银焕追上来了！

很明显，有人在趁乱起哄，想看看是谁，却并没有看见，只看见一个瘦条背影，没有任何声音地出现在小南头一带，看那个细窄的背影，像是被刀斧竖着砍去一半，只剩了另一半。只剩一半还能行走跑动，这是他没想到的，那是不是也能说那个人的饭量也同时减少了一半，原来一顿能吃三碗，身体被竖着砍掉一半，这会儿只能吃一碗半了，那睡觉占的地方也小了。

满地黄蜡蜡的柴草，在一些脚下发出嚓啦嚓啦的响声。他站在一条褪毛狗般的渠边，有很多的黄草在里面纠缠，挣扎，不出声地斗争着，斗争完了后，有的留在原地没动，浑身疼得不能睡，一遍一遍地打着转，有的唰唰地走了，头也不回，他看着那些已经走远了的，不知道它们离开这里后要去哪。妈问他，想起来了，这是哪儿？捧场？不对，这哪是捧场，捧场一进村不是有一个庙么？你看这哪有庙。再想想。啊，想起来了，这渠，这渠他抹过洋灰。

马穿着带钉子的鞋响亮地走着。以为是个伤兵，却是温日成，头上缠着纱布,一个胳膊用绷带吊起来,一只手也是黄得厉害,说,我爷爷是他舅姥爷,他们老四还娶了我二外甥女。

舅姥爷,外甥女,里三层,外三层,表面看上去密不透风的亲戚关系实际也没啥,很多时候一捅就破,经不起晃荡,更吃不住考验。不能瞎试验,更不敢动不动就考验,敲打,很多东西几百年上千年摆放在那里,自有它的道理,但绝不是用来考验的,敲打的,一烤就糊,一敲就烂。十挂马车载着垛得很高的庄稼从很远的地里回来,后面沥沥拉拉的还有,天苍地黄,风也是那种颜色,那种味道,风把他的那几根从来都稀稀拉拉的黄胡子吹得动来动去。温日成的女人不愿意和他挨着站,表情很坚决,反应很强烈,脸上红一块紫一片,这女人,她也不问问他愿不愿意和她挨着站,她不知道她的身上有一股一股的腌菜缸的味道正在袭击他,他笑着看着她,从心里感激她越离越远,圆形和椭圆形的笑容在他枯黄的脸上轮流出现。

好多人弯着腰,脸朝下,看不见他们是谁,也不知在做啥,只看见各种补丁在慢慢地往前走。一个女人抬起头,脸上的血色是高粱叶子的那种红。他陷入深思,他在想她是谁,高猛仁家的梅梅,还是王鼎家的玲玲,最后也没有定下来。这以后,忽然听见叫他回家吃饭的声音,心里一惊,就知道坏了,时间这么短,这么不容人,一点儿回旋的余地也没有,这就不可能知道她是谁了,只能留待以后了,只能等下一回碰见再说了,下一回要是还是这情况,估计仍然够呛,说不定还是不行。

他开始灰溜溜地回家,走了一会儿,心里渐渐地不那么烦躁了,渐渐地空了,不再有嘈切麻杂的事情在里面驻着,就开始弯下腰,把沿路看见的干草一根一根地捡起来,拿在手里。一回到家就自告奋勇地给他们分发筷子,给他们一根一根地数筷子,你,一根,我,一根,你,也一根。谁还没有?灶上的云雾小山一样,雾中传来小孩的声音,也有女人的声音,都说自己没有。这就奇怪了,这怎么可能,每回都是他们先开始叫唤,他们一叫唤,外面的草就纷纷趴在窗台上往里看,好像里面有西洋景,有笑话。都是一人高的秧子,最小的也有半人高了,唰唰地摇晃着,互相拥挤着,推搡着。往往也就是在那时候,他就开始头疼,随后就又会有数不清的针从四面八方飞来,都说是来探望他的,也有的说是三先生派来的,三先生随后就到。"好好的咋就病了呢?"是不是又在装病,从小就乖张,古怪,心眼儿比一般的人多,鬼心眼儿可多了,经常捉唬人。要是正好他在院子里,它们就连屋里也不进去了,各种虚礼套数也都免了,就在院子里围着他问询,飞舞,旋转,亮闪闪地晃得他头晕眼花,三先生还没来,它们就急嗖嗖地先自己动手了,自作主张地一根一根地日日地扎在他的头上。要是它们来的时候他不在院子里,在屋里躺着,探望就得深入,它们就一齐朝屋里来,从窗户上和门上进来,即使门窗都关着也能进来。也不找别人,专门找他,虽然从来也没有明说过,可他知道确实就是来找他的,和别人无关,也没有人能代替。常听见它们说:"哈哈,原来在这儿躺着呢。"他翻一个身,脸冲着窗户,背朝着它们,把一个后脑勺留给它们,任由它们随便处置算了,因为即使三先生来了,其实也还是那一套,无非是手法上有些变化,比它们更稳重更保险一些。身后一片乱嘈嘈的声音,其中一个很硬的声音说:"看看,驴脾气又上来了,都看见了吧。"另一个比较温和的声音说:"不光是后脑勺,前面也要扎哦。"前面那话是说给它们自己人的,而后面话明显是说给他听的。果然,话音还未落,就听见脑门上咻咻地响了两声,已经有两根针率先扎了进去。流血了么?他背朝它们,看着窗户,心里想道,有血流出来了么?应该没有,因为他并没有觉得头上湿漉漉的,那就证明并没有破,也没有流血。其实也是不会流血的,三先生就常说,流血?那不成了笑话,把你扎出血来,我还有脸出门?买二两棉花,自己在家里碰死算了。他摇头的时候,那些亮闪闪的针也跟着一起摇晃,颤动,不过,由于针尖都扎在他的头皮里,所以不管怎么摇晃和颤动,那些针也都掉不下来,最多也就是颤一颤,晃一晃。而就在那种一颤一晃的间歇里,很多东西排着队走过,黑白黄绿,有时病人一般,走一步,停半天,又虚又喘,又如同穿着笨重的棉袄棉裤,拖沓得很慢,又有时则快得叫人来不及多想,哗哗地几下便已经过去了。

怎么会那么慢,又怎么会那么快呢,他有些想不明白,不是一时想不明白,而是经常想不明白,从来都想不明白,永远都想不明白。有些事情,才有了一点头绪,刚理出一条小路似的线索,很快就又啪的一声断了,一根皮筋一样,不知崩到了哪里,重又变得无影无踪,下落不明。除去那些,还有各种高墙半截的短墙随时冒出来,从眼前的地上噌噌地生长出来,高大厚重地横在他的面前,挡住他的去路。张门人家的山墙,李姓人家的院墙,王门的东墙西墙,赵姓刘姓的南墙北墙,听见有走路声,也有说话声,却从不见有人出来。听见刘善本在里面哼哼,却叫死不答应。院墙不在自己家围着,却满世界乱跑。世界灰黑,灰腾腾又黑黢黢,他觉得,灰是灶膛里的那种灰,不是天上的那种灰,而黑只是因为还没有完全烧完,等啥时候彻底烧完了,也会变成灰。赵有财大惊小怪地说这你也懂,你了不得呀。他没理他,看出他是在取笑他,鄙薄他。

他记得,那天他把几根很扎手的树枝顺进灶膛里,走的时候听见它们在吱吱地叫唤,互相还说着话,还有一些细细的的哭声。等再回来的时候，看见都已经变成了灰，叫唤的不知哪去了，先前说话的也不再说了，先前的那种细细的哭声也没有了，四周一片死寂，一点儿声音也没有。就在他不知道接下来该做什么的那时候，一个穿着红底黑点的花衣裳的虫子一颗黄豆一样从门外慢慢地走进来，等到了他的脚边时，抬起头看他，问他人都到哪去了？是送饭虫在和他说话，他吃了一惊，事先一点儿提防和准备也没有，那声音忽然从地上从他的脚边蹿起来，飘起来，然后顺着他的腿和胳膊就来到了他的脸上，多少年了，这是头一次和他说话，真是把他狠狠地吓了一个跟头。后来又问他那笔四十七块钱的账最终算清楚没有，他就觉得不对了，他猫一样弓着腰跳开，慌乱中脚下踩到一个炉盘，炉盘歪斜，发出一阵哗啦啦的响声时，一根筷子差一点戳进他的眼里。哪来的筷子，难道是自己走过来的，是专门来找他的？

天黑时听到庞茂生死去的消息，他吃了一惊，不过却是一个旧消息，说是已经死了好几年了，这比那个消息本身更让他吃惊，他竟一点儿也不知道，好像从来都没听说过，还听说就是被一根筷子戳死的。这事他是前些天听杨巨财说的，只不过杨巨财并不是对他说的，而是对一个胳膊上有很多伤疤的人说的，他那时正好路过，就顺便听见了。那个和杨巨财站在一起的胳膊上有很多疤的人是谁，他怎么看都觉得是庞茂生。啊，不是他觉得，那其实就是庞茂生，假装不是，其实就是，不是他还能是谁，只是没想到连杨巨财也跟着一起打掩护，瞎说，杨巨财为啥要那样，他不知道。庞茂生，他还记得有一笔两箩头山药外加七斤小米的账么，他难道一点儿都不记得么，当时千恩万谢，恨不得跪下，这会儿竟完全装着不认得他了。他从他和杨巨财的前面走过时，庞茂生只是看了他一眼，并没有和他说话，一个生人一样，好像完全忘了他是谁，而他当然还能一眼就认出他。那就是他，他敢肯定，有原来的那个旧底子在那里放着，再变也变不到哪去，变成鬼也还是他。后来，走过去以后，他又重新返回来，站在庞茂生的面前，想问庞茂生，你不是死了么？但庞茂生却把脸扭过去不看他，再后来竟和杨巨财一起走了。

他们在前头走，他在后头跟着，还看见他们不时地互相说一句话，就那么走着走着，再看时，那两个人却都不见了，他四处看了半天，也没看见一点点他们的影子。眼前是一条沙土路，旁边有好多人家，但都不是他们两个人的家，他们都不住在这一带。那时候他就不敢再到处找他们了，因为他怀疑杨巨财很可能也死了，有一种说不清道不明的感觉让他这样觉得。他们想去哪就让他们去吧，从今以后再不见他们最好。他转身走上另一条路，天蓝，地黄，树枝凉飕飕，风土热烘烘，当他独自一个人走在那种只要一个火星就能烧红一大片地方的到处都是暗黄加明黄以及其他各种黄色到处都干燥得嚓嚓作响到处都黄得耀眼的地方时，虽然有很凉的手在招挥，但他还是觉得有热气罩在脸上，一直都在跟着他走，他去哪里，那黄铜般的热气就跟着他去哪里，他听见黄铜先是被呜呜地吹响，后来又被噇啷噇啷地敲响。那时候，他歪仄着身体，斜着眼，看见山区的天上至少有一百多个日头。每年的这个季节，或者比这更早一些的时候，他都会看见至少有一百多个日头悬挂在天上，有的缝缀得很牢，一动不动，看上去很是结实、坚固；有的却摇摇晃晃，好像只有一根细细的绳子在后面拽着，四周的边已经松动，感觉随时都有跌下来的可能。那要是突然跌下来，完全就是一个能把人眼睛晃瞎的大火盆。他时常长久地抬起头朝那有时清静，有时基本就是一片火海一样的天上看着，越看越觉得危险，越看越觉得可怕。那么多看着就非常滚烫的大火盆，别说一下都掉下来，只要掉下来三五个甚至一两个都会不得了，下面的人间立刻就会哭爹喊娘，哀嚎不断。那时候看吧，一定热闹死了，也混乱极了，窑头的人会带着一身熊熊燃烧的火朝火石湾一带狂奔、逃窜，而火石湾的人也会带着烧伤，一路上流着油，懵头懵脑地往窑头的方向奔来，都以为别的村里没火，那是肯定的，不然他们能往哪儿跑。每次想到那样的情景，他有时会提醒一些在下面行走的人，让他们小心，多加注意，走路不要只顾着低头走，要经常抬头，时刻留意天上的动静，时刻操心头顶上面的反应，特别是那些走路很慢的老人和那些到处胡蹦乱跳、不知深浅的孩子，他觉得他们才是一些真正最危险的人，时刻都有被砸中的可能。但是，不管他怎么说，却从来都没有人听他的，很多时候甚至想说的话还没有说出来，刚要走近他们的身边，他们就已经嗖的一下都跑了。看着他们那已经跑远了的和已经跑得完全没影了的不通情理的身影，他嘴边的黄胡子只能扫帚一样扫来扫去。那时候，他倒是希望真的有几个大火盆突然从天上掉下来，不为别的，也不是专门为了要把谁烧伤，只是为了证明一下，让他们看看他说的到底是不是真的，他的担心有没有道理，是不是在胡说。

　　这地方的人们从来不关心他们头顶上面的情况，更不关心天上的事情，每天嗡嗡蝇蝇，圪叽圪缩，只关心他们的墙头塌了没有，门关好没有，房顶上晾晒着的切成片的葫芦和干菜有没有被风吹走，院子里铁丝上搭着的上面有难看的大红花图案的被褥有没有被雨淋湿，有没有鸟在上面胡作非为。很多年来，那些捣蛋的小鸟，还有一些半大不小的鸡一样的鸟，经常瞄准人们的头上或者脸上，还有他们的所谓财产，把一些它们不要的白糊糊黏糊糊的东西泼洒下来，有时候随便倾倒，有时则就是专门抛洒，很多人都受过它们的害呢，事后只能拿一小片红布遮住，辟邪。有一天他正在路边站着，忽然看见一个胳膊上挎着一个篮子的女人抬起头，正朝着附近一带的天上胡撅乱骂着，女人怒气冲冲地看着头顶上面的天，一开始他不知道她是在骂谁，总不能是在和天吵架吧，后来他也抬起头朝天上看了一下，才知道是在骂一只鸟，那只鸟是笑着跑了的，因为它把它的一些白色的稀糊糊滴答到了她的脸上。他在旁边看了一会儿，后来也露出了鸟一样的笑容，嘴边的黄胡子里也有鸟飞起。他的那些稀稀拉拉的胡子，严格说不能算是胡子，最像河东的一片树林。那时候他还在想，还在替她忧愁，掉在脸上咋办呢，回去后把一小片红布直接缝在脸上？看见他露出鸟一样的笑容，女人也惊得说不出话来，出乎他的意料，女人并没有像骂鸟一样骂他，只是朝他白了一眼，然后恼怒地挎着篮子走了。

赵小宝带着笼头咻溜咻溜地从山上出溜下来，赵小宝他爹张二丑滋啦滋啦地踩着梯子从房顶上下来，有东西被烧得发出噼里啪啦的响声，锅里的水也呲呲地响着，听上去更像是火药捻子点着了，正在咻咻地冒烟，正在一寸一寸地缩短，声音尽管不大，但是他还是很清楚地听见了。日头像一个才从油锅里炸出来的滚烫的油饼，咽隆一声，从他们的房后跌了下去，有狗赶快过去，叼起就跑。根据他多年的经验和印象，西山的背后应该就是它最常去的地方，等一到了那里，山的背面就会被烧得通红，连山尖都会变得又红又热，让人觉得边角的那些部分已经熟了，又黄又脆。果然，听见赵小宝说，已经能吃了，赶快动手哇，再不行动就冷了。他爹张二丑也说，不吃还等啥，再过一会儿就焦糊了，变得又黑又苦，到那时候就彻底不能吃了。张二丑心里有心事，吃了两口就不吃了，从墙上取下笨重难看的胡琴，坐在烧火的板凳上，拉一段"耍孩儿"的过门，吱吱扭扭，高亢凄凉，他完全是拉给自己听的,别人谁听不听不关他的事,爱听不听。胡琴的壳子是榆木掏成的,旧沉沉,圆溜溜,单独安上一个把儿,就是一个盛水的瓢,年长日久留下的松香的痕迹又让它变得白乎乎,脏兮兮。胡琴的弓子是一根弯曲的竹片,有一根皮带那么宽,所以每回拉动弓弦的时候,在外人也包括家人看来,多少不像是在演奏,更像是在劳动,在做营生,比如拉锯,比如纺线,比如拧绳,比如丈量尺寸,而其实更像是在往一个固定的地方打洞,凿眼儿。他不是没有吃过那种又焦又糊的东西,每一口都苦得叫人不想再活,舌头在嘴里被孤立,感觉不是在吃饭,而是在吃一种变得很轻的炭灰或烤酥的木头,东西含在嘴里,咬是能咬动,却很难咽下,也不想咽下去。她让他将就着吃,说总不能都倒了哇。他端起碗,又听说耗娃还小,得从小给他攒钱,顿时吓了一跳,黄胡子被惊飞,朝两边乍起,手里的碗也险些扔了,疯子也有攒钱的任务?

有弯弓沉重的身影起来又下去,不是张二丑在拉胡琴,却是下乡干部老陈在洗草帽,下乡干部老陈坐在颜色灰白的洋灰坝上说,反正,我一去吃派饭,他们就准时先把一盆子腌菜端上来了,我不去的时候呢,人家炸油饼,蒸包子,拌凉菜……你以为我没想过,我也经常在想,在反省自己,我到底是哪儿得罪了他们,按说钱一分也没少给,粮票也一两没短过。

"二饼子"牛车从坝前的路上经过,有本村的,也有外村的,不过都一模一样,碾盘一样大的木头轱辘上都钉着铜钱般的铁钉,轱辘在路上转动的时候,众多铜钱般的铁钉也跟着上蹦下跳。老陈问他们是哪个村的,他们说是海龙沟的。海龙沟,远在北边,那可离这儿不近呢,这么远来做啥。没有听见回答,老陈从湿淋淋的草帽里捉出两个贼眉鼠眼的蚂蚱,抬起头再看时,牛车已经吱吱嘎嘎地过去了。山梁上有褪色的头巾弯着腰，更有各种褪色的衣裳上印出云彩样的白碱，这让那片很旧的山梁显得更旧。没有一件鲜艳的衣裳，花衣裳也有，不能罔顾事实地说没有，不过要说那些花，却全是一些汗浸土染的黯沉沉雾蒙蒙的花，原来的粉花褪成白花，红的也变成灰的。那时候，又有烦躁恨恼的身影正从山岗前的洼地里出发，要没看错的话，百分之百是母猪没怀上，亲自赶着母猪去找公猪的主人理论，商量补救的办法。

两个地主圪蛋们在做甚？一个在两眼炯炯有神地掏粪，另一个游魂野鬼一样在路上拾捡干草，有车过来时，即刻转过身去，吊死鬼一样背朝着人，也有时不转身，直盯盯地站着。

树后躺着放马的人。

有鸟飞起来，有野花被掐断脖子。

没有一个人和他说话。唯一和他打招呼的是一只叫不应，站在一根灰绿色的树枝上，先是用脚把一片树叶蹬下来，扔到他的头上，接着又想用别的东西砸他，看见他弯腰捡石头的时候，它才飞走了。有一小群人正在地头边皮笑肉不笑地坐着，他正好站在下风头的地方，先是听见有软弱的气力不足的声音传来，后来才反应过来是豆子连带着豆荚在火堆里噼里啪啦地响着，风中送来阵阵即将烤熟的香气。一股一股的白烟从他们中间升起，柱子一样往上走，那是风小或者没风的时候。当梁上的风很大的时候，烟就成不了柱子，再大的烟也成不了柱子，而是羊群一样，云彩一样四处乱窜，跑得飞快，不时把一些人和事情罩住，过一会儿再把他们放回来，显露出来。满山梁的浓烟，跑来跑去，让梁上变成一个情况复杂的战场。

这山梁上曾种下仇恨的种子，但是却一直都没发芽，原因可能就是旱得太厉害了，整整一个夏天没下过一场雨。他去井边担水的那回，有人顺着滑湿黏硬的井绳爬上来，辘轳哗哗地转着，咯噔咯噔地响着，一张绿瘾瘾的脸阴险奸邪地迎着他上来，把他吓得瘫坐在井边，要是没有辘轳挡着，也差一点栽到井里去。最先他还以为是好些年没有音信的何少邦，直到看见那人的鼻翼边有一个很大的肉疙瘩，才知道不是何少邦。正好何少邦的大儿子也来挑水，说要翻盖他们那两间旧土房。云彩飞快地走着，在山梁上不断地投下一片又一片轻黑的影子，黑线织成的网一样铺开，随即又不留痕迹地收走。他们伸出漆黑如铁的大手从火里取东西，又一轮烟过来，白茫茫的一片，转眼把一切都罩住不见了。就在那时，另有一股，精神抖擞的一小股，从大堆的烟里分离出来，忽然冲到他的面前，把他也严严实实地从头到脚裹了起来。它们唰唰地走来，飞快地说着话，旋风一样翻卷着，边走边拿出绳子，绳子越拉越长，又长又白的绳子，烟雾拧成的绳子，沥干水分，往他的身上结结实实地捆了好几道。

忘了那是在哪儿，又是一个什么场合，台上的桌子后面忽然站起一个红脸红鼻子的中年人，手指前方，指着下面一个被他注意到的人，厉声喝问，你叫什么名字，哪个单位的？

台下乌泱混沌，女人在冲天的汗味和烟雾下纳鞋底，钩领子，男人们像马棚里的石头和木头一样脏黑，有的身上披着尿素袋子，袋子上有很多蓝色的字，"净重四十公斤"，最认识这一行字，身后距离最近的人已默读过几遍，还有不认得的字，猜想它的含义，或直接跳过。

松鼠也坐在山梁上吃豆子，剥开豆荚，一颗一颗地往嘴里放，它们不煮，也不炒，省下了很多的时间。公社或别的什么地方派人来，来了解小松鼠的牙是如何让生豆子磕了的，发现小松鼠它妈，也就是母松鼠在这件事情上有着不可推卸不可原谅的直接责任，小松鼠碎了的小牙掉下来，明明就掉在脚边的地上，却无论如何也找不见了。母松鼠被五花大绑捆走的时候，表面上好像没事，其实是已经尿湿了裤子。来的几个人把自己打扮成了烟雾的样子，迷惑人呢，不然怎么会有那么多的绳子，唰地展开一根，眨眼的工夫，唰地又展开一根。

路过白洼洼的石灰窑，梦梦一样，今天没人在那里干活儿，整个石灰窑上都静悄悄的，只有一个雪白的山岗似的轮廓，有一些东西横七竖八地支棱着，还有一些高高地吊在半空。

石灰窑是逐渐被他认出来的，并不是一下就认出来的，路上洒落的那些白面面暴露了它的位置，跟着那些白面面走一会儿，就看见它浸在一种稀薄的梦一样的景象里，很多的工具，都一律的又白又沉，武器一样胡乱扔着，有躺着的，也有竖着的，更有的相互压在一起。西边的天上生起了火，火势很旺，红通通的一大堆，黄灼灼的一长溜。下了坡，听见二迎喜家的狗在叫，他走着，西边的火一堆一堆先后都灭了，石灰窑渐渐变得黢青，阴森，白里带黑。

后来他一抬头忽然看到了几颗亮晶晶的东西，是星星，星星图钉一样摁在黑蓝色的天上。谁摁上去的？就像魏德猛脸上的疤。雪白的山羊跳过黑魆魆的栅栏，像一个叫魂叫回来的魂。

魏德猛的脸上平时只有不多的那么几个疤，就像放在外面站岗放哨的，不认得不熟悉他的人猛一下还根本看不出来，还以为他的脸上很平，很展，那是魏德猛没有生气的时候。可是一旦要是生了气，生了大气，动了大火，比如墙头忽然短了一截，比如哪个孩子让人打了，比如家里的猪忽然断了一条腿，那张脸上就会突然冒出很多的疤，一个一个的疤，唰唰地冒出来，叭叭地跳出来，拦都拦不住，很快就一群一伙地都出来了。一看见那些平时见不着的疤都出来了，人们就知道魏德猛这一回十有八九是又要拼命了。那时候他就在想,那些疤它们平时都在哪?都在魏德猛的脸下面藏着,都在因为没事干而睡大觉?要真是那样,那魏德猛平时就还得养活着它们,供它们吃穿。啊,恐怕还不只是吃穿,很可能它们所有的开支用度都得由魏德猛本人承担,他不管让谁管?养兵千日用兵一时,一旦主人有了事,它们便在他的那张脸下面哗地一下都醒来,听见外面的哨子瞿瞿地吹响,火药味越来越浓,即刻紧急集合,整队,跑步,然后一队一列地全部钻出来,斗志昂扬地开拔到主人的脸上。

一只黑狗叼着一个黑乎乎的像是帽子的东西,脸上是一副伤心又焦糊的表情,迈着失魂落魄的步子从他的身边影子一样跑过;黑猫站得笔直,双手拢起,在树下作揖,但是他仔细看过四周,也没有看出是在对谁作揖。不知为啥,看到那猫,看到那猫做的那事,他有一种十分明显的直觉,他忽然觉得那猫应该是王有志家的猫,觉得只有王有志家才能养出那样的猫,才能熏染锤炼出那种鬼祟邪狞的东西来。周围在发生着一些悄无声息的变化,这是看到那个黑猫在树下作揖以后,他才慢慢发现的,好多地方好像从来没有见过,梯子一样的坡,葫芦和旋风一样的沟,还有螺丝形状的路和裤子一样的河,有冷硬的窝头和瘫软的干饭一样的房子荒败凄凉地在远处和附近趴着,摆放着。老孩子说,王有志的奶奶就是一只表面上行动慢吞吞的却又自由自在的想什么时候出现就什么时候出现的老猫,白天卧着不动,天黑以后才开始出来活动,眼睛会闪电,连巡逻的其实也怕碰见她,常猜她可能在哪,提前就远远地绕开,从别的路上过。因为有人怀疑子弹要是打到她的身上,十有八九会弹回来,再把自己打中。除了老孩子,住在他们不远处的张二丑和李毛举也说过类似的话,他们之间又没仇。甚至他们自己的人也说过,他们十几户本家住在一起,共用同一个长条形的院子，共走同一条路，各家有啥秘密，没有人能比他们自己知道得更多更清楚。

公社派人来参加忆苦思甜大会，大队按照人数蒸出相应的谷糠窝头，放在几个巨大的笸箩里，每人一个，连不会吃饭的毛孩子也有。公社来的干部坐在板凳上，率先示范，手里拿着糠窝窝，香甜无比地吃着，幸福晴朗地笑着。王有志的奶奶忽然也弯着腰出现在笸箩前，虽然人比笸箩低，却仍然很准确地伸手拿了一个糠窝窝出来，就像一个身材矮小的人很准确地把一个已经掉进篮筐里的篮球又重新捏了出来，她弯着腰没有声音地笑着，不过却是一种叫人头皮发麻的笑容，也没法形容她的那种笑，只觉得越看越瘆人。

天黑以后，有人打起了鼓，敲起了锣，两边的山上也很快就送来了欢乐的回音。锣鼓声让人振奋，迷乱，欢乐让人松懈，忘我，黑洞洞的路上不时地有人撞在一起，大都不在意，无非是碰一下头，撞一下肩膀，不过也有眼冒金星，鼻子流血的时候，甚至抓子尖硬锋利的铁齿慌乱中扎进对方的肉里，锄头砍在脚上。四周是怎样黑下来的，他也不知道，没记住，更没看见，眼前只看见一种漆黑和生荒，那时他忽然想起一件事，想了半天，却越想越乱，越想越糊涂越黑暗，直到最后想得整条路上再没有一个人。

家门外有一根二三里长的白布裁成的带子，那正是他平时回家的路。推开一扇单薄矮小又总像病了一样叫唤的门，就能看见院子里的大树和草丛了，大树上住着大鸟，草丛里住着小鸟，小鸟经常把它们的那些石头子一样的蛋下在草丛里，每次走的时候都要很小心地用草把它们的那些蛋遮住，那样过来过去的人就不会看见它们了。其实哪有别的外人，就是他们一家三口。他记得，有一回，一只小鸟要出门去，可是又不放心它的那几个蛋，怕回来后没了，或者破了，就求他，让他帮忙给照看一下。小鸟用忧愁又感谢的眼神望着他，他就替它看着，让它快去快回。小鸟走后，他就在草丛边守护着，先是一直站着，后来觉得腰酸腿疼，就坐下了，这才有了后来的一整天的不自由，在草丛边一坐就是一天，等于被拴在了那几个蛋的旁边。小鸟原来说是就出去不大一会儿，没想到一走就是整整一天，直到天快黑的时候才回来。他至今也不知道那个小鸟当初说的是真话还是假话，也许是真的，原计划确实就是只出去一会儿，没想到在外面碰到了意想不到的麻烦，才耽搁了整整一天；也许从一开始就是打算要出一趟远门，让他帮着守护一下它的那几个蛋，故意哄他说很快就能回来，那也是非常的有可能呢。它小是小，却啥也懂，连霍士英的儿子不是亲生的这种事也知道。

　　他替小鸟看蛋的那天，觉得世界静悄得有些不正常，鼓不敲，锣不响，鸡不叫，狗不咬，又觉得耳根后面很热很痒，后来果然发现校长穿着一件皱巴巴的衣裳，正偷偷地在上面观察他，从三年级教室前面俯视他们这个院子，他一抬头，校长立刻唰地一下缩了回去，不见了。

　　一只热烘烘的夜蝙蝠擦着他的脖子，朝黑暗中飞走了，挨住他脖颈的是它那圆软的肚子，他心里一惊，当即感觉它应该正发着高烧，因为他觉得他的脖子是叫一只很烫的手摸了一下。

　　电影咋还不开演，幕布下面已经有好多黑手印了。
　　放电影的那个人还没吃完饭呢。
　　在谁家吃饭？
　　在掌柜的家。

肯定还喝酒了，要光吃饭早就吃完了。

就怕喝醉了，喝醉了还咋放电影。

喝不醉，人家有经验，能把握住，你见哪一回喝醉了。

院子里，窗户外面，全是孩子们，也有个别大人，都趴在那儿看他吃饭，等他吃完饭出来。他却一点儿也不着急，慢腾腾地吃着，不慌不忙地坐在那里，甚至还动不动就放下手里的筷子，抽烟，说话，看表。那些孩子们，顺便也在闻烙油饼炒鸡蛋的香味，互相还在争吵，为窗户里面的饭争吵。他们肚子里的稀饭和糊糊在焦急地翻滚，乱草般摇晃，在惊涛拍岸。

杜林笔记

三个队长神色凝重地来到我们家里,这可是很少见的事,这可是从来没有过的事,我断定他们是无事不登三宝殿,夜猫子进屋,一定有事,一定有秘密,而且是不能叫任何人知道的那种秘密。于太从外面进来后,还特意掀起我住的东窑的门上的布帘子,一只脚跨进来,看了一眼,见我背对着门口,也没说话,就又悄悄地退了出去。我知道他是在侦察家里还有没有其他的闲杂人等,所有在他们看来有可能妨碍他们谈话的闲杂人等都值得他们警惕和提防,这也充分证明他们这几个人鬼鬼祟祟地聚在一起,可不是为了闲扯,瞎谝,而是有目的地聚集,说不定选择我们家作为他们说话的地点,事先也是经过了一番认真地考虑和定夺的。

果然,听见于太到了西窑后就对我的父亲说,不是说没人么,看见杜林在家,没事吧?

我父亲说,放心,他不管,你花钱雇他来听,他也不听。

知子莫若父,这话是有道理,我爹还是知道我了解我的。

不知是谁说,老杜,我们几个人的身家性命可都在你手里了。

我父亲说,别吓唬我,说得怪吓人的,你们这是非要绑我上马,我说过我不想掺和。

于太说,不想掺和也行,又没说非让你掺和。我们就是想借你这块宝地用一用。

我父亲说,地方那么多,那么大,非得来我这儿,到时候我也说不清了。

一个人说，那还不是因为你老杜忠厚老实么，别人我们还不放心，信不过呢，请我们也不去哩，一扭脸把我们出卖了，我们大家哭都没地方去哭呢，死都不知道咋死的呢。

我父亲说，闹得好像对敌斗争一样哩。

于太说，你算说对了，就是对敌斗争，你以为不是？

……………

不用再听他们多说什么，我已经知道他们要干什么了。

这以后，他们放低了说话的声音，从我这边，只能听见低沉的嗡嗡声。

大约二十三分钟以后，院子里响起一阵嗵嗵的脚步声，又来了一个人，我掀开一点帘子，看见进来的是副支书薛九成，我顿时也吃了一惊，没想到薛九成竟然也和他们是一伙的，平时可是一点儿也看不出来呢，我一直以为他和谷正楼走得最近，是谷正楼最信任的助手和支持者。薛九成的出现，颠覆了我对很多人事的认识，在"社会"这部大书面前，绝大多数人可能都只是一些成绩很差理解力很低的小学生。

第十二章

黑脸·红袄·山脉形状的风

午后过去一大半，离天黑还有一段距离，大家像饥饿仓皇的牛群一样，呼隆呼隆又踢踢踏踏地走在往北去的路上，还有人跑着，两边的山上不时地传来阵阵空空的闷响。乱七八糟的脚步声从路上溅起来，撞到两边的山上，撞得头晕眼花，嗡嗡了一阵后，很快又都纷纷弹了回来。还有人趁机说看见自己的影子映在山上，不过说也是白说，大家都在赶路一样地走着，尘土浮在脸前和半空中。

前方传来打架似的锣鼓声，听声音敲打的正紧密，每一声都是又短又急的直线，连大家平时最熟悉的那种拐弯和转折都没有，一听就是在一声一声地召唤，召集人们。

五灯穿着富贵的一件大衣服，也走在那尘土飞扬的人流中。

他听见有的孩子好像把鞋走丢了，尖利的哭声穿破飞扬的尘土从路上飘了起来，但是没有引起任何人的注意，没有人停下来，人流仍在继续往北运动。别人的遭遇也引起了五灯的警惕，他不得不走一会儿就低头看看自己脚下，看看鞋还在不在，这样做的好处是能及时发现鞋丢了没有，坏处却是很容易被人撞倒。有好几次，就在他低头看鞋的那一瞬间，后面就有人硬邦邦地顶上来，狠狠地撞他一下，然后快速地走过去。还有的展开胳膊老鹰一样黑压压地朝前面飞去，从后看就是从他的头顶上飞过去的。这还都算是好的，怕就怕那种走路瞎眉糊眼或者不管不顾的，直接从后面把他撞翻的，要是再不小心踩着他的身体或头走过去，那就惨了。不过，五灯是个机灵的孩子，他不会笨到专门停下来看鞋在不在，平白无故给别人创造那么一个撞翻他的机会，他只要在走的过程中用眼角稍微往下瞟一下，就能知道鞋还在不在了。鞋很重要，鞋要是丢了，富贵一定不会饶过他的，打一顿是肯定的。要只是打一顿，也就算了，五灯更怕他天天拿丢鞋这个事说个没完，一有空就说，一想起来就说，变成一件不可饶恕又永远无法弥补的罪行。比如你正在吃饭，他不知怎么就忽然又想起了你丢鞋那个事，然后就开始数落，从天上到地上，从家里到家外，从本村到外村，从在学校里的表现再到败家子……骂得你心里满满的，乌七八糟的，乱草疯长，乱麻团团，再也吃不下去什么。再比如，你夜里回来忘了关门，也能从忘了关门这件事说到你曾经丢了鞋那个事，本来两件事离得八丈远，甚至想破头也很难把它们连到一起，可不知怎么说着说着就近了，越来越近。还不光是近了，最终两件事还会严丝合缝地叠起来，捯到一起，变成一件事——看着是一件事，却有好几个面，好几道棱，好几宗罪，每一个面都有反光，都在反射着你，每一个错也都是你的错，你曾经犯下的罪。

听见前面又有人扑通一声倒下了，但是后来又听说不是自己跌倒的，是拖拉机撞倒了人。撞人的拖拉机在哪，却没看见，至少五灯没看见，眼前只有变来变去的却又总是一模一样的人墙，只有一个又一个的粘连成一片一堆的身影和数不清的胳膊、腿，每一张脸都朝向前面。

人群稠糊糊地流动着，一些和五灯差不多大的孩子也夹杂其中，甚至还有更小的，就像是满河川的石头中间夹杂着的那些碎石头，小石子儿。有一个六七岁的孩子，边走边哭，还时不时抬起细麻秆样的胳膊,抹着眼泪。五灯问他,你是谁家的孩子,你爹是谁,你妈是谁?那孩子也不说话,看了五灯一眼,反倒瘦蚂蚱一样往旁边躲闪。五灯说,小毛孩子,也来跟着起哄,也不怕"套白狼"的把你套走!一会儿回的时候,你能认得回家的路么?话还没说完,再看那孩子时,发现早已没有了踪影,已被黏稠模糊的人流湮没了。

  其实五灯自己也完全不知道这么多人哄哄攘攘地走着,是要去干什么,感觉是要去看戏。他问过一个边走边抽着烟的大人,那个人竟然也不知道,也是在跟着瞎走。五灯想,还大人呢,闹了半天也和小孩一样,也是啥也不知道就随大流跟着瞎走,这种大人!又想,应该就是去看戏的,不然怎么会有这么多的人集合似的同时出现在了路上。再说,不是还有锣鼓声一直都在响么,那不就是一个最好最有力的证明,大家可能都听到了那种一阵紧似一阵的锣鼓声,这会儿让人担心的倒是他们这些人还在路上走着,而那边的戏已经开始了。那个距村里只有二里路的地方矿山每年都要请来一个剧团唱戏,唱一两次或者两三次。唱戏要的就是人多,越人山人海越好,不管从哪来的人,人越多越好。要是没有那么多的人,没有那种人挤人的热烈和吵闹,光他们几个头头,几个工人,就算再有几个家属,搬上几个凳子有盐没醋地坐在那里看,那还能有什么意思,什么意思也没有,看不了一会儿就会看不下去,就会有人拎着凳子边撤边说,实在是没意思呢,真是白耽误半天,还不如回去睡觉呢。往往那种时候,不仅看的人觉得乏味,寡淡,非常的没意思,在台上唱戏的也会感到没什么唱头,完全提不起劲来,还容易走神,分心,甚至闹出笑话。相反,要是看见台下的人黑压压的一眼望不到边,他们也会立刻被感染,迅速来劲,抖擞精神,卖力地把他们的或高亢嘹亮或低回婉转的声音传到漫山遍野,染红整个夜晚——包括那些大雪纷飞的夜晚。

和多数孩子一样，五灯其实一向对唱戏并不感兴趣，台上唱什么，说什么，是什么人在唱，从来都不关心，他们喜欢的只是那种人山人海的场景和气氛，可以在人群里奔跑、穿梭，有一种打仗的感觉，觉得是在敌后穿插。除了那些以外，说不定还能意外地买到一些吃的，比如糖或者瓜子，钱有的是自己平时积攒的，也有的时候正好碰上家里的大人心情好，一高兴，说不定就会给你几毛钱。也只有在唱戏的时候，或者过年的时候，才会有这种事发生，要在平时，想也别想。有一回他们几个孩子一起要去邻近的马头村看电影，狗子想跟他爹要两毛钱，那时候狗子他爹正在院子里劈柴。狗子小声地说完话以后，他爹还在噼噼啪啪地劈着，一边劈柴，一边说，你说啥？再说一句，你过来——狗子迟迟疑疑地走着，还没走过去，他爹果然就像大家想得那样，瞬间就变了脸色，咬着牙，手里举着斧子，狠狠地说，给你两毛钱？给你一斧子！一听这话，再看那脸色，狗子转身就跑，他知道这一次要钱绝无可能，不扔下劈柴追出来打骂就已经不错了。后来，去公社联校过"六一"的时候，狗子也还是没有得到一分钱，狗子就真的有些难过和气愤了。狗子想，平时不给也就算了，过"六一"他妈的也不给，我日他妈的！狗子那天在离家很远的路上叫着他爹的名字，眼里也是恨恨的。

如果把每年唯一的一场或两场戏比作是一块巨大的吸铁石，那附近方圆几十里地内的人们便都是一些货真价实的铁屑、钉子以及螺丝螺帽一类的东西，只要那块吸铁石一摆出来，他们就会被纷纷吸过来，不管你当时正在哪个角落里钻着，趴着，都会被立刻吸出来，即使生了锈也不妨，锈了也照样能被吸过来，锈得斑驳难看，黑漆烂污的也照样唰唰地往这边赶，大螺丝小铁钉们都穿着只有过年和出门时才穿的新衣服。看完头一场戏以后,只要在这边有亲戚或者朋友的便大都住下,等待着第二天、第三天的戏,尤其是女性螺丝铁钉们,一直要住到戏全部唱完以后方才回去。实际上,更有一些消息灵通的,性能灵敏的,提前一两天就已经被早早地吸过来了。钉子们,铁屑们,螺丝螺帽们,大家都锈迹斑斑地干巴巴地油亮亮地渣渣末末地相聚在一起,情意切切,其乐融融,灯下忆往事,把酒话明朝,当然也不能喝醉了,喝醉了首先就不能去看戏了,只能在家里躺着。来了亲戚的那些人家,都尽着各自最大的能力诚心实意地款待这些前来的钉子或螺丝们,每天尽量地做一些他们平时很少吃的饭,变着花样让客人们吃好。每场戏开演前,再给那些小钉子们一些零花钱,自家的反倒没有,钱虽然不多,但是也足以使大螺丝大螺帽们高兴,开心。要是来的太多住不下,家里的主事螺丝和已经成年的儿女就到外面另外找地方睡觉去。三大爷,炕上还有地方吧,给我留着,黑夜我去睡。哎呀,不早说,炕上已经约定满了,只剩下柜上还没人,你要能将就,铺张羊皮睡到柜上。无论谁一看见他们,就知道他们家里来客人了,因为谁都有过这种事。

秋收后偶尔也还有赤日炎炎,台下有些人就把各自的衣裳撑开在头上遮挡烈日,争吵甚至斗殴的事情往往就会在那时候发生。前面站着的人一把衣裳撑开在头顶上以后,后面的人特别是那些身材矮小的人便再也无法看见戏台上的内容了,于是,相互之间便开始指责,你一言我一语地吵起来,衣裳首先被撕破,再严重的就打起来了,有头破血流的,捂着被打坏了的眼睛或头,继续追赶,轻伤不下火线,重伤有时候也不一定下,黄尘里有鲜红的血在滴答,甚至流淌。吵完了,打完了,台上的戏也唱完了,人群顿时松动,纷纷散去。至于今天唱的是什么,那肯定完全不知道,只顾着打架了,只顾着看打架了。又听见议论说，马头村的那个人的一只眼睛瞎了，从此以后就再也看不见了，这戏看的，还不如不来呢，完全赔上了老本。相比较而言，段家沟那个人只是鼻梁断了，缺了根小拇指，真不算是太大的损失。

　　冬天里，尤其是清冽寒冷的正月里，西北风刀子一样，刮得人脸上生疼，在戏台下面站不了一会儿，就得活动一会儿，搓手，跺脚，不然很快就会冻僵。除了这些，西北风还经常凄厉无比地叫唤着，还会把那些临时搭起的戏台上的帆布刮得哗哗作响，大幅度地飘舞，飞扬。戏台上的幕布有时会突然被吹起，把正在台上唱戏的冻得有点哆嗦的演员全身缠住。这时候就显出那种真正的戏台的好处来了，在那种正式的戏台上唱戏，身后的帷幕不会胡乱地飘扬翻飞，更不会可笑又可怕地把唱戏的人全身缠绕。天气冷是冷点儿，可后台上有炉子生着火，唱完一个段落以后就可以回到后台去烤火，取暖，喝水。这种都是正式的国营剧团，人们有职务，有工资，还有统一的住房。而那种临时搭起的戏台子，周围三面的帆布都会在风中哗哗地飘荡，嘭嘭地作响，本身也像在敲鼓。在台上表演的也大多不是正经的剧团，多是一些走乡串村的草台班子，十几二十个人，甚至七八个人，行头也又旧又暗，正经的大戏也不会唱，唱不了，只会唱二人台，耍孩儿，一看就穷得要命，也苦得要命，没有布景，灯光也不亮，灯也没有几盏。所有那些陌生地方草草搭起的台子也是专门为他们这种流浪狗一样的草台班子准备的，他们也早已习惯了台上简陋的帷幕在身边和头上乱飞，习惯了台下哭爹喊娘的叫声，习惯了傍晚出发，半夜赶路，习惯了冷粥和馊饭，习惯了虱子和跳蚤。

　　不过，不管是大雪纷飞，还是西北风刀子一样，只要台上有人在唱，台下就永远会站满了人，红袄，黑袄，各种长短新旧的皮袄，有早早就来了的,也有摸黑赶来的,有的连饭也没顾上吃,要是还牵着驴,就不能往人群里站了,只能和驴一起站在边上或人群后面。

一场戏看下来后,脸上和身上会有汗,有土,那些平日里舍不得穿的新衣服上也会布满尘土、柴草和各种毛絮,有时会更脏,会沾染上不知从哪里来的鼻涕眼泪,甚至油污,血迹。回来一看,还有的衣服上不知啥时候被烧出一个洞,划破一个口子,但很少有人会因此而生气、后悔,大家都觉得那一切都很正常,出门在外,做的又正好是人看人人挤人的事,身上哪能不脏,要是一尘不染地回来,那倒奇怪呢,都从来没有把那种事情当回事。

过了一条表面青黑的河以后,那黏稠模糊的人流渐渐地慢了下来,忽然流不动了,有的已完全站住,伸着脖子到处看,后面的也陆续上来,也在到处乱看,好像在找什么人或东西。

裹挟在黏稠人流中的五灯也随着众人站住了,眼前是一个他们熟悉不过的黑色的世界。

地是黑的,炭是黑的,房屋的顶子、外墙和门窗是黑的,机器和工具是黑的,一些散落在远近各处的人是黑的,马和骡子是黑的,就连一些云彩似乎也镶着黑边。有些东西本身并不黑,是一天一天地被染黑的,比如地,比如房屋的顶子、外墙和门窗,比如空气和羊群。

然而在这中间,劳作其实才是最黑的部分,劳动者的白眼珠闪烁其中。

只有站在近前细看,才会发现很多人的牙并不算白,但是要看和什么比,要是有一张黑脸衬托着,对比着,那些本来不算白的牙就显得十分的白,白的厉害,白的阴森。当然还有那些一转一转的眼白,也是白的出奇,在这个全面黑色的世界里,这可能是平时最白的两种东西。还有人的嘴，在到处都是黑色的映衬下，差不多所有的嘴都偏红色，有的甚至血红。倪俊的爹就在这个黑色的世界里工作，已经几十年了，所以倪俊的爹也就顺理成章不可避免地有一张血红的嘴，五灯去倪俊他们家，别的都能看，就是不敢也不忍看倪俊他爹那张嘴。

在这个地方，五灯每次都会目睹到众多漆黑坚硬的手，本地的，外来的，本地的黑硬，油腻，张扬外露，外来的也黑硬，也脏污，同时还带着木钝和怯怕。从更远的北边长途跋涉来的那些马车、毛驴车和拖拉机，排列成一溜又一溜又破又旧的长蛇，望眼欲穿地等待着，无声地注视着这世上的某种其实也并不算原始落后的开采制度，成千上万的黑色的花朵在他们焦躁期盼的视线内一遍一遍地反复盛开，怒放，飘落，黯沉的机器和工具在他们的视线内错落着，但他们已不再能看见，他们的眼里只剩下那些不久前才刚刚从地下发掘上来的东西，那些黑黝黝的块垒，那才是他们背负着全村人的希望跋涉而来最想拿回去的东西。那时候，或者长期以来，劳动的要素就在远处蓬松，在身边起伏，看上去漫不经心却又如同在一条窄轨上行进。无数个年头以来，你以为是袒露的深水，却无法航行，粗糙的表面和质感让劳动的过程变得过于强烈，如一双双凸出却又睡着的眼睛，也使劳作者的日月变得漆黑无边。

等着驾车的驴马都站在风里，有的似乎相互认得，喷一声响鼻，但大多数都站着不动。

所有远路来的马车、毛驴车和拖拉机，都住在附近的车马店里，碰上连续多日漫长焦虑地等待，他们出门时带着的粮食迅速见底。人天生性贱，东西越少还总是越能吃，他们的嘴上开始起疱，手上脸上开始生疮，但是也只能死等，只能继续一天天地坚持等着，因为事情的决定权并不在他们自己手里，不想等也得等，总不能空车再回去，几百里地白跑一趟不说，关键是接下来的冬天怎样度过，不是一个人一家人怎样度过，而是整个村里的人如何度过。每一辆马车毛驴车和拖拉机出的都是公差，炭拉回去由村里统一分配到各家各户，他们一路上来回吃的粮食也是由大队支出，这边的车马店给他们做熟了，他们少出一点人工费，要是带的东西吃完了，完全吃店里的饭，那就比吃他们自己的东西贵多了，所以他们也最怕出现那种糟糕的情况。等待是正常的，哪有一来了就能轮上的，等上一些天，总有轮到的时候，某一天忽然被吆喝，被叫到，然后就迅速扑上去，抱孩子一样抱起那一块又一块的炭，把车装满，只要路上不坍塌，只要车能承受得住，就尽可能地多装，贪心不足地多装，把车装得巍峨，沉重，吱吱呀呀，悬崖一样。车一装好，这一趟的任务就算是基本完成了，剩下的就是原路返回，人和车安然无恙地返回。最后一个晚上，好好睡一觉，然后黎明即起，迎着寒风，摇摇晃晃地上路。寒冬腊月，家里没火，那才叫没法过哩，他们从更北更苦寒的地方来，经常根据心里的渴望程度胡乱起名字，把所有大块的炭都叫作大毛炭，他们盼的就是越多越好，越大越好，更重要的是那些表面漆黑本质炽热的东西跟着他们上路，回到遥远的村里，能够让全家度过整整一个冬天以及半个春天。沿途继续住店，天一亮再接着上路，路上要走多久，最短的也要好几天，十几天的也有，要是遭遇特殊情况，一个月也不稀罕，出来时地里还有黄有绿，回去的路上到处白茫茫也说不定。

拉上了炭，就能很顺利很高兴地回去么？

这边那些十来岁的孩子，是车马店里的常客，经常游魂一样游荡在车马店的内外，他们看见一排又一排的马棚里站着刚刚卸下鞍具的各种颜色的骡马，都在安静地吃草，院子中间的井台上冰冻着龇牙咧嘴的冰凌，都没什么好看的，他们感兴趣的都在店里，所以他们每次一来了就直奔店里。他们看见一进门十几个大灶上火光熊熊，几十丈见方的大炕上全是人，躺着的，坐着的，看见张翠英的爹系着齐到胸口的大围裙，正在给炕上的那些车倌们做饭。张翠英他爹一个人应付几十个车倌吃饭，从来都绰绰有余，没有一个挨饿的。他们把手插在兜里，手里暗暗地握着平时削铅笔用的小刀，在一些撂在炕边的圆鼓鼓的麻袋下面心怀鬼胎地转来转去，时刻准备着，看准时机，割鞭子，割麻袋，都知道麻袋里装着葵花籽，是车倌们顺便从家里带过来卖的。在店里最混乱最喧闹的时候，在车倌们只顾埋头吃饭睡觉的时候，他们及时下手，掏出兜里的小刀把圆鼓鼓的麻袋划开一个小口，让里面的瓜子悄悄地流出来，当然也不敢流很多，用头上的帽子接半帽壳，最多一帽壳，然后飞速离去。车倌们发现了是会不依的，张翠英的爹要是看见了，也会管，会阻止。这些其实都不影响车倌们日后上路，真正让车倌们头疼和气愤的是他们的鞭子，黎明时分开始上路的时候，发现鞭子只剩下一根光秃秃的鞭杆了，完全没办法赶车了。把鞭子除鞭杆以外的那一部分偷割回去有什么用么？实际上也并没有什么用，也许就因为它们是皮子做的，这才让小小年纪的他们觉得有些价值，其实也并没有什么价值，拿回去新鲜两天，两天以后就全忘了。但是这事对车倌的危害就大了，接下去还有几百里的路要走，光靠一根光秃秃的鞭杆，真没法赶车。这样的事情经常发生，也很难防住，为了能正常上路，细心谨慎的车倌临睡前不得不把鞭子压在自己的衣裳和随身带来的包袱下，然后再让自己枕在上面，这样才保险，他们总不至于把鞭子从他的头下抽走吧。第二天上路，赶车没鞭子，有的车倌临时想办法，从路边折一根树枝，再挽上一条绳子或布条，权当鞭子。

多少年来，除了他们自己，从来没人知道他们一路是怎样回去的。

到了每年固定唱戏的地方，才发现并没有唱戏，连一点那种迹象也没有，空荡荡的戏台上满是日积月累的灰尘，只有几只鸡在往年故事展开乐曲缭绕的地方站着，走着，低头刨着。

可是，先前那隐隐约约的一阵紧似一阵的锣鼓声又是从哪里传来的呢，没有人知道。

黏稠模糊的人群好像有了一根轴，开始原地转动，涌动，有看不清颜色的东西滴答出来。

忽然，人群发出"轰！"的一声，感觉有东西被摔破或者爆炸了，大家野驴一样毫无礼仪地越过那种黑色的景象，纯粹的劳动场面很快被遗忘在身后，那些黑色的机器和工具，所有等候在那里的骡子和马，也都如同废弃了的旧物一样留在原地，转眼间就被忘得一干二净。大家朝一个有着拱形大门的院子里跑去，院子里两边都是宿舍，绿油漆的门窗都紧紧地关着。院子的尽头是一大片阶梯，至少有一百多级，从平地上开始，缓慢往上，渐渐升高，一直通到后面的山上，山上还有很多房子，也全是绿油漆的门窗。有上夜班的人从某一间绿油漆的房子里出来，一副才睡醒的样子，肩上搭着毛巾，正在高处的那些台阶上弯着腰洗脸。

有人嗵嗵嗵地朝那些高处的台阶上跑去，以为要看的在上面，后面也有人跟着，但是大多数的人都没有上去，而是从外面涌进来以后都聚集在下面的一间房子前。原来，早在大家进来之前，那房子外面就已经有了不少的人，有的站着，抱着胳膊，有的相互之间交头接耳。

房子里面挂着窗帘，窗帘拉开一半，遮挡着一半。

一群人围成一个圈，里面有一个人蹲着，身上被捆了绳子，小拇指那么粗的麻绳。五灯挤不到最前面去,他是从圈子外面的缝隙里看见的,那个人低着头,脸朝下,看着地上,虽然看不见他的正脸,可是五灯隐约觉得好像曾经在哪里见过这个人,一时却又想不起来。

这时,先前自以为聪明地嗵嗵嗵地跑到台阶上的那些人又都下来了,也围了过来。

从没有窗帘遮挡的那一半的窗户上,五灯看见里面有一个女人,确切地来说,是一个女人的背影,背朝窗户坐着,头发有些弯曲,看不见下半身,只能看见她的上半身,更多的人实际上是在看她。五灯想,她背朝着窗户就对了,她不可能面朝着窗户坐着,要是那样,那不就等于是让外面的这么多人参观她么,这么多人嗡嗡地等在外面,说不定就是为了看她的。

五灯吸了吸鼻子,他闻到了一种用大铁锅炒白菜的味道和另外一种上面流淌着松油的木头的气息。他知道,炒白菜的味道是从这些宿舍后面的食堂里飘来的,而那种上面流淌着明亮黏稠的松油的木头味则是从远处的那个木场里飘过来的,那里堆满了无数桶粗的红松和又长又直的白桦,有些松木比桶还要粗,上面满是鳞片般的树皮,用手一掀,就会扯下一片。

人群很乱,很多嘴都在说话,到处都嗡嗡的,眼前的场面和人们的那种样子,让五灯觉得他们是在等待一件事情的发生或者一个人、一些人的到来,这样的场面和人们的那种样子,其实已经和唱戏时候台下的那种无限混乱的情景差不多了。不过,五灯想,肯定不是唱戏,而是另外的一件什么事情,只是他这会儿还不知道。五灯在人群里挤着,不断地寻找着更好的方向和位置。在那种又钻又挤的过程中,由于别人也在找寻更好的方向和位置,便经常有人完全是无意识地用一些大手在五灯的脑袋上随便又随意地拍来拍去,就是那种在地里挑选西瓜的样子，看见一个，不管好赖，更不管要不要，首先上去用手拍一下。五灯被那些手拍得有些恼火，有的还出手很重，很痛，啪的拍一下，嘭嘭敲两声，让他的脑袋也跟着嗡嗡地响，鼻子发酸，眼前有乱纷纷的长短不一的金线在飞，在飘来飘去，最短的有一根针那么长。后来当又有一只手掌很厚的大手随随便便地放在五灯的头上，并且明显地把五灯的头当作一个可以托付或支撑的东西，好一会儿都没有离去的意思时，五灯便抓住那只手咬了一口，咬完后又像啃完骨头扔骨头一样把那只手从他的嘴边扔了出去，随即又钻进一片稠密的人群里，人们都抬着头，伸长脖子，奋力挤着。五灯被推挤着从一个女人的两腿间穿过，那一瞬间甚至有一种被那女人生出来的感觉，钻过去以后听见那个女人叫唤说，啊，好疼！

这时候，又听见有人在高声叫骂，五灯觉得一定是那个刚才被他咬过的人。

旁边有几个人正在说话，大家最关心的最感兴趣的是那个女人，有人问穿上衣裳没有，有掌握情况的人就说衣裳不在了，裤子肯定没穿，保卫科的秦海罗早就把她的裤子拿走了。拿到哪儿去了，肯定不是她家，应该是拿回保卫科去了，作为证据那得好好保存起来。确实没穿，我才过去看了一下，上身就披着一块毯子。就不能让她穿，要是让她穿上衣裳，穿得整整齐齐的，那就啥也不承认了。很快就又有人关心穿没穿裤衩。刚才听李忠义说，第一步是游街。游街？那可就好看了，是走着游还是站在汽车上游？还没最后定，在等"凉棒"回来决定。"凉棒"去哪儿了，听说是开会去了。一到关键时候就开会去了。人群嗡嗡。

五灯知道他们说的是谁，他的眼前浮现出一个披着大衣的红鼻子的人，那即是他们说的"凉棒"，本人姓梁，这外号的含义有很多，其中就包括外行、菜头、生瓜、瞎指挥等，当然也和姓有关，他要是不姓那个姓，应该也就不会获得那么个外号。大家都很讨厌他，因为每次不管唱戏还是演电影，他都要上去讲话，哼呀哈呀的，一讲话就会耽误半天，下面的人们就嗡嗡的，开了锅一样，男人们抽烟，说话，女人们眉飞色舞或者呆头呆脑地坐着。有的女人怀里的孩子就像被鬼捏住了一样，厉声哭着，不要命地哭着，女人就一边骂一边解开扣子给那嚎哭不止的孩子喂奶。那时候，最快乐的就是那些到处乱跑的孩子，耗子一样，鹞子一样，黄鼠狼一样，在拥挤稠密的人群里飞快地左钻右钻，蹿来蹿去。有一回，不知是谁，竟然在奔跑的过程中碰断了电线，又瞎猫一样拽着电线乱窜，把电线绕到了好多人的脚上和腿上，黑压压的人群顿时就乱了，被电线缠住的人都在黑暗中拼命地想把绕在自己腿上的电线拽开，又怕触了电，用劲拍打的，撕扯的，高声叫嚷咒骂的，一时间响成一片。正在拿着话筒讲话的红鼻子当然也就哑了，没有了电，不仅不能讲话了，连演电影也耽误了很长时间。

　　人群忽然有些乱，听见一个声音说，出来了出来了！众人哗的一声水一样朝那窗户下漫过去，可是不久以后又水一样晃荡着涌了回来，就是水碰到山崖后又退回来的那种情景，似乎还能听到一种咕咚咕咚的涌动声和拍击声。原来是有人捣乱，故意哄人们的，里面的那个披着毯子的女人并没有出来。是谁喊的那一声，却没有人知道，更没有人站出来承认。有人骂着。一个披头散发的女人在一进门那个地方大声地叫着她男人的名字，让他赶快滚回家里去，他们的地窨好像塌了。那是一个叫常贵的人，这会儿可能就混在这些看热闹的人群里，但是他的名字从女人的嘴里说出来，每次都不光是一个名字，名字的前面或者后面都会缀有别的称呼或者形容词，比如死，不要脸，你妈，等等。后来，看见有一个人从人群里分离出来，边走边烫了似的甩着手，往一进门的那个地方去了。五灯就想，那可能就是常贵。

又等了好半天，里面的那个披着毯子的女人始终不见出来，外面也没有任何新变化，有人等得不耐烦，就先走了。五灯听到旁边不远处有两个人在说话，其中一个梳着分头，身上穿得比较干净的人说，想看看她，半天不出来，死活都不出来。另一个就说，先回吧，等到游街的时候再看。一边说着话，一边也就走了。就像传染似的，一看有人开始走了，不少人也跟着往外走，先前满满的几乎一院子的人，转眼就走了一大半，剩下的那些人也开始观望。

五灯也随着一群人从里面走了出来。

回去的路上，果然已远不如来的时候那样紧张和神秘了，很多人懒洋洋地走着，有些人甚至走着走着就忽然不见了，半路钻进了地里或者被吸到了两边的山上。山上有人形的痕迹和人脸样的岩石，脸前交织着网状的横格竖线，像极了一个被关在笼子里多年的人，正在望着山下的路和路上的人。西边土黄色的山梁上空荡荡的，有牛群荡着黄尘正在往梁下走。

一道一道的紫红色和灰黄色的栅栏将路两边的那些零散的人家一户一户地分隔开来。

山鹰像几件山区小孩穿的黑棉袄，被扔到天上慢慢地飘着，一会儿扣上，一会儿又解开。

又看见那条细得像一根白布条一样的路了，我在那上面不知走过多少回。

有一个人背着口袋正往下走。

好像是刘二年。

是哩,就是他。

前天,他的一个孩子领着几个和他一样大的孩子回到他们院里,渴了,想喝水,一推外屋的门,却发现门从里面插着,孩子就在院子里叫妈,一声一声地叫,屋里没人答应。过了一会儿,外屋窗户上的猫道上钉着的小帘子忽然顶起,从里面出来的并不是猫,而是一只手,是他妈的一只手,手里放着几块糖。竟然有糖,竟然是几块糖,孩子被那巨大的幸福和意外的欣喜惊得有些迷糊,昏头昏脑,从他妈手里拿了那几块糖,又听见他妈嘱咐他让他出去耍。临走时孩子趴在外屋的窗户上往里瞄了一下,看见一个魁梧的人背着手,背朝着窗户的方向,站在他们里屋的柜子前,好像在认真端详墙上的相框和相框旁《红灯记》的剧照。

尽管那个人背对着窗户的方向,但是孩子一眼就认出了那个人,并在往院子外面走的时候,疑惑又自言自语地说出了他的名字,虽然是一个十分熟悉的名字,却也并没有引起别的那几个孩子的注意,他们往外走着,早已把注意力转移到了他手里的那几块糖上。

日头黄艳艳地照着,水清凌凌地流着,很多事情正在发生,却又好像什么都没有发生。

杜林笔记

东街很短，临街好像只有十几户人家，有一个水龙头，从一扇临街的绿油漆的窗户下的墙上伸出来，窗户里有一个白头发的老头，戴着老花镜和蓝色的套袖，坐得笔直，坐在里面，挑水的人来到窗户前，交了水牌，就能拧开水龙头打水，然后挑回去。街上铺着古老的黑石头，多少年来已被磨得又光又亮，很像是一些深深的叹息，又很像是一些忧愁而沧桑的笑容。

陈旧的青砖，苍白又霉黑的外墙，霍琪老师所在的文化馆就在这条短短的街上。

农历五月十三，我去文化馆拜访霍琪老师，刚穿过青砖的月亮门，就听见一阵凄楚悲凉的二胡声，我猜可能是霍琪老师在拉二胡，到了院子尽头他的那间小平房前面时，果然看见就是霍琪老师，马瘦毛长地坐在一个凳子上，两条干瘦的腿架在一起，二胡放在腿上，拉的又是《病中吟》。与此同时，与文化馆仅一墙之隔的剧团也好像正在排练，胡琴咿咿地拉着，小鼓咚咚地敲着，大提琴呜呜地响着。霍琪老师看见我来了，放下二胡，招呼我进屋。

霍琪老师对我说，先喝点水，一会儿再给你拉一段板板腔。

记得这屋里的墙上原来一直贴着一张纸，上面写着四个苍劲愤然的字——逝将去汝！

现在没有了。

我知道霍琪老师一共有过八个笔名，今天才知道并不是八个，而是十八个。

霍琪老师在靠近门口的脸盆里哗哗地洗手，洗完手以后，又用搭在屋里一根铁丝上的毛巾认真地擦手，擦干净手以后，重要的节目就来了，霍琪老师让我看他发表在地区《群众文艺》上面的一首诗，霍琪老师的这首诗共有八行。霍琪老师指着同一页上的另外四行诗对我说，这个作者是他早年的同学，曾经是他们学校的秀才，人骄傲得厉害，走路永远看着天，永远昂首挺胸，目光很少平视。霍琪老师说，我八行，他才四行，我比他整整多了一倍。

霍琪老师在地上走来走去，裤带的一头掉出来，耷拉在外面，他也没看见。

霍琪老师谆谆地教导我，勉励我说，你好好努力，将来也上这上面，也不是没有可能。

见我半天没有说话，霍琪老师以为我受到了某种刺激甚至深深的伤害，刺激得已经不会说话了，同时却又奇怪地相反地以为我嫌四行太少，看不上区区的四行，就耐心地劝我，不要贪心，不要好高骛远，一开始的时候尤其不要贪心，贪多嚼不烂，先从四行开始，有了四行，才会有八行，再然后才会有更以后的二十行，三十行，甚至五十行，一百行……啊一百行，你能想象那是一种怎样的情景么？现在当然想象不出来，所以才需要一步一个脚印地走。

我坐在霍琪老师屋里后面的那盘小炕上，把霍琪老师的那八行诗看了一遍又一遍，直到他后来终于过来阻止。霍琪老师说，行啦，没啥好看的，我的水平也不高，以后看你的了。

不让我看了，可是他自己拿过去以后，迅速地又看了两遍。

忽然一个女的在外面敲窗户，说她要下班走了，问我们走不走，因为她要锁门。霍琪老师对她说，你走吧，你把门从外面锁了就行，我有钥匙。

那两扇大门很松,即使从外面上了锁,只要轻轻晃动一下,就会出现一条很宽的缝,只要有钥匙,手伸出去,从里面也照样能打开锁子出去。霍琪老师当然有钥匙,当所有的人都走了以后,他经常一个人在锁了大门的里面待很久,甚至忘了回家,不回家也是常有的事。

第十三章

风雨夕·深挖洞

一个像是打牲的猎人模样的人，拎着一只兔子，出现在院子里，仔细一看，竟然是公公。

晚上吃饭的时候，公公忽然说起了一件事，说除了运气好，逮住一只兔子，今天在西山上的那片洼地里割草的时候，他还踩住了一只狼的尾巴。

公公说的那片洼地她知道，叫黄泥洼，周围除了山，还有好几丈高的土崖，土崖上长满了野枸杞和各种颜色的喇叭花。黄泥洼的土是胶泥，颜色红黄，有很强的黏性，人们常从那里拉回来抹墙，抹炕，抹灶火。人从土崖下经过时，能看见一些浅浅的洞里不知什么年月寄放着的棺材，有头没尾地露出来，都早已腐烂，当初的红色褪成浅淡的粉白色，有的甚至完全没有任何颜色了，只是几块裂成无数道缝隙的木板。一到后半晌那里就没有太阳了，阴天一样暗暗的，也很少有人。人多的时候去那里还不觉得有什么，只有一两个人的时候，会有点瘆得慌。

婆婆顿时有些惊慌地说，它没咬你，没吃你？

公公说，成天净说些没用的，吃了我还能回来？

婆婆还是有些不敢相信，刚才听公公说狼的时候差点把手里的一个碗打了，幸亏她眼疾手快，把已经滑出去的碗又捞了回来。婆婆对公公说，咋会有那么听话那么老实的狼，不咬人？

公公看了她一眼，粗声粗气地说，它有亏心事呢。

公公看的是她，并不是婆婆。

婆婆对公公说，说我说没的，你才是说没的呢，狼能有啥亏心事，人才会有亏心事呢。

公公这回正经看了婆婆一眼，神情里有点惋惜，又有一种恨铁不成钢的意思，叹了一口气，端起碗。一阵呼噜呼噜的声音过后，公公又放下碗，回头看了看他不久前才挂到墙上的那把镰刀，那镰刀和他形影不离，不论什么时候，只要出门，他一定会带着它，斜插在腰间。

公公又让婆婆给他盛了一碗饭，用筷子挑了两下。公公说，再说了，我不是还有镰刀么，它要是敢咬我，我就拿镰刀把它的头割下来，黑夜回来咱们炖狼头，啃它的骨头，吃它的肉。

她和婆婆都看着公公，那时候她听见婆婆好像发出一种很奇怪的叫声，像鸡叫，就是寒冬腊月时两三只鸡挤在一个墙角里发出的那种咕噜咕噜的叫声，又有点接近嗓子被捏住以后的那种声音。这以后，她又转过脸去看婆婆，发现她半张着嘴，嘴里成了一个黑洞，脸煞白。

婆婆呆了半天，后来像是才从一个梦里醒来一样，对公公说，你这个老东西，你又逞能！你也不想想你都啥岁数了还敢和狼闹，还想炖人家的头，真敢想！让人家炖你的头还差不多。

婆婆的话让她忽然有些走神。她想，狼吃肉需要炖么？不需要，它们只吃生的。有很多事情真是没法想象，你能想象几个狼围着一口锅炖肉，有的剥葱有的放盐，有的打水有的烧火，在那个过程中，互相还说着话。你能想象那样的情景么？

公公有些无可奈何地看着婆婆，说，唉，你真是……啥也不懂。

婆婆刚要说什么，公公又说，白长了一张脸，一副心肝，脸这会儿也不行了。

公公的两个眼睛有些三角形，看人的时候，三角形虽然还在，但是三角形里面的东西经过一番外人看不懂的搅动和碰撞以后，经常会变成两把锥子，很尖很锋利的那种锥子，直直地刺过来，她时常会觉得被扎得生疼。每次看到那两把锥子，她都会躲避，迅速闪开。老头浑身上下都是武器呢，脸上有麻子，眼睛里有锥子，身后还有很快很雪亮的镰刀。平时，不用说女人们，就连很多年轻的后生，三四十岁的男人，也都有些畏惧他呢，因为谁也不知道他下一步或者哪一天会做出怎样的事情来。老伴儿是后老伴儿，儿子是后儿子，虽说和原配的也差不了多少，但到底不是原配。

婆婆还在继续翻腾狼的事情，可是她隐约觉得公公今天说的这个事情大有深意，有来头，有目的。再看他那种样子，感觉他并不是要说给婆婆的，而要专门说给她听的，说完后还要暗中观察她，悄悄地留意她听到那话后的反应。另外，表面上是在说一个狼，可是她越听越觉得其实是在说一个人，把那个人比喻成一个狼，这也很符合公公这种人的做法呢。她记得有一年，忘了是夏天还是秋天，公公从外面回来，一进门就连声赶气地说，不能活了，不能活了，没法活了。家人都以为他在外面碰上了什么过不去的事情，问他，却又什么也不说，什么也问不出来，整整一个晚上，就死死地抱住一句话：不能活了。后来，日子也就那么稀里马虎平平常常地过去了，他们还提心吊胆地过了一些天，但是那始终也没有发生什么可怕的让人过不去的事情，并没有让人不能活。以后，又好几年过去了，直到今天，她也仍然不知道那时究竟发生了什么，竟让一向强悍好胜的公公发出那样的感慨。

镰刀挂在门楣上方的墙上。公公吃完饭，坐在炕上，背靠着墙，想看她有什么反应。她瞟一眼那把月亮形的镰刀，心里想着，不能遂他的心，称他的意，就做一个没反应的人。其实本来也不会有什么反应，因为她从一开始就不知道他到底想要说什么，到底想要做什么。

她听见婆婆说狼五迷三道，诡计多端，感觉就好像她多熟悉它们似的。于是，她也顺着婆婆的话，说狼有时候也是看人呢，碰到不厉害的就上来了，碰到厉害的呢，它也就软了。

她看见公公在笑，一时也不能确定是不是在冷笑。只看见一笑的时候，长期在他脸上睡觉的那些麻子就都噼里啪啦地起来了，都丁零咣啷地出来了，跳舞的，乱窜的，有一些因为刚睡醒的缘故在伸胳膊伸腿的，用手揉眼睛的。还有的唱着歌，声音虽然不高却银铃一般，不由得让人想到应该是几个精灵般的小人儿，身量虽小，只有蚊子那么大，却有着一种天生的动人心弦令人心生向往的歌喉，至于是谁在唱，唱的是什么，则完全不清楚。它们在他的脸上唱歌，跳舞，行走，就像在一片它们最熟悉的从小在那里长大的高原上唱歌，跳舞，行走。多年来，公公一直在自己的那张脸上养活它们，无论去哪儿都带着它们，到了该睡觉的时候就睡觉，该活动的时候就出来活动，伸腰，踢腿，有时纯粹是一群孩子呢。

婆婆对公公说，你好像让惊着了。

公公的嘴里车胎撒气一样地哧了一声，说，谁惊着了，你真会看，你从哪看出我惊着了？把你伶的！我没惊着，他才被惊着了。

婆婆说，没惊着就好。总觉得你和平时回来不一样呢。

公公说，那是你眼睛有问题了。谁能把我惊着。

她听着他们两个人一人一句地来回说着话，她的一个孩子也来了兴趣,说也要跟着爷爷去那片洼地里看狼。婆婆说,啥也瞎看,狼也是能随便看的?你爷爷那也是不小心碰上的,又不是专门去看的。他能顾了他自己,能平安地回来,那也多亏是碰上了一个不厉害的狼。

然而公公却对孙子说,行,等再去的时候也领上你,就怕不一定能碰上呢。

婆婆有些焦躁地说,可没有那么多慈眉善目的狼让你们碰。

公公说,你又没见过,你咋知道他慈眉善目?

婆婆说,不慈眉善目还能放你回来?

公公说这老婆子,笨得连个话也不会说,不说我厉害,非要说狼不厉害,还慈眉善目,好心人一个,你看见了?你以为他不想吃我,他恨不得把我嚼碎了一口吞了呢。我不是说过了么?他有亏心事呢,关键在这儿呢,这才是他不敢随便动手的原因。我告诉你,他不慈眉善目,一点儿也不,慈眉善目这句话用到谁身上都行,唯独用到他身上是不对的。

这哪是在说一个狼,她越听越觉得就是在说一个人。可是,那是一个怎样的人呢,让公公把他说成是一个狼,她不知道。她的眼前又浮现出那片一到午后就变得又阴又暗的洼地。

后来,她的心里忽然哗啦地响了一声:公公说的那个狼难道是那个人?

她不由地看了公公一眼,却吃惊地发现正在吃烟的公公竟然也正在透过脸前的烟雾打量着她,眼皮朝下耷拉着,眼神尖耷锐利,上下嘴唇之间露出一点点尖牙,像哪种厉害的兽物,她顿时就有些惊慌。她赶紧叫上孩子,一起回到了前面她们自己的那个家里。

夜里,她听见从山区昔日的那些蜿蜒曲折的如同无数人的五脏六腑一样的地洞里传来巨大的轰隆轰隆的坍塌的声音，嗵的一声，过了一会儿，又是嗵的一声，听上去都十分的沉闷而遥远，好像是在一个更远的地方有什么东西塌了，可是又明明感到周围和不远处的地正在震动，颤抖，橱柜里的勺子也挪动着碰到了碗。她想，那沉闷的响声就在那些幽深黑暗的地洞里呢，和远方没有一点儿关系。不久，听见有人从远处过来，脚下吱吱的，感觉是踩着满地的雪，却又叫人奇怪地觉得是走在黑暗的不知深浅的泥水里，一走就连带起哗啦一声。

听见有人问，都塌了么？回答说，都塌了。

一辆一辆崭新的散发着浓烈的木头气味的木制手推车从那些幽深黑暗的九曲回肠的地洞里消失以后，另一些黑色的圆形的车轮开始剪影一般清晰无比地浮现在她的记忆里，一部分如黑色的月亮一样停在深蓝色的半空中，一部分出现在地上，站着或者躺着。那些黑色的车轮有的辚辚轧轧地转动着，有的却一动不动，一声不吭，也丝毫看不出是故意停下来不动了还是真的毁坏了。那些车轮会经常毁坏呢，有时是在风中，也有时是纯粹因为土，突然咔的一声就再也不转了。经常看到有人蹲在风中修理，头上是土色的帽子，或者是一头乱草。

在一种看不到头的没有边际的黑暗中，强壮又强劲的手电筒的光芒开始上场，开始无比耀眼地出现。粗壮凌厉的光芒从漆黑死寂的山上划过，在整个山区的上空扫帚星一样扫视了一遍后，又来到伸手不见五指的地上，倏忽间唰地一下照亮一些长草的屋顶和山墙，又让一些因为残缺和歪斜而羞愧的破街陋巷纷纷逃窜，有的因来不及躲藏而不得不低垂着头，在心里祷告，等待那妖术一样的光柱尽快过去。当然，它们也不需要等多长时间，因为那粗壮的光芒很快也就过去了，原本也只是路过，所以比一眨眼的工夫还要快。光芒已走远，黑暗再

239

次展开，先前纷纷逃走了的那些破街陋巷也又都回来了，没跑掉的也因此对它们有了怨隙。

治保主任孙五身穿灰褐色的山羊皮坎肩，手里握着装有六节电池的粗大的手电筒，先前那粗壮耀眼的闪电一样划破整个山区夜空的光芒就是从他的手里发出来的，他就是光芒的持有者，他走到哪里，哪里就会被突然照亮。看你还往哪里藏！看看这一家人在做啥！他喜欢看见有人在他的照耀下现出原形，进而牵连挖掘出一些此前埋藏很深的问题，那不就是一种工作上的突破甚至很大的功劳么？很多时候他屏声敛息，轻手轻脚，一双眼睛通了电一样贼亮，不到关键时刻绝不亮出他的高声大嗓。从打谷场上下来，往东去的那一片成分复杂的地方，是最让他劳心费神的地方，那一带房屋拥挤，人口众多，虽然表面上风轻云淡，人人正常，但是在他眼里，那就是一片表面不动声色的战场。暗地里不知有多少东西在翻滚和作怪呢，他总觉得那里埋藏着太多见不得人的勾当，甚至狰狞血腥的阴谋，只要给他足够的时间和机会，他一定能在那一片表面阳光灿烂欣欣向荣的地方亲手挖到什么。

就是在那一带，有一个黑影，他已经暗中跟踪了很久，但是每一次又都会被他成功逃脱，一到关键的时候就突然消失不见了，你即使在原地等到天亮，也不会再出现了，这足见对手的狡猾和奸诈。无数次，为了吸取以往的一些教训，他不得不让手里的光芒以一种迅雷不及掩耳的速度射出去，光芒既像利剑大刀，同时又如一条跑不起来的窄轨，对方就会急忙抬起手，捂住眼睛，或者遮住脸，以避免那光芒的直射。也就在那同时，被强烈光线直射到的人会有一种被突然照亮、现场捕获的感觉。难道正在做什么见不得人的事情么？大多数的时候并没有，却常会给人那种感觉，被照亮的人鬼头鬼脑，惊恐万状，魂飞魄散，自己先就心虚气短地矮下去了。那中间，最让他感到气恼又好笑的一回，是他发现一个人在不断地躲，他就越发生疑，一直追赶，后来终于被他逮到，用手电一照，发现竟然是谷正楼的奶娘，正蹲在一棵树后尿尿。他对她说，尿个尿，躲啥躲，我还以为是坏人呢。谷正楼的奶娘说，我不躲，让你看？他说，我才不看呢，尿尿有啥好看的。他把手电的光芒移开，转身往回走，边走边说，我走啦，你好好尿哇，想咋尿就咋尿哇。

在地洞里，他给女人们照亮，一根明亮的柱子从他的手里出发，他看着她们在他带来的光线里行走，弯腰。那时候他就像能够呼风唤雨的老天爷一样，不断地指挥着光线，变幻着地洞里的明暗甚至天色，翻手为云，覆手为雨，亮光忽上忽下，时远时近，他看到她们脚下发软，头脑晕眩，有的连说话的声调、走路的姿势都变了样。常常就在那种时候，就在她们忘记了黑暗，以为亮光会一直甚至永远地将她们照耀下去的时候，那毛茸茸的光线突然熄灭，消失，地洞里顿时黑得像万丈深渊，尖叫声以及其他各种声音也顿时响成一片。人们听见他在黑暗中哈哈大笑，无比开心的笑声和它的回声让地洞里变得更加黑暗而幽深，没有尽头。

十几年下来，她差不多早已习惯了这山区里的一切，包括所有人说话做事的方式，过日子的方式以及人与人交往的方式，很多时候，习惯也就等于接受和跟随，等于自然而然。看见一个人阴黑或者寡白着一张脸站在墙根下，就知道不是还没有吃饭就是刚刚才打完架出来。看见一个人从外面进来，把一张脸贴在一户人家的窗户上，往往并不是要窥视什么或者吓唬谁，而只是想看看家里有没有人，如果里面有人，就进来了，要是没人就又走了。你要是看见一张脸贴在窗户上，吓得尖叫一声，外面的那个他（她）还会被你吓一大跳呢，以为屋里出了什么事。她当年头一次看见一张满是褶皱的脸贴在窗外往屋里看，顿时就吓得失魂落魄，尖叫声传出去老远，后来才知道是一个住在附近的老太太，是来找她的婆婆的，婆婆为这事还数念了她好几天，说她不懂事。以后，虽然不像头一次那样吓得灵魂出窍了，可是只要一看见窗户上有一张脸贴着，心里还是会觉得毛悚悚的，尤其是每当深夜和天快要黑的那时候，她的脸总是很少面对着窗户的方向。

早晨毛茸茸的亮光里，坡下那一大片有着稠密的房屋和人家的方向传来吵闹声，听声音像在打架，有女人的哭声和男人的骂声不时穿插在其中，还听见有什么东西在咚咚地响着。

新的一天才拉开序幕，就有人在打架，她在想可能是谁家。可是仅从女人的哭声和男人的骂声上根本听不出是谁家，她觉得这世上所有的女人哭起来的时候差不多都一个样，所有的男人在骂人的时候也差不多大同小异，更何况中间还隔着一大片萝卜地和玉茭地呢，等声音越过那些东西传到他们这个高坡上来以后，就只是一种声音，早就不知道是谁的声音了。

她的眼前闪现出一些熟悉和不熟悉的，在她看来容易有是非的人家，王黑手家、大虫家、曹四喜家、李富家，当然更不能忘了号称"民兵排"的赵连珠家和号称"一夫当关万夫莫开"的鱼头家。这些人家，各有各的特色，不是难缠，就是本身厉害，要不就是为一点点小事也会吵闹个没完，结怨记仇，记一万年，打得头破血流的事也常有的，甚至断胳膊断腿也不是多么的稀罕。尤其是号称"民兵排"的赵连珠家，清一色的八个儿子，个个如狼似虎，一有事一齐出动，呼啦啦一阵风过来，转眼间就是一道铜墙铁壁，八只黑虎一字排开，共同御外，方圆几十里，从来没有人敢招惹他们。明摆着的，招惹了他们，也就等于招惹了一支部队，一支足够凶悍的敢打敢冲的小分队。就差枪了，要是一人再背上一支枪，那就毫无疑问的是一支真正的敢死队了。然而，令人惊讶也叫人无法想象的是，八兄弟的母亲，却是一个身材矮小单薄的女人，长得又瘦又小，有时候站在街门口，神情胆怯地打量着外面的这个世界，似乎一阵风就能把她吹倒吹跑，额头上经常至少有两个以上的紫殷殷的火罐印。她站在那里，好像就是在明明白白地告诉你，生了他们弟兄八个，她自己终于完全被掏空了，看见她，看见这么一个妈，这么一个母亲，无论任何人都很难相信那八个如狼似虎的兄弟都是她生出来的，都来自她那矮小的身体，惊讶世上怎么会有这样的事。同样让人惊讶的还有鱼头，鱼头没有那么多兄弟，只有他一个人，却是铁头一颗，从没人敢惹。鱼头姓于，至于叫什么，她至今都不知道。

那么些密密匝匝的小人书一样拥挤的门户重叠的人家，会是谁家呢，她不知道，也完全想不出来。不过，首先她觉得不可能是八兄弟那家人，因为实力严重不对等，几乎没有人敢和他们公开接火，对阵，事实上八兄弟也很少和一般的人家发生冲突，尤其是那些人丁单薄的小户人家，更少计较，有时碰到小户人家互相打闹，他们还从中调停，劝解，表现出来的是更多的宽厚和忍让。小打小闹他们从来不做，要打就大打，大闹，真正能让他们计较的是那些和他们差不多的也有着众多兄弟叔伯的人家，似乎只有那样的对手才能激发起他们的斗志。说到打架，吵闹，谁家不会有呢，就算不是邻里之间甚至更远一些的战斗，一家人自己有时候也会闹得难解难分，互相不容呢。一个房檐下，脸对脸，勺子碰锅，胳膊压着脊梁，那比和外人闹起来的时候还要更近便更直接，只要是个人家，任何人家都有可能哩。

她听着想着猜测着，黄亮亮的阳光在外面照着，忽地，街门被拍得啪啪地响。她冲着窗户的方向，又听了一下，确信是有人正在外面拍门，那啪啪的声响没有停留，更没有转弯，如同一道热辣辣的火，一串上面满是扎人的尖刺的酸刺，直接就穿过窗户进来了。

她赶忙去开门，一开街门，坡下满眼的庄稼凉沁沁地扑面过来，一个披头散发的女人也歪歪斜斜地从外面跌了进来，一下就跌到了她的身上。她一看，吓了一跳，竟然是美琳，美琳抱着她呜呜大哭，她一时惊得有些说不出话来，这才知道坡下打架的原来竟是美琳她们家。

    门开了，又关了，人走了，又回来了。
    门关了，又开了，人回来了，又走了。
    你看那边——
    哪边？
    那边。

杜林笔记

我永远记得那个多雪的冬天，我们那一带漫山遍野都是雪，纷纷扬扬的雪把一个人打扮改造成白眉白胡子，很费劲地在漫天的雪里走着，说跋涉也毫不为过，那个人就是霍琪老师。

人与人相识，结识，到底靠什么，是偶然的遇见，相撞，平行并轨，还是必然的埋伏或所谓缘分，真是说不清，我到现在也不是很清楚。那年冬天，霍琪老师带着县里分配给他的任务去我们那一带收集好人好事，我就是在那个时候才认识了他，要是没有他的那一次行动，我可能至今也仍然不会认识他，我们的相识很可能至少还要推后几年，甚至很多年。

父亲作为曾经的队长，现在的一名空头支委，他奉党支部书记谷正楼的命令或嘱托，带着县里来的干部回我们家吃饭，那名干部就是霍琪老师，于是，我和霍琪老师就那样偶然又必然地第一次见面并认识了。看到我因陋就简用鸡毛充当的"鹅毛笔"，看到我写字用的空白账本的纸以及比账本纸稍微高级一些的那种灰褐色的酥脆的连史纸，他惊呆了，也无比地激动和冲动了，连饭也顾不上吃，当即就打开他随时背着的挎包，取出一本他正在使用的三百格的稿纸，哧一下扯下厚厚一叠，坚持要分一半给我，父亲说使不得，还让他收回去。

我的母亲，当即就撩起衣襟擦起了眼角的泪。

母亲掉泪，是因为别人很慷慨地送东西给我，很多年来有过这种事？几乎没有，也可以说完全没有，而且给的还是她儿子最需要最喜欢最稀罕的东西，而且这个人还不是一个随随便便的什么人，是大队安排来家里吃饭的一位客人，一位贵人，她咋能抑制住自己不掉泪。

……

其他人都走了，除了我们在的这间，所有的房子里都没人了，大门也从外面上了锁。

霍琪老师给我讲他自己的事情，包括他的父母甚至兄弟姐妹。时间滚滚无声地流动着，时间的大队人马往前去了，好像有意把我们漏掉，留在这偏僻的一隅，随后我们再追赶上去。

不知不觉中，抬眼一看，外面已是一个完全漆黑的世界，起初我们只是认为天黑了，直到霍琪老师看了一眼表，听到他惊呼了一声，才知道已是午夜时分了，时光简直就是在飞逝。当然我们都没有吃饭，这个时候也万万不可能有饭，外面的街上，晚上七八点钟的时候就基本没人了，过了十点以后，除了几盏颜色青灰的路灯，整个街上再没有亮灯的地方，如碰巧有一处亮灯的地方，也绝不会是售卖东西的地方，而只能是有某种特殊特别的事情正在发生。

霍琪老师对我说，都已经这个时候了，你想走也走不了啦，也不敢让你走了，你还有六十里山路要走，黑更半夜的，当然不放心你一个人走，万一跌到沟里咋办，我们就损失了一个叶赛宁甚至高尔基，我可负不起那个责。然后霍琪老师上天入地地翻找，说总觉得应该能找出点什么吃的东西来，终于从一堆纸里翻找出两个干枣，我们一人一个，分着吃了。

顺便说一句，街上的各种字体的大字标语，至少有一半都出自霍琪老师之手。

第十四章

老天爷和他的属下

天还不亮的时候,银焕突然跑了。最早先是窸窸窣窣地起来,说了一句什么话,好像是说谁家的狗叫了一黑夜,然后就听见门响。耗子他妈追到院子里,发现外面正在下雨,雨还很大,雨里已没有银焕的影子。黑暗中她哆嗦了一下,雨淋得她睁不开眼,后来她关上门回来,重新躺下,对还在熟睡中的耗子说,那个人又跑了。

雨下了整整一天。

耗子出不了门,只能坐在门口,看着外面的雨。半前晌的时候他还出去过一下,没一会儿工夫,就把一顶草帽淋得像是从水里捞出来一样,现在还在滴水,已经完全不能再戴了。院子里早已全是水,水汪汪的。雨还在下,院子里的水面上漂满了亮晶晶的水泡,它们到处乱走,乱漂,船一样,灯一样,互相碰到一起的时候,有的就像灯一样灭了,有时候一灭就是一串,一片。不过,不管怎么灭,院子里始终都有无数的水泡在飘浮着,游荡着,那是因为旧的灭了,就又有新的出来了。耗子也早就看出了这一点,所以也并不怕它们灭,谁想灭就灭去,灭了旧的,新的很快就又有了,反正都一样,无论啥时候看上去都和没灭以前一样,根本看不出谁灭了,谁又是新来的。另外,耗子还觉得,那些互相一碰到就先灭了的,肯定是一些最脆弱最命短的,完全经不起碰撞和颠簸,一上路,甚至一出门就完了。而那些能把别人碰灭了的,当然也就是一些很结实很厉害的,把别人撞翻,碰灭,自己还在自由快乐地游荡着,那就很能说明问题,要是本身不结实,不厉害,那也不知早就死过几回了。

水里没有鸡,那几只鸡也不知道都躲到哪儿去了。

有两个燕子,躲在屋檐下,头上的毛都湿了,有的毛站立着,有的倒伏下去,使得它们的头上看上去很乱,乱七八糟的,像极了两个被淋湿了头发的人。这样的天气,它们当然也不能出去,不能出去,窝里也没有多余的粮食,只能在窝边上站着,心里一定别提多着急了。

脸上肯定也全是水。耗子看着它们,这样想道。

又想到它们也和人一样呢,一下雨就不能出去劳动了,只能站在门口看着雨。

对着那密密麻麻的雨,又望了一会儿以后,耗子就问他妈,啥叫下雨?

他妈在屋里说,这不是下雨?这就叫下雨。

耗子说,为啥要下雨?

他妈说,下雨就是下雨,还能不下雨?自古以来就下雨呢。

听见坐在门口的耗子好一会儿没有声音,他妈可能在屋里想了一下,就又说,下雨就是天上的水多得不行了,老天爷在往下擓水哩。

耗子说,就都擓到地上来了?

他妈说,就得往地上擓,那不往地上擓往哪儿擓。你说往哪儿擓,你给他们找个地方。

耗子说,他们用啥擓哩,铁锹?

他妈说,肯定是铁锹,别的都不好用,就得用铁锹。

那得用多大的铁锹?耗子看了看雨雾蒙蒙的天空说。

不一定都用铁锹攉,有时候也用盆呢,一盆一盆地往下倒,他妈说,不是有一句话叫倾盆大雨?那说的就是那个意思呢。

耗子说,那得多大的盆,比咱们家的那些盆子都大哇?

那肯定。咱们家的那些盆,只能用它和面,洗衣裳,只能咱们凡人用,老天爷可不用那种,要是拿它来倒水,下雨,那得倒到啥时候,他妈说,人家用的盆,不知有多大呢。

耗子说,有没有房子那么大,有没有院子那么大?

他妈说,我看比那也大。

耗子说,那么大的盆子,那他能端得动么?

你别忘了,人家可是老天爷,又不是咱们凡人,没有他端不动的,他妈说,人家把一座山拿起来,放在手心里,就像你手里拿了一个枣一样哩。

太厉害了!噢!耗子说。妈,我也想当老天爷哩。

瞎说!净说没的,小心老天爷怪罪你,以后可再不敢这么说。

听他妈这一说,耗子不禁吓了一跳,好半天不再敢说什么。他看看院子里汪洋一样的水,又不时地抬起头看看天上,天上非常的模糊,雾麻麻的,看啥都看不清楚。耗子之所以心里觉得有些害怕,是因为他忽然想起了一件事,说是后窑有个孩子,年龄也就是耗子这么大,站在一条河边往河里尿,尿完以后,尿尿的小鸡鸡就立刻肿得像胳膊一样粗。为什么?听说是因为当时神仙正好从河里路过,他尿在了神仙的身上。多巧的事呀,这样的事真是叫人越想越害怕,神仙从哪儿路过谁能看见?既然看不见,你就不要随便瞎说,乱动,因为你根本不知道你在干什么。耗子就怕自己做出那样的事,有时候在路上走着,常常会突然抬起脚往前跳一下,因为觉得要是不跳那么一下,很难说不会踩住哪个神仙的头或者腿,万一人家正好就停留在那个地方歇息呢，那也是完全有可能的，只是你肉眼凡胎看不见罢了，你就只能瞎摸咕咚地撞上去，踩上去，就像那个往河里尿尿的孩子一样，不尿到人家身上才怪哩。

就越想越有些害怕和担心。看看四周的地方，那些房顶，后院，坡上坡下，那些大路小巷，那些犄角旮旯，哪些是神仙停留过的，哪些没有，还真看不出来，不是一时看不出来，而是永远也看不出来。路边有一块石头，你能上去随便坐么？你能保证没有人正在那上面？

他手下一定也有不少人吧？耗子说。

谁？他妈说。

耗子说，老天爷，还能有谁，咱们不是正在说他么？

办事的跑腿的肯定不少，他妈说，那些人上头应该还有将军，大臣，柱国，都归他管。

我觉得帮他往下倒水的一定是他的那些小喽啰们，耗子说。他说"给地上的人们下点雨吧"，他的那些小喽啰们就一人端着一盆水开始哗哗地往下倒。他自己坐在一张太师椅上就行了，下雨这种事用不着他亲自下，他只要发个话就行啦。再说，他也那么大年纪了。

他妈说，不过那也难说，或许也用不着大盆小盆的，袖子一扇忽，雨就下来了。

噢，噢？那就更省事了。耗子噢噢地惊叫了两声，有些羡慕地望着雨雾蒙蒙的天上。

这以后，耗子和他妈开始讨论和猜测老天爷的年龄问题，尽管在具体的数字上两个人的说法不一样，不过大的方面却是一致的，那就是他们都认为不可能是一个中年人，当然更不可能是一个年轻后生，而是一位老人，这一点很重要。首先定盘星一样把大方向定准了，那最重要，剩下别的都好说，至于究竟是八百岁还是一千岁，七千岁还是一万岁，他们觉得那都不重要，属于一些小问题。耗子说得更详细一些，说是一位白胡子的老爷爷，胡须雪白，云彩一样。他妈想了一会儿说，她感觉也是那样的，她还说她觉得多少有点儿像车小江。

他妈说的车小江，耗子也见过，是邻近的青崖头的人，也是一个白胡子的老爷爷，没有一百岁，至少也有九十八九了。不过，耗子认为不像，耗子想象中的老天爷不是车小江那样的，车小江还经常流鼻涕，胸前挂着一块很恶心的脏手绢，就是用来擦鼻涕的，那么一个人，怎么可能和老天爷一样，老天爷流鼻涕么，老天爷不流鼻涕，老天爷压根就没有那种东西。

所以，耗子说，他不行，根本不像，他都不能动了。

都不能动了？那看来是真的老了，不行了。他妈说。前几年还经常见他骑着车子到处乱跑呢。九十好几了，听说还能上山割草，割麻黄，经常偷着喝油，过年吃饭时和家里人抢肥肉，用筷子使劲一戳，好几片肥肉就都让他一下串起来，扎走了。

就凭他那么干，他也不是老天爷，成不了老天爷。耗子说。老天爷，别人都让给他吃，他也不一定吃呢，那才叫老天爷。

他妈说，他当然不是，他鼻涕马虎的，再修炼上一百年也成不了。

耗子说，一百年？一千年也不行。

耗子坐在门槛上，仰起头朝天上看着，过了一会儿，新的问题就又来了。

妈，老天爷平时都在哪儿尿呢？

不知道，那我哪能知道。咋想起这事了？

因为我总是担心，比如咱们正好一出门，他的尿也正好从天上流下来了，正好就流到了咱们的头上、脸上或者身上。

哪有那么巧的事情，再说，他能尿多少，天上那么高，那么远，一路下来，等到了咱们的院子里，也早就忽洒没了。

听他妈这样说，耗子不由得很是敬佩地看了他妈一眼，撇开别的不说，他觉得她的这句话说得还是很对的，很有一定水平的。学校里的老师们都说这个女人很没水平，那也要看咋说呢，那也要分时候，得看是啥样的事呢。耗子觉得，实际的情形也就应该是那样的，不然这么些年怎么一次也没有碰到过呢？不仅他没有碰到过，别的人也没有碰到过呢。要是碰到了，人们一定会有议论的，说张三正在太阳地里走着，头上忽然就湿了，一开始还以为是出的汗，后来才发现不是汗；说李四正好抬起头朝天上看，忽然有东西流进了嘴里，还没有来得及尝出是什么味道，是甜是咸，就已经咕噜一下咽下去了；还有张家湾的赵六，刚买的一个新皮帽子，戴着就出去了一会儿，只是在街上和别人说了几句话，就已经湿得不能再戴了，上面已全是水，帽子瞬间变得又湿又沉，相当于头上顶了满满的一盆水，帽子上的毛也都湿喇喇地趴下了，一道一道的水流得满脸都是。哪来的水，咋湿了的，不知道。不仅别人不知道，就连赵六本人也完全说不清，啥也没干，就在街上站了一会儿，就湿了，关键是没下雨。没下雨，却都被淋湿了，那水是从哪儿来的，那才是最可怕最不懂的，会是一个永远的谜。

他们屋里一个，门口一个，共同想象着天上的情景，每天天黑以后，天上的人都在干些什么，也需要生火做饭，也得点灯么？也许那一切都用不着，只吃各种树上的果子和炼的丹就足够了。至于天，很可能永远也不黑，永远亮堂堂，晴朗朗，有白天又有黑夜的只能是下面这个人间，并不包括天上。耗子平时只要一出门，就会抬头往天上看，因为他总觉得不一定哪天，天上的南天门或者其他门就正好开了，看见他们鲜艳夺目地出现在天上，骑着麒麟或狮子，或快或慢地走过，敲锣打鼓，管弦丝竹地奏乐，摆宴席，开戏，四周是玉树琼林，凤凰飞着。更说不定哪一天，天上的一扇门忽然打开，从门前放下一道有阶梯的斜坡，斜坡直通到地上，有人沿着斜坡下来，来到人间视察。很多人远远地跑来汇报情况，公社书记们跑在最前面，却被告知不用汇报，早就知道，比如郭四窑的张黑眼，鸦儿洼的谁谁谁，他们都做过啥，又是一个怎样的人，天上都一清二楚。张黑眼是本地唯一吃过猫的人，用手把猫捏死，然后挂到门铧上剥皮，开膛，再剁成小块，用小火慢炖。除了吃猫，还殴打他岳丈，把丈人一脚从炕上踢到地上直接摔死；鸦儿洼那个谁谁谁，最喜欢过河拆桥，需要神灵保佑的时候，提着猪头点心来求神拜佛，磕头烧香，五体投地，用不着了就翻脸不认，还把庙里的柱子拆下来偷拿回家，公然说你们要这有啥用，还不如给我，我拿回去还有点用。

银焕就是那时候回来的，头上的草帽早已变成了一个筛子，浑身上下都流着水。那扇矮小破旧的街门一开，坐在屋门口的耗子就觉得有一本小人书在不远处打开了，银焕就是小人书里的某一个人，遥远而又清晰地站在街门口，站在小人书里的某一页。这以后，蹚过水汪汪的院子，银焕像一只湿漉漉的大耗子一样朝门前走来，脸上的那些稀稀拉拉的黄胡子也都湿了，不再像平时一样翘立着，弯曲着，而是都粘贴到了他那张灰黄色的脸上和嘴角两边。

一回来就躺倒睡着了。耗子他妈让耗子回来帮她一起把银焕身上的湿衣裳脱下来，发现银焕躺着的地方已全是水，银焕整个人也差不多等于从水里捞出来的，又湿又沉。她解开他的裤带，往下拽裤子，听见哗啦一声，才发现裤裆里和裤筒里也全是水，就像把一个里面装着水的口袋扎破了一样，炕上很快就蔓延了不少的水，而银焕则睡得死人一样沉。耗子和他妈两个人搬他，挪动他，他一点儿反应也没有，就连往下拽他的裤子也没有一点儿反应。

耗子他妈拿着从银焕身上脱下来的裤子，举到门口看了一下，接着又疑疑惑惑地放到脸前闻了一下，然后对耗子说，这也不知道到底是水还是尿，你能分清么，我是分不清了。

耗子说，管他是啥，反正都是湿的。

耗子他妈，这个多年来一贯愁容满面、悲痛欲绝的女人，此刻更加愁容满面，悲戚万分地看着被银焕弄得湿漉漉的炕，早知道他这么多水，先不让他上炕。炕上湿成这样，必须的赶快生火了，炕洞里有了火，炕热了，才能慢慢地把炕上烘干，不然晚上谁也没法睡觉。

火生着以后，炕上就开始冒气，是潮湿的白汽，这儿一缕，那儿一股，还有的地方是一片，慢慢地升起来，有的盘旋着上升，有的山脉一样蜿蜒，像是春天里的一片有雾的田野。

又让耗子搬了一个小板凳，坐在灶膛前，帮银焕烤衣裳。

不要东张西望的，耗子他妈对耗子说。勤翻着点儿，小心把你爹的裤子烤糊了。

耗子看着手里湿淋淋的衣服说，这啥时候能烤干？

那也得烤，还就得烤，他妈说。天也不晴，要是不烤，三天也干不了。

几天前耗子就给银焕烤过一次裤子，不过那次不是被雨淋湿的，纯粹是银焕自己尿湿的。也是才从外面回来，不知道碰到了什么事，一进院子，看着自己的家，银焕的表情好像冻住了一样，冷冷的，硬硬的，半天不变样。后来，那冻土一样的表情又忽然开始糖稀一样融化,脸上的样子变得又软又稀。那时候,耗子听见他妈在惊呼:尿了,尿了!肯定又尿了!她说她一看他的表情就知道他在干啥,这么多年来,没有一回不准的。耗子看见银焕脸上的神情既痴迷又迟钝,整个人定在地上,一动不动,仰望着屋檐,也可能是屋顶上的荒草。哎哟,气死我了!耗子听见他妈又在无限悲伤地叫喊着,转脸果然看见有水正在从银焕的两条裤腿下滴答出来,耗子知道,那是尿,不是水。耗子他妈说,这咋好好的就尿了呢?尿就尿吧,还不从一个裤腿里出来,非要把两个裤腿全尿湿了,是嫌我洗得还不够多么。听见他妈这样说,耗子就对她说,爹的尿一定分了叉,分成了两股,这才把两个裤腿全都尿湿了。他妈万分吃惊地说,还能那么尿?耗子说,咋不能,当然能,你没见过的事情多了去了。

雨一直没停。校长穿着雨衣,站在他的办公室门口,居高临下地看见耗子他们家的院子里一片汪洋,无数个小岛似的水泡在汪洋中飘浮着,静止着,又如同手电筒上的灯泡一样忽然灭了,忽然又有了。穿着雨衣的校长,像一名正在指挥作战的军官,专注地俯视着下面的情形,看着看着,忽然笑了,又有一种置身于水乡泽国的感觉。想起那院子里的那三个人,校长心里涌起一丝恻隐,不过很快又想到下着这么大的雨,谁家不是一片汪洋呢。校长想,就让他们也在汪洋中泡一泡吧,神经烂五的一家人,男神经女神经,就连那个小的也不怎么正常呢,小神经一个,平时见老师就跑,见了校长更跑,就像见了鬼一样,恨不得钻到地缝里,多泡他们一会儿,就能多安静一会儿。银焕这时候要是能出来,一定又会在院子里趸摸着,转悠着骂人了,吹胡子瞪眼,扔石头。校长忽然突发幻想,要是能永远都保持眼前这种水汪汪的景象那就好了,银焕他想从下面的院子里把石头扔到学校里来，首先得身边有石头才行，问题是哪有石头，石头都沉睡在汪洋里，表面上根本什么也看不见，只有水，就凭他银焕的能力，不是想摸一块石头就能摸到的，银焕他懂得从水里捞么，校长觉得他不行。

这年春天一开春的时候，校长的脑子里便开始有一幅蓝图不断地呈现出来，有一段时间呈现得十分频繁，校长本人几乎每天都能看见几次。每次一看见，就会多少有些废寝忘食地在那里一个人琢磨，沉思，有时瞪大眼睛，有时闭着眼睛，还有的时候把一只手放在额头上，很长时间就那么放着，捂着，一动不动，就像病了一样，别人也都不知道他在想什么。

春天以来反复地呈现在校长脑子里的是一幅什么样的蓝图呢，说起来其实也很简单，并不复杂，就是一道一丈多高三四丈长的铁丝网。这道铁丝网或者说这幅蓝图，其实是只针对一个人的，那个人就是银焕。为了防止银焕没完没了地且毫无规律可循地往学校里扔石头，校长准备把这道铁丝网布置在耗子他们家的院子边上，从他们的房后齐着房顶一路拉过来，这样就把学校与耗子他们家彻底隔开了。他预想的铁丝网的高度有一丈多也足够了，因为学校本身还有自己的高度，本身就比耗子他们的院子高出一房多了，再加上铁丝网就快有两三丈高了，早就超出了银焕的投掷能力。就凭银焕的那副又枯黄又歪斜的病秧子样儿，校长不相信银焕能把一块石头扔过铁丝网去，要能过去，他就真成了精了。有几天，校长想象银焕把一块石头用力扔上去，砸到铁丝网上后又被铁丝网嘭的一下反弹回去，反倒砸住了自己的头，银焕捂着头，血流如注，却又不明所以。每次这样的画面一出现在校长的脑海里，校长便会一个人捂住脸笑个不停，是一种没有声音的潜入到某种深度的笑，有时笑到肩膀乱晃，忽然岔气甚至接近于窒息，没有人知道校长在笑什么，这样的情景也少有人看见。校长之所以迟迟没有向大家公布自己脑子里的那幅蓝图，是因为觉得事情还不够成熟，一旦成熟，自然会公布的，还要大家群策群力共同协作完成呢，岂有永远藏着掖着不公布之理，只是时候未到。

有一天，太阳亮堂堂的，小南风吹着，校长看见银焕又在院子里转悠，嘴边的黄胡子一会儿翘着，一会儿又耷拉着，脸冲着学校的方向，嘴里喃喃自语。校长觉得时机到了，就先让大家看看下面院子里银焕的样子，接着便把那幅在他的脑子里呈现过无数次的蓝图公布了出来。然后，校长就有些得意洋洋地坐在一把坏了的椅子上，跷起二郎腿，让大家各抒己见，充分发表意见。让校长没有想到的是，第一个意见就让他顿时目瞪口呆了，半天说不出话来。

有人说，铁丝网好不好，当然好，再也没有比那更好更保险的了，可是那么大的一个铁丝网，从哪来呢，先不说我们不会做，就算会做也做不起呀。去买，更买不起，也没地方卖。

校长嘴上没说什么，心里却在想，对呀，这确实是个问题，怎么事先就没想到过呢，前前后后谋划了那么长时间，好多问题都想到了，怎么偏偏就从来也没有想到过这个问题呢。

又有人问校长，你有钱么，咱们学校有钱么，你手里到底掌握着多少钱？

校长眼睛看着天说，一分钱也没有。

一分钱也没有就想拉铁丝网？真不知道您成天都在想些啥。

只这两个问题，校长立刻就瘪了，还用再说别的么？说实在话，学校里目前连买粉笔的钱都没有呢，这事别人不知道，校长本人可是清清楚楚。不当家不知柴米贵，木制的三角尺只有两把是好的，完整的，其余的都是坏的，歪歪扭扭，一举起来，其中的两条边就自动地合到了一起，常会引来一片笑声，只能用钉子重新加固。大家看见校长瘫坐在那把相当于是三条腿的坏椅子上,脸很快就黑了,又黑又阴,如同暴雨前的天色,好半天一句话也不说,整个人好像也顿时缩小了不少,前面塌下去,后面凸起,给众人留下了一种锈迹斑斑的印象。

关键的时候,还是裴日鼓,足智多谋的诸葛亮一样的裴日鼓,看见校长瘫在椅子上,泄了气的一个皮球一样,断了脊梁的一条狗一样,而其他人又都提不出什么更好的意见和建议。

裴日鼓就乐呵呵慢悠悠地对校长说,你又没钱,为啥非要安铁丝网,咋闹住个这就没完。

校长精神委顿又茫然若失地说,不要铁丝网要啥,你有更好的办法?

裴日鼓说,那还不简单,起一堵墙不就行了么。

又说,你主要是为了防银焕,又不是为了好看。再说,一堵墙也并不比铁丝网难看。

有的老师也趁机说,就是,铁丝网好看么?不好看,一点儿也不好看。咱们这是学校,你见过哪个学校安的是铁丝网,你安上铁丝网,那成了啥,别人还以为咱们这里是监狱呢。

校长久久地望着裴日鼓,其他人趁机说的那些风凉话、难听的话,他也顾不上去理了,林子大了,什么鸟没有,想嘈嘈,要聒噪,就让他们嘈嘈去,聒噪去。作为校长,他得知道什么是重点,他们可以不知道,但是他不行,他任何时候都必须得一清二楚,保持头脑清醒。待大家散去,就剩下他和裴日鼓两个人的时候,校长突然从那把坏了的三条腿的椅子上站起来,紧紧地握住裴日鼓的手说,老裴,老诸——你真是咱们的诸葛亮啊!

不过校长有时又觉得自己的智慧不应该输给老奸巨猾的裴日鼓,

不至于比他更低，他们之间，可能也就是只隔着一层纸的区别，常常是人家捷足先登，先把那层纸捅破了，而他却没捅破，这就是他们两个人之间的差别，他也只是没捅破而已，并不是比别人落后了三十年。

从那一刻起，就永远再不去想铁丝网的事了，让它们都见鬼去吧！裴日鼓同志提供了一个很好的思路，或者也可以说是一条光明宽广的路。真是，又不是怕学生和老师们都跑了，要什么铁丝网？裴日鼓总是比他有办法呢，尤其是关键的时候，也不知哪来的那么多办法。起一堵墙，不仅容易做到，花费也不多。没有砖，砖墙太贵，就起一堵石头墙，作用和效果也是一样的，石头遍地都是，还不用花一分钱。第二天，就定下了起一堵石头墙，发动所有的学生们利用每天放学后的时间，去捡一个小时的石头，然后送到学校里来。因为年龄以及力气大小的不同，低年级有低年级的标准，高年级有高年级的标准，各年级都制作了"红旗榜"，谁捡到的石头多，谁得到的小红旗就多。一些力气大的学生，平时大多学习不怎么好，几乎从来都没有过真正扬眉吐气荣耀加身的时候，这一下，因为捡回来的石头又多又大，"红旗榜"上的小红旗蹭蹭地增加，越来越密集，红艳艳的一片，走路挺胸抬头，无上光荣，也成为他们自念书以来最有脸面最为骄傲的一个时刻。

泥瓦匠李永福和他的徒弟被雇来砌墙，因为白天他们也得出工，所以只能在每天收工以后来砌一会儿。第一天，刚开始打地基的时候，就看见银焕在下面的院子里站着，愣愣地往上面看，嘴在动，念念有词，却不知道在说什么，嘴边的黄胡子卷成两个小弯钩。李永福和他的徒弟忙着画线，开挖，偶尔也朝下面的那个院子里瞄一眼。突然，李永福的徒弟听见嗖的一声，接着就看见有一块石头从下面飞了上来，徒弟慌忙把李永福推开，自己的胳膊上却挨了一石头。徒弟拿起一块石头也要往下扔，被李永福喝住。第二天，他们砌墙的时候，银焕又在下面的院子里慢慢地走动，有时斜着眼睛往上看。李永福告诉徒弟小心点，才说完，一块石头就已经上来了，正好打在了李永福的头上。徒弟听见李永福嗷了一声，一边的余光又看见银焕已经跑了，身上好像还带着一种噼里啪啦的火光，也不敢去硬追，怕银焕埋伏在什么地方，猛不防跳出来给你一下。徒弟想了一下，只能扶着李永福去则贵那里上药，包扎。

晚上，在幽暗暗昏沉沉的灯光下，校长见到了头上缠绕着一圈绷带的李永福，他的那个徒弟跟着，脸上的表情也紧绷绷的。要不是很明确地知道这就是学校其实更是他本人请来的泥瓦匠李永福，校长险些产生一种错觉，以为面前是一个刚从战场上下来的负了伤的老兵呢。

校长关切地问道，又是银焕打的？

李永福点点头，又用手按了按头上的绷带。

校长就说，还疼么？唉，这个疯子。

我手边也有的是石头，我也真想给他一石头。李永福说。

校长说，可不敢，可不敢那么想，他是个疯子，这谁都知道。你打他，你也疯了？

李永福就说，这么下去也不是个事，给你们学校砌墙，每天还得冒着生命危险。

李永福说自己砌了一辈子墙也没碰见过这种事，校长就让李永福多担待一点，说碰上银焕这样的一个人，又有什么办法呢，他打了你一石头，你也打他一石头？他咬了你一口，你也上去再咬他一口？没有人会笑话银焕，但是人们却会笑话你。银焕怕啥，人家啥也不怕。

你能一样么？你可是拖家带口的人呢，上有八九十岁的老母，下有还在吃奶的孩子。又说，等将来完工后结算工钱的时候，是不会亏待他的。听见校长这样说，李永福也就没再说什么，校长这也是等于给他吃了一颗定心丸呢。校长校长，一校之长，有了他这句话，李永福的心里也顿时宽慰了不少，虽然又平白无故地挨了银焕一石头，不过很快也就又过去了，不就是当时流了点血，疼了一下么？和石头打了几十年交道，其实这点儿伤对他来说根本不算什么，碰破流血是常有的事。这次是有主哩，要是没有银焕，单单只是一块石头滚下来，砸到头上或者脚上，那又能去怨谁呢，只要他们将来在工钱上不克扣，不偷奸耍滑，不和你斤斤计较，那也还是值得的。学校虽然是个穷地方，没多少人看得起，可是再穷再不行也属于公家呢，也是一个国家部门呢，和他们打交道，与和具体的张三李四某一个私人打交道完全不一样呢。

李永福就是这样想的，却并不知道校长现在其实一分钱也没有，只能给他打个欠条，等将来有了钱以后再给他。校长也并不是那种成心赖账的人，只是目前没办法，实在拿不出来。

她也老了。

我知道你在说谁，你是说贺林？

…………

没有人能不老。山还会老呢，山大不大，树还会老得自己躺倒呢，都不用人砍。

那天她儿媳妇和她吵架，她气得一个人坐在园头前的山药地边哭，满地里的小白花，就像落了无数的白蝴蝶。

杜林笔记

该如何呼唤你，我的又黑又瘦又聋又哑的故乡？

该如何描绘你，我的狂风大作荒山秃岭的故乡？

该如何藏匿你，不叫世人知道，有这么一片贫瘠凄凉的土地，上面奔窜蠕动着一些同样凄凉荒诞的人，如同一块不体面不名誉的疤痕一样镶嵌在一幅更大的壮丽的画卷上，如同一条漏着寒风的缝隙或褶皱窝缩在万千群山中，满面烟尘，一瘸一拐，就这样，还总是不知趣地试图走到人前去，甚至还有开口说话的隐秘冲动，完全忘了自己那一口蠢愣愚笨的方音俚语，让做儿女的魂飞魄散，无地自容，尽管他们也同样愚笨蠢愣，可是起码的自知之明还是多少有那么一点的，大的方面不懂，别人的笑意和沉默里包含着什么，多少还是知道一些的。

该如何藏匿你，也许能藏住川里的高粱，可是梁上的谷子还露着黄色的粗糙的脖子。

不想看你在世人面前出洋相，现蒙昧，扮老实，演猴戏，被淳朴，被山野，被遥远，被诗意，不想看你在世人面前龇牙露齿，躬身塌眉，不想听见你乱麻般的锣声，不想看见你弯腰驼背的样子，却仍然每年至少有四十页的风景描写献给你——只献给你，只秘密地献给你。

第十五章

三灯行走在通往人上人的路上

  这个长条形的大院子，越往里走越深远，一边是铁匠炉，油坊，扇车，另一边的那些一模一样的窑洞，都锁着门，里面不知放着什么。走到院子的尽头，黑石头的墙上有一道小门，藏在树阴里。从小门里出去以后，下两道石台阶后，是杏树林，再往远处就是大片的沃野，地头边有水车，常有几个女人一边踩水车，一边说话，什么都说，连响午准备吃什么饭都说。

  五灯就是在距离水车不远处看见二嫂的。他先是在铁匠炉看了一会儿打铁，觉得没意思，也没有人说话，黑大嘴和他的师傅郭鹊儿都只顾丁丁咣咣地打铁，而且大锤溅起的火星还不住地往脸上溅，往身上迸，怕把衣裳烧着了，后来就出来了。又从南墙上那个小门里出去，溜到了下面的杏树林里。地上有很多虫子，有的明显，一看就是虫子，有的却伪装成树叶的样子，以为是一片卷起来的树叶，一碰，才发现并不是树叶，而是一个虫子，猛不防受到了惊吓，就开始动，慢慢地往前走，还有的则蹿得嗖嗖的，要不就是一头钻进土里就不见了。就在那时，五灯忽然看见了水车前的几个女人，其中就有二嫂，看后影也能看出来。有一个女人问她的孩子咳嗽好了没有，不知她说了一句什么，五灯没有听见。五灯那时候很想过去叫一声二嫂，可是很快又想到她早就已经不是二嫂了，早就已经是荣桂的女人了，是另外两个孩子的妈了。杏树林密密的,有些地方需要弯着腰才能过去。她们看不见这边,也一直没有朝这边看。水车哗哗地响着,吱吱扭扭地响着,其间夹杂着她们的说话声和吃吃的笑声。

不久以后,踏着门前的那两三级石头的台阶,五灯又一次从杏树林边上的那个小门里回到了先前的那个狭长的大院子里。本来还想在地里和杏树林里再耍一会儿,可是自从发现二嫂也在那里时,就不好意思再去了。他很怕二嫂看见他,怕二嫂和他说话,问他什么。即使不说话,也不问他什么,假装没看见,那也仍然还是会觉得很别扭,很难受呢。不是么?明明知道有一双眼睛看见了你,却还装着什么事也没有的样子,五灯觉得自己做不到,也很难做到。五灯背朝着身后广阔的田野,一边往回返,一边觉得自己很像是一个无功而返的人,本来好像有事情要做,结果却什么也没有做成,也把本来要做什么忘得一干二净。白白地溜了一趟不说,人还忽然变得很不轻松,似乎身上已经背上了一个什么东西,虽然不是特别沉重,却也觉得有一定的重量,甚至比每天背着的书包好像还要沉一点。那么,是谁让他的背上忽然有了东西,压上了重量,是二嫂么?还是他自己,五灯觉得想不明白,也说不清楚。似乎什么也不是,一切就因为那是二嫂,而不是别人。别的人,不相干的人,能随便地不说一句话,甚至连面都没见一下,就能让你把一种看不见的很沉的东西背起来么?好像没有那样的事。二嫂不是别人,也不是不相干的人?原来是,可是这会儿早就不是了。忽然,二灯绿色的身影又在五灯的面前闪烁着倒下了。

犀斗,扇车,油坊,摞成塔一样的豆饼和麻饼……又一次路过铁匠炉的时候,看见黑大嘴和他的师傅郭鹊儿竟然已经不打铁了,师徒二人正站在炉前好像在吃什么东西,一边吃,一边还在用一根铁条从火里往出扒,东西一看就是在炭火里烤熟的。羊蛋?五灯第一个反应就是羊蛋，啊，他们竟然在烤羊蛋吃？可是那应该是冬天才会有的事呀，冬天的时候人们才会拿着不知从哪儿弄到的羊蛋来铁匠炉里烤着吃，把一个或两个带血的羊蛋扔到炭火的边上，不一会儿就会有无比凶猛的香气飘满整个铁匠炉。就是，那是只有冬天才会有的事，五灯吸了吸鼻子，果然并没有闻到那种香气。可是，黑大嘴和他的师傅郭鹊儿到底在吃什么呢，从外面路过的人根本看不出来，一来有他们两个人的身体挡着，二来就算不遮掩，从铁匠炉的炭火里烤出来的东西，本身都黑糊糊的，放到脸前都不一定能认得出来。五灯从外面路过的时候，只听见黑大嘴嘴里含着东西，呜里哇啦地日本兵一样地对郭鹊儿说，这种人，我就说不用尿他，可我妈不听。郭鹊儿没说话，郭鹊儿啪的一声从嘴里吐出一块烤得焦糊的黑皮。

回到家里，五灯对富贵说，我今天看见二嫂了。

富贵正在给一把断了把儿的锄头重新安一个把儿，没有说话，连头也没抬。

五灯说，她和荣庆又养了两个孩子呢。

富贵忽然烦躁地把手里的锄把儿摔到地上，恶声恶气地对五灯说，养一百个和你有啥关系，啊？人家愿意，你管得着么？你真是能把人寡死，我他妈总有一天非要让你寡死不可！

五灯看着突然发作的富贵，不明白他为什么会生这么大的气，脸都有些白了，本来并不白的一张脸，一下就比平时白了很多。气的，肯定是气的，五灯马上就这样想到。听说二嫂和别人有了两个孩子，他就觉得非常的憋气了，要是二灯没死，这会儿就会也有两个说不定还是三个孩子成为他的孙子，而不是两个不相干不认得的孩子。一定就是这么回事，五灯想。

富贵脸色很难看地对五灯说，我知道你一直就像一条狗一样到处游荡，你就给老子这么游荡吧，总有你游荡不下去的那一天，到那时候咱们再说。我听那个高老师说你在学校里也并不用心，成天就是个混，你要是不想念了就痛快说一声，连富放羊那儿还缺一个打绊的。

五灯小声地说，谁游荡了？我可不想给连富那种人当徒弟。

富贵说，你还不想？就你这样儿的，人家要不要你还两说呢。

又说，我要是连富，一定不要你。

五灯想，快快地长大吧，长大了就能离开这个家了。他最怕家里只有他和富贵两个人的时候，那时候他在富贵的眼里就没有哪怕是一点点的好、对的，横竖都不顺眼。看见他鞋上破了一个洞，或者裤子上扯开了一个口子，那当然肯定是要骂的，五灯自己也早有准备，知道也躲不过去。可是，除了应该骂的，就连脸上有一片黑，吃饭声音太大，走路蹦跳，那也要骂。有一回，长了记性，悄悄地回来，走路很轻，踮着脚，没有像平时那样蹦跳，满以为不会挨骂，却没想到竟然也被骂了，骂他鬼鬼祟祟，像鬼一样。那时他才终于发现，不管怎样，总有被骂的理由。他们这个家，平时也就他们三个人。三灯在突击队当伙食管理员，吃住都在突击队，常年不回来。四灯在东瓦窑跟一个叫老聂的木匠学手艺，平时也不在家，只有过年的时候才回来几天。五灯发现，他们两个人由于常年不在，渐渐地都变得和家里很生，有时候冷不丁回来，甚至看上去变得和外人一样。三灯有一回回来，五灯很高兴地靠过去，三灯竟然用手拍了拍自己的裤子，好像五灯把他弄脏了一样，五灯后来就离他远远的了。

三灯不让五灯碰他的裤子其实也是有他的道理的，三灯穿着一条很笔挺的裤子，五灯只知道不是布的，至于究竟是什么料子的，则完全不懂。看到三灯穿着那种有裤线的裤子，五灯除了觉得无比的陌生和遥远，还觉得三灯说不定在突击队里也已经有了对象了，只有有了对象的人才会特别在意自己身上的衣服，就怕弄脏了，就怕弄皱了。就因为怕把那么心爱的裤子弄坏了，所以平时也是站着的时候多，有时候坐下，也会把裤子往上拉一拉，那样坐多久也不怕，再站起来的时候也才不会让膝盖那里鼓起难看的一大堆，不会让裤子变形。学校里的语文老师就从来不那么做，想坐的时候，也不管地方，随便就坐下了，所以语文老师不管穿着什么样的裤子，膝盖那里总是有很难看的鼓起的一堆，虽然他本人好像也并不在意。

　　三灯他们突击队那些男的女的常年住在火石梁，都很少回家，五灯不知道他们在那里干什么。只知道有些女的，本来并不打算嫁给本村里的谁谁谁，都想着将来要远走高飞，能找一个更好一些的人家，但是有的人却一不小心肚子就大了，最后就只能和那个人订婚了，至少是眼前既跑不了也飞不了了。史云龙的二姐就是在突击队里和一个叫大头的有了孩子，但是史云龙的爹坚决不同意，说宁可把史云龙的二姐绑在大杨树上喂了狼，也绝不会让她和那个叫大头的结婚，两家人为这事已经闹过好几回了，每次一闹就会有很多人围着看，这事直到现在还没完。有一回史云龙的二姐真让她爹捆了起来，因为她又要偷偷地出去和那个叫大头的见面，被她爹发现了，虽然并没有真的绑在大杨树上，却是被关在了一个小房子里。史云龙对五灯说，他二姐和他爹这会儿连话都不说，一句话也没有，两个人像仇人一样呢。

　　五灯问史云龙，你愿意让大头当你的二姐夫么？

　　史云龙说，他们要是成了，愿意不愿意也得当，要是成不了，愿意也没用。

　　五灯说，不说你二姐，就光说大头这个人。

　　史云龙说，有时候觉得他也挺好，又有时候就觉得不好。

据说已经有好几个人都在突击队里找上了对象,也因此,三灯每次回来的时候,富贵都会对三灯说,你也抓紧趸摸上一个,给咱们也闹上一个,下手迟了,好的就都叫别人挑完了。

三灯不说话,脸上冷冷的,有时还斜着眼睛看富贵。

富贵说,剩下那些不好的你又不愿意。

富贵说,我是为你好。

三灯从板凳上起来,用一块毛巾在裤子上抽打了一会儿,然后就走了。

三灯不在的时候,五灯就对富贵说,闹不好他已经有了。

听见五灯这样说,富贵就骂五灯。富贵说,还念书呢,我看都念到狗肚子里去了,连个话也不会说,有了就说明闹好了,那还能叫闹不好?哪天我得问问你们老师,这书是咋教的。

五灯看着富贵,心里说,你才要把人烦死寡死呢。

五灯最怕富贵去找老师,虽然他只是嘴上说说,不一定真去,可是也难说呢,富贵那种人,又有啥不可能的,哪天忽然心血来潮,发起神经来,真的直眉瞪眼地去了,你也没办法。同时也更怕老师找富贵,他们要是互相找来找去,那夹在中间两头挨骂的就只能是五灯自己。

在五灯的印象里,自从到了突击队以后,三灯好像就再没有在家里吃过一顿饭,有时候他突然回来,正赶上家里饭熟了,让他吃,他就会认真而又怀疑地看上一眼,就像在看一种从来都没见过的因为可疑可怕而一下很难确定的东西,看过后也不说什么,然后就走了。五灯和富贵他们觉得,那明显就是嫌饭不好,虽然那也还是他最熟悉的把他养大成人的已经吃了十几二十年的饭,但是这会儿已经变得完全不习惯了，甚至不认得了，人也已经不是原来的那个三灯了。人们都听说突击队吃得很好，但是具体每天都吃什么，却又都不知道，完全说不上来，只听说经常有肉。啊，经常有肉，别的先不说，就这一条，那就已经非常了不得了，就快要赶上部队了，住在山区南面的那支拉练的部队就每天都有肉。而具体到三灯本人，吃得可能要比一般的那些突击队员们更好一些，因为他本身就是管伙食的，经常和突击队的队长和指导员等人一起吃小灶。其实即使队长和指导员们平时想吃什么也得通过他，没有三灯，他们也是什么也吃不上的，所以三灯在突击队里的身份和地位不仅特殊，而且非常重要，不是领导，胜似领导。有人说，别说队长，就算是皇帝，要是下面的人故意克扣，截留，鼓捣，拿不好的顶替好的，他也照样两眼一抹黑，也会什么也吃不上。那么，皇帝会不会被饿死？那倒不至于，因为很多事情都是以皇帝的名义进行的，都打着皇帝的旗号，他要是死了，所有围绕着他的那些鼓捣也就都不能再进行了，水落石出，树倒猢狲散，一切也都会随之结束。所以无论任何时候，都首先必须要保证他活着，他活着，他们才有的鼓捣。至于给他吃点不好的东西，喝点隔年的旧茶，他又不懂，啥也不清楚，而且那又并不会死人。

　　有一年八月十五的前一天，三灯忽然回来，说是给突击队采购东西顺便路过，前后在家里停留了不过一分钟左右的时间，就又走了。不过，就那一分钟的时间，对他们这个家来说却是意义重大，因为他顺路把一大包肉馅留给了家里，让家里人吃饺子。往年，或者说从来，他们这个家只在八月十五的时候吃一顿饺子，有时候竟一顿也没有，而那一次，他们吃了很多顿，八月十五已经过去好几天了他们还在吃，让周围一带的人家为之侧目和眼红。住在他们东边的"死猫"隔一天就会来看一下，也不进家，就趴在窗户上往里瞄，看见里面正在包饺子，就说，又是饺子？还在吃？你们这是没完了，小心噎着。然后一边往外走，一边说，太过分了，人比人，没法活呢。也有时不说话，看完就走。有一天，住在他们房后的王解元一家人站在门口，有人问他们要去哪，王解元说，不能活了，准备死去呀。当然王解元说的是笑话。不过五灯记得很清楚，作为父亲，作为一家之主，富贵就是从那时候开始对三灯刮目相看的，后来又从最初的刮目相看发展到爱护和保护，直至又上升到衷心的爱戴、崇拜和无限的敬仰。他的这个三儿子，原以为也就是个普普通通的平头百姓，却没想到这么有用，这么能干，完全超出了他之前的估计和想象，啊，价值简直有些没法计算。照这么看，照这么发展下去，即使给个公社干部，也不一定愿意换呢。公社的那些没权的小干部们，这个员那个员，名义上是干部，其实也很扯淡呢，什么事也办不了，也就是比村里的一般老百姓稍微强一点而已，他们能和他的三灯比么？三灯剩下的那一点，怕也够他们忙活一些年的。

能成为一个可以吃小灶的人，在富贵看来，他的这个儿子已经初步属于人上人了，至少是那个突击队里的人上之人，不是么？要是人人都一样，那也就不会有大灶小灶那一说了。

突击队其实一开始并没有小灶，大家吃的都一样。那么，小灶是怎么有了的，怎么发展起来的呢，需要记起一些凄风苦雨的阴雨天和一些漫长的夜晚，有人，比如队长或者指导员，忽然饿了，就问管伙食的三灯，有没有吃的，饿得实在是睡不着呢。实际的情形也正是这样，距离第二天的早饭还远得很，没有信心等到那时候呢。三灯于是就去给他们想办法，看着外面的风雨和漆黑的夜晚，就想这样的深夜，这样的时刻，总不能一人给他们一个又硬又凉的窝头吧，就连天上的星星都还要回去吃饭呢，何况是地上的这些人。踏着满地的泥水,在去往伙房的路上,看见寒风冷雨拍打着突击队的帐篷和临时驻地。他想让伙房煮一碗面,可是伙房的火早已熄灭,做饭的炼铁也早就睡得仰面朝天,不省人事。另外还有门外的柴草也都是湿的,没有半天的工夫休想点着。摸黑到梁下敲开供销社的门,赊出一个罐头,就一个罐头,总不能把所有的人都叫起来吧?他思忖着,一边在又黏又稠的泥水中滑行着,打着趔趄。

这差不多就是小灶的由来或最早的雏形,它一开始的模样真的就是这样的,一个罐头,或者一碗油茶,直接到不能再直接,也简单到不能再简单。至于后来逐渐复杂,逐渐背负上更多的东西,也包括野花野火一样的羡慕和骂声甚至急转弯一样的仇恨,那都是后来的事。

五灯平时就常听见有人骂那些吃小灶的人,诅咒他们吃下去的东西都转化不了,在肚子里变成石头,变成铁。每逢那种时候,五灯在一旁听着,就会脸上发烧,听上一会儿就会悄悄地溜走,觉得没脸再听下去。虽然五灯从来也没有见过任何一种小灶,也不知道他们到底都在吃些什么,可还是觉得不能理直气壮地站在那里听,因为他们家里就有一个那种人呢。老虎、耗子、三猫四狗,别的孩子可以和这种事没牵连,他们不会觉得脸上发烧,可是五灯不行,就因为家里有一个那种人,五灯觉得自己已不像别的孩子那么干净,那么无所谓。别人在说那种话的时候,说不定也正拿眼角瞟他呢,还说不定就因为现场有一个那种人的家里人在站着听,就更越说越来劲,因为有些事怕人知道,还有些事则就怕人不知道。

以后,再看三灯的时候,就隐约地也看出一种不干净,虽然他穿得很干净,脸和手也洗得很干净,可是也抵消不了他身上那种说雾也并不是雾说污浑好像也并不完全是污浑的东西。三灯人坐在那里,那种东西就从他的身上不断地流出来,散发出来,围着他转,一遍一遍地萦绕,缭绕。别的人可能都看不见那种东西,但是五灯能看见,五灯愣愣地看着,不说话,因为说了也没用,除了没人信,弄不好还会招来一顿打骂,那是非常有可能的。因为尤其是在富贵的眼里,这时候的三灯,不管做什么都是对的,好的,所说的每一句话也更是对得不能再对。一个人看另一个人,只要顺眼了,或者被降服了,魔住了,那就再没有一点点不好的,不对的,甚至哪怕是他眼角里的一撮眼屎,擤出的鼻涕,那也是好的,香的,其他人永远都无法赶上的。这种人,这种时候,就像一头钻进了一条地洞里,任谁也不再能把他叫住,把他唤回来,除了他信服和敬仰的那个人,也不再能听进去任何人的一句话。这以后,三灯无论啥时候回来,多长时间回来一次,五灯再也不到他的跟前去了,除了先前的怕被讨厌,怕被嫌弃,五灯本身也就再不想靠过去了,就算三灯不讨厌不嫌弃他,五灯也不再想过去了,因为他觉得三灯的身上有了一种以前没有过的怪味,一种虽然不是罪大恶极但是却会让人感到不那么光彩的东西,那是最新来到他们这个家的。五灯想,要是能和三灯这种人永远地撇清,从此变得一点关系也没有,变成井水河水,那最好,那是五灯最希望和最盼望的。

有没有发现西山瘦了?

早就发现了,不仅瘦了,还时常在滴血,滴得西山下的那些人家灰蒙蒙的,经常打架,满地柴草。狗倒是有好几条,白天叫,黑夜还叫,一到黑夜,黑影子,白影子,晃来晃去。

那也比河东的那几户人家强。河东那边,虽然太阳每天最先照到他们那里,照得亮堂堂明晃晃的,可是那又有啥用!秃富仁一家三口,就像生活在獾子洞里,水缸后面经常长蘑菇,白寡寡的,阴森森的,一有人从外面进来,就颤颤巍巍地摇晃,迎接。他们唯一的儿子说愣不愣,说不愣又无论如何都算不上精明,一去相亲就失败,一眼就让人家看出有问题。事情还没影呢,还差十万八千里呢,就要跟女方的爹划拳,说话抬杠,甚至称兄道弟,管女方的妈叫姨姨,一口一个姨姨,叫得人难受又腻应,叫得人不断地起鸡皮疙瘩。就那样,自己还啥也没有呢,还偏偏有一种奇怪又特别的爱好,喜欢并热衷于给别人介绍对象,看见一个年轻男的或者女的,就嘴唇白雾雾地对人家说,给你说个媒哇,黑烟墩的,长得可好看了。也不知他怎么认识的那些人家,谁能让他说,谁敢放心让他说。从他们家挨过去,圆五家,一家四个人,四个光棍,算上猪,五个。没有褥子,睡觉直接睡在席子上,早上起来,每个人的身上都是花的,席子印出的各种痕迹、图案,横的,竖的,长的,短的,斜的,直的,凸起来的,凹下去的,就像图章的阴刻和阳刻。灶火上没有盖子,一年四季永远敞着,所以他们父子四人抵抗"闷烟"(一氧化碳)的能力要比大多数人都强得多,一般人要是感到头晕难受甚至完全倒下的时候,他们没事,头脑清醒,行动自如,该做啥照做不误,反应最强烈的时候,也无非是像别人喝多了酒,走路有点儿摇晃。在他们家的脚下,是刘秀仁,因为看不见,所以经常吃半生不熟的饭,觉得熟了,实际火候还不到,不过却也没别的毛病,身体也相当的结实,油亮,坐在门口,一尊黑亮亮的油坛子一样。从他们前面的一大片胡萝卜地过去,有几间转弯抹角的房子,那不就是古仁贵的家,一个女人,两个男人,一群孩子。两个男人,其中一个是他们的爹,另一个是他们的叔叔,当然不是他们的亲叔叔。大年黑夜,叔叔和他们一家人在一起喝酒,吃饭,欢度新春,他们的爹在旁边的另一间房子里,坐在灶火上用半片锅炒一点儿晌午剩下的米饭。为啥是半片锅，因为打架打烂一口锅，他们那边一大群人用另一口完整的锅，他一个人只能用那打烂的半片锅给自己做饭，半片锅也足够炒他的那点儿饭了，只是炒的过程中需要小心扒拉，动作大了，用的劲大了，饭粒就会掉进火里，冒起呛人的黑烟。灯也没有那边的亮，屋里昏沉沉，黯乌乌，一边扒拉着半片锅里的饭，一边低声哼着"二人台"曲调，哼着哼着，就乱了，串了，不知啥时候又变成了凄凉呜咽的"耍孩儿"。当然他也就会哼哼这两种，别的不会，不过大多数人也都和他一样，只熟悉这两种。

杜林笔记

马在北山下吃草，云彩在嗡嗡地行走，除了云彩行走的声音，除了呼啦呼啦的风声，这一大片地方，再没有别的声音。更远处的山呈缥缈飘逸的蓝色，从远处看它们永远都是那样的，只有到了跟前才知道并不是，既不缥缈，也不是蓝色，而是和周围的那些山一模一样的。

问题就出在距离上，越远越美，越近越丑，越厌烦，直至越敌视越仇恨。

赵永亮家的那个碾盘很好看很迷人么，不用别人说，他们自己家人也不会这么认为，上面除了尘土，有时还有鸡屎。你更愿意相信遥远的远方的某个碾盘更美更有诗意，不是么？

月亮上有伤害过侮辱过你的人么？有你厌恶和痛恨的人事么？

傍晚牵着马回去的路上，路过老榆湾前面的几户人家，乌麻凌乱的夕烟下，一个女人撩起后面的衣裳，让旁边两个比她更老一些的女人看她的背后，说她的腰上长了一个圪蛋。

圪蛋，有大有小，多为立体的圆形或不规则形。

圪蛋是我们这一带的话，我们这一带的老百姓除了把各种圆形的不规则形的隆起的东西叫做圪蛋之外，还把各种有权有势的人也叫做圪蛋，位高权重的呢，就是大圪蛋。

我上小学的时候，好像来过一个人，人们说是一个大圪蛋，洪水刚退,山上冲出无数红黄色的沟渠,河里还飘着门板和死猪,众人鸦雀无声地站在满是树根和淤泥的地上,看见一个人穿着面口袋一样宽的裤子,从车上下来,看了两眼,一句话也没说,然后就又上车走了。

圪蛋之外还有圪丁,圪丁原本是指牛羊里面打架最厉害的那种牛和羊,一头能把人或它的同伴顶残顶死的那种厉害角色,后来又用来比喻那些勇猛的不怕死的铁头般的人。

第十六章

千年月色，为无数人严守秘密的月色，
有时也会以无边的漆黑表明立场

美琳对她说，他们快要把他打死了。

她问美琳，你说的他是谁？

美琳说了一个名字，她没记住，却一下就知道说的是谁了，记忆被倏忽照亮，她想起那次沿着东山脚下一直往东走的那个人，走着走着，后来突然折成一个直角，也往她们要去的东南方向来了。殊途同归。明亮耀眼的黄艳艳的黄芥地……蜂蝶飞舞的上午……艳阳天……枯山……两个迎面跑着的人……青梅竹马……蚕豆大的牛蜂落在他们的头上也不知道，太阳金灿灿的铜盆一样敲打着发出阵阵嗡嗡的警告声他们也没听见，繁花似锦的黄芥地里突然变幻多出了无数道让你停下让你掉头回去的虽然没有写明是教训但是其实就是教训的沟坎他们也更是没有看见，他们只看见了对面的那个人，眼里再没有别的，广阔又遥远的世界霎时间急速收拢，紧缩，缩小到不能再小，小到只剩下对面的一张脸，整个世界就只是那一张脸。

虽然隔着那么远，美琳说他有时还会悄悄地来，一来了就只能黄鼠狼一样躲藏在村外，不敢见人。庄稼地里，树林子里，河坝下面，有时带着干粮，有时候一两天都吃不上一顿饭，只不过吃不上饭也不觉得饿。如果那期间美琳一直都没有出门，有事或者病了，他这一趟就算是白来了。他告诉过美琳，有过好几次那样的情况，他在村外等上一两天,见不到人,然后就又回去了。更有一回,看见美琳出来了,但是却和她的男人铁柱相跟着,那也同样没用。

她问美琳,都已经这么多年了,他还不死心?

美琳说,死了,死心了。

她说,死心了那还来?

美琳说,说好了不让他再来了,可是谁知道他还是要来。你又不知道他啥时候来。

又说,他一来了,我其实也挺麻烦的,又麻烦又怕。

"你又不知道他啥时候来",这是在说一个人,却更像说一种正在路上的让人担心的病。没有人知道他啥时候来,连美琳也不知道,所以有的时候,对美琳来说,恐慌远远大于相见。

有一回,村里唱戏,鼓乐声中,美琳无意间忽然在人群里看到一张脸,一张早已印在心底的熟悉得不能再熟悉的脸,顿时就听见心里跳得也敲起了鼓,浑身的血液都涌到了脸上。那正是他,正混杂在万头攒动的熙熙攘攘的人群里,没有人知道他是谁,也更没有人在意他是谁,就像一滴水藏在一条河里,一片树叶躺在树林里,只不过目光并不在台上,心思当然也更不在那上面。当看到围着一条红围巾的美琳站在她的男人铁柱的身边,铁柱抱着一个孩子,每过一会儿两个人就相互交换一下时,他感觉自己身上难受得就像中了毒,默默地在人群里扭过脸去,痛苦万分地闭上了眼睛。台上唱的是什么,他完全不知道,从来就不知道。

而这一次,美琳感觉他们更像是遭遇了一个陷阱,掉进了一个事先编织好的圈套里。然而她却对美琳说,这事还是怨他,他要是不来,他们的圈套就算布置得再好再多又有什么用。

美琳看着她,不得不承认她说得对。

这一回啊，可突然了，事先没有任何的预兆，更没有一点点防备，你就是有一百个心眼儿也想不到接下来会发生啥。才洗完脸，还没来得及拿起梳子梳头，一抬头就看到了那张脸，在外面晃动，就像浸在水里那样。谁能想到竟敢找上门来，不是疯了就是邪气上了身，美琳顿时就觉得晴天里打了一个又响又大的雷，能把人吓得失色又哆嗦的那种咔嚓作响的炸雷，虽然他的身上似乎还带着一种他俩的故乡的那种味道或特色，可是那又有啥用。也是奇怪了，正好家里没人，除了美琳自己，再没有一个人，当时觉得清静，不由得窃喜，庆幸，可是你哪能想到那正是一个人家事先布置好的圈套和陷阱呢，一张网早已悄悄地张开，就等着你们往里钻了。这样一想，人家应该是早就有了怀疑，早就发现并注意上了他，只是从没有声张过。后来，美琳的公公就出现了，美琳当时就觉得公公的出现有那么一点儿演员上场的感觉，从戏台的一侧上来，从街门外不声不响地进来，梆子不敲，锣鼓没响，只是他一个人，背着手，脸上浮现着一种油脂冷凝了以后的笑，白白的，冷冷的，那应该就是一种胸有成竹的冷笑。两个人顿时慌作一团，首先想哪里能够藏身，他们比任何时候都更渴望隐身，第一次发现各自那一百多斤的肉身完全就是一种不折不扣的累赘甚至罪证，要是能变成一股空气就好了，要是能马上变成一滩水渗进地里就好了，可要是没有那一百多斤的肉身，人又活得个啥呢。美琳涨红着脸，先是听见公公突然咳嗽了一声，不是正常的咳嗽，是专门的干咳，一听就能听出来。常看戏的人都知道，旧戏里某个人物要上场的时候，也总是要大声地重重地咳嗽或者哼哈几声，不是么，那是在提醒台下的人注意，同时也在告知两边文武场的吹鼓手们，正经人要上场了，人物的身份和重要性就体现在那一两声沉重的咳嗽和哼哈之中。随后，铁柱的几个本家兄弟唰唰地出来，感觉是从地里长出来的，墙上变出来的，戏里的武生一样。

几个人一齐扑上去，看不见被打的人，只看见一些乱纷纷的胳膊和腿起来又下去，还有铁器一样的说话声，碎玻璃一样的骂声，纷纷扬起的土，啪啪的拍击声和刨冻土一样的咚咚声，糅杂成黑乎乎的一堆。只有一个人始终没有动手，低着头蹲在一旁，那个人就是铁柱。

公公骂铁柱，看你那个窝囊样。

一个本家兄弟也对铁柱说，头上的帽子绿莹莹的，是不是觉得挺好看，不愿意摘下来？

另一个说，戴习惯了。

又有一个说，习惯了也得给他摘下来。

美琳的公公高声说，打，使劲给我打，打死也不怕，我老了，我去顶命，没你们的事。

打骂声最初让人们以为他们家正在办事宴，桌子摆在街上，所以很快就把一些人从他们各自的家里吸引了出来，都从不同的方向赶过来，到了才发现并不是。后来，就连从来不习惯早起的谷正楼也被惊动出来，披着衣服，抽着烟，站在旁边看了一会儿以后才开口说话。

谷正楼对铁柱的那几个本家兄弟说，行啦，差不多就行啦，小心把人打死，打死你们可得给人家偿命呢。公安局要来抓你们，到时候我可拦不住。打一顿就算了，把恨解了就行啦。

又对地上的那个满脸是血的人说，你也是，大老远的跑来不嫌费劲，不怕死，也不嫌麻烦。

他们正打得不知该如何收场，看见大掌柜的出面了，几个人也就顺势下坡，住了手。

她记得他们把他捆了一根绳子，然后扔到了羊圈后面的一片又背阳又潮湿的长着很多乱草和乱树根的地里，除了乱草和树根，那里还有鸡粪羊粪、炉渣和锅灰。临走前,几个人还又上去一人踢了一脚。也是为了美琳,正晌午的时候,趁着人们都在吃饭,她跑去看了一下,当下吃了一惊,发现那里并没有人,周围阴阴的,有微弱的湿气冒着。她仔细地看了一会儿,也没有看出厮打的痕迹,也没有别的痕迹。又问一个在附近捉蚂蚱的小孩,小孩也说没看见。

回去以后,她告诉美琳,说人不见了,可能是跑了。

美琳却说,不会是让他们打死,又悄悄地埋了吧?

她说看上去不像,地上也没有新土,埋一个人哪么容易,再说他们也没那么大胆子。

她相信他是跑了,而美琳的公公以及铁柱的那几个本家兄弟也是有意放他跑的,不然怎么会把他一个人扔在那里,让他跑,其实也更是在给他们自己开出一条后路。真要是安心想把他打死,他就是有几条命也不够打的,随便一个人,随便一个动作,搬起一块石头或者抡起一把铁锹,一下也就结果了。他们恨是恨,其实也有怕的呢,怕把事情闹得太大了,出了人命,那事情就会叭的一声折断,又朝着另外的他们自己不再能够把握和管得了的方向走了。

她对美琳说,要是再没别的意外,他这会儿应该正在回去的路上。

从这里到他们村里,也就是美琳的娘家,一直往北,有六七十里路呢,越走山越多。

让她没想到的是,十几天以后,美琳忽然告诉了她一个够得上血淋淋的消息,说在那场混乱的打闹中,那个人的一只眼睛其实被扎瞎了,一把锥子忽然扎进去,当时眼睛里就冒出一股黑水,当然同时还有血水,只是没人发现,也没引起任何人的注意。他肯定也嚎叫了,挨打还能不嚎叫,嚎叫是正常的,流血抽搐也是自然的,所以谁也没多想，更没往眼睛方面去想。那一锥子是谁扎的，只能是美琳的男人铁柱的那几个本家兄弟，具体是谁就不知道了。

她想不出他是怎样捂着一只瞎了的眼，跑了六七十里山路，回到他和美琳共同的家乡的。

在那个纷乱喧闹的时刻，人们只顾着看刘家发生的事情，一双眼睛忙不过来，耳朵里也灌满了各种声音，几乎没有人注意过谷正楼后来又去了哪里，人群里忽然增加几个人，又忽然少了几个人，没有人会留意，谁也不会去关心。有人家里有事，或者心里惦记着别的事情，看上一会儿以后就走了。还有人一直看到底，那中间，又会不断地有新的人从各处围拢过来，使人群变宽，变厚，搅成稠糊糊的一锅。那时候，她也正在那稠糊糊的一锅里，她当然更是没有想到她的一只手会被突然捉住，紧接着又有一个有些光滑的手指头在那只手的手心里认真地画了一下，然后就走了，手也随即被松开。那短短的一画，她先觉得是一根断了的线，不，比线粗，可能更接近一根眉毛，一条挂在深蓝色夜空中的月牙……她看看周围，看见每一张脸都冲着前面，谁都不像。又朝前面看，就忽然看到他正站在对面的一群人里，越过那么多的人头看着她。直到这时，看见她的眼神也越了过去，知道她也看见了，心里也明了了，似乎才放了心，撇下眼前那一堆乱糟糟的人声，大步流星地离去。有人发现了他，趁机问他东山上用石头摆成的那一行标语最后要刷成红色还是白色，他完全没有听见，很快就走远了。

那时候，她忽然听见手心里传来阵阵吵吵嚷嚷的声音，感到是与眼前与一切都无关的另一场袖珍的恩怨或纷争，声音也十分的微弱，似乎仅限于让她一人听见。惊异中，她伸开手看了一下，却更加吃惊了，并没有袖珍的人间恩怨，更没见有袖珍的小人儿在争吵或打骂，只看见手心里汪着一些亮光，不是很耀眼的那种强光，类似于星星旁边的那种微亮，或者稀薄浅淡的月色……她朝周围看看，担心被旁边的人发觉，看见旁边的人都直着脖子，脸朝前，目光也都直直地伸过去，落在事件的中央，随着那里的冷热而起落，才放心了不少。身上一边晕醺醺地躁眩着，鼓荡着，一边悄悄地把那只手握紧，不让手心里的一丝亮光泄漏出来。

夜里，看着两个孩子在外间睡着以后，她回到里屋，躺下不一会儿以后就灭了灯。先是想起了百里之外的老赵，不知他这会儿正在做什么。她想象老赵全副武装地穿着下井的衣服，乘着轨道车，正在向地下深处驶去，也或者才从黑暗的地底下上来，太阳虽然晃得他好半天睁不开眼，不过他们早已习惯了地上地下那两个世界，只有那些新来的才需要慢慢适应……又好像看见他穿着白衬衫，蹲在宿舍的门前，不久以后又出现在人来人往的商店里，浏览，转悠着，搜寻下次回家时应该带回去的东西。上次回来他曾告诉她说近来有一种做衣裳的料子，柔软得像云彩，她问到底是怎样的一种东西，他却笨嘴拙舌地描绘了半天最后也还是没有说清楚，她就有些不满，心里也有些空落，感觉如秋风刮过，转眼腾出一大片光溜的空地。

从那时起，就不断地有各种东西飞临她的那片寂静的空地，太阳月亮，风霜雨雪，家长里短，树叶，柴草，苍蝇，蚊子，各种蜂子，各种鸟，有的盘旋后离去，有的落了下来。那中间，有她不喜欢的，就分别扔出去，管它们去哪儿，只要她眼前看不见，不在她这里就行。而那些喜欢的，则留了下来，最初没有专门拣出去，本身就代表了一种态度甚至挽留，当然也不去过分亲昵甜腻地管它们，一天一天的只要在那里就行了，想看的时候随时能看见就行了。时间一长，好像逐渐成了她个人的一个秘密后院甚至花园，说它秘密，是因为除了她自己，再没有一个人能够看见。一个人心里的天地或世界，事实上也永远不会有外人看见，就像你同样不可能看见别人的什么一样，别人谁的心里有一片水，一朵花，一弯月亮，你能看见么，只有告诉了你，你才能知道，不告诉你永远也别想知道。在那个隐秘的小世界里，每天减少了什么，又多了什么，也只有自己才知道，更有时自己也糊里糊涂，很难说清，什么时候少了一棵树，多了一只鸟，多出一个人，事情是怎样发生的，是天旱的时候死了一片绿茵茵的草么，是心情烦闷的那天来了一只鸟么，是闪电打雷又或者是风和日丽的时候小世界的墙头上忽然出现了一张脸么……这样的一种与日常生活并肩平行却各行其道的体验让她觉得越走越远，常发现整条路上只有她一个人在走，整个隐秘的实际上并不真正摆放在哪里的后院或者花园，也只有她一个人在其中流连，沉浸。那是当然的，那是一定的，不然还能有谁。水里映出躁动却又静谧的倒影，风中可见飘飘欲仙的头发。打地洞回来，割麦子回来，切谷子回来，不能容忍出的汗和落的灰尘还继续停留在脸上和身上，必定先洗脸，先换衣裳，这让她身上的衣裳总是很干净，因为白，所以脸也永远看上去很干净，可能就因为这些，婆婆就总是觉得她不朴实，不踏实，不泥一把水一把，更不蓬头垢面，忍辱负重，尤其看到她风摆柳的样子就会撇嘴。婆婆喜欢看见她肩膀上落着鸡毛，裤子上糊着猪食鸡屎，头发和汗水和成泥粘连在脸上的样子么？她觉得很可能是，最好再配上一张黑红色的脸，那她就满意了，可以高枕无忧了。在这山里，邋遢是可以和朴实画等号的，粗手笨脚是忠厚老实的主要模样，而脏污泼乱与脚踏实地勤劳辛苦从来就是不分你我的兄弟姐妹。

月亮弯弯地挂在天上,她翻身的时候觉得它碰到了什么,当地响了一声。

每天一到这个时候,街门就从里面关上了,门后不仅有插关,插关下面还有锁子,钥匙当然是由公公自己掌握,看看时候差不多了,老头就从后院走到前面来锁门,锁门之前,经常也会来到她的窗前,问她一句,不出去了吧?她在屋里回答说不出去了。老头就说,不出去我就锁门呀,然后就听见锁子钥匙一阵哗啦啦地响,老头拿着锁子钥匙稀里哗啦地锁门的时候,最像一个勤劳安分又精明谨慎的地主,这是平时大多数时候的情形。要是碰上特殊的日子,比如唱戏开会看表演或者有别的什么活动的时候,比如分粮分什么东西的时候,那时候,一直到外面的活动完全结束了,人全回来以后,才锁门。一般夏天的黑夜要比冬天的黑夜锁门迟得多,因为常有外面来的盲人拉着一把二胡在街上说唱,内容多为别人的故事或自己的亲身经历,编成唱词,从南到北地到处说唱,很多人都喜欢听,圈子越围越大,把说唱的围在中间,站在第三层以外的基本看不见说唱的,只能听。经常总是唱到一个关键时刻,盲人收起二胡问大家,行了吧,不早了,今儿个就唱到这儿吧?众人当然不答应,诈唬他说不唱就别想吃饭,也不领你找黑夜睡觉的地方。说唱的就作惊恐状,惊讶状,眼里的两块灰白的皮飞快地上下翻动,他把大家叫做自己人,知道这些自己人只是在耍笑他,事实上他当然从来也没见过任何一个听他说唱的人,从来只是凭声音和各处的人们打成一片,混个熟络。这以后,他咳嗽一声,重新起调,重新拉响胡琴,再一次进入角色。即使没有那些说唱的说书的,住的不远的人互相串门,东家长西家短地说话,也会耽搁很晚。一年中只有一个夜里不锁门,那便是一年一度的除夕夜,没有人家锁门,整夜都开着,谁家锁门那就不正常了。谁都自认为自己是个正常人，家家敞门豁院，只有你家关门闭户，还上了锁，即使再想锁门，再习惯锁门的人也不会去冒那个大不韪，最主要的还是担心和惧怕，怕由此招来啥不吉利。

后来，忽然听见院墙下有了动静，轻轻的嗵的一声，就知道已经翻墙进来了，她的身上也随之一激灵，听见一阵快步由院墙下朝窗前急急地趸过来，接着就听见窗户被轻轻地敲了两下。各家的窗户都是一样的，下面的一多半是死的，不能动，只有上面那三分之一的长方形的部分才是平时能够打开通风的，再用一根棍子支起。窗户平时从里面关着，而现在却并没有用那个蝴蝶形状的木旋钮从里面插住，她欠起身，一只手推了一下窗框，窗户开了一道缝，然后又躺下。外面的人看见了那道缝，腾的一下上了窗台，随即就掀开那一半跨了进来。

一进来就说手破了，因为墙头上全是又尖又密的碎玻璃，他的手刚一挨到墙头就扎破了。

那都是我们那个老汉弄得，一有空就往上插一点，完了又和泥，把泥抹上去，固定好。

你们那个老汉，一年四季都成天拿着个镰刀，脸上雄赳赳的，好像要杀谁。

多少年了，一直就那样呢。

她找出一块没有用过的手绢让他把破了的地方包起来。

他有些惊奇，又实在有些痛恨，他好像也是今天才第一次发现，他带领下的这个村子，很多人家的墙头上都插满了碎玻璃。这事他从来都不知道么，当然知道，那怎么可能不知道，走在路上，常看见某些墙头上亮闪闪的，尖利，刺眼，只是从没有正经想过，从来没有觉得它是个事，直到和他有了关系，把他的手扎出了血，才真正地切身地感到了它的可恶和不顺眼。你们墙头上没有么？他说当然没有，怎么会有那种东西，他从来没做过，连想也没想过。

这一回把手扎破了，下一回再扎破么，以后每来一回，手都要破一回么？这头一回的经历就让他有了畏难的心理，可是又让他不得不想个啥办法，总不能怕把手扎破，从此就不来了吧，当然不能。说他其实倒是有一个办法，也许个笨办法，不过也不妨试一下，说只要把其中一部分玻璃变成活动的就行了，也不用多宽，有一尺多宽就足够了。白天的时候让它们还插在墙头上，看上去就和从来没动过一样，到黑夜的时候再把它们拿下来，天快亮的时候再安上去。不，也并不是每个黑夜都要拿下来，当然不是，只要他来的那天拿下来就行了。

可是这样的事情让谁去做呢，让谁把它们拿下来再安上去，当然不可能让第三个人去做，只能是他们俩人中的一个，而又当然他们俩人谁也做不了这个事情，也只能是想一想罢了。老头每天都巡逻一样，墙头上的一部分玻璃从死的变成了活的，能瞒过他的那双眼睛？包括墙头以及墙头上的每一块碎玻璃在内，这个院子里的一切，没有一寸地方没经过老头的手，都有他的心血浇灌在上面，倾注在其中，有人动了他的东西，她觉得他不用眼睛看，用鼻子闻也能闻出来。有那么好的鼻子么，就有。这是其一，她告诉他，另外，比起机警的公公，她的那个婆婆其实更关心她每天在哪里，在做什么，和谁在一起。本来他们老两口住在后面，可是她平时只要在家，一抬起头，就能看见婆婆在她的窗户外面晃动，有时头上顶着块旧毛巾，走来走去，也不知道在干什么，给她的感觉就是忙得很，似乎永远有太多做不完的事情。

在做啥那还看不出来？公正地来说，他们做的也没错呢，替他们的儿子操着心呢。

换成谁也一样呢，家里开着这么一朵花，谁也得多长只眼呢。

连你也这么说。

天生有一种女人，无论嫁给谁，都会有问题，总觉得哪儿不满意，哪怕她男人是皇帝。

小二忽然从外屋走进来，站在黑暗中，对她说，妈，你听见没有，好像有人进来了。

她吃了一惊，对小二说，净瞎说，睡迷糊了吧，哪有人，是风。

小二说，我听见出气哩，风还会出气？

她说，咋不会，不光会出气，还经常边刮边咳嗽呢。

小二听了，觉得她说得也有理，小二睡梦中听见有人在喘气就醒了。又想起常在风中确也听到过咳嗽声，有些时候就是一个老人弯着腰咳嗽，有的时候更像一群人听懂了一件事，同时都在说唔——。其实风不光会咳嗽，还会哭还会笑呢，刘三他们那个旧院子，风一到那里就呜呜地哭，有时候也笑，不过还是哭的时候多，院子里十几间房，门窗也都跟着一起哭。

小二穿着一件小背心，背心的一头从肩膀上滑落下去，耷拉在胳膊上，站在里屋的门口，黑暗中她看见他正用一只手揉着眼睛。于是她对小二说，快回去睡吧，明天领你去一趟枯山。

一听说要领他去枯山，小二高兴了。小二说，我要那种又红又黄的软糖，不要硬的。

她说，行，软糖就软糖。

小二顿时不瞌睡了，得寸进尺地又说，还有那种上头一圈一圈的花轱辘的饼子。

她不知道啥是花轱辘的饼子，也不知道他是在哪见到的，但既然小二已经说得那么肯定，那就说明一定有，一定见别人吃过，就也一并应承了下来。对小二说，好，明天去了都给你买，只要你听话就行。

　　小二很快就很听话地又回到外屋睡觉去了。后来她专门起来一次，摸着黑走到外屋，看见小二已经又睡着了。她有些不放心地叫了两声小二，小二没有反应，就知道是真的睡着了。又看看老大，老大果然一直都没醒，睡得安静，实诚，老老实实。她的这两个孩子，她倒是从来都不担心老大，老大虽然比小二大几岁，却远没有小二那么古灵精怪，平常也没有刁钻古怪的问题问她。小二就不一样了，不光眼睛尖，鼻子灵，两个耳朵更灵，总是能看见别人看不见的，听见别人听不到的，有时突然说出一句话，不是让她目瞪口呆便是惊出一身冷汗。

　　黑暗中，她回到里屋，对他说，可得小声呢，一定是你的出气声把小二聒醒的。

　　他说，我已经够小心的了，人哪能不出气？本身干的就是费劲的事，还不让出气。

　　她说，你出吧，大声地出，一会儿小二就又过来了。

　　小二刚才进来的那一阵，他其实也吓坏了，紧紧地伏在炕上，把自己变成一堆一动不动的黑影，早已不见了白日里那个习惯了吆五喝六的人，至于究竟像一堆被褥或是一种空气，则完全不知道，更顾不得去想。嗓子也偏在那个时候非常的不争气，突然十分的痒，想咳嗽，也拼命忍住。那时候他恨不得让自己瞬间变成一滩水，没有一丝痕迹地融到炕上，要是能隐身到炕洞里，那就更好了。黑暗中，他摸索着穿上衣服，然后便有一个漆黑而粗壮的影子站了起来，一只手打开窗户，扶着窗框，对她说，我走了。说着，就已经从窗户上翻了出去。

街门上不仅有插关，还有锁，这就注定他要想进来，只能通过墙头，同时翻越封锁线一样的密集尖利的碎玻璃，两个孩子都睡在外屋，又注定他永远连屋门也不能走，注定每次都只能从窗户上进来，走的时候再从窗户上出去，这一幕早已深入她的记忆，并由浅入深地刻印下来。她记得有一次他站在窗户上，一条腿还在屋里，一条腿已经到了窗外，窗户被推开，最先映入她眼里的并不是他的身影，却是一弯金黄的新月，一把镰刀，不，不是镰刀，是一根弯弯的眉毛，就是一根金色的眉毛一样遥远地却又近在窗框外看着她，那时候她忽然觉得，与深蓝色的夜空相比，昏暗漆黑的大地更像是长满了罪恶的花朵，根有罪，叶有过，花有毒。

不能从门口进出，剩下的唯一的一条路就只能是窗户了。自从他开始由窗户上出入，窗户在暗夜里的那种吱吱嘎嘎的作响曾把他们惊得面色如土，魂飞魄散。无边无际的像是春夜良宵又仿佛万劫不复的苦海一样的黑暗中，他用他的手指梳理着她的头发，面色凝重地说，不行，得想个办法，不能让它这么响，这么叫唤，没毛病也得吓出毛病来。夜色也深远，也凝重，却远不如他的面色凝重。后来，某一天，在社房院里斗争完常二锁以后，在王四宝房后的那条小路上，他们不期而遇，他一看见她就赶快告诉她说有办法了，得到一个方子。她问啥方子，他说很简单，用油，抹油，往窗缝里抹油。三下五除二说完，便转身离去，表现得竟像一个陌生人一样，她知道，是因为周围还有别的人。回来一试，果然有效，窗户上的一些关键的地方都涂了油，从那以后，无论开开或者关上，都不再有任何的声音，窗户开始变得湿润而又柔顺，随着人的心意无声地打开或关上。

又一次来的时候，先前一直令人生厌又畏惧的窗户并没再惊吓他，而是宁静无声的春夜小雨般地迎接了他。或许是巨大的喜悦来的有些过于突然和不及防备，猛一下还不能适应，窗户本身一言未发，一声没吭，倒是他自己的头因为激动或眩晕而碰响了窗框，在暗夜里发出嘭的一声，这还能再怨窗户么，当然不能，要怨也只能怨他自己。他对她说，日他祖宗的，没想到这么简单，可是你要是不知道哇，就只能把事情想得无比的复杂和艰难，越想越难越想越复杂，把自己想得两眼深陷，满面憔悴，辛苦走上老远，也还是没有一条出路，可实际上呢，办法和你之间就隔着一层纸的距离，那你就翻山越岭也没意义，把自己想死走死也没用。她问这办法是从哪来的，他说是听一个老鬼说的，老鬼吃过的咸盐比一般人吃过的饭都多。后来又说，自古以来，不知有多少的办法或发明，很可能都是被逼出来的，都是因为最初的没办法。要是一切都有办法，一切一直都顺顺溜溜，平平安安，没有任何的困难和障碍，人世间永远也就不会有那么多的办法和学问，不会有那么多的发明和创造。护城河不就是一种被逼出来的河么？听说那个很长的万里长城最初也是被逼出来的呢，没办法，只能起一道墙挡住，墙那边的人要是一直安分守己，悄悄地过他们自己的日子，这边就不会有那道墙，又费人又费工的，没事起那么一道墙做啥。

人走了，可是他的气息还留在屋里。

窗户无声无息地关上。

她重新躺下，感觉自己舒卷如云，修长地舒展在黑暗下面。黑暗除了从四面八方包围着她，覆盖着她，还给她送来蓝色的晴朗和遍野的山花。梦里，她又看见一弯金黄色的新月。

不，不是月亮，大白天哪有什么月亮！搁置在心里或者说记忆那一头的其实是一个满目金黄的秋天，太阳黄澄澄热烘烘地贴在天上，在秋风里放射着温热甚至炽热，打谷场上垛满了各种从地里运回来的庄稼，堆成无数座颜色不一的散发着成熟气息的小山。那时候她和另外一些女人就坐在那些金黄色的"山丘"之间，由于"山丘"的重重阻隔，她们很多人并不能够见面，只能听见别人的声音，那边要是没人说话，那就连声音也没有，只有嚓嚓的切割声。她们的任务是把谷穗切下来，人坐在地上，镰刀放倒，刀刃朝外，谷穗在身边慢慢堆积，一天工夫也能堆成一座金黄色的小山。之后这些小山又都会被移走，铺开在场中央，接受连枷的拍打和碌碡的碾压，不过那就不是她们的事了，她们只管切割。她们大都罩着头巾，或者戴着草帽，都低着头，金黄色的"山丘"之间看不见她们的脸，只能看到那些头巾或草帽。

记忆像一潭清水，却先是被一只手搅出一圈一圈一片一片的涟漪，后又被一群人完全搅浑，弄脏，迷炼混沌，什么也不再能够看清。不记得究竟是哪一天了，应该也是黄盏盏的一天，远处刮着薄薄的浅蓝色的风，不知道他是从哪个方向过来的，等到她猛然看见他的时候，他正坐在她的旁边，身下是一捆还没有切割的谷子，看他的那种样子，很可能已经坐了有一会儿了，她却才发现。最先出现在她视线里的是一条腿，她是顺着镰刀的方向看见的，不是谷子的颜色，当然也更不是谷子，她吃了一惊，然后就看见了他，正在不出声地端详着她。

后来？

后来她看见自己好像横卧在半空中，在打谷场的上空飘浮着，身下是秕糠飞扬的农业岁月，她在四下寻找她的那把镰刀，却到处都没有它的影子。那黄灿灿的天气好像把她灌醉了，并没有吃任何的东西，又觉得非常饱胀。她看见在她的大腿与胯骨相连接的地方，出现了一片千里沃野，丰饶，迷人，风光旖旎，而那个人就在那片沃野上站着，后来坐下，再后来又躺下，头枕在手上，听见他在喃喃自语地说着什么……她把腿抬起又放下，反复多次，目的只有一个，想把他从她的那片沃野上掀下去。她觉得他又像蚂蚁又像野猪，一会儿是一只蚂蚁，到处奔走，到处乱窜，一会儿又变成一头野猪，横冲直闯地又拱又撞。

就在那时，远处的大喇叭里忽然传来一阵令人脸面发麻牙根发酸的杂音，像是用刀在刮一团乱麻似的铁丝。杂音过后，七板开始用一种殷红的声音大声地呼唤他的名字，很多人都听见了，他本人可能也听见了，但是他连大喇叭的那个方向看也没看一眼，而是把他的一张脸埋在那片丰饶的沃野上。要是有人来叫我，就说我不在。那时候干燥呛人的秋天的气息正把她一点一点地往下摁，她感到自己在下坠的过程中正在变软，变稀，稀到四处流淌，脸已经挨住下面黄得耀眼的谷草，谷草撩拨得她脸上很痒，同时又都自动分开，礼貌地让出一道虽宽却还不够容纳一个人的缝隙，好像是借路给她，以便她继续往深处下陷。有一瞬间的清醒让她觉得有把握替自己作出判断，那么一条一拃多长的细缝，一个人咋能过去。但就在那时，却又奇怪地羽毛一样地一片一片地往上升，又气球一样鼓胀，浑圆，庞大，到处乱飞乱飘，看见下面的庄稼大部分都已收割完毕，有的地里燃起了火堆，有的已经犁过，翻起满地波浪，人都不足三尺，有的更小；看见公社来人解走一个罗圈腿的人，也没看清是谁，罗圈腿的人多了，所以也不好判断到底是谁，地上的人小，跑着的狗更小，成年狗也像才满月的狗娃一样撅着短短的尾巴。

也还是在那时候，她忽然看见了老赵，身上顿时一个激灵，看见老赵，说明了什么，说明她至少飞越了百里以外，不然不可能看见地上的老赵，看见老赵正在一群人中间，众人都弯着腰，脸朝下，有时也朝上，都一律的黑脸白牙，正仰望着什么，有的衣服后面竟露出毛茸茸的尾巴，把衣服顶起一棱。她说老赵你们那都是些啥人，好好的蓝盈盈的衣裳穿成那样？她说老赵，你还不回来么？你只顾挣你那点儿破钱，只知道埋头死受，再不回来……但是老赵很严肃，表情很坚定，面容很刚毅。老赵手里拿着一页纸，正在发言，高声念诵，很可能是因为纸太薄的缘故，风不断地把那页纸吹到他的脸上，那时候老赵就看不见大家了，大家同样也不再能看见他的脸。同样也是因为太薄的缘故，每次那页纸贴到他的脸上以后，猛一下还都拿不下来，相当于完全粘到了脸上，这就让老赵每一次都很拿捏，很费心，也不敢太使劲，太冲动，怕用的劲大了把纸撕破了，只能小心地一点一点往下揭。老赵抱歉地朝周围的人们笑笑，红着脸说，我那个女人，经常说没的，经常吓唬我，不要管她，咱们继续。

　　她并不是吓唬老赵，平白无故地吓唬他干什么，她是确实看到一汪一汪的水正在向她涌来，又听见门在响，在摇晃，她知道还是水的缘故，是水在哗啦哗啦地拍门，一轮一轮地上来，一浪一浪地冲击。她想，就像下雨一样呢。其实并不像下雨，下雨哪是那样的，准确地说更像发水。坡下赵志明的女人拉住她的手一直不放开，反复地摩挲着，嘴里啧啧有声地说，说起来也都是手，可是你看人家这手，又白又嫩，全公社也再找不出第二双。周举人的女人说，全公社？全县哇又能有几双。接着又夸她有腰有腿。这话说得，谁没有腰没有腿呢。周举人的女人说，别以为这是说笑，一点儿也不是说笑，没腰也没腿的人可多了。就像是现场示范，当场揭晓兑现一样，一抬头，看见陈六六的女人正好从外面走过，陈六六的那个女人也歪打正着地配合得好，配合得又生动又及时，周举人的女人用手指着外面说，你们谁能告诉我，她的腰在哪，腿又在哪。闹了半天，陈六六的女人是一个既没腰也没腿的人？那人家是咋干活儿的呢，又是咋把四五个孩子拉扯大的呢。周举人的女人说，比喻，比喻一下，腰当然还在，是说叫她身上别的地方贪污了，贪污了不就没了，你还能再看见？某种程度上来说，这说得也对呢，东西都还在，身上的各个部位或部件也一样都没少了，只是不再显眼，不再是主要的，甚至完全不再能看见，到底哪去了，谁也不知道，没有人能找见，按周举人女人的说法，实际还是没了。

金黄色的天底下，连枷扬起，筛子摇晃，鞭梢划过晴空，骡马蒙面人一样拉着碌碡，一圈一圈地转着，一趟一趟地走着，那即是秋天的景象，在这满目成熟的令人晕眩的景象里，她感觉自己已经被拆卸得差不多了，不过后来很快又先后复原，各自重新归位，严丝合缝，任谁也看不出来，不用说一般的眼睛，火眼金睛也难。真有火眼金睛么？她不信，不过就算有，也轮不到老赵。老赵回来，会问起啥么？不会，首先他就不是一个刁钻又阴暗的人。他妈说小时候老师让他靠墙站着，放学后人都走光了，老师也忘了他，回家吃完饭又来学校批改作业，路上忽然想起了他，又想他可能早就回去了吧，到了学校以后才发现并没有，星星出来了，月亮也出来了，他还靠墙站着。夜晚的学校，没有了白天的喧闹，比别的地方更加寂静、阴森。真是个老实圪蛋呀！老师三步并作两步地跑过去，面对这么一个老实圪蛋，老师一时也感到羞愧和自责，亮洼洼的月光下老师不好意思地打着可耻的饱嗝，脸上汗津津，嘴唇红润润，才吃进肚子里的那些饭让老师觉得严重地难为情，也是平生第一次觉得它们好像并不是什么饭，而是一摞一摞的不敢打开又不忍面对的某种罪证。那就是曾经的老赵，老实孩子一个,后来长大了也并没有多长什么心眼儿,更少有算计人的计谋,这么一个人,他会鬼三忽四地东瞅西看,疑神疑鬼么?沉甸甸的谷穗累累坠坠地悬浮在她的头顶上方,像是无数兔子的嘴一样微微咧开,憨厚老实地笑着,笑容粗糙又金黄。身下是水,是潺潺的流水,是蓝色绿色的水,是清澈又复杂的水。哪来的这么多水呢,忽然有一个声音说,问谁呢!她吃了一惊,四处寻找刚才说话的声音,也不知道是从哪来的。

从一个"山丘"后面传来一阵笑声,听声音是两个女人,她们在说一个叫胡大的人。胡大晚上回来,一推门,看见另一半自己正在屋里,并且在他回来之前已经穿好衣服,正要出去。胡大吃惊地说,我才回来,你又要走?那另一半的胡大不以为然地说,我和你不是一回事。又叫他让开,别挡道。边说边就从他的身边很生硬地挤出去了,临出门还把他撞了一个趔趄。就从那一天起,胡大就病了,和以往不一样,这一回似乎很明确地知道自己得的是啥病,因为他知道自己只剩下一半了,那另一半按当时的情形看,显然是永远都不准备再回来了。后来,病了的胡大每天躺在窗户前,一双枯井似的眼睛看着窗外,有人说他是在等那一半回来,天天盼着,也有人说并不是,但是究竟是什么,却又说不上来。外面黑黢黢的巷子里有人唱着难听的歌走过,胡大羡慕地听着,想坐起来,来个鲤鱼打挺,却没打成,上半身只是往前倾了倾,如果这时候有人正好从外面进来,会看到窗户上镶嵌着一双枯井般的眼睛。

早上起来,赶快到墙头下去看,却并没有发现有什么鼠夹子,整个院子里也没有。她记得他曾说过他的脚被夹破了,还流了血,而眼前的院子里却干干净净,一滴血也没有看见。

难道他没说过，难道是她梦里梦见的？

快晌午的时候，街门忽然被从外面推开，公公踢踢踏踏地从外面走了进来，好像拿着什么，又好像没拿着什么，她没看清楚，那时候她又一次从屋里出来，看见窗户的玻璃有些脏。

公公说，今天，在去南梁的路上，又碰见那只狼了。

她对公公说，您可真有本事，经常能碰见狼，一出去就碰见了。

听见她这样说，老头子脸上的部分麻子忽然不自觉地蹦跳了几下，先是斜着眼睛看天，后又用三角形的眼光看着她，三棱锉一样锉着她。老头子对她说，不是我有本事，我能有啥本事，是因为地上确实有狼，我才能碰见，要是没有，我到哪儿碰去，再有本事也碰不见。

说完以后，就往里院走去，走了没几步，却又返了回来，脸上有些沉沉的，对她说，说我有本事，你这是讽刺我了吧，碰见狼算啥本事，应该是运气不好才是，没运气才会碰见狼。

她对公公说，我可没那个意思。我只是觉得，一般人谁能动不动就碰见狼。

公公眨了一会儿眼睛，说，那也不能叫本事。

啥叫本事，不用说得那么复杂，那么玄乎，简单一句话，本事就是别人做不成的事，你能做成，这就叫本事。当然本事又有大有小，小人物只能有点儿小本事，就像衣裳一样和你相配，合身。袖子太长不行，前襟过短还不对，不用说这些尺寸上的毛病，颜色不对也不行。

我们都是没本事的，那我们都是没衣裳的，光着的？

在本事这件事情上，我们很可能就是那种赤贫的，就是光着的，或许不能说一丝不挂，但最起码也是千疮百孔，衣不蔽体。不过我们也并不孤单，有很多和我们一样的人呢，在没本事的路上，熙熙攘攘的人们走着，衣衫褴褛的人们走着，虽然大家都袒胸露背，赤身裸体，一个尿性，一样的前胸贴后背，却还不免要互相挖苦，互相笑话，互相仇视，互相看不起。

是不是应该感到羞愧，羞耻？

应该，知道自己没本事，却不知道为啥没本事。

你知道？

不知道。

杜林笔记

什么也不要相信,是因为什么也不能相信,包括你的眼睛和耳朵。

有一个时期,我以为唯一能相信的只能是那些已经发生了的,可是,又有无数的事实在证明,即使是那些已经发生了的,也并不全是事实,有相当一部分是在表演,是在迷眼。

不要给这么小的孩子灌输仇恨,这么小就背上这么沉的负重,这会让他一生都不得安宁。

你说得这叫啥话,照你这么说,我们的仇就不报了么?你站着说话不腰疼,谁没摊上谁不知道,我们还就指望他呢。

我看着这个才七八岁的孩子,每个人都有自己的命,好像是早已定好的,又好像是一步一步地形成的,有时似乎自己能做主,但更多的时候又分明不是自己说了算,自己只负责走。

第十七章

世间一窟，五角一宿·山洞里的黄腿黑腿

耗子蹑手蹑脚地走着，专挑人少或没人的地方走，过了河，又过了河边缓缓地向上堆起延伸的草地，看见东山下的窑洞前只有一堆软软的旧棉花，没有人，就很高兴很放心地走了过去，却做梦也没有想到那堆"棉花"忽然伸出一只手，把他拽住了。一只又瘦又灰白的手，突然从黄白的太阳地里伸出来，感觉和任何一个身体都无关，就只是孤零零的一条胳膊上的一只手，把正在路过的耗子紧紧地拽住。耗子就惊呆了，吓住了，不明白一堆棉花里怎么会有一只手。过了好一会儿才发现那并不是一堆棉花，而是一个灰白的棉花一样软的人。

一张薄极了的纸一样白的脸上镶嵌着一个浅红色的嘴，还有两只很小的松鼠一样不断闪烁的眼睛，这就是林虎，这就是耗子眼里的林虎。林虎正坐在他的窑洞前晒太阳，一把捉住了从他面前经过的耗子。林虎对耗子说，你这个小耗娃子，我就喜欢你这个小耗娃子。林虎是笑着对耗子说的，但是耗子觉得无论怎么看都更是在哭，不止是因为他说话的声音软得像棉花，林虎的那两只快速闪动的眼睛里也飘满了外人看不懂的忧愁和绝望，是灰色的乌云。

林虎还说，他的影子刚才正躺在地上睡觉，眯着眼，可是一个没防住，耗子一过来就把他踩住了，把他踩醒了不说，关键是踩得还很痛。听林虎这样说，耗子就觉得他真是在瞎说，因为耗子过来的时候，并没有看见地上有什么影子，光溜溜的地上，只有又黄又白的太阳光，不用说他的影子，别的什么影子也没有，可是林虎非说有，非说踩住了。林虎说着就撸起袖子，让耗子看他的胳膊，一条又细又白的胳膊，上面有一些黑蓝色的东西，林虎说是黑青。

林虎说，你看看，你看看这些黑青，都是你踩的。

耗子说，我在地上走，又没到你身上去走。

林虎说，你没踩这些黑青是哪来的？

耗子说，反正我没踩，我就是没踩。

林虎说，不行，你这得赔我呢。

林虎说，踩了我，今天你可是走不了啦，哪儿也别想去了。

又说，我正缺一个小长工哩，我看你就正合适。

听见林虎这样说，耗子就有些怕了，他朝周围看看，四周一个人也没有，只有他和林虎，还有就是后面的山和林虎的那几间好像被山压扁了的窑洞，林虎常年就在那些压扁了的窑洞里住着，窗户是扁的，门也又扁又窄，就是有些小人书里那种深山老林的人家。耗子想跑，挣扎了一下，却没想到林虎抓得很紧，那时候耗子就觉得自己快要哭出来了，面前的那张白脸让他很害怕，他甚至都不敢抬头看。他低着头，如一只被捉住的鸟。耗子知道也见过，鸟要是硬挣扎，不听话，腿或翅膀就会折断，有时候跑是跑了，一条腿却留在了一根线上。

不过，林虎好像也并不是要他的腿，至于翅膀，想要也没有。

林虎对耗子说，我也不要你别的，就把你那个小鸡鸡给我吃了就行啦，吃了你就能走了。

林虎这样一说，耗子很快就觉得不那么怕了，因为这话他很熟悉，因为很多人都说过这种话，目的就是吓唬他一下，并不是要来真的。这以后，耗子就不再像先前那样挣扎了。

耗子对林虎说，新社会了你还敢雇长工，人们会斗死你。

林虎说，我悄悄地雇，谁能知道。

耗子还想对林虎说，斗完你，你再上吊去，就像齐月林那样，不过没说出来。

家也不是正常的家，而是从山崖下打进去的一个洞，里面曲里拐弯，左一个家右一个家，不断地还会有回廊和柱子出现，把那些一个又一个的家分割开。柱子还是原始的山土，只不过是被削成了柱子的模样和形状。外面三根木头支起一个门框，有一扇小门，旁边一个三尺见方的窗户，上面都是手掌大小的小格子，一多半糊着麻纸，只有少数的几个格子上镶着玻璃。因为是在东山下凹进去的，每天只有过了午后，才会有几缕亮光从那几孔小玻璃上照进来。玻璃是林虎从外面捡回来的，大块的玻璃捡不到，手掌那么大的有时候还是能碰上的。

耗子第一次到林虎的家里就迷了路，里面昏暗的简直是一个傍晚，土壁的颜色都一模一样，三绕两绕就把耗子绕迷糊了，甚至连出去的那个门也找不见了。耗子头上出着汗，心里跳得咚咚的。又转过一个弯，忽然看见一盘小炕上坐着两三个要饭的，头发都像乱草，身上又黑又脏，浑身恶臭，整个屋里除了土味，剩下就是他们的那种气味。三根讨饭的棍子靠墙立在地上，几个和他们的衣裳一样又黑又脏的油亮亮的讨饭口袋放在炕上。三个人都不说话，都愣愣地坐着，好像在等待什么，又没在等什么。林虎站在地上，问他们谁还要喝水，坐在最里面的一个没有下眼眶而是以两大片红色疤痕代替下眼眶的人说他还要喝一碗，旁边另一个嘴快要歪到耳朵边的人就说他，说我给你记着呢，你已经喝了三碗了。那个人没听见一样。林虎声音细弱地说喝哇，别的没有，水还是有的，能管够。尽管挑一担水回来对他来说也完全够得上是一次繁重的劳动，一路上得把桶搁下歇好几回，然后再上坝，过河，回到山脚下再歇一会儿。这以后就不能挑着上了，不然都得洒了，得一桶一桶地提着上，提回去一桶，再返回来提另一桶，两桶水都回到洞里后，林虎的一张脸就变得煞白，脸上也不再有笑容。

耗子后来才知道，林虎的洞里所以有那么多拐弯抹角的绕来绕去的小房间，就是为了留那些讨吃要饭的人住的，那些房间，每一间都不一样大，有的里面全是炕，至少能睡七八十来个人，有的却又小又短，只能睡两三个人。当然还有别的零散的人，也不全是要饭的，更有一些形迹可疑的人，相貌古怪，行为诡秘，一看就不是正经人，不是光明正大的人，不知道他们是做啥的，从哪来，要去哪。不过，林虎可从来都不管他们从哪来，更不管他们是谁，是做啥的，在他眼里，都是需要留宿的恓惶人，万般无奈的才不得不投宿到他这洞里，而但凡有一点儿办法的都不会来。一般都是住一天两角钱，一视同仁，不管是谁，不管是讨饭的还是别的什么人，谁住都是两角。生人，头一回来的，都是当天就结算，也有睡到半夜偷偷地跑了的；要是熟人，就等走的时候一起算，有时还有欠账的，不过那必须得是特别熟的、常来常往的人才行，首先是林虎信得过他们，知道他们不会赖账，也不会一走就再不来了。

忽然听见不远处的哪个方向有呼噜呼噜的声音传来，猛一听，以为林虎在洞里还养了猪，顺着呼噜声过去一看，发现声音来自另一盘正方形的小炕上，要不是有呼噜声明明白白地证明这边的这个小炕上还睡着一个人，光靠眼睛是根本看不出来的，因为炕上堆着破布烂褥子，站在门口只能看见那些东西，谁也不会想到那些破布下面还睡着一个人。

有一个人喝了太多的水，要出去尿尿，耗子就悄悄地跟在他的后面跑了出来，先是黑洞洞地跟着走，鼻子里全是土味泥味，拐过一个弯，前面又一个弯，接着又是一个弯，走着走着，忽然看见了亮光，就知道找对路了，快到门口了，耗子的心里也顿时亮了起来。一出门，就看见那个人对着东山解开了裤子，耗子就哧溜一下从他的身后闪出来，朝下面的河边奔去。

林虎为啥没有拦他呢，是没发现还是只顾和那几个人说话、给他们倒水，把他忘了？耗子不知道，耗子只觉得机会就像一条比一根线粗不了多少的细缝，要是不赶紧抓住，就会彻底误了，闹不好就永远留在那个地狱一样的洞里了，那可就真的完了。直到跑在路上后，他还觉得危险至极，多亏了自己机灵。发现人不见了，林虎这会儿说不定正在他那个幽深曲折的洞里到处找呢，转过一个弯没有，再转过一个弯，还是没有，亮处没人，黑暗的地方也没人。耗子觉得，林虎的那张又白又薄的脸这时候一定是气急败坏的，再加上没有眉毛，一定变得又奇怪又瘆人。他跑着，有人在叫他的外号，耗子听见了，顾不上回头，也不敢回头。一口气跑回家里，看见银焕正坐在房檐下打盹，上半身靠在阴凉儿里，嘴张着，眉心处堆起一个疙瘩，一条腿伸出去，伸在太阳地里，被热烘烘地烤着，晒着，裤腿戳起来，朝上卷起，腿上有乱七八糟的地形图一样的东西，嘴边的黄胡子耷拉着，出气的时候又被吹了起来。

他妈正在屋里捞粉汤，耗子从外面跑进来，一头撞在他妈腰上，他妈被撞了一个趔趄，险些歪倒在旁边的风箱上。但耗子不管那些，只是急切地问他妈林虎是不是一个特务，这才是他眼下最想知道的事，因为他觉得他像。其实，不管他妈怎样回答，耗子心里早已有了答案,再由别人的嘴说一遍,只是为了印证自己的判断,巩固一下,夯实一下。

耗子对他妈说,我越看越像。

他妈听说他见到林虎了,整个人呆了好一会儿,好半天以后,耗子说的那个人才终于慢慢地从她的记忆里浮现出来,土行孙一样的一个人,白脸,没眉毛,无声无息,要不是耗子今天猛然提起,大约永远不会想起世上还有那么一个人。她站在灶前,一只笊篱拎在手里,笊篱上的水和残余的一些粉汤沥沥拉拉地往地上滴答着,她很想拿笊篱打耗子一下,教训一下这个不知深浅、到处乱跑的孩子,可是终于还是没舍得打,手里的笊篱也始终没有举起来。

听耗子说他才从林虎的那个洞里跑出来,又说他那个家有多吓人,他妈就大惊失色地说,你真是越来越胆大了,哪儿你也敢去了,还能摸到那儿去,你是想叫我后半生没指望了么?

耗子不知道他妈在说啥,耗子觉得女人们真麻烦,什么前半生后半生,这又扯到哪去了。耗子只关心林虎的身份问题,也就是林虎到底是个什么人的问题,是不是一个隐藏的特务的问题。耗子说,我觉得他像,越看越像哩。不过他不明白林虎到现在为啥还没有被抓起来,民兵们背着枪,每天至少也要从他住的那个山洞前面经过好几个来回,有时不止是民兵,还会有部队的汽车和坦克从那前面开过,车后面还拖着草绿色的大炮,过来过去,却从来都没人想起隐藏在山脚下的林虎,更从来没有人到林虎的那个山洞里去,是把他忘了么?

为啥还没抓,为啥还没抓起来?耗子拽住他妈的衣襟,有些急切地问道。

他妈说,没抓不等于不抓,或许时候还没到,时候一到,跑不了。

耗子说，是不是要把南面树林里的大炮和坦克调过来，对准他的山洞开炮？

他妈说，说不定这会儿正研究呢。不过也用不着那么大的阵仗，两个人就把他摁住了。

耗子说，我主要是担心他们都把他忘了，或者他再往深处打洞，悄悄地跑了。

耗子他妈想了一会儿，说，我看忘不了，一个村里住着，谁不认得他。打洞先不说他打得动打不动，他那个样儿能打动洞？就算他能打动，他能打到哪儿去，从咱们这儿跑到枯山，跑到高城？那他也跑不了，最后还得叫捉回来，枯山高城的民兵们也能把他扭送回来。

这一会儿工夫，粉汤在锅里已经熬稠，耗子他妈看了一下后，嘴里发出啵啵的声音，说这可闹成糊糊了。都怨耗子，从外面一回来就揪住她说个没完。她把锅从火上端起来，想了一下后，觉得不对，又重新把锅坐到火上，往锅里添了一瓢水，一些凝聚起来的疙瘩得赶快打散。先前的笊篱也用不着了，她换成一把勺子，杵进锅里，又碾又铲，锅里立刻传来一阵吱吱扭扭的声响，叫人听了牙根发酸，耳朵叫唤。林虎做过啥不好的事情么，好像并没有，看平时那样，应该是连一只蚂蚁也不愿意踩死，连一片树叶也不愿意弄碎。林虎究竟是一个怎样的人，实际上她也并不知道，认得是认得，说起来几十年了竟连一句话也没有说过，只知道他住在东山脚下的山洞里，至于里面是个啥光景，也没有几个人知道，更没人进去过。

不过这会儿，她的耗娃就站在她的身后，向她描述林虎住着的那个山洞，说里面弯弯曲曲，十分的弯弯曲曲，除了一股一股呛人的土味，剩下的就是弯曲和黑暗，不点灯的地方，一定直接碰到墙上，墙上全是镐头和镢头刨出的一棱一棱的痕迹。其实严格地来说那并不能叫墙，只是一些被工具刨砍过修理过的山。生人，头一次进去的人，百分之百会迷路，转悠半天出不去，找不到出去的门。看见一点儿亮光，你以为快到门口了，实际却并不是，只是到了另一个窑洞里，因为那里面点着灯，你看到的那一点亮光是灯光，并不是外面的光。耗子上气不接下气地说着，她听得也更是又惊心又骇怕。耗子说比起里面的那些人，这并不算啥，在他那个洞里住着的那些人更奇怪呢，没耳朵的，没鼻子的，没眼睛的，啥样儿的都有，缺胳膊少腿的，那是好的，正常的。有一个人，表面上穿着裤子，挎着个黑包，戴着黑墨镜，从外面摇摇晃晃地进来，嘴上还叼着烟，以为是个正常人，一进门还假装干部，吓唬林虎，说是来逮他的。不过林虎一眼就认出了他，林虎说，又来这一套，一来了就闹这一套，好像就盼着我出事，我要是出了事，对你有啥好的，黑夜你都没地方去住。听林虎这么说，那人摘下黑墨镜，露出一嘴黄牙，嘿嘿地笑了。等后来上了炕亮出真家伙就叫人吃惊了，没想到腿上有螺丝，大螺丝，小螺丝。上了炕，脱了裤子，露出一条黑腿，一条黄腿，从一个包里拿出一个扳子，用扳子把螺丝卸开。一开始半天拧不动，使劲拧也拧不动，林虎以为螺丝锈了，就问他用不用淋点儿油，润滑一下，那人说不用，后来再一用劲果然就拧动了。

他妈已顾不上吃惊，气急败坏地说，一条黄腿，一条黑腿？腿上还有螺丝？那是腿？

这一点，耗子也同意他妈的说法，耗子说，不是真腿，我看了，腿上没有汗毛，也没有肉，一看就不是真腿。尤其那条黄腿，是牛毛黄的那种黄。

他妈说，当然不是真腿，真腿上能拧螺丝么，你见过谁的腿上拧着螺丝？

你看看那都是些啥人,你还敢去。

耗子说,我又没去,是他硬把我拉进去的。

耗子说,我差点回不来呢。

那个人拧了半天螺丝以后,好像累了,就躺下不动了,林虎就张罗着给他做饭,问他想吃啥,说想吃莜面。林虎说莜面没有了,只有玉茭面和高粱面,只能在这一黄一红两种里面选一种。那个人一听就又急躁又失望地唉声叹气,说咋就没有莜面?林虎说你来的不巧,本来还剩一点儿,结果前两天来了一个人给吃了。那个人就说,是谁,叫谁吃了,我日他祖宗。他管林虎叫老虎,他说老虎啊,哪天我要死的时候,你一定得叫我吃一顿莜面。林虎就说,你放心,真到了那时候,我出去借也得给你借二斤莜面回来,好叫你饱饱地吃了上路。

耗子他妈拉住耗子,在他的身上到处查看,耗子就告诉她说,不用看,没骂,更没打,一根汗毛也没少。确实也没看出什么问题,他妈放了心。在关于林虎究竟是个怎样的人的这个问题上,耗子和他妈的看法有分歧,也有一致的地方,比如他们都觉得林虎这个人是有些复杂,以前是做啥的也不知道,现在每天又在做啥其实也不是很清楚,只能看到表面上的那一点点,更多的东西看不见也看不透。表面上林虎那个人软绵绵的,像一只老山羊,老绵羊,实际是不是那样谁也不知道,谁也不敢保证。最后得出的结论和办法就是,对林虎那样的人,平时能离远就尽量离远一点,同样对于不知道深浅的人和事,能不到跟前就坚决不到。

他妈嘱咐耗子,以后别再到他住的那一片去,该绕远的时候就绕点儿。

耗子说,记住了。

耗子想,林虎和他的山洞,难道也能算是这个世界的一部分?一个角落？

　　他们俩人说话的时候，银焕有时就在旁边坐着，有时候又不在，在旁边坐着的时候也不吭声，一个影子一样，什么时候悄悄地出去了，也没有引起过他们的注意，什么时候又回来了，他们同样也没有注意过。耗子和他妈热烈而急切地说着，讨论着，辩论着，分析着，说实在的，他们也从来都没把他当个能讨论问题的人，也早就习惯了，因为好像总有什么东西在中间阻隔着他们，三个人也从来不在一条线上，耗子和他妈还能出现在同一条线上，银焕却不行，好像跟不上来，又好像根本不愿意跟，就像他们已经走了三十里了，银焕却还在原地没动，又或者他早已到了更远的地方。表面上三个人坐在一起，实际并不是，中间有嵯峨。

　　没想到后来吃饭的时候，银焕忽然对他们说，林虎的手上有人命哩，最少三条。

　　耗子他妈又惊得脸色煞白，问，有人命，还最少三条？你咋知道？

　　但是银焕却再也不说话了，脸蜡黄，手杏黄，杏黄色的手里拿着筷子，筷子上有字：兴无灭资。他没看筷子，肿泡泡的一对黄眼珠一动不动地凝望着窗外，感觉已睡熟睡深，整个人已经离开家彻底走远了，远到无比的生疏，无比的深长和广陌，就连天也是生的，从未见过，地及地上的人事景物就更加怪异和少见，让这边的家人难去追寻，任谁也再找不回来。

　　关于他说的林虎手上的人命，他们问死他也再没说一个字，看那样，更好像是早就忘了。

　　耗子他妈问银焕，林虎手上咋就有了人命，那是多会儿的事？

　　银焕不说话，饭已经吃完，但是还不住地摆弄着手里的两根筷子，桥一样架到碗上。

耗子他妈又说，说半句留半句，要不你就干脆别说。

银焕还是没说话，就像没听见一样。她出去进来，再没有正经看他一眼，一边收拾碗筷，一边有些愠怒地骂了他一句。又过了一会儿，她忽然听见一阵咝咝的声音，再一看，银焕不知啥时候已经睡着了，歪着头，靠着墙，坐在那里就睡着了，也没打呼噜，睡得咝咝的。

世界悄无声息，一只鸡闭着眼睛卧在窗台下，还有一只轻手轻脚地在院子里走着。

耗子他妈对耗子说，等你长大了，给你娶了媳妇，有人管你了，我就放心了。

耗子说，好好的娶媳妇做啥，我不要。

耗子他妈说，愣子，还能不娶媳妇，是人都得娶呢。

耗子说，我就不要，谁想要谁要去。

他妈说，你不要，将来谁管你？到时候我死了，你身边没个人，连饭都吃不上呢。不管啥时候从外面回来，永远都是你一个人，家里冰锅冷灶，到处空荡荡的，连个说话的都没有。

耗子说，不是还有爹在么。

他妈说，他？我要是死了，他大概也早就不在了，就算在，你看看那还能算个人嘛，你能指望他给你做啥。

听他妈这么说，耗子一时不做声了，一双眼睛滴溜溜的，看看这个，又看看那个。

他妈又说，是人就都得娶媳妇呢，我也是别人的媳妇呢，我至今也还是一个人的媳妇呢，你爹的媳妇，一个疯子的媳妇，只不过他早就忘了。

你们的仇,最后报了没有?

没报成。

为啥没报成?

唉,不能说了,各种原因。

仇也像颜色呢,时间长了,就会褪色,直到褪得啥也没有。

你咋知道的,你连这也知道?你说得对呢,已经褪得啥也看不出来了,最明显的感觉,就像一件衣裳,已经看不出当初是啥颜色的了。

你还记得当初是啥颜色的么?

好像还记得一些,很模糊了,也不知记得对不对。

杜林笔记

　　有生人从外面来，不知是不是一进入这个狭长的山区就能闻到某种味道，一种这个地方特有的那种气息。我觉得也许会，也许不会，要是对一个地方压根就没有产生任何感觉，又怎么能闻到她的味道，感受到某些不一样的东西呢，所以什么也没有也并不奇怪。

　　我能说这片土地荒芜，贫瘠，这片土地上的人愚笨昏昧么？不能，狗不嫌家贫，你要是那么说了，别人就会骂你连一只狗都不如。先不说别的，大家的唾沫也足以把你淹死，所以你只能往好的方面想，想出千里沃野，人人载歌载舞，遍地喜剧，到处欢乐，没有痛苦，没有罪恶，没有黑暗，有痛苦也是小痛苦，幸福的痛苦，误会的痛苦，阳光普照，经久不落。

　　为什么我的眼里常含泪水？只因为这片土地上风沙太大，常有沙子刮进眼里。

　　我生在这里，要按我的本意，我其实一直都想避免评说她，因为这很容易倒向某一头，倒向虚假的粉饰或者深深的怨恨乃至诅咒，致使一头膨胀肿大，另一头干细萎缩。人最容易的不是自大便是自卑，人群也大多集中在这两头，真正平常正常的却是中间那一段最细最薄的部分，从这个意义上说，人群或世界并不是中间大两头小的纺锤形，而恰恰是两头大中间细的车轮车轴形的，多少年，世界也许一直就是靠着自大与自卑两个轮子带着中间一根细轴在日复一日年复一年地艰难运转。我想说的是，靠着这样一副装置上路，不出事才怪呢，世界和人群，不断地坏在路上，奇怪么？并不奇怪！你不觉得么？要是一直不坏才奇怪呢。

你，我，很多人，我们都是那两个轮子上的，不在这头就在那头。

到了说好的那一天，你没来，却来了古灵杨。

他是跟随一位领导来我们这个公社公干的，顺路来看我一眼。

在霍琪老师那儿见过他一两回。

根据我从前对他的观察，他基本应该是一个苦吟诗人，三年得一个句子，当然这是一种夸张的说法，谁也不可能三年只想出一句话，说的是那种状态。日复一日的尘世生活，每一天的到来和结束，在他眼里每每沦为苦役的磨道与索然无味的时光的推演。他不抒情么？当然也抒，但多为病态的呻吟和嘶吼。因为不擅叙事，便不喜叙事，所以认为情节是庸俗的。

如果有小孩子要求他给讲个故事，他可能会感到严重不适，烦躁愤懑甚至内心暴怒。

每次看到他，都感到他被一种东西紧紧地捆绑着，束缚着，挟持着，压迫着，究竟是什么，我至今还没有想清楚。但是他又绝不承认那些东西的存在，因为他反复强调，自认为是一个最自由的人，更时常自比狂风，野马。你告诉他好像总感觉有什么东西箍着他，他不屑地一笑，耸一耸肩膀，不屑与你多说。类似我们这种来自山野的乡人就不必说了，实际就连他表面敬重的霍琪老师在他眼里也不过是一个失败的废纸篓子，一个偶尔有些小见识小欢喜却又时常受尽各种凌辱而又浑然不觉的底层劳作者。当然表面上还是尊重有加，一口一个霍老师，霍老师长，霍老师短。霍老师，一个县级意义上的文化引路人，在我们这个国度，在我们这片广大辽阔的土地上，每一个县每一个地区都有类似霍琪老师这样的人，从南到北有无数的霍琪姚琪，张琪李琪王琪，在当地守着夜，举着灯，年复一年地发着微弱的光和热。

对于日常生活，他基本报之以愤怒或不满，甚至诅咒。

听说西门外的照壁前死了一个人，他一拍大腿说好！

"好"字出口的同时，我分明看见一个又大又黑的感叹号也昂首挺胸地从他的嘴里大踏步地出来。他说今晚失眠，他说西门外的月色甚好，他说他不见皎洁的月色已有很多年了。

当然，现在的他已与生活打成一片，积极拥抱各种人事，也忽然热衷叙事，这中间发生了什么，没有人知道。其中的一句描写或者一个细节给我的印象尤为难忘，他这样写道——

蒋介石一拍大腿说："拉出去毙了！"

这句话至少带给我一两年、两三年的欢乐，我在山里放马的时候，在苍茫起伏的山地间游荡的时候，在家里的窑洞里苦思愁思的时候，只要一想起他的这句描写，很多的愁苦和不快顷刻间便都烟消云散，我在寂静亘古的荒野上笑着，笑得抽搐而分裂，直到黑暗吞噬了大地。

第十八章

每天和一群神仙们挤在一个炕上

三面炕围上都画着美丽的、虚无缥缈却又引人入胜的风景，尤其是东西两面墙上的炕围，在孙五看来，完全就是一个又一个的仙境。仙境以绿色为主，其中当然还有别的颜色，神仙们有的驾着云彩在天上走，有的就站在亭台楼阁里，不知道在做啥，一看就很清闲。炕上铺着大红花的油布，擦得油光闪亮，除了一朵一朵的红花，炕上还有很多别的图案，白鸽子，蓝蜻蜓，回形的云彩，胖小孩抱着比他的头还要大的桃子，城门洞一样的桥，桥下有水，桥上的人打着伞。那几个打伞的人，凑近了细看其实并不是人，只是几个粗细不匀的黑道道，红道道，只有站远一点看才有人的模样，还能看出男女，黑道道一看就是男的，红道道一看就是女的。孙五一边端详，一边就在心里想，真他娘的画得好，随便杵几下，就杵出人样儿来了。

孙五对坐在炕上的谷正楼说，这么多神仙，你们两口子每天都和这么多神仙睡在一个炕上。

谷正楼纠正他说，哪有神仙，没有神仙，都是人。

明明是，还非说不是，还不承认哩。孙五想。

被褥虽然看不见，叫一条崭新的粉色的毯子苫着，但是孙五觉得被褥一定都叠得很整齐，不然就很难有那种方方正正的效果出来，不像他的那套被褥，永远都乱七八糟地堆着，没颜没色地瘫软着，涣散着，既没筋又没骨，永远都叠不起来，更站不起来。有一天他回去，一揭被子，里面竟窜出一个小猪。当然不是他的猪，他哪有猪，他一个人过日子，既没养鸡，更没养猪，一人吃饱，全家不饿。也不知道是谁家的猪，趁他不在，溜了进来，还不拿自己当外人地沿着锅台上了他的炕，上了炕不算，还铺着他的褥子，盖着他的被子，说不定还枕了他的枕头呢。他大喝一声，小猪又羞愤又害怕，吓得从炕上跳到地上，尖叫着夺门而逃。

看看人家这家，这才像个家哩，这才像个人家呢。

刚才一走进来的那时候，他就像来到了一个此前从没来过的完全陌生的地方，他记得谷正楼这房子当年建造的时候，他还来帮过忙呢，怎么一转眼就不认得了呢。屋里清明瓦亮，摆设众多，他都没顾上看都是些什么，粗浅的感觉都很新，都很值钱，是他家里从来没有过的，当然也是好多人家里没有的，只看见光缝纫机就有两台，一台新的，一台旧的，自行车好像也有两三辆，都很新，其中的一辆就放在窗户外面的屋檐下，一看就不怎么爱护，很不当回事，任凭风吹日晒，霜打雨淋。不像有的人家，买上一件值钱的东西，就祖宗一样供着。好多人家都会拼命地、自作主张地、自以为美丽无比地给他们新买的车子打扮，化妆，给前后两个轮子里装上一圈红毛毛绿毛毛，再把车身上的大梁用彩色的塑胶缠出来，新媳妇一样推出去，骑上走的时候，车圈里那些红毛毛绿毛毛就跟着一起飞快地眼花缭乱地旋转，就像马戏团在表演。那是在干什么，那还用问么，鬼都知道，当然是在显摆，在炫耀，看我，看我们，你们谁有。说到底，也还是一种穷人穷家的表现。谷正楼就从不做那种事，人家家里的几辆车子都没用红毛毛绿毛毛打扮过，更没缠过什么花花绿绿的东西，那就是和他们那些人的区别。屋里亮堂堂的，有一种清水洗过的感觉，他就奇怪了，很多人家无论多会儿走进去，都给人一种黑黢黢的感觉，黑黢黢，昏沉沉，肮脏，污浊，傍晚一样，旧社会一样，还有很难闻的猪食味和酸菜味熏着，炕上黏糊糊，地上有鸡屎，一不注意就踩一脚。说起来大家都是同一个日头，要没日头的时候都没有，要有的时候都有，那他家这亮堂是从哪儿来的呢。

事先完全一点儿防备也没有，正面柜子上的那个座钟突然威严而又瘆人地当当地响了几声，孙五猛地回过头去看，看见那个颜色黑黄的钟，有着青铜的外表，不知是什么东西在暗中作怪，孙五觉得有一种看见灵堂的感觉，虽然从来也没有过那样的灵堂，但孙五就有那么一种驱散不掉的感觉，当然那感觉不能跟谷正楼说，就凭那么难听那么不吉祥也万万不能说，家是人家的家，你刚才不是还挺眼红很向往么。

指着那个钟，对谷正楼说，这东西要是半夜里响起来，会不会把人吓醒？

果然，谷正楼说，那有啥吓的，多好听的声音呢。

啊，没说那话就对了，差一点漏勺一样漏出去呢，果然人家不仅没觉得不好，反倒很喜欢呢。你不喜欢，觉得别扭甚至还有那么一些可怕，那还不是因为你没见过，不习惯么？孙五迅速地在心里展开反省与自我批评，再说了，家是人家的家，人家想摆啥，愿意摆啥，那全是人家自己的事，用得着你喜欢么，用得着你说三道四么？那些东西，你想要还没有呢。

这以后，他就不再关心他这个家里都摆了些啥，开始说正事，这才是他来找他的主要目的。第一件事，说人们都反映羊倌连富偷喝人们的羊奶，至少有十几个人和他说过这事，希望大队管一管连富。第二件事，河东那边，距离村里最远的两根电线杆子下面，忽然出现了一户新搬来的人家,据住在附近的人们说,那一家人,鬼鬼祟祟,行为可疑,几乎不与周围的人家来往,从来没有人听过他们说话,如果正要出门,看见有人从他们的门前路过,立刻哧溜一下缩回去,门也随即紧紧地关上;还有的时候,窗户上会有一张脸,正在向外面窥视;秋收过后,他们在空荡荡的田野里低着头到处寻觅,也不知在找啥,看见有人来,马上蹲在地上假装系鞋带或者崴了脚,更有的时候,展展地趴下,或者蜷成一团躲藏在圪楞下面。第三件事,地洞,北边的那一部分地洞,尤其是与邻近的圪獠村连接的那一部分地洞,不知怎么里面有了水,在其中的一个拐弯处,也是一个低洼处,甚至出现了一个水潭,因为完全不知道那个水潭有多深,所以也没人敢过去,用棍子试探,感觉深不见底;而在村南头这边,有好几条地洞里面有人堆了各种东西,有废旧的油毡,缺少轴承的车轱辘,打凿成条状的石头,等等的一些乱七八糟的东西。孙五说,这些都不怕,最麻烦的是里面还有一具尸体,脸已经被打烂,认不出是谁,也没人能认出是谁,从死人身上穿的衣裳看,好像是一个要饭的。

地洞里的尸体让谷正楼吃了一惊,他问孙五,那尸首,这会儿还在不在?

孙五说,当然还在,那又没人偷。

谷正楼说,还没闹清是谁吧,也不知道是哪的吧?

孙五说,没闹清,那哪能闹清。

谷正楼说,那还不赶快叫两个人埋了还等啥?等都臭了,整条地洞都不能用了。

孙五说,埋好说,你是咱们大掌柜的,必须得叫你知道一下。

谷正楼说,我知道了,赶快埋了吧,一会儿你就去叫两个人埋了,叫他们出去不要乱说。

关于第一件事，羊倌连富偷喝大家羊奶的事，谷正楼是信一半，不信一半，因为在这以前，他也隐隐约约地听人们说起过，可是说到底谁也并没有亲眼见过，更没有亲自抓住过，光是听人们瞎嘈嘈。连富有没有可能干出那种事呢，当然也有可能，别说连富那样的人，好多人都有可能呢，就看有没有那个机会。谷正楼对孙五说，那能怎么样呢，专门派一个人每天跟着连富，啥也不做，就专门监督连富？你总不能让人家白跟吧，每天还得给他记工呢，那么挣工分，又不要出力费劲，谁不愿意去，谁都想干呢，光是这一个问题，到时候就一定又会扯出很多新的问题，连富的问题也许解决了，可是新的问题紧跟着也又出来了。最叫人担心，最防不住的是，连富要是把他收买了，两个人从监督被监督变成穿一条裤子，狼狈为奸，共同作恶，共同偷喝羊奶，那怎么办呢，你想过没有？再派第三个人跟着他们？第四个？

谷正楼的分析把孙五也吓了一跳，孙五说，还是你想得深，完全有那种可能哩。

谷正楼说，你派人去监督连富，连富把人给你收买了，连富从原先的单枪匹马变成并肩作战，那损失和危害就更大了。不会发生那种事么？唯一的办法，不能让连富再继续放羊了。

孙五说，这个办法最好。

谷正楼说，可是你想过没有，不让连富放，让谁放？那么一大群羊，交给谁？

听谷正楼这样说，孙五开始挠头，孙五说，猛一下还真想不出一个合适的人来。

谷正楼说，不是猛一下，猛两下，猛三下你也想不出来。给你放得宽宽的，让你猛十下，你就想出来了？那你给我说说，有谁比连富更会放羊，更有经验？

孙五把一只手展开，捂在脸上，又捂住两只眼睛，慢慢地揉搓着，愁眉苦脸地思想着，又给人一种羞惭羞愧的没脸见人的感觉，那一瞬间，好像他成了连富，他就是连富。他从一个手指缝里偷偷地看了一眼坐在旁边的谷正楼，心里不得不承认，这家伙说得对哩，很对呢。

很多人一定以为放羊是个简单的事，轻松自在的事，以为是个人就会，是个人就能放羊，甚至一个心智不全的傻子也会，有这种想法和看法，那是因为他们完全不懂，完全不知道放羊到底是怎么一回事。一个好的羊倌，不仅仅知道哪里的草好，哪里能够让羊群吃饱，还知道哪些地方能去，哪些地方不能去，就像一个母亲，仅仅让她的孩子们吃饱，也并不是她唯一要做的事，需要做的还有很多。将帅无能，累死三军这句话，不光是适用于一支军队，其实也更适用于一群羊和它们的羊倌。不称职的羊倌，羊群不仅集体瘦弱，掉队丢失的事情也时有发生，掉下山崖，在野地里难产而死也并不稀罕。连富有时候是有点儿坏，甚至心狠手辣，可是也很尽一个羊倌的职责，有的羊在外面忽然生了小羊，就只能是连富负责接生，清理胎衣，照顾大羊，安顿小羊，连富总是会尽心伺候，把刚出生时还带着血的又脏又黏的小羊一路抱回来，不管路途多远，然后交给羊的主人，还会嘱咐一些注意事项，连富给很多人家从外面抱回过小羊。实实在在地说，凡是在野地里出生的小羊，全部都是连富给接生然后血淋呼嚓地抱回来的。一段时间以后，小羊基本能够跟着羊群出群了，连富就让它们都加入进来，他当然都认得它们，是他接生出来的，他一眼就能认出，也知道谁天生强弱，遇到下沟过河的时候，还会继续帮它们一把，甚至直接抱起来带着它们越过险阻。

所以，关于连富这件事，谷正楼的意见是先不要着急，再等等看，再过些日子再说。如果还有人继续嘈嘈，那就得想办法解决一下，如果没人再说了，那就算了。孙五说好，就按你说的。孙五想，你都不着急，我着急个啥，我又没羊，那么一大群羊，没有一个是我的。

关于孙五说的第二件事，河东电线杆子下面的那一户鬼鬼祟祟的人家，谷正楼说他知道，他要是不知道，他们也不可能在这里落了户。谷正楼告诉孙五，说那是公社民政助理员安雄飞的一个亲戚，是从北边更远更深的山里迁来的，是光明正大地迁来的，又不是做贼，更不是逃亡地主，身上也没有人命，怎么活成那么一种样子，谷正楼说他也不能理解，想不通也不知道他们为什么要那样。你正常地说话，光明正大地做人做事不行么，为啥非要那么鬼鬼祟祟的，把自己一家人闹得又可疑又阴暗，不敢见光似的。经常趴在窗户上往外面窥探，窥探啥，有啥可偷窥的，外面是啥，是洒满阳光的康庄大道，你窥探个啥，用你们鬼头鬼脑地窥探么？这种人，别人没把他们看扁，他们自己就没把自己当人，先自己抹黑了。

孙五也说，就是，也不知咋了，见了人就像见了鬼一样，我还没走到他们门口，就听见里面丁零咣啷喊喊喳喳的又关门又关窗，见了别人也一惊一乍。

谷正楼说，不管他们，让他们慢慢适应吧，山猫都那样，等见过些世面了，就不怕人了。

后来又说起地洞的事。想当初，地洞刚挖好的那些天，人人都有一种胜利的喜悦，里面不仅悠长，深远，还宽敞，舒展，满眼都是干净的黄土，到处都是浓浓的土味，洞壁上满是一棱一棱的镐头的印痕，人走进去，有一种新房落成的感觉，甚至有一种万里长龙的感觉,一派坚壁备战,提高警惕,准备战斗的景象,这才多大一会儿工夫,里面竟然就成了那样。

想起打地洞的那会儿,孙五也有些百感交集,每一天,至少有十几个小时的时间,他都是在洞里度过的,晌午饭当然不会回去吃,就在洞里吃干粮。大家吃干粮的时候,有人会说笑话,讲故事,作为劳动之余的娱乐和休息。说起来,他算是轻松的,基本不用推车,也不需要挥舞镐头和锨头,主要负责巡查,传达指示。他笑嘻嘻对谷正楼说,女人们最胆小了,洞里一黑了就叫唤,他给她们照亮,一会儿把手电按亮,突然再摁灭,把她们闹得吱哇乱叫。

他满以为谷正楼也会像他一样哈哈大笑,却没想到对方完全没笑,脸上反倒冷了下来。

并且还说,严格来说,你那应该叫流氓行为,大队要是拿这事闹你,也不冤枉你呢。

孙五说,闹我?凭啥闹我,我那也是在工作哩。

谷正楼说,啥工作!把人家女人们闹得吱哇乱叫,那也叫工作?

本来孙五一开始还是笑着的,看见对方不笑,也忽然不再笑了,脸色也有些阴了起来。

孙五扭头看了一眼堂屋,谷正楼的女人葛翠兰正在堂屋的灶前切肉,一个宽阔的背影,头低着,地上的一个水盆里泡着一个已经褪过毛的猪头。葛翠兰长相平常,身材原来还细溜,这些年却奋不顾身地越来越往横里发展,孙五看着那个背影,忽然觉得她有些可怜。

好像是怕外屋的葛翠兰听见,又好像别的什么原因,孙五往前探了探头,把声音压低。

孙五低声对谷正楼说,上有天,下有地,天知地知,咱们俩人,也不知道到底谁更流氓。

谷正楼坐在炕上,用一根颜色黄白的芨芨棍剔着他宽阔的牙缝,紫红色的面容沉静着。

孙五说,老天爷肯定知道,他白天黑夜都能看见,他最知道。

本来说好了要在谷正楼家吃一碗面的,他已经有很长时间没有吃过一碗正经的面了,忽然也就不再吃了,孙五推开门就出去了,走了。谷正楼说,面马上就好了,不吃了?孙五却没有说话,脚步声嗵嗵的。谷正楼从炕上微微欠起身,伸了一下腰,从窗户上看见孙五很坚硬地走着,直挺挺地走着,两个肩膀一耸一耸的,腰间似乎还有烂羊皮在一片一片地扇动着。

谷正楼自言自语地说,这驴。

七板的一只手不能用,是从手腕那里向下弯回去的,手背与手臂基本呈九十度的直角,所以平时不管做啥,都只能用另一只手,吃饭,拿东西,包括捻羊毛线,接电话,也是只用那一只好手。七板坐在大队外面的台阶上,嘴张着,流着口水,一只手橐儿橐儿地捻着羊毛。

孙五蹲在七板对面,说,板,你说句良心话,哥平时对你咋样,没难为过你哇?

七板红润润的脸面笑着说,没有喂,我是个废人,五哥咋会难为一个废人。

孙五说,谁说你废,你不废,在这个山区,所有人加起来,也没有板你知道的事情多。

七板橐儿橐儿地捻着羊毛,红着脸说,我一个废人能知道啥,五哥讽刺我哩。

孙五说,五哥咋能讽刺你,五哥说的是事实。

七板说，你是干部，我就是个看门的，守电话的，还是个残废。

不光是手有问题，七板的两条腿也是残的，走路永远歪着，全身朝一边斜着，每一步都需要大幅度地颠簸，颠簸对于七板来说，有着发动机的性质和功能，因为不颠簸就无法行走。

听到里面的电话突然嗒啦嗒啦地响起来，七板就赶快用那只好手支撑在台阶上，惊慌失措地站起来，颠簸着回去接电话。接完电话以后，发现孙五也早就跟了进来，手放在桌子上。

屋里虽然只有他们两个人，却有一种永远驱散不掉的很多人都在这里开会、说话的味道，有深厚的烟味、人味以及旧木头旧泥土的味道，不过他们俩人都闻不到，因为他们本身也是组成那气味的一分子。七板平时一个人的时候，也常恍惚觉得炕上地上都坐着人，人更多的时候，桌子上也摞着人，很浓稠的烟雾在冒，在翻山越岭地行走、飘荡。尤其是冬天的时候，这屋里每天都烟雾腾腾，气味浓厚，有时有人说话，都看不清是谁在说，只能凭声音判断。里面开会的时候，七板就一个人在外面的屋檐下坐着，天气暖和就捻羊毛，很冷的时候就啥也不做，看眼前的树和树上的鸦雀，看旁边的山以及人家。冬天的山上光秃秃的，看上去又荒又冷，真没啥看的，干枯的草也是一撮一撮一丛一丛的，都又稀又低，用坏了的扫帚头一样。山下的七零八落的人家，那些房屋，黄泥山墙发白或者发黑，尤其是从后面看的时候，也常叫人觉得越看越冷，越看越荒凉，很像没人住的。实际当然不是，甚至恰恰相反，不仅有人住，还大都是闹哄哄的一大家子，一家只有四五个人的绝对属于小家庭，比较冷清的家庭，当然那些单身一个人的除外，那就不能叫作家庭，他们自己也从来没觉得自己那个家能叫家庭，七板是那样的，孙五也是那样的，好处是利索。那种时候，不断地有人出来尿尿，门一开，看见满屋的烟雾青蓝蓝白雾雾地拥挤着往外走,但很快又被正要进来的风顶了回去,真正趁机溜出来的只是一小股。当然这会儿屋里没烟,就他们俩人,七板看着桌子下面,不敢看孙五,他知道他有话要问他,他来了不一会儿以后,七板就看出来了,就开始愁上了。

果然,孙五说,咋离我那么远,离那么远做啥,我几天没来就生分了?

那时候,孙五半跨在炕沿上,七板则站在门口,一只手扶着桌子,听见孙五那么说,就不好意思地趔趄着走了过来,边走边说,和谁生分也不能和五哥生分,我是怕有电话来。

孙五说,板,你跟五哥说说,不说在别的地方,就说在这个屋里,他都跟谁睡过?

七板把下巴抬得老高,顿时显得有些很迷糊地问,谁,你说的是谁,五哥你说的是谁?

孙五说,装愣,装糊涂,板你还跟你五哥打擂呢,还能有谁,你知道我说的是谁。

七板看看,觉得再装不下去了,糊弄不过去了,就说,我不知道,五哥我真的不知道。

孙五说,七板没意思,板你这个人没意思。

七板说,我冤枉,我真的不知道,那种事,我咋能知道,就算有,人家能让我看见?我倒是也想看哩,也想见见世面,你觉得人家能让我看么,就算他同意,女的也不愿意让看呢。

孙五说,你是怕他,怕他断了你一年三百六十五个工分,不敢说吧。

七板说,我也不是怕他,我是真不知道,不知道就不能给人家随便瞎说是不是。

孙五说，还不承认，你就是怕他，就是怕把那一年三百六十五个工没了。

七板说，我谁也怕。

有一只鸡闲逛着从外面溜达了进来。孙五说，大队办公室，鸡也能进来？来做啥，开会？

七板看了孙五一眼，就去撵鸡，他知道凭自己的身手和速度，不大可能追上那只鸡，更不可能抓住，手边要是有一个秤砣就好了，狠狠地给它砸过去，可是没有秤砣，炕上只有一把扫炕的笤帚，七板就抓起笤帚朝那只鸡扔了过去，鸡受到袭击，呱呱呱地叫着飞跑了出去。

孙五说，那一回，你堵在门口，谁也不让进，还把锁子挂在门上，假装里面没人，你那不是在给他站岗放哨？谁不知道他狗男女就在里面，你却对人们说里面才喷了"六六粉"，呛得不能进。一看就知道你在鬼谝六道，既然喷了"六六粉"，那为啥还不把门窗都打开？

七板显得无限吃惊地说，五哥说的这是哪一年的事，还有这事，我咋一点儿也不记得呢。

孙五说，你不记得？你比鬼都精，鬼能忘了的事，你也忘不了。

七板说，五哥笑话我又抬举我，七板哪有那么精，小时候我妈常说我是个愣子呢。

孙五说，那看来我今天是白来了，板嘴紧得很哩。

七板说，看五哥你说得，我不紧，我就是啥也不知道，要知道早就说了。

看见孙五很不高兴的样子，七板就又说，七板不是没良心的人，永远记得五哥对我的好哩，那年你给别人家杀羊，还给我吃过羊肝呢，五哥你不知道，羊身上我最爱吃的就是羊肝。

七板愧疚地把脸朝着他，又颠簸着，来到门口，坐下，又开始橐儿橐儿地捻羊毛。

暂时，至少是今天，再不大可能从七板的嘴里得到什么有价值的东西了。生了气的五哥噔噔地往外走，边走边说，早知道你这样，嘴紧得像个 x 一样，我还不如把那羊肝喂了狗呢，喂了狗，它还懂得朝我摇两下尾巴呢。

七板惶恐地说，看五哥你说的，说到哪儿去了，我其实也一直都在朝五哥摇尾巴呢。

五哥头也不回地边走边说，是么，那你摇两下我看看。

我就摇，按照三先生说的方法，两个手捂住，把五个铜钱放在手里摇。我问摇几下，三先生说摇两下就行啦。我怕摇晃得不均匀，不彻底，心里当然还是想着能有一个好的结果，我摇了五六下，铜钱在手里哗啦哗啦地响着。三先生说行啦，把手放开，让它们自己跌，跌成啥样就是啥样。我把手松开，五个铜钱落在炕席上，四个离得很近，有一个跑远了，我想把它拿回来。三先生说，不要动。三先生伸出两根微微发黄的手指，按照它们各自的顺序，把它们排列成一行。那时候我看见三先生脸色凝重，下巴上的那一绺山羊胡子圪蜷不展地垂着，有时动一下。也是巧了，早不来人，迟不来人，就在那时候，院子里忽然传来了脚步声，鞋底很硬的那种脚步声。看见有人来了，三先生一把就将那几个铜钱收起来，装进了口袋里。三先生看着我，很严肃地说，算了，今儿个算了，时候也不好。这以后我们就装着说闲话的样子，好像我是随便来三先生家串门的闲人。我当时没觉得，后来越想越觉得三先生那天很有点儿借坡下驴的意思，有人忽然出现，冲撞了那件事，三先生好像也趁机解脱了，趁机松了一口气。我就在想，很可能三先生也正作难呢，有些话说不出口，正好不用说了。我就在想，那到底是一件怎样的事情，肯定不好，好还用发愁么，还用得着解脱么，巴不得眉飞色舞地亲口告诉你呢，人谁不想谁不愿意说好话，好话既好听又好说，说的人听的人都高兴。

　　后来我又去了三先生家两回，但三先生每回都说他头疼得厉害，眼睛看东西也看不清楚，有一回头上竟真的顶着一块毛巾，下巴上的山羊胡子也很不顺溜，乱七八糟地粘连在一起，人看上去确也不咋精神。我就知道三先生是不想再给我看了，就不去了，以后也再没去过。

杜林笔记

蚂蚱主要的翅膀有两层,外面一层厚的,硬的,颜色多为黄褐色和灰褐色,里面是一层薄的,软的,很像一个人外套里面还有一件衬衣一样,薄的那一层有的透明,有的则是红色或绿色,红色和绿色也基本还是透明的红色和绿色,每当它们飞的时候,里面的红衬衣或绿衬衣就露出来了,不飞的时候,趴在地上吃东西的时候就看不见。这一点和人不一样,很多人的衬衣很明显,更有人还把衬衣的领子翻出来,除了认为很美很时兴,另一个目的也就是想让人看见,蚂蚱们却尽量收敛,更从不把衬衣领子翻出来,更从没在意过别人怎么看它们。

蚂蚱们在山坡上梁地里飞着,外面的那层外套似的翅膀张开,穿在里面的黄衬衣红衬衣和绿衬衣就不断地闪现出来,暴露出来了,那不能怨它们,它们并不想那样,它们是因为要飞,因为没办法才不得不把里面的衬衣暴露出来,因为它们不仅不想引人注目,它们其实更怕被人发现,被谁看见,因为对于它们来说,被看见就意味着一生的结束。所以它们总是尽量穿得像自然山川一样,可惜外套的颜色再像土地和植物的颜色,里面的那层内衣还是个问题。它们不能把衬衣放在家里不穿么?不能,因为它们没有家,它们哪有家,即使有家也不能放,始终都得穿着,从出生到死,都得一刻不离地穿着,好在它们在世的时间并不长,甚至极为的短暂,有时一转眼的工夫,一生就结束了,什么衬衣外套,也都随即跟着一起死去。

公社税务员窦怀水，手里提着黑提包，白衬衣的领子翻出来，很大的两个白领子露在外面，很刺眼很醒目地走在回公社的路上。窦怀水当然有理由比蚂蚱更自大，蚂蚱们可没有他那么轻浮抖擞，蚂蚱有多好看的衬衣也从不主动露出来，除非是真的没办法，被逼到墙角，万不得已才会暴露出来。看窦怀水那副雄赳赳的样子，人们猜他应该是收上税了，回去交差，收的钱肯定就装在那个黑包里。几个坐在街门外纳鞋底的女人用欣赏风景却又自知与己无关的目光望着窦怀水，在他经过后，仍然遥望并继续追逐着那个雄赳赳的身影，直到他最终消失在一片胡乱横出来的房屋后面，然后才把无奈无声的目光收回来，继续低头做手里的营生，相互之间也不说话，不议论，不评价。不久，有人开始说话，说的却还是她们先前一直在琐碎地圪嚼着的那些人或事情，并不涉及刚刚过去的那个人，就像他完全不曾从她们的眼前经过一样，更像是他从来不曾存在过一样，过去了就过去了，过去了又好像从来没过去一样。

　　蚂蚱在山坡上梁地里飞着，风从它们的两层翅膀之间穿过，外套坚固，红绿衬衣在颤抖。

　　我弯腰刨出几个词，我试图呐喊，急于呼唤，面对这亘古沉默的山川，却发现口不能言。

第十九章

雪小了，天寒地寂，全世界最美丽的那个人又来了，
雪地上传来她的脚步声

　　按照三个一堆三个一堆的分法，七板把谷正楼给他的十三个红薯分成四堆，多出来的一个拿在手里，成为一个极其烫手难缠的东西，半天落不下去。在这个山区，红薯当然属稀罕之物，因为本地从来没有种过，更没卖过，七板活了这么多年，也是第一次见到。其实又何止是七板没见过，几乎所有的人都没有见过，更有多少人一直到死也不知道世上还有那样一种东西。红薯是两个河北人送给谷正楼的，他们好像要在这边做什么事，就把从老家带来的一口袋红薯全部都送给了谷正楼。头一天，天已快黑了，七板看见有两个陌生人探头探脑地在大队的仓库一侧出现，那就是那两个送红薯的。谷正楼有一天用一个小篮子提来一些给七板，谷正楼让七板拿回去尝尝，谷正楼说肯定你没见过，七板一看，红红的，果然没见过。

　　旁边没人的时候，七板从那个又大又沉的会计赵瞎子常趴在上面算账的办公桌下面的阴影里把谷正楼拿来的那个小篮子取出来，很认真地把里面的红薯数了两遍，确定一共是十三个，这个数字就让七板开始不住地挠头了，就想谷正楼，多不拿少不拿，正好是十三个。又想，或许他也压根没数，就是随便抓到篮子里的，抓了几个就是几个，以他的性格，一定是不会数的，东西再稀罕，再没见过，也无非就是个吃的东西，这又不是金子银子，根本不值得让他用心，要是连

这种事情也用心，也认真，那就不是他了。但不管怎样，都不能怪人家是不是，人家给你拿来十三个，你好像还嫌多，非要希望是十二个，这难道是一个正常人的心思么？感谢还没来得及感谢呢，大掌柜的，人骄傲得很，没有几个人能在他眼里，有了稀罕的东西，首先还能想到他七板，还亲自拿来，又有几个人能叫他想到。七板心怀感激，即使是在拿着那多出来的一个红薯进行痛苦抉择的时候，心里也全是感激和感念。

七板设想的是，要是拿来十二个就好了，他正好分成四堆，偏偏是十三个，多出一个。

七板兄弟姐妹七个，这些年死的死，亡的亡，到这会儿，就剩下四个了，当然还包括七板本人在内，另外三个分别是七板的三哥、四姐和五姐。十三个红薯，三个一堆，七板分成四堆，四个人一人一堆，多出来的那一个，七板一开始把它放在了属于他自己的那一堆里，后来想想又觉得不好，想自己是一个人，而其他三个人，他们都有家有室，一大家子，他们谁都比他更需要，不是么，给谁都行，唯独自己拿了觉得不那么安心。这样一想之后，七板就从属于他自己的那一堆里，把那个红薯拿了出来，拿在手里，从此就不再看自己的那一堆，而只把目光放在另外三堆上面，一双眼睛在那三堆上面来回地拉扯，移动，想这多出来的一个，到底该给谁呢，给三哥？给四姐？给五姐？时间一长，红薯在他的手里渐渐地有了重量。

给三哥？

如同从一堆火里往出取一个东西一样，七板先试探着把那个红薯放在三哥的那一堆里。

啊，三哥，他的这个三哥，这几年光景过得怎样呢，七板其实并不是很清楚，因为七板已经有好些年没有踏进过三哥的那个家了，只知道他有四个孩子，不对，也有可能是五个哩，七板一时不敢确定。也许是习惯的缘故，从家里一出来，两条歪斜扭曲的腿，就颠簸着直奔大队来了，那才是他要去也唯一应该去的地方，其他别的地方，都和他没有任何一点点关系，不是么。尤其平时，更从来想不起他还有个三哥，一双脚，两条腿，就从来没有往那个方向偏移过一下，不仅脚尖没有朝向过那些方向，连想都没有想过呢。三哥见了七板，也从来都冰冷的，甚至连一个招呼都不打，还不如对一个不相干的外人。有一年，三哥拿着鞭子，一鞭子一鞭子地抽在七板的脚边，七板节节败退，那时候七板还年轻，二十来岁，七板骂三哥，我日你祖宗。三哥愣了一会儿后才说，这个二球货，里外不分了，我祖宗是谁，不是你祖宗？七板一想，还真是，骂错了，完全是气糊涂了，本来是要骂他这个人呢，却捎带上了祖宗。

至于三嫂，更是从来都没有拿正眼看过七板，有一回她和另外两个女人一起来大队这边的空地上看盲人说唱，七板叫她，她头都没有回过一下，她旁边的那两个女人都听见了，回头看着七板。七板其实也并不想看见三嫂，没办法碰上了，纯属意外。就连他们的那几个孩子，他的那几个名义上的侄儿，偶尔见了七板也从不说话，别的孩子说，看你七叔，他们一副羞于相信，死不认账的样子，一转身就跑得没影了；小一点的还涨红着脸，边跑边哭，哭声尖利惊骇，中间断开，上气不接下气，难免不叫人以为有鬼正在后面追撵着他们，就算不是鬼，也一定是别的可怕的东西。那么小的孩子懂啥，还不是家里大人平时言传身教的结果么，七板就想，不知在那几个孩子面前，他们把他说成了啥，描绘成了啥，无论啥他们都信。

这么一家人，分给他们三个已经够意思了，凭啥还要把多出来的那一个再给了他们，凭啥，为啥，七板找不到理由，也说服不了自

333

己，就把那一个红薯从三哥的那一堆里拿了出来。

给谁呢，给四姐？

刚把那一个红薯放进属于四姐的那一堆里，就看见有一只手及时地伸出来，把那个红薯拿走了。谁的手？四姐夫的手？七板吃惊地在心里凝视，想弄清它的来处……他用力揉了揉眼睛和眼眶，才发现是自己眼花了，那个红薯还在，并没有人拿走，四姐的那一堆还是三个。

四姐夫在哪？在他们的那三分自留地里，横躺着，竖卧着，捏蚂蚁，斗蛐蛐，还作为第三方，作为天外来客，作为宇宙里的某种神秘力量，居高临下地俯瞰昆虫世界，冷眼观赏并亲自参与两只蚂蚱之间的斗争，他不是帮它们调停、和解，而是煽风点火，推波助澜，想办法让它们之间打得更猛，争斗得更凶。他手持三寸长的狼蒿，鼓动完一个，又去叫醒并怂恿另一个，让本已疲惫苟延的它们再次披挂上阵，新仇旧恨重新爆发。四姐，四姐，去高城的车早就走了，你咋还没换衣裳，头没梳，脸没洗。四姐没听见，四姐匍匐在满眼绿得让人发困的绿色里，行走在黄盏盏又毛茸茸的秋风里。四姐身材苗条，却长了一双很大的手，四姐看着自己的手说，啥也不要说了，看看这双手就都知道了，天生就是受苦的命。每家三分自留地，大部分人都觉得少，种出来的东西不够吃，唯独四姐夫嫌多，四姐夫躺在地头边的树阴里咒骂太阳，主要是因为太阳每天都出来得太勤，勤还不算，还他妈的威力四射，光芒万丈，红彤彤，火辣辣，咒骂常常又会由太阳牵连到晴朗的天空以及在天空里飞着的老鹰、大雁、喜鹊及鸽子、麻雀、画眉、白头翁，甚至还包括了根本不会飞的七板。四姐夫对四姐说，告诉你那个残废兄弟，让他永远不要登我的门。七板说，你以为我想去，我还不想去呢，不信你雇辆车来接我，你看我上不上。四姐夫那话其实是一个上面爬满了蚂蚁的差不多已被蛀空蛀糟朽了的盖子，下面覆盖着一小截往日的历史，应该已发霉，七板不愿意揭开看它。

要是没有四姐夫，只有四姐，七板就决定把那个红薯就放在四姐的那一堆里，不再拿出来了，问题是怎么能没有四姐夫，没有了四姐夫，四姐岂不是变成了一个……那就让他在吧，七板管不了那么多，七板唯一能做的就是在想象中把那个红薯从四姐夫无耻的手里重新夺回来。七板在寂静中听到有一个光滑的声音在说，拿来吧你，还轮不到你。那是谁，应该就是他本人的声音，却要比平时的时候更为滑腻，若是把那滑腻的声音变作一条路，任谁上去都得哧溜一下滑倒，至于朝前扑还是往后仰，那却又是各人的事了。寂静中另有一个声音在说，我记住你了，你妈的。声音压在一堆石头下面，虽然听上去非常的遥远，走调，不真实，但一听就是四姐夫的声音，四姐夫骂他是半个人，七板摸摸干瘦嶙峋的胸前，觉得被捅了一刀。

五姐？

如果不给四姐，能给五姐么？五姐也就不能给，七板这样觉得。

一直到天黑还是定不下来，过了整整一天，到第二天天黑也还是没有定下来，不知道到底该给谁，七板就觉得心乱如麻，麻烦得很厉害呢。有一阵子，扩音器也忘了关，外面的喇叭里吱吱扭扭嚯嚯嚓嚓呜里哇啦地响成一片，街上有人听了，耳朵里难受，抬起头望着喇叭的方向大声地骂，他当然听不见。又一阵，甚至心灰意冷又心血来潮地忽然有了一种不想活的念头，觉得还不如找根绳子去上吊呢，管他张三李四，一绳子下去，什么麻烦就都没有了。

太阳走了，喇叭也不响了，只剩下梭梭簌簌的风声在树头上来来回回地过着，有时凶猛地呐喊着路过，也有时唉声叹气地在附近徘徊一会儿，走时仍然叹着气，不过步伐已是唰唰的。黑沉沉的夜，黑酽酽的夜，七板蜷缩在寂静荒凉的炕上，按照他自己的标准，他是把自己躺倒了，放展了，说躺下也能说得过去了，可要是在外人看来，他并没有真正的躺平，因为他的背后有一大块凸出来的骨头，那骨头有点扇形，却又不是扇形，相当于后背上多出了一块有棱角的石头，有那么一大块硬邦邦的东西支棱在后面，没有人能够真正让自己伸展，放平，七板也没那个本事。七板所谓的躺下，从来都是侧卧，要想仰面朝天地躺展，必须得在身下另外再垫一些东西，垫得和那块骨头一样高，让整个后背保持一致和齐平，那才能做到，要是嫌麻烦，不垫东西，就只能侧着躺。七板从来不垫，最多把一个枕头垫在腰后，那也照样能从正面半仰半躺一会儿，也能把一只脚跷起放到另一条腿上。至于腰以上的那一部分，它们爱咋样就咋样，尤其是平时总把衣裳尖耸地顶起一堆的那一块，七板从不指望它们能发挥什么正经作用，能维持现状，不再进一步恶化，变坏，继续为害，就已经很知足了。

　　七板闭着眼，眼前却出现了田埂，长着紫绿色的水贝子和蒲公英的田埂，马莲则在更远一些的低洼地里。风雨，蝴蝶，蝴蝶鬼眨眼一样飞在晴天里，飞在旱地上，以翅膀的尖作脚，站在树上，墙头上，糟木上，甚至牛眼眶上，驴耳朵上。毒日头把黄胶泥一次性晒干，烤熟，然后又横划竖划，切出差不多大小的米面粉样的方块，长方块，菱形块，更多地变成铺开的瓦，站在坝前看，直叫人怀疑有无数的房屋全都沉入到地下，只剩大片的瓦脊还留在地面上，怀疑地下也有人家，也有街道和树阴，也喂猪，也打架，也开会，也敲钟，也敲锣，也鼓声咚咚，也有年节，也有饥荒，也有执掌一方的书记主任以及各种大小队长，也有手电筒在漆黑的街上贼灼灼乱走乱晃。那是怎样的一个社会，像他这样的人也能活下去么，一年也能挣三百六十五个工分么，七板不知道，所有不知道的东西最没深浅。七板觉得，还是上面的这个社会好，不仅有些东西能把握，眼睛也能看见很多东西，三四月刮春风，八九月树叶黄，马站在棚里睡觉，牛的蹄印如碗，拖拉机不吃饭，只喝油。十几个面容姣好的女人各自站在她们各自的门前，以七板的眼光看，都已经非常的好看了，都够得上花容月貌了，可是爱挑剔的人们还是按照她们各自的肤色以面粉的贵贱程度与颜色的深浅来命名她们，给她们分出等级和成色，肤色最白的最上等的当然非白面莫属，最下等的，肤色自然偏黑一些，被叫做荞面。最初这些叫法只是在她们的背后流传，后来时间一长了，连她们本人也都知道了，自然就有人因为意外获得一个上等的封号而心里高兴，脸上骄傲，同时也自然更有人觉得受到了不公正的评价甚至抹黑，涂污，低人一等。被叫做荞面的就是这样，在别人和自己的心里顿时矮下去一大截，不是别人长高了，而是自己变矮了，就是那种本来在平地上站得好好的，不提防脚下突然塌陷，跟着便掉进一个坑里。

为什么只是这十几个女人被挑出来，又拿面粉的黑白优劣给她们作比喻，作比较，而不是所有的女人？只是因为大多数的都与谷正楼无关，她们粗糙，平凡，人样刚够及格甚至大多在及格线以下，一般的人等都很少注意过她们，更不用说能进入到心高气傲见多识广的他的眼里。他匆忙而悠闲，眼神锐利却又时常空茫，大多数的他就不去管她们了，但心里知道孰好孰差，所以与他沾染的也只是她们这十几个。她们鲜艳而妖娆地开放在这寒冷又温暖的山里，一年一年地盛开着，终于被他发现，先后走进他的眼里，最初她们每个人都以为自己是那唯一的一个，也曾自觉珍贵，珍稀，倍感人生有趣。七板熟悉熟知她们中间的大多数人，她们有时也会部分地甚至完全地忽略掉七板这个人，她们中间有的人有时来大队找他，发现他不在，只有七板一个人在，看见桌子下面的鼓，伸手咚地敲一下，又看见鼓旁边的锣，抬脚踢一下，踢出喤啷一声，然后和七板打个招呼，扬长而去。来的毕竟是少数，大多数的都不来，内心里再张扬，再疯野，再热血沸腾，波浪翻滚，必要的脸面还是会顾及的，打扮好了就在家等他，不怕他不来。

　　天一黑，他就魂不守舍，皎洁的秋月为他照亮，让他心里有数，春风沉醉的夜晚又常使他腾云驾雾，神迷意乱，有时甚至晴明敞亮的大白天也会被他过成五颜六色的黑夜。七板，见我的钥匙没见，我记得挂在裤腰上的。七板没见，问他是其中的一把不见了，还是所有的都不见了。他也亲自摸索，回忆，头重脚轻地寻找，反省，记忆也迷路了，始终找不到回来的路，凌乱又孤苦地跑遍几乎整个山区，从南跑到北，又从北折返到南。有一天，已经是后半夜了，树头上的东南风交班，换成前来接班的西北风，西北风兴奋，威猛，多少年灰头土脸，低声下气，早就憋着一股劲，一心要干出个名堂，要好好表现，名声当然要，利也不能少，在这两个基础上，手里要是再有点儿权，那就更好更完美了，所以一上来就有树枝受到抨击和处理，被折断，从主干上被剔除清理出去。那时候，七板睡得正沉，门忽然巨响着撞在墙上，原来是他一头闯进来，满脸血污地站在扩音器的旁边，七板翻身坐起，吓得半死，赤裸嶙峋的胸前似乎又迅速塌下去一块，他却镇定地要七板赶快给他打水，洗脸，洗手。七板提起地上的黑铁茶壶，趔趄着颠簸着，到外面的井台上去绞水，看到整个世界空无一人，星星也不再密集，嘈嚷，已回去了不少，月亮正被一块手绢大小的薄云彩遮住，雾麻麻，半透明，辘轳在深邃的暗夜里嘎达嘎达响着，飞快地转动着，滑腻黏湿的井绳朝黑暗的深处垂直下去。七板直到今天也不知道他血淋淋的那一回是别人打的还是他自己碰的，他没说，七板也没问，他要不说，七板永远也不会问，七板虽没受过正式的培训或操练，却也无师自通地知道并懂得一些规矩，领导的事，少打听，只是那血淋淋的事实让七板对人生的体会瞬间又加深了一层，觉得干啥都不容易呢。

田埂上有暗暗的洇湿的痕迹，一看就是有雨下过了，什么时候下的雨呢，七板不知道，却看见有一只手从艳阳里伸过来，一把掀掉他头上的帽子，说七板，七板，咋叫死也不答应，耳朵叫猪鬃塞住了？声音叮当作响，每一个字似乎都经过了大锤小锤的轮番锻打，然后带着火星迸落出来，七板觉得，要是把她说的那些字放到手里，每一个字都有一定的重量，肯定没有秤砣那么重，但至少也相当于一个拇指粗细的螺帽的重量。是曹小云，胡顺顺的女人，她就是那个被人们叫做荞面的女人，原来她并没有这个称号，就像别的那些被命名为各种面粉的女人一样，也是自从和谷正楼有了那种关系以后才开始有的。七板发现，人们的眼睛，有时确也是雪亮的，把曹小云叫作荞面，就足以能见出这种雪亮和准确：她是比较黑，还不光是颜色准确，就连性格也很有点荞面的性子呢，有点硬，有点倔，当然还有她的耿直和她的那种容易折断的脾性。七板就不懂了，就糊堵了，想了好几年也还是没想明白，像曹小云这样的人，这么一种女人，怎么也会听谷正楼的话呢，关键的时候，她难道也能够像别的那些女人一样变成一只温柔依人的小鸟么，七板觉得很难，也很难想象。依七板的看法，这只小鸟可是有点硬哩，肉质紧绷，肌体顽健，射出去，不是一颗子弹，也起码是一块石头，怎么能像他们说的到时候会变成一滩水，一片云，一朵凌乱稀松的残花呢，能变成那样的么，七板不信，七板在人世间过了这么多年，从来没见过那样的情景，所以无论如何也想不出来。

这些女人，仗着和他有关，都明里暗里地把自己当贵人看，也都顺理成章地把七板当作他手下的侍仆看，经常对七板吆来喝去，指使七板为她们做这做那。有的女人，在家里烙好油饼，用大碗或饭盒盛着，用布包好，不嫌麻烦地送来，发现他不在或正在开会，就委托七板代为保管转交。看着那金黄热烫的油饼，七板就想，她自己的男人也轮不上，没这口福呢。谷正楼开完会，或者从外面回来，七板就把别人委托的油饼交给他，谷正楼问是谁送的，七板就说一个名字，还有的人很熟，却正经不知道她的名字叫啥，七板就说她男人的名字，比如说小聋子的女人，一说就知道了。谷正楼自言自语地说一句，还真有心，有时什么也不说。

尤其是一些唱戏或者放电影的夜里，有的女人把自己收拾得香喷喷地从家里出来，甚至还穿上了过年时才穿的新衣裳，眼睛亮闪闪地四处寻找着谷正楼的身影，千里寻夫一样穿过重重的人群挤过来，与他相会，无非是想拉着他的手，或者靠在他的身上，和他站在一起。而众目睽睽之下，这常让他感到严重时刻的到来和浑身的针扎与不自在，当然还在意虫灾般的流言蜚语，更需防止五雷轰顶般的危险。黑暗中他挣脱她们情意绵绵的手，低声说道，大庭广众，不要胡闹。然后抽身走开，或者把自己瞬间变成茫茫黑夜的一分子，快速离去或消失。不能太招摇太过分呢，永远，任何时候都不能太招摇太过分哩，没人的时候咋者好说，这道理他懂，但她们不懂，也不想懂，更不愿意懂，只怪她们从来都不管不顾，心里升起一个念头，打定一个主意，眼里就再没有任何别的东西，不管任何时候，不分任何场合，给人的感觉就是枪林弹雨炮火连天也完全不在她们的话下，天王老子她们也敢上去撕扯他两下，只为遂自己的愿，顺自己的心。肚子里喝过一些墨水的会计赵瞎子有一回念经似的说，众里寻他千百度，蓦然回首，那人却在灯火阑珊处，那人却在牲口棚子前，那人却在谷仓库房外。七板不知道赵瞎子在说什么，却知道他说的正是谷正楼以及她们中间的某一个谁，老谷从扩音器旁边离开，先是出现在牲口棚子前，大部分骡马都在安静地吃草，只有个别的回头看他一眼，后又转移至作为库房的一排石头窑洞边，最后又浑水摸鱼地穿过黏稠暗哑的人群，回到大队办公室，一进门脑袋就嗡的一声，看见炕上早有人展展地躺着，两条浑圆修长的腿伸在炕沿下，看门人七板则瘸着手弯曲着腿靠墙站在离门口不远的地方，浑身好像在筛糠。扩音器关着，锣鼓和往来账目在黑暗中睡着，人声嘈嘈，云彩退场，星星醒着，月亮油汪汪的。

黑夜，浓酽，鼓胀，常觉得，要是把一只手伸进去，伸到那漆黑黏稠的夜色里去，耐心地等上一会儿，等手里握满了，能攥出一把一把的黑水来，漆黑的水从手指缝里淅沥，下漏，又滴答回漆黑的地上。黑夜，又深又远，没有路标和尽头的万古长夜，七板在腰后垫一个枕头，让自己以正面的姿势仰躺着。七板想，我不是她们以为的那种人，我其实也是一个正常人哩，只是手有点毛病，腿有点问题，背后比别人多长出一个东西，除了这些，别的都和他们一样，和其他人一模一样呢。这样想过后，就像接通了电流，他的一双眼睛骤然亮了起来。

马学艳，梁铁梅，这两个长腿的女人住在后沟，沟口在她们的一跨一跃中就过去了。七板腿脚不便，从没下过那条沟里，最多只是站在沟沿上浏览一下那一带的那些人家，只见过马学艳在院子里晾衣服，却从没见过梁铁梅在家的时候是什么样子；张鲜令，王粉桃，这两个住在湾里；刘日香，任珍珍，尹仙霞，黄凤莲，曹小云……这一串名字应该比他知道的更长，因为更有些人行事谨慎，机密，因而并不在七板的了解和掌握之中，她们逍遥在外人看不见家人也不知情的暗处，滋滋喷喷地吸吮着天地日月的甘饴。但不管是知道的还是不知道的，表面上她们都有各自的男人各自的家，背地里却又都藤蔓般四处伸展，在他管辖的这一片土地上，背靠他这棵大树，领受着他的荫泽，常让她们感到惬意而喜悦。而那棵"大树"，也会光顾她们的家，这只是说白天，不说黑夜，白天往往都是在所有青壮劳力全都到了地里以后，满村里只剩下一些走不远甚至不出门的老弱病残和万事不懂的小娃的时候，"大树"披着衣裳，用苈苈棍剔着宽阔的牙缝，以工作的名义，以勤勤恳恳，以披星戴月，以为集体为众人操碎了心的名义，慢慢地走着，不是头脑指挥腿，恰恰是腿指挥着头脑，人跟着腿，腿走到哪里，人也就到了哪里。这种走法的好处是，旧的跑不了，仍在原址原地，有时却会意外地有新的发现和遇见，那中间既有全新的完全陌生的面容，又有需要重新认识和打量的身影，某一处歪斜苍凉的院子里竟然隐藏着紫罗兰的颜色和芳香，他被那意外的发现和遇见惊得不轻，险些大声喊叫出来，以前那些年干啥去了，怎么就好像从来没发现呢，长着两个眼是出气的么，这和睁眼瞎又有什么区别。那一瞬间他才真是觉得自己不知何时也染上了懒惰和骄傲的毛病，不要说放眼世界，不要做那种想都不敢想的高梦，实际就连眼皮子底下的一些人事都不清楚不知道呢，很愧对自己的身份与头上的那顶帽子呢。他调整呼吸，转换心情与神情，苈苈棍捏在手里，不再往嘴里放，最终又是咋丢掉的，何时丢掉的，更完全不知，只顾着责骂自己了。谷正楼啊谷正楼，你这个瞎子，成天还装模作样人模狗样地开会，说话，发布命令，到处出现，以为自己什么都懂，啥都知道，以为一切都在自己的掌握中呢,实际呢,实际上正好相反,瞎得什么都看不见。陋巷柴门中,有人眉如弯月,瓜子脸,身材高挑,脸白,手白,从那两个地方推断,身上应该更白。一定是的,他喃喃地说。这是谁,谁家的人,为什么从来不曾留意,更好像从没见过?他被惊得一回身撞在墙上,正好是一块黑黝黝的石头,镶嵌在墙上,四周是泥土,泥土中显露出切碎的麦秸。石头长着一张人脸的形状,一旁的碎玻璃说,身材细小的麦秸也说,说什么人脸的形状,就是一个人的脸,只是你会多尿多,私事又成群,早已忘了他是谁,就是活活叫你气的,先煞白,再后来就黑青,青黑。

那就是某一个女人的男人,脸被他气得青黑?这一点,他是打死也不会承认的,反而认为这是明显的赤裸裸的栽赃陷害,最终目的无非是想把他搞倒,搞臭,能送进监狱去最好,送不进去,最起码也得把他从书记的那个位置上拉下来。可惜的是,他们最终也并没有得逞,不止是他们,历年来很多想把他闹翻的人都没有得逞过,都全是白闹。不过,这么一说,好像真的有过那么一个人,哪一年死的忘了,只听说死时肚子变得又大又鼓,像一个巨大的包袱,表皮也像玻璃一样透亮,脸上虽然青黑,却也是又薄又亮,一碰就会破碎,为了最后保持五官和容颜的完整,谁也不敢去碰。她们的那些男人们,脸上沟沟渠渠,身上永远散发出牲畜、农具、泥石和庄稼的气息,吃饱被他们认为是人活着最重要的事,别的都寡,看见家里有莫名其妙的东西出现,一箩头菜瓜,半口袋面,甚至一个羊头,四个羊蹄子,一只死鸡,一副猪下水,心里只有窃喜,窃喜大于其他一切,不用问也知道是女人自己挣回来的。东西从哪来不重要,重要的是有东西从外面进来,不是么,女人能挣回这些来,能充分地开发她们自己,说明她还有用,一个没用的又不招人待见的女人,一根鸡毛也挣不回来。

有用的女人是什么样的，除了身体健康，长相和身材也都得跟得上，三位一体，缺少了哪一个，都会如一碗馊饭一样无人问津，这事也不用专门去试，眼面前就有太多活生生的实例。至于她们的那个最重要的摄人魂魄的机关，以于凤凤的男人郭骡子为代表的早就有过他们的说明和总结，因为自己耳背，就怕别人也听不见，郭骡子用比常人的声音高出两倍的声音说，那又用不坏，更不是缸里的米面，吃完一顿就会少下一大截去。郭骡子这话不仅常对同龄的人说，有时还用来开导、劝慰一些年轻的人，有人苦闷难受得寻死觅活，撞墙，跳井，挽绳子上吊，有人气急败坏，接近于焚烧，爆炸，郭骡子就让他们看开，想开，不要陷入到那些鸡毛蒜皮的小事小情里面出不来。世界辽阔，广大，人生冥茫，虚虚实实，你们家里那米粒大的一点点事情真的很大，真的到了过不去的时候么，看树下那一窝闹哄哄的蚂蚁在做啥，十有八九也是家里出了它们自认为不得了的天塌地陷的大事，真的很大么，一瓢水下去，一泡尿下去，它们整个的世界都不在了，没有了，敌对的双方同时熄灭，还纠什么缠，论啥理。最关键的一点，你们那东西被用坏了么，没有，原来啥样还啥样，你要不说，谁也看不出来。

有一个美艳无比的女人，不属于任何人，只属于七板一个人，因为她是七板想象和创造出来的，从来没有任何人见过她，只有七板自己能见到她。白天七板忙，再加上不断地有人，没工夫见面，只有到了夜里，大队里只剩下七板一个人的时候，七板才能把她呼唤出来，也只有七板才能把她呼唤出来，换一个人试试看，谁也不行，手里有权也没用，力气再大也不行，她只听七板一个人的呼唤和召唤，七板只要耐心地深情地叫上一会儿，她就出来了，也不知道是从哪儿出来的。说实在的,这事就连七板也有些迷糊,恍惚,不知她走的是啥路径,有时候感觉是从墙里出来的,又有的时候明显是从屋顶上的橡檩柴草之间下来的,还有就是七板要是闭着眼念叨她,只要听见地上轻轻咯噔一下,再一睁开眼,保证会看见她正站在他的面前。有一回她刚来,就对七板说,我打个电话。顿时把七板惊得很利索地完全不像平时那样拖泥带水地从炕上爬了起来,这都半夜了,给谁打电话?却没想到她在地上转了一圈后,对七板说,看把你吓得,我能给谁打,要打也是给你打。七板说,我不就在你眼前么。电话当然最终也没打,打也打不到哪去,因为除了总机,它主要通往公社革委办一个地方。

谷正楼的那些女人,要说好,都不能说不好,不过她们每个人又都有各自的缺点,比如梁铁梅,容貌好,身材也好,可是七板总觉得她身上的肌肤应该很粗,不细腻,虽然七板从来没见过她的身体,但她给人的感觉就是那样的,说不定腿上还有很粗的汗毛,人们甚至传说她的尾巴骨那里有很粗很长的毛,像一根毛茸茸的狗尾草。更有人甚至说梁铁梅就是长着一根尾巴,一根皮带一样,白天的时候盘在腰上,到黑夜睡觉的时候才放开,也不知到底是真是假,这事只有梁铁梅他们两口子知道,当然大掌柜的谷正楼也应该知道。比如刘日香,长相和身材也都没说的,但胸前却是一马平川,又平又展,要是给她戴上一顶帽子,穿上一身男人的衣服,相信谁也看不出她是一个女人。再比如任珍珍,不管再怎么说,脸上的雀斑也只能是她的缺点,无论如何都不能说成是优点,有人说雀斑让她俏丽,风骚,七板不那么看,有些人天生就喜欢瞎说,七板觉得,要是没那些雀斑,任珍珍说不定要比现在更俏丽呢。

她们,各有各的毛病和短处,但即使是这样,她们也已经是这山里最好看最出色的女人了，也是别的那些各方面都不如她们的女人羡慕和嫉恨的对象，所以她们才能被大掌柜的发现并深挖，不像别的那些要啥没啥的女人，就算活生生站在他面前，他也看不见她们。

而七板的这个谁也没见过的女人，应该说是综合了她们很多人的长处或优点，去掉了她们各人的缺点，真正地扬长避短，不好的部分都不要，只取了她们每个人最好最动人最迷人的那一部分甚至只是一个点：她有着梁铁梅的脸，马学艳的腿，尹仙霞的腰，黄凤莲的胸，张鲜令的头发，王粉桃的皮肤，宁桂贞的眼，夏梅梅的手，胡秀英的脖子，董小玉的声音……这样的一个女人，谷正楼，老大，旗杆，大掌柜的，最有权的人，他见过么，恐怕梦里也没有见过吧？连他都没见过，别的那些黑牛牛瘦马马们就更不用说了，但是七板见过，他们从没放在眼里的七板见过，只有七板一个人见过，不仅见过，更重要的是她还只属于七板，只听七板的，不属于其他任何人，他们有权怎样，他们光眉滑眼，四肢健全又怎样，照样没用。

七板想象了她，召唤了她，创造了她，所以她只听七板的，只属于七板一个人。

虽然七板到现在也不知道她家在哪里，有无家人，是不是还都在，不过七板从来都没想过要问她，问清楚又能怎样，难道还真能去见他们么，就以他这副样子，结果不用想他也知道。

屋里没别人，只剩下七板一个人的时候，七板就关了喇叭，把扩音器用毯子蒙好，然后再看看外面，看看附近甚至远处，确信没有人，更没有人往他这边来，可以把心放宽了，这才对着空荡荡的屋子，朝着窗户和门口的方向，低声说，没人啦，来哇，你能来了。

说过以后，快速颠簸着来到炕上，背靠着他的那卷行李坐下，闭上眼，腿伸出炕沿外。

寂静中听见一种轻微的响声或者一阵窸窸窣窣的衣裳展开或折叠的细碎声音来到眼前，来到屋里的地上，就像一粒扣子掉到地上，就像一张纸被翻开，就像一件衣裳穿上又脱下。

来了！七板在心里说，七板欣喜又惊喜地在心里大喊，睁眼一看，果然是她，当然是她。

但整件事的前提是必须得闭着眼睛等待，就像一个人要给你看一样东西，东西可以让你看，本身也就是要给你的，但是那个过程你却不能看……这也不知是什么道理，七板不明白，也想不清楚，心里就常有一个疙瘩或一扇打不开的门埋伏着，隐隐约约地存在着，那个野坟堆一样的疙瘩，有时又会呈现出一种粉刺的模样，发红或者发黑，鼓胀，瘙痒甚至疼痛。不过只要她一来，那一切就都没有了，什么疙瘩，山丘，都转眼间就不在了，都烟消云散了。一看见她，七板就觉得身上有东西正在注入，有点像夏日的山洪，轰隆隆地咆哮着，出生入死地翻滚着，当然那中间还有瘫软，而瘫软完全是因为过于痴迷极度痴迷的缘故，有几回不仅瘫软，同时还变得稀软，比一滩水更稀，比一片月色更软，不过那好像都是其中应该有的，没有似乎还不对呢。七板觉得，就像一间房子，既有亮堂堂的地方，还有比较阴黑的部分，就像一个人，有身强力壮的时候，也有头晕目眩，灵魂出窍的时候，就像一年一年的年景，有丰收的时候，就一定有青黄不接，颗粒无收的时候。就像她的到来和出现一样，七板也已经掌握了基本的规律和现象，如果睁着眼，甚至把眼睛瞪大，光焰焰贼灼灼等待，盼望，她就很难出现，而且越那样她就越迟迟地不出现，甚至始终都不出现。七板有时候就想，就怀疑，是不是他的那种眼光或视线有点像火，火焰一呼呼地着起来，燃烧起来，她就不敢进来，来了也不敢进，而只要他一闭上眼，屋里没有火焰的时候，她就进来了。

七板觉得，与梁铁梅马学艳任珍珍她们那些女人相比，她的胆子似乎有点儿小，不，不是似乎，是明显有点儿小，她从来没有她们那么大胆，厉害，如果把梁铁梅马学艳她们比作是一碗肥肉，那她就是一碗粥甚至一片醉人的月色。为什么她和她们不一样，七板觉得，很可能就是因为她只是她们每个人的一小部分，而并不是全部的她们，啊，这就对了，对上了。

春风刮过田野的夜晚，柳枝柔软，小草呢喃，她出现在只有七板一个人值守的大队办公室，月亮那时已经升起，月光从窗外泻进来，月光照不到她的前面，只能照耀到她的身后，皎洁的月光从上到下地照耀着张鲜令的头发，胡秀英的脖子，尹仙霞的腰以及马学艳的腿，月光只能照耀到屋里的前半部分，包括靠墙放着的一张长条椅，连桌子下面的锣鼓都看不见。

电闪雷鸣的夜里，大风刮断了电线，她站在炕沿边，屋里黑的什么也看不见，连宁桂贞的那双清澈明亮的眼睛也看不清了，只剩下王粉桃的皮肤像一尊雪白的塑像，在暗夜里隐隐发白。有时，一道锋利曲折的闪电厉声划过，借助着那短暂的一小会儿光明，七板睁大眼睛，抓紧捕捉时机，倏忽间看见梁铁梅的脸和张鲜令的头发从黑暗中浮现出来，当然同时还有宁桂贞的那双清澈明亮的眼睛和胡秀英的脖子，但闪电过后，随着闪电的熄灭，她们也同时熄灭，很快又都不见了，又重新只剩下王粉桃隐隐发白的皮肤，幽幽亮亮地耸立在七板的面前。

七板就哀求，七板就请求，七板说，点上灯喂，不点灯，我不踏实，啥也看不见。

要是点上灯，灯一亮，七板就能看见那所有的一切，张鲜令的头发，宁桂贞的眼睛，梁铁梅的脸，胡秀英的脖子，黄凤莲的胸，尹仙霞的腰，马学艳的腿，夏梅梅的手，董小玉的声音，最后王粉桃的雪白丰饶的皮肤一出来，一映衬，一切就全都圆满了，完整了，全面了。

但是她不让点，她怕羞。

她说你要是非要点灯，我就走呀，人们的眼睛都尖得很呢。

七板心里不悦，但是嘴上却说，好，就听你的，那就不点，没灯其实也挺好的。

没灯有啥好的，啥也看不见，可是没办法呀，那是她的要求，是她不让点灯，并不是七板的意思。面对她那么一个人，七板总是没办法，从来都没办法，七板难道不想亮堂堂地看见她么，太想了，问题是她不让，一来了就那么说，影影绰绰地让七板常有一种梦梦的幻觉。

冬天大雪纷飞的夜里，外面蓝莹莹的雪地上有人吱吱扭扭地行走。屋里七板生起了炉子，有一种暖融融的气氛，在她来之前，把炉灰掏干净，备用的炭打成拳头大小的块，放在桌子下面的纸箱子里。通红的炉火把屋里映照得有点红，又有点亮，亮是一种暗暗的亮，幽幽的亮，绝不刺眼。红艳艳的炉火，树叶一样，绸缎一样，在屋里飘走，戏耍，有时出现在墙上，有时映在地上。她站在炕沿边，面对着七板，朝七板露出一部分王粉桃的皮肤，又用宁桂贞的眼睛看着七板，问七板，你给我起的名字呢，都两三年了，还没起好，还没想好？

七板说，再等等，不要着急，我每天都在想哩，可总是不行，想一个，不行，再想一个，还是不行，总是觉得，无论啥名字，都配不上你呢。

她却说，随便起一个就行了。

七板说，随便起，那不行，那可不行，那哪能行呢，无论如何都不行。

七板说，最后悔小时候只念了四年书，还没好好念。

尹仙霞常被人们叫做尹神仙，尹仙女，七板觉得，货怕比，人也怕比，那要看和谁比，要是和大多数的女人们比起来，甚至去除掉那些及格线以下的，只和梁铁梅马学艳这些女人们比，尹仙霞的身上好像也确有那么一种其他女人没有的仙气。但是，她能和七板的这个女人比么，她敢和七板的这个女人比么，两个人放在一起，一比就比下去了，一比就把尹仙霞从天上比到了地上，发现她也还是众多普通女人中的一个，也像大多数人一样喝井水，吃五谷杂粮，还帮助她妈和别人吵架，也要蹲着尿尿，打喷嚏，擤鼻涕，也会生病，病了也照样脸蜡黄，尿金黄，甚至红黄，照样凄楚，照样憔悴。真正的神仙能那样么，仙女能那样么，多少年来，有谁见过仙女的前额上有哪怕一个甚至好几个紫红色的火罐印，有谁见过哪一个仙女会在公社售货员秦变虎走远后朝他身后呸呸地吐唾沫，只能说明她并不是神仙、仙女。

七板说，你才是神仙，你才是仙女呢。

面对着七板，她挺了一下黄凤莲的胸，又扭了一下尹仙霞的腰。

七板说，上炕喂，快上炕喂，不上炕还等啥，再等天就亮了。

天一亮，这屋里就不再安静，有一天早上，七板刚开了门，竟有一个很大的东西擦着七板的耳朵飞了进来，七板回头去看，灰黄色的毛，有一个喜鹊那么大，却不认得，从没见过，可能是一时迷糊，看错了方向，在屋里兜了一圈，在墙上嘭嘭地碰撞了两下后，又飞出去了。头一天夜里，送走她以后，天边已青灰，七板实际只睡了一个来钟头，所以早上起来后，觉得昏昏沉沉甚至有些头重脚轻，还牙疼，胃疼，眼眶上面有一群马在嘚嘚哒哒地奔跑，一开门，看见一个绿油油的太阳挂在天上。太阳怎么会是绿的，太阳不可能是绿的呀，七板就赶紧反省，从自己身上找原因，想不可能是太阳不对，一定是自己不对了，想起夜里跋山涉水，消耗的时间又长。这么说来，刚才看到的那只鸟，毛色未必就是灰黄色的，一定是别的颜色。

　　天亮以后，这间大队办公室就又将变成一个不卖东西的门市部，不断有人来，有事的来，没事的也来，多是男人，也有个别的女人，衣衫不整，蓬乱着头发，气咻咻地或者骂骂咧咧地站在门外往里瞄，来解决某个问题，甚至还有不上学的小孩，闲杂老人。有的小孩，兜里装着过年时节省下来的鞭炮，鬼头鬼脑地在门外瞄，瞄见里面只有七板一个人的时候，就把手里的鞭炮点着了，悄悄地扔进来，还没闻到火药味，鞭炮就突然在地上炸响了，七板吓得三魂出窍，等他颠簸着趔趄着追到门外时，哪还有人，早没影了，七板就没有方向又没有目标地骂一句，有时也知道他们并没有跑远，就躲在某个角落里偷笑，看他的洋相。有的老人，颤巍巍拄着拐棍，站在不远处，神情严肃地注视着这边，模样既像在看戏，又像在观察敌情。

　　真正应该来这屋里的，每天最早来的是会计赵瞎子，来了也不和七板说话，咝咝地抽一阵水烟，然后便解下裤带上的钥匙，打开属于他的那两个抽屉，拿出账本、单据和算盘，开始记账，算账，头埋下去，脸几乎贴在账本上。这个昔日的民办教员，在他专注仔细地梳理那些账目的时候，从不会想起他曾经的那些口干舌燥地讲解人、口、手以及四则运算的岁月，也不再记得他本人的衣袖衣襟以及嘴唇手指脸蛋等部位曾被粉笔灰涂抹得灰白又苍白。大约十年前，从民办教员到大队会计，他完成了自己人生最大最重要的一次转折，从此家里的光景不再难过。虽然他现在仍然还穿着很旧很邋逼的衣裳，那不是因为穷做不起新的，而是他习惯了穿旧的，旧衣裳让他自在，安心，坐得踏实，走得自然，要是猛然换上一身新衣裳，会连路也不会走了，站哪儿哪别扭，脸上的表情也会失常，僵硬，会青筋流露，两眼鼓凸，嘴歪向一边。一双眼睛严重渺茫，却从没戴过眼镜，不是他不想戴，他打听过，一副眼镜要四十多块钱呢，太贵了，贵得吓人，据说那还是最普通的，因此他决定不戴它，它贵就让它贵去。有时开会学习，轮到他念报纸，他举着报纸，报纸紧贴鼻尖，更像拿来遮脸的。

姥姥，有一个要饭的，站在门外，站了好半天了还没走。

是不是小眼睛，一个耳朵？

一个耳朵？没看清，我再去看看。

…………

看清了，就是一个耳朵哩。咋是一个耳朵，另外那个去哪了？

我猜就是他。这个人才没意思呢，大前天才来过，这咋又来了。

我知道为啥又来了，还不是看您好说话。

以往每回来了，都是先听见胡琴在门外响，胡琴在吱吱呜呜地圪锯，今天咋没听见。

他说了，他说他这两天手疼得厉害，要不然早就拉开了，说给别人都能拉，到了恩人门上，说啥也得拉一段哩。

手疼，怪不得，毛病还不少。给他拿个窝头，再给他端碗面汤，他就喜欢喝面汤。

拿筷子不拿？给他一根筷子？一般打发要饭的，都给一根筷子。

别给一根，就给他一双吧，我从来不给他们一根，要给就是一双。拿一根筷子往嘴里扒拉饭，看着就叫人难受呢，再咋的他也还是个人呢。

人们给他一根筷子，是不是就是要把他们和正常人区分开。

就是那意思，可是他们不是正常人么？阴阳给人们家办丧事，最后给他钱，不是递到手里，是扔在地上，完了他再自己捡起来。

为啥呢，为啥要扔到地上？

我也不知道。

姥姥，他吃完走了，碗和筷子都放在门口的石台上。

杜林笔记

  出门往北十几里,有一片开阔的平地,却是一片荒地,很多年一直荒着,因为表面看是好好的一块地,实际却不能种植任何东西,无论种啥都种不成,最终收获的只是一地禾苗和杂草。一个队里自己种不成,让给别的队种,照样种不成,没有一个队能让它长出庄稼。叫来公社农技站,农技站的人也先后试验过无数次,同样不给他们面子,照旧种啥啥不成,农技站的人后来也终于带着不甘和疑惑,灰心又气愤地走了。不长庄稼,野花野草却长得很好。

  传说它的下面是昔日鞑靼人的都城,更有相当多的人认为它是另一个(幽冥)世界的入口,实际上谁也并不真正清楚,随便问一个人,你咋知道的,他当然也说不上来,只说是听说的,听老一辈人说的,他也只能告诉你这些。所以谁都是听说,都是一代一代地传下来的,如果从某一代人那里截止,不再往下传,很可能很多东西都会就此消失。我奇怪的是为什么有些东西能够绵延不绝地一代一代传下来,而有些东西却不能,哪怕短暂地存在一两代人都很难,是事情本身无趣或没有生命力?或是别的什么,我不知道,我也常在悬浮中。

  人们说,你再有本事,你能在别人的头上、别人的城郭上面种庄稼么,何况还没什么本事。

  我在北山下放马的时候,曾经很多次骑着马去造访那片地方,很早就听说常有人在那里凭空消失,突然就不见了。一块开阔的平地上，又没有沟，又没有洞，一个人走着走着，突然就没有了，他能去哪儿？你也无论如何都不能说它是一片不毛之地，它当然不是一片不毛之地，因为野花野草在上面生长得很好，开得最多最艳丽的当属头疼花和山丹花，头疼花又叫鬼辣椒，是一种从来没有人愿意去接近它的花，平时看见当没看见，能远离就尽量远离。

马是队里的马，一个人骑着马无论去哪，都属于典型的公器私用，所以每次骑在马上的时候，我心里都是有所不安有所顾忌的，也不希望有人看见，总觉得心里有那么一片地方阴阴的暗暗的，沟沟坎坎的，甚至乱石满川的样子，总是不那么得劲，不那么轻松明亮和开阔。

老胡告诉我说，他的二舅就是在那一片开阔的地上消失了的。老胡是我中学时的同学，他们的家就在那一带，距离那片开阔地二三里地，二舅来他们家里走动，走到那一片地方的时候，人就没了。因为人最终是在那里不见了的，所以每年祭奠亡灵的那几个时节，老胡二舅家里的人都只能去那片不长庄稼的开阔地上烧纸，祭拜。老胡说烧纸你不能不管什么地方，随便蹲下就瞎烧一气吧，至少得有个差不多比较明确的地方吧，所以迄今为止，那也是他二舅他们家人唯一能去的，唯一觉得影影绰绰有点儿关联的地方，也真是很难为他们了，除那之外，他们还能去哪，再没有一个地方可去，再不知道究竟该去哪里才对。

站在寂静苍白的砂石路上，向左就能看到老胡他们的那个村子，一堆足够陈旧又凌乱的泥土和石头的房屋，无声无息地盘卧在距离他们最近的海王山下，三五根椽子一样的炊烟从下面的村中升起。作为一名稀罕的回乡知识青年，老胡回到村里的第二年，就当上了他们村里的团支部副书记,虽然是副的,没什么实权(权力当然都在正书记手里),可是也终究不再是一个普通的青年,严格地来说也算是登上了他们村里的政治舞台。很快,好事就接二连三地来了,很快就有了对象,还不是饿虎扑食地随便将就着找了一个,而是经过了一番实惠又不无浪漫的挑拣,才最终定下来的。又很快,村里分配来一个推荐上大学的名额,团支部书记本来应该是不二人选,却由于他本人已有家室,一双儿女,第三个孩子也即将出世,本人也不愿意再外出,这样一来,推荐上大学的名额就落到了团支部副书记老胡的头上,作为一名正经的回乡知识青年,满村里也再没有比老胡更合适的人了。很快,老胡就去外面上了大学,又很快,老胡与那个曾经费心挑选的对象也断了关系。如果按照古时候的标准来看,这就相当于是被休了,实际上直到今天人们也还是会那么看,女方顿时跌价,不过再跌价也并没有跌到底,不是随便找一个什么人就愿意嫁的,最终嫁了一名身上有柴油味的拖拉机手。

上大学前的那两年,老胡曾带着他的那个后来嫁给拖拉机手的对象,常在一些人山人海的看戏看电影的场合上出现,光荣的回乡知识青年,年轻的团支部书记(副的),身边还有美丽的对象,常引来众多眼红又沮丧的目光,夏天他穿着白的确良衬衫,冬天围着白色或灰色的厚毛围巾,让众多面朝黄土躬耕于田垄或游手好闲的农村青年心有戚戚却又望尘莫及。

我在那里看到或发现过什么不寻常的事情么?好像没有。

我在那片充满神秘色彩的地方感受到过某种神秘或莫测么,好像也没有。

第二十章

在雨里的树下含恨眺望着家门的冤魂

忽然看见荣庆回来了,从大水坑那边绕过来,嘴里哼着革命歌曲,很轻松地走着,到了他家门口,伸手一推,就进去了。五灯吃了一惊,门原来没关,五灯一直以为是从里面关着的,因为曾经有一阵,看看周围没人,他还跑到那门前,把耳朵贴上去,仔细地听里面的动静,那时候五灯不知怎么就非认为门是从里面插着的,觉得要是二嫂或者其他人要开门出来,首先会听到声音,要赶紧跑开也来得及,却从没想过门并没有从里面插着,女人们走路声音都轻,二嫂要是忽然出来,他根本来不及跑……五灯越想越觉得后怕,别人还无所谓,就怕二嫂,二嫂要突然开门出来,看见他,问他在做啥,他该咋说,简直只能往地缝里钻了。

五灯站在贺云飞家的柴房南墙的后面,旁边是贺云飞家的猪圈,猪圈里没有猪。从这个位置上斜着看过去,正好能看见荣庆的家门口,无论有人从外面进去或者从里面出来,都能看得清清楚楚,而那边却不大能看得清这边的人,因为有好几堵墙遮挡着,又是横的又是竖的,还有高有低,再加上贺云飞的爹还喜欢把一些乱七八糟的东西放在墙头上,一些长形的宽幅的披挂在上面,就使得这个地方变得又凌乱又复杂,没人的时候也好像一直有人在活动。

这会儿,眼睁睁看着荣庆已经回去了,五灯忽然发现自己束手无策，无可奈何。想着想着，不禁忽然吓了一跳，又有些后怕地松了一口气，荣庆从外面回来，推开门回到他自己的家，更像是一件好事呢，不是么？假如荣庆不回去，而是直接朝五灯走来，现在就站在五灯的面前，五灯该怎么办呢？五灯问自己，终于和荣庆面对面了，有什么话要问荣庆，要对荣庆说呢，说我一直在调查你么，能对荣庆那么说么，敢对荣庆那么说么，五灯不知道，五灯听见自己的心怦怦地跳得很厉害。幸好荣庆没过来，没发现他，荣庆甚至都没朝这边看一下。

以前，三爷在的时候，碰上五灯不上学的时候，五灯就去找三爷，和三爷一起放马。这会儿，三爷不在了，如果富贵又没有明确的硬性的任务指派给他，五灯就会在荣庆家附近转悠一阵，因为五灯一直觉得，二灯的死，十有八九与荣庆有关，荣庆不可能是清白的，只是没人知道，没人知道他做了啥，具体又是咋做的，也当然，除了五灯，更没人关心这事。

二灯，可怜呢，连他自己的亲爹亲妈都把他的死忘得一干二净，还能怨外人不记得他么。他曾经的女人，这会儿正在别人的家里给别人做女人，身上穿的也似乎比原来好了很多呢。

这一年多下来，五灯凄凉地发现，五灯灰心丧气地发现，很多事情，过去就过去了，永远地过去了，时间唰唰地走着，一直往前走着，再不会重现，再也不会掉头回来，而且更不会停下来不走。你忽然想起有一件事情误了，当初忘了做或者没来得及做，想让时间倒回当初，让你再重新做一下，那可能么，当然不可能了，时间哗哗地流着，从来不会停下来等任何人。五灯想，时间要是一根绳子就好了，不管拽动拽不动，起码还能上去用手抓一下，拽一下，但时间并不是一根绳，所以连下手的地方也没有，想抓都不知往哪抓，谁也不知道怎样抓，有劲也没用。就比如说二灯这件事，你还能找到二灯当年端起过的那个碗么，你还能找到那碗被二灯喝了的水么，水里就算真的有毒也没用了，一切都找不回来了，至于是谁给碗里下了毒，就更是一件风流云散无影无踪的事了，当年就黑洞洞的，当年就谁也不知道。

坐在贺云飞家的猪圈外面，五灯一遍一遍地问自己，你要找荣庆做啥，还是想从他身上看出什么，人家这不是回来了么，你怎么不去看，不去问，不去调查他，不去侦察他，去呀。

荣庆，穿着蓝盈盈的海军大衣，一路唱着革命歌曲，从民兵连回到他自己的家里，你看出他身上有什么可疑的地方了么？他哪一点像个给人下过毒的人，哪一点像个谋害别人的杀人犯？你说，你要是能说出来，咱们就去指认他，咱们就去抓他，去公社甚至县里告发他。关键是你得说，你不说不行，你说呀，你是不是想说他的手上或许至今还残留着当年的毒药，你是不是这个意思？或者是你想说他早已洗干净了手，毁灭了证据？三爷当年好像就说过，你说是人家谋害的，你有啥证据，拿出来，不怕他不承认，关键是你啥凭证也没有，光嘴说没用，不能服人，人家反过来要说你血口喷人，诬赖人家，也说得对呢，更要比你还占理呢。

那，这事，就这么算了？

不算你要咋，想不算也行，还是那句话，你得拿出证据来。

你又怀疑或许不是荣庆亲自下的毒，是有人替他，那你也得找出那个人来，还得找对了，还得人家愿意得罪荣庆，愿意给你作证才行。人家要不愿意，明知是他，你也还是没办法。

忽明忽暗的天色里，三爷来了又走了，五灯没有求教的人，满世界也没有一个能求教的人，只能求教三爷，三爷还像从前那样，说，他也没办法,得有证据,没有证据,谁也没用,谁来了也不行。三爷的身后拖着一个长长的东西,又像尾巴,又像一柄大扫帚,又像一股风,一股挟尘带雾的风,还不是水粼粼的清风。五灯原以为三爷起码要绕着大水坑走一圈,却没想到三爷连看也没看一眼,直接就跃上了西边的山岗。大水坑夏秋两季没有一天是闲着的,空着的,先是沤肥,把一捆一捆的各种青草扔进去,那以后,整个大水坑就是绿色的,绿黝黝,黏糊糊,以蝴蝶蜻蜓为首的各种虫子在上面日夜飞着。等到绿肥沤好以后,地里的麻也割倒了,又接住沤麻,麻躺进去,整个大水坑一开始也是绿汪汪的,看一眼,会觉得绿得噎人,几天以后慢慢变黄,从浑黄到褐黄,以后就逐渐发黑,腿插进去很难拔出来。

三爷跃上去以后,岗上起了雾,十几个穿着黑衣裳的老人在腿脚僵硬地伸胳膊,弯腰,招手,摇头,他们好像在跳一种只有他们才懂得并熟悉的舞,边跳边交谈,用言语,也用他们的表情。五灯知道它们其实并不是人,只是一些苍老黝黑的山榆树,一年到头干瘦铁青,只在春天天气开始暖和的时候会流几天黏稠透明的泪,枯干的眼睛里只有那几天是亮汪汪的,剩下其他的时间都又黑又瞎,拿手去擦,手指会粘在一起。每年的那个时候,五灯的手指都会被粘住几回,用水洗都洗不开,只能用沙子或土擦,手里攥满土,反复揉搓,互相粘连的手指才能各自分开。这是天暖和的时候,到了冬天上冻以后,各种铁器都被冻得又黏又冷,明知道人一挨上去就会被粘住,他们还是忍不住想要去试试看,尤其是嘴唇,挨住又黏又寒的铁管或者门铐后,会被迅速粘住,这以后,整个人就不能动了,需要好大一阵工夫才能慢慢解脱下来;如果着急想要离开,嘴唇就一定会被撕破,会有一层带血的皮留在铁器上,头顶上似乎有一个声音在说,想走可以,把皮留下,皮你们是带不走了。更有极端厉害的时候,嘴唇破了,血也流出来了，皮也扯不下来了，也还是走不了，仍被牢牢地粘着，动不了。寒冬腊月，如果看见一个孩子嘴唇紧贴门钸，老老实实地站着，一动不动，或者哭丧着脸，脸青紫，怀抱一根铁管，那就是被粘住了，下不来了，那时候就得去叫大人们来了。

五灯蹲在地上，不时地抬起头看一眼荣庆家的门外，手里拿着一根短短的树枝，在面前的地上画来画去，那时候，那个风雪弥漫的戏台就又一次浮现在他的眼前，当着台下众多拥挤的白茫茫的热腾腾的众人的面，二灯绿色的身影忽然倒下。在几乎所有人的眼里，二灯好像已经是几百年前的事了，只有五灯觉得他还并没有走远，一直还在这山里孤苦伶仃地徘徊，游荡，煎熬，有时隐隐约约地站在家门外的某一棵树下，又有时就在那个他最熟悉不过的戏台的附近凄苦苦屈怜怜地等着什么。二灯是在等着有人能把他的死因澄清么，五灯想，一定是的，就是在等那件事，不然还能等啥，要不然早就走了，就是因为有心事，才不想走，也走不了。五灯在心里说，二哥，你那个案子，我好像是给你破不了啦，荣庆的身上一点儿漏洞也没有呢，一丝破绽也看不出来呢，而且最麻烦的是，从此以后，越往后人家就会越正常，越来越正常，越来越自然，正常得让你挑不出一点毛病和可疑的地方。

而且，除了荣庆，五灯也再想不出第二个有理由害二灯的人。

外面下雨的时候，天上唰唰地闪电轰隆隆地打雷的时候，刮风的时候，下雪的时候，五灯就会站在门口，看着对面的那几棵树，看看二灯在不在某一棵树下，看见树下空荡荡的，什么也没有，只有灰蒙蒙的雨雾，才放心地关上门返身回去。富贵骂他，嫌雨溮进了家里。

五灯想，还嫌雨溮进了家里，你这个家有雨干净么，没有，差得很远呢，雨溮进来是帮你清洗来了呢，你还不愿意。五灯从没有和富贵说过，说看见二灯孤苦伶仃心事重重的身影站在不远处的树下，望着家的方向。说了又能怎样，能指望富贵会心疼一下他那个游荡在凄风苦雨中的儿子么？只会招骂，富贵一定会骂他神神鬼鬼，天天胡说八道。五灯觉得，和富贵这种人，好多事情说不清楚，怎么说也说不清，永远说不清，五灯想，既然说不清，那就不说。要是三灯和他说什么，富贵就信，不仅信，更赞同，三灯不管说什么，富贵都认为又好又对，三灯要说雪是黑的，富贵除了认为对，一定还会说比锅底还黑呢。五灯有时候就想，三灯要是没出息，讨了吃呢，他爹还会这么崇拜他么，一定不会，当然不会，不用想也知道。

就因为谁也没有一件真正的像样的白衬衫，只有他本人有一件真正的雪白的白衬衫，大家在一起玩耍的时候，翟小伟就经常提出无理要求，以他的白衬衫要挟，作为最硬性的条件，要由他当《奇袭白虎团》里的严伟才，你们谁有真正的白衬衫，都没有，只有他有，他不当谁当，这就是他的全部理由。为什么翟小伟会有一件真正的白衬衫，啥也不为，就因为他爹是信用社的股长，比大部分人家都有钱，能买得起。别人的衬衫，都是家里自己手工缝的，粗洋布，不仅式样难看，而且不白，颜色发黄，上面还有太多的疙疙瘩瘩，穿在身上又硬又扎。这还不是最主要的，关键是一看就不是一件正经东西，领子不对，袖子不对，没有一个地方是对的，连孩子们自己都觉得难看，羞愧，走路低着头，不敢看人，要多土有多土，无论谁穿上都不会觉得光彩荣耀，感觉恰恰是光彩和荣耀的反面，心里埋怨自己的妈手不巧，家里买不起也就算了，缝得还这么难看。穿上那种又粗又难看的白衬衫，一看就是一个小社员，甚至连个小学生的样子也不像了。贫富的差距使大家实际上都有点讨厌翟小伟，对他的那件真正的雪白的衬衫也是既羡慕又十分的嫉恨，甚至盼望它哪一天突然烂了，撕碎了，或者直接掉进矿上的洗煤池里，沥青池里，倒不是要把翟小伟烫死，只是希望他的那件白衬衫再也洗不出来，再也不能穿了，再也不能人前显摆了。大家都不同意翟小伟当严伟才，大家其实也并不是成心不让翟小伟当严伟才，但是大家的理由也能说得过去，主要是相貌问题，不是别的问题，翟小伟是太不像严伟才了，要是长得还差不多，再加上他还有真正的白衬衫，那也就是他了，没人和他争。关键是翟小伟不仅眼睛有点斜睨，脸还有点蜡黄，更奇怪的是脸上还有不少严重拖他后腿的黑麻麻的雀斑。严伟才是那样的么？人家有雀斑么？人家脸上一个黑点都没有。《奇袭白虎团》里的严伟才，一出场，英勇无敌，光彩照人，谁没见过，全国人民都知道，就这一点，就把志在必得的翟小伟打倒了，打蔫了，那其实也是翟小伟自己最为心虚和不硬气的地方，他自己难道不知道自己长的啥样么，应该知道吧，难道他也认为自己长得和严伟才很像么，肯定不会，嘴上硬，心里也硬不起来。他爹妈当然认为他们的儿子翟小伟相貌堂堂，一表人才，看见一个长得好看点的姑娘就说，给我们家做媳妇儿吧，给你买"三大件"。他们再惯他，他们家的光景再好，也不能不顾事实，所以这也是翟小伟时常不敢太过坚持的主要原因，看看通不过，没有一个人同意，他也就没办法了。他知道，别人也都知道，他和严伟才，除了白衬衫一样，其他的再没有一点点一样的地方。

不过翟小伟心里还是很想当严伟才的，这一点五灯可以作证，因为翟小伟他们家就住在五灯家的下面，五灯有时候在院子里喂羊的时候，能看到翟小伟穿着白衬衫，在坡下他们的院子里练习严伟才的各种动作，暗地里苦练基本功，跳跃，腾空，单腿飞翔，正面亮相，还有扫堂腿，白鹤展翅，手搭凉棚，观察敌情，一道道白光在他们那个院子里闪来闪去，头发有时蘸了水，梳成分头。五灯觉得，梳成分头的翟小伟更不像严伟才了，倒越看越像汉奸。

大家觉得，比较而言，最应该当严伟才的其实是史进才，但是史进才没有白衬衫，史进才不仅没有正经的白衬衫，就连手缝的那种很难看的土布白衬衫也没有。史进才常年穿一件蓝布褂，虽然也有四个兜，却是他妈仿造正经的中山装自己缝的，上面的两个兜盖因为太小而永远翘着，抽搐着，下面的两个又太大了，尺寸严重失调，而且整件衣裳早已褪色，从最初的学生蓝，逐渐褪成灰蓝色，灰白色，到处都是碎纷纷的毛边和线头。史进才的上衣不行，裤子也同样不结实，经常跑着跑着就破了。有一次公社开运动会时，为了保证他能跑第一，又不至于在跑的过程中裤子忽然破了，高世贵老师曾经动员一个穿着新裤子的女生黄桂花，把她的新裤子借给史进才穿一会儿，等跑完以后，马上就再还给她。黄桂花同意了，史进才也果然没有辜负黄桂花的那条新裤子，更没有辜负高老师的一片苦心，果然又跑了第一。跑完以后到一个没人的地方，重新换上他自己的裤子，又把黄桂花的那条新裤子还给了黄桂花。大家就动员翟小伟把他的白衬衫贡献出来，脱下来让史进才穿一下。翟小伟当然坚决不同意，死活不愿意，怕史进才把他的白衬衫穿坏了。翟小伟说，不让我当严伟才，还想穿我的白衬衫，门儿也没有。大家就上去帮他脱，翟小伟就拼命挣扎，和大家搏斗，有时急了还咬人，一咬一排牙印，咬得厉害的时候牙印上还沁出血。上面用嘴咬，下面用脚踢，蹬，看看快要招架不住的时候，就假装受伤，发出惨痛的哭声，然后瞅准机会就逃跑，从黄四仁他们家后院里的那些半人高的短墙上翻身跳出去，听见墙外传来咚的一声，就知道翟小伟已经跑了。大家就都骂翟小伟，说他还不如人家黄桂花呢，黄桂花是女的，还能把裤子借给史进才穿。

　　五灯当然也没有翟小伟的那种真正的白衬衫，所以五灯从来也没有想过自己要当个什么，五灯觉得，当啥主要人物，就当个甲乙丙丁的普通战士，当个随大流的游击队员就挺好。有人这么想，就会又有人不这么想，坚决不当普通战士，一来了就要当官，这中间最讨厌最可恶的就是四锤的三哥三锤，比五灯他们大好几岁呢，最少也有十五六岁了，有时非要参和到五灯他们这些孩子中间，就像羊群里的骆驼，又胖又魁梧又蛮横。三锤当然不想当严伟才，因为虽然他已经十五六岁了，但是他也同样没有真正像样的白衬衫，除了没有白衬衫，另外也知道自己完全不像，这一点，三锤比翟小伟明白多了，有自知之明，知道自己敦实，肉多，而人家严伟才完全是瘦型的，所以什么材料做什么，不单是相貌决定角色，体型同样决定角色，所以三锤要当的是严伟才的上级领导，身材魁梧的首长，那才是适合自己的。三锤一来，就用他那宽厚敦实的身躯，再加上他天生的沙哑浑厚的嗓音，披着黄棉袄，先用嘴敲打一通紧密的京剧锣鼓，自己给自己伴奏，胖墩墩的一个人，却能走出一溜快速的碎步，然后两手分开，作指挥状，向"严伟才"他们交代任务，边走边唱：趁夜晚，出奇兵——也很酷似电影里唱的。三锤当然也擅唱《智取威虎山》里李勇奇的唱段，但也常把别人的唱段拿来唱，沙厚的声音念一句：老乡！然后起唱：我们是工农子弟兵……让人听了，觉得这老乡是在自己震醒自己，自己给自己讲革命道理，拨云见日，脱胎换骨。三锤的嗓音，天生沙质，鼻音厚重，任何时候说话都像重感冒了一样，最适合演唱当地的小剧种"耍孩儿"，二灯也基本就是那样的声音，不过二灯的声音里更有一种坚硬和嘹亮，所以二灯能扮演赵匡胤。三锤不知道的是，他的嗓子就是为"耍孩儿"生的，他已被大队的干部们初步内定为新一代的赵匡胤的扮演者和接班人,只是还没有正式告知他本人,因为他的嗓音还需要再继续提高它的嘹亮和坚硬。一两年内,两三年内,等他再稍微长大一些,如果他的嗓音里多了坚硬和嘹亮,那就是他了,他以后就是赵匡胤。当然不能只演赵匡胤,还有别的角色也需要他,比如猪八戒,马文才,王老虎,等等的角色。尤其是猪八戒,不仅要求演员有很好的嗓子,更需要有过人的体力,因为背上还要背一个女的,边舞边唱,体力不行,根本顶不下来,嗓子再好也不能上。你让一个瘦猪八戒上去试试看,他自己首先心虚不说,看戏的也会反对,嘲笑,会骂声一片,嘲笑声一片。有一年,小南园就真的派出一个很瘦的猪八戒来演出,小南园本身是一个自然村,人口不多,不足一百,要在那么少的人口里要挑选一个既能唱又有力气的那么合适的人很不容易,人们也不谅解,反而很计较,差点把那个很瘦的猪八戒骂死,主要是不习惯,嫌他瘦,觉得哪有那么瘦的猪八戒,越看越别扭,结果还没唱完,就草草地提前收场了。瘦猪八戒瘦得像个空荡荡的衣服架子,个头还不矮,低着头,脖子后面又红又紫,全是汗,用袖子遮住脸,都不好意思看人,一退场就赶快从戏台后面的小门上溜走了。

谁既有好嗓子又有好体力?回答是——三锤。

穿心店有两家人在打架,五灯站在围观的人群里又惊又吓地看着,五灯简直有些不敢相信自己的眼睛,因为他在一个梦里梦见过这两家人在打架,除了天色不一样,别的都一样,梦里的天色是红的,红蒙蒙,雾腾腾,地也是和天一样的颜色,河里流的也是红粼粼的水。

穿心店地势辽阔,几十户人家分别住在四周,把一块圆形的有时又是方形的地围绕在中间,但如果站在山上看,整个穿心店无非就是一个大院子,只是中间的那块地里不是用来走人的,而是种着庄稼,一年种山药,又一年种高粱或玉米,再一年又长出了黄芥,满地的黄花都开了以后,整个穿心店到处都是蜂子的嗡嗡的叫声,蜂子们不仅在黄花上面飞,有时还会穿过开着的窗户,飞进四周的那些人家里,不过用不了多久,就很快又被打出来了,再飞回到黄艳艳的地里。山药的白花开满穿心店的时候,越过没有遮拦的山药地,住在穿心店四周柴土房子里的人们互相都能看见,当然只是一个大概的轮廓,眉眼和身上穿的衣裳看不清,有时却也能明确地知道是谁;要是玉米或高粱长起来,那就互相看不见了,要是不专门绕到那边去,就只有等秋后割倒庄稼以后才能再见;多半个夏天秋天,一开门迎面一地庄稼。

有一个人躺在地上,由于脸上滚满了土,所以一时已看不出是谁。

五灯一边的耳朵忽然火辣辣地生疼起来,被一只手狠狠地拧住,五灯扭头去看,看见一张无比熟悉的脸,是他爹富贵,富贵也不说话,揪着五灯的那只耳朵往人群外面走,五灯跟着,头朝一边歪着,为了少疼一些,也为了跟上富贵的步子和方向,头只能歪着。五灯忍着痛,不知道发生了什么事,富贵也不说,只是一个劲地揪着五灯的耳朵走,路上有人看他们,看的人也是一脸愣怔,也有人问这是咋了,富贵也不说话,好像没听见,又好像不愿意回答。

雨是在富贵揪着五灯的耳朵回到家里后就下起来的,他们前脚刚进门,院子里就响起了唰唰的雨声,噼噼啪啪的雨点打在倒扣在门口的两只水桶上面,水桶就敲鼓一样地叮叮咚咚地响了起来,富贵朝外面骂了一句,松开五灯的耳朵。富贵的那种样子,好像院子里还有别

367

的人，他正在和那人争执，院子里当然没有人，五灯发现，富贵骂的是雨，不是其他人，也更不是五灯。五灯站在堂屋的地上，一边揉着疼痛的火烧火燎的耳朵，一边等着富贵说话，等着富贵骂他，因为富贵到目前为止还没有开口骂过他一句，以五灯无数次的经验和习惯来看，这很少见，也不正常，所以从离开穿心店那时候开始，再加上一路上，一直到现在，五灯一直都在等着骂声的到来，五灯是有准备的，骂声任何时候到来都是正常的，他都在等着迎接。可是，但是，骂声一直都没有到来，富贵却自从松开他的耳朵以后就再不管他了，既没骂他，也没有说别的事，而是在乱七八糟地翻找什么，后来终于找出一条口袋，把口袋的一头折叠成一个三角形的帽子，戴在头上，五灯就知道富贵这是要出去了。下雨的时候，很多人都用这样的办法临时制造雨衣，把一条空口袋的底部折叠回去，弄成一个三角形的帽子，然后戴在头上，整条口袋披在背后，这办法五灯也会，能瞬间给自己变出一件简易的雨衣。

果然，富贵披着空口袋就走了。

看着富贵消失在雨里的身影，五灯觉得今天这场骂肯定躲不过去，不过可能会迟一些。

直到很晚以后，天已经完全黑了，富贵才回来，回来也没骂，只是问五灯，羊回来没有，五灯说回来了。五灯觉得这话问得毫无意义，突如其来地问这种问题，白开水一样又寡又淡，羊咋能没回来，每天都回来。这以后，富贵也再没有说什么，五灯就想，要骂就赶快骂吧，骂完就算了，等得人麻烦，还叫人心里不踏实，老挂着。但是富贵还是没有骂他，五灯就想，可能是要等到吃饭的时候再骂，边吃边骂，就着饭骂。经常这样，每次一端起碗，拿起筷子，五灯就在心里自动地说一声，下一个节目：开骂。五灯刚在心里报完幕，富贵的骂声果然也就及时地响起。如果五灯最近这两天没有犯过太大太直接的错误，以前的旧账也一时不知该从哪说起，就会从吃饭本身骂起，吃得太快了不对，说你着急去赶死，太慢了也不对，反正都能找出毛病，再加以他的引申和临时发挥，能一直骂到一顿饭吃完，结束，吃完饭就不咋骂了。吃完饭为啥就不骂了，五灯觉得，并不是他不想骂了，没骂的了，而是因为人一吃完饭就变懒了，骂不动了，啥也不想做了，连话也不想说了，骂也不想骂了。

吃饭的时候，五灯眼睛看着碗里的饭，心里等待着某一个时刻骂声忽然传来，终于响起，可是，却始终没有等来。五灯端着碗，去盛第二碗饭的时候，以为骂声无论如何也应该在这个时候响起来了，结果却还是没有。五灯偷偷地瞥富贵一眼，看见富贵嘴里叭叽叭叽地吃着饭，完全没有一点儿要停下来骂人的意思，五灯就彻底奇怪了，迷惑了，为啥还不骂，要等到什么时候，吃完饭以后？腾出一个专门的时间？狗子他爹有一回骂狗子的时候就是那样的，吃完饭，坐在一个小板凳上，把两个袖子挽起来，露出胳膊上一棱一棱的青筋和黑毛，又专门给自己准备了一大缸子水，放在面前，那是给他自己准备的，另外还有专门给狗子准备的一些东西，差不多有：一根二尺长的火柱，扫帚，菜刀，擀面杖，板凳腿，半块砖头，一根皮绳，一把工兵常使用的那种短把的铁锹，当然他们家的那把不是专门的工兵铲，而是一把截短了的铁锹。所有这些东西看情况随时使用，都用完了，最后还有他的鞋，脱下来随时可以变成一种武器或工具，打过去，或者朝狗子扔过去。狗子他爹，这人时有很愣的举动，有一回竟然拿着烧红的火柱，说要戳瞎狗子的眼。狗子悲愤地说，就差老虎凳和辣椒水了。

吃完饭，五灯等了一会儿，富贵却还是没有骂他，五灯就想，难道要等到上了炕，躺下以后，睡觉的时候再骂？五灯心里毛毛糙糙的，在地上转来转去。那时候，富贵忽然对他说，不睡觉还转悠啥，等着有人请你去吃一顿宴席？听见富贵这样说，五灯就赶快上了炕，躺下。

从穿心店回来，一直到现在，既没骂，更没打，五灯就有些想不通了，不明白富贵一路气势汹汹地揪着他的耳朵回来，到底为了啥。胡乱地想着，翻腾着，后来就渐渐地睡着了。

半夜里五灯忽然被吓醒，因为他梦见富贵也拿着一根烧红的火柱，也说要戳瞎五灯的眼睛，烧得通红的火柱飞快地朝五灯刺过来，上面还冒着一缕一缕的蓝烟。五灯忽然明白，怪不得一直没骂，原来重点在这儿，厉害的在后头。那时候五灯听见他妈对他说，还不快跑！五灯就开始跑，可是两只脚却被死死地绊住，一步也迈不开，很多人都在笑。富贵举着又红又热的火柱说，往哪跑！五灯就拼命地挣扎，躲闪，富贵把他逼到墙角，五灯一躲，就醒了。

醒来看见屋里漆黑静悄，外面也没有月亮，仔细辨认，靠墙那边，富贵睡得像一个土堆。

今年这面可不好哩，发不起来不说，还粘牙。

有点儿粉红，我一开始还以为是高粱面呢。

粉红是因为掺了麸子，掺了麸子就是那样的。

那也还是白面呢，别的面和它不能比。

我把它放在一个小坛子里，再放到最下头，上头再横搭上一块木板，木板上再放上别的坛子罐子。就这么防着还经常不行，有的人来了，好像专门来侦察的打探的，这周围好几个那样的人呢，也不管你高兴不高兴，揭开每一个盖子都要看一下，看见是白面，就要开口借，不借就得罪了，转眼就变成仇人了。仇是咋结下的，就是这么结下的，实际你对她哪有仇。

你告诉她，说我们也就这么点儿，没人信，认定了你是不想借给她，门一摔就走了。

早上起来，还没出门，坐在家里，动也没动，忽然这世上就多了一个你的仇人，一个恨你的人，这种事你不麻烦？

杜林笔记

　　谷正楼搬进新房，父亲被叫去喝酒，村里差不多所有的干部都去了，父亲回来后还带回来一盒朝鲜烟，说是谷正楼给他的，不要还不行，非得拿上。我们知道，一般烟是圆的，圆柱形的，只有这种朝鲜烟是扁的，一看就是特意压扁的，不知道他们为什么要把圆柱形的压成扁的。父亲说还有一种阿尔巴尼亚烟，好像也是扁的，好几个人都拿了，他没要，只拿了一盒朝鲜烟。父亲的心理活动是，比起遥远陌生的阿尔巴尼亚，朝鲜还是更近更亲切一些的。

　　这种烟，我们这里的人都把它叫做板板烟，板就是扁的意思。除了扁豆，"扁"字在我们这里几乎不用，另一个"瘪"字也同样不用，代替它们的都是"板"，板在我们这里同时还有舒展颀长的意思，常用来形容人的身材，尤其是女性；板还有无奈，沮丧，落寞，绝望的意思，说一个人板板地在那躺着，只代表一种情况，说明他遭遇了失败或巨大的不幸，只剩下绝望。

　　父亲要把那一盒扁烟给我，我冷冷地说我不要。我是真的不想要。

　　父亲说，唉，你呀。

　　父亲知道我嫌弃什么，所以父亲说，烟是人家朝鲜国出的，又不是他出的。

　　我说，那也是经过了他的手，你是从他的手里拿来的。

　　父亲说，唉，你呀，这性格也不知像了谁。

晚上吃饭时父亲又说，人家又没得罪过你。

我没理他，除了吃饭，剩下的就是看着窗外。窗外有什么，除了一片天，什么也没有。

父亲说，和一个地方一个部门的最高领导闹，有啥好处，一点儿好处也没有，只有坏处。

我说，我又没和他闹，我和他闹了么。

母亲也说，就是，他没和他闹过，粉坊豆腐坊，各管另一行，有啥闹的。

父亲对母亲说，你懂啥，啥也不懂，就知道跟着瞎掺和。

母亲对父亲说，就你懂，懂得那么多，还越活越出溜。

父亲说，我往哪儿出溜了？想了想又说，对，我就是要出溜，我想出溜。

第二十一章

暗夜・王宝钏・先进工作者

听见院墙下有人很惨痛地哎呀了一声,后来就又没有声音了,她就以为还是在梦里,翻了个身,继续睡了。过了不久,也许是很久,又听见有人抑制不住地兴奋而又尽量低声地说,夹住了!夹住了!天是圆的,碗一样倒扣着,不过却是一个辽阔的看不到边际的碗,让人眩晕的蓝底上有黄亮亮的金边,她边走边想,这是哪儿,又是哪年哪月?见到几个人,却全都不认得,从来都没有见过,其中一个女人站在一个半月形的门楼前,满面愁容,从门楼里面忽然跑出一个人,对她说,家还没有打扫好?那他们一会儿回来往哪住?先前愁容满面的女人吃惊地说,全忘了,光顾着看红火了,我这就给他们打扫。说着,撩起衣裳,把她的一个又白又大的肚子对准晃眼的太阳,一边对身后的那个人说,误不了,保证他们有地方住。

看那样子,好像是要让来的人住进她的那个又白又大的肚子里。

井台边有很多水,各种小水坑,有的地方已流成小溪,从远处看,晶晶纸一样亮闪闪的。还有一辆又红又大的拖拉机,一个人戴着白手套,正在用白麻纸把拖拉机贴出来,要把整台拖拉机全裱糊出来,用这办法把拖拉机藏起来,让谁也找不见,更认不出来。戴白手套的人往拖拉机上贴一层白麻纸,然后就去井台边绞一桶水上来,把水浇到拖拉机上,接着再往上贴一层麻纸。旁边一个嘴唇蓝莹莹、耳朵也蓝莹莹的人说，不知谁发明的两顿饭，一到冬天就两顿饭，哎呀。戴白手套的人一边往拖拉机上泼水，贴麻纸，一边说她们狼子野心，其实是想让我拉她们去看戏，我就不信这个古怪，没有我，我看她们咋去。就在那时，没有人动，井上的辘轳自己忽然嘎达嘎达地飞速转了起来，直到把辘轳上所有的绳子都转完，全部都下到了井里。嘴唇蓝莹莹、耳朵也蓝莹莹的人，伸长脖子，往井里看了一眼说，完了。

而在前一个梦里，一张又白又尖的脸忽然从窗外伸进来，关切地询问她，这两天好点儿了没有，还难受么？分明是一张狐狸的脸，却非要扮出一副熟人的样子，因为她早就看见它后面的那根毛茸茸的尾巴，有一个鸡毛掸子那么粗，黄白的毛还挺顺溜，又光滑又顺溜，还不误蓬松，不误毛茸茸，也不知是谁给它梳理的，竟梳得那么好。按她坐的地方，她无论如何都应该是看不见它的那根尾巴的，可是奇怪的是，她确确实实就是看见了，而它也以为她看不见。顿时想起那一回在十二台看戏，唱的是咸丰年间的事，男人们都还像女人一样留着辫子，台上的男的要去口外谋生，女的先是挽留，不让去，后来看留不住他，就给他梳头，临走前最后给他梳一次头。两个人一边唱，一边哭，声音高亢、凄凉，男的头上的假头发好像生了锈，梳子插进去梳不动，女的手上一使劲，男的的头就被狠狠地拽一下，整个人跟着摇晃、颤抖，看着就觉得生疼，戏台下隔得远，看不太清楚，很可能眼泪也快要拽出来了。

有呜呜的似乎刮风的声音，在房后响着，其间又有咚咚的重物落到地上的声音，好像还有低声喘气的声音，好几种声音互相穿插着，行路或徘徊一样地往前走着，有一种谁也不让谁的意思，不过有时却又恰好面对面地碰上，误打误撞地汇聚在一起，就迅速地胡乱地拧集在一起，拧成一根绳子一样的东西，不断地伸缩，不断地往她的耳朵里钻，就那样出来进去地钻着，钻了几回，终于把她钻醒了。醒来以后，听见那呜呜的类似刮风的声音还在如先前一样响着，咚咚声有时也还有，不过已经少多了，偶尔一声，但是呼哧呼哧的出气声还有，泥浆一样黏稠地流动着，又云彩一样聚散着，变幻着形状。她睁大眼睛听着，听见并觉得那些声音就在她的房后。房后？她的房后，不就是公公和婆婆的门前么，那他们更应该听见了。

她听着。那是在做啥，她不知道，有点像是公公婆婆从外面闹回了什么东西，正在搬动，可是又好像不太像。她躺着，一条腿压在另一条腿上，后来忽然越想越觉得应该起来去看看。

那么一想，就真的起来了，起来后连她自己也有点儿诧异，好像不太像她呢。披上衣裳，从枕头下摸出手电筒，悄悄地从两个孩子睡着的外屋经过，看见小二的被子堆在一边，他自己则脸朝下打把式一样横着睡在另一边，细胳膊细腿，小拳头攥着。小二吃饭总是挑肥拣瘦，所以永远像个瘦猴，牙也净是些又小又丑的虫牙，她小心地把他蹬到一边的被子给他盖上。

天上黑蓝，没有月亮，出了门，沿着西山墙下走，走到房后时，看见一个粗壮的黑影，她一眼就认出是公公，公公正在用脚踢一个麻袋，麻袋口朝下，底朝上，里面鼓胀胀，满荡荡。她不知道公公在做啥，更不知道麻袋里面装着啥，黄圆的山药片一样的手电光从公公的背后划过，这让浑然不觉的公公忽然有一种被从背后做了记号的感觉，同时也照见了斜插在公公背后的那把镰刀，弯弯的月牙儿一样，又冷又亮。黄圆的山药片片一样的手电光，在黑暗的地上停留了一会儿，让她想起吴清华跳舞时出现在地上的那一小片又圆又黄的光,接着在麻袋上晃了两晃,手电的余光却搂草打兔子地无意中又照见一个坐在门槛上的人,凭感觉,她觉得那好像不是婆婆——那确实不是婆婆,当然不是婆婆,她的感觉是对的。婆婆在哪,她没看见,应该在屋里吧,当然应该是在屋里吧,这么黑了,不在屋里她还能在哪里。黄圆的山药片片一样的手电光来到门前,她突然惊呆了,看见坐在门槛上的人竟然是她的男人老赵……她听见她的脑子里正在嗡嗡嘤嘤地回响着一些声音,啊,老赵,他是什么时候回来的,她竟一点儿也不知道,这之前也从没听说过他最近要回来。她快步来到老赵的面前,问他是多会儿回来的,回来了咋不进门,不回家。没想到老赵竟然不说话,一张脸煞白,冬夜的雪地一样很清冷地看着她,梦境里的某个人物一样看着她,两个眼睛里似乎还有亮晶晶的东西一闪一闪的,那是什么,露水?冰霜?难道是眼泪?怎么会有眼泪?为啥哭了,为啥要哭?一年回来两三回,最多不超过五回,回来了也不告诉她,不回前面他们自己的那个家,却黑洞洞地坐在他爹妈的门口,难道还把自己当孩子么,还以为是小时候么,这叫她咋想。他的那张脸,本来就不黑,比这山里大多数男人的脸要白,在这个黑蓝色的夜里,显得更白,白刷刷的一张脸,让她看了既惊心又陌生。她不知道发生了什么,老赵这么秘密地回来,连她也不告诉,她觉得应该是发生了什么,一定是发生了什么,只是她不知道。

公公忽然发现了她,蝎蝎螫螫地对坐在门口的老赵说,快,把她闹回去,让她回去。

老赵木偶一样从门槛上站起来,果然就推着她往前面他们自己的那个家里走,一股肥皂的味道从他的领口间和袖口间徐徐地蹿出来。闻着那清洗过后的肥皂的味道,她心里想,老赵应该是刚从矿井深处上来，应该是刚从澡堂里出来才对，怎么会这么快就出现在老家的院子里呢，不应该呀，不是么。这方圆儿百里的地方，什么样的人必须每天洗澡，回答是矿工，各色人等，男女老幼，一并算上，只有矿工，而且只局限于国营大矿的矿工。那些散落在深山旮旯褶皱里的小窑小井，没有洗漱的条件，人们也更没有清洗的习惯，浑身乌漆漆黑糊糊地带着一对白眼珠带着一张血红的嘴从地底下上来，仿佛是从另一个世界里上来，最多在回家的路上，蹲在河边洗一把脸，让面前的河水暂时变黑，好像水里暂时游着一条条黑鱼。

那时候，她听见公公在低声说话。黑暗中公公自言自语地说，还有脸出来。

公公这是在说啥，这是在说谁，不是在说她么？她觉得好像是在说她，她想站住，可是老赵几乎不容她站住，老赵连推带拉地拽着她从黑乌乌的西山墙下走过，一直推着她回到了前面的他们自己的那个家里，进了门，老赵明显有一种完成了一个任务的感觉，就像把一件东西送回了家里，一句话也没说，然后就推开门又要出去。这可是他自己的家呢，他却像是进了别人的家一样，多一秒也不愿意停留，转身就又要出去，丝毫没有朝他的这个无时无刻不在惦念着的家多看一眼，甚至就连睡在外屋炕上的两个孩子也没有看一眼，这就一点也不像他了，完全不是平时的那个老赵了。两个儿子是他的脸面和支柱呢，是他活着的希望和盼头呢，两个支柱两个希望睡在外屋的炕上，睡在他眼前，这会儿竟然被视而不见，形同无物。

老赵的一只手抓住门，她的两只手抓住他，他当然没有走成，她拽住他，让他说清楚。她问他，你回来咋一声也不吭呢，你为啥这么鬼鬼祟祟地回来了呢，你回来为啥不先回家呢。

老赵看着她，脸色煞白地对她说，你看你这个人，我还没问你呢，你先撒起泼来了。

老赵看着她，脸色煞白地对她说，我的家，我不想回么，问题是那得能回才行。能回么？

她说，那你说说，咋不能回。

老赵说，你不应该问我，应该问你自己。

这样说话，很像是登山，爬高，就注定了他们的声音只能一声比一声高，只能往上走，都首先想在声音上压倒对方，超过对方，所以，那两个支柱，那两个希望，很快也就先后被他们吵醒了。他们睁开惺忪蒙眬的睡眼，都无比吃惊地看到了他们的爹，妈天天见，不稀罕，但是他们的爹却是一个既熟悉却又有点儿陌生的人呢，他们各叫了两声爹，他们的爹这才把脸转向他们，看着他的两个支柱，两个希望和盼头。老大披着被子，有些愣愣地坐着，似乎还没有完全从睡意中挣脱出来，小二却早已清醒，这时正在左顾右盼地寻找，寻找爹每次回家都会带回来的大提包，每次大提包里都会有他们喜欢的吃的，耍的，更会有他们没见过的新鲜的意外的东西，但是这一回，他找遍了炕上地下，也始终没看见一个提包，不用说那种能装很多东西的大提包，就连一个小提包也没有看见呢。心思活泛的小二，灵机一动，光着腿，跳下地，自己跑到里屋去找，他觉得既然外屋没有，那就一定是放到了里屋，但是找遍了里屋，竟然也还是连个提包的影子也没有，就失望又奇怪地重新回到炕上，他歪着头看着他的爹妈，不知道他们把大提包藏到了哪里，又心想，说不定等一会儿就又变出来了。

门外忽然响起公公的声音，公公恼怒地说，做啥半天不出来？一进去就不出来了。

公公在房后等得不耐烦，是来叫老赵的。

听见公公的叫声,她的注意力被分散,手一松,老赵趁机走了出去。

直到第二天,她才知道,公公夜里一脚一脚地奋力踢着的那个鼓胀胀满荡荡的麻袋里竟然装着一个人,而且是他——谷正楼,就这,还是老赵告诉她的,老赵要是不告诉她,她就一直不知道,甚至有可能永远都不会知道。她在自己的胳膊上用力掐了一下,这事按说应该是能想到的,可是她为啥就没想到,从来就没往那方面想过呢,通过这件事,她才忽然发现自己其实是又笨又蠢的,很多年,还一直以为自己不笨也不蠢呢。谷正楼深夜翻墙进来,不就是来找她的么,她怎么能想不到呢,女人的脑子,究竟是咋长得呢,纯粹是一盘死棋么。

谷正楼深夜翻墙进来,正好被她的公公狩猎成功。

现在她再想起梦里听到过的那个声音,是一个兴奋而透露着胜利的喜悦的声音:夹住了!夹住了!那正是公公的声音,但当时她并没有听出来。公公筹划已久,在院墙下一溜排开六个鼠夹子,其中的一个被突然触动,张开了沉重而坚硬的嘴,一口咬住了一直以来公公嘴里的那个"狼",众人眼里的那张血盆大口,他疼痛难忍,血肉模糊,想嗥叫,却又不敢嗥叫,想走更走不了,而那一切的情景,并不是在她的梦里,恰恰就在距离她窗外不远的地方。鼠夹子又叫铁猫,通常是用普通的铅丝做成,但是公公的那六个铁猫却都是用手指粗细的铁棍做成,夹鼠有些大材小用,夹更大的动物也绰绰有余。公公平素就喜欢琢磨这些,这次终于猎到一个正经的东西,他带给公公的胜利感成功感要远远胜过任何一种猎物,很多年这老汉一直跋涉穿行在众多的山岭和野地,没想到最让他解恨最让他喜悦最让他感到扬眉吐气痛快淋漓的一次狩猎,竟是在自己的院子里,这让他眩晕了好一会儿。

不是早就有人说过么，世界无论多广大，多辽阔，多热闹，事实上都和你一点儿关系也没有，只有你那一亩三分地，炕头，井台，才多少与你有些瓜葛，这说得对呢，很对哩。

虽然繁星满天，但是地上依然漆黑，公公一手打造并安排的铁猫，黑暗中被触动，突然张开又迅速合上的那一刻，那时候老赵就已经回来了么？老赵告诉她说，那时候他已经回来了，他是天快黑的时候回来的，就是怕碰上认识的人，所以才选择天黑后再进村，那时候路上已经啥也看不清了，即使不小心碰上人，只要不说话，低头走路，就很难认出谁是谁。

短暂的眩晕过后，公公用提前准备好的麻袋把他蒙住，套牢，夜色如一座座仇恨的山。

公公最初的计划是要骟他，甚至直接用镰刀割向日葵一样割下他的狗头，但是被老赵劝阻住了。老赵说，爹，做不得，千万做不得！现在是他没理，你要是杀了他，咱们就没理了。

公公说，要理做啥，我不要理。

老赵说，理可以不要，关键是，闹他的同时，咱们也犯了罪了。

公公说，我也七十多了，每天吃些玉茭面，高粱面，吃得我麻烦，我也吃够了，活够了。

公公说，这条沟里数谁活得最好，就数他。

老赵提到他的身份，老赵说这要是把他骟了或者头割了，整个山区内外，一下就轰动了。

公公说，我怕他？我要是怕他，就叫我头朝下倒着走。他有本事他把我撑出地球去。

不能割头，就连鼻子也不能割。老赵说，割了鼻子，您让他咋见人，咋开会。

公公说，我管球他咋见人，咋开会，那就让他去见他的先人们去。

说着，朝那个鼓胀胀的麻袋上又是一脚。公公边踢边说，这个狼，我注意了他好几年了，就知道他没安好心。平时还人模狗样，时常在大喇叭里死皮不要脸地讲大道理，我真想把他的肠子肚子豁开叫人们看看，看看他是个啥东西，叫他们看看领导他们的是个啥东西。

老赵一直左右不离地跟在他身边，就是担心他突然手起刀落，有一阵，又劝又哄地终于把他手里的菜刀要了过来，但是没一会儿，老头很快又伸出一只手往后摸索，这才想起他的背后还插着一把镰刀，要论锋利的程度，那把常年使用的镰刀至少是那把菜刀的十倍。

婆婆在屋里烙完饼，乍着一双油手跑出来，用指甲在谷正楼的脸上又抓又挠，她把他叫作公猪。老赵想把他妈拉开，婆婆说，别拉我，让我也解解恨，恨死我了。

没风，也没有任何别的声音，黑水一样的夜，不流淌，也不晃荡，静得纯粹，静得原始，安宁，静得让人觉得整个世界空无一人，又好像从来都没人来过，更没有人在这其间生活过。

忽然听见好像一根丝线一样很利索很锋利地咝儿——地响了一声，接着就响起谷正楼的一声惨叫，原来那如同一根丝线一样的咝儿的一声，正是镰刀发出的声音，只有快刀才会发出那样的声音。老赵看见镰刀已经把谷正楼的一只耳朵割下一半，如果再一使劲，整只耳朵就都下来了。那时，老赵听见一种嗡嗡蝇蝇的声音，像是有无数的人在四周低声说话，议论。

老赵觉得有一道道血红的光芒在自己的眼眶上面奔窜，流泻，又像一个人，在一片高高的土崖上走来走去，不时地弯下腰，探出头往下看，好奇地往下看，而下面不是别的，既不是陡峭的崖壁，也不是纵横的沟壑,却正是他的眼睛,正是他的脸。老赵按住那只青筋鼓凸的手,低声而急促地说,爹,解了恨就算了,放他点儿血就行啦,他会记住今天这个黑夜的。

公公说,你常年不在,根本不知道他,他不记,也不想记,他觉得没人能闹得了他。

公公说,光叫我解恨,你不恨?

公公说,女人是你的女人,又不是我的女人,我是不是管得有点儿宽了。

老赵说,爹,别这么说,您千万别这么说,我知道您是一片苦心,是为了我。

公公说,你还知道这?

公公手里拿着镰刀,就像举着一弯新月,后来,那弯新月不知怎么到了老赵手里,老赵把它挂到了旁边的一堵墙上。在老赵的记忆和印象里,天上真正的那个月亮,有时候确也离地上的人们很近,看上去就挂在旁边的山顶上,更有时甚至很明确的就在树梢后面,似乎只要站到房顶上,一伸手就能摸到,实际呢,实际当然不是,离得还很远呢,十万里也不止呢。

公公看见了,踢踢踏踏地走过去,又把它取了下来。

老赵记得很清楚,他当时特意看了一下腕上的手表,看到时间已是凌晨三点四十五分。老赵说,爹……爹,老赵一声声地叫着,叫了一声又一声。黑漆漆的夜,叫的人和被叫的人其实都知道,这么叫,更多的是一种情分,一种恩情,一种多年的养育之恩,尤其被叫的那个人,心里始终明镜一样,再清楚不过,人家的身上并没有流着他的血,秉性习惯也与他完全不同,甚至日常的口味也差之甚远,然而从那孩子不到一岁的时候起,这么多年,一直就这么叫着,叫得顺口,叫得果断，叫得无比的肯定，叫得心甘情愿，欢欣欢喜，从来没有哪怕一丝一毫的犹豫和杂质。这叫声让多少年一直都坚硬如山鹰、勇猛似虎豹的老头开始服软，开始融化，先是呼呼地喘气，急促，恼怒，亢愤，仇山恨海，不久又开始叹气，那即是他全面松动解冻的信号或标识，虽然黑暗中看不见他的眼神，但是差不多能够推测他眼里凌厉的尖锋和凛冽的寒气正在逐渐退去，隐没，开始有空地腾出来，开始有与杀戮相反的东西进驻。

凌晨四点多，还不到五点，老赵终于说服了父亲，决定把铁猫给他打开，决定放他回去。

公公不甘心地说，好不容易逮住，就这么让他走了。

老赵说，那您要怎样，留着他，养活他一辈子？

公公说，养活他？杀了他都不解恨。

一弯新月回到公公的腰后，斜斜地挂着，插着。

凌晨四五点的时候，天未亮，脸没洗，公公婆婆和老赵，在后院的那两间小屋里，三个人开始吃饭，喝稀饭，吃烙饼，还有一小盆黄丝丝的胡萝卜腌的酸菜，时间好像完全错乱了，连他们自己也不知道他们吃的是头一天的晚饭还是新一天的早饭。有一瞬间，眼前的情景让老赵仿佛又回到了从前，回到了遥远的过去，在他没结婚之前，在更远的童年时代，他的整个青少年时期，他们这家里一直就是他们三个人，没有外人，每天吃饭就是他们三个人。

公公对她说，你摸着良心想想，这个家哪一点亏待你了，男人在外面给你挣钱，四块石头夹一块肉，要多危险有多危险；家里的粗活儿累活儿有我们两个老的，你却给他做这种事。

她说，他一年能回来几回，您又不是不知道。

公公说，就为这？要叫我说，也不算少了，还让请假，还专门给你放假，够可以了。过去的人在外面打仗，几年几十年回不来，一点儿音信没有，是死是活都不知道，那家里的人咋办，还不活了？你看看人家王宝钏，一个人守着寒窑十八年，十八年哪，可不是十八个月，更不是十八天，人家说啥了。

她说，您真会比，从古到今也就那么一个王宝钏，我能和人家王宝钏比么？

她说，我要是能比，我也早就到了戏里了，叫千人看，万人念。

公公说，不能比，还不能照着学一学么？

公公说，戏不光是看的，也有教育人的作用哩。

公公说，我知道，周围也尽是些没样的货色，跟着和尚敲木鱼，跟着讨吃的学拉棍，没有一个能学的，没有一个能起好作用的，比谁更烂，比往下出溜，倒都挺在行的。

这是老赵走了以后，公公头一次和她说话，那时她正好在屋门口，公公本来已经走到街门口了，看见她，就又折了回来，一看就是专门要和她说话的，她脑子嗡的一声，又吃惊地发现，经过了前两天的那件事情以后，老头明显地瘦了下来，不再像原来那么粗壮敦实。

老赵心绪烦乱地在家里住了两天，那两天里，话当然很少，他不时地抬起手腕看表，有时站在地上，透过窗户，愣愣地看着外面，好像第一次见到玻璃，头一回看见自己的院子。她从后面看他，也不知道他在想啥，只是觉得他眼睛看着外面的院子，实际整个人的魂儿并不在这个院子里，可能连院子的样子，院子里的东西也完全没看见，就不像看见的样子。两个孩子有时会去纠缠他，老大想学自行车，想让他在后面护着，扶着，小二还没到喜欢骑车子的时候，毫无兴趣，一心只想让他领他去枯山买好吃的。但是，对于他们兄弟俩人的要求，他们的爹一律予以漠视和拒绝，冷僻的漠视和严肃的拒绝，他坐在一个板凳上，搜肠刮肚，苦思冥想，沉陷在一个他们谁也进不去的世界里，每当他们过来，他就朝他们摆摆手，意思是让他们到一边凉快去，不要纠缠他，不要麻烦他。更有的时候，他们在他的身边已经站了好半天了，他却一点也没意识到，完全没看见他们。她吃惊地看着那一切，心里觉得他很像是两个孩子的后爹呢，甚至还不如某些后爹呢，后爹后妈也并不全是坏的，也有很好的呢。

夜里，外面依然没有月亮，他们早早地就熄了灯躺下了，就连两个孩子也不再说话，一躺下就都闭上了眼睛，不再像平时一样躺下后还要互相捅咕，掐扯，他们当然不是立刻就睡着了，但他们都努力想尽快睡着，所以使劲地闭着眼，以为越使劲地闭眼就越能快快地睡着。

过了很久以后，黑洞洞的炕上，他听见她用被头捂着嘴在低声哭泣。

第二天，也就是老赵要走的前一天，他好像忽然把很多事情都想清楚了，想通顺了，最明显的变化就是脸上不再阴冷，话虽然还不像平时那么多，但已经比前一天的时候多多了。早上一吃完饭以后，他就对她说，他要带着两个孩子去一趟枯山，给他们买东西。然后就推出车子，带着他们出发了，两个孩子前面一个，后面一个，小二坐在前面，老大坐在后面。老大认为自己已经不小了，所以不想像小二那样很丢脸地提前坐在车子上，而是要等他骑着车子走开以后再自己往上跳，他就慢慢地蹬着走，等老大自己跳上来，老大果然就跳上来了，老大把他冲击得摇晃了一下，不过并没有影响，这以后，他就带着他们往枯山的方向走了。

一直到快晌午的时候，他们才回来，买了很多东西，两个孩子都心满意足。

家里有很多老赵历年来得过的奖状，大都是"先进工作者""先进生产者"一类的荣誉称号，吃饭时，看着墙上相框两边的一排奖状，老赵说，今年可能够呛了。她问为啥，老赵就说他这次回来不知算不算请假，要是算，年底再评先进说不定还有希望，要是不算请假，那就一定评不上了。原来，就在几天前，公公悄悄地托人给老赵捎话，说家里出了大事，让他无论如何都要赶快回来一趟，老赵吓了一跳，不知道家里出了啥样的大事，所以走得非常匆忙，并没有履行正式的请假手续，临走时只是失慌忙乱地和带班的队长说了一声，队长有没有听清，是不是听明白了，他都没有把握，不敢肯定，所以究竟算不算请假，就更难说了。

说着说着，老赵忽然急刹车一样停住不再说了，另起话头，说起了别的。

她不知道老赵为啥说着说着忽然停住不说了，直到第二天一早老赵走了以后，她一个人在门口站着，猛不防脑后好像被人拍了一下，她才恍然明白，老赵忽然停住不说了，是因为再说下去，很快就又要绕回这两天发生的那件事情上面，又回到那件他们都不愿意想起不想面对的事情上，老赵今年为啥有可能评不上先进，还不是因为她？表面看是因为公公连诈唬带催逼地把他叫回来的，可是实际的真正的根源还是在她这里，她顿时感到了一种羞愧。

王三女六个孩子，全是姑娘，你见到的那个是老大，当民兵时受到过表彰，后来选拔到公社当话务员，人们都以为再干上几年，就能转正了,谁知道后来肚子大了,就回来了。

怀了谁的孩子?

那谁能知道,只有她本人才知道。

冤有头,债有主,看她那样儿,更好像找不见主了。

挺着个大肚子,迟呆呆地,每天和一群女人在门口坐着,听别人说话,看着就愁哩。

杜林笔记

性格真的决定命运么？回答是差不多。

别人的情况不知道，只知道这句话在我的身上表现得最为准确和灵验，我越来越相信它。

远的先不说，先就说距离最近的身边的一件小事。我放的两匹马，一匹枣红，一匹雪青，对于雪青马，我很少关注，更好像从来没有和它说过一句话，平时也是经常牵着枣红马，雪青马一声不吭地跟在后面或旁边。有一天在曹碾营的荒原上，我抓住缰绳，准备跨到雪青马的背上时，它忽然发出一声怒吼般的嘶叫，这已经和枣红马的反应大不一样了，不过我没管它，也丝毫没有在意它，只想着继续骑到它的背上。就在那时，它忽然两条前腿抬起，几乎站了起来，大约八十度的角，紧接着又是一个堪称猛烈的摇摆和甩动，我被掀翻在地上。我趴在地上，看着它很快又恢复如初，又是那副闷声不响，郁郁不得志的样子，终于想起它好几年一直不声不响，默默无闻，一副长期受冷落坐冷板凳的样子，没想到竟是这样一个脾气，更没想到的是对我竟是这样的一种态度。有仇恨么？难说没有，它的反应也在明确地告诉我，我是没有资格骑它的，更不配驾驭它，这即是我从它身上得到的一个最直接的启示。

一匹马，被我们视作动物或牲口的，尚且这样，那么人呢，有头脑会思维比动物复杂多少倍的人呢，再具体到千差万别各有不同各怀心事的一个个的人呢，所以一个人无论遭遇到什么，都不应该感到奇怪是么，是的，正常人是这样，那些性情怪异性格有缺陷的更应如此。

想我自己，老大不小，至今还在村里窝着，照目前的情形看，很可能还要继续窝下去，甚至会永远窝下去。最初还认为是自己命不好，命是不怎么样，不过造成今日的这一切，更与我的性格不无关系，甚至可以说是最致命的关系，能怨谁么，谁也不能怨，要怨也只能怨自己，和任何人无关。脚上的泡是自己走出来的，不是谁给你安上去的，我想，即使是像翟部长谷正楼那样的人，他们再有权，也不能那样做，随便从哪儿调来几个泡，命令手下的人，说给那个不顺眼的谁谁谁安上去，让他疼让他痛，让他惨叫，让他痛不欲生么，不会。

显见的事实是，运气或机遇一次次失去，又一次次令恨铁不成钢的霍琪老师丧气而绝望。几乎每一次去县里，霍琪老师都想要领着我去拜见一下翟部长，说翟部长不仅是我们这一行的最高领导，本人也文采斐然，很有名士风度。我说非得去么，必须得去么。霍琪老师生气地说，你凭啥不去？你不想去也行，也没人强迫你非得去，但是见了总比不见好，对你是只有好处没有坏处，对于人家翟部长来说，当然无所谓，想见他的人多了，多一个少一个一点儿也不重要，可是对你就不一样了。我只能告诉你，你不见他，不是可能对你不好，而是一定不会好，如果将来有什么可能的好事，也一定不会落到你头上，要有啥不好的事倒有可能。

见我一副愚顽不化的样子，霍琪老师愤慨而又忧心忡忡，他教导我说，过去，不，历来，尤其是年轻的一代，想要有所成就，将来出人头地，事先都要拜倒在某一个显赫的高门巨人门下，一旦成为人家的门生，很多原来不通不顺的事情，一下就通了，一下就顺了，要是得到他的赏识，那就更是等于交上了好运，比烧了多少高香顶用不知多少倍，遇到事情就会罩着你，庇护你，关照你，别人在烈日下晒着烤着,你就会得到一片阴凉甚至一抔甘泉。

我愚蠢地问霍琪老师,我为啥非得要那么做,没阴凉没泉水不行么。

霍琪老师生气地大声说,行,当然也行,那你就晒着,烤着,流油,流汗,渴死你。

我继续执迷不悟烂泥扶不上墙地问霍琪老师,要是没有人罩着,是不是一天也活不下去。

霍琪老师气得脸色通红地说,能,当然也能活,像乱草一样,丧家犬一样,虫子一样,它们不也都活着么,"离离原上草,一岁一枯荣。野火烧不尽,春风吹又生""柴门闻犬吠,风雪夜归人""竹深树密虫鸣处,时有微凉不是风",你看它们活得多好,多自在,多自由。

我说,我没看出它们有啥不好的。

霍琪老师忽然脸拉长,眼睛瞪圆,像是从来就不认识似的看着我,说,啊呀,气死我了,你这个人,我没想到你竟然是这么一个人,我面前就是放着一块石头,一块生铁,我说的话它也应该能听懂了吧。为啥,你说为啥,人活着又是为了啥,不是为了不断地、一天天地向上,让自己过得更好么。过得好,是一个水平,过得比大多数人好,又是一个水平,过得比所有人都好,那就更不是大多数人能达到的了。想过得更好,靠你自己不行,那只能靠有用的人。

我闭上嘴,不再吭气,怕惹得霍琪老师更加生气。

霍琪老师疲倦地说,好了,今天到此为止,咱们就不再讨论这件事了。

霍琪老师说,你呀,我算是服了你了,吃苦头的日子可要在后头呢。

不去拜见翟部长,恶果逐渐显现。

有一个时期，霍琪老师想把我借到他所在的文化馆，无非是想让我有更多的机会，更好的发展，可是在请示领导的时候，翟部长说没听说过这个人，又说文化馆是一个十分重要的文化阵地，不要随便把什么杂七杂八的乱七八糟的蚰蜒蛐蟮圪狸蛤蟆一类的往进塞，说要选就认真地好好地选一个各方面都很不错的好苗子。翟部长说，比如那个牛照文，我看就不错。

这件事过去以后，霍琪老师对我说，完了，没办法了，人家一句话就把我顶到南山上去了，我还能说啥，啥也不能说了，再说就该挨骂了，闹不好还会怀疑我有私心，甚至动机不良，有狼子野心，有不可告人的目的。

果然最终就选了牛照文。牛照文原来是水库的临时工，一年以后就转正了。

霍琪老师用活生生的事例教育我，霍琪老师说，你看看人家牛照文，本来啥也不是，可是头脑灵活呀，和翟部长走得近，三天一请示，五天一汇报，只要有机会，翟部长上厕所都紧跟着，陪着一起尿，不能让部长一个人寂寞地孤零零地尿，即使膀胱里面一时没有尿，那也要解开裤子，站在那里比画着尿，做出尿尿的样子。当然，就算你正好真的有尿，你也决不能按照你以往的习惯，一口气欻欻地很快就尿完，你最好慢慢地来，听着部长那边的动静，然后再控制着你的速度和流量，你要明白你是来干什么的，难道你是来和部长比谁尿得更快更迅速么，脑子里有没有这根弦至关重要，人家部长没事为什么要和你比这个，不可能的事。你也不能早早地系好裤子，先走出去，你先走出去要干啥，你家的房子着火了，还是孩子掉到井里了？原地等也不对，你那样想说明什么，说明你比部长年轻，比部长更健康，更强大？实话告诉你，要健康要强大，也是人家部长更健康，更强大，绝不是你。你也尤其不能在尿尿这件事情上，让部长明显觉得你赢了，他输了，那你再有一千泡尿也补不回这个损失。部长尿完，用手指梳理一下他的大背头，回头发现你还在系裤子，部长向你投来同情又慰问的目光，这时候部长的心情基本是愉快的。你要承认自己不行，当然也不能太露骨地吹捧，说部长尿尿的声音真好听，像音乐一样，世界名曲一样呢，稍微聪明一点的人，一听就听出来了，听出你是在无原则地吹捧，听出你是在瞎说，会认为你别有用心。最好不提尿尿这事，想说好话，有的是地方和机会，不必非得局限于那种地方。你看人家，这样的人，谁不喜欢。

我对霍琪老师说，我原来只知道有些眼泪是拼命挤出来的，没想到有些尿也是挤出来的。

霍琪老师说，别说那些没用的，事实是你又输了，你一直都在输。

我说，我原来也没想过能赢。

霍琪老师说，你敢说你不想来？问题是你想也没用，你就来不了。一个能决定你命运的最重要的人，让你去见你不去，你还想来？实话告诉你，不光这件事，别的好事也趁早别想。

霍琪老师说，你以为你是谁，你有什么资格不去见人家？

霍琪老师说，你真以为想让你去见的那个人你想见就能见，人家每天啥也不做，就坐在那儿等着你去见？我他妈其实也是在充大头，假装有面子，假装大尾巴狼，经常动不动就抽风，动不动就神经烂五地想领你去见，我忘了我自己想见人家一面，经常也还见不到呢。

性格造成的恶果继续显现，继续开花，结果。

和我们同在一个公社的葛青湾大队的史良玉也要去上大学了。史良玉也是我的中学同学，他们那个小小的葛青湾大队，这一次竟然有两个推荐上大学的名额，除了史良玉，另外还有一个人。推荐史良玉去上大学，人们没说的，大家普遍都认为是最应该最理所当然并最公允的，因为史良玉是一个积极要求进步的好青年，一直干着最苦最累的活儿，是全公社青年们学习的榜样。那一天，消息传来的时候，史良玉正在村里一个地方掏粪，半边老房子塌下来，人们一边把坍塌的土坯椽子搬开，一边把上大学的好消息告诉下面的史良玉，良玉，你能去上大学了，以后再也不用掏粪了。史良玉模糊而铿锵的声音从下面传上来，仿佛是从遥远的地下深处传上来的，史良玉说，不要管我，掏粪要紧！大家瞬间就都被感染了，都无比感动地说，看看人家，这是一个怎样的人，这是一种怎样的精神！拿到通知书以后，史良玉向大家保证，他不会忘本，即使到了大学里以后，他也还会继续掏粪。大家说，到了大学里，可能也没有那么多粪让你掏了，好好学习，积极参加各种社会实践就行了。史良玉说，大家的话其实很没道理，因为据我所知，不管社会如何进步，只要有人的地方，就会永远有粪，怎么会没有粪呢。大家一想也是，良玉说得对呢，山里人是人，城市里的人也是人呀，大学里的人也是人呢，在新陈代谢这个问题上，可能是唯一没有城乡差别的，应该都是一样的，没有人是例外的。当然是一样的，更有人说，城市里不光有粪，事实上他们的粪更臭。

  临走前，有一天史良玉专门来和我话别，顺便也是来看看我，据他说他也很想知道我为什么没有得到被推荐的机会。我对史良玉说，我们村里压根就没有指标，没有名额，所以不光是我，别的其他人也没有。史良玉听了，深深地看了我两眼，脸色顿时变得凝重起来。

  我是后来一个偶然的机会才知道我们村里本来也是有一个上大学

指标的，但是被谷正楼转手让了出去，说我们村没有合适的人选，应该把这个机会让给更需要的地方，公社为此还表扬了谷正楼，说他识大体顾大局，觉悟高，风格高，境界高，不像有些人死缠烂打地硬要。

我和父亲说起这件事，我说他心黑手辣，宁可把那个指标送了人情，卖了名声，也绝不拿回来。父亲听了，起初尽管也像是突然挨了一闷棍一样，好半天一声没吭，不过也始终没有我那么恨天恨地，痛彻心扉，似乎在他眼里无论发生什么样的事情都是正常的，都是能够想通并理解的。自始至终，父亲并没有咒骂甚至哪怕多少谴责一下姓谷的，一下都没有，而是反过来教育我，数落我，责备我，把事情的结果和一切的责任都推到了我的身上。父亲说，你看，我说啥来，报应这就来了，马上就来了，这不就是最好的证明么？你平时但凡多少敬重他一些，又不用你给他专门磕头捣蒜，烧香跪拜，就是多敬重敬重他，走动得勤一点，让他觉得你听话，顺眼，他能把那个名额让出去么？一定不会。他会想我手下就有一个现成的好青年呢，我得把这个名额给他，不用说本来就有，没有也得想办法去争取一下呢，你觉得是不是这个理。让和不让，说远，万水千山，说不远呢，就一句话的事，一闪念的事。

我对父亲说，我宁可不上，也绝不会敬重他那种人。

父亲说，那我想问问你，你这么做，对你到底有啥好处？在推荐上大学这件事情上，到底输了的是谁，真正损失最大的又是谁，不是你？肯定不是人家，人家一根毫毛也没动呢。

我承认父亲说的也许是对的。

可是，他真的说的是对的么？

可是，难道他说得不对么？

第二十二章

母子

校长手里拿着一根针，一根女人们缝衣裳用的那种针，正在慢慢地小心翼翼地拨弄着嘴唇上的一个燎泡，他想把它挑破，把里面的脓挤出来，却又怕疼，一直下不了手，就只能小心地试探，捉鬼一样，慢慢地一点一点地接近，针尖刚挨住那个鼓鼓的燎泡，忽然觉得很疼，就又赶快把手拿开，就这样一遍一遍地接近，试探，又一遍一遍地躲闪，逃离，每一次都以失败告终，差不多一个多小时过去了，那个鼓鼓的半黄色半透明的燎泡仍然完好无损地长在校长的嘴唇上。校长龇着牙，嘴里不住地发出阵阵咝咝的声音，脸色枯槁，憔悴，又兼有愤怒、疲惫和无奈，好像刚刚历经了一场巨大的疼痛和苦难，其实他从未真正地把针尖扎进去过，但是他坚持认为早已扎破好几次了，自己也因此吃尽了苦头，也受尽了劫难和折磨。

那个燎泡也不知道是什么时候开始有了的，什么时候长出来的，校长完全没有印象，某一刻，忽然觉得嘴唇上面沉甸甸的，木木的，麻麻的，不太对，还有些明显的累赘和不利索，拿手一摸，就摸到嘴唇上面多出了一个圆鼓鼓的东西，说软不软，说硬也不硬，越摸越难受。

忽然听见门响，知道有人走了进来，校长继续坐在椅子上，手里捏着针，头也没回，也不知道从外面进来的是谁，只是举起一只手，背对着门口的方向，严正地警告来人说，不要碰我，不要挨我啊，离我远点儿！

听到背后没有应答，没有说话声，就越觉得不踏实，不放心，生怕是哪个没分寸的冒失鬼不管不顾地一下撞上来，就有那样的人呢，又不是没有，这绵延上百里的山里其实大多是那样的一些人，就又继续宣誓一样举着手，警告背后的人说，不要碰我啊，出了事你负责！

来人果然听从了他的告诫，并没有碰他，而是绕开他，来到了他的对面。来人说，又作怪啥哩，成天牛鬼蛇神，一惊一乍的，能出啥事！又不是掏耳朵，还怕人碰，不叫人挨。

校长用一只手捂着嘴，皱着眉头，看见进来的是裴日鼓，校长就没理他，继续尝试用针尖挑战燎泡。裴日鼓和他年龄相仿，资历相等，入职的时间也差不多，甚至比他还早一两年，所以裴日鼓从来没把他这个校长放在眼里过，经常调侃他，敲打他，损他，并不像别的老师那样尊他为长，觉得他好赖也是个官，甚至害怕他，巴结他。整个学校里，也只有裴日鼓敢对校长这样。裴日鼓谁也不尿，连联区校长也不咋尿，联区校长有时下来视察，裴日鼓坐在椅子上，连站都不往起站，眼皮也不抬。联区校长也很不喜欢裴日鼓，不过也拿他没办法，裴日鼓这种老油条又从来不犯错误，你又能把他怎么样，就工作本身来说，已经打发到最下面的学校了，还能再往哪儿打发，再没地方打发了，要是还有能打发的地方，相信也一定会把他打发去的。总不能打发回教育局去吧，那倒高升了他，等于走路的忽然被罚去坐轿。

校长自言自语地说，唉，真他妈的，受的也不知些啥罪。

裴日鼓看了他一眼，又瞥了一眼他嘴上那个燎泡，说，上火了呗，那有啥过不去的，谁没上过火，喝两碗黄荆水或者甜草水，不就行了么？火一下就下去了。

校长愁眉苦脸地说，我这会儿，喝啥也没用，喝人参也不行。

裴日鼓就说，要不咋说你这个人不懂科学呢，愚昧得很呢，还总不承认。喝人参当然不行，不仅下不了火，还会继续上火，一直上火，上得把自己点着了。

校长恼怒地看着裴日鼓说，你不愚昧？我就是打个比方，我又没说真的要喝人参。

裴日鼓说，你倒是想喝呢，你有么？

校长也反唇相讥，你有么？

裴日鼓笑着说，说了你别不高兴，不平衡，不瞒你说，我还真有。

裴日鼓说，你忘了？我们孩子他二姨就在吉林。

校长哼了一声，把厌烦的目光从裴日鼓的脸上移开，很快又用一个手指去触摸嘴唇，同时在心里说，吉林就等于人参？校长现在很没心情和别人说话，闲扯，就算真有一个天仙就坐在对面，校长觉得也扯淡，丝毫不能缓解校长的烦躁和种种的不快。而尤其是当面对裴日鼓这样老奸巨猾的人的时候，很难说在哪一句话上，哪一个环节上，忽然就中计了，就被套住了，掉到哪里出不来了，因为你面对的人不一样，你就必须得有这种担心和高度的忧患意识，要是面对的是一个小孩，你还用得着这样么，完全不需要。校长烦躁而又疲倦地想道。

裴日鼓对校长说，别麻烦了，我来是告诉你一件事情，对你来说，也许是个好消息。

校长苦巴巴地、苦大仇深地说，我还有好消息？

裴日鼓说，唉，你看你这个人，不要妄自菲薄嘛，更不要悲观嘛，你说说，你有啥不满意，不满足的，啊？身在福中不知福，你是校长，你算算，全国有多少人，又有几个人能当上校长的，你好好算算，算完以后，你是不是走路都在偷笑，是不是高兴得睡觉都能笑醒。

校长没有心情说笑，所以没有接裴日鼓的话，只是咧着嘴问他是啥事。

裴日鼓说，银焕死了。

校长看着裴日鼓，校长不信，以为裴日鼓又在瞎说，开玩笑，类似的玩笑以前也有过。但是裴日鼓很严肃地告诉他说真的死了，又对校长说，你没觉得这两天学校里很安静么。

裴日鼓所说的现象，校长没留意，也许是的，好像是比较安静，印象中也没有发生过什么明火执仗的事情，不过校长还是吃惊得张大嘴，捏在手里的那根针也差一点戳到脸上去。

校长问是咋死的，裴日鼓说他也不知道，只知道是死了。

校长说，怎么没听见有人哭呢，离得这么近，一声也没听见。你听见过？

裴日鼓说他也没听见，不过没听见有人哭不等于没哭，更不等于人没死。

校长一边起身，一边自言自语地说，咋好好的就死了呢。

裴日鼓说那叫啥好好的，银焕那样子，那能叫好好的么，他要好好的，就没有不好的了。

这以后，他们两个人从后院出来，绕过前面一排教室，站在前面的院子里往下看，看见下面银焕的那个院子里空荡荡光秃秃的，一个人也没有，也不像是有事的样子。等了一会儿，却还是没看见人，就去问别的老师，一问才知道银焕真的死了，就在不久前，已经打发出去了，是队里派了两个人帮助料理的后事，耗子还小，他妈又是一个永远显得苍白单薄的病歪歪的女人，队里要是不出面帮助，单靠他们两个人，真不知道他们怎样才能把银焕安葬入土，不说别的，光是把银焕从家里抬出去，对他们就是一件困难的事。棺材虽然很轻很薄，也是队里出钱让人做的，两个人赶着一辆牛车，就把银焕拉走了，既负责运送，又管埋葬，由队里给他们记工，按正常出勤算，不到半天的活儿按一天给他们记工。奇怪的是耗子他们家竟连一个亲戚也没有，戴孝的只有两个人，就是耗子和他妈，既没有鼓匠班子呜里哇啦地吹打，更没有一支正常的白花花的出殡的队伍，所以更多的人都不知道就在他们的周围，就在他们的眼皮子底下，一场丧事已经悄悄地飞快地结束了，一个人也永远地离开了村里。

他们站在教室前面的院子里，看着下面那个空荡无声的院子，只有两只鸡站在西边的墙下，不叫，也不走动，院子里黄白的土很硬很瓷实，有一溜二尺宽的石板路通向屋门口。

校长看了一会儿，神色黯然地说，确实也够恓惶的。

裴日鼓说，以后再没有人从下面往上扔石头了。

裴日鼓的话提醒了校长，校长像是从一个梦里惊醒了一样，用一只手揉着眼睛，看看裴日鼓，再看看下面的那个院子，校长说，对，得告诉李永福，让他停工吧，不用再起墙了。

裴日鼓说，给你省了一笔钱，这对你来说不是好事？

校长说，那我还是宁愿花那笔钱，让银焕继续活着，哪怕他继续往上扔石头。虽然他是个疯子，有他在，那还是完整的一家人，这会儿就剩孤儿寡母了，你看看那院子灰塌二糊的。

校长说，我们起一堵墙，原本就是为了防银焕的，现在他死了，那还用防谁，不用防了。

有好一阵，校长完全忘记了嘴唇上的那个泡，后来不知怎么又重新感受到了那个泡的存在,伸出舌头舔了一下,舌头很快龟缩回去,不久却又伸了出来,又满脸苦相地舔了两下。

当天就有人通知砌墙的李永福不用再来了,工程停止,地基重新掩埋,可是那一大堆石头却没地方安置了,当初都是学生们四处分散出去,从四面八方,从各个不同的地方捡回来的,这会儿不用了,总不能再把那些石头重新放回去吧,当初在哪捡的再放回哪去?众多的石头,转眼间就变成了一个麻烦,也没人能想出疏散它们的好办法,好长时间就在那里堆着,一直堆着,一座小山一样,等于耗子他们家的院子上面突然出现了一座山。很多场雨雪下过以后,到第二年,竟然长出了很多草,渐渐地变得和一座真正的小山一样了,如果把它看作是一座山,那它应该是我们这个地面上最年轻的一座山,比任何一个山包都年轻,比所有的人都年轻。什么叫"如果把它看作是",它明明就是一座山,老师和学生们也都已经习惯了它的存在,绝大多数的体育课都在它的下面进行。很快又有黄艳艳蓝莹莹的野花开了出来,常有捣蛋的孩子上去捉蚂蚱,逮松鼠,扑蝴蝶,甚至还有村里的人牵着山羊来吃草,放着那么多山不去,为什么非要来这座年轻的小山上?对于所有这些行为,校长一经发现,一律劝走,不是小山上不能放羊,是因为放羊会严重影响学校的秩序和纪律,尤其羊叫声和人的咳嗽声,常会分散学生和老师的注意力,不仅直接事关学生们的成绩以及学校在全联区的排名,更使他们不能够更好地为人民教书,为革命学习,为理想奋斗终生。这时候,有人就会想起银焕,银焕要是还在,看见有人在他的院子上面放羊,捉蚂蚱,叫唤,乱跑,胡作非为,绝不会容忍不管,石头早就从下面飞上来了,早就把他们打跑了。有的老师,在上课的时候,手里举着课本,还会自觉不自觉地更也许是无意识地下意识地习惯性地透过窗户朝它瞟一眼,甚至利用学生们默写生字的间隙,考试答题的间隙,站在窗前默默地望着它。

银焕入殓的时候,耗子他妈曾清点了一下,连棉的带夹的带单的,银焕一共有五件衣裳,耗子他妈就决定把五件衣裳都给他带走,带到那个世界去让他穿,总有穿脏了的时候吧,脏了总得有个替换的吧,所以就先给他身上穿了三件,另外两件实在穿不上去了,就都放到了棺材里,贴着他的尸身放在他的旁边,就让它们跟着他一起到地底下去。可是有一天,耗子他妈在柜子里翻找东西的时候,竟意外地又发现了一件银焕的衣裳,拿出来一看,好像从来就没怎么穿过,至少也有八九成新。这以后,她把衣裳放在炕上,左看右看,翻来覆去地看。

耗子下学回来后,他妈对耗子说,找见你爹的一件新衣裳,续点棉花,你冬天上学时穿。

耗子看了一眼,摘下书包,说我不穿。

他妈说,好好的衣裳咋不穿,还新新的呢,你看多新。

耗子说,你咋不穿?

他妈说,这是男人的衣裳,我能穿?我要是能穿,我就穿了。再说,有了新衣裳,还不得先尽你。

耗子在笼屉里找到一块干粮,一边吃着,一边说,不用尽我,我声明,反正我不穿。

耗子他妈觉得,耗子不穿,很可能是嫌不好看,怕穿出去叫人笑话。她想起去年冬天她曾把一条旧裤子裁剪了一下,把原来的里子翻出来当面子,看上去稍微不那么旧,给耗子缝了一条棉裤,结果耗子只穿了两天就再也不穿了。后来她分析耗子不穿的原因,觉得问题应该在两个方面，一是裤子本身就旧得厉害，就算把原来的里子翻出来当面子，实际的变化也并不大，看上去还是旧的；另外一个原因应该就是她的手工问题了，针线没缝好，疙里疙瘩，更像是那种七八十岁的老年人穿的裤子。耗子回来跟她抱怨，说棉裤动不动就往下掉，往下出溜，得不时地往上提一提，不提不行，难怪耗子死活都不愿意穿。这回没缝好，她承认，可是棉裤不就是那样的么，拖沓、窝囊，谁能缝得更好，谁的棉裤又能有多好看，多讲究呢。

突然出现的银焕的这件八九成新的衣裳，折磨了她好几天，耗子反复向她声明，他是坚决不穿，可是那衣裳放着也没用，总不能把银焕的坟刨开，再给他放进去吧，当然不能。家里就两个人，耗子不穿，那就只能她穿了。自从决定了她穿以后，她的愁思就又转移了方向，如何能把一件男人的衣裳改成一件女人的衣裳，转眼间就又成为了她的一个难题，平时绣个花描个边啥的，她还能行，可是要把一件男人的衣裳改成一件女人的衣裳，这事光是想一想就觉得不可能，是个难事，最关键她也完全没有把握，很可能最后会改成一个四不像的东西，那是她最怕最担心的事。好几天，剪子尺子针线就放在她的眼前，可是她始终还是不敢动手。

有一天晚上，趁人们都在家吃饭的时候，她抓起一件衣裳穿在身上，然后出门直奔队长家。队长一家人果然也正在吃饭，看见她来，都觉得无比的稀罕甚至惊讶，因为这么多年来，她几乎从没登过任何人家的门，队长和队长的女人都很是热情地招呼她上炕，吃饭，队长的一个二十多岁的女儿端着碗，起身给她腾地方，让她炕上坐。她当然不吃，也不坐，她用她那几十年始终没变过的凄凄惨惨的明显带着一种哭腔的声音，开门见山地对队长说，她来是要告诉队长，从明天开始，她也要去队里参加劳动了，有什么活儿，就派给她，因为从明天开始，她也要挣工分了。听她这么一说，队长一拍脑门，立刻想起银焕已经死了，以后她们那个家里当然主要就靠她了。银焕活着的时候，能算是个正经劳力么，队长没觉得是。有一年让他看守水渠，结果他没看住，大水把邻近村里的一块麦地水漫金山地漫了一遍，人家全村人过年吃饺子的白面，主要就寄托在那块麦地上，后果有多严重还用说么，为此两个相距不到一里的村子还打了一架，差点打出人命，那以后，两个村的关系就再没有那么好了。

队长放下碗，对她说他知道了，等有了她能干的活儿的时候，一定去叫她。

一听队长这么说，她立刻就有些急了，当下就知道队长已经把她另眼相看了，没把她当做正经劳力看，而是一上来就把她打进另册，把她归入到老弱病残那一类人里去了。老弱病残能挣到啥工分，出一天工，只能挣到半个工分，最多的也不会超过八分，这事她知道，别看她很少出门。一瞬间，她的脸更苍白了，更凄清了，她用她那凄凄切切的颤音对队长说，不要把她当老弱病残看，她不老，也不残，弱可能弱点儿，可是别人能干的活儿，她也照样能干，她要和队里那些正经的劳力一样哩，她请求队长不要把她当女人看，更不要当老女人看。

队长说，明明就是个女人，还非说不是，女人总是女人，不要逞能，你又不是二十来岁，担粪你能担动么，你知道一担粪有多重么；割麦子，一人一次两垄割着走，你能跟得上么。

她说她会努力跟上，实在跟不上就先慢慢割。

队长说，慢了就不行了，别人一块地都割完了，你还在你那两垄前撅着，咋给你记工。

队长的女人就帮她说话，骂队长，说担粪，犁地，挖渠，搬石头，那不是男劳力干的么。

她很感激队长的女人帮她说话，这是她从来没敢想也压根没想到的，说起来虽然都在同一个村里住着，可是她们之间平时从没有过来往，甚至话都不一定说过呢，猛一接触，却这样帮她说话，和她站在一起。队长的女人说得对呢，队长好像是想拿那些苦活儿累活儿把她吓住，吓回去。不过她也发现，无论任何话，在家里说和在别的任何地方说是大不一样的，家的影响很能左右一个人的情绪和决定呢，就比如眼前的队长，由于是在他自己家里，他就用最平常的家长里短的话和她说，没有哼呀哈呀地敷衍，说空话，说大话，想厉害也厉害不起来，更何况在她这么个女人面前可能也没打算厉害，再加上本来也不是那种心眼不好又蛮横的人，他知道她的困难，孤儿寡母，嘴上那么说，心里其实一直在想有哪些营生适合她做。

果然，队长后来就告诉她说，后天开始薅谷子，让她先从薅谷子开始。

从队长家出来后，她的心情从来没有过的好，也丝毫没有意识到是她一个人在摸黑回家。

走进院里，她抬头看见坐落在院子上面的学校，整个学校都黑洞洞的，崖崖嵯嵯的，夜里的学校，没有了学生和老师的学校，没有了读书声和喧哗声的学校，更给人一种阴森可怖的感觉。如果把学校比作是一户人家，那这户人家距离最近最直系的亲戚就应该是他们这一家人，原来还有疯子在，这会儿就剩下她和耗娃子两个人了。她记得，早些年，没有耗娃包括耗娃还吃奶时，学校还没有玻璃的时候，窗户上都糊着麻纸，假期里，麻纸破了，一条一条地挂在窗户上，白天也觉得不好看，到了夜里就更像一条一条的白舌头在伸缩，在飘动。

回到家,脱衣裳的时候,她才吃惊地发现她穿的竟然是银焕的那件衣裳,她说,呀!

她没想到她穿着银焕的那件她准备修改的衣裳就去了队长家,要是早知道了,当然说啥也不会穿着去的,不知道队长一家人有没有发现她穿的是一件男人的衣裳,她回想了一下,好像没有,从她进门一直到后来离开,从他们每个人的反应上也没看出来,谁也没觉得她有啥不对的地方。别人谁也没理会,那么,是她自己觉得不对,是她自己想多了么,应该是的。

这以后,好像为了更进一步验证,更多地证明她的猜测和判断,她又有好几回出门时就穿着那件衣裳,有时是无意的,更有时就是专门地特意地穿着出去,结果都和在队长家那回一样,并没有哪一个人觉得她奇怪或者哪里不对,言语上没有,就连眼神里和表情上也完全没有她一直担心和害怕的那种反应出现,见到的每一个人也都十分的正常和自然,无论是打招呼的没打招呼的,并没有哪一个人用奇怪的眼神看她,更没有一个人说你咋穿了这么一件衣裳。原以为别人看见她穿着一件男人的衣裳会说啥,至少会觉得很吃惊、很奇怪,可是没有,并没有谁见了她觉得奇怪或者吃惊,更没有人说啥,这让她自然了不少,从此也彻底放下了心。她决定不再动手修改那件衣裳了,原本也是怕人说,怕人指指点点,才不得已生出改动的念头,既然没人说,没人在意,那她何苦还要费劲巴苦地改它,她决定就那么穿了。

第一天去地里薅谷子,她就穿着银焕的那件衣裳。

到地头边一看,一群女人,除了一个老头,全是女人。她就在心里想,闹来闹去,队长还是把她当成女人了。接着又在心里反问自己,难道你不是个女人?放你在男人堆里才对?

薅谷子当然并不是要把谷子薅掉,而恰恰是要把谷子留下,把谷子旁边的杂草薅掉,拔尽,让谷子更好地生长。每年谷子长到快半尺高的时候,这件事情就急需要做了,每人手里拿一把小的锄头,蹲在苗垄前,一点一点地把谷子周围的杂草锄倒。注意,是锄头,而并不是一柄锄,多长的锄柄也没用,用不上,恰恰越短小越好,而且只能蹲着锄,一点一点地往前挪动。薅了一会儿以后,她才终于发现,薅谷子这事,只适合女人,只能女人们做,因为根本不需要有多大的力气,有力气也得蹲着,窝着,完全用不上,更多需要的是耐心和坚持。

银焕的这件衣裳,穿在她身上还有些长,干活儿显得不利索,她决定明天换一件短的。

响午收工后,她回到家里,一进院里,看见耗娃已经下学回来了,一个人坐在房檐下。

耗子一看见她,就叫唤说,他快要饿死了。

耗子问她咋不早点回来,她说我也想早点回来呢,可是不到收工的时候就不能回来。

因为学校和家离得实在是太近了,每天放学以后,耗子总是第一个回到家里的,这一点任何人也不能和耗子比,要是从学校的院子里直接通过墙头跳到自己家的院里,那更是连一分钟也用不了,不过耗子从来没有从墙头上跳过,一来因为院子很深,二来墙头上还插着圪针刺藜,其实即使从前面绕一下,也没有几步,从学校前面的坡上下来,拐个小弯,就到了。

那么多年,她在家的时候,耗子出门也好,上学也好,从来用不着拿钥匙,因为无论任何时候,家里总有人在,自从她到队里劳动后，耗子也开始拿钥匙了，一根绳子上穿着两把钥匙，挂在耗子的脖子上。别人说耗子两根筋挑着一个脑袋，越看越悬，越看越危险，那是因为耗子的脖子很细，不光细，还白，比一般的孩子白得厉害，这也是让她一直放心不下的一个原因。现在，看见她的耗娃能自己用钥匙开开门回来了，她一下觉得他长大了不少，进步了很多。一个孩子，学会使用钥匙，能用钥匙把里外两道门都打开，回到他的家里，那不是一种长大和进步？她觉得是，她觉得不管咋说也应该算是，别人咋看，那是他们的事。

此后有一天，她从地里回来，一进院吓了一跳，耗子又比她先回来，他在院里点了一堆火，火堆里放了几个山药，还没有烧熟，硬的，耗子就蹲在火堆前看着，脸上黑一道花一道。

此后又一天，她虚乏疲累地从地里回来，看见耗子正在门前吃一个烧熟的山药，书包还挂在胸前，看见她回来，放下手里的山药，立刻又从灶膛里拿出一个烧熟的山药给她。她问耗子，你烧的？耗子说是。又问，火也是你生着的么，耗子说，那当然，不是我还能是谁。

于是，她用她那一贯的忧愁和凄楚笑着，看着耗子，她说，饿不死了。

让她感到安心和惊喜的是，这一次的火并不是像上一回一样点在院子里，而是在灶里，里面又有柴火又有炭，和她生的火完全一样呢。她回来的正好，火候也正好，灶膛里欢腾红黄的火焰让她浑身的乏累顿时就跑走了一大半。由于耗子提前生好了火，这就给她节省了不少的时间，所以她很快就做好了饭。她一边做饭一边想，她的耗娃不光会写字，还会生火了。

又一天，她从地里回来，耗子不仅生着了火，还烧开了一锅水，她进门看见锅里的水正在滚沸，哗哗地冒着泡。耗子告诉她，已经滚沸过两三回了，每次锅里一冒起水泡的时候，他都会添冷水进去，把那些翻滚的水泡压住，浇灭，不过用不了多大一会，水泡就又起来了。

晚上她收工回来，吃饭的时候，她按捺不住兴奋地对耗子说，她已经挣了四十五个工分了。

耗子不知道四十五个工分到年底能换成多少钱，事实上他妈也不知道，只知道越多越好。事实上一个工分将来能折合多少钱，连每天专门负责记工的记工员也不知道，他只管把每个人每天的工分记到他的小本子上就行了，不要给人记错了就行了；事实上一个工分到底值多少钱，就连队长和支书他们也说不上来，只有到了年底的时候才能通过会计算出来。同一个村里的几个队，也相互之间都不一样，有的多，有的少，有时相差不多，相互之间就是几分钱的差距，有时却是一下相差了好几角，那差距就大了，无论说啥都没用，那才是最能说明问题的，好队赖队的差别也就在那个时候比出来了。好队的人们多领了钱，社员们高兴，心情舒畅，顺气，做队长的也光荣，满足，走路抬头挺胸，觉得自己有本事，领导有方，见人也谈笑风生，喜悦开朗。要是能连续闹这么几年，人也会水涨船高地天天向上，心里生出更高更远的心劲和目标；相形之下，收入不如人家的赖队的人们，除了哀叹，剩下的只有咒骂，就知道今年这个年又不好过了。队长也脸上无光，觉得自己无能，工分值一出来，就像差等生听见老师念自己的分数，那点可怜的分数，就连说话都顿时没有了底气，走路拖沓，脚步声沉重，鞋底磨着地，甚至胸闷气短，嘴歪眼斜，充分体会到啥叫在人前抬不起头来，一些该去的地方因为人多也不去了，不想去也不敢去。这种事还不光是没把一个小队领导好那么简单，人也会备受挫伤和打击，逐渐萎朽，小队长一职也就是这辈子的最高峰了。

耗子他们家所在的三队是一个中等的队，不是最好的也不是最不行的。其实不论好队赖队，每个队的人们对于自己的收入心里都是有准备的，尤其是身在赖队的人们，知道别人比自己的多，也早就习惯了，认命了，会眼红别人么，当然会，不过也仅仅就是眼红而已。

耗子他妈告诉耗子，等到年底领了钱，她今年过年就不准备自己动手给耗子缝新衣裳了，而是要给他买一身新的，因为她想过了，自己缝也并没有多便宜，缝出来还不好看，家里又只有耗子这一个孩子，要是再有五六个六七个，那也就肯定买不起了，只能继续缝。耗子听了很高兴，就盼望着年底快快地到来，他妈描绘的这个蓝图很令他神往。耗子坐在灯下，想象自己穿着一身新衣裳，戴着新帽子，在过完年开学的第一天出现在学校里，别的那些孩子就不用说了，说不定就连老师也都会惊得合不上嘴，惊得像没头的苍蝇一样纷纷互相打听、询问，这是谁，这是原来的那个耗娃么，不是吧？校长一锤定音，谁说不是，那就是耗子。

想到高兴的地方，耗子摇晃了几下，看见墙上的那个影子也在摇晃。

银焕在的那时候，他们是三个人，一盏灯，现在银焕不在了，变成两个人，一盏灯。

耗子告诉他妈说，西山上的狐狸今天下山来了，抱走了学校的一个篮球。

他妈说，瞎说，抱走别的我还信，抱走篮球我不信，它们又不打篮球，要那有啥用，又不能吃又不能喝，一点儿用也没有呢。

耗子说，咋没用，拿回去给它孩子耍。

那是学校里仅有的一个篮球，虽然已经补过好几回了，上面有好几个补丁，不过也还能蹦起来。篮球上的补丁每次都是王三贵的爹给补，因为王三贵他爹是皮匠。每次一破了，老师就让王三贵拿回去，说叫你爹给补一补。回家的路上，王三贵把瘪下去的篮球捏成一个毡帽的形状，顶在头上，第二天就拿来了，又当毡帽戴来，已经补好了。曾经有好几回，篮球从上面蹦到耗子他们院子里，正好蹦到银焕跟前，银焕扣住不给，校长派人来要，银焕不给，朝来人吹胡子瞪眼，两个眼睛铜铃一样，两边的黄胡子各朝一边起伏，来人怕疯病发作，赶紧溜走。校长亲自来要，也没要上，校长语重心长，循循善诱，不过在银焕面前也都没用，校长披着1958年首次获表彰后一高兴买的一件短大衣，一副深入深山，访贫问苦的样子，也没把银焕打动，更没把他吓住。裴老师给校长出主意，派耗子回来要，果然银焕就给了。

校长看见篮球要回来了，就说，早知道这么容易，前面白费那么多劲干啥。

裴日鼓对校长说，那还不是怨你，你从来都闹不到点上，不知道哪个地方该用什么人。

他妈说，你见过小狐狸们打篮球么，我是没见过。

这个锣啊，一敲起来，声音嗡嗡的。嗡嗡声一圈一圈的，我这心里就像塞了一团乱麻。

是不是耍猴的来了？

不是，耍猴的不敲这种锣，他们敲的是那种小锣，声音响亮，不是嗡嗡的。

杜林笔记

我把两匹马托付给张天才,让他顶替我放一天,然后我骑着车子去仄愣公社十二圐圙。

王保保订婚,我去贺喜。

十二圐圙就是王保保他们村,十二圐圙是一个自然村,没有行政权,当然也没有经济权,一切事情都是他们的主村伽罗大队说了算,全村只有一个负责人,也是由伽罗大队任命的。自然村这种村子,多少有点像是一户人家寄养在外面的一个孩子,大事上管一管,大部分的日子还得他们自己过。可是很多时候却又不太像,因为他们随时都有可能不被要了,而他们自己也随时可能发展壮大,单独顶门立户,另起炉灶,当然,真正能不能分出去,最终还得公社说了算。有时你很想分出去单独另过,公社要是不同意,你也分不成,还有的时候,你觉得就这么在一个共同的大家庭里就挺好,可是公社甚至县里认为你们应该分出去,独立核算,成为一个真正的村子,那就也得分出去。总之不管怎样,分或不分,都是上面说了算。

十二圐圙就坐落在海王山上,当然不是在山顶,而是在半山腰。十二圐圙全村没有一口井,因为他们从来不吃井水,他们一直吃的是山上的泉水,有好几股碗口粗的泉水天天流着,一年一年地流着。整个十二圐圙的人,连同他们的房子,都住在密密的树阴里。

很多次去十二圐圙,骑着车子到了海王山下,再推着车子上山,上到半山腰,钻进一片白杨树和柳树中间,那就是十二圐圙,看见王保保坐在石头台阶上看报纸，看的是《参考消息》。如果看到的不是那样一幅情景，那就是王保保去地里劳动去了，或者下山出门去了。

迄今为止，我见过的最喜欢看《参考消息》的人就是王保保，可他常年住在十二圐圙这个地方，要想看到一张《参考消息》谈何容易，因为十二圐圙本身就没有，他们十二圐圙不光是没有《参考消息》，什么报纸书刊也没有，他们那么小的村子怎么会有，就连他们的主村伽罗大队也没有，只有公社才有。所以每次去公社的时候，王保保都要千方百计地想办法打闹回一两张《参考消息》，如果打闹到了，王保保整个人就会兴高采烈，意气风发，如同人逢喜事精神爽一样，要是打闹不到，情形也可想而知，整个人都是蔫的，软的，用王保保自己的话说，不光说话没有力气，无论做啥也没有力气。公社或者队里放电影、演戏的时候，王保保的心思从来都很少在电影或者戏上，他只想着如何才能打闹到两张报纸，有时他一个人溜进公社院子里，会被当作可疑分子撵出来。平时走路的时候，要是能在十二圐圙的街上捡到一片带着字的纸，王保保也会欣喜若狂，事实上绝少会有那样的情况发生。

王保保拥有的世界知识或者说国际视野，大部分都是从《参考消息》上来的，这种素养的养成，也让王保保不知不觉地变成一个很有些特别的人，比如从不与任何人发生纷争，谁家的猪拱了谁家的菜，吃了谁家的南瓜葫芦，倒不至于立刻就闹出人命，但是争吵或记仇是断不了的。可要是拱了王保保家的菜，那就没事，因为王保保人虽然在家里，但是他的视线或灵魂正停留在非洲或者美洲，并不在十二圐圙，即使身心得到统一，全都回到十二圐圙，王保保也不会计较，拱了就拱了，吃就吃了，那能怎样，猪又不知道那是谁家的南瓜，谁的葫芦，它只认得那是吃的东西。村里也有个别的明白人，不全是糊涂蛋，他们说，谁才是真正胸怀祖国放眼世界的人，只有人家保保，王保保是。王保保也常对村十二圈圙的人们说，一天到晚鸡毛蒜皮，圪叽圪缩，因为一个鸡蛋甚至一个眼神也能打出脑子，你们知不知道世界上发生了啥？有人驴一样地说，爱发生啥发生啥，我们不管，和我们有蛋关系。王保保就说，不管？等导弹落到你们头上，落到你们的院子里，你们就管呀，可是一切都迟了。十二圈圙的负责人应该是这个世界上最小的官了吧，再没有比他更小的了吧，可是也常有人溜舔他，给他送东西呢，他自己也心安理得地接受，坐在铺着羊皮或者狼皮的椅子上，接受别人的朝贡一样，冬天出门围着狐皮领子，戴兔皮护耳。能让这种人在村里作威作福，为虎作伥么？王保保觉得这种人应该被弹劾。注意，他说的是弹劾，但十二圈圙没人知道啥叫弹劾。

王保保对我说，有两个殖民地国家，被殖民了很多年，后来殖民者是不是觉得没意思了，或者是别的原因，反正是不想再管他们了，让他们分出去，让他们独立，让他们自己过自己的，没想到他们竟不同意，死活都不愿意。世界上竟然还有这种人们，你说他们在想啥？

他的对象，对象的妈——即将就是他的丈母娘，还有对象的一个姑姑一个姨姨，这会儿一堆人都在屋里坐着，一边喝水一边说着话，王保保风尘仆仆又满腹心事地朝她们瞥了一眼。

王保保继续问我，国家的主权，独立，在他们的眼里，在他们的心里，就那么不重要？

第二十三章

学工学农学军

　　1973年在关河供销社负责收购兔子、麻黄、骨头和头发的那个人叫纪迎喜，不过也有可能叫纪连才，真正叫什么，五灯他们其实并不是很清楚，只知道他不知从哪儿调来的，才来不久，谁也不认得，所以无论验收还是过秤，都很有点儿六亲不认铁面无私的样子。五灯他们觉得，六亲不认可以，铁面无私也没问题，好多公家的人都这样，关键是不要再克扣和剥削，本来是一级的东西，他非按照二级甚至三级算，那不就是克扣和剥削么。收购那些乱七八糟的东西，并不在前面的门市里，而是在供销社后面的院子里，从东墙下的一个小门里进去，姓纪的那个人就坐在院子里的一张桌子前，除了一片菜地，院子里还堆放着各种木箱子纸箱子和麻袋，供销社的一辆手扶拖拉机也停放在这个院子里。无论任何时候，名叫纪迎喜或者纪连才的人，嘴角边始终叼着一支烟，烟雾呛得他一只眼睛从来都睁不开，所以一只眼睛经常闭着，平时只睁另一只眼睛。他一个人坐在供销社后院里的桌子前，透过烟雾，斜着一只眼看着前面的磅秤，常给人一种被发配或者身处冷宫的感觉，所以也从来没见他笑过。最早的时候，五灯他们以为他只有一只眼，直到后来才知道他的另一只眼其实也是能睁开的，不过那得是他不吃烟的时候，可是那样的时候又十分的少见和稀罕，很少有人能正好碰到。

常有零星的、周边山旮旯里的人，拿着过年时积攒下的骨头和头发来卖。以后，收购点上又增加了杏仁，来卖杏仁的也差不多还是那些人，他们住的那些村里，最多的就是杏树，每到杏儿成熟的时候，很多门前都有人在砸杏核，把一个一个的杏仁砸出来，积攒得多了，就得出一趟门，用口袋背着，用篮子拷着，来到关河供销社，从小门里进去，在后院里等着。过完秤，拿了钱以后，即刻从后院出来，又来到前面的门市里，买盐，买煤油、针头线脑。

五灯他们七八个孩子，在贾富老师的带领下，每人胳膊上拷一个荆条的篮子，每个篮子里卧着两三只兔子，上面用衣裳盖住，再用小胳膊压住，从学校出发，去关河供销社卖兔子，因为路不远，二三里，所以他们每次都是走着去。兔子是学校的兔子，平时由学生们拔草喂养，卖了钱，谁也不属于，只属于学校，用来买粉笔、买墨水以及纸张，等等。校长把这笔钱看得很紧，谁一提买什么，他就吱吱地叫唤，出气也不均匀了，好像要抽他的筋，剥他的皮。

当然没有人要剥他的皮，倒是他和几个老师曾经一起剥过两只兔子的皮。某一天，也不知是哪一天，兔窝里死了一只兔子，还有一只也快要不行了，学生们都放学回家以后，校长就和几个老师一起把两只兔子剥了皮，炖熟了吃了，还喝了酒。校长觉得，兔子已经死了，拿出去扔了埋了怪可惜的，还不如让大家吃了。吃兔子的事后来不知怎么传到了联区，接着又惊动了县里，很快，一个由三个人组成的调查组就出现在了学校里，三个人都提着神秘的黑提包，不工作的时候不和任何人说话，只有在调查的时候才开始说话，眼睛锐利地盯着被问话的人，锥子一样，火眼金睛一样，好像要把人看得现出原形。调查组里还有一个人长着长寿眉，那有些超出常规的长长的眉毛也锥子一样，刺向被问话的人。三个陌生人深入调查，不断地找各个老师和学生们谈话，了解情况，其中一个人还找过五灯，问五灯兔子是怎么死的，到底死了几个，五灯当然不知道。又问以前有没有发生过类似的事情，比如有没有兔子死过，五灯说没听说过，好像没有。调查组的那个人就说，不能好像，要实事求是，有就是有，没有就是没有，没有第三条路，不存在第三种可能。见他这样说，五灯就说没有。接着又问五灯，对校长这个人怎么看，他平时表现怎样，也包括那几个和他一起喝酒的老师，有没有在学生们面前说过什么令他们印象深刻的话，越听越觉得反动的话，最好能举几个例子说明。五灯想了半天也没想出一个例子，他们就让他先回去，啥时候想起来了，可随时来说。

　　调查组在的那些天，校长嘴上生疮，耳朵流脓，流那种又黄又黏的胶水一样的脓，头一歪，耳朵里就会流出黏糊糊的一股。有人惊呼，校长，又流出来了！校长摆摆手，悲壮地说，不要紧。但尽管那样，校长仍然是每天第一个到学校的人，先是打扫办公室，然后拿着大扫帚扫院子，把前后两个院子都扫得干干净净，那可是从来都没有过的事。调查组临时占了他的办公室，校长就到处出现，这儿站站，那儿看看，到有很多老师的大办公室坐一会儿，有一天甚至从家里拿来锤子和钉子，修理了几张坏了的桌子和板凳，大家都惊了，这么多年从没有人知道他竟还会这种手艺。老师们和学生们看了，都觉得校长很可能就要完了，扫院修凳子，对于一个从来不扫院子更从来不修理什么桌凳的人来说，那就是一种惩罚和赎罪的行为，不是么，以前那么多年为啥从来不扫，更没修过啥，人要是快不行了，才会有一些以前没有的奇怪举动吧。不过，也有人认为校长扫院子，修凳子，完全是在调查组面前表现自己，是做给他们看的。后来的事实证明，这果然是对的，调查组走了以后，校长再没有扫过。

某一天，调查组忽然走了，就像他们当初来的时候一样，走得也同样的相当突然。当天还有老师坐在门槛上等着找他问话，等了很久却没人叫，后来一问才知道已经走了。人们不知道他们调查出了什么，最终的结果和结论又是什么，只知道校长还是校长，有细心的人注意到校长的衣服里面多出了一件以前没有过的白衬衫，雪白的衬衫领子一衬托，让他整个人突然精神了不少，也威严了不少，有一种非常明显的令人刮目相看的旧貌焕新颜的变化。经过这一次的事情以后，大家最突出的感受是校长比以前更严肃了，玩笑也开得少了。

有一天校长从外面参加完一场婚宴回来，死活不愿意回他的办公室，先是在树下站着，叉着腰说话，演讲一样，后来又席地而坐，身上滚得全是土。校长盘腿坐在树下，热情洋溢地与从他身边经过的每一个人都打招呼，甚至一年级的小孩子也要打招呼。有人把他架着扶回他的办公室，扶着他躺下，给他枕上枕头，盖上被子，以为他很快就会睡着，可不一会儿就又跑出来了，很激动地脸红脖子粗地大声说，有人以为我完了，我没完！哈哈，我没事。

学校里养兔子是上面让养的，是响应上面的号召，必须得养，不养也不行。按照上面的指示，最开始的时候他们其实考虑过养牛养马养猪养鸡，但是一想到有许多具体的困难和不便，就都不敢养了，一个小小的学校，哪能铺摊开那么大那么复杂的事情，除了没地方没钱这些问题，更主要的还没有人会养，没有哪一个老师敢揽承这种事情。比起养猪养牛养鸡养羊，养兔子应该是最简单最省事的，所以校长从联区一开会回来，立马就决定养兔子，这事其实他还在联区开会的时候就已经想好了，因为同去的好几个校长都和他是一样的打算，大家一致觉得养不了别的，只能养兔子。几天以后，在学校西边的墙下，两小间半人高的兔窝就盖起来了，从正式启用到最后废弃不用，一共有一年多不到两年时间，先后有大约七八窝兔子在那两间小兔窝里出生并长大，然后被卖到关河供销社的后院里。就在校长决定挨着那两间小兔窝，再盖几间同样的兔窝的时候，上面忽然又有指示下来，不提倡学校养兔子了，当然也更不提倡养猪养牛养鸡养羊了。校长从联区开会回来，第二天兔窝里的那些兔子就全部都卖了，两小间兔窝从此就永远地空闲了下来，成为一些学生下课以后的去处，在里面打扑克，挤暖暖。有时候已经开始上课了，发现还有几个座位空着，老师略作观望，便知道那几个去了哪里，也不向其他学生询问，而是直接从教室里出来，直奔西墙下的那两间兔窝，站在兔窝前厉声呐喊，怒吼，让他们快点滚出来上课。从兔窝里面往外看，看不见外面的老师，只能看见老师的两只脚，两只穿着皮鞋或者布鞋的脚。兔窝的出口狭小，一次只能一个人紧缩着爬进爬出，而且还必须得是那种又瘦又小的身体，兔窝存在了好几年，身形稍微胖大一些的孩子，从来没有进去过，也从来都不知道里面是一种什么天地，因为根本就进不去。

学工学农学军，校长说，学军咱们学不了，最多跑跑步，男生一人做一杆红缨枪，趴在地上练习练习匍匐前进；用木头做个坦克吧，也没做好，不仅不威武，还不太像，越看越像闹红火时的那种旱船。学工也不行，周围一个工厂也没有，煤矿倒有，可总不能让老师和学生们每天都戴着安全帽去下井挖煤吧，所以我们只能学农。大家知道，养兔儿就属于学农。

大家都把兔子叫兔儿，不过那个"儿"字却从不单独发出声音，而是两个字攥在一起说。

不养兔儿以后，村里在河东划出一块地，给了学校，作为学校的小农场。与养兔儿这种事比起来，小农场才是真正的学农，虽然养兔儿也是学农的一种。校长问党支部书记谷正楼，小农场里应该种些啥，谷正楼说那是你们的事，地划给你们，你们想种啥种啥，会种啥种啥。

会种啥呢，事实上啥也不行，关键的时候，还得去队里请人来指导。

以前劳动，都是放学以后劳动，夏天割草，冬天拾粪，都是为了积肥，每个人都有任务，每割一捆草，每拾一筐粪，教室墙上的进度表里，你的名字下面就会增加一面小红旗，小红旗越多越光荣，反之则会感到羞耻，因为没完成任务，或者完成得不好，甚至还会被认为思想不好，有问题。比如郭旦旦就经常完不成任务，不是草割不够，就是粪拾不够，大家顺藤摸瓜，追根溯源，忽然想起他家的成分不好，祖宗就是旧社会的残渣余孽，就都恍然大悟了，这种人家从根子上就是仇视集体的，难怪不愿意完成任务，任务到了他们头上，说不定能完成也不完成。五灯有一天晚上回家的路上路过郭旦旦他们家，看见郭旦旦的爹正在暮色里痛骂郭旦旦，还用一柄长长的竿子追着他打。第二天，郭旦旦就一下上交了四筐粪，两筐羊粪，两筐鸡粪，都是从他们家里拿来的，那才是真正的最好的肥料，比别人在街上拾的那些连土带渣的不知要好多少倍。五灯觉得，就凭这件事，郭旦旦他们家的人，不一定就是反革命、坏分子，尤其是郭旦旦他爹，凡是出力的事，吃苦的事，事事都怕落在别人的后面，怕叫人说三道四，从自己家里拿粪让郭旦旦完成任务，一定也是他爹的主意。五灯记得，有一次饲养场失火，第一个冲进去救火的就是郭旦旦他爹，后来出来后，眉毛和头发都烧焦了，卷曲了。有人说那是阶级敌人惯用的障眼法，五灯不相信，万一在里面烧死了呢，那还障什么眼。

五灯还记得，去年冬天，在通往公社的那条路上，忽然出现了好多牛粪马粪，人们都惊呆了，不知道哪来的这么多牛粪马粪，那可是从来都没有过的事，是有大批的牛群和马群刚刚从这路上经过吧，不然咋会有这么多的牛粪和马粪呢。人们都激动了，纷纷跃跃欲试摩拳擦掌地想要上去拾捡，有大人，也有学校里的学生，离家近的飞奔着回去取筐子拿铲子，离家远的来不及回去，决定先抢到手再说。但是，很快就又发现那些牛粪和马粪统统都是不能拾的，因为有人看着，公社的武装部长带着民兵们看守着，武装部长拿着手枪，民兵们背着步枪，每隔一段距离，就有一个背着枪的民兵看着，每个民兵看守着大约五六堆或七八堆牛粪和马粪。有人拿着筐子冲过去，抢元宝一样就要拾，但是马上又被撵了回来，问为啥不能拾，回答说，这粪你们都拾走了，一会儿领导们来了，啥也没了，领导们咋办。不甘心的人们就站在路边等着，又过了一会儿以后，果然看见远处有尘雾腾起，接着又有汽车从尘雾里钻出来，是两三辆草绿色的吉普车快速地开来，到了这边的路上，汽车吱吱地先后停住，从车上下来好多人，有县里的领导，本公社的书记也在，他们脱掉身上的大衣以后，很快就有人把早已准备好的粪筐和粪铲递上去，接着就开始拾粪。主要是两三个人在拾粪，其他人有的维持秩序，有的拿着照相机咔嚓咔嚓地照相，给那两三个拾粪的人照相，给其中一个人照的相要比另外两个人的多。照相的人不断地变换着各种姿势，一会儿蹲下，一会儿半跪着，又一会儿侧着，倾斜着，弯曲着，脸朝上，满面笑容，一副犀牛望月的姿势。

拾了一会儿以后，那伙人就都走了。武装部的人临走时说，大家把剩下的都拾了吧。

轰的一声，赤手空拳的人们，拿着筐子铲子的人们，一下都扑到了路上，有筐子又有铲子的人不光是叫人羡慕，他们实实在在地成为最大的赢家。五灯也混在其中拾到一些，不过他既没有筐子更没有铲子，根本拿不回去。五灯就站在旁边守着，让人给他们家里捎话，叫他爹富贵带着筐子来拿。好大一阵工夫以后富贵才来，那时候路上已经没有人了，路上的粪也没有了，被捡得干干净净。富贵四处观望了一阵，埋怨五灯出门不带筐子，啥心也不操，平时就记住个吃，明显是嫌五灯拾得不多。五灯很后悔拾这些粪，还很着急地和别人争抢了半天，结果富贵还是对他不满意，不仅嫌少，还又扯上别的事情，不拾这些粪，富贵又能知道个啥。五灯恨自己，就在旁边看看不好么，或者看一眼以后再远远地走开不好么，为啥非要像个没出息的守财奴一样去拾那些粪。回去的路上，富贵一边走一边继续教育五灯，说过去的那些老财们，平常走路都低着头，看见一个牛粪片片，马上捡起来，看见一根针，也弯腰拾起。他们不想抬头么，是舍不得抬，不敢抬，顾不上抬，家是咋发的，就是那么发了的。

　　听着富贵的数落，五灯觉得天昏了，地也更暗了，河里的水也变稠了，路上的石头不管大小，也都好像有意在和他作对，动不动就跑到他的脚下，好几回都差点把他绊倒。看着富贵的那个说不上是什么形状的后脑勺，五灯走着忽然想到，这时候手里要是有一支枪，会不会朝前面那个后脑勺开一枪，会么，五灯不知道，不会么，五灯还是不知道，觉得说不上来。

　　自从有了小农场，学校就开始半天劳动半天上课，每天早晨吃完饭以后直接去河东的小农场，后响回学校上课。住在河东山脚下的刘秀仁听到前面的地里人声嘈杂，两只白雾雾的眼睛飞快地上下翻动着，问他的侄女金果，这么多人吵吵嚷嚷在做啥，是不是又要炼铁？

他的侄女金果靠在门上，嘴里吃着半个萝卜，对他说，您又瞎说，成天瞎说。

刘秀仁坐在门口的石头上，嘿嘿地笑着说，我本来就是个瞎子么，当然只能瞎说。

金果告诉他，是学生们在种地呢。

白雾雾的眼睛飞快地翻动了一会儿，刘秀仁说，学生们在种地？

说完，他把脸偏向正南的方向，很注意地谛听着那边地里的声音，嘴张着，脸上似笑非笑。因为看不见，所以刘秀仁大部分的时候都是坐着，坐着的时候要比走路的时候多得多，坐在门口或者墙根下，长年累月风吹日晒，整个人变得又黑又油，像一个又大又圆的黑坛子。

听了一会儿，刘秀仁说，这也不知是啥路数。要我说，真是胡球闹，他们哪会种地。

刚才还靠在门上吃萝卜，一转眼，金果的背上忽然变出一个一岁多的孩子，不过刘秀仁并没有看见，他是听见孩子在不远处吭哧，才知道金果又把孩子抱出来了，孩子哭了几声。

刘秀仁把脸从正南方向转回来，茫然地朝着前面说，这么吭哧，又尿了哇？

金果说，好像是饿了。

两只白雾雾的眼睛又翻动了一会儿后，刘秀仁对金果说，不是我说她，你妈那个人真能胡闹，养了你们六个还嫌不够，老也老了，这又闹出个这么小的，比大果的那个孩子还小吧。

大果是金果的大姐。金果说，我大姐的那个孩子快五岁了。

刘秀仁就说，你看看，你看看，这做的叫啥事，也不怕人笑话，舅舅比外甥小好几岁。

金果说，她要养，那谁能拦住。

因为住的人少，河东这边的地势就显得比较宽阔，他们几家人住着的这几个院子互相勾连着，穿插着，有的还通着，每个院里都有很多的榆树，墙里墙外都是榆树，当然还有杨树。外人或者从来没来过的人根本分不清谁在哪个院子里住着，即使来过一两回，也还是很难弄清楚。在金果她们家偏北的半山腰上，还有几家，往南，又有几家，也是错综互叠的一堆。

从金果她们家往东，是大片的黄艳艳的黄芥地，黄芥地过去，往南，再偏东南，是河，过了河，就是去枯山的路。虽然地势在逐渐升高，却全是平缓的山梁，从两道山梁下去，进入一条平川里，就看见不远处的枯山了，从中间的平川，到两边的山上，盖满了各种房子。

金果原来和五灯一个班，不过金果现在已经不再念书了，因为金果她妈又生了小的出来，金果就开始看孩子。五灯他们在地里劳动的时候，常看见金果背着孩子坐在门前，铁锈样的头发耷拉到脸上，五灯他们也不知道金果背着的那个孩子到底是她的弟弟还是妹妹，总之是金果她们家最小的。在这个最小的和金果的中间，金果还有一个妹妹，经常流着鼻涕，不穿鞋，露着黑黑的肚皮，没有人知道她的名字，也没听过她说话，按照家里的大小顺序，跟着她的几个姐姐，肯定也应该叫什么果，但是没有人知道她叫什么果，只有她们自己家人知道。

以前金果还经常背着孩子在家门前面的地里到处乱走，到处停留，可是自从她们前面的一块地变成学校的小农场以后，金果就再也不到南边来了，从来不到南边来，怕碰见原来的同学，更怕碰见老师们。从家里出来后，她就背着孩子坐在家门附近，远远地看着那些熟悉的身影，看着他们在地里劳动，说话，互相打闹，等他们收工的时候，金果已经不在那里了。

第一年小农场里种了山药黍子和胡麻，虽然秋天的时候收获得不是很多，不过对于一个学校来说已经算得上是丰收了，小山一样的山药堆在学校院里，胡麻装在几个口袋里，直接拉到油坊换成油。黍子装在几个麻袋里，放在外面怕下雨，暂时放在四年级的讲台上，老师上课的时候，就在几个麻袋之间绕来绕去，有时候在黑板上写完字以后，忘了旁边有麻袋，一转身就会被麻袋绊一下，直接趴在麻袋上。那两天，丰收的喜悦让校长每天都有一种醉醺醺的感觉，觉得头晕，腿软，脚下好像踩着棉花，致使有一天走路闪了腰，脸也碰破了。校长觉得大家辛苦了一年，所以决定请所有的老师和学生吃一顿庆祝丰收的慰劳饭，就在学校的院里临时垒起两个大灶火，又从队里借来需要三个人才能抬动的一次能放两桶水的大锅，一共两口，架在熊熊燃烧的灶火上。校长因为腰疼，不能随便走动，只能坐在一把椅子上看众人忙乱，脸上带着红紫的伤痕，既当观众，又是实际的指挥者、最后拍板的人。校长命令每一个老师，今天无论如何都必须喝醉，不喝醉谁也别想回去。几个女老师问，我们也得喝醉么？校长说，那当然，那还用问么，男女平等，你们不是一直叫唤要男女平等，人人平等么。太阳快落山的时候，馒头蒸出来了，馒头有长有圆，长形的像小孩的枕头，圆的如同大号的海碗，一个人要是举着馒头吃，对面的人就会看不见他的脸，不知道他是谁，因为脸被馒头完全遮住。大锅里的烩菜正在往各个碗里分发，烩菜里的猪肉片切得有一个手掌那么大，也有一个手掌那么厚，每人一片，覆盖在烩菜上面。校长正指挥语文老师从一个三十斤装的白塑料桶里往出倒酒，贾富老师忽然来报告，说有几个六年级的学生，正躲在前面那座后来形成的小山后面抽烟。校长想了一下说，算了，今天情况特殊，让他们抽去吧。告诉他们，以后再让我知道，我可要对他们不客气。才说完，瞬间又想起什么似的问贾富老师是怎么发现的，贾富老师就说他去小山后面方便，偶然撞见的，要不然也碰不上。校长就说，又去那儿尿，我说过多少遍了，不要去那儿尿，不能在那儿尿了，就是不听，还要去那儿尿。贾富举手申辩，老天爷可以给我作证，我从没去过，就这一回。校长白他一眼，转头去看从白色塑料桶里流出的白酒，问语文老师这酒有多少度，语文老师说六十五度，只多不少。校长就龇牙咧嘴地说，今儿个黑夜，非得放倒几个不可。语文老师说，放倒几个？那哪能够，你不是说必须都得喝醉么，那就都得放倒才行，人人醉成一摊泥。就在他们呼吸着猛烈的酒气，预测哪些人将会最先倒下最先不省人事的时候，油糕，像无数个金黄浑圆的月亮，也正在从浓烟滚滚的油锅里诞生，捞出。一群人拿着碗，影影绰绰地蠕动着，涌动着，不一会儿就形成几个黑色的漩涡，有身影从黑魆魆的漩涡里分离出来，很快又有人被吸进去，转眼间便泥牛入海，不见踪影。老师们的碗是从队里临时借的，学生们的碗和筷子都是各自从自己家里拿来的，吃完再拿回去，让学生们每个人经管好自己的碗，这在劳动量和混乱程度上都有不小的减轻。不过，仍然还是会有人到处乱窜，互相撞在一起，还有人无缘无故地迷失方向，奔窜到不该出现的地方，造成本可避免的淤塞和拥堵。没看清是谁，不小心踩到了掉在地上的粉条，被突然滑倒，啪的一声，仰面朝天地摔倒，同时响起的还有清脆的碗被打碎的声音。相比较而言，油锅前的人算是最少的，只有不多的几个人，一来是油烟味很呛人，最主要的是担心油溅到身上或脸上，更怕一不小心把滚烫的油锅碰翻，再加上警告声也不断地响起。

天上不时地有流星嗖嗖地划过，有人说，看，又一颗贼星。在地上，在这山里，世世代代的人们都把这种转眼就跑得没影的星星叫做贼星，有人目送它远去，但更多的人只顾喝酒，吃饭，说话，头也不抬，不用看也知道它们从不中途停留，更不会下来，来到人们的中间。

趁校长意识还比较清醒的时候，几名老师来向校长敬酒，顺便向校长建议，希望下一年的时候，学校的小农场的规模能够再扩大一些，再向队里多要一点儿地。他们说这话是因为他们每个人都得到了一种实实在在的好处，尝到了小农场带来的甜头，因为除了这次聚餐，每一个老师还又都分到两口袋山药和一桶油，这是大家从来没想到的，对于他们的那些贫穷孱弱的家庭来说，这不止是一次意外的收益与惊喜，更增添了对于未来光景的信心和希望；而对于其中的个别家庭来说，这一次的意外收益，作用更是等同于一剂生活的强心针，或许还不能说是起死回生，但至少有一种慢慢缓过来的感觉。而想当初他们中间还有人对于小农场从心里非常抵触和反对，现在想想是多么的鼠目寸光冥顽不灵。

然而，可是，在这个庆祝丰收的美好的夜晚，校长却表现得郁郁寡欢，心事重重，非但没有像众人那样欢乐，兴奋，忘乎所以，反倒更有一种悲伤无奈的情绪一直在左右着他，控制着他，话很少，酒也喝得很慢，非常的不通畅不痛快。大家就想，校长这是怎么了，这么令人高兴的美好的夜晚，他为啥要这么别扭，非要在一场欢乐的大合唱中释放出他的一声声悲音，像个天生的别种，天生的乱音和不和谐音一样。大家问他，校长就说，像今天这样的情景，是第一次也是最后一次，给大家分山药分油，同样也是第一次，又是最后一次。众人顿时就都愣住了，吃饭的喝酒的都停下了手里的动作，一齐看着校长。校长就说，他已接到通知，每个学校的小农场，就办今年这一年，明年就不让再办了，所以很多事情就都成为既是第一次也是最后一次了。大家一听就炸了，纷纷询问是什么原因，为什么。校长说不让办就是不让办了，那还能有什么原因，就像当初让办一样，一个道理。又有人问，那，那块地怎么办？校长说，把你愁的，那还不好办，咋来的再咋回去，再还给人家队里。校长这话让大家一瞬间就都凉了，时间流逝，向着夜深处徐徐滑行，夜凉如水，大家的心里比夜凉更凉，刚才还亢奋高涨的热情顿时冷却了下来。人心里不痛快，就容易喝醉，一喝就醉，很快，就有人喝醉了，喝的都是一样的酒，但喝醉的方式却各有不同，有的慢慢地从凳子上出溜到地上，甚至顺手把离他最近的盘子连带着捎带下去，一转眼凳子上就没人了，更有人直接嗵的一声倒下，发出鬼哭狼嚎般的声音。

这个深秋的夜晚，耗子他妈站在院里，仰望着院墙上面的人影纷乱的学校，也注意着从更高的天上一路斜着滑过的贼星，那贼星又像抹了油一样一路跑得飞快，很多年，她最担心的就是哪一天某一颗贼星一头栽下来，掉到自家的院子里来，她常想，真要是发生了那样的事，他们这一家人可能也就完了。又常想，如果能像轰鸟一样把它轰走，即使把两条胳膊都挥断了她也愿意。不过她又觉得，那样的东西，靠人力是挡不住也轰不走的，别说她这么一个女人，所有的人加起来可能也没用。学校里人声滚沸，酒气冲天，喧闹的情景胜过任何一次过年，学校里所有的老师和学生都在欢乐无比地吃饭，那其中就有她的耗娃，她的耗娃当然也是他们那中间的一分子，当然也就在聚餐的人群里。实实在在地说，就是因为有耗娃在他们中间，所以她对那一浪一浪的不断地从上面流泻到她院子里来的绵长浓郁的酒气以及嗡嗡隆隆的人声不再感到厌烦和恨恼，相反却头一次觉得酒气原来也并不那么难闻,这时候她忽然觉得,要是给所有的气味排一个队,酒味不应该排在靠后,应该再往前挪一挪。房檐上的草有的直直地站着,有的摇晃着,弯下腰,她在心里问自己,要是她的耗娃不在那里面,她还会继续烦恶那乱哄哄的人声和呛人的酒味么,她觉得恐怕还是会的,十有八九是会的。

有一阵儿,她忽然屏住呼吸,仔细地谛听,睁大眼睛朝门口那里看着,同时又站在房檐下不动声色地用两个眼角的余光慢慢地向两边瞭着,凭着一种说不清的感觉,凭着在这个院子里几十年朝夕相处的经验和熟知的程度,她觉得银焕好像回来了,正在院子里四处飘走,一捆看不见的干草一样轻飘飘地没有任何分量地飘来荡去。于是她对着空荡荡的院子说,去,回你该回的地方去。说完这话以后,她立刻感到先前那种飘来飘去的东西停止了,或者说没有了,她觉得他是听懂了,把她的话听进去了,街门静悄悄地关着,墙边的榆树李子树也没声音,院子里变得更加空荡,寂静。这以后,她从房檐下离开,走到院子中间,抬头看见黑魆魆的房顶以及房顶上那些丝丝缕缕的乱草,接着又朝院子里的各处看了一遍,用一种责备的口气,用她那永远都凄凄切切的声音说,一没事就回来了,我们还得过呢,我们也要活呢。

院子里只有她的声音,再没有别的声音。

她的眼前闪过一个情景:听见她这么说,银焕的魂儿羞愧地捂着脸,从门缝里出去了。

海王山上的那个大姥姥,这会儿还活着么?

还活得哩。两个老东西,每天弯腰驼背地面对面坐着,就剩下咳啾，气喘了，炕上放着旱烟笸箩，痰钵子，地上放着拐棍，鞋溜子，喜鹊，乌鸦，黑压压的，落了一墙头，一院子。

您这说得，好像它们都在等着吃他们的肉呢。

大姥爷当年也威风过哩，人五人六的，披着大衣，手一挥：把那个谁谁谁，捆起来，送到公社去。

杜林笔记

听闻谷正楼的蛋叫人割了一个,我忍不住笑出了声。

哈哈哈哈哈哈哈哈哈……

据知情人士——薛九成的小舅子丁四宝说,姓谷的明明是下面出了问题,可是那家伙却声东击西,故意掩人耳目地在上头做文章,把一个耳朵用纱布包了起来,让人以为他的耳朵发了炎,后来竟又说是耳朵上长了一个疖子。疖子不疖子的其实没有人关心,他要说他的眼睛瞎了,那也没有办法,他非要那么说,谁能有什么办法,反正就他身上那几个零件,他想说什么就让他说去,只能由他说,本来手疼,他非要说头疼,你能有啥办法,谁也管不了。

丁四宝说,你看看他走路,两条腿一拧一拧的,那能是耳朵疼?那能是耳朵的问题?

第二十四章

我们生活的年代,蔚蓝的天倒映在清澈的粥里

看见他披着干净的外衣,一个耳朵用纱布包着,雪白的纱布,十分显眼,人还离得很远,远远地就先看见那个引人注目的雪白的耳朵了,所以好多人见了都会问一句,问他咋了,他说长了个疖子,问的人立刻就不再吃惊,也不再关心,转身走开。他从心里感激这样的人,谁说冷漠、漠不关心不好,有时候不仅很好,而且非常有必要,非常的善解人意懂得人心呢,没那么多废话,不拖泥带水,不黏黏呆呆地没有一点儿眼色地闹住一个事情说个没完。没有人知道他经历了什么,大家都以为他就只是耳朵上长了一个疖子,疖子粉刺谁又没长过呢,人家自己说长了个疖子,你非说不是,非要深里怀疑,探究?那么无聊的人永远都是少数。不过身边的几个常见面的人却教他头疼,厌恶,因为他们还是会格外明显地把他当成是一个有伤在身的人,甚至病人。副支书薛九成对他说,明天去南湾,你耳朵疼,你就不要去了。他一听就冒了火,说走路是用腿走,又不是用耳朵走,你平时都是用耳朵走路么。把薛九成说得愣了好半天,说我是一片好心,他哼了一声。他就怕他们把他耳朵这个事专门凸显出来,但是他们好像还就是要专门强调,专门凸显出来,放在最显眼的第一位说,越摸索越大,越强调越醒目。另外,薛九成的话说得也神头鬼脸的,很有那么一点阴阳怪气的味道,给他的感觉似乎他真的知道点儿什

么,只是不好意思当面说出来,他知道什么,知道个狗屁,知道他妈个x!虚虚实实,半吞半吐,虚情假意,居心不良,想从他身上诈出点儿什么倒最有可能。面对他们的狼子野心,面对几十年来一批又一批人的狼子野心,他从来都得仔细防着,永远醒着,别的人可以死猪一样昏天黑地地睡着,他不行,也更不能,表面上两个眼睛都是闭着的,实际其中一只始终睁着,而且睡一会儿就得起来看看,听听,很难说什么就变了呢。一觉醒来,谁知道会发生什么,没有人知道,更没有人能猜中,人能做的只有面对和接受。

在雪白的纱布还没有从他的耳朵上拆除的那些日子里,她好像一共见过他两回,两回都没说话,既不是生人又不像熟人的那种感觉,像是有一种又黑又硬的木桩子在他们的中间钉着,细一看,发现又黑又硬的木桩子上既有断开的白色的尖利的戗茬,却又奇怪地早已朽坏,糟烂,上面全是一条一条的多年风雨剥蚀后的干枯空心的纹路,证明他们之间的关系有历史,有历程,却又短又飘忽,中间有的地方好像还生了蛆,蛆虫都活着,黑末末一样细碎纷乱地爬着,窜着,又豆芽一样苍白脆弱地蠕动着。人与人的关系,男女之间的关系,生了蛆,蛆虫纷涌强劲地在其中乱爬乱窜,那还能再好起来么?她不敢再往下看了。

第一回是在西山下李海明家的院子外面,李海明用一把剃头刀杀了自己,很多人都去看,她也没敢进去看,只是站在人群外面听人们说话。她没想到会在李海明的院子外面碰到他,他一个耳朵上包着雪白显眼的纱布,从停放李海明的一间房子里出来,忽然也看见了她,但只是脸色阴沉地朝她扫了一眼,她当时就感觉他的眼神很像一把坚硬的扫帚,很坚硬扎人地横扫过来,很快又把她远远地扫走,扫帚所经过的地方,就像扫在严冬的冰面上,没有扬起灰尘却寒气袭人。人声嘈杂，人们打听着猜测着李海明的死因，太细太具体的原因谁也不清楚，大的原因肯定是不想活了，又都说好好的咋就不想活了呢，可有那些真正悲惨恓惶的人，在别人看来活得其实一点儿意义也没有，那也没想过要去死，反而十分顽强地死皮赖脸地坚持活着，病了还要积极地想办法打针吃药，没办法也就算了，自己扛两天，只要有条件有可能，就会去找医生，碰上医生不在家，虽然发着烧，仍然耐心地坐在医生的门口等他回来，那是一种什么精神？打一针喂，给咱们也打一针喂，没病谁想打……那是谁在说话，谁在恳求，就是众多悲惨的人中的某一个。很多人都见过，有一个常年要饭的名叫胡讨吃的老头，坐在常建民医生家门外的石头上，拄着棍子，早早地自觉地提前把裤带解开，等着常建民医生出来给他打针。咱们先给人家把准备工作做好，别等人家出来再解。就在临街的家门外，鸡走着，狗叫着，马车辚辚轧轧地走过，过来过去的人们都看见胡讨吃侧卧在一块大石头上，裤子褪下一点点，常建民医生就在他露出来的地方给他打了一针。看见的人都惊呼，完全没想到呀，一个常年走东窜西讨吃要饭的，后臀竟然也白生生的，原以为肯定也像他的脸一样脏污抹黑，没想到可比他的脸干净多了，就连见多识广的常医生也没想到，一边往进打针，一边狠狠地觉得不可思议地吃了一惊，这家伙，真的还他妈挺白，真没看出来呢，真是知人知面……

　　大家嗡嗡嘤嘤地议论着，不过李海明到底遇到了什么过不去的事，仍然不知道。看到他那样，看到他阴沉沉的脸色，看到他雪白的耳朵，她在心里对自己说，毫无疑问，他一定还记着那天黑夜的事，心里也一定积聚着化不开的仇怨，耳朵上的纱布还没拿掉，怎么能那么快就忘了呢。

　　那是第一回。第二回是在饲养场，事后她一边回想反省，一边狠狠地批判自己，你一个女人家，跑到饲养场去干什么，饲养场那种地方是你应该去的么？是一个女人应该去的么？事实上也不怨她，因为她并不是专门去饲养场，只是打那里路过，十几亩地大的饲养场，里面有很多条人们平时踩出的路，好多人平时都从那些路上经过，再加上一南一北还有两口井，两个井台上时常有人在绞水，上面的学校里更每天都有学生们下来抬水，井台上的辘轳时常哗哗地转着，嘎达嘎达地响着。地上本没有路，走的人多了，就成了路，饲养场里面的那些乱纷纷的横一条竖一道的路就属于典型的那种路。就是在那里，距离其中一个井台不远处，她第二次碰见了他，他正和几个人说话，一匹枣红马被他们围在中间。他一只耳朵雪白，一只耳朵红紫，又是冷冷地扫了她一眼，眼神里仍满是深深的仇怨和恨恼，说不定还有别的，她一下没看出来或者还没来得及看出来，不过差不多可以肯定的是，那些仇怨和恨恼都是专门发射给她的，是专门让她看见并感知到的，与其他人无关，甚至看着那匹枣红色的马时，眼神也并不像刀子。她快速地从饲养场中间的那条路上走过，对自己的检查和批判也正是从那个时候开始的，要是早知道他在这里，她宁可从外面绕远，多绕上一里二里，甚至更多，也绝不会贪图近便从饲养场穿过。她边走边想，她得罪他了么，她又并没有得罪他，为啥那么恨恨的，黑凶凶的，再连一句话甚至一个字也没有，这让她的心里烦懑翻滚，乌云密布，一个人心不在焉地走着，只顾来来回回忽忽癔癔地翻腾那些事情，一路上再什么也没有看见。

婆婆摩拳擦掌，很积极地要去胡四圪台看戏，还特意找出一件浆洗过后的硬铮铮的斜襟的衣裳穿上，过来问她好不好看，她看了一眼，说好看。其实一般，那种衣裳，能有多好看，又怎么可能很好看，不过人家穿的人自己觉得好不就行了么，别人觉得好不好那完全又是另一回事了。婆婆自己兴致勃勃地要去看戏，就想当然地以为别人都和她的心情一样，以为她也要去，她也想去，后来一问才知道她并不去，婆婆就吃惊得半天反应不过来，问她为啥不去，她说不想去。婆婆就说，又咋了，又哪儿不高兴了。她说没有不高兴，就是不想去。不想去，这难道也能算是一个原因么，这叫啥理由，婆婆觉得无论如何也不能算，一定还有别的原因，光是不想去，这能说得通么，完全说不通，为啥不想去，那才是真正的原因。她说，那么远，走不动。婆婆就说，我都能走动，你走不动？就在她不知该用什么理由让自己解放，同时也能让婆婆轻松出发上路的时候，救命的事情终于来了，几个早已和婆婆约好了一同去胡四圪台看戏的老太婆找上门来，来叫婆婆，这以后，婆婆就和她们一起走了。她们当天黑夜不回来，要在那里住一黑夜，听婆婆说要住在其中一个老太婆的妹妹家里，第二天才回来。

婆婆一走，她顿时觉得眼前的天地哗地一下开阔了不少，甚至逐渐地变得越来越辽阔，很多东西唰唰地后退着，又有很多东西飞奔着往前去，世界辽阔得让她有些激动和呆傻，看见远处亮闪闪的河水和横斜着的树木，还有更远处青蓝色的虚渺的布景一样的山。

晚上做好饭以后，她去后院叫公公来吃饭，想婆婆不在家，公公一个人肯定还没吃饭，没想到一进门才知道老头子已经自己做好了饭，糊糊沌沌的半锅，也没看清是啥饭。公公让她回去和两个孩子吃，说他一个人没问题。公公是一个不愿意给别人添麻烦的人，更怕成为别人的负担和累赘，过年过节，有时亲戚们叫吃饭都从来不去。在队里干活儿也是，不喜欢和众人一起干，更愿意一个人在山里出没，上山，下沟，对天高地远的野地比对鸡飞狗叫的村里更熟悉，一回到村里就觉得浑身不自在，像是长了刺，一到了野外顿时就有了劲，精神也倍增，常有打牲的向他问路，问地形地貌，讨询一些相关的事情。公公有一回对她和老赵说，你们两口子不用担心，我不会变成你们的累赘，我是个野惯了的人，这会儿能走能动，啥时候不能动了，也不会拖累你们，我会自己解决了。老赵说，看您这老汉，说得这叫啥话，那还能不管。公公说，啥话，真话，实话，叫别人伺候好受么，不好受，你们不嫌难受，我还嫌难受呢。躺在炕上，叫别人喂饭给你，人家喂一口，吃一口，有人就能吃下去，我不行。

墙头上的那些碎玻璃，哨兵一样站着，那么多的哨兵，密集地一声不响地站着，东边的一路静悄悄地排过来，一个一个地往下传，谁也不许说话，更不许闹出其他声音或动静，然后与南边的接住，南边的再与西边的汇合，夜色太深太黑，手就不握了。有时幽暗的光亮一闪，你以为那是啥，灯光或者月光，不，当然不是，当然是刺刀的刀尖晃动了一下，站得太久太累了就会稍微活动一下脖子或膝盖，会尽力调整一下姿势，也是情理之中的事，不是么；更何况，稍微活动一下，不影响姿势地调整一下，也是为了接下去能站得更直更好，不是么。

半晌午，美琳来找她，原来有人给美琳娘家那边的一个表妹介绍了一个对象，表妹是美琳舅舅的女儿，介绍的这个对象却正是她们现在所在的这个村里的一个叫杜林的后生，一个村里住了这么多年，美琳说她竟然好像从来没见过这个叫杜林的后生。美琳问她见过没有，她就使劲地想，觉得似乎在哪见过，却又觉得更好像也没见过，因为要说见过，却又完全想不起是个啥样的人，一点儿也想不起来，一点儿印象也没有，要是见了面呢，说不定还认识。美琳来叫她，就是想先去看看这个叫杜林的后生，要是不咋好，不满意，美琳就决定自己替舅舅和表妹做主了，放下这门亲事。美琳为啥要这么说，美琳说她自己嫁得这么远，已经够后悔的了，她不想让舅舅的女儿再走她的老路，再多一个自己，自己当年要是也有人像这么给她探路、相看、定夺，说不定她这会儿正生活在另外一个地方呢。美琳来叫她也正是这意思，难得在一个村里，她们先去看看，这其实也是美琳舅舅的意思，舅舅让美琳先去替他和她的表妹看看，也不能叫侦察或者审核，但就是那个意思呢。舅舅相信美琳，不相信美琳还能信谁，自己的外甥女，自然更可靠，总比那些天花乱坠的嘴上抹了油的媒人更叫人放心呢。

她问美琳，今天就去，这会儿就去？

美琳说对。

因为听那个媒人说过两天她就要领着美琳的表妹来相亲了，她们得赶在她来前去看看。

历来媒人的话永远只能听一半信一半，因为他们那种人总是有很多没说出的话藏着掖着，很多话说不说，什么时候说，都取决于各种具体的情景和情况，很像是一根绳子，只露出两头，交给男女双方，而中间的大部分却都团缩隐藏在媒人自己的手里，分别向双方放出多少，多长，也是他说了算。美琳不知道的是，媒人此前曾计划带着那个叫杜林的后生去美琳的舅舅家相亲，却遭到了杜林的拒绝甚至反击，那后生还说了很多难听的话，媒人感到憋气、委屈却又无奈，这才决定亲自带美琳的表妹来相亲。媒人一边积极奔走，在双方之间来回穿梭，有时候也会觉得自己是不是很贱，是不是吃饱了撑的，磨破鞋底，受上各种夹板气，还一直不屈不挠，不过也好像还从来没有到了怀疑到底值不值的地步,这可能也是很多年能够坚持不懈的主要原因。美琳知道这些么?美琳不知道,美琳要是知道这些,那个叫杜林的后生的成色和打分就又会降低很多。不仅美琳不知道,美琳舅舅一家人也更不知道这些,从头到尾,都是媒人一个人从中衡量,计算,穿针引线,修修补补,纫针一样,抹墙一样,堵窟窿一样,把不好看的不能看的地方遮住,抹住,填块石头或泥巴进去,把漏风的黑暗的窟窿堵住,把所有好看的能看的引以为荣的能拿得出手的统统全都摆出来,亮闪闪地亮出来,戳到对方的眼睛里去。脸上有疤,先拿头发遮挡一下,坐着尽量侧脸,头不要抬得太高,头低点儿会认为你是怕羞,不会想到你脸上有疤;一条腿长一条腿短?那最好多坐少站,更不敢无事生非地随便瞎走,一走可就露馅了,等结了婚再露也不迟,还怕没有你露的时候么。

从坡上下来,过了最大的那个井台,走进黑石头巷,两边的黑石头的墙古老又贫穷,时光顿时就像倒退了一千年。一直走到头,又沿着穿心店东边的一条小路继续往北走,河水本来应该是接着往南流的,却不知为啥在这里弯了一下,形成一个直角,就好像一路走累了,临时坐下来歇息一阵,然后才起身继续往南。看见不远处的农神庙的时候,也就看见了杜林他们家,三间石头碹的窑洞,院子的西边即是农神庙高大的东墙,东南两个方向又分别是别人家的西墙和后墙,这样一来,他们自己就连院墙也省了,没有院墙,却有一个被包裹得很严密的院子,当然这也注定他们只能从窑洞的旁边开一个朝北的口子,作为进出院子的大门。

她们进去的时候,看见一个戴着眼镜的后生正趴在一张看上去破旧又稀松的桌子上奋力地写着什么,那即是杜林,她们发现,以前竟也见过,并不是从来没有见过,只是没说过话。有人进来,杜林不停手也不抬头看，继续写着，他写字用的是一支蘸笔，写几下，就把蘸笔伸到旁边的墨水瓶里去蘸一下，接着再写，胳膊稍微一用劲，桌子就前后摇晃，吱吱地叫唤。

她们问杜林，你在写啥哩？

杜林冷笑一下说，没写啥，胡乱画画，磨磨笔尖。

她们其实才不关心他写啥哩，她们主要是想看看他这个人，顺便再看看他们这个家。

杜林斜着眼看了她们一眼，虽然一个村里住着，却素无往来，他不知道这两个莫名其妙的女人来做啥。又一想，女人们，很多时候连她们自己都不知道自己在做什么，别人又怎么能知道，这么一想以后，所以他也就不问了，事实上他压根也没想过要问她们，不想知道她们来做啥，和她们难道有什么好说的么。他往上伸了一下脖子，一种窒息感长期以来紧勒着他，他当然也很知道自己一直生活在庸俗世故的泥淖里，一直被那种东西严严实实地包裹着。

墙上挂着镰刀草帽一类的东西，三间窑洞里的摆设主要以缸为主，这是她和美琳对杜林他们家最粗浅最直接的印象，每一个屋里都摆放着好几口酱色和黑色的大缸，腌菜缸，水缸，放粮食的缸，从外面一进来的时候，整个屋里都是呛人的醋糟的酸味，又酸又呛地迎面朝她们涌来，很快又迅速把她们包围。醋糟和已经淋好的醋就放在中间屋里的两个大缸里，为了省钱，很多人家都是自己酿醋，很多人家都有这种浓厚的酸味，再加上其他的味道，比如煮猪食的味道，腌菜缸的味道，猪食在熬煮的过程中虽然也有一种酸味，不过和醋味却很不一样，那是另一种酸，一种更接近于馊腐的酸味，腌菜缸也是另一种酸味，虽然也都很难闻，不过它们都不如醋味更直接，更广大，站在醋缸前闻一下，马上就会被熏得咳嗽起来。

杜林虽然也早就习惯了各种酸味，它们也从来不能把他怎么样，不过他还是不容许他妈在他住的东窑里煮猪食。杜林一个人霸占着东边的一间窑洞，平时各种味道不断地过来瞄他，看望他，捉弄他，干扰他，有时关上门也不行，他不理它们，假装没看见没闻到也就算了，但是只要他一不在家几天甚至一两天，他妈就会趁机把猪食锅端到他住的东窑里来煮，煮得沸沸滚滚，热气腾腾。杜林从外面回来，肩上的挎包还没放下，就站在窑里先用鼻子闻，鼻子一抽一抽的，很快就闻到还有煮猪食的味道在他的这间窑里生根发芽，余音缭绕，就对他妈说，又在我屋里煮猪食，我说过多少遍了。他妈说，给你生点儿火，怕你回来炕凉。杜林说，生火就生火吧，非要把猪食锅也端进来。他妈说，就让火白白地烧着，那多造孽，那些柴火和炭不就白白地浪费了么。杜林说，炕不是烧热了，那咋能叫白费了。他妈说，明明烧炕也不误再做点别的，为啥不做呢。杜林就说，煮吧，想咋煮就咋煮，煮好了，把猪叫进来坐在板凳上吃也行，把我折磨死了，你们就好了。他妈说，看你说的，我多会儿把猪叫进来坐在板凳上吃过？你以为人家就那么想坐你的板凳，你就是想叫人家坐，人家也不坐呢。

至于叫他出去相亲，则从来不去，每次一叫他去，就对他妈说，要去你去，我是不去。

他妈说，我去也行，我倒是也想去哩，关键是我去了有啥用，我能做了你的主么，我做不了，我要是能做了你的主，我就去，别说去一趟，去十趟去一百趟也行。

杜林说，把两个生人捏合到一起，然后就让他们生孩子，真不知道是谁想出来的这主意。

杜林他妈说，谁不是这样的，自古就这样哩，原来不认得，到一起不就认得了么,我和你爹原来也不认识。要只论认识,谁又能认得几个人,在那不多的几个人里,谁又敢保证就有合适你的。总共就那么几个人,扒拉来扒拉去,也扒拉不出个啥来,你能扒拉出合适你的?

杜林说,你和我爹,你们俩人这一辈子那还不是媒人捏到一起的,你敢说你们有爱情么。

他妈顿时就像被念了咒语,定在原地,眼睛呆呆地看着他,嘴似张似合,半天说不出话。

杜林说,这苦难的人间。

在他平常写字的那张稀松摇晃的破旧的桌子上,还放着两根一拃多长的硬鸡毛,她们不知道,那是杜林的"鹅毛笔",也是他平时写字用的,蘸笔有时候坏了就用它们写,没坏的时候也用,两种笔倒替着用。他爹说,鸡毛还能写字?杜林对他爹说,马克思你知道哇?列宁你知道哇?杜林他爹当过支部委员和一队的队长,经常开会学习,当然知道。杜林说,马克思包括《资本论》在内的所有著作,就是用这种笔写出来的,都是用这种笔写出来的,列宁的也是。听他这么说,他爹像是开了眼,很多年马恩列斯的教导学了那么多,听了那么多,第一次知道他们的著作原来竟是用这种笔写出来的,也第一次知道羽毛也能写字,从此也就不再感到奇怪不解,不再问了。在这以前,他一直觉得自己这个儿子神神道道,忽风忽雨的,不那么平稳平常,总担心他一个人瞎鼓捣,就怕他一不小心走歪了,走上邪路。支书谷正楼有一次对他说,老杜,你那个儿子,要想办法管一管呢,不管可能会出问题呢,我和他说话,他拿白眼翻我,听人说背地里还管我叫土皇帝,我是土皇帝么。他爹一边给大掌柜的赔不是,一边说,我回去问问他,我回去说说他。谷正楼说,我就知道不是你的意思，我了解你。我就奇怪了，我就想不明白了，你说你们两口子那么老实，两个实实在在的老实圪蛋，咋就生出那么一个儿子。他爹嗫嗫嚅嚅，有太多想不明白的事情，这也是其中之一，咋是这样呢，难道是串种了，不能呀，不应该呀。你说人家谷正楼是土皇帝了？人家可都知道了，啥也知道了，以后可不敢那么说。他不是么，我是在胡说他么？是也不能说，别人说别人说去，咱们别说。一辈子受压迫，说还不能说一句。咱们不都在人家手里攥着哩么，你以为你是谁。我是我。东窑一进门的门框上吊着一个酒盅那么大的铜铃铛，一根细绳子拉到外面，家人谁要进来，一拉那根绳子，里面的铃铛就叮铃铃地响了。铃铛当然是杜林自己吊上去的，办法当然也是他本人想出来的。每天饭好了叫他出来吃饭，他妈也是动一下那根绳子，人不进去，也不用反复地一遍一遍地惹他烦恶地喊他，叫他。一开始的时候他妈还觉得挺别扭，总是记不住，后来习惯了以后发现非常的好，非常的方便和万能，又实用又省事，站在外面，手指动一动那根绳子就行了，也不用专门进去看他那张冰冷的任何时候都很少有笑容的青白脸。当然更多的时候是不用叫他的，因为他从外面劳动回来，也往往总是到了该吃饭的时候了。

她们在三间窑洞里走着，看着，从东窑走到西窑，又从西窑转到东窑，从那两个大缸里冒出来的醋糟和醋的酸味不断地熏染着她们，冲击着她们，又数中间的这个窑里最酸，光线也最暗，全靠门外那点自然光照亮，门要是关上，里面就黑的像一个晚上，没灯啥也看不见。

从杜林他们家出来以后，美琳说，好像有点儿不太正常呢。她也说是有点儿。说到那个叫杜林的后生，她们俩人竟同时都用手指了指各自的太阳穴，都觉得杜林的脑子好像不那么正常呢，还有一点儿疯疯癫癫不通人情的味道，说话，做事，也都枪一样硬邦邦直挺挺的，冲着人就过来了。他会小心婉转地说话么，她们觉得他不会，还觉得就算他都懂得，好像也就是不想那么说，就不愿意那么做，这么一个驴一样的后生，又能听谁的话呢，谁又能管得了他呢。她对美琳说，你们这个妹夫，和别的人不一样呢，将来……美琳说，谁说他是我们的妹夫，影也没有呢，我看不行。看他那样儿，说不定他还不一定愿意呢，他愿意了，我们还不一定愿意呢。说是这么说，可是美琳又有点儿担心表妹要是见了杜林，又说不定很愿意呢，那也很难说。像古时候那种大门不出二门不迈的小姐，一年也难得见个生人，墙头外忽然看见个人影，也不管是人是鬼，就心跳加快，头脑发昏，私自订了终身，爹娘要是阻拦，悲剧就立即展开，美琳觉得她的表妹好像就有点儿那种意思呢，要把舅舅气死呢。她们沿着来时的路往回走，见一片高大的杨树形成的一片疏朗自然的树林，有白瘦的山羊在其中吃草，跳跃。河边的蒲草有的有一人多高，众多纯净的毛茸茸的棕黄色的蒲棒精神抖擞地向上举着，摇晃着，看着它们摇晃碰撞的样子，会觉得似乎还有丁零咣啷的响声不断地传来，实际当然没有响声，蒲棒怎么会发出响声，只是她们觉得好像听见了扑棱扑棱的响声。

今天碰见那个叫来福的人，他说舅舅提拔了，被任命为仄愣公社仄愣大队的大队长。

这是多会儿的事？

他说没几天，好像就是最近的事。

这一下，说不定苏凤英又要回头了，听见自己的男人出息了一点儿，她能不回头？她是那种一心盼望自己的男人能当个一官半职的人，当然当得越大越好，大的当不上，小的也行。

总觉得她自己比周围的女人高出一大截，和谁说话，嘴都一撇一撇的，她高，别人低。

她娘家哥哥，是圪獠大队的主任，她就觉得她男人也必须得是个啥，要不是就配不上她。

她要是回去了，您回去见她么？

我不想见她。他们的光景他们自己过，我也管不了那么多。

您也不管舅舅了么？

他都那么大的人了，胡子拉碴的，我咋管。我是他妈，可是那又能咋的，还能像小时候那样走哪儿抱哪儿，哄他，给他吃奶么。

杜林笔记

月亮早已升起，伍会元还没有回来。

月亮升到了中天，伍会元仍然没有回来。

月亮开始西斜。霍琪老师说，不回来了。

一个多月前，霍琪老师托人捎话给我，让我赶快去一趟县里找他，我去了以后才知道原来是成立了一个写作组，霍琪老师也被吸收在里面，担任第三也可能是第四副组长，组长让他们每个人再推荐一两个人，加入进来，担负撰写任务。霍琪老师第一个就想到了我，所以托人捎话让我赶来，分配给我的任务是写出本县地主刘万鼎的斑斑劣迹和罄竹难书的罪行。

我们十几个人住在北门外一处荒败废弃的院子里，那里原先是一个旧旅社，已经多年不用，院子里荒草凄凄，最高的荒草比一个人还要高，常有野兔和蛇出没，甚至还有人看见过美丽高挑的野鸡。有一天我们正在屋里，一条蛇从屋檐上面垂下来，像传说中的那种飞檐走壁的夜行者一样，倒挂金钩，一双阴鸷的眼睛透过门上方的玻璃，看着里面的人，众人都吓了一跳，出去看时，蛇迅速撤走，折叠着上房，顺着房顶上的瓦缝和荒草唰唰地消失了。

吃饭却稍微费事一些，每天来回六趟，要穿过一整条街，然后再折向东街，去坐落在那里的招待所搭伙，吃完饭以后再顺着原路返回，每人每天要交纳四角钱以及一斤二两粮票。谭组长告诉大家说，正在为大家争取补助，报告要是能批下来，以后就不用大家交钱了。

包括组长在内，组里的每一个人都有各自的写作任务，霍琪老师作为其中一名不甚重要的副组长，当然也更不能例外，霍琪老师的主要任务是揭露东汉第一个皇帝刘秀的罪行。王莽新朝末年，人民水深火热，民不聊生，各地农民起义风起云涌，声势浩大，但是最终摘取、窃取了农民起义胜利果实，登上历史舞台的，却是以刘秀为代表的封建地主阶级。

刘秀窃取了广大劳动人民的胜利果实，成为东汉的开国皇帝，每次一想到这个结果时，我们组里的人都感到完全不能接受，尤其谭组长，更是吃饭都不香，心绪难平，义愤填膺。

我要编写的刘万鼎是本县呼左一带的地主，人虽然早在十几年前就已经死了，不过用我们谭组长的话说，人死了，可是罪恶并没有死。这就是我们要挖掘他的意义所在。

据可靠消息以及部分同时代人的记忆，为了牟取更多的暴利，刘万鼎在解放前种植过大量的洋烟，也就是罂粟，这即是他的罪恶之一。为了更准确起见，我请教霍琪老师关于刘万鼎的洋烟种植面积，写多少亩比较合适。霍琪老师想了一会儿以后说，说是大量，肯定不是一两亩，三五亩，我估计怎么也得有二三十亩，三四十亩。听了霍琪老师的回答，我决定在霍琪老师分析的基础上，用"数十亩"来解决这个问题。但是，没想到谭组长知道这件事情以后，把我们狠狠地批评了一通，当然谭组长首先批评的是霍琪老师，主要批评的也是霍琪老师，说实在的，我还够不上被谭组长批评。通过这件事，我第一次知道原来挨批也是有级别有资格的，并不是你想挨批就能挨批的，领导批评你，骂你，训斥你，说明你已经到了一定的位置上，具有了一定的高度和容量，能够完全地接受那些批评了，就像排水渠接受流水，就像烟筒接受烟一样，为什么不随便逮住一只流浪狗进行严厉的批评和训斥，为什么不指着一个讨吃要饭的鼻子骂，这就是其中的道理和最好的证明。我觉得更像是礼不下庶人。

谭组长对霍琪老师说的第一句话是，好多天了，我越看你越像个用小脚走路的女人。

谭组长对霍琪老师说，同志，我的同志哥，不要做小脚女人，用那么小的脚走路，你不难受么，你能走得稳么？为什么不能胆子再大一点，思想再解放一点，你怎么敢肯定他只种了二三十亩，他告诉你的，还是说你亲自丈量过？二三十亩能挣到什么钱，对于万恶的地主阶级来说，那是远远不够的，种一万亩也仍然嫌少，觉得不够，要知道贪婪才是他们的本性。

关于地主刘万鼎种植洋烟的面积，谭组长最后一锤定音：最少一千亩。

有了上级给出的尺度和具体的面积，于是我写道：资本的每一个毛孔里都流着肮脏的血。在整个呼左呼右的大片的梁地和平川里，原来的谷地麦地全部种上了洋烟，成千上万亩洋烟星罗棋布，广袤遍野，一眼望不到边。到了每年开花的季节，整个呼左呼右的山地平川，七星河两岸，到处都开满了美丽而邪恶的罂粟花，蜜蜂来了，蝴蝶来了，乡间的懒汉也来了。

第一稿交上去，谭组长在"美丽"一词上面用红笔打了大大的愤怒而强烈的叉，并在旁边批注：美丽，对于有毒的事物，又事关剥削阶级，能这样说么？是在替谁抹粉？用词不当！

霍琪老师把打回来的部分退还给我，对我说，再好好改一改。

霍老师同时还传达了谭组长的原话：你面对的是一个万恶的地主呀，你能用这样的词？

我把"美丽"改成"艳丽",一鼓作气,顺便又将"邪恶"改成"罪恶",一下就通过了。

不仅顺利通过,还意外得到了谭组长的称赞,谭组长说"艳丽"一词好,一下就让这个原来很普通的词,成为一个像邪恶和罪恶一样的贬义词,很好,罪恶感和阶级性都出来了。

霍琪老师私下对我说,你这一脚踢得不错,除了比他大的领导,谭部长一般很少夸谁。

我接着写道:在艳丽而罪恶的罂粟花盛开的那些日子里,尤其是洋烟快要成熟的那些日子里,在临近洋烟地的几乎每一条路上,万恶的刘万鼎都设置了一个又一个的关卡,向过往的行人收取钱物,少至几个铜钱,多至二斤豆子,甚至一只鸡,一只羊。为什么从洋烟地旁边路过不能白?因为他有一千个理由相信你从他的洋烟地旁边经过,不可能捏住鼻子不呼吸,不喘气,只要你是个正常的一直还在出气进气的人,你就已经不花钱白吸了他太多的洋烟,除非你不是人,不需要呼吸。不是人就不需要呼吸么?人以外的猫狗牛马,飞禽走兽,更包括众多的花草树木,又有哪一个不需要呼吸,只要你是一个生命,谁也无法做到不呼吸,这即是他设置路卡,对过往行人进行盘剥的唯一理由,很多人家遭此盘剥,很快陷入赤贫。

我继续写道:在离村子大约十几里的一个地方,有一条沟,原来叫柳树沟,后来被当地的人们叫作死人沟,最直接的原因就是被刘万鼎打死、逼死的人,都被扔到了那条沟里,喂狼或者腐烂。无数个北风呼啸的深夜或者赤日炎炎的正午,在通往死人沟的那条路上,常有鬼魅般的黑影急急地奔走,那就是又有人被打死或者逼死了,正在去往死人沟的路上。

我们的组里有一个叫伍会元的,他家好像就是现在的呼左公社那一带的。

　　伍会元惊恐万状地从外面走进来，惊魂不定地看着别人，后来又魂飞魄散地走了出去。

　　穿过两条街去招待所食堂吃饭，伍会元也常走得跌跌撞撞，有一次竟撞到树上，前额上撞起一个又鼓又大的血包。平时在旧旅社里撰写材料的时候，伍会元也是常常每隔十几分钟就要跑出去上一次厕所，因为他总是觉得憋不住尿，他也常为此感到羞臊而难为情。每当看见别人提着暖壶往杯子里倒水，一听到哗哗的水声，他也会立即有反应，小腹憋痛，肿胀。

　　某一天，不知是通过什么渠道，大家听说死去的地主刘万鼎竟然是伍会元的三姥爷。

　　晚上，吃过晚饭，还没有开始加班之前，几个人在荒草前站着，"臭牡丹"和"大出气"都开了花，蝙蝠在门前和房檐上下扑扑地飞着，野猫的眼睛在草丛里放着黄色的电，外面很远的地方有打铁的声音响着。伍会元忽然说要出去买烟，然后就一个人出了旧旅社的大门。

　　月亮早已升起，伍会元还没有回来。

　　月亮升到了中天，伍会元仍然没有回来。

　　月亮开始西斜的时候，霍琪老师说，不回来了。

　　就像霍琪老师说的一样，伍会元那天晚上出去后就再没有回来，我们从此也再没见过他。

　　有人后来回忆起来，当天晚上吃饭的时候，伍会元端着饭碗一直发呆。另外，他不抽烟。

第二十五章

杜林的"鹅毛笔"·荷锄独彷徨

杜林把一个纸盒子挂在屋里一扇门的上方,然后去十六坰放马,十六坰是一大片地,在北山脚下,距离村里有四五里路。到了十六坰,马在一边吃草,杜林坐在长满了紫绿色水稗子的圪楞上,拿出另一个纸盒子。不一会儿,家里门上面的那个纸盒子发出一阵吱吱啦啦的声音,那时候杜林他妈正在做饭,捏窝头,忽然听见屋里传来一阵乱嘈嘈的响声,她吃了一惊,乍着两只面手屋里屋外到处找,一开始不知道那声音是从哪儿来的,看了半天才觉得最有可能是从门上面那个纸盒子里出来的。就在她不知道是怎么回事的时候,眼前忽然响起了杜林的声音,虽然不知道他人在哪儿,但是声音肯定是对的,就是她儿子杜林的声音。

杜林对他妈说,妈,听见我说话了么?

他妈说,听见了,你在哪儿?

杜林说,我在十六坰。

他妈说,鬼说哇,又哄你妈,十六坰那么远,你在那儿说话,我在家咋能听见。

杜林说,你这不就是听见了么,你要是没听见,咱们之间哪能说上话。

他妈说,我不信,你肯定不在十六坰,还不知道在哪儿藏着呢。

他妈边说边往门外看,外面没有人,屋里也只有她一个人,她觉得家里能藏人的地方她都看了,都没有,甚至就连几个缸的后面也看了一遍,原以为他一准是在缸后面或者哪两个缸之间藏着,蹲着,以前就在缸后面和两口缸之间藏过,很快发现也没有。后来又抬起头往房梁上看,以为杜林藏在哪根房梁上,她知道她这个儿子,啥没影的事也能做出来呢,别的人做不出来的他也能做出来,另外脾气还驴一样,谁也不尿,她和他爹实在也都拿他没办法。

纸盒子里面传来杜林的叹息声,同时好像还有野地里的风声,呼啦呼啦的风声,只有野地里才会有那样的风声,她当然也能听得出来,可是这怎么可能是真的,她无论如何也不信,她相信杜林就在离她不远的哪个地方藏着,有一年他睡在窑顶上,而他们还以为他去了代云。

他妈说,快出来吧,别吓唬你妈了。

杜林说,不是告诉你了么,我在十六垧。

听见锅里嘭地响了一声,他妈举着两只面手往过跑,锅里的水干了,他妈边跑边说,锅也干了,我不管你了。

在她跑的过程中,她听见杜林在门楣上方那个小小的纸盒子里面哈哈大笑。

在另一个有些凄凉寂静的黄昏里,眼睁睁地看着云彩从白棉花的样子变成黄沙子的样子,一堆一堆的黄沙子堆在天上,很像是世道一样呢,杜林吃惊地看着,长久地望着,空荡荡的树篱边只有他一个人。后来他低下头去揉搓了一会儿裤子上的泥巴,又从袖子里捉住一只"黑马爷"扔了出去,等他再抬起头时,发现先前一堆一堆的黄沙子已经不见了,还在原来的那个地方,出现了一片一片的粉红色,小的像花瓣，大的有席子那么大，最大的是山脉的形状，长长地蜿蜒着，起伏着。世上有粉红色的山么，也说不定就有呢，什么都有可能呢。

回家的路上，他碰到他从前的老师，老师刚从公社卫生院回来，手里提着三个黄色的草纸包，用一根纸绳子捆着，穿着，里面包着三副草药。老师虽然病病歪歪的，但是见到杜林，仍然很关心他的前途，所以一见面首先就问杜林这几年在做啥。杜林对老师说，我要写尽这人世间的荒凉。老师听了，黑黄枯瘦的脸上顿时显露出一片惊慌惊骇之色，老师吭吭地艰难困苦地咳嗽了几声，咳出一阵拖泥带水的后鼻音，然后又用一种听上去十分干涩又软弱的声音对杜林说，可不敢耍愣，白纸黑字的事情，能不做就不做。看见杜林半天没吭气，眼睛看着地上，老师就想是不是自己的话说得重了点儿，吓着他了，或者惹他不高兴了，就又说，要写你就先向广播站投稿，先公社后县里，先写写身边的好人好事，英雄人物。杜林翻了一会儿白眼，脸上冷冷的沉沉的，歪着头问老师，那您能不能告诉我，咱们身边谁是您说的那种人？我去找找他。老师听了，即刻张口结舌，半晌再没说话，好像忘了该说什么。

杜林看见老师手里提着的纸包，问老师吃的是啥药，老师似乎还没有从前面的闪失中缓过神来，又仿佛汲取了前车之鉴，就淡淡地说总是咳嗽，气短，一躺下以后气就上不来。

果然，已经五六月了，可是老师的腿上还穿着臃肿拖沓的棉裤，纵是那样，也还是不敢随便往地上坐，怕着凉。老师找来两根胳膊粗细的带树皮的木棒，并排着放在一起，老师就坐在那两根木棒上面，一顶软塌塌的蓝布帽子戴在他的头上，帽子的边缘部分洇着灰尘和汗渍，汗渍有黑有白，黑的部分像一些脏污的手印，白的部分是圆圈，还有的是月牙的形状，云朵的样子，除了那些，灰蓝色的帽圈上还露出几处开裂的地方和白白的线头，好几个线头耷拉出来，白虫子一样软软地趴在老师的头上。老师坐下后，用手抹了一下鼻涕，杜林看了老师一眼，忽然心里酸了一下，觉得老师很可怜。想当年……想当年老师好像也没怎么意气风发过，上课打比喻，老拿吃饭或者吃的东西举例说明，说"品"字像什么，像不像三块点心摆在一个盘里？把四则混合运算比喻成一锅和子饭，说里面有软有硬，有稠有稀。老师啊。

老师后来又问杜林，听说你还发明出了收音机？

杜林说，您别听人们瞎说，我哪能发明出那东西。

又说，那得技术，我要是能发明出收音机，那人家收音机厂的工人们该做啥去。

老师说，那是啥机器？

杜林说，啥也不是，我瞎害哩。

老师说，你们是早上八九点钟的太阳……

杜林说，您最早的时候也是。

夏天的午后，赤日炎炎，迷迷糊糊地起来，喝一碗他妈给他准备的凉凉的发黄却又有些偏黑的酸汤，杜林就像被注入了新鲜血液或别的什么强力的东西，萎靡退去，迷糊走远，整个人开始逐渐清醒，逐渐变得精神抖擞，这样的状态，一直到后半夜还不瞌睡。月亮升起来的时候，他有时会把雨衣铺在窑洞顶上，平躺在上面，吹着夜里的凉风，看星星，看月亮，或者脸朝下趴着，就着马灯，看一本什么书。那时候，不时地有狗叫声从黑暗中的村子里传来，有的狗好像看见了什么东西，受到了惊吓一样蝎蝎螫螫地惊叫着。风中送来野花野草的香气，苦苣金盏花和矢车菊的苦味，甚至还有迷魂草的酸味，风向要是变了的时候，刮东南风的时候，还会送来饲养场里骡马的气味以及牛粪马粪的气味，那时候，山外的世界也不再存在，什么县里，地区，还有远处的高城，云城，统统消失不见，全都湮没在茫茫的黑夜里。

从五灯他们家的院子里往下看，垂直地看下去，能看到翟小伟他们家的院子，当然这个过程中间还夹着刘顺心一家，如果站在刘顺心他们院子里看翟小伟他们院子里的情形，要比五灯他们家看得更近，更清楚，因为刘顺心他们简直就好像生活在翟小伟他们一家人的头上，刘顺心家要是淋一点儿水下去，正好翟小伟他们院子里有人，那是能够准准地淋到他们谁的头上或者脸上的，要是从五灯他们的院子里淋一点儿水下去，就不一定有那么准确了，还是距离的问题。刘顺心他们的院子在五灯他们院子的下面，但是从五灯他们的院子里却看不见刘顺心他们家，只能看见翟小伟他们的院子，从五灯他们的院子里淋一点儿水下去，也永远不可能淋到刘顺心他们，因为刘顺心他们的院子正好齐齐地圪缩在里面，从上面完全看不见他们，专门淋也淋不到他们，只能越过他们，继续往下，淋到翟小伟他们的院子里去。

从翟小伟他们家往西，挨过一个没有人住的残垣断壁的院子，再过去就是杜林他们的院子了，夏天的午后，五灯从上往下俯视，看见杜林他们的院子里没荫凉，杜林用四根小绳子拉起一块黑布，自己给自己制造出一片黑黑的荫凉。接着荫凉下又出现了桌子板凳，又接着桌子上出现了白纸和墨水瓶，鸡毛和蘸笔，这以后，杜林就趴在桌子上开始写字，头顶上面撑开的那块黑布很像是一片专门为他阴了的天。写字中间，杜林会停下来吃水烟，喝凉水。

有时候，从五灯站着的那个位置上往下看，看见杜林整个上半身都趴在桌子上,好像在低头用牙啃桌子,当然不是啃桌子,肯定不可能是在啃桌子,五灯想,写字用劲的人都那样。

一年前,不过也说不定是两年前,河东紧靠着河边的那片杨树林子边上忽然多出了一间小房子,比正经的房子低矮、瘦小,孤零零的一间。因为就在河边,所以墙根下总是湿的,很快就长出了很多乱纷纷的草,还有的草,尤其是钩蔓一类的,从墙根下起身,然后顺着小房子的西墙一直往上爬。墙边的草里常传来蛤蟆的叫声,白天的时候叫,到了黑夜里会叫得更厉害,嘎嘎的叫声会响彻整个河东,又越过河水,响彻河西边的大部分地方,即使坐在家里,也能听见河边的蛤蟆在嘎嘎地叫,叫声里不光是纯粹的响声,中间还带着似乎是某种一丛一组的曲线和颤音,只有住得稍远一点的人家才会听得不那么明显、清楚。住在那些地方的人家就真的有些很远了,虽然都是一个村里的,平时却也很少到这边来,除非有事,不得不来,来了也很生疏,和这边的人们很不熟惯,像是更有一种外村人才会有的十分隔膜的感觉。一些孩子夜里点着火去河边寻找叫得很凶的蛤蟆,却一到跟前就再也不叫了,一点儿声音也没有了,似乎是知道有人来了,等走远了,走得很远了,先前的那种叫声就又响起来了。

房子虽然很小,但是住在里面的那个女人却一点儿也不小,当然也不能说她很高大,不过要比一般的女人高挑,直溜,头上的头发也不是传统的死板的辫子,前面和后面竟都有些卷曲和弯曲。没有人认得这个女人,五灯他们听人说她的男人好像是一名工人,可是谁也没有见过,从来也没有见过,有时候看见一个戴着白手套或者挎着挎包的生人从她住的那间房子里走出来,也不知道是不是她的男人。后来又听说她没有男人,因为她的男人已经死了。

在那间小房子的前面，她拉起一根绳子，上面常晾晒着她的一些衣裳手绢什么的东西。

也没有人知道她的名字，不知道她叫啥，不过不久以后她就有了一个名字：二毛钱。

当然这肯定不是她的名字，只是一个外号，至于为啥叫这个外号，五灯他们都不知道，只知道不管大人小孩，所有的人都那么叫，也不知道是谁最先叫出来的，总之以后这就成了她的名字或者代号，看见一个女人在河那边站着，问那是谁，眼尖的人就会说，二毛钱。

看电影的时候，看戏的时候，看打架或者有人来卖东西的时候，二毛钱也会出现在人群里，不过村里的女人们都没有人和她说话，她永远都是一个人，看上一会儿以后就又不见了。

三锤坐在坝沿上一遍一遍地数他口袋里的那点钱，数完后就看着河对面的那间孤零零的小房子，三锤对几个他认为是小毛孩子的孩子们说，花二毛钱，就能和她睡一觉，不贵哇？

所有比三锤年龄小的孩子顿时就都不做声了，好像都被一件青面獠牙又不知深浅的事情吓住了，大家都不知道三锤在说什么，也包括五灯在内，他们是真不懂，本来嘛，睡觉，哪儿不能睡，非要和她睡，还非得去她那间又低又窄的小房子里去睡，那有啥意思，那么窄小的房子，看着就憋气，难受，出不上气来，还要给她钱，她的脸上好像还有雀斑，半夜里不会叫她吓醒么？最关键的是为啥要和她睡，还要给她钱。坝下面一个稚嫩的声音胆战心惊地对三锤说，她的胳肢窝里有黑毛，很吓人，你也不怕？三锤轻蔑地看了一眼说话的龙小，说他是黄嘴雀，奶毛还没有褪完，啥也不懂。说完又很关切地问龙小是咋知道的，龙小说他在河里洑水的时候看见的，她在河边洗衣裳，穿着一件没有袖子的衣裳。黑毛很可怕么，当然很可怕，大家觉得不光很可怕,还有一种很不干净的叫人很想远离很想吐的东西在其中。三锤有些扫兴地却似乎又很满足地对大家说,你们都是些二虎头,都是些末沿货,啥也不懂,和你们说也是白说。有好多事情大家确实都不懂,不过又好像也从来不需要他们懂得,大家顿时就都觉得三锤这个人原来很复杂,很乱七八糟,没有人知道他还经历过些啥。三锤曾经还眉飞色舞地描述过一件事情,一件大家谁也听不明白的事情,一件大家相当长一段时间内还很难想明白的事情,三锤说,听不懂就算了,听不懂就对了,让你们听懂了那还了得。

有一天五灯正在院子里喂羊吃草,无意中往下一看,忽然看见二毛钱出现在杜林他们的院子里,二毛钱两只手插在裤兜里,在杜林他们的院子里慢慢地走着,有时也停下来和杜林说话。她腿上的裤子总是比其他女人的裤子瘦很多,这就让她的那两条腿也总是显得很直,很挺拔。村里很多女人都是罗圈腿,不是罗圈腿的也没她那么直,尤其是那些上了一定年纪的女人,更有的走路的时候,两腿中间的那一大片地方完全就是一个椭圆形的空洞,小型的月亮门一样,一只狗甚至一个人从那个空洞中间穿过去,很可能也绰绰有余,不一定能把她碰到。那时候,院子里只有他们两个人,再没有别人,二毛钱笔直地走着,杜林坐在桌子前,二毛钱笔直地走到杜林面前,能知道能看出他们在说话,当然也不知道他们在说啥。二毛钱和杜林,这两个人竟然认得,看样子还很熟,五灯觉得自己想破头也想不出其中的原因和道理,五灯瞬间就觉得又碰到了高墙一样的难题,好在这难题和他无关,解开解不开都不重要。不过,就在他回屋里给羊端水的时候,下面的那个院子里忽然传来一阵尖锐破碎的吵嚷声,声音里既有恼怒气急的尖音,又有悲愤的哭腔,原来是杜林他妈从外面回来了。杜林他妈一回来就看到了正在院子里和杜林说话的二毛钱,顿时就来了气,先是骂二毛钱不要脸,接着还啪的一声摔碎了一个放在外面窗台上的碗,虽然那本身就是一个早就不能用的破碗,可是她也一直没舍得扔了,这会儿因为生气终于把它摔烂了。二毛钱一开始陪着笑脸,忍着,让着,后来看看没有用,无论做什么都不能扑灭杜林他妈的怒火,都没有意义,才赶快溜走了。

西边紧挨着他们的农神庙里传来木匠们叮叮当当的砍凿声。

二毛钱走了以后,杜林对他妈说,来个人,人家来串个门,至于这样么?

杜林他妈说,至于,别人谁来都行,就她不行,就不想让她来。

杜林他妈说,她爱去哪儿串串去,别来我这儿串。

杜林说,家里断了人踪你就好了。

杜林他妈说,我不是要断了别的人踪,我只是要断了她的人踪。

农神庙里叮叮当当的砍凿声下去以后,不久又响起了锯子的声音。自从农神庙废弃不用以后,它里面的房子就变成了一部分仓库,专门存放各种农具,耧犁抓耙,连枷簸箕,牛皮制作的缰绳,石头凿的钝轱辘一类的东西,还有一年里大部分时候上面都积满灰尘的高跷旱船二鬼摔跤的木头人等等的东西。后来又多了两辆木头的坦克,专供民兵们训练时使用,训练时想象它们是苏联人和美国人的坦克,民兵们就怒火万丈,群情激奋,远远地用枪瞄准或者冲出战壕,匍匐前进,夹着炸药包去把它炸毁。因为是敌人的坦克,所以分别刷成蓝色和黑色,无论任何时候,两辆蓝幽幽黑乌乌的坦克只要一开出来,看见民兵们背着枪和疙里疙瘩的子弹带在街上走来走去,人人都会有一种乌云密布风声紧张的要打仗的感觉,常有一些既胆小却又自以为精明的人家,自以为是的决策导致家里的羊和鸡被错杀,总不能带着它们一起跑吧,哪有它们的地方,与其留给敌人,还不如一家人狠狠地吃两顿。吃完了，再把一些他们认为值钱的东西绑在身上，每个家庭成员人人有责，谁都得分担一点，就连一两岁的孩子身上也会藏匿一些东西，往往还认为藏在最小的孩子身上更安全，更保险，孩子被塞填得肥胖又愣怔，然后就等着转移的消息，做好了去地道里生活的准备。风箱里的鸡毛秃了，一点儿风也没了，用不用再绑个新的？形势都这么紧了，还绑啥鸡毛，谁还能顾上风箱，等回来再说，还不知能不能回来呢。那些时候，就连一些哭闹不休的小孩子也都不敢哭了，瞬间长大懂事了不少。等风声平息，发现只是虚惊一场以后，先前鸡羊被错杀的事又会被提起，那是他们心头的恨，一家人也互相推诿，指责，都极力把错杀鸡羊的责任从自己的身上推出去，推给别人，用各种事实和理由证明错杀一事与己无关。我说不要杀不要杀，再等等看，你们非要杀；是谁非要杀？是谁说再不杀就来不及了？这话我肯定没说过，不知谁说的。那两辆蓝色和黑色的坦克平时没用的时候就都放在农神庙里，外面的院子成为木匠们干活儿的地方，平时门关着，也少有人进去，里面只有两三个木匠，每天上班一样来农神庙里干活儿。

杜林的脸变得煞白，突然抓起桌子上的墨水瓶狠狠地朝窗台下的墙上扔去，墨水瓶砰的一声被摔碎，蓝盈盈的墨水立刻开散四溅，墙上地上溅得到处都是，窗台下站着的好几只鸡惊慌凌乱地飞起来，乱走乱跑，呱呱地叫着，翅膀啪啪地拍着，有一只鸡的鸡冠被染成蓝的。

又一个黄昏时分，五灯下学回家，沿着河边走，看见河东白杨树附近，那间孤零零的小房子的门忽然开了，从那扇窄小的门里低头走出一个人，是杜林，竟然是杜林，杜林踩着河中间的石头过了河，一直往北，朝着他回家的方向，也是五灯回家的方向，目不斜视地走着。

杜林走了不一会儿以后,二毛钱也出来了,端着一盆衣裳,开始蹲在河边洗衣裳。

你去一趟枯山。

去枯山做啥?

去给小毛买一件白衬衫。

平白无故的要白衬衫做啥,半夜想起朝南睡。

他们学校里排节目,他们四年级有一个节目,一个表演唱:四个老汉夸家乡,小毛是"四个老汉"里的一个,要求他们每个"老汉"都穿白衬衫,头上扎白毛巾,还得戴上两撇胡子,每人手里再拿一个旱烟锅,边舞边唱,欢快热情地边舞边唱,四个小"老汉"先弯着腰,一个手里挥舞着旱烟锅,唱到高兴处再往后仰。

你见过咱们这儿哪个老汉穿的是白衬衫?

学校规定的,又不是我规定的,有本事你就别去买。

光买白衬衫么?白毛巾用不用买?

毛巾有了。

胡子呢?都不知道哪儿卖胡子,枯山那个商店肯定没有。你知道哪儿卖胡子么?

胡子也不用买,学校都让人给他们做好了。

咋做的?这我倒是想学一学。

小毛拿回来,我看了一下,一根细铁丝,上面粘上黑毛,中间弯一下,挂在鼻子下面,上头还有两个小钩,钩在两个鼻孔里,还挺牢固,就是有点儿晃荡,不过掉不下来。虽然做得不太像真胡子,可是无论谁一看,那就是胡子,谁也不会认成是别的东西。

杜林笔记

我问天，天从没有回答过我，还常对我报以白眼，抛出去再多的问题也得不到一声回音。

我问地，地照旧沉默，地比天更不善言辞，天有时候还会因为心慌而羞红脸，地却总是那么闷沉沉昏昧昧的，问死也不作一声，且不说更有无边的黑暗张着黑网正在来的路上。

我问烈日，烈日也不作答，烈日只现出它带刺的铜面金身，附带熊熊炎炎的微笑。

我问风雪，风雪浩浩荡荡，行色匆匆，顺便给我迎头痛击。

我问山河，山河献出物产物华，却从不挽留任何人，使其永生，也从不随意屠灭任何人。

我问谷正楼，高灌站建成好几年，费了那么多人力财力，为啥从来不用，当空水泥罐子矗在那里？是不是漏得不能用？

谷正楼问我，二队缺一个记工员，你愿不愿意干？愿意就说一声。

我问谷正楼，你准备把这个村子往哪儿领？

谷正楼问我，两个选一个，记工员和饲养员，你愿意做啥，挑一个你愿意干的。

谷正楼明说，要是叫我选，我就肯定挑记工员，饲养员明显低人一等呢。

我问谷正楼，你不是说革命工作只有分工不同，没有高低贵贱之分么？

谷正楼噎住，面上就更得那么说，你总不能说某种劳动比另一种劳动更低贱吧？实际也不低贱吧，喂牛喂马咋就低贱了，我看并不低贱，比和人打交道干净多了，更好更自在呢。

谷正楼呼号，谷正楼也经常问天，总觉得好像还缺少些什么，毫无疑问，一定还缺少些什么，到底是什么呢，却又非常的模糊和混沌，猛一下并不能说清楚，也并不能准确地恰到正点地说出来。缺少什么，自己难道还不知道么，知道，知是知道，但就是说不出来，很难准确地描述出来，一句话描述不出来，十句话一百句话也照样描述不出来。另外总有驴一样的家伙，平常见了没有笑头脸甚至连正常的反应也没有，那也就算了，关键是还表现得前世的仇人一样，真的有什么仇怨么，他觉得没有，也不认为有，要有也只能是他们自己生出来的。除了这些明枪，更有各种暗箭，冷枪，各种的蛇蝎心肠，一有机会就会朝他施放出来。黑暗中躺着，嗖的一声，艳阳天里走着，啪的一下，轰的一声。要不是他顽强，硬实，再有十条命也不够用的，也只有他，刀砍不怕，火烧不怕，流言蜚语对于大多数人来说人言可畏，常使很多人直接沉没，永不再泛起，而只有到了他的身上，不过是相当于蚊子叮了一下。

第二十六章

再有六年我就二十了·黄昏的楔子

晌午从南梁上锄地回来以后，耗子他妈对耗子说，身上有点儿难活哩，我先躺一会儿，一会儿再做饭。说着就在炕上躺下了，耗子觉得她好像鞋也没脱，连头上的头巾也没往下摘。

耗子说噢。

耗子他妈头朝炕里，脚朝外，侧身躺着，闭着眼，一条胳膊放在脸上，像是怕亮似的。

那时候耗子正坐在一个拉风箱常坐着的小板凳上，想把一根细铁丝绕在一根木棒上，铁丝表面看着很细，没想到却又很硬，很不听话，在耗子的手里非常不服软地挣扎着，逃离着，一遍一遍地打着挺，蹦跳着，偏头偏脑地和耗子搏斗着，纠缠着，僵持着，明显非常不愿意被绕到木棒上去。耗子对铁丝说，还由了你了。艰难费劲的缠绕过程让耗子吃了不少苦头，耗子边绕边想，说是人不可貌相，原来铁丝也不可貌相呢，由此推广出去，很可能很多东西都不可貌相呢，表面看上去是一回事，而实际上却完全又是另一回事。耗子头上出着汗，两个手掌又红又黑，上面全是铁丝留下的乱七八糟的勒痕，啥时候出了血也没觉得。有一阵，耗子曾抬起头不经意地朝炕上看了一眼，看见他妈满是泥土的鞋底上粘着一些草丝树叶，甚至还有黄丝丝的牛粪或马粪的痕迹，两个鞋底竖立着搁在炕沿上，都朝着他，正好面对着他。

耗子低头和铁丝搏斗着,有一阵,听见他妈胳膊压在脸上,闭着眼,声音闷闷地对他说,再有一个月,你就十四了。

耗子一开始以为他妈已经睡着了,直到听见她忽然说话,才知道原来还没有睡着,只是闭着眼躺着。于是,耗子说,是虚岁还是整岁?

他妈仍然用胳膊挡着脸,用她那一贯以来的凄惨悲戚的声音说,虚岁,虚十四。

耗子边绕铁丝边说,再过四年我就十八了,再有六年我就二十了。

他妈虽然用胳膊遮挡着脸,眼睛也仍然是闭着的,不过好像还是小声地忧愁地笑了一声。

好像就从那以后,他妈就再没有说过一句话,也许说了,是耗子没听见,只顾专心对付自己那点事,没注意。还是原来的那种姿势,头朝里躺在炕上,怕晃眼似的,一条胳膊压在脸上,无声无息地睡着,耗子也没在意。主要是手里有事情在做着,要是手里没事,只是一心一意地等着吃饭,可能早就在意了,就会觉得时间过得很慢,会觉得她的这一觉睡得也实在有些太长了,一开始只是说就躺一会儿,躺一会儿就起来做饭,谁知道一躺下就不起来了。

时间虽然载着暗红的空空的硬壳在他们的窗外慢慢地爬着,可是再慢也已经爬过了晌午,早就过了应该吃饭的时候了,已经到了午后了,可是耗子他妈仍然一动不动地躺着。耗子是突然觉得很饿以后,才发现他妈这么长时间竟然还在躺着,竟还没起来,耗子看着寂静的屋里,又看看更加寂静的灶台,哪有饭的影子,不由得开始着急焦躁起来。耗子觉得,就算有饭,就算这个时候就开始吃饭,很可能一会儿上学又会迟到，更何况根本没饭，灶台上冷清凄凉。耗子也不想迟到，更不想在老师和同学众多目光的夹击之下从外面进来，很难受很羞耻地走到自己的座位上去，虽然老师每次看见他挎着书包鬼鬼祟祟地从外面进来，都是睁一只眼闭一只眼地一副不想尿他的样子，拿书挡住脸，有时越过书斜他一眼，更有时斜也不斜，直接把脸转向坑洼不平的有麦秸和石头露出来的后墙或者黑板上，故意不看他，可是耗子知道老师心里其实还是对他很恼火呢，而平白无故地，耗子也不想被老师讨厌和恼火呢，平白无故的为啥要叫别人讨厌和恼火自己呢。姓高的老师有一回神经烂五地朝耗子招手，来来来，耗娃同学，给我们讲一讲你家里的故事。耗子说，我们家哪有故事，我们家没故事。姓高的老师说怎么可能没故事，起码的家庭成员总有吧，每个家庭成员都有不止一个精彩的故事呢。有一种人，就喜欢别人家里有事，就喜欢拿别人家的事取乐开心，姓高的老师就是那种人，面对凶狠阴险的姓高的老师，耗子嘴上没敢说，心里却说，你家才有故事呢。

耗子从板凳上站起来，决定去把他妈叫醒，告诉她该赶快做饭了，再不起来就啥也误了。

耗子站在炕前，摇晃着他妈的腿，嘴里一遍一遍地叫着妈，说他饿了，可是还没饭呢，问她为啥还不起来做饭。后来又说，完了，就算做好了饭也完了，没用了，肯定又迟到了，不光他上学迟到，她去锄地肯定也迟了，队长也会说她呢，说不定还会少记工给她呢。可是不管他怎样摇晃她，怎样想叫醒她，他妈还是一点儿反应也没有，还是那么一动不动地躺着。

渐渐地，他发现有些不对了，意识到好像有些不好了，他妈从来没有这么睡过呢，一遍一遍地叫不醒，她是从来不需要人叫的，从来都是躺一会儿就自己起来了，有时甚至黑夜也不睡。耗子有时做噩梦半夜吓醒，看见他妈没睡，一个人坐着，不是缝衣裳就是在做别的营生，那时候他妈就会安抚他，说别怕，就是个梦，让他接着再睡。要是他哭得厉害，半天都止不住，他妈会放下手里的营生专门哄他，一直哄得他再次睡着为止，至于那以后，她是也睡了还是接着又做营生，耗子就不知道了，耗子从来就不知道，睡着了以后哪能知道那些。

忽然，耗子有些害怕了，因为他觉得他妈身上好像已经硬了，他推她就动，不推就不动。

耗子大声叫着，耗子说妈，妈……他妈还是没有一点儿反应，也果然再没有醒来。

那时候，从他们的旁边，从他们院墙的上面，学校里上课的钟声正好当当地敲响，好些年听惯了的老一套的钟声带着它的疲倦的褐红色的身影，从后面一排教室旁边的一棵树下起身，然后从耗子他们家东边的院墙上跳进来，好像是专门来叫耗子的，督促他赶快去上课。耗子不知道钟声敲的是第一遍还是第二遍，第一遍是预备，第二遍才正式上课，因为离得实在是太近了，经常第一遍钟声敲过以后，耗子才从家里出门，也都来得及，不过，今天不管是第几遍，耗子都不管他了，耗子都觉得这钟声与他无关了，从今以后也永远地与他无关了。

耗子站在炕沿前说，我妈死了。

耗子这话好像就是对前来叫他的钟声说的，耗子觉得，钟声披着多年的铁锈从墙头上下来，就站在他们歪斜破旧的窗外，疲倦的褐红色的脖子像一根鸡脖子一样歪着，弯曲着，看着窗户上的麻纸和两孔玻璃，窗前一片死寂，院子里荒无人烟，过年时贴的窗花已褪成粉白。

又是耗子他们所在的小队帮助料理的后事，单靠耗子自己一个人无论如何都不可能把他妈拉出去埋了。一头牛拉着一辆两边有短短的车帮的小板车,来到门外,耗子吃惊地发现来的两个人竟又是曾经运送并亲手掩埋银焕的那两个人,耗子想,这也太巧了,还能这么巧,更好像他们就是专门做这种事的。他们当然不是专门做这种事的,他们都有各自的营生,这一回他们又是被临时抽调派来的。耗子不认得他们,不知道他们叫啥,却对他们印象深刻,两个人,其中一个人,抬棺材的时候,嘴里还吃着瓜子,不时地从裤兜里捏出几颗放进嘴里。

有他们在,耗子觉得心里很踏实,有一阵,耗子忽然发现自己很佩服他们。

他们赶着牛车走,耗子跟在车后,路上的野花野草向耗子点头,耗子也顾不上看它们。

一个崭新的黄土的坟在这片高高的梁上堆起来以后,他们把手里的铁锹放到一边,然后坐下来吃烟,歇息,一边吃着烟歇息,一边又指点着耗子在他爹妈的坟前烧了最后一遍纸。早在烧纸之前,他们就用铁锹铲出一片隔离带,就是怕把周围别的草再引燃了,让一堆小火演变成一场大火。烧完纸以后,耗子也坐在他们的旁边,他们好像在说一件与眼前的事无关的事,一件其他的很远的事情,耗子也没听明白,只听见他们先是好像在说一个人,却又不说那个人的名字,这就让耗子更有一种暗夜行走的不知深浅的感觉。一个人说,每天悄悄地捏一小撮,放进饭里,也吃不出来,细嚼慢咽的人都吃不出来,更别说他那种狼吞虎咽的吃法,放个炸弹也能囫囵咽下去。咱们有时候也肚疼,疼一会儿也就不疼了,能一下就疼死?完了还装好人,到处寻找洋烟,说不要很多,只要指甲盖那么大一点儿就行了,每次抠一点点,吃下去就顶事了。到处问人谁有,新社会了,谁家能有那种稀罕东西，那和要星星要月亮有啥区别，那还不是做给别人看的。再过一个月你去看，肯定也完了，没完也爬不起来了。

他们俩人说了一会儿话，后来忽然转过脸问耗子，爹妈都没了，你这么小，以后咋闹呀？

耗子低着头，用手抠着地上的土，耗子说不知道。

一个人对另一个人说，别说他不知道，要问我，我也不知道。

他们说，啊呀，你别说，这还真是个麻烦事哩。

他们说，这孩子可怜哩，剩下这孩子一个人将来可要可怜哩。

一个人猛然想起什么似的说，寥家洼的陈永威不是一直都想抱养一个孩子么，四个姑娘，就缺一个小子。又指着耗子说，他这不行？

抬棺材的时候嘴里老吃着瓜子的那个人说，是想抱养一个，不过不要这么大的，像这么大的哪能养出感情，人家想要的是两三岁以下的，几天几个月的，最好是才生下来的那种。

另一个人说，小秃鸸养大了，啄瞎你的眼，也是常有的事呢。

抬棺材时老吃瓜子的那个人说，像他这么大的就不行了，喂不熟了，咋也喂不熟了。

耗子忽然抬起头，眼里闪着泪花，愤愤地说，行我也不去。

旁边的两个人愣了一下，抬棺材时老吃瓜子的那个人对他的同伴说，你看，他那儿有条件，有要求，有框框，有门槛，人家这儿还不愿意呢。

先前的那个人说，行了，能自己给自己做主了。

接着又说，四王沟的段老四抱养的那个孩子，从生下来一点点小养到十九岁，啪，犯了罪，叭的一声，崩了，那不是白养了？退休工人，本来好好的光景，非要让自己不痛快。

抬棺材时不误吃瓜子的那个人说，要光是白养了，那倒简单了，

469

无非是白做了一件事，关键是没那么简单。辛辛苦苦养了他那么多年，忽然咔嚓一下，他让崩了，你后面能好过了？命里没有，最好不要强求，道理一说都懂，谁都知道，可是一轮到自己就不行了，又全忘了。

说了一会儿话以后，他们就起身拿上铁锹，准备回家，也招呼耗子和他们一起走。

一个人对耗子说，要不要再去给他们磕个头？

耗子还没说什么，爱吃瓜子的那个人却说，不用了，再过两天他就又来了，有他磕的。说完又叮嘱耗子，记住喽，头七和七七的时候一定要来烧纸磕头，不敢忘了。耗子说记住了。

这以后，他们就沿着干瘦起伏的梁上下来了。

按照大队会计赵瞎子的说法，说像耗子这种情况，闹不好是可以申请五保的，如果能批下来以后，耗子就还能继续上学，但是耗子自己不愿意，耗子觉得这事情有点儿荒唐，还不是一点荒唐，而是很荒唐。耗子不想自己还这么小就变成一个五保户，耗子又不是没见过，五保户都是那种七老八十的人，行动困难的人，彻底不能动的人，哪有他这么小的五保户，走遍世界可能也没有，说出去还不让人笑死，别人笑话是一回事，自己也会没脸见人呢。一边上着学，一边当着五保户，还有这么奇怪的事么，光是想一想也想不通呢，脸往哪儿放。

耗子想，我才不当五保户呢。耗子对队长也是这么说的。

耗子想自己养活自己，所以他妈死了以后，耗子就决定不再继续念书了。外屋的墙上有一个钉子，耗子的书包就挂在那个钉子上，开始的那些天，耗子出去进来，每次首先就会看到他的那个书包，从外面一进来，不管光线多黯淡，多昏黑，耗子第一眼看到的总是他的那个书包,很显眼地挂在墙上;从家里出门去,从里屋走到外屋,首先绊住耗子的,叫住耗子的,也是那个书包,好像在吱吱地叫唤,好像在央求耗子带它一起走,有两次耗子还觉得袖子和后襟很明显地被拽了两下,那不是它干的?耗子想,我又不去学校,你跟着做啥,你就好好地在家里待着哇,在墙上挂着吧。耗子一溜烟地从屋里跑出去,好像怕它跟上来。一段时间以后,耗子再出去进来,渐渐地就看不到那个书包了,书包也不再蹦蹦跳跳地跑进耗子的眼里,也不再叫嚷着要跟他走了。是书包挪了地方或者不在了么,并没有,书包一下都没有动过,更没有挪过地方,是耗子慢慢地忘了它,它也不再像先前那样动不动就跳到耗子的眼里,更不再叫嚷着要跟他一起出去。耗子觉得,好像也不是他单方面的原因,应该是书包和他,互相都忘了对方,互相都熄灭了先前的热情似火,都冷下来了,一天比一天冷淡,再下去,可能就又生出怨恨来了,当然要是有了怨恨,肯定也是书包怨恨耗子,而不是耗子怨恨书包,耗子觉得自己是不会怨恨它的。过上好些天以后,耗子偶然会看见书包,看见它一声不响地挂在墙上,见了他以后也不再有任何反应,死气灰塌地贴在墙上,上面已灰尘摞灰尘,还有十几根亮晶晶的蜘蛛的丝,耗子检查了一遍,并没有发现有蜘蛛在书包上面安家做窝,却有了亮晶晶的蛛丝,一根一根的细丝,它们是从哪儿来的呢,耗子也觉得很奇怪。

最初的那几天,听见旁边的钟声当当地响起,耗子抓起书包就往外跑,跑到门外,忽然急刹车一样站住,愣怔一会儿,才意识到"迟到"这个词或这件事已经不再和他有关了。天阴着,或者太阳黄黄的,有时听见校长在讲话,某个老师的喊叫声,他拿着书包,返身回去。

耗子对队长说,我不当五保户。

队长说，看把你油得，还你不当，你以为五保户就是那么好当的，想当就能当上的么？那也得一级一级地审批呢，批不下来想当也当不成。

耗子说，批不下来最好。

队长说，不想当你咋呀，那就只能劳动了，你能做点儿啥营生呢。

队长说，连一担土也担不动吧？

耗子不知道一担土到底有多重，从来没试过。

队长说，能分清韭菜和麦子么，它们哪儿长得不一样？

耗子的事本来应该是他们小队内部的事，后来不知怎么竟然又变成了全大队的事，好几次开完支委会以后，又多出一个尾巴，那个尾巴就是有关耗子的事。党支部书记谷正楼挠着头说，你说他恓惶可怜吧，他还又啥也不会做，从小还娇生惯养，倒更像是个地主的孩子哩。

耗子他们所在的小队的队长说，显然不是，银焕能是地主么？

谷正楼说，我又没说他是，我只是说像是。四体不勤五谷不分，那还不像个地主的孩子？

有人说，地主的孩子也不全是那样的，也有啥都会做的哩。

有人顺着谷正楼的话说，听说光小人书就有半箱子呢。

又有人说，那有啥用，一点用也没有，起的反倒全是负作用。

谷正楼想了半天后说，不行就让他跟连富放羊去吧，吃混上几年，当个小羊倌，要是能干好，将来就让他接连富的班，连富总有放不动的时候，总有老了的时候。

有人担心地问，要是干不成呢？

谷正楼说，干不成再说，走一步说一步吧。

终于把耗子的事定下来了。

队长嘱咐耗子，头一天跟连富出去放羊，要争取给连富留个好印象，一个好印象和一个坏印象大不一样呢，要早早地去连富的家门口等着，名义上是一个大羊倌一个小羊倌，可实际上却是师傅和徒弟的关系呢，所以要听连富的话，连富叫做啥就做啥，不叫做啥就不做啥。

连富吃完早饭，拿着鞭子从家里出来，首先看见的并不是耗子，而是耗子的细脖子，一截又细又软的够得上可怜的细脖子，上面很危险地顶着一个脑袋，感觉那个脑袋很不保险，随时能滚落下来，那个脖子也让人觉得一把就能捏断，风大了的时候，自己也能随时折断。

连富嘴里咝咝地吸着凉气，像是放羊的时候发现了狐狸一样惊奇，连富并不是没有见过耗子，只是从来没有这么认真地面对面地单独打量过，大队派人通知他让耗子跟着他放羊，他前天黑夜就知道了，这会儿看见眼前的耗子，还是和他想得有不少的出入，这么一个豆芽一样的孩子，能做啥。又见他两手空空地站在那里，更像是打连富的门前临时路过或串门的。

连富问耗子咋啥也不拿，耗子反问他要拿啥。

连富脸上跳起几条圪棱一样的青筋，连富说起码得有一根鞭子吧，鞭子也不拿咋放羊。

耗子说，我没鞭子。

连富听了，不再理耗子，气呼呼地往前走，走了几步却又掉头返回来，连富说真他妈的。一边说着，一边重新回到他的院子里，也没回家，而是直接走进了院子东边的一间放杂物的小房子里，在里面翻腾了一阵，等再出来的时候，手上多了一根旧鞭子，是他以前用过的，扔给耗子，也不说话，一个人哧哧地往前走，耗子跟在后面。鞭子拿到手里，往地上啪地抽了一下，耗子觉得自己这一下就很像个小羊倌了，冬天要是再穿上一件小羊皮袄，再戴一顶兔皮的或者狗皮的帽子，那就更像了。他们走着，身后却一个羊也没有，耗子不时地回头看，耗子觉得奇怪，羊群在哪呢。不过很快就有羊从后面跟上来了，先是两个三个，接着七八十来个，沿途不断地有羊加入进来，等到了村口以后，已经是浩浩荡荡的一大群了，连富往空中抽了一鞭子，发出很响亮的一声，然后就领着羊群往前走，连富让耗子走在所有羊的后面。连富用鞭子抽出的那响亮的一声，让耗子想起往年在公社过"六一"开运动会时裁判员手里高高举起的发令枪的声音，不过耗子觉得发令枪的声音比起连富的鞭子的响声要小多了。

  耗子第一天跟着连富出来放羊就犯了一个错误，因为不知道应该怎样称呼连富，所以一路上他都在想这件事，肯定不能叫大爷，因为连富看上去要比耗子他爹小不少；叫叔叔，叫大师傅，不过怎么觉得那么别扭呢，大师傅不是专门指做饭的人么，又不是指放羊的，耗子反反复复地想着，斟酌着。后来看见连富挥动着鞭子，指挥羊们过河，耗子忽然想起连富的外号副连长，连富这时候的那种样子就很像是一名副连长呢，耗子在心里叫了两声。耗子想，先不管叫啥，副连长这个外号却是万万不能叫呢。想是这么想的，很可能就是因为过于紧张又过于担心的缘故，后来和连富说话的时候，副连长三个字竟一不小心就从嘴里秃噜出来了。

  说完以后，耗子吓了一大跳，连富听见耗子竟当面叫他的外号，似乎也吓了一跳。不过连富很快就冒火了，一下就爆发了，一张黑紫又黑红的脸上龇出一排黄牙，恶狠狠地对耗子说，听着，今天先饶了你，你妈的你以后要是再敢叫我的外号，看我不捏死你，不打断你的腿——打断你的狗腿。

说着,一边还举起手里的鞭子朝耗子晃了两晃。

晌午的时候他们到了一座山上,耗子从来没有来过这些地方,耗子这会儿连东南西北的方向也分不清了,连富和羊群往哪走,他就跟着往哪走,天陌生,地陌生,一草一木都让耗子觉得新奇,感觉离家已经很远了。羊们到处吃草,它们看上去比耗子更熟悉这些地方,耗子想,那是肯定的,耗子是头一回来,而它们不知跟着连富来过多少回了。耗子也不敢问这是哪里,怕连富再骂他。有羊跑远了的时候,连富就让耗子去把羊赶回来,羊去的那些地方,表面上看着不太远,可是要来回跑一趟,也还是很费劲的。耗子一趟一趟地跑着,再回来的时候,看见连富已经坐在一大丛茂密的沙蓬旁边开始准备吃饭了,从随身挎着的挎包里拿出一个锈得很厉害很脏的饭盒,打开饭盒拿出干粮,水壶也拧开,放在挎包旁边,吃一口,抬头看看天上的太阳。连富抬头看太阳的时候,嘴是歪的,快要歪到另一边的脸上去了,吃饭的时候,也有点儿歪。看见耗子坐在一棵山榆树下,连富就问耗子,该吃晌午饭了,你不吃?

耗子说,已经晌午了?

连富说,你看看日头到哪儿了。

耗子这时终于觉得吃惊和难堪了,原来出来放羊还要自己从家里带饭,这是他不知道也没想到的事,从来没有人告诉过他,也没听人说过,队长也没说,队长只是让他听连富的话。耗子又一次发现自己不仅毫无一点点人生经验,连起码的一些该有的准备都没有,一直以为懂得很多,其实还是生瓜蛋子一个,他妈活着的时候也常说他,担心他这个,又担心他那个。

耗子低下头,小声地说,我没拿,我忘了。

连富嘴里吃着东西，瞥了耗子一眼，看见他两条细腿麻秆一样。连富当然知道耗子啥也没拿，一目了然的事，早上来的时候就见他两手空空的，除了身上穿的衣裳，再要啥没啥。

连富慢慢地吃着饭，吃一口饭，拿起地上的水壶喝一口水，在那个过程中，有时忽然用手一指远处，耗子顺着他手指的方向往下面一看，看见又有羊跑远了，耗子就拿着鞭子赶快去追羊，长得和石头一样颜色的石鸡被突然惊起，扇动着翅膀低飞起来。把羊撵回来以后，耗子坐在地上喘气，听见连富对他说，鞭子不拿，干粮也不拿，你是来做啥的，我不知道你到底是来做啥的。你是来监工的吧，来参观的吧，参观的也得吃饭呢，监工的也更得吃饭呢。

连富的挎包里不仅有干粮，还有雨衣和水烟，小刀小铲，麻绳挠钩，身上还背着水壶，简直要啥有啥，而耗子自己，却啥也没有，耗子觉得挨骂是应该的，连富骂他也骂得对呢。

忽然听见连富在咯咯地打饱嗝，耗子就知道连富快要吃饱了，快要吃完了，吃完饭以后又要去哪，耗子也不知道。正在一个人想着，却看见连富从沙蓬下面站起来，拿着那个锈得很厉害的又很脏的饭盒来到耗子面前，把饭盒递过来，对耗子说，还剩一点儿，你吃了哇。

耗子一直都不知道连富吃的是啥饭，也不敢过去看，看见连富吃得那么香，心里就越发好奇，充满想象，很想知道连富吃的是啥东西，有一阵工夫，耗子十分肯定地认为连富的饭里一定有牛肉或者猪肉，不然咋能吃的那么香。看不见饭盒里的东西，耗子曾经还打算通过味道来判断，可是从连富开始吃算起，一直到吃完，竟始终也没有闻到什么味道，这也让耗子更加觉得奇怪。原以为不可能知道连富吃的是啥东西了，却没想到机会转眼就来了，这时候耗子才终于看见饭盒里是一些半稀不稀的黏糊糊的东西，整体的颜色呈灰色或暗灰色，耗子一时辨认不出是啥饭，更判断不出来，虽然很饿，但是耗子觉得饭盒里剩下的那点东西很恶心，再加上连富用过的一双筷子也黏糊糊的，看上去很不干净，耗子就越发觉得真是恶心。

耗子看了一眼饭盒里面，又赶紧把眼光移开，对连富说，我不吃。

要不是尽力忍着，耗子差一点噢的一声干呕出来。耗子想，真要是当着连富的面吐了呢，连富会不会骂他，打他，拿鞭子抽他，这样一想以后，因为忍着干呕，眼里竟憋出了泪花。

连富愣了一下，接着就把饭盒从耗子脸前拿走了，还合上了盖子。

连富没想到耗子竟然不吃，连富一边往一棵杨树下走，一边说，不吃你就饿着。

耗子坐在原地，看着连富，看见连富把饭盒装进挎包里，就以为马上又要出发了，却没想到他又想错了。连富把饭盒装进去以后，很快又从挎包里取出一块叠得方方正正的旧油布，耗子吃惊地看着，完全不知道连富的挎包里竟然还有一块油布，更不知道连富接下来要做什么，只看见连富把那块长条形的仅够一个人躺的旧油布铺在一棵树下，接着又把挎包当枕头放在油布的一头，然后就枕着挎包躺下了，不一会儿就睡着了。耗子走到近前去看时，发现连富已真的睡着了，并打起了非常响亮的呼噜，呜儿——呜儿——，每一声都很长，然后没有缝隙和隔断地接住下一声，耗子觉得如果能用尺子量，连富的每一声呼噜最少有二尺长。

羊群散落在附近吃草，各吃各的，谁也不理谁。

看着连富熟睡的样子，听着连富狼嚎一样的呼噜声，耗子靠着一块石头坐下，一会儿看看连富，观察他的反应，看他是不是会突然醒来，一会儿再看看羊群，担心又有羊跑远了，发现有羊又跑远了的时候，就赶紧拿上鞭子去追羊。真要是有羊跑得没影了，彻底找不见了，挨连富的骂还是小事，耗子主要是觉得自己也负不起那个责，别人要让他赔羊咋办，连富睡着了，看羊的任务就理所当然地落到了他一个人的头上，他想跑也跑不了呢，只能承担后果。

连富的那一觉不知睡了有多长，耗子觉得很长很长，耗子看过很多回，每一回连富都一点要醒来的迹象也没有，时间一长，连富的那种呜儿——呜儿的呼噜声好像也成了山上的一种自然的声音。有一阵儿，耗子自己也差一点儿睡着了，觉得越来越迷糊，要不是有一群羊牵挂着，可能早就也睡着了。耗子的两个眼睛只剩下一条细缝，疲倦地注意着羊群的动静和动向，那时候，天地在耗子的眼里也变成了一条细缝，又细又窄，不再像往日的广大和辽阔。

山上的白荆这时候还都是绿的，要等到秋天的时候它们才能完全变白，变得像雪一样白。

耗子想起小的时候，他们院子里的墙边一到秋天就堆满了红紫白黄的各种颜色的荆条，耗子见过爷爷编的巨大的能躺下一两个人的草筐和笋头，却从来没见过爷爷。耗子很小的时候，他爹银焕经常也编一些东西，大到草筐草筛，小到耗子的蝈蝈笼子，可是后来就不编了。

编得好好的，为啥不编了，因为他疯了；为啥疯了，耗子直到今天也还是不知道。

爹为啥疯了？

谁说他疯了，他没疯。

耗子想，这不是睁着眼睛说么，明明就是疯了，还非说没疯，维护自己的男人也不能这么维护。她维护他是因为爱他么，当然不是，她其实早就盼着他早早地死了才干净，利索，倒也不是她又有了别的男人，可能就是想图个干净，利索。既是这样，那她为啥又要维护他，经常睁着眼瞎说，护短，这就又不知道了。稍微长大一些的时候，识了字以后，耗子觉得日常的生活里有很多很复杂很幽深的黑洞，不是假的，而是真的存在，不过他并不想进去探索。

连富忽然醒了。

连富先是躺在那块旧油布上打哈欠，咳嗽，伸胳膊蹬腿，这以后才呆呆地坐起来，也不知在看哪儿。接着拧开水壶喝水，喝了两口，又从挎包里拿出水烟，呆呆地吃水烟，腰驼着。

后来他猛然站起来，发现了一只跑远了的羊，连富弯腰从身边的地上捡起一块比一个巴掌小一点儿的石头，也不瞄准，嗖的一下就把手里的石头扔了出去，那么远的距离，却百发百中地正好打到了那只羊的一条前腿上，羊顿时脸朝下跪着卧在地上。那一刻，耗子完全惊呆了，觉得连富太神奇了，简直就是神枪手神射手呢，那只羊这会儿一定也是又疼痛又害怕。

那只羊后来是三条腿蹦跳着走过来的，那条受了伤的前腿一直高高地抬着，举着，抬到下巴以下，好像早就知道自己犯了错误，三条腿蹦跳着到了连富跟前，突然就自动地跪下了。

连富看也不看它，驱赶着羊群开始往山下走。

过一条沟的时候，在沟沿上，一只母羊忽然开始生小羊，母羊卧在地上，等发现的时候，小羊羔的湿漉漉黏糊糊的头和上半身已经出来了。四周的乱草，再加上连富的背影，耗子一直没看见小羊羔具体是咋出来的，等他终于看清的时候，连富已经把整个小羊羔都拽出来了，浑身亮晶晶的一个小羊羔，眼睛死死地闭着，身上和头上还沾着很多血，看上去好像已经死了一样。耗子问连富小羊羔是不是已经死了，得到的回答是正好相反。连富一开始只顾摆弄小羊羔，并没有理他，后来才对耗子说你是不是盼它死了。耗子说我没盼，我看它不睁眼，也不动。连富说，你妈养你的时候，你出来的那时候，也是这样的呢，你以为你一出来眼睛就是睁着的，也是不睁眼，和它一样的，闹不好也是血糊糊地拽出来的呢。你看你的头有点儿板，为啥，说明你妈怕疼，拼命地夹住她的两条腿不让你出来，把你的头就夹成了板的。

好半天耗子再没有说话，耗子觉得和连富说话很难，不是被骂，就是被损，还容易上当。

连富指着沟沿上亮晶晶血糊糊的小羊羔，对耗子说，抱十（上），走。

耗子吃惊地看着连富，又看看地上的小羊羔，半天没有动。

连富不耐烦地又说，我说话你没听见？抱十（上），走。

耗子战战兢兢地说，叫我抱？

连富说，你不抱谁抱，叫我抱？

耗子说，它身上那么多血——

连富说，放羊还怕血，还怕脏？怕你就趁早别来了。

耗子闭上眼睛，从草地上把亮晶晶血糊糊的小羊羔抱起来，耗子不敢睁开眼看怀里的小羊羔，只闻到小羊羔身上的血腥气正在他的脸前萦绕，弥漫，一股一股地往他的鼻子里钻。小羊羔的身上黏黏的滑滑的，像是抹了胶水一样，耗子的两只手不断地被粘住，吸住，耳边却又听见连富在厉声骂他，让他睁开眼，说不睁眼一会儿连你带羊羔都得跌到沟里摔死。耗子睁开眼，看见大队人马的羊群已经开始陆续下沟，那只刚生完小羊羔的母羊也走在羊群里。

耗子觉得自己很倒霉，第一天出来放羊就碰上这种事，还得把小羊羔一路抱回来。小羊羔倒是并不很沉，分量比一个小狗娃略沉一些，可是，耗子看见自己的身上已经全是斑驳凌乱的血迹，尤其是胸前和两个袖子上，都已经糊满了血，已经不能叫斑驳了。脸上当然也有，只是他自己看不见。耗子边走边想到了连富，这么多年来，每次把出生在外面山川河谷的小羊羔一路抱回来，连富照例也都要不可避免地当一回血人？也许他会抱，更有经验，更有办法和窍门，不会像耗子这么把血糊得全身到处都是。耗子抱着小羊羔，走一会儿就得停下来缓一缓，小羊羔是不沉，可是时间一长就沉了，怀里沉甸甸的一大圪蛋。连富有时候也不等他，继续赶着羊群往前走，越走越远，等耗子抱着小羊羔追上连富和羊群以后，又累得气喘吁吁，实际上又需要缓一缓了，却不能缓，要是接着再缓一缓，就会恶性循环，距离不久又会重新拉开，又得上气不接下气地追赶，始终处在追赶的过程中，先前好不容易恢复的那点儿力气也会全部耗光，耗得一点儿也不剩。而连富和羊群一直就那么慢腾腾地走着，羊群看见草就吃草，碰见小河沟就喝水，连富不喝，连富会蹲下洗手，顺便洗他的脏饭盒脏筷子。

耗子抱着不睁眼的小羊羔，远远地看见村庄的轮廓时，耗子觉得终于看到了希望。

老听见有两个女人在外面说话，喊喊喳喳的，说的啥，又从来都听不清。

哪有人，没有人，我才从外面回来，一个人也没有。

没人？

没人。

谁在外面站着,咋不进来?

不是告诉你了么,没人。你想叫谁进来?

不管是谁,来了还能不叫人家进来。

那我再告诉你一遍,没人。

真的没人?

你真麻烦死了,有人来我还能不让人家进来?不和你说了。

杜林笔记

许福印是村里的团支书,许福印有一次问我,诗有什么用处。

我说不知道,大概没有。

许福印说,能抗旱么?山区大旱,你写一两首,给咱们来上一两场雨。

我无比羞愧地说,那肯定不可能,一两百首也不行,要下雨,那得去求龙王爷。

许福印说,能增产么?亩产三百斤增至亩产八百斤,不用八百,五百斤也行。

见我呆若木鸡,哑口无言,许福印笑了,许福印,当然更不可能,我是在和你开玩笑呢,真要是能那样,那还哪有劳苦大众这一说,大家都坐在家里写就算了,是不是?牛马也跟着沾光,再也不用干活儿,不用驾车拉犁,而是用来骑着耍或者放在那里纯粹观赏的,是不是?既然明知道没啥作用,不知你为啥还要成天鼓捣那些,叫你加入我们也不加入。

我说,我就是在纸上耍耍,胡写乱画一下。

许福印故作吃惊地说,这么说,那不是明显在浪费纸么,纸能随便浪费么?一张纸,本来好好的,白生生的,干干净净的,无缘无故的,并没招谁惹谁,你随便胡写几句,一下就让它废了,把它毁了,没用了,关键是做别的也不能再做了。

我也吃惊了,就像被许福印的话从漫长黑暗的梦中惊醒,很多年竟从未想过这种问题，如果从浪费纸这个角度上看，他说得对呢，包括各种诗文在内，恐怕都无可辩驳，难辞其咎。

这并不是我的杜撰，这是一年前发生过的事。

诗是什么？有什么用？

我也无数次地问过自己，问过他人，古人云诗言志，可是你那个志又能算个什么呢，可能只对你本人有点儿意义，对于大多数人来说，完全无意义，不是么，比如我们周围的所有人，无数人。就拿我的父母来说，他们有时候看见我写在纸上的那些字，就像看见了阴阳异人们在纸上画出的符，不，这比喻不对，我有点儿太夸大和抬高自己了，事实上我那几行字的作用和威力远不能与任何一位阴阳异人所画出的符图相提并论，因为作为父母，以及更多和他们一样的人，他们面对贺卷兵老汉以及别的任何一位阴阳先生画出的那种神秘不可知的符图时，除了百分之百的虔诚和信任，更有深深的敬畏和无边无际的臣服。而他们看到我点灯熬油呕心沥血地写出的文字时，会有以上的诸种情感么？当然不会，完全不会，不仅没有起码的信任和认同，更别提后面的什么敬畏和臣服，因为他们至今都还在认为你是在瞎胡闹，不走正道，将来总有一天会碰得头破血流，直至没有下场，而他们本身还是你的父母，你最亲近的人，同时也是最能包容你体谅你的人，你写下的那些东西，但凡能够让他们有所感觉，略知一二，他们又怎么会不信任你，他们太想也太愿意信任你了，关键是你好像永远也无法让他们信任。至于敬畏就更不用了，为什么要让生养你的人敬畏你呢？你最至亲的人尚且如此，你还有什么理由强求无数的外人，陌生人，不相干的人？我倒并不是要强求他们的信任和理解，甚至就连最低限度的认同也从未想过，我只是在悲凉而又客观地陈述这样一种事实或道理。在这个山区，贺卷兵老汉画的那些符对大家更重要。

父亲批评我，说我不应该和贺卷兵老汉比，因为贺卷兵是异人，来往于阴阳两个世界。

我告诉他说我并没有和贺卷兵老汉相比较，更没有一争高下的意思，我只是打个比方。

诗是什么？就像很多人说的，什么生命的放歌，吟唱，心灵的艺术，图像，这多少是不是有点自己打扮自己，给自己涂脂抹粉，贺卷兵老汉给人们画在黄表纸上的那些图画难道不是他心灵的图景和歌唱？所以，诗，很多时候我也觉得它也许真的什么也不是，顶多是一张桌子上的一块台布，再精致再高级一些，台布上的一束花，一个自命不凡的人把手放在上面沉思，两个精明的同性或异性者相向而坐，独立于人间烟火之外，说着一些和布和花具有同等效力同等意义的基本不是柴米油盐的话，什么遥远说什么，什么非凡说什么。

对于一张桌子来说，上面有一块布和没有一块布有区别么？有，当然有，除了某种情调，还有某种必须缥缈必须罗曼的东西，甚至还会出现诸如相逢，远行，孤独，苍茫，痛苦，回忆，理想，主义，献身，牺牲，拯救，毁灭这样的一些词语或字眼儿。对于大多数不甚讲究的庸众来说，有粉红色和嫩绿色就足够了，但是对于某些表面看上去好像不那么俗不可耐的也少有那种普遍具有的讨吃相的人来说，一味的粉红色嫩绿色也是远远不够的，无论从分量或者成色上说，都是显浅显小的，必须还得有一些与之相反的高耸的悲壮的东西相伴，甚至必须要有血，要有深广的黑暗，这样才够劲，才够相当的高度和深度。即使来的是两个带着特殊任务甚至使命的人，对于眼前和周围环境不那么在意，甚至完全漠视，完全忽视的人，即使是在上面进行角力，屠宰，桌子上有一块布也要比没有一块布好不少，这就是它的意义。

桌子上没有一块布不行么,当然也行,很多人就坐在没有桌布的桌子前,甚至压根就没有桌子,甚至永远站着,蹲着,脸朝下趴着,弯曲着,蜷缩着,一生没有说过一个抽象的词。

至于那块布的颜色以及图案,那是另一个问题。

至于布上面的那束花是一束什么花,那就更是另一个问题了。

它很重要么?能有多重要,事实上它可能只对写它的人称得上重要,对于大多数人来说,它真的什么用也没有,什么意义也没有。我在黑暗中看不清任何方向,读过诗以后,仍然还是什么也看不清,该黑暗继续黑暗。常有人说读得眼睛亮了,心里明了,我怀疑这种说法。

父亲嗓子疼已经好几天了。晌午的时候,母亲告诉他说在他喝的水里给他放了黄荆。

父亲问哪来的黄荆,母亲说她去野地里掐的。

父亲黑夜回来,第一句话就是,嗓子不疼了。

事实上母亲并没有在他喝的水里加过任何东西。

农神庙的山墙上出现了波涛。哪来的波涛,事实上当然并没有,只是我忽然想到并写下的一句话,农神庙的山墙上真要是出现了波涛,我们的院子,我们的家,可能早就淹了。我是在想,全村全公社可能只我会这么想事情,只有我会这么说话,除了我,很难再找出第二个人,这难道就是我区别并迥异于大家的地方,就以此漠视并蔑视很多人,自觉不泯然混同于众人?说农神庙的山墙上出现了波涛,这话要说说出去,都不用别人辨认或者指认,标准的一个神经不正常的人屹立于大家的面前。村里的人们说我神经烂五,我知道他们是看不惯我那种样子,我好像也是那个坐在桌子前心怀远方踌躇满志的人？可是不那样又能如何，老老实实地躬耕于田野，一生不说一句过头的话，一辈子不说一个抽象或者哪怕虚妄的词，只知道埋头在土里刨食，土里能刨出什么，一代又一代人的经历证明，无数事实证明，只能刨出简陋贫瘠的生存，并不能刨出真正的生活，更与梦想隔山隔海，隔着无限的幽冥与苍茫。

父亲有一次饭后问我，你觉得就像我这样，一辈子不好么？

我实话实说，有啥好的！不信你自己盘点一下：一年洗一回澡，甚至更有人十年也不洗一回，比如板山老汉，比如郭茂生的爷爷郭四丑老汉；每天吃的都是不变样的老一套的饭，这还是正常的所谓好年景，要是灾荒之年，连这也不要想；一辈子吃过的最好的饭就是饺子，猪下水和羊血，一辈子喝过的最甜的水就是糖水，喝过的最好的酒是"高粱白"，抽过的最好的烟到"大前门"为止，那还主要是因为你是村干部，别人也敬你（你不见魏山海老汉，陈鸡年老汉，以及更多的和他们一样的老汉，抽过的最好的纸烟仅到"握手"和"处处红"为止，却也是极其突然的，偶尔谁给一支，并不是他们自己的。）；去过的最远的地方就是高城（给村里买喇叭和锣鼓，顺便联系高城的大单位，派出常驻那里的专门负责掏粪的特派员。）；每天汗流浃背，鞋里全是土，衣裳里跑着大大小小的肥瘦不一的虱子，新一代的子孙正在夹缝里成长；睡在各种怪味不断冲突又不断碰撞融合的窑洞里，身上盖的，身下铺的，与其说是被褥，不如说破布烂棉絮更为恰当；早起喝完糊糊，扛着农具去地里劳动，见过的最多最鲜艳的花就是生长在坟地里的头疼花，欣赏过的最高级的艺术形式莫过于二人台，耍孩儿，道情，露天下的黑白电影，过年时女人们用红纸剪出的窗花；毒辣辣的烈日晒着，北风恶狠狠地吼着，最常见的不是人打架就是狗打架；平生出席过的最盛大最隆重的宴席还是自己家以及亲戚家的婚丧嫁娶，要没有人嫁娶，暂时也没有人死，那就连这样的机会也不会有；想让自己出现在一场宴席上，只有在梦里最有可能，梦见山珍海味，花团锦簇，虽然没有一个菜能叫得上名字，但依然梦见自己吃得很饱，之后就昏头昏脑脑满肠肥地睥睨天下，半夜醒来一开始还真有饱胀感，还有很浓的醉意。

我说，你还觉得这很好么，好在哪？

我说，在这个村里，你还是干部，还算是一个靠近台面的人，你想想那些啥也不是的人。

父亲说，你尽拣不好的说，也有好的呢。

我对他说，那你拿出来，说说看。

父亲听了以后，就挠着头使劲地想啊想，一只手支在脑袋上，却半天没吭声。

第二十七章

医生·术士·老胡的儿子周小

昏沉沉黑晕晕的灯光下，一个以前从来没见过面的生人坐在炕上，五灯发现那个人其实也是一副农村人的模样，看上去并不比富贵更高级，只是穿得比富贵好一些，更体面一些，也比村里大多数的人更油滑更见过世面一些，其实就相貌本身来说，好像还不如富贵更周正更自然呢，而富贵本身就算不上是什么好的。他们都叫他老胡，胡师傅。这个老胡，一双眼睛很特别，既不是长形的也不是圆形的，更不是三角形的，说不上是什么形状的，每当看人的时候，两个眼睛瞬间就变成了两条很凶险的巷子或者小街，捎带着又把一种让人很难捉摸的气氛或者气象从他那双很难定义的眼睛里释放了出来，让那两条"巷子"或"小街"变得更凶险更复杂，大白天里也有一种很瘆人的感觉，除了让人觉得很不舒服，更有一种隐藏起来的紧随其后的担心和害怕，觉得要是和这样的一个人离得近了，迟早要出事，迟早都要倒霉。五灯第一眼见到老胡的时候，就是那样的一种感觉，觉得一辈子也不想再看见他，永远都不想，离这种人越远越好。然而就是这样一个人，却被富贵请神一样领回了自己的家里。

五灯还在街上的时候，就有人对他说，快回去看看吧，你爹给你们领回去一个贵人。

忽然听见别人这样说，五灯的头嗡的一声。

鬼火般的灯影里，富贵指着才进门的五灯对老胡说，这是我那个最小的。

叫老胡的人抬起一张跑江湖的脸，问五灯几岁了。

五灯没有说话，转身走出屋里，还把堂屋的风门狠狠地摔了一下，发出很响亮的一声。

后来吃饭的时候，五灯也还是一句话也不说，端着碗，背朝着炕上，因为他听见那个叫老胡的家伙正坐在炕上吱吱地喝酒，嘴里不时地发出吱吱的响声。后来五灯不想听那种声音，端着碗出了屋里，一个人坐在院子里吃饭，五灯背对着窗户，一边吃饭一边看着门口的方向。

看见五灯手里端着碗，两只鸡在五灯的脚边来回走动着。

富贵忽然从屋里冲出来，先是用手在五灯的头脸上打，接着又用脚踢，很快又拿棒打。

后来那个叫老胡的家伙也出来了，上前拉住富贵，说行啦，打两下就行了，他还不懂事。

富贵骂骂咧咧的，摆出一副还不想住手的样子，不过终究还是住了手，不再打了。

老胡从地上随便抓起一把土，问富贵，这是啥？

富贵说土。

老胡把手伸到富贵面前，老胡说，是土吧，你说这土里有没有金子？

富贵说没有，富贵说只听说过沙子里有金子，从来没听说过土里也有金子。

老胡说，沙里有金子，那是老的说法，最新研究发现，土里也有金子。你平时挑一担土，有没有觉得沉甸甸的？

富贵说，是挺沉的，尤其是湿土。

老胡说沉就是因为里面有金子的原因，要是纯粹的土，就没那么沉，甚至一点儿也不沉。

富贵说活了一辈子，这还是头一回听说。富贵用手扒拉老胡手里那点土，说这哪有金子？

老胡说肉眼当然看不见，你能看见，别人就也都看见了，所以说你们守着金子受苦受穷。

富贵说，这里面要是有金子，那遍地都是金子了。

老胡说，关键在提炼，会提炼才能提炼出金子，不会提炼，那就啥也没有，还是一把土。

老胡说，我们那个地方，遍地金子。

富贵说，那你还要跑出来。

老胡说，我这个人爱浪荡，不喜欢在一个地方住着不动，一个地方再好，时间一长了，就麻烦得不行，死的心都有，一天也不想多活呢。

金子也留不住你？

留不住。

这以后，就在五灯他们家的后院里，垒起一个灶火，名叫老胡的人开始了夜以继日的提炼。五灯放学回来，有时看见后院里烟雾弥漫，战场一样，蓝烟、白烟、黄烟互相交织缠绕在一起，看不见那个叫老胡的人，却能听见他在烟雾里咳嗽，咳嗽声有时听上去显得艰难困苦，像是用脚摩擦地，有时则十分的空洞，好像人远在山上。也有的时候，整个后院里一点儿烟也没有，老胡蹲在灶火前，手里甚至扇着扇子，很像是在炼丹的样子，不过五灯觉得，要是说像做饭，也更像呢，人蹲在旁边，在等着锅里的饭由生变熟。五灯后来慢慢才知道，火分好几种，有大火，小火，文火，武火，火不一样，烟就也不一样，有的完全看不见烟，比如那种蓝绿色的火，不蹿高，不疯狂，表面浅浅的一堆，但是一看就威力很大，能把铜铁化成水的那种火。火大火小，烟多烟少，全由老胡控制，老胡想让它大它就大，老胡想叫它小它就小。五灯不止一次地发现，老胡时常从他那个总是随身携带的黑提包里拿一个什么东西出来，扔进锅里或者火里，但具体是什么，五灯一次也没有看清楚过。五灯觉得，老胡那是成心不想让别人看，所以才会做得那么机密，鬼祟，几乎所有有点技术的人似乎都有那样的习惯，人们当然也能理解和接受，他非要那么做，你不理解不接受也没用。富贵下地回来，站在后院的入口处，对着满院子的烟雾，把一只手压在嘴上，诡诡秘秘地叫一声，胡师傅——胡师傅——你在不在——不久后，烟雾中闪出或者一拱一拱地走来一个人影。

老胡来了一个时期以后，不知从山外什么地方来了一个孩子，其实说是一个孩子也不准确，可要是说是一个年轻人，同样也不准确，因为距离一个年轻人还差点儿，是那种处在孩子和年轻人之间的说大不大说小不小的年龄，五灯用自己上面的两个哥哥来衡量那个孩子，觉得他应该是在三灯和四灯中间的那种年龄，比三灯小，但是又比四灯大，后来的事实也证明五灯最初的判断是正确的，周小正好就是那个年龄。这个叫周小或者周孝的孩子，是老胡的儿子，因为他管老胡叫爸爸，人们都吃惊了，老胡竟然还有儿子，老胡竟然也有儿子。老胡也是，无论去哪，身边都带着他的这个儿子。一两个月以后，一个别扭却又习惯了的叫法开始在山区家喻户晓——"周小的爸爸老胡"，或者"周孝的爸爸胡师傅"，男女老少，几乎没有不知道不熟悉的。这件事从反面也让人们对老胡得出一个判断或结论，大家觉得老胡很有可能不是一个骗子，反倒具有相当的诚实性和可靠性，甚至还不乏那么一种老实巴交的意思。为什么这么说呢，因为大家觉得，如果他真是一个狡猾又老练的江湖骗子，他首先要做的一件事，最起码应该让他的儿子和他是一个姓，怎么也不应该他姓胡，他的儿子姓周，平白无故地给人留下这么大一个破绽，因为改名改姓这种事说难很难，说容易也容易，尤其是到了一个谁也不认识你的地方，你说你姓什么叫什么，那还不是你说了算，别人谁能知道，没有发生特别严重特别重大的事情，也没有人会去调查你。一个真正的骗子，能犯这种低级的完全不应该犯的错误么？反观老胡，他那么精明的人，却并没有把一件应该抹平的事情抹平，应该掩盖的事实掩盖住，他是傻子么，他难道不知道他这样做，人们会怎么想怎么在背后议论他么？由此可见他的心是放平了的，是十分踏实和坦然的，完全不怕也不在乎别人怎么看他，怎么说他，这样的人，这么一个人，能是一个江湖骗子么？

　　老胡的儿子周小或者周孝，是一个敦敦实实的孩子，背很宽，脸也是一张宽脸，不过牙缝更宽，中间的一个牙缝，能同时夹住两颗瓜子，因为经常给周围的孩子们表演用牙缝夹东西，用牙演奏音乐，所以很多孩子很快就认得并熟悉了这个叫周小或周孝的半大孩子。正常的人，一般的人，你能把你的舌头放到你的牙缝中间么？没有人能做到，但是周小就能做到，而且做得轻而易举，十分的随便，根本不算是个事情，周小张开嘴，叫大家看他的舌头，大家看见他的舌头好像躺在他的牙缝中间睡觉一样。六根火柴，分成两撮，一边撮三根，同时撮在周小的牙缝里，大家看见周小的牙缝里放着一捆幼小的码得整整齐齐的柴火。一根线，两头被周小分别绕在两颗牙上，中间牙缝空出来的那一段线就能弹奏出悲凉婉转的梆子调。周小还用烟盒里的锡金纸贴在牙上，冒充金牙，只贴一颗牙，像汉奸，所有的牙都贴出来，就像妖怪，一张嘴，满嘴银光闪闪，再配上他的嘿嘿一笑，常有小孩子被当场吓哭，更有的回去后神志不清，昏迷不醒，需要连续两三个晚上出去叫魂才能慢慢叫回来，好起来。

一个有月亮也有星星的夜里，老胡背着手走到富贵面前，忽然伸出手，展开手掌，让富贵观看，富贵看见老胡的手心里亮晶晶，碎纷纷，就像繁星点点。富贵懵头懵脑地问，这是啥？老胡说，连这也不认得，不是你最想要的东西么？听到老胡这样说，月光下富贵颤抖得像河边的一根芦苇，富贵用一种严重失真的完全不是他本人的声音说，你提炼出来的？从土里，从沙子里？富贵的那种奇怪而又罕见的声音把走南闯北见多识广的老胡也吓了一跳，老胡愣了好一会儿，老胡想咋这声音，然后老胡才定下神说，不是我还能是谁，当然是我喽。

老胡吩咐富贵展开手掌，老胡用一根手指把他手心里的点点繁星刮下一些，刮到富贵的手里，富贵看见自己的手里顿时也亮晶晶，金灿灿，繁星点点，富贵说，噢，噢，看这亮得！

夏天过去了，秋天来了。秋天过了一半的时候，老胡忽然走了，连人带他的那些东西都没有了。五灯跟着富贵去看，看见老胡曾经住过的那盘炕上，光溜溜的，只剩下一张席子。

富贵判断，老胡应该是天不亮的时候走了的，后来又觉得说不定后半夜的时候就走了，因为前一天晚上他们还在一起说过话，老胡还为富贵描绘了一幅令人神往的蓝图。那时候周小站在不远处，手里拿着两块圆溜溜的火石，啪啪地撞击着，不时地迸发出闪闪烁烁的火星。

那是要半夜逃跑的样子么？富贵觉得完全不像，根本看不出来，再会算计也算不出那事。

富贵转过脸骂五灯,睡得死猪娃一样,老胡和周小走的时候,你就一点儿也没听见?

五灯说,又怨我,你不是也没听见么。

富贵说,你妈的,动不动就和老子比,老子受了一天,快乏死了,你能和我一样么。

五灯对富贵说,就算听见了,你能知道他们是要逃跑么,万一起来是去尿尿呢,你还能不让人家去尿,人家尿尿你也跟着?

富贵忽然发现五灯说得好像也在理,可是又绝不愿意承认五灯说得对,他把老胡父子俩突然逃走带给他的晕头转向,带给他的怨恨和恼怒,全部临时转移到五灯身上,他伸手去打五灯,发现并没有打到,用脚踢,脚也踢空了,五灯早已不在他的身边,人不知道去了哪里。

老胡不见了,作为他的儿子,周小自然也就不见了,从此五灯再没有见过一个牙缝比周小更宽的人。五灯想起周小那宽阔的牙缝,就像一堵墙上的一个豁口,身量宽厚敦实牙缝宽阔的周小,还喜欢背着手走路,这让他又很有一种司令的派头。这样的一个人,能像排长连长营长么,根本不像,就像司令,只像司令,周小来了没多久,人们——尤其是孩子们就发现了他的这种特征,而一个走路蹦蹦跳跳的人能像司令么?一看就是下级的,甚至跑腿的,周小从来不蹦蹦跳跳。相貌决定角色,身材更决定角色,有时几个孩子一起耍,周小会被大家临时推举为司令,周小也相当受宠若惊,很卖力地表现,努力让自己更像个司令。

就像有一根看不见的绳子暗中拉扯控制着一样,就像有一种因果一直生长在地下,必要的时候才拱出地面,来到日常中一样,老胡父子俩逃走不久，五灯他妈忽然就病了，但是好像是一种偷偷摸摸的怕人知道的病。这件事五灯一开始并不知道，也从来没有注意过，直到某一天他妈突然不能再给他们做饭，甚至连炕也下不了，五灯才知道他妈病了。病是病了，却不知道是什么病，问也不说，五灯从外面回来，听见他们正在叫唤，五灯一进门，他们就立刻不再说话了，先前的叫唤也随即停住，但是五灯能看出来，事情或者问题并没有解决，还在那里放着，堆着，凌乱着，甚至腐烂着，糜烂着，只是因为有人在场，暂时不再提起，只能等没人的时候再重新提起，重新摊开，重新叫唤。家里的气氛也让五灯觉得一定是发生了什么，有了什么事，富贵变得更暴躁，一句话不对就扯着嗓子叫唤，自己干活儿不小心，割了手或者砸了脚，也会怨别人，有一天甚至和一根椽子生了气，用斧子把那根椽子砍得乱七八糟，满地的木头渣子。五灯有一次叫了他一声爹，富贵说，我不是你爹，你奶奶也不是你的亲奶奶。五灯惊异，五灯觉得好笑，这不是《红灯记》里的话么，这和他有啥关系呢。

一个人的时候，五灯想，妈到底得的是啥病呢？五灯觉得，可以肯定的是，一定是一种非常不好的病，而且还是一种不能公开谈论的病，很多病能公开谈论，能敞开了说，对谁说也不怕，可是他妈的这个病却是那么怕人知道，那么的不想让人知道，连五灯都不想让知道。

有一天五灯放学回来，一进门看见他妈正把一些放凉了的草木灰抓起来往裤裆里放。

五灯惊呆了，五灯迷糊了，不知道他妈这是在做啥，五灯想问，但是五灯忍住没问。妈没料到五灯会回来得这么早，更让她没料到和不快的是，五灯忽然就进来了，事先竟连一点儿走路的声音也没有听见。草灰放在一个笸箩里，不知妈后来把它藏到了哪里，反正自那以后，五灯再没有见过那些草灰以及那个笸箩，不过五灯觉得她肯定还在用。妈从来也没对五灯解释过草木灰的事，五灯也一次都没有问过，尽管五灯的心里有很多的问题要问，想问。

天气晴朗的日子里，刮风的时候，下雨的时候，屋里常会传出痛苦的呻吟甚至嚎叫。富贵在院子里用铡刀给羊切草，一个人又递草又扶着铡刀，那难听的呻吟或嚎叫不断地钻进富贵的耳朵里，富贵觉得不能忍受的时候，就会冲着屋里说，别他妈嚎了，要死你就赶快死！

屋里突然寂静下去，好像没有人一样，不过不一会儿，就会有颤抖的颤颤巍巍又咬牙切齿的声音传出来：想得美，想叫我死，给你腾地方，门儿也没有！你看着哇，我就不死！

富贵一手扶着铡刀，脸冲着屋里说，不死你就活着，脸皮厚厚地活着，活得长了毛！

或者说，你不死我死。

五灯不想回家，每天都不想回，放了学，就在山区里到处游荡，这儿站站，那儿看看，能迟回就尽量迟回，要不是怕富贵发怒，要不是外面没有饭吃，五灯其实黑夜也不想回家。

因为看一场打架，天已经很黑了五灯才回到家里，快要到家门附近的时候，五灯已经做好了被富贵打骂的准备。五灯蹑手蹑脚地走着，心慌意乱地走着，走进院子里的时候，看见屋子里亮着灯，走进堂屋里的时候，听见有唠唠的说话声，五灯心里一喜，难道有外人来了？

一进屋里，果然看见炕沿上坐着一个人，不是富贵，当然不是富贵，富贵靠锅台站着。

看见那个人，五灯就像看见了救星，虽然是黑夜，但是五灯觉得晴空万里，风调雨顺。

果然，富贵也只是捎带着看了五灯一眼，没有说话，富贵在很认真地听那个人说话。

五灯不由得松了一口气,看来今天这一劫是顺利地躲过去了,五灯心里高兴得差一点喊出来。五灯知道,功劳不在五灯,更不在富贵,功劳当然在那个人,是他的到来让五灯躲过一劫,是他的到来让这个可怖又难熬的黑夜星光熠熠又阳光灿烂,而平时是最不想看见他的。

因为他是廖一鼎。

整个公社,全公社,所有的人加起来,谁最最家喻户晓,谁都知道,谁都认得,那就是廖一鼎,除了他,再没有第二个人能和他相比。公社书记,公社主任,见过他们的人并不多,真正认识他们的更没有几个,而廖一鼎,不仅全公社的男女老少都认得,就连那些刚会跑的小幼儿们也都认得他,无论任何时候,无论多么高兴,只要一看见他,立刻放声大哭,哭得涕泪四横悲声大作,哭得蝎蝎螫螫又情真意切,就像小猪看见兽医,就像人见到了鬼怪一样。

为什么会这样,看见廖一鼎就放声大哭,原因其实也很简单,是因为廖一鼎给他们打过针,凡是被他打过针的人,成年人自然不必说,尤其是那些小孩子,大多都会深深地记住那个貌似忠厚老实而在他们看来实则形同魔鬼要多可怕就有多可怕的人,他在众多幼小的心灵里种下了不可磨灭的可怖记忆。无论任何时候,只要看见他一进村,就知道没有好事,都祈求并希望他去的是别人家,有时一群孩子会远远地跟在他的后面,目的就是想看他这一回要去的是谁家,只要去的不是自己家,他们就会高兴得手舞足蹈,感到一种巨大的庆幸和欢乐。无数个年头以来,作为全公社唯一的一位巡回医生,廖一鼎很可能给绝大部分的人都打过针,从小的到老的,很多人家,祖孙三代,也都是廖一鼎给他们打针。有的年轻女的病了不好意思脱裤子,廖一鼎就对她们说，这个山区，谁没在我面前脱过裤子，你去问问，有啥羞的，你要是实在不想打就算了。那哪能算了，算了病咋办，医生就在眼前坐着，再怕羞也得脱了。

廖一鼎是公社卫生院的医生，但是公社卫生院好像并没有他的地方，无数个年头以来，廖一鼎一直背着药箱走村串户，巡回医疗，走遍所有的村子，这注定他给很多人都打过针，也注定在很多人家里都吃过饭。也很少在一个村里停留，停留最多也是一两天，然后就又走了。下一个村里的人们看见一个人摇摇晃晃地出现，看见药箱上一个早已不再鲜红的"十"字，就知道廖一鼎又来了。常有小孩子气喘吁吁地奔走相告，廖一鼎又来了！在五灯的记忆和印象里，廖一鼎好像从来都是只打针，不做别的，去很多人家，打一针就完事了，这也让他在山区一代又一代的众多孩子们的眼里成为一个十足的恶人，甚至是灾难的象征和化身。

五灯回来的时候，廖一鼎好像已经给五灯他妈检查过了。廖一鼎戴着口罩，说话声音闷闷的，嗡嗡的，和平时很不一样。五灯终于知道，廖一鼎原来也是有口罩的，只是从来不戴。

多少年来，作为医生，廖一鼎走村串户，四处出没，好像从来没有戴过口罩，更从来没有穿过白大褂，至少五灯一次也没有见过，可是今天在自己的家里，虽然还穿着平常的衣裳，却看见廖一鼎戴着口罩，五灯觉得真是稀罕死了。看见廖一鼎戴着口罩，五灯就像看见了一种百年不遇的西洋景，五灯发现，戴上口罩以后的廖一鼎，有点儿不太像原来的那个熟悉的廖一鼎了，更像一个从来没见过的陌生人，就连口罩上面露出的那两个眼睛也是无比陌生的。

廖一鼎戴着口罩，好像宣判似的对站在一旁的富贵说，没问题，就是那种病。

富贵一条腿往前迈了一下,好像要说什么,却张口结舌,又什么也没说出来。

廖一鼎说,她这种病,除了青霉素,别的药都没效。

富贵好像才从梦里被叫醒一样,愣愣怔怔地说,青霉素,你是说青霉素?

廖一鼎说,对,青霉素,一天一针。

接下来才是难题。廖一鼎说虽然咱们是自己人,认识这么多年了,可他也不能保证每天都能来,每天来给病人打一针,那是不可能的,因为别的村里还有病人。廖一鼎说最好的办法就是他每次留下两三天的药,到时候让村里的赤脚医生给打一下。富贵一听就愁了,怕了。

富贵说,他一来打,那不是全村人都知道了?

廖一鼎说,知道就知道吧,谁又能不病。

富贵说,别的病,头疼脑热,咳嗽气短,腰疼腿疼,不怕人知道,可这种病能叫人知道?

廖一鼎说,我能保证,我会给你们保密的。

富贵说,我们信你,要是连你也不信,那还能再信谁,再没有能信的了。

廖一鼎一边说着话,一边打开他的药箱,先拿出针头针管,让富贵放到滚水里煮一会儿。富贵就开始刷锅,又往锅里添水,接着又喝斥五灯,让五灯坐在小板凳上拉风箱。五灯啪嗒啪嗒地呼呼地拉着风箱,不一会儿,锅里的水就滚沸了,屋里立刻起了白茫茫的雾气。富贵在廖一鼎的指导下把针头和针管都放到滚水里煮着,锅里咕咚咕咚地响着,针头和针管在水里跑着,旋转着,不断地发出它们各自的声音。富贵看着锅里,问廖一鼎用不用盖上锅盖?廖一鼎说,盖上也行,不盖也行,又不是做饭。就在那时,富贵忽然想出一个自认为很好很不错的主意，富贵对廖一鼎说，实在不行，能不能一回给她打两针三针，三天后你再来。

廖一鼎说，你真敢想也真敢说，那可是青霉素，你以为是啥，一次打三针，你就不怕把她打死？那还给她看啥病，一点意义也没了。你们再想打，我也不敢给你们打。

富贵说，我只是想能省点事就省点事，让你少跑一回。

廖一鼎说，不管想啥也不能一回打两三针，那是要出人命的，病没看好，人先死了。

富贵不再吭声，廖一鼎吩咐他把针头和针管捞出来，放到一个干净的碗里晾着。

打完针，廖一鼎一边收拾药箱，一边说，我不知道她这病是从哪儿来的。

富贵悻悻地恨恨地说他妈的，富贵说他也不知道。

廖一鼎说，不可能是她自己长出来的，应该是别人传染给她的。

富贵用一边那个红肿的烂眼皮看了一下廖一鼎，说，他妈的。

廖一鼎批评富贵，说他，你就知道说他妈的，你得分析病情，找原因，想办法。

富贵说，我哪有办法，你才有办法。唉，倒了八辈子的霉了，他妈的。

天气开始凉了，每天都有燕子飞走。

五灯他妈对五灯说，去村口看看，看看廖一鼎来了没。

五灯他妈看着窗户说，啥也不盼，就盼他给我来打青霉素。

五灯站在村口看着，从公社那个方向来的路上一开始没有人，后来出现了一个赶着毛驴的人，肯定不是廖一鼎。要是一辆马车还说不定,廖一鼎有时嫌路远,会随便搭乘一辆马车,周围一带赶马车的也都认得他。不过五灯也记得,有一年,一个头上罩着一块毛巾的人,特务一样,从一头毛驴的背上翻身下来,人们一看,竟然是廖一鼎,胸前斜挎着的一根棕褐色的猛一看好像武装带一样的皮带原来是他药箱上的那根带子。人们说,这老汉,吓人倒怪的。

斜挎着药箱,廖一鼎对大家说,我来看你们来了,看看你们谁病了。

有人说,是不是就盼着我们病了,你好上手?

廖一鼎说,瞎说,说话得凭良心,你们谁病了不是我看好的;我不上手,你们能好了?

接着又对一个胯骨很宽的女人说,来,不要全脱,少脱一点,撅起来,我给你打一针。

山很丑,到处露出疥癣般的石头和黑洞,山上的那些毛毛草已经枯黄枯白了。

多少年了,这些山一点也没变。

人死了一茬又一茬,它们动也没动,谁也熬不过它们去。

那年"四两油"偷了一只鸡,剩下半碗肉藏在炕洞里,还是我带人搜出来的。起先还嘴硬,半碗鸡肉往地上一放,光天化日,铁证如山,当下他就认罪了,跪在地上又磕头又抱腿。

是按坏分子定性的么?

那肯定是,典型的反革命坏分子。以后每次开大会都少不了他,一直到死。

杜林笔记

我不知道我能为你做什么
就像我不知道我能为这个世界做什么

第二十八章

这么早就睡了

家里只有她一个人在，美琳忽然从外面推门进来，进来却不说话，而是用一种十分少见、十分怪异的眼神看着她，美琳的样子把她吓了一跳，不像是平时她熟悉的那个美琳呢，因为她的那种眼神里明显有一种好像就要疯了的意思，她觉得，离疯就差一点点了，一寸也不到了，一分钟也不到了，下一秒要是忽然到来，应该就是美琳疯了的情景。

关键时刻，悬崖边上，美琳忽然刹住了。

他跳井了。美琳这样对她说。

她先是愣了一下，不过很快就反应过来，知道美琳说的是谁了，就是美琳娘家村里的那个一直和美琳连挂不断的人，上一回在这里差一点被打死，这一回却自己在村里跳井死了。

她问，咋就跳井了？

美琳说，谁知道。

美琳收起先前那种让她感到不安和害怕的眼神，接着眼里就涌出了泪，看见美琳哭了，她放下了一半的心，她更怕她不哭。昨天后半晌的时候，美琳偶然在路边碰到一个她娘家那边的人，消息就是那个人无意中说出来的，那个人告诉美琳，说死了好几天了，人已经埋了，美琳当时就觉得心里铮地一下，好像被一个尖尖的东西刺痛，眼前黑了一下,差点儿扑倒。

美琳对她说,她来她这里就是为了找个人说说话,找个地方哭一下,要不然她一个人会憋疯了。

美琳对她说,这一辈子活得,活成了啥,想哭的时候连个能哭的地方都找不到。

她说,你这不是找见了么,我这儿不是能让你哭的地方么。

美琳说,也只能来你这儿,除了你这里,别处还能去哪。

她说,你还想去哪,有个能哭的地方不就行了么。

说是临跳井前,洗了头,还把他自己的一双鞋也洗干净了,晾晒在窗户外面的窗台上,等后来人们从井里把他捞上来的时候,他的那双晾晒在窗台上的鞋还是湿的,还没干了。

美琳对她说,你说,一个想死的人,死前还能想到把自己的一双鞋洗干净晾在窗台上么。

她忽然想起几年前的那个情景,她和美琳沿着去枯山的路走着,与她们同时,东山脚下还有一个人在走着,却和她们不是一路,而是朝正东的方向走着。走了很长一段路以后,那个人不再装模作样地继续沿着东山脚下往东走了,而是一个直角折过来,开始往南往偏东南的方向过来,像是要追赶她们并与她们汇合。这以后,他就在黄艳艳的黄芥地里飞跑起来了,太阳也黄艳艳地照着,满地里的蜂子蝴蝶忽闪忽闪地飞着,嗡嗡嘤嘤地叫着。而在她的身边,美琳也忽然开始奔跑,齐腰高的黄芥遮挡着他的下半身,也遮挡着美琳的下半身,不断地有黄芥倒下又迅速地站起来,他们在黄艳艳的地里跑着,两个人之间的距离越来越短。

而现在,可以确定的是,那个人已经躺在了两三丈深的地下,土里,再也不会在黄艳艳的黄芥地里飞跑,更不会单程奔波六七十里山路，回去时又是同样的六七十里路程，时常不请自来地出现在村外，野獾狐一样地在村外眺望，等待，运气好赶上唱戏，就能混进村里，假装看戏，让自己混迹在戏台下面，隐身于人头攒动的喧闹之中，给美琳带来不安和惊吓了；同时，无论任何时候，美琳再回到娘家，也不会再见到他了。死是什么，啥叫死，她和美琳，她们两个人共同觉得，死就是你今生今世再也不会看见那个人了，永远不会再见到了，永远。

不管咋说，不管说得如何好听，高尚，玄妙，如何的天花乱坠，不容怀疑和更改，肉身的死也还是一种真正的死。一个人死了，但是他说过的话，做过的事，还有人记得，就此就说这个人并没有死，还活着，这么说，心思是好的，愿望也是好的，可是却总有那么一种叫人觉得说不出来的东西：你要说它是抬杠，好像也不准确，说是瞎说，更有失宽厚和良善。而它更像是一种发言，一种口号，一种印刷出来的效果，印刷出来的事实和真的事实是一回事么？好像从来就很少有是一回事的时候。人，死了就是死了，事实就是那曾经的一百多斤肉和骨头，血和水，以及其他零七碎八的东西是真的不见了，永远没有了，消亡了，你也许还能见到他留下的某个东西，想起他说过的话，但是你走遍世界，你还能再见到他那个人么？

也常听说谁谁回来了，却从来没有和风细雨的归来和亲热的相见与安静的问候，更多的好像都是在发泄生前的种种不满和死后的怨恨，恨天恨地，恨一切，说是回来，实际就是在乌烟瘴气地作怪，把家里剩下活着的那几个人关照得鬼哭狼嚎，魂飞魄散，更像报仇。这种事，就算是真的，这是曾经那个被叫作亲人的做的事么？你们能肯定回来的真是他（她）么？

地里空了，越来越多的地在收割过后成为空地，有的地里留下满地铮硬坚利的短茬，天比任何时候离人世间都更高更远，看得工夫长了，不仅眼前发黑，还会让人的心里更空落。

两边都是山，中间夹着一些村子和一条河，如果站在更高处看，会发现其实四周都是山，之所以平时没觉得四面都是山，是因为有的山离得稍微远了一些，近处的平川梁地把有的山顶到了远处，支了出去，平时又少有人去那些山上，所以就会忘了它们。就像人身上的很多地方，它们要是不痛不痒，一般是很难想起它们的，只有觉得痛痒的时候，红肿溃烂的时候，严重地影响到你危及到你的时候，才会想起它们，想起身上还有这么个东西。山也一样，离得近了，每天一睁眼就看见，离得远了，往往就想不起来了。这就又有点儿像亲戚们，常走动的，就常在你的眼里和心里，知道他们是你的亲戚，互相有血缘，有情意，连谁是啥性格也基本一清二楚；离得远的，不常走动的，始终就不走动的，慢慢就忘了，甚至从来也想不起来这世上还有那么一些人，与你们沾亲带故，不管他们过得怎样，谁还在世，谁早就不在了，因为音信不通，素无来往，你完全不知道，甚至也根本不知道他们是谁。老一辈的可能还知道一些从前的脉络，关系，心里有一幅足够清晰的亲友图，老一辈的要是都不在了，剩下后面年轻的，就完全是另一回事了，即使面对面碰上也不过是陌生人，并且又各有各的事情要做，各有各的日子要过。很多原来人丁兴旺，亲戚众多，关系复杂的人家也是这样逐渐分散，逐渐变小，逐渐变没了的。一家一户，一个两个的人，生活在某个谁也不知道的地方，背对过去，背对昔日的三姑六婆，叔伯姨表，从前的一切全部斩断（也不能说斩断，有的能斩，更有的更年轻的压根就没有可斩的。），在新的地方消亡了，或者烟熏火燎地另起炉灶了。

夏秋时节，河里的水，隔两天会变得很大，那就证明焉罗山和海王山以北的地方下了大雨，这也是听别人说的，她哪知道这些。要按她对世事人情的一贯的认识和理解，还以为河也像人一样经常受到各种脾气和性情的左右和控制呢，脾气好的时候顺顺溜溜安安静静地流着，面带微笑，水也清澈，不仅能看见上面的花形纹路，还能看见水下面的沙子石头，小鱼蟆蚪；脾气不好，性情变坏的时候就大喊大叫，暴跳如雷凶神恶煞地翻滚着，从没想过竟是上游地的天气和季节在决定着这里的水大水小。河水流经一些低湾拐弯的地方时，会发出一种狼吞虎咽的声音，呼呼地响着，像一群饿极了的人端着碗时的样子，这样的水，常常会把平时人们踩着过河的那些石头统统都淹得看不见，从河西过河东去，或者从河东过河西，原来的石头是找不见了，只能脱下鞋，挽起裤子过。不过，这么大的水，也并不是常有，大部分的时候并不大，也不宽，歇歇缓缓地流着，有时甚至有一种很吃力的流得很乏很累的很辛苦的感觉。每逢这时，河中间人们踩着过河的那些石头就又都显露出来了，白石头白得晃眼，黑石头又圆又光，有的还长出胡须一样的苔藓，人踩上去，经常会滑进河里。河里还有一些红石头，常有人说红得像血，其实没有血那么红，颜色比血要更浅一些，更晴朗更年轻一些。

这条由北向南的河，还不到南山下，流到南边的梁下的时候，就与从西边过来的又一条河汇合了，加入了进去，从那里开始就变成了一条河，河面也顿时宽阔起来，朝正东流去。从村里去枯山，就必须得先过了那条由北向南的河，到了河东，然后再过那条由西向东的河。

山很丑，尤其东边的这座山，无论任何时候看，都像是一个满脸胡须的胖大老汉一样坐在那里，胖大却又贫穷，无用，上面真的是要啥没啥，多的只是各种毛毛草，一蓬一蓬的蒿草，一窝一窝的芨芨，还有洞里的那些朽烂发白的不知什么年月的棺材。有树么？好像至少这边没有，山的那一边有没有，她从来没去过，不知道，想必也寡，因为周围别的那些山差不多也都是一样的，都光秃秃的，夏天长些几寸高的小草，还不是连成片的草地，却是一丛一丛的，一簇一簇的，大一些的茂盛一些的还好，像草，小的，更小的一丛一簇，一个一个的锅刷子一样立在山上，远看像锅刷子，近看还像锅刷子，而它们中间的距离还是裸露的苍老的地皮，所以，看见了这座山的正面和背面，也就等于看见了另外一座山的正面和背面。就像看完了张三的家，就不用再去李四的家里看一样，因为太像了，太一样了，基本不会错过什么。张三家里要是有一辆自行车，李四家要么也有一辆，要么就纯粹没有，绝不会有两辆，这就是大多数人家的情形。就连空气和味道都是那么的不相上下，每天盛在碗里的饭也大致一样，偶尔吃别人家一碗饭，有时会错觉成是自己家的饭，因为东西还是那些东西，要说有哪不一样的，区别也只是在手法上，多炝了一点儿油，或者山药去了皮，大块变成小丁。自己家女人粗枝大叶，眉毛胡子一把抓，山药从不去皮，一来是粗糙惯了，二来是舍不得去。

下雨的时候，整个山坳河谷里都是临时唤醒并集合升腾起来的自然的味道，雨快来的时候或是已经来了的那一阵，先是浓重强烈的土味，十分绒厚地从地上蹿起来，升起来，弥漫在空气里。那种时候，只要是个人，就能闻到那种有点儿湿又有点儿干的泥乎乎的土味，很可能鸡狗猪羊们也能闻到，只是它们不说罢了，因为很多狗就常在那种时候忽然愣住，抬起头，不明所以地看着四周，不知道自己闻到了啥，想问也又没地方去问，只能愣怔。雨正式下起来，唰唰地，哗哗地，这时候先前的那种土味就慢慢地没有了，换成了有点儿甜又有点儿咸的雨味，雨味里更有一种腥气，只有下雨的时候才会出来那种味道，平常不下雨的时候很难闻到。有人从你的旁边走过，身上也是一股一股的雨味，还有的人会发出铁锈气和馊味。

大多数的人其实看不懂这个社会或世界，不过世界好像也并不需要谁看懂，不懂才好呢，越不懂越好，社会或世界本身也的确常给人这样一种感觉，不希望你懂得啥。大多数人活着，只是充个人头，算个人数。住在后湾里的耿后生说，能算个人头还不行，已经够可以了，就怕数过来数过去就是没你，连个人头人数也算不上，那就麻烦了。耿后生最在意这种事情，哪怕是去大太阳下站着，在雨里淋着，哪怕是去抬轿，也希望能叫上他，总怕把他落下，要是落了单，那才是他最伤心最黑暗的事，只要不被排除在人群以外，咋都好说，怎么都行。

鸡狗猪羊牛马，蝴蝶蜂儿画眉蛐蛐核桃虫，它们能看懂么？它们怎么能看懂，它们更应该看不懂，它们要是看懂了，说不定就真的成精了，成为各种精怪，所以它们谁也成不了。

每年胡麻开花的时候，一准会让她想起自己的家乡，别的时候还好，就那几天，满地蓝莹莹的小花，开在晴天里，挂在阴天里，尤其是铅灰色的阴天里，整个山梁上蓝莹莹的，让她不想都难。为啥别的花没有那种叫人喜欢又叫人难忘和难过的作用或效果呢，她不知道，从来就不知道，也从来都想不明白。一年中就那几天，山梁上的胡麻开出众多蓝色小花的那几天，她整个人就像病了一样难过，同时却又像见到了亲人一样满心欢喜，白天它们蓝莹莹地遍布在她的眼里，到了黑夜又会来到她的梦里，有时排着队，一个一个地来敲门，然后一个一个地进来，有时等她看见的时候，就已经是漫山遍野的一大片了,整个山梁都是,整个山梁上都蓝莹莹的令人迷醉,仔细听,好像还有清脆的叮铃铃的响声,那就是它们摇晃出来的,风一吹,就响一阵。山下的路上也有叮铃铃的铃铛声在响着,那是路过的马车和骡车。

曾经有一个人,蹲在山药地里,半天不说话,只是歪着头到处看,那时山药也正是开花的时节,满地白彤彤的小花,奶白色的,洁白无瑕,上面没有一点点杂质。就是那个人,后来忽然开口说话了,皱着眉头,嘴里吱吱地喷喷着,一张嘴就忧国忧民地说,今年的花好像开得不多……她想,这是谁,吃粮不多,管得还挺宽,操心的还不少。忽然起风了,满地的碎碎的小白花纷纷涌涌地行动起来,就像撕碎了的云彩,各自的嘴里嗡嗡地念着,念着一些谁也听不懂的话。刚才忧心忡忡地说话的那个人,一张脸忽然从一层又一层一片又一片的小白花中间露出来,她看了一眼,顿时就被惊着了,你以为那是谁,竟然是老赵,蹲在白花花的山药地里,头上还戴着一顶草帽,不像老农,更像一名来下乡的干部,正在察看庄稼的长势或者调查什么。她慢慢从惊吓中缓过神来,小心地往前迈了一步,问老赵,咋是你,你不在你那儿好好上班,咋跑回来了?老赵诡异地朝她一笑,说有些事情你不知道,也不懂。然后就又去研究那些碎云彩一样的山药花去了。这还用他说么?她自己也知道,不仅有些事情她不知道,很多事情,太多的事情她都不知道,远的大的先不说,来了这么多年了,就连四个小队的副队长都有些谁,中间换了些谁,她都从来不知道,直到今天也不知道;坡下刘士英家的两个妯娌,多少年都像仇人一样,究竟是因为啥,是什么东西铁丝网一样在她们中间拉扯着,阻隔着,她更不知道;那么,桂林到底有多好看,在哪个方向,南斯拉夫在哪个方向,到底有没有唐僧这个人,是一个真人还是一个传说,她当然更不知道，更不可能知道。她只知道，再过些天，这些小白花就都谢了，地里将变成墨绿色，满地里再看不见一片白花。

大雁高高地飞着，在没有云彩的青蓝的天空里，高到让它看上去像一只蒿雀那么大的小鸟。地上到处能看到黄色和黑色的草垛，黄的一看就是新的，不久以前才垛起来的，散发着浓烈的草味，人从旁边经过，会忍不住打喷嚏。那些又黑又旧的草垛，有的已很有些年头了，早已变成黑灰灰的像四十年的墙皮或者沤好的肥料一样的一层一层一块一块的东西，随便从里面抽出又黏又呛人的一大块，上面还带着一层白雾雾的东西，你以为是冰霜，秋天哪有那么长久不化的冰霜，是长出了白毛。整个草垛散发出一种很浓的药味和霉味，闻上去就知道很苦，平时连麻雀都不往上落，只有冬春时节满世界找不到任何吃的东西，才会落上去翻寻。

麻雀们也像人一样呢，有好的就先尽好的，好的没有了再说，再降低标准也不迟，但是在有好的的情况下，仍然是先尽好的，谁也不会自动降低标准。比如在学校里教书的女老师们，自己本身就是老师，但是找对象谁也不会去找男老师，最次也得找个工人，找个比男老师挣钱多的，甚至开拖拉机的也要比男老师吃香。女老师和男老师，做同事可以，完全没问题，甚至互相偷偷摸摸地相好也没问题，但是做她们的男人，做她们的丈夫，做她们孩子他爹，那就不行了，绝对不行。所有的女同事都不把自己列入考虑的范围内，那么在村里教书的男老师们要想成家，找谁呢，只能找村里的姑娘们，那也得人家全家人都愿意，不嫌你穷酸，女方重要的亲戚们里面也没有人横拦竖挡，没人挑你的毛病，更没有人说那种看不到希望和前途的泄气话，那说成的可能性就大了不少。不过周围的人要是问起二姑娘或者四姑娘找了个啥人家，做丈人的首先会叹息一声，不好意思地说，是一个教员。然后再补充说虽然没什么钱,不过主要是人还比较正派,有正派垫底,做基础,叫人放心,正派再配上老实的呢,最起码人可靠,量不回米,也丢不了口袋,正派加机灵的呢,那就更不愁以后的光景过不好。

教员尘土飞扬地走着,纷繁人世间的光芒把他烤得又干又瘦,教员走在通往公社去的一条土路上,公社食品站的夏股长是他从前的熟人,姓夏的答应平价卖给他半个猪头,连上这一次,教员这已经是第四回往公社食品站跑了,前三次不是关着门,就是要找的人不在。自从过年的时候吃了一顿饺子以后,教员一家人已经有半年多没有见过肉了,教员决定破费一次,挥霍一次,奢侈一把,怎么也得想办法让全家人吃一次肉。实际上从五月底以后,教员就已经暗暗地心存了这个愿望或志向,只是由于事情要实现起来并不那么容易,中间不断地受阻受挫,所以教员一直也没有向家人宣布过他的这个决定或计划。教员是个实在人,教员觉得,八字还没一撇呢,着啥急,急慌火燎地提前先说出来又有什么意思,万一实现不了呢,女人孩子认为他吹牛,说大话,那还是小事,重要的是他们会有多么的失望和灰心,一心以为马上就要吃肉了,谁知到头来却是空欢喜一场,所以教员觉得,等真正买回来再说也不迟,到时候还能给全家人一个大大的惊喜和晕头转向的欢乐呢。现在,教员三天两头地勤赶着往公社食品站跑,就是觉得这个足够漫长又不易的计划就快要实现了,艰难困苦,玉汝于成。

短时间内不断地出现在同一条路上,来来回回一趟一趟地奔走,有时正人君子般地走着,有时支离破碎神色慌张地跑着,帽子也是时戴时不戴,他是在干什么?皮裤套棉裤,必定有缘故。终于有细心又明察秋毫的人注意到教员最近的行为和行踪很是反常,甚至极为的诡异和神秘，已经暗中报告了校长，大家怀疑教员有可能加入了什么特务组织，即使不是真正的特务组织，也有可能是反动会道门一类的东西。在教员完全不知情的情况下，形成两种意见，第一种意见是决定先不惊动他，不戳穿他，以免打草惊蛇，等他自己暴露，抓他个现行；第二种意见是，如果还把教员看成是我们自己的同志，那就应该对他大喝一声，对他说，醒醒吧，你妈×的，手榴弹当枕头，你知道你有多危险么！及时地拉他一把，人生关键的要紧的路只有几步，关键的时刻，拉他一把和不拉他一把，任由他自己出溜下去，那是大不一样的，能眼看着他——我们自己一个同志在一条危险的路上一路狂奔下去，直到跌入万丈深渊么？

教员的下文怎样，她不知道，她只知道再过十几二十来天，早上起来会看到白岭岭的冰渣子一样的霜雪，地里的高粱叶子红得像擦过血的布条子，一条一条地拢在一起，无数条血红的血殷殷的叶子一群一伙地最后留在地里，一群一伙的没有家的人一样，留在高远青蓝的天空下，别人都走了，就剩下它们，潮红色的火焰一样留到最后。而在很多人的家里，有些与它们同时成长起来的像是邻里的同年玩伴一样的东西，经过人们的一春一夏又一秋的早已等不及的嚼咽和吸收，快速转化，早已变成另外一些东西，提前转世，再一次出生，以另外的一种模样来到世上，再见面时，已互不相认，全不记得往日的时光与曾经的缘分。一棵还在地里经霜慢熟的高粱，还能认出不远处的一堆粪么？它是谁，它们是谁，春天时它们一同埋进土里，记得它幼小玲珑，白白嫩嫩，哪是现在这黑山一样的，这是春风时的那颗小白籽？

高粱认不出已变成肥料的曾经的小豆子。人也一样，一个人站在你面前，正和你说话，你知道他（她）在这以前是谁么？最早的时候又是谁么？不知道，你只知道他（她）现在是谁，不过这已经足够了，你又不研究他，知道多少也没意义，更何况你也不可能知道那么多。

秋天过完的时候，风已像刀斧，一来了就乱砍一气。因为要腌菜，往房顶上晾晒干菜，自制淀粉，把山药和萝卜放进窨子里，把分到的谷黍背到碾子上去碾，碾成米，炒熟的莜麦当然更得碾成面。碾房就那么三五处，赶上家家户户都需要碾，就只能排队等着，很难说什么时候会轮到你家，傍晚，或者半夜两三点，也有可能是早晨的时候。每家打发一个十来岁的孩子在碾房里等着，起先还劲头十足，盯着人家碾盘上的粮食，但不一会儿就靠着上面满是厚厚的灰土的墙睡着了，快要轮到时，被人踢醒，轮到你们了，快回去叫你家大人去，我们就快要完了。迷迷糊糊地从地上站起来，赶快飞跑回家里去报信，一家人背着麻袋口袋，拿着筛子笸箩面箩，迎着夜半的寒风，往碾房里来了。牛骡驴马是集体的，只干队里的活儿，不可能给谁家碾米磨面，所以轮到谁家，家里的人不管大小都轮流上阵。在灰尘滚滚的碾房里，推着碾子，碾完该碾的所有粮食以后，需要在磨道里走几万圈，几十万圈，从来没有人计算过，计算那些又有啥用，无论推多少圈都得推，直到碾完为止。要是轮到你的时候，正好是半夜，还得从家里拿灯，没有灯，黑暗中瞎摸，什么也干不成。冬天的夜里，外面寒风刺骨，碾房里面又没有火，推着碾子一圈一圈地走，既做了营生，又取了暖，比专门烤火还顶事呢。当爹的一边推着碾子，一边给拈轻怕重的儿子讲"火帘单"的故事，故事的核心内容就是穿着单衣单裤却在三九天的碾房里并没有被冻死，还热得大汗淋漓，秘密就在于不停地运动，一黑夜推着碾子在奔走。很多女人的手变得粗黑，红紫，那不算啥，手上裂开几个几十个口子，其实也不算什么，只是它们疼起来的时候，人就不能干活儿，疼不分时候，不分场合，一直不停地撕裂，忍受力差一点儿的女人们就专门去供销社买那种九分钱一盒的海蚌油，一个小贝壳扣在一起，揭开以后，能够润肤润手的油就在里面，抹上几天以后，手上的裂口慢慢地就都愈合了，不疼了。也有舍不得花九分钱的女人，每天做完饭以后，把一双手举到灶火前烤，认为温度能够让手上的裂口得到愈合，更有的手上贴满胶布，营生照做不误。

不是哪一年是这样，年年都是这么过来的，这么忙乱完全是一种欢欣踏实的忙乱，证明冬天和明年不会太挨饿。秋后正是最忙乱的时候，家里，地里，有太多做不完的事，这时候要是闲的没事做，那就完了，那就是碰上饥荒年景了，各家的缸里都是空的，想忙也没忙的，想受罪也没罪受。就拿炒莜麦来说，莜麦在变成莜面之前，先得炒熟，炒莜麦用的锅是专门的特大号的锅，相当于普通锅的十几二十倍那么大，半口袋莜麦倒进去，下面烧着火，人站在热浪滚滚的锅前，需要用铁锹不停地翻炒，无数莜麦的细芒、碎屑和浮尘在周围始终翻滚，飞舞，飘荡，没有它们到不了的地方。一锅莜麦炒完，人就像从土里和柴火碎末里钻出来的，几锅莜麦炒完，会认不出是谁，外人自不必说，就连自己的家人也会认一时愣怔怀疑，完全就不是原来的那个人，一个看上去像原始人却又分明不是原始人，一个用莜麦的细芒和浮尘和着汗水粘贴裱糊出来的人。炒莜麦从来都是人人害怕、一想起来就发愁畏惧的营生，饥荒年里，你说你不怕痒不怕苦不怕累，更不怕受罪，很愿意去炒莜麦，一整天一整天地炒也不怕，连着一个月炒也愿意，你想得多好，问题是根本没有任何东西会让你去炒，如果有东西可炒，所有人都会抢着去炒，还不一定会选上谁，轮上谁。饥荒年里，想受罪却没有罪让你去受，因为有更大的罪在等着你去受——那就是挨饿，与饿相比，别的任何受罪都不算受罪。

青蓝的天底下，紧靠河边的路上有马车在走着，本地的外村的都有。有干硬瘦高的老头独自骑着马，老古董一样戴着瓜皮形的毡帽，斜挎着包袱，直挺挺地从山前走过，马脖子下的串铃和红绿彩绸一路哗啦啦地响着，飘舞着，没有人知道他是做啥的，从哪来，要到哪去。

马车稀稀拉拉地过着，都往北去了，她留心看了半天，也没有看见从她的娘家那边来的马车，他们肯定也常从这路上经过，只是她从来没有看见，没有正好碰上。又想，赶车的要是换了年轻一茬的，有也不认得，面对面也不认得，她不认得他们，他们也更不知道她是谁。

窗户突然被敲响，噔噔噔，噔噔噔。睡了没？原来是婆婆，婆婆在问她。她屏住气，不做声。很快，窗户又第二遍被敲响，噔噔噔，噔噔噔，睡了没？她闭上眼睛，听着，等待着，她觉得她要是再敲上几遍，得不到她的回音后，就会离去。早睡不正常么，早睡也很正常呢，这么黑洞洞的天，这么黑洞洞的地，睁着两个眼做啥，不睡觉做啥，有啥可看可说的么。

婆婆在窗外自言自语地低声说，这么早就睡了。

和她想的一样，后来婆婆果然就走了，没再继续敲窗户，听见一阵脚步声往房后面去了。

天真黑啊，又黑又静，连一声狗叫都没有。

不黑不静，就不会有夜深人静这句话了。

一天天地，一年年的，就这么往前骨碌着，有人死了，不见了，又有人出生了，长大了。

看看牛圈马棚里的那些牛马就知道了，都是这几年的，原来的那些都不在了。

听说公社又换了书记，不知是谁，哪来的。

爱谁谁，谁也一样，就那把椅子，有人走了，就得再有人补上，坐在上面。过两年，不是他远走高飞了，就是又有人来把他撵走了。不想走？说什么傻话，由了你，世界还不转了。

今天的星星好像没有那两天多，你发现了么？

天上的事，更不要瞎操心，今天不多，明后天就又多了。

杜林笔记

我常来放马的村北这片黄腾腾的荒原，有些时候也会变成紫色的，野花也以紫色的和黄色的居多，当然也有别的颜色的，比如红色粉色和蓝色的。紫色和黄色的那两种野花染色很厉害，染到什么上面都很难洗掉，所以常有村里的姑娘们采摘回去，染衣裳，染别的东西，甚至手绢和扎辫子的头绳也用它们来染。马在这片黄腾腾的荒地上吃草，低着头，很长时间一动不动，保持着同一个姿势，如果从远处看，很容易会以为是一匹石马，要是一匹白马，那就更像是石头雕刻的了。荒地把村里的地与北山隔开，形成一片缓冲的地势，北山是东西走向，北山要是大海，这片黄腾腾的荒原就是海边的滩涂地带。幼年时我以为神仙们就住在那些虚渺的轻纱般的蓝色里，知道他们不食人间烟火，所以庄稼地里有时碰见一张生脸，也绝不会认为是神仙，神仙们才不干那种事呢，不是么，多半只能是周围哪个村偷东西的凡人。

为什么非认为神仙们住在北山上，而不是东西两边的那些山上，首先就和远近有关，北山离人们更远一些，而东西两边的山时刻就在身旁，就因为离得太近了，所以就不稀罕了，山上有些啥都一清二楚，一清二楚以后就觉得它们太平常了，知道它就那么回事，普通笨重不说，经常还有人上去，谁都能上去，那就让人觉得它们没有一点儿灵气，放羊放牛的也常在上面坐着，躺着，鼻涕眼泪到处抹，那怎么能是仙境。而北山就不一样了，首先那种蓝莹莹的风水就让人觉得无限神秘，整条山脉常在慢慢地虚虚地飘动，那么好的仙境一样的地方，神仙们不往那儿住还要往哪儿住。北山平时也没人上去，估计想上去也没路吧，而神仙们是不需要路的，只有凡人才需要路，脚下要有踩的，手上需要抓的和扶的，最好背后再有靠的。

天气晴朗的时候，北山很像大海，常给人一种波波粼粼的感觉，很深，很蓝，只是从没有船在上面航行。当然，除了我，也再没有第二个人会认为那一长溜向东绵延的山脉像大海。

从我记事的时候起就听说，至少有三条路都通到北山下，但是因为平时很少有人走，曾经的三条路都被荒草掩盖并改变了，因为他们不再是路的样子，也就再没有人能认出它们。

有平地，有河流，甚至还有没有人烟的荒原，是不是觉得脚下的这片土地很广阔很辽阔，当然不是，这么狭窄局促地看世界，完全忘了东西两边的那些山，完全忘了这其实是一条又长又深的沟，那些所谓的平地、河流和荒原，还有众多一村一庄的人民，大家的家园、故土，星星般的公社、大队，也还是跑不出这条沟里去，仍在两边的山中夹着，匍匐着，散落着，一茬一茬地繁衍着；这么看问题，看事物，很像眼角没有余光的人，睁着眼看出去，只能看见前面短小浅直的一截地方，完全看不见两边的山势，所以才会觉得天很阔，地很广，路很远，又像有的人，很多人，才睡醒的那会儿，头很大，意识很膨胀，视线很苍茫，迷离蒙幻中昏昏沉沉地发现自己家的院子也足够广大和辽阔哩，甚至水缸里也碧波万顷，水深千尺呢。

想以一首诗献给我们生息的这道荒诞的山谷，献给山谷中让我们悲欢的这片贫瘠的土地，但是又总是觉得难以写出，从来都词不达意，谬之千里，不能够得到准确又丰富的表述。风沙迷蒙双眼，只是一时的盲瞽，而心灵的干涸与深锁才是最令人恐惧和绝望的，无数黑暗的心灵，荒芜贫瘠又漆黑一团，从出生到最后的终结，始终在同一条黑暗而短窄的小道上打着来回，不知有汉，无论魏晋，眼睛如填平的枯井，只认得柴米油盐，家长里短，不知世间有琴有画，只习惯听着狗叫声睡去，驶入黑洞洞的深夜，天明时再从鸡叫声里醒来；入睡前的狗叫声好像邻里吵架，让他们熟悉而又安心，很快闭上眼睛，就算如孤魂趁天黑归来，也没什么要紧的；黎明时的鸡叫声虽然破声荒腔，却像起板一样准时拉开了又一天的序幕。一天是这样的，一年是这样的，年年都是这样的。我的周围世界全是这样的人，有时候我也是，自幼生活在他们中间，我丝毫影响改变不了他们，他们却时刻都在影响着我，浸染着我，腌制着我，就像一潭水对一滴水的淹没，从我这方面来说，如同一根草想要影响并改变周围的千万根草，不自量力不说，还常使我意识到学习和改造永远没有结束的那一天。受他们的影响或习染，我也常站在墙角甚至菜地边上尿尿，停下来看别人打架，听女人们闲扯，圪嚼某一个人，看到一个身有残缺的人，唏嘘之余，不免庆幸自己的健全乃至壮实；偶尔吃到一顿大家公认的所谓好饭，除了口腹之乐，也会带来精神上的愉悦，纯粹的动物的愉悦之情。愉悦之外，也几乎从不去多想，你吃的一只鸡或者一条死了很久的冻鱼，与瞎猫吃到的一只死耗子到底有什么不同和区别，瞎猫黑暗内心里涌起的愉悦可能并不比你的更少。

第二十九章

荒草掩映着荒门

晚上回到家里以后，耗子连火也没生，吃了一点冷饭，本来还想着要去找队长，他要告诉队长，他再也不跟着连富去放羊了，随便做点别的啥营生都行，就是不想再去放羊了。心里是这样想的，可是连门都没出，却不知怎么就睡着了，等醒来的时候，已经是第二天的半前晌了，耗子发现自己趴在炕上，既没枕枕头，身上也没有被子，穿着衣裳睡了一夜。可是耗子明明记得自己是出了门的，而且出门不久就看见了队长，队长干黑精瘦的一个人，耗子走到他跟前时，却发现队长白胖而慈祥，还剃着光头，更不可思议的还穿着和尚的袈裟，一副已经修炼成仙，就要得道升天的样子，两只脚已经离开地面。耗子赶紧上前告诉队长，说自己不想再跟连富放羊了，希望队长能重新给他找个营生。队长半闭着眼睛对耗子说，我不再管你们的事了，人间的所有事情从此都与我无关了。耗子说，先给我安排个营生喂，给我安排完了，您再走也不迟哩。队长说，不好再插手人间的事了，很快会有新的队长上任，他会给你安排的。那时候，队长离开地面已有五六尺的距离，脚下已出现了呼呼的风声。耗子说，队长，您不能走，您还没给我安排营生呢！您走了，我咋办？耗子上去抓住队长的一只脚，想把队长拽住，却不料队长徐徐上升，轻松从容地做着匀速运动，不是旋风样的螺旋式的上升，却是直线上升。耗子急得大喊：

"队长"——队长已升至半空中,几片精致的云彩簇拥在队长的身边和头顶,队长垂下眼帘对耗子说,回去吧,快回家去吧。队长的声音回荡在半空,耗子听得清楚,队长的声音已不纯粹是本地的口音,中间已经掺杂了别的地方的口音。

太阳白觑觑地照着,队长不在家,也不在饲养场,近处的地里也没有,耗子东一头西一头地找着,到处寻觅着队长的踪影,问了几个人,也都说没见。耗子灰心丧气地顺着回家的路走着,快到大队的那一排阴森森的仓库前时,忽然想起那年银焕从家里走了,很久没回来,耗子和他妈两个人出去寻人,路过这一排仓库时,四周一个人也没有,耗子哆嗦着,张望着。

现在,远远地耗子就看见离仓库不远的地方坐着两个人,抽着白生生的纸烟,耗子觉得其中一个人很像队长,随着离仓库越来越近,耗子终于看清那就是队长,不是他还能是谁,队长旁边的那个人却不认得,一个胳膊上挎着一大圈亮晶晶的铁丝。怪不得哪儿也寻不见,原来是在这儿坐着呢,耗子几步走到队长面前,还没开口说话,队长看见是耗子,倒先吃了一惊。队长问耗子,咋没去放羊?耗子就说他不想跟着连富放羊了,再也不想跟着"副连长"放羊了。队长一听,不高兴地说,才放了一天就不放了,哪有你这样的。耗子说,反正我是再也不放了。队长说,你以为大队是你们家开的,全大队就你们一家人么,能想做啥就做啥么?

眼前的队长依然干黑精瘦,耗子怎么也不能把眼前的这个队长和那个白胖而慈祥的和尚联系起来,捏合成一个人,重叠为同一个人。白胖而慈祥的和尚徐徐上升,独自升天,耗子很想把那样的一幅情景告诉队长,可是又不知道能不能说,敢不敢说。有好一阵,队长又只顾和他旁边的那个人说话,没理耗子,更像是完全把他忘记了。耗子就在他们的前面站着,后来又蹲下,拿一根小树枝在地上胡乱画着,画两下,抬头看一眼队长,想看看队长有没有在注意到他。队长完全没注意耗子,队长咂咂地吸着纸烟,旁边那个人又掏出白生生的纸烟,让队长接上,队长把刚拿到手的纸烟拧了拧,抠出去一点儿烟丝,把手里的少半支接了上去。

队长抽着烟,忽然注意到耗子,抬起眼对耗子说,快去哇,没工夫理你。

耗子说,反正我不放羊了。

队长看了耗子一眼,忽然说,长得细皮嫩肉,嫩娃圪吱的,好像做啥营生也不合适呢,要不你当队长吧,行不行,愿不愿意?明天正好要开支委会,我在会上给你提一提。

耗子一听就知道队长是在讽刺他,在逗弄他,在拿他说笑,耗子红着脸说,我不当。

队长对旁边那个人说,你看,人家还不当,还不愿意哩。

听队长这样说,旁边的那个人也忍不住笑了起来,咻咻地笑着,笑得把一口烟倒呛回去,立即便引来一阵剧烈又猛烈的咳嗽,咳嗽得眼泪都出来了,一边笑,一边用手背擦抹着眼泪。

街门明明应该是关着的,可是却有一个人大踏步地走了进来,说明是耗子自己忘了关。这已经是一天以后或者两天以后了,进来的是一个叫兰贵的人,兰贵是赶车的,耗子见过兰贵,知道他叫兰贵,也知道他是赶车的,却从来没有这么近地见过兰贵。五大三粗的兰贵,脚上穿着圆头圆脑的大头鞋,手里拿着一杆一丈多长的鞭子。一进来,兰贵就对耗子说,球大的一个人,架子还不小,队长让我专门来叫你;你是跟车的,按道理你应该先去见我才对。

耗子不知道兰贵在说啥，只能从兰贵的话里和脸上看出兰贵有怨气。

马车又叫皮车，耗子不知道为啥要叫皮车，大概是车的材料除了木头，就数皮子用得多，如果真是那样，那最应该叫木车，也不能叫皮车，可是多少年来它只叫皮车，连马车都少有人叫，大家都把马车叫做皮车，方圆几百里以内的地方都这么叫，更从来没有人叫过木车，谁要把马车叫木车，那就相当于说出一个笑话一样，也没人知道你说的是啥，但是一说皮车，男女老幼都知道。正经的一辆皮车，都是由一前一后两个人共同负责，前面的是赶车的，后面的是跟车的，赶车的为大，一切都是赶车的说了算，跟车的只是一个助手，在车后拉摩杆是他的主要工作。摩杆就是皮车的闸，一根里面是牛皮，外面包着厚帆布的五六尺长两三寸宽的带子，不用的时候团起来塞在车下，用的时候抽出来，平路上当然不需要拉，只有在下坡的时候才十分的要紧，需要拉紧，边走边刹车。跟车的，平时不需要拉的时候，就跟在车后面走，或者坐在车上，有时候看见一辆满载着庄稼或者干草的皮车非常高大非常缓慢地走着，最上面坐着或者趴着一个人，那就是跟车的，赶车的在下面赶着车。暂时没他的事，跟车的就躺在高高的秸垛上面看天，打盹，前面有下坡路的时候，提前从上面下来，从车身下抽出摩杆，握在手里，准备拉紧，控制住皮车下坡的速度。一辆皮车或马车，一前一后两个人，既是搭档，又谁也离不了谁，理应像一个人一样，事实上那是很难做到的，赶车的和跟车的，有的关系还行，有的却不怎么好，甚至很不好，车走上一天，干上一天的活儿，两个人也不说一句话。更有的赶车的，把跟车的当作徒弟甚至奴仆，软弱的就忍了，一天天忍着，要碰上一个和他一样厉害的不愿意忍让不愿意吃亏的，两个人之间生出仇怨是迟早的事。

队长为什么让耗子给兰贵跟车，因为兰贵就是那么一个人，作为赶车的，没有一个跟车的能和他合得来，给兰贵跟车，来一个，不行，跟不了几天就不干了，换一个，没过多久，又不行，再换一个，仍然不行，最短的只有三天，三天以后，说什么也不干了，宁可去掏粪也不愿意给兰贵跟车了。最近一个时期，兰贵就没有跟车的，他赶的皮车只有他一个人，碰到下坡的时候，兰贵一边赶车，一边还要手忙脚乱地跑到车后面去拉摩杆，一手拉摩杆，另一个手里挥动鞭子，吆喝着前面拉车的骡马，又幸亏他的鞭子也比别人的鞭子长了不少，站在车后，鞭梢也能够得着前面的骡马。鞭长莫及，这个词在兰贵这里是不对的，不成立的，因为兰贵即使站在车后也照样能赶车。人们看见了，就说兰贵真有本事，一个人就把一挂车舞弄了，应该挣两个人的工分呢。兰贵也觉得应该这样，去找队长，说他一个人干着两个人的营生，难道不应该把跟车的那一份工分记到他的名下么？记了应该，不记才说不过去呢。队长看着兰贵，半天说不出话来，能说什么，说他脸比城墙厚么？给他多记工么？当然不行。

耗子就是在这个时候出现在了队长的脑子里，耗子逃离连富，像一只受惊的野兔一样站在路口，不知该去哪儿。队长觉得，兰贵和别的人合不来，尿不到一个壶里，和耗子总应该能合得来吧？说到底耗子还是一个孩子，心思单纯，啥也不懂，既不拖家带口，又没那么多心眼儿，他的爹妈要是还在，耗子这会儿还应该每天背着书包，继续上学念书呢，兰贵要是和耗子这样的一个孩子也合不来，那恐怕就再没有能和他合得来的人了，那就得考虑换他了。

让耗子一个还没成年的孩子跟车，是因为队长知道拉摩杆其实并不需要多大的力气，下坡的时候，只要在后面稍微拉住一点儿就行了，需要明白和掌握的是一种经验，是一种恰到正好的分寸，要是拉得太紧太死了，车反而还会走不动了呢。有过那种愣货，一上来就使出浑身力气，吃奶的劲，把摩杆死死地拽住，车就停住不动了，三匹骠马使劲往前走都拉不动。

　　队长还为耗子描绘过一幅美好将来的图景，队长对耗子说，好好干，等你再大一点，要有招工的名额下来，推荐你去当工人。数十年的人生经验让队长觉得，耗子作为一名无依无靠的孤儿，推荐他去当工人，应该不会有人出来公开反对。那些关系复杂的大姓们反倒难缠，是非更多，让谁去，不让谁去，事情往往会变得越来越复杂，越来越麻烦，耗子是单独一个，和谁都没有瓜葛。有历史的经验和教训作背景，未来几年以后的一幅情景在队长的面前徐徐展开：姓王的觉得，宁可让耗子去，也决不能让姓张的去；张姓人放话，让耗子去，他们没意见，但是要让姓李的或者姓王的去，他们就要坚决闹到底，不把他们揪下来，他们誓不罢休，决不收兵；姓赵的说，如果耗子不去，就谁也别去了，不如把名额叫人家收回去算了。

　　皮车骨碌碌地走着，走在砂土路上的时候，路上沙沙地，唰唰地，很容易叫人瞌睡，闭上眼睛以后，又好像听的是在下雨；再加上嘚嘚哒哒的马蹄声，马蹄声容易叫人觉得很饿，越听越饿，好像有一张圆圆的嘴一直张着，想要东西吃，又好像有两个女人不停地小声说话，所说的内容也和吃的东西有关。胶皮轮子碰上石头以后，甚至常会颠簸出一种清脆的嗡嗡声，有点儿像瓦盆被敲响的声音，不过又不那么像，耗子觉得那清脆的嗡嗡声真是好听呢，像是音乐一样呢，至少比马锣和笙的声音要好听十倍也不止呢，而且和皮车本身也很不相配呢，那么笨重难看的一辆车，怎么会有那么好听的声音呢，而且还是被路上的石头或坑洼颠簸出来的。所有的乐器里，耗子最不喜欢的就是大马锣和笙的声音。大马锣的声音又沙哑又乱糟糟，一听就叫人想起一个阴森森的厅堂，前面摆放着肃穆老旧的暗黄发黑的座钟，钟后面藏着探头探脑的鬼魂，同时还觉得有很多人汗流浃背又着急上火尘土飞扬地聚集在一起，即使浑厚地沙哑地喳啷喳啷地响起来，也是那么的不好听，眼前会浮现出一个粗脖子的肉脸的心眼儿很不好的男人或者女人，表面上死沉沉地坐在那里一动不动，实际却正在酝酿着一个阴险又可怖的计划，横七竖八的尸首是计划的最终情景。而笙的声音呢，尖细又贫寒，本来就寒气飕飕，捉襟见肘，更常给人一种越吹越穷的感觉，是站着走着或者坐在大门道里的石头上，坐在烟熏火燎或者滴水成冰的帆布棚子里的冷板凳上吹出来的，在耗子的记忆里，一听见吹笙，十有八九是有人家正在出殡，打发死人，别的场合很少能听见。吹笙的人，很少见那种让人眼前一亮的，身上或者脸上不是哪儿不对，就是一些长相黑漆烂污的让人看一眼不想再看第二眼的人，头发黄锈，像枯草，或者矮小的坐在板凳上脚刚刚能够着地，十有八九五官和四肢的哪个地方还有些欠缺或毛病，平常受吹唢呐的管辖和支配，手里即使积攒了一些钱，也很难找到对象。说吹唢呐的活得不容易吧，实际上吹唢呐的还不是最恓惶的，因为吹唢呐的还能领导吹笙的，吹笙的要是不和吹唢呐的结伴，合作，不听人家的，他自己抱着一个笙，是一点出路也没有的，因为没有人家会专门请一个吹笙的坐在那里吹，那有啥意思，什么气氛也没有，所以他永远只能配合和服从别人，唢呐不吹，胡琴不响，他永远不敢先动，也不能先动，只能等着，等着别人的调子响起来，然后跟上，挣了钱，按约定分他一点儿。

耗子觉得，这些都不重要，关键是笙的声音本身也不好听。

兰贵在前面赶车，有时下来走一会儿，但大部分的时候都坐在车辕上，背靠着前面的车帮。耗子跟在车后面走着，耗子用自己的两条腿走着的时候，兰贵从来不回头，一次也没有回过，可是只要耗子一往车上坐，甚至哪怕只是半跨在车后，两条腿还耷拉在外面，兰贵就好像看见了一样，很灵敏，一定会回头看他一眼，也不说话，就是回头看一眼，可是那一眼却总是会让耗子很慌张，总觉得兰贵就要开口说话了，就要骂他了。为了不让兰贵突然说出啥话来，耗子就从车上下来，继续跟着走。走一会儿，耗子就又想往车上坐一下，看看前面兰贵的石头一样一动不动的背影，耗子轻轻地坐到车上，甚至还没坐好，兰贵就忽然又回头看耗子一眼，耗子麻烦死了，也惊讶死了，兰贵那么一个人，耗子不明白他为啥会那么灵敏，比麻雀还要鬼精还要灵敏呢。麻雀你不要说走到它跟前，即使隔着很远看它一眼，它也会立刻就飞走。当然，兰贵的灵敏和麻雀的灵敏鬼精是不一样的，麻雀是因为胆小，有惨痛的记忆和遗传，时刻都能感受到危险的那种灵敏，睡觉都得睁一只眼，兰贵的灵敏却正好相反。

耗子跟着车走在后面，耗子的心里也很不满，看着兰贵的那个门板一样的背影，耗子边走边想，是马拉着车在走，又不是你拉着车。兰贵这个人不讲理呢，他自己死沉死沉的那么一大坨，还一直坐在车辕上，压迫着车，压榨着骡子，剥削着马，好像是理所当然的，别人坐一下他就计较，好像皮车是他的，也只能他一个人坐在上面，更好像驾辕拉套的也都是他。

兰贵脸朝前，赶着车，一句话越过兰贵的肩膀，朝后面的耗子飘过来：平常谁给你做饭？

耗子说，我。

皮车咣啷咣啷地走着，不久又飘过来一句：你都会做些啥饭？

耗子说，啥也不会。

啥也不会，那你吃啥？

耗子说，正在学。

那得啥会儿能学会，等你学会了，怕早就饿死了。

兰贵的话，像他手里抓着的缰绳，又僵又硬，抖两抖，仍然僵硬死挺，每次一有话从他的肩膀后面扔过来，耗子都像面对一根突然戳过来的缰绳一样，脸不由得往旁边躲闪一下。

他们走在去仄愣公社的路上，耗子第一天跟车，就是跟着兰贵去北边的仄愣公社给队里拉豆饼和麻糁，豆饼和麻糁是给牛吃的，是它们冬天的夜料。仄愣公社名义上虽然属于另一个省，但是却并不远，只有四十多里的路程，耗子早就听说过仄愣公社，虽然也是一个公社，却比他们这边的这些公社热闹多了。他们这边，往南是枯山，往北就是仄愣公社，是最繁华的两个地方，每年一到过年的时候，这边的人们不是去枯山，便是去仄愣公社买东西，从吃的到穿的用的，出去一趟，过年所需要的东西差不多就都买回来了。尤其仄愣公社，因为路途远了一些，只能搭拖拉机或者牛车马车去，不像枯山，走着就能去了，半天就能打个来回。

越往北走，地势越高，除了平路，就是上坡，所以去的路上，耗子连摩杆都没有摸过一下，皮车根本不需要他在后面控制，上坡本身还很吃力呢，几匹马的腿都是弯弓的样子，又干又细的马腿，中间的关节孤零零地向前突出，叫人看着不由得担心和害怕，担心它们随时都会嘎巴一声断了。耗子想，断了就完了。又想起牛马的命运，耗子觉得它们真是可怜呢，每天不是拉车，就是拉着沉重的钝轱辘在地里走，拉着更沉重的碌碡在打谷场上反复地走。要是不拉什么，身上一定又驮着东西，驮着人，只有睡觉的时候，吃草的时候，才会暂时轻松一会儿，最幸福最无忧无虑的时候是它们当小马驹小牛犊的时候，可是那样的时候太短了。

去的时候上坡很多，回来的时候自然下坡就很多了，此前的上坡全部变成下坡，耗子跟在车后面走着，不一会儿就得把手里的摩杆拉紧，摩杆不时地发出嗡儿嗡儿的响声，有时候是嘶哑的尖叫声，那是用劲用大了的时候。车上装着满满的一车豆饼和麻糁，有一人高，豆饼和麻糁都是圆形的，两三寸厚，直径有缸口那么宽，所以每一个豆饼或麻糁，看上去更像一个大缸上的盖子。队里的豆饼和麻糁平时就放在饲养场里，虽然是给牛吃的，但人也能吃，常有人用锤子捣一块下来，拿在手里吃，大人吃，小孩子逮住机会也吃，因为它们有很大的油性，吃了消化得慢，所以很顶饿，有人去饲养场，甚至就是专门冲着豆饼和麻糁去的，忽然饿了，或者家里没吃饱，就村里村外出去到处乱走，到处跫摸一切能吃的东西。不过队长和支书要是看见了，是会说他们甚至骂他们的，一来是明显等于和牛争口粮，二来更是公然占集体的便宜。麻糁和豆饼都是队里花钱买回来的，又不是大风刮来的，说是挖集体的墙角，也并不是瞎说，也完全能说得过去呢，不是么，那还要怎么挖，把整个饲养场都吃了么。

耗子记得，学校里曾经有一个叫小三的孩子，因为吃多了豆饼和麻糁，接着又因为口渴喝了很多冷水，结果肚子憋胀得鼓一样，疼得满地打滚，哭爹叫妈，后来去了医院才治好。

过了黄仁口以后，就是一道又长又宽的下坡路，耗子早早地把摩杆握在手里，兰贵也从车辕上跳下来，一手抓着缰绳，一手举着鞭子。耗子还注意到，几匹马好像也很懂事又很有经验很能认清形势呢，十分小心地走着，而不是像上坡的时候那样愣头愣脑地迈着大步。

那么，它们走得好好的，后来又是怎么惊了的呢？就是因为那辆停在路边的拖拉机，早不发动晚不发动，好像就是专门在路边等着他们一样，当满载着豆饼和麻糁的皮车快到它的跟前时，突然歇斯底里地发动起来，又突然歇斯底里地嚎叫起来，前面的两匹马一瞬间就惊了，咴咴地叫着，头扬起，鬃毛凌乱地飘舞起来，然后就两个前蹄腾空，四个前蹄腾空，在它们的传染和带动下，一直走在它们后面的辕马也受到惊吓，三匹马先后跳起来，往前冲。皮车如果是空车，应该早就被它们拉拽得横冲直闯地也腾空起来了，但是皮车并不是空车，而是十分的沉重和笨重，三匹马跳起来的时候，皮车的车辕也随着跳了起来，高高地向上顶起，前面一仰起来，车的后面也顿时抵在地上，车上用绳子捆着的豆饼和麻糁开始松动，摇晃，耗子随着摩杆被突然压住，压实，也猛不防扑倒在地上。晕眩中耗子听见兰贵在大喊大叫，拉住，拉紧！耗子知道这是兰贵在让他拉紧摩杆，耗子从地上爬起来，发现摩杆的一头其实并没有松开，还缠绕在他的一个手上，耗子站起来的同时，又猛然跌倒，因为皮车已经不再是一头翘起一头着地的样子，已经变得正常，和平时一样。正常是正常了，不过却正在朝坡下快速地疾驰，三匹马拉着它，疯狂地朝坡下跑着，那时候已经有豆饼和麻糁如同磨盘或石板一样从车上飞落下来了，是最上面的一层，从松动的绳子里挣脱出来，很像是逃命一样，有的掉到路上，有的飞到路边。耗子又听见兰贵在大声喊叫，应该还是在让他拉住拉紧吧，不然还能是啥。耗子使出最大的力气想把摩杆拉紧，但是皮车根本不听他的，皮车只顾跟着那三匹马在奔跑。皮车常年和骡马们在一起，比起和人，还是它们之间最亲近，关键时刻就看出来了。有一瞬间，耗子隐隐约约地看见兰贵已不在车前，而是好像已经到了路边，长长的鞭子倒是还在一个手里举着，但是另一个手里却并没有抓着缰绳。耗子不知道兰贵的手里为什么没有抓着缰绳，是缰绳从他的手里跑出去了，还是他自己放开了，耗子不知道。耗子跌跌撞撞地跟着车跑着，甚至拉着摩杆绕到皮车的一侧，也不能让皮车站住，停下来。因为用力的缘故,耗子歪斜着身体,眼睛也随着身体一起歪斜着,一个眼睛的余光瞟到正在路边呼喊的兰贵,兰贵的嘴张着,嘴里的牙像一排黑白不匀的旧栅栏一样时隐时现。兰贵喊的好像是放开,松开——但是耗子听不清,耗子从兰贵的嘴形判断兰贵还是让他把摩杆拉紧,耗子想我一直都在拉着呢,一直都没敢放开呢,不过耗子很快就从兰贵的眼前过去了,一股风一样,一种飞速短促的情景或者记忆一样,随着皮车的跑动,唰地一下,一闪就过去了。

蒿草有煤油味,脸朝下的那一刻,耗子又从蒿草上闻到了一股一股的煤油味,从很小的时候起,从第一次认识蒿草那时起,耗子就常闻到蒿草有煤油味,不管是绿的时候还是黄了以后。耗子告诉别人,说蒿草有煤油味,但是从来没有一个人信他的,更没有人理会,知道没人信,耗子后来就不再说了。耗子不知道蒿子为啥会有煤油味,直到今天也还是没想明白。

时间来到黑夜,饲养场里起先还黑洞洞的,人互相都看不见对面人的眉眼,只能听见离得最近的一排马棚里骡马们吃草的声音,后来队长来了,几根木桩子上挂起了四五盏马灯。

队长一路失魂落魄地跑来,马灯一照,也是一副烧焦了的糊巴样子。

兰贵一见队长,就对队长说,我说句公道话,谁也不怨,就怨那个拖拉机。

队长看了一眼躺在旁边一块门板上的耗子,队长问兰贵,你扶起他的时候,就没气了?

兰贵说没了,一点点也没了。

明知道已经没气了,但是一路上兰贵还是抱着耗子,耗子的头就靠在兰贵的怀里,他们是坐着别的皮车回来的,另外又去了三匹马,把兰贵的那辆拉着豆饼和麻糁的皮车拉了回来。

兰贵告诉队长,他把耗子扶起来的时候,发现耗子已经没气了,不过那时候人还是软的,猛一看就像是睡着了一样,脸灰白,黑青下面也有血露出来,鬓角上沾着一些黏糊糊的东西。

队长鼓着眼睛说,黏糊糊的东西,那是啥——脑子?

兰贵说,我也没敢细看,应该是,我闻得很腥。

队长就说,哎呀,从来也没出过这种事呢,偏偏就让这个孩子给碰上了。

兰贵说,主要就怨那个拖拉机。我要是稍微跑得慢一点儿,我也肯定完了。

三匹马,当场就死了一匹,死的是辕马,皮车翻滚的时候,由于它的身上还有鞍具,脖子上还套着缰绳,脖子就被拧断了。另一匹套马,断了一条腿,只剩下一条腿,作为一匹马,还有用么,大家的意见是,活着也是活受罪,劳苦了这么些年,还不如给它一个痛快,让它早死早托生,所以第二天就杀了,全队的人家,不按人头,按户,每户都分到了一份马肉。

又是队里给耗子料理的后事,况且这一回还是因公死了的,即使不因公,即使是其他原因死了,也得管。具体临时抽来办事的两个人,竟然又是曾经打发耗子他爹妈的那两个人,这一回,连他们自己都有点儿被惊着了。其中一个人说,啊呀,不能想,更不能往深了想,越想越怕哩,好像和他们这一家人干上了,没完了,打发了一个又一个,打发了一个又一个。

曾经给耗子留下深刻印象,抬棺材时还总不误吃瓜子的那个人说,这一回终于完了,把他们三个人都送走了,以后再没了。

说着话，又腾出一只手，很自然地伸进裤兜里，捏出几颗瓜子丢进嘴里，一边慢慢嗑着，陆陆续续地用舌尖把瓜子壳从嘴里顶出来，一边双手同时用力，把装着耗子的棺材抬起来。

他们轻车熟路，不到两个钟头，就已经把耗子安顿出去了。

他们把耗子他们家的屋门和街门都锁了，去向队长交差时，顺便也把一串钥匙交给了队长，让队长保管起来。队长说我不拿。他们说，你不拿谁拿，还就得你拿，我们拿更不合适。

队长没办法，只得伸手接过耗子家的那串钥匙，队长也不知道究竟让谁拿着它更合适。

放羊的连富，傍晚的时候赶着羊群从山上回来，一回来就听说了耗子的事情。在河边等羊群喝水的时候，连富和几个人闲聊说，放了一天羊就跑了，要是跟着我，他还死不了呢。

学校里的女生们下了课踢毽子、扔沙包，有时候用得劲大了，毽子或沙包就会掉到下面耗子他们的院子里，院子里荒草丛生，野猫出没，没人住的门窗灰白而歪歪斜斜地紧闭着，明知道毽子或沙包就掉在里面，也没人敢下去捡。再加上街门还锁着，即使没锁，也没人敢从门上进去捡，所以只要掉下去，就等于没了，她们想要也不敢要了。校长有时候披着棉大衣，站在上面若有所思地往下看，看见耗子他们那个院子，已经完全荒败得不成样子了。

姥姥，那边好像已经吹打开了，
你走得快，你先去给姥姥占个地方。
好，我这就去。外面飘雪花了，您多穿点儿。

杜林笔记

　　北风刮刮停停,风里已经能看见雪花的样子了,三面帆布围起的戏台上锣鼓敲打得正猛,后台上生着炉子,前台上点着汽灯,台下的人已经熙熙攘攘,后面的站着,前面的坐在树干、砖头和板凳上,还有的正在来的路上,更有还在家里不紧不慢吃饭的,那是村里极少数自高自大的几个人,总觉得自己重要无比,他要是没到场,那边的戏始终是不会开演的。

　　什么叫老百姓?这就是,黑洞洞的街巷里穿着皮袄,围着头巾,拿着板凳,兴致勃勃地前去看戏的就是,坐在炕上故意迟去的也是,在台下认真观望的是,在一旁说风凉话的也是。

　　他们是这样的一些人,攒点钱,放几声炮,请半个村里的人吃一顿,娶个媳妇回来;一些年以后,再放几个炮,再请半个村里的人吃一顿,然后打发个死人出去,这就是他们一生中最隆重最盛大的两件事。除此之外,再没有任何的大事,平时头上顶着秕糠黍芒,脚下沾着污泥浊水,一辈子都在柴米油盐鸡毛蒜皮之中起伏,出没。偶尔排队打个预防针也会群情振奋,奔走相告,呼儿唤女,如同过年,男人抽着烟,一副正在经历历史大事件的神圣又自足的样子;两个老头,本来一个村里住着,却如同两个多年未见的老友一样激动万分地互诉衷肠,大声攀谈,借窝下蛋,借着这个时机,讲述自己以及他人的奇遇或者经历,与眼前正在发生的事完全无关;女人们甚至把最好的衣裳穿出来,打完针还不回去,一遍一遍地过来过去,渴望被展览并瞩目，她们的笑声辣眼，分叉，也比平时更响亮更敞开，更有人面色潮红，秘密地人不知鬼不觉地暗中汹涌，独自澎湃，不动声色地完成了一次飞升与坠落的过程。

2022 年 8 月 28 日完稿

2022 年 10 月 31 日完成

2023 年 3 月 1 日改定

后记　关于《深山》

王永丰的儿子王七峰用剃头刀把自己割死的那时，我们还年幼，因此完全不知道他具体割的是哪个部位，也从来没有人告诉我们是脖子还是其他什么地方。至于他为什么要那么做，就更不知道了，因为那么多根本不如他的人还在艰难困苦地挺着，劳作着，从来没想过不活，平时手破了，还得上点儿磺胺粉或者抹点紫药水，拿纱布包一下。有时头疼得厉害，吃药不顶事，还得去请教一下老贺，让他给看看是不是有什么东西在作怪，或者冲撞了什么。所以，只能想象王永丰的儿子王七峰从外面回到家里，转一圈，又转了三圈，仍然没有找到不死的理由，就拿起了放在窗台上的那把不怎么明亮的破刀，只能想象一片有稀疏短小黑毛的白肉上有沟渠裂开，血就从那道沟渠里流出。实际上呢，那把刀不一定不快，也许它锋利异常。

所以说，如果要弄清王七峰的真正的死因，不能依靠任何人的想象力，任何的想象——就算是奇思妙想，也只会离真相越来越远。但是，如果是要描写王七峰，挖掘王七峰，那就是另一回事了。

是黄昏时分，院子里落满了鸟，离窗户最近的那道山墙像是镀了金，那是王七峰对这个世界的最后一瞥，最后一个印象。

哪里的深山都没有门，如果在进山的地方有一扇上面生长着草木泥石的浑然一体的山门，关上后，整个山区就是一个寓言的世界，甚至本身就是一个寓言。

雪后泥泞多风的春天，铁轨陌生如蛇，在阳光下伸缩扭动，到了夜里，又有冰冷的手，带着生石灰染过的秃指甲，伸进很多人的梦里，滑过他们的荒凉的山岗和洇着水的洼地。电线怀揣着铝制的心肠，笔直地行走，目不斜视，一来了就直奔公社去了，没有人认为这个穿着黑皮衣镶着银牙的会住下来，但事实却就是永远地留了下来，后来的一些年已完全与山区融为一色，不再能看出曾是远来的和尚。与他前后脚来的是硫酸和铜，柴油和尿素。硫酸不随便见人，一来了就把自己关进小黑房子里，至今都没有几个人见过。铜则像傻瓜一样，永远一副足够灿烂的笑容，无论对方是谁。很多年大家都在琢磨一个问题：尿素是尿做的么？如果是，事情就简单了，我们自己就能生产。时间在山区的身躯上勒出既简明又难懂的印痕，寓言消隐，故事继续，大家确信摩登的生活正在来的路上，距离我们这里还有三百二十里。

不久有喜欢抬杠，喜欢唱反调，喜欢看别人焦头烂额眼圈发青的人说，不是三百二十里，是三百二十公里。其险恶用心无非是想把人们再重新推回到枯井般的黑暗和绝望里去。但是老人们说，公里也行啊，公里怕啥，无非是多一天少一天的事，只要命足够长，啥都能见上。

某一天，有人放羊回来，看见传统农业岁月的分水岭上山花烂漫，靠近他左手的是一个草编木旋的社会，有人蹲在地上正歪着头用嘴吹火，小农经济的炉灶灰烬黯淡，火星四溅。

牧羊人的徒弟，类似那些很早就投身于农耕的小大人，在很多鸟语花香的文章里，被描绘成田园牧歌里的童子，骑在牛背上，吹着笛子。事实上他并不会吹笛子，只会嘶嘶地吹口哨，才十三四岁，就有了一棱一棱的抬头纹。他告诉他的师傅，别再动不动就喝喊他，因为他也已经是见过天日的人了，这会儿就是去死，也不怕了，也值了。

牧羊人惊得两眼暴突,思绪凌乱,他当然知道这狗杀材说的见过天日是什么意思。他一直觉得他还是个孩子。

快乐在今天好像是一件无比重要的事,人们常拿来互相祝福,说明还不是一件太靠实的事情,还在捕捉和眺望甚至寻找的阶段,像理想一样需要向往,如果随手就能拿到,也就不那么珍贵了,用不着互赠互祝了。更有观念领先者认为,人活着,不快乐,毋宁死,不管什么样的生活,只要不快乐,就不值得过。这么说话,这么高要求的,只能是一只娇生惯养的夏虫,不然说不出这样的话。所谓快乐,也并不是所有人努力的目标,就有人不记得世上还有那么一种东西,就算知道,又能怎样,吃饱穿暖才是最大的幸福和最高的目标。而自由和快乐仍是另一小部分人的事,是别人的事,遥远缥缈到不愿意去想它,抽象到令人厌倦。柴门里一个一边剧烈地咳嗽,一边给自己补裤子的子弟能为快乐奋斗么,要说能也能,把裤子补得平整顺溜,看不出补过,应该就是当前最大的快乐。能专心琢磨一些虚词么,能在一颗米上一张纸上描绘出三百里宫殿么,宫殿的格局只能屈服于他有限的经验和想象,那些溢出的部分,任性的部分,永远难以呈现的部分,将使他不堪重负,积劳成疾,不久于人世。

这么看来,王七峰好像快要和快乐沾边了,因为吃饱他应该没问题,穿暖更没问题,他本身还有多余的用不了的布票送给他想送给的人。剩下的就应该是快乐的问题了,但是没有人那么想。大家都怀疑他是遇到了过不去的事,或者受到了诅咒或不可抗拒的胁迫甚至引诱。

有些词,比如那些虚伪浮肿的重达几十公斤甚至一两吨的高词大词，耀眼凌厉的堂皇之言，它们即使花枝招展、高头大马地出来到处串门，也不会串到我描绘的原野上来，它们自己腿不顺是一个方面。这一点，任何时候想起都会使我安心，就像猛然抬头，发现整条路上只有你一个人在走，幸福感会成倍增长一样。那无非也就是一种流浪狗式的欢乐和幸福，起因在于胆怯，底色也还是对于世界的恐惧与畏惧，只求安生，不期望能遇到啥。走着走着，忽然看见一只死耗子，意外的欣喜如同猝不及防的惊吓。这件事的一抹童话色彩或温情之处在于四野无人，暂时没有凶恶骄横的大中型同胞前来争抢，不过时间要长了，那就又难说了。

写小说要求人能够直面丑恶，但不能为了写，故意去呼唤它，迎接它，甚至迎回家，待为上宾。

现在看《深山》，像是一个清冷而又人声鼎沸的梦，许多段落的描写也好像是在记录梦中所见，事实上它当然不是梦，而是曾经的每一天，一天又一天。但时至今日，每一天都没有剩下，连一根麦秸都没有留下。有人活在正常世界里，另有人匍匐在正常世界的背面，世界不管多繁荣，多发达，又与他们何干，虽然最后全都踪迹全无。如果不写下这些，他们就从来没有来过这个世界，尽管大多数人也有嫡传的后人，后人们也在沿用着某一个姓氏的笔画和读音，逢祭日也去上坟，提着篮子或塑料袋，甚至行李箱。

一个词，一个迷路的孩子一样的词会失魂落魄地在空荡荡的山区游荡三至五天，甚至更久，他在寻找一个门前有水洼和柴篱的院子，水洼里常倒映出远方的某个陌生的城头，有时则是姥姥在紫殷殷的小路上迎风疾走的身影；在找不到一个熟悉的屋檐下的时候，它就是一个真正的孤魂野鬼，再过些天，如果还不能从一扇门里走进去，它就得就地消失或者飘出这山坳了。一句艰难的黑灰色皮绳或干涩的木轮一样的话，从最初的隐约在望到终于说出并写下，时间已从春寒料峭来到入夏。

　　女人们的生活苦乐参半，因为不管丑俊，无论贫富，每一个女人的心里都埋着一颗浪漫的种子，一颗永不腐坏的种子，与生俱来，与生俱去，去的时候即使身躯破败，千疮百孔，那颗种子也仍然完好如初。有些种子数十年始终没发芽，并不是种子坏了，而是由于上面冻土坚硬，冰天雪地，光线晦暗，日照也严重不足。

　　仿佛一辆即将驶离深山的车，已有很多人坐在上面，但仍有人没有上车，还有人没出来，还有人没听见，更还有人压根就不知道有这回事，还蹲在羊圈里切草，牛蜂深入耳朵里，跳蚤站在眉毛上，羊毛粘在嘴唇上，还有众多飞机在头顶上盘旋，在脸前嗡嗡，飞机多为黑绿两种，绿头金翼者最为结实庞大。他是不是以为那些飞机是来接他的，他不会么想，更不会认为全世界的飞机都来到了他的羊圈里。事实上那当然也不是飞机，只是环绕在他生活里的众多生生不息的不离不弃的苍蝇。

　　不说别的，只说一点，不写下这些，连山上的山杨树、山下的那些白杨树也会愧对，以后还有何面目和理由再走到它们的面前。

吕　新

2023 年 12 月 11 日